La
Muette de Portici

ou

Le Soulèvement de Naples.

Par

George Born.

ZURICH & LIÉGE

Robert Dancker, Libraire-Éditeur.

La
Muette de Portici

ou

LE SOULÈVEMENT DE NAPLES

PAR

GEORGE BORN.

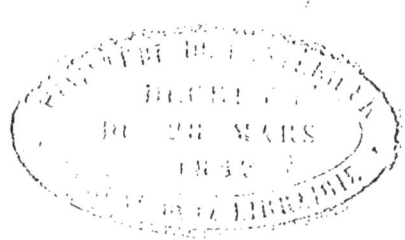

ZURICH.

ROBERT DANCKER

LIBRAIRE-ÉDITEUR.

LA
MUETTE DE PORTICI.

Fenella et Alfonso.

Le soir venait. La mer étincelait de mille feux, et les pêcheurs de Portici, réunis sur le rivage, au bord du golfe de Naples, se préparaient à partir pour la pêche.

Une jeune fille de seize ans à peine se tenait debout sur la plage ; elle suivait du regard le frère qui venait de lui dire adieu, et qui montait dans un canot où l'attendaient déjà deux autres jeunes gens.

— Au revoir, Fenella ! cria le pêcheur d'une voix pleine et sonore. La jeune fille sourit, et répondit par des gestes animés qui semblaient souhaiter bonne prise et bon retour à son frère Masaniello et à ses deux compagnons.

A quelques pas de là, un jeune et élégant pêcheur achevait ses préparatifs de départ. Quand tout fut prêt, il monta dans son canot, salua la belle enfant toujours debout sur le rivage et s'éloigna du bord en entonnant une chanson d'amour. Il était déjà bien loin que sa voix, portée par les vagues, arrivait encore à Fenella. La jeune fille écoutait, mais ces sons caressants et voilés ne frappaient que son oreille ; ni son cœur ni ses yeux n'avaient suivi Carlo, le jeune chanteur — un autre homme occupait sa pensée !

Fenella quitta le rivage et se dirigea vers sa chaumière, mais au lieu d'y entrer, elle gravit une petite hauteur couverte d'arbres et de buissons, d'où l'on découvrait la route conduisant de Portici à Naples. Appuyée contre une grosse pierre, la jeune fille parcourait d'un regard anxieux cette route qui s'étendait à ses pieds. Le soleil semblait une boule de feu suspendue au-dessus de la mer, les voiles des pêcheurs disparaissaient dans un océan de flammes, mais ce spectacle magique n'attirait pas les regards de Fenella. Le vieux berger ramenait ses chèvres au village ; il passa près de la jeune fille — Fenella ne le vit pas ! Elle répondit à peine au salut du vieillard — sa vie semblait attachée à cette route de Naples.

Tout à coup, ses traits s'éclairèrent — un nuage de poussière, s'élevant à quelque distance, venait de lui annoncer l'approche de celui qu'elle attendait.

Il s'avançait au galop, conduisant d'une main sûre et légère à la fois le fougueux cheval qui le portait. C'était un grand et beau jeune homme de vingt ans à peine, portant avec grâce un élégant béret ombragé d'une plume blanche, un petit manteau de soie et une épée dont la poignée étincelait d'or et de pierreries.

Le beau cavalier dirigea son cheval vers les buissons fleuris qui entouraient la chaumière. Ses yeux cherchaient avidement Fenella. La belle enfant accourait ordinairement à sa rencontre, mais ce jour-là elle s'était cachée. Ce ne fut qu'au moment où le jeune homme approchait de la chaumière qu'elle sortit en riant de sa cachette et s'élança au-devant de lui en lui tendant les bras.

Le cavalier sauta à terre et embrassa tendrement l'heureuse jeune fille. Tous deux allèrent ensuite attacher le cheval aux buissons, puis ils se dirigèrent vers la demeure de Fenella, demeure pauvre et chétive, mais dont l'intérieur était propre et soigné.

— J'avais soif de te voir, ma douce enfant, dit le jeune homme, mais mes amis ne voulaient pas me permettre de les quitter. J'ai pu cependant leur échapper et accourir auprès de toi.

Fenella s'était agenouillée aux pieds de son amant assis sur une vieille chaise de bois. Elle leva sur lui un regard empreint d'une ardente reconnaissance, mais le jeune homme crut apercevoir la trace de quelque inquiétude secrète dans les beaux yeux qui s'étaient fixés sur lui.

— Qu'as-tu, Fenella? demanda-t-il. T'est-il arrivé quelque malheur?

Fenella répondit par un signe affirmatif.

— Qu'est-ce donc? Confie-moi tout, ma bien-aimée.

Fenella se leva, courut à la porte de la chaumière, regarda au dehors, puis elle revint vers l'hôte aimé qu'elle n'osait recevoir qu'en secret.

Elle expliqua alors par signes à son amant qu'elle avait vu ce jour-là quelqu'un dont la vue la troublait singulièrement.

— Qui était-ce? demanda le jeune homme qui comprenait sans peine ce langage muet.

— La vieille sorcière du Vésuve, répondit Fenella avec des gestes craintifs. Elle rôdait par ici, quand elle s'est arrêtée tout à coup devant notre chaumière et m'a montré du doigt le toit en criant qu'elle y voyait une couronne d'or. J'ai regardé, mais je n'ai rien vu. — « Oui, oui, a repris la vieille, une couronne — mais c'est la mort qui la tient dans sa main décharnée, et qui brandit en même temps sa faulx; le sang coule à flots — redoutez cette couronne, elle vous portera malheur! » — Et Fenella se pressait contre son amant comme pour lui demander aide et protection.

— N'écoute pas de pareilles absurdités, dit le jeune homme;

chasse ces sombres pensées, ma Fenella, je suis là, et je t'aime ; oublie tout le reste !

Ces douces paroles dissipèrent momentanément le trouble de Fenella. Elle ne voulut plus songer qu'à jouir de la présence du bien-aimé, mais un fonds d'inquiétude dont elle avait peine à se défaire lui rappela qu'elle ignorait la condition et jusqu'au nom de cet homme pour lequel elle eût donné sa vie. Elle le supplia, comme elle l'avait déjà fait souvent de lui dire enfin qui il était.

— Ne m'interroge pas, ma bien-aimée, répondit le jeune homme. Appelle-moi dans ton cœur Alfonso, et n'en demande pas davantage, mais aime-moi comme je t'aime, et sois aussi fidèle que je le serai.

Les yeux de Fenella exprimaient un amour et un dévouement sans bornes, et Alfonso ne comprenait que trop bien leur langage. — Oui, tu m'appartiens, je le sais, dit-il en répondant aux doux regards de la jeune fille. Tu es à moi, et c'est ma plus grande joie, mais je suis à toi, moi aussi, et par la Sainte-Vierge, je jure de t'appartenir éternellement !

Fenella resta quelques instants immobile et comme perdue dans son bonheur, puis elle releva la tête et se mit à examiner avec un plaisir d'enfant l'élégant costume de son amant. Elle touchait tour à tour son pourpoint brodé, son manteau, son épée et surtout une magnifique écharpe rouge qui paraissait exciter particulièrement son admiration.

— Prends-la ! s'écria Alfonso ; je te la donne. Ce sera la preuve que je t'appartiens ! Et détachant l'écharpe, le jeune homme en entoura la taille de Fenella. Surprise et ravie à la fois, la belle enfant considérait avec émotion ce gage de l'amour d'Alfonso, puis elle se levait, comme pour donner libre cours à sa joie, frappait des mains et revenait s'asseoir aux pieds de son amant. Ses mouvements étaient si gracieux et trahissaient une telle félicité que le jeune homme ému se leva et la serra tendrement sur son cœur.

Tout à coup, Fenella s'arracha à son étreinte et courut vers la porte. Quelques cavaliers arrivaient au galop sur la route. On entendait déjà leurs voix joyeuses et animées.

— Ce sont eux, dit ¡Alfonso avec humeur: Tito, Lorenzo et Miguel. J'avais déjà eu tant de peine à leur échapper. Adieu, ma bien-aimée !

Les yeux de Fenella se remplirent de larmes.

— Ne pleure pas, je reviendrai demain soir. Au revoir ! Et après un dernier baiser Alfonso sortit précipitamment de la chaumière.

Fenella le suivit; elle semblait ne pouvoir se séparer de lui.

Les cavaliers entendus arrivaient en ce moment près de la maisonnette. C'étaient trois jeunes Espagnols de distinction. Ils parlaient haut et semblaient de fort joyeuse humeur.

— Nous le trouverons ici, s'écria l'un des jeunes gens.

Fenella devait connaître celui qui parlait ainsi, car en l'apercevant sa figure trahit une vive terreur. Il avait les yeux vifs et perçants, les cheveux et la barbe rouges, et portait comme ses compagnons le chapeau espagnol, la fraise blanche et le petit manteau de soie. Un mauvais sourire passa sur ses traits quand il aperçut Fenella.

— Regardez, don Miguel Riperda, s'écria-t-il, voilà la muette de Portici, la belle fille dont je vous parlais tout à l'heure !

— Vous avez dit vrai, don Tito, répondit celui-ci; elle me plairait très-fort. Qu'en dites-vous, don Lorenzo?

Les trois cavaliers s'étaient rapprochés tandis qu'Alfonso avait couru détacher son cheval.

— Cette fille est jolie, en effet — mais où est don Alfonso? dit Lorenzo, jeune espagnol aux traits nobles et sérieux.

— La petite sorcière me fuit toujours, fit Tito en ricanant, et dernièrement n'a-t-elle pas osé me menacer par gestes de la vengeance de son frère.

— Superbe ! s'écria Riperda; la petite folle s'imagine-t-elle que nous aurions peur de son frère, si l'envie nous prenait de lui attraper une caresse? On écarte facilement de pareils obstacles!

Et comme pour prouver son dire, don Miguel lança à Tito les rênes de son cheval et sauta à terre. Il allait s'élancer à la poursuite de Fenella quand Alfonso sortit tout à coup des buissons et fit reculer Riperda par un geste impérieux.

— Arrière! don Miguel! s'écria-t-il avec colère. Que voulez-vous à cette fille?

— Un baiser, don Alfonso; pas autre chose!

— Arrière, vous dis-je! Ne vous attaquez pas à elle!

— He! don Miguel, s'écria le rouge Tito, en regardant de travers Alfonso, ne voyez-vous pas l'écharpe rouge que porte la muette de Portici. Fenella est prise; nous en avons la preuve maintenant.

— C'est donc ici que vous trouvez votre passe-temps, don Alfonso, dit le jeune gentilhomme qu'on avait appelé Lorenzo, cela prouve votre bon goût!

Riperda n'avait obéi qu'avec répugnance à l'injonction d'Alfonso.

— Il paraît que nous sommes venus trop tard, dit-il à Tito; allons, ce qui ne réussit pas aujourd'hui peut réussir demain.

Alfonso s'était approché de Lorenzo. — Partons, dit-il d'un ton impérieux; le soleil est couché; retournons à Naples.

— Le soleil est couché, en effet, dit Miguel Riperda en montrant la chaumière dans laquelle Fenella s'était retirée.

— La friponne a ensorcelé le Duquecito *) répondit Tito d'une voix sourde; je me doutais bien que nous le trouverions encore ici! Si son Altesse sérénissime savait ça!

— Bah! le duc permettrait bien cette petite distraction à son fils unique, fit Riperda.

---

*) Duquecito: les Espagnols appellent ainsi le fils d'un duc.

— Vous croyez. Et si c'était plus qu'une distraction? Si le prince aimait véritablement cette fillette?

— Allons; ce n'est qu'une amourette, dit Riperda en pressant le pas pour rejoindre Alfonso et son ami. Tito le suivit, et les quatre jeunes gens s'élancèrent au galop sur la route de Naples.

Fenella avait suivi des yeux les cavaliers. La joie qui peu d'instants auparavant illuminait ses traits, avait fait place à une expression de tristesse profonde.

Elle avait caché à son amant la véritable cause de son inquiétude, pour ne pas l'irriter et semer la discorde entre ses amis et lui. Maintes fois déjà, celui qu'on appelait don Tito, avait rôdé dans le voisinage de la chaumière; maintes fois, il avait essayé de s'approcher de Fenella, mais jusque-là, elle avait réussi à échapper à ses poursuites. Cet homme l'effrayait. La pauvre enfant essayait cependant de se rassurer en se disant qu'Alfonso n'ayant pas hésité à prendre sa défense, et à révéler ainsi les liens qui l'attachaient à elle, ses amis, avertis maintenant, n'oseraient plus, sans doute, l'aborder avec des paroles et des gestes inconvenants.

Les cavaliers avaient disparu depuis longtemps, et Fenella, appuyée contre la grosse pierre, essayait encore de percer l'obscurité et de suivre leur trace. Tout était paix et repos autour d'elle. Les pêcheurs, partis vers le soir pour la pêche, ne revenaient guère au village que le matin, et Portici tout entier semblait enseveli dans le plus profond silence. Fenella jeta un dernier regard sur la route de Naples, puis elle pressa sur ses lèvres l'écharpe d'Alfonso et la cacha dans son sein, pour la soustraire aux regards de son frère Masaniello.

Elle rentra dans la chaumière dont elle ferma soigneusement la porte. Le pressentiment de quelque danger prochain pesait lourdement sur son âme. Une vieille image de la Madonne était suspendue à la paroi. Fenella se jeta à genoux, joignit les mains, et pria longuement pour Alfonso et pour son amour. Elle se releva plus calme et passa dans sa petite chambre, mais au moment où elle allait détacher le mouchoir blanc qui couvrait ses cheveux, il lui sembla entendre au dehors un bruit de voix étouffées, et comme un cliquetis d'armes ou d'éperons. Fenella écouta... une terreur subite s'était emparée d'elle... elle voulut sortir, mais au même instant, la porte fut violemment ouverte du dehors et un soldat parut sur le seuil de la chaumière.

C'était un officier de la garde du duc d'Arcos, le vice-roi de Naples. Il était accompagné de quelques-uns de ses hommes, portant le chapeau à plumes et le collet de cuir jaune.

— Saisissez cette fille! cria l'officier en désignant Fenella.

Eperdue, pâle de terreur et d'angoisse, la pauvre enfant s'était jetée à genoux et se tordait les mains — la muette de Portici n'avait pas de paroles; ses gestes seuls demandaient grâce, mais Selva, l'exécuteur des ordres du cruel vice-roi, ne connaissait pas la pitié.

— Saisissez la muette et conduisez-la dans un des cachots de la forteresse, dit-il d'une voix forte. C'est l'ordre du duc!

Les soldats obéirent, et la malheureuse enfant, arrachée à sa chaumière, fut emmenée à Naples...

CHAPITRE II.

L'auberge des vautours.

A mi-chemin de Portici à Naples, et à quelque distance de la grande route, on trouvait autrefois une ferme dont le principal bâtiment servait d'auberge, et se faisait remarquer par une jolie veranda gracieusement encadrée de verdure.

L'auberge était fort ancienne et de mémoire d'homme avait toujours été très-fréquentée. Elle l'avait été d'abord pour le vin qu'on y buvait, mais depuis que le rusé Filippo en était devenu le maître, on y venait aussi pour la belle Séraphine, sa fille, qui servait souvent les hôtes et leur dansait souvent la tarentelle aux sons du tambourin.

Un grand vautour empaillé étendait ses ailes au-dessus de la porte d'entrée. Au dire de l'aubergiste, c'était à cette singulière enseigne que l'auberge devait son nom, mais on se répétait dans le pays qu'elle le portait depuis longtemps quand Filippo s'était procuré ce vautour et l'avait cloué au-dessus de sa porte. La vérité, c'est que l'auberge devait ce nom au fait qu'outre les pêcheurs et les lazarones, on y trouvait aussi des gens qui n'auraient pas osé se montrer partout, gens mal famés, voués au brigandage ou à la contrebande. Au temps dont nous parlons, en 1647, le commerce clandestin était d'ailleurs en pleine floraison, grâce aux taxes exagérées établies sur les marchandises par les vice-rois espagnols.

La nuit même où les soldats de la garde du corps emmenaient secrètement la muette de Portici, deux de ces contrebandiers étaient assis dans la salle de l'auberge et savouraient le vin que le gros aubergiste venait de leur apporter. Plus loin, trois pêcheurs, revenus de Naples avec le produit de leur pêche, étaient assis autour d'une table et jouaient aux dés.

Une lampe fumeuse, suspendue au plafond, éclairait mélancoliquement la salle. Sa lumière tombait en plein sur une vieille femme tenant à la main une cruche pleine qu'elle montrait aux deux contrebandiers.

— Oui, oui, mon fils, criait-elle d'une voix enrouée, la vieille Corvia a besoin de bien, et c'est pour se fortifier qu'elle est venue chercher une goutte de vin ici.

— Dis donc, la mère, fit l'un des deux hommes en ricanant, quel âge peux-tu bien avoir ?

— Quel âge? dit la vieille avec une joyeuse grimace. Peppi, mon fils, me crois-tu donc bien vieille?

— Voilà plus de vingt ans que je te connais courbée comme tu l'es à présent.

— Vingt ans! s'écria la vieille; est-ce la peine d'en parler?
Mais n'est-ce pas Alessandro qui est avec toi? Vous vous êtes
associés, hein? et le brave Filippo vous donne sans doute
un coup de main quand il s'agit de passer en contrebande
les belles étoffes et les miroirs de Venise . . .

— Tais-toi, langue de vipère, hurla Peppi; tais-toi, et ne
te mêle pas de nos affaires.

— Je les connais sur le bout du doigt, vos affaires; la
vieille Corvia sait tout. Vois-tu, Peppi, mon garçon, j'ai déjà
connu ton père, moi; un vieux sauvage, qui a tristement fini
en place de Justice . . .

L'aubergiste fit un geste menaçant et montra du regard
les trois pêcheurs.

— Sois tranquille, Filippo, reprit la vieille; ils peuvent
tout entendre; les pêcheurs ne trahiront jamais ni tes compagnons ni toi; ils détestent autant que vous toute cette bonne
bande espagnole . . . je m'en vais d'ailleurs; bonne nuit!

— Va-t'en au diable! cria Peppi en la regardant s'éloigner.

— Allons, tu as encore gagné, Masaniello, disait en cet
instant l'un des pêcheurs; tu as de la chance aujourd'hui!

— Dix soldi d'un seul coup, Moreno, fit Masaniello, le
frère de Fenella en ramassant l'enjeu. C'est à Borella maintenant.

— Encore une mesure, Filippo! cria ce dernier.
L'aubergiste apporta le vin demandé.

— Et ta fille? lui dit Borella; pourquoi n'est-ce pas l'aimable Finetta qui nous sert aujourd'hui?

— Elle est allée à la ville, répondit Filippo; qui sait où
elle reste si longtemps.

— Elle finira par donner dans l'œil à l'un de ces Espagnols, dit Moreno d'un air sombre, et tu pourrais bien alors
ne pas la revoir de quelque temps.

— On peut s'y attendre, fit Peppi en se mêlant à la conversation; ces étrangers prennent tout ce qui leur plaît.

— Et certes, ils ont beau jeu, ajouta Alessandro, personne ne dit mot.

— Il est encore arrivé ce soir un grand vaisseau d'Espagne, dit Borella en saisissant le cornet des dés ; un vaisseau superbe, amenant encore des soldats espagnols.

— Des soldats, toujours des soldats étrangers ! s'écria Alessandro, et tout cela pour nous écraser ... et savez-vous la nouvelle ? le vice-roi veut mettre maintenant un impôt sur les fruits.

— Comment ... sur les fruits ? crièrent les trois pêcheurs en même temps.

— Il a déjà imposé le vin, fit Peppi ; à présent c'est le tour des fruits.

— Sang de Dieu ! cria Masaniello en frappant du poing sur la table ; ces chiens d'Espagnols y pensent-ils ! D'abord le vin, ensuite les poissons et maintenant les fruits, ce que nous avons de meilleur ...

— Ça finira mal !

— C'est trop fort ! hurla Moreno. On ne pourra plus manger une orange ou une olive sans payer un tribut à ces sangsues !

En ce moment, la vieille Corvia reparut dans la salle.

— Silence, enfants ! silence, dit-elle tout-bas ; voici un hôte qui ne serait pas content de vos discours.

— Qui est-ce ? demanda Filippo tandis que tous les yeux se tournaient vers la porte.

— Le gros Gomez, le valet de chambre du duc.

— Jouons, jouons ! dit Masaniello en secouant les dés.

Gomez, haletant et couvert de sueur, arrivait en cet instant à la porte de la salle. Il portait des bas de soie blanche, des culottes de velours, un pourpoint garni de lacets d'argent et une large fraise, et paraissait plus insolent et plus fier qu'un grand d'Espagne en personne.

La vieille grimaça un sourire et salua l'important personnage tandis que Filippo s'avançait au-devant de lui avec une politesse contrainte.

— Qu'est-ce que tu fais encore ici? demanda l'Espagnol à la vieille en s'arrêtant brusquement devant elle.

— Je viens chercher mon petit recomfort, répondit Corvia en soulevant sa cruche. Votre Grâce a bien besoin de se rafraîchir un peu; voyez comme les gouttes de sueur vous coulent sur le front.

— Apporte du vin, dit Gomez à l'aubergiste, la poussière m'a desséché le gosier.

Filippo sortit en courant, tandis que la vieille tournait clopin-clopant autour du gros valet de chambre.

— Quel honneur de voir votre Grâce à l'auberge des vautours! disait-elle d'un ton obséquieux et moqueur à la fois, quel honneur! et quelle joie pour la vieille Corvia! Bonne nuit, mon noble maître, bonne nuit!

Gomez n'écoutait pas le bavardage de la vieille; il promenait des regards hautains autour de lui et semblait attendre que l'un des assistants se levât pour lui offrir un siége.

Personne ne voulut comprendre ces regards. Les pêcheurs secouaient leurs dés avec acharnement, les deux contrebandiers causaient ensemble, et le gros valet de chambre était encore debout lorsque Filippo rentra apportant le vin demandé.

— Votre Grâce aurait-elle l'obligeance de prendre place, dit l'aubergiste en se hâtant d'avancer une chaise sur laquelle Gomez se laissa tomber; et peut-on demander d'où votre Grâce vient à pied à une pareille heure?

— Je viens du vaisseau royal arrivé ce soir, répondit Gomez avec importance; il est à l'ancre là-bas, sur la côte.

— Un vaisseau royal?

— Oui; il amène à Naples la noble princesse Elvira de Mendoza, son auguste mère, et leur garde d'honneur.

— Une princesse espagnole sans doute?

— Que voulez-vous que ce soit? La noble princesse Elvira est destinée à l'infant Alfonso, le fils de son Altesse le duc d'Arcos, mon noble maître!

Tout en parlant, Gomez regardait tour à tour les pêcheurs et les deux contrebandiers.

— Quand on nomme de si hauts personnages, s'écria-t-il, il est d'usage de se découvrir et de se lever.

Personne ne bougea.

— Ordonnez à ces hommes de faire preuve de respect envers leurs maîtres, reprit Gomez en s'adressant à Filippo.

— Vous restez bien assis, vous, le valet de chambre du duc, s'écria Masaniello avec colère. Vous êtes tenu de vous lever au nom de votre maître, mais nous sommes Napolitains, nous, et non Espagnols.

— Oho! fit Gomez, n'est-ce pas le pêcheur Masaniello qui parle ainsi?

— Vous me connaissez donc? Eh bien, oui, je suis·Masaniello, et . . .

Borella poussa du coude son imprudent compagnon, et Filippo lui lança un regard suppliant pour l'engager à se taire.

Un bruit de voix et de pas au dehors de l'auberge coupa court à toute discussion. La porte s'ouvrit brusquement et Sérafina, échauffée, haletante s'élança dans la salle.

— Père, s'écria-t-elle, ils l'apportent ici; Tonino et Zanetto l'apportent. Il faut que tu le reçoives pour cette nuit...

La belle Sérafina s'arrêta tout à coup et resta muette de surprise. Elle venait d'apercevoir le valet de chambre du duc. Sur un signe de son père, elle salua Gomez dont les gros yeux la regardaient avec admiration, mais elle eut à peine le temps d'achever sa révérence. Deux lazarones arrivaient dans la salle, portant avec précaution un homme qui paraissait grièvement blessé. Le sang coulait à flots de sa poitrine.

— Santo Dio! s'écria Masaniello, n'est-ce pas Pietro?

— C'est Pietro . . . et blessé! dit Borella en s'élançant auprès des deux lazarones qui déposaient soigneusement leur fardeau.

— Que lui est-il arrivé? Tu dois le savoir? cria Masaniello en saisissant l'un des deux hommes par sa blouse. Qui a osé porter la main sur ce brave Pietro, le meilleur d'entre nous?

— Je te dirai tout ce que nous savons nous-mêmes, répondit Zanetto en s'efforçant de calmer le pêcheur.

— Nous sommes sortis de Naples à la nuit tombante, interrompit Tonino, et nous avons été voir le vaisseau nouvellement arrivé. Au retour, nous allions gagner la grande route lorsque quatre cavaliers arrivant au galop de Portici nous ont dépassés. L'un d'eux s'est arrêté en nous voyant — c'était, je crois, don Lorenzo del Anguila, l'ami du prince — et nous a crié que nous trouverions sur la route un pêcheur baigné dans son sang. Il a ajouté que ce pêcheur avait osé se mettre sur le chemin de ses compagnons, puis il est reparti au galop pour rejoindre les autres cavaliers.

— Je m'en doutais! s'écria Masaniello, toujours ces courtisans, toujours ces Espagnols maudits!

— Pauvre vieux Pietro!... un brave cœur... le meilleur homme du monde... honte et malédiction sur ses meurtriers!

Gomez s'était levé à ces exclamations. Tout son corps tremblait de colère.

— C'est de la révolte, de la trahison! s'écria-t-il enfin; ces valets osent s'élever contre leurs maîtres légitimes!

— Taisez-vous, gros fainéant, cria Masaniello en se retournant vers Gomez; n'élevez pas la voix devant cet homme couché-là; il valait cent canailles comme vous.

— Prends garde, pêcheur, hurla l'Espagnol devenu pâle de colère; tu me paieras ça, je te le jure, tu me le paieras, quand même ta sœur est la maîtresse du prince.

Masaniello chancela comme s'il avait reçu un coup mortel; il fit un pas en arrière, puis il s'avança les poings fermés et se jeta sur Gomez en poussant un cri de rage.

Il y eut un moment d'indicible tumulte. Borella et Moreno s'étaient précipités sur leur compagnon et s'efforçaient de le retenir, tandis que Filippo faisait échapper Gomez par une porte de derrière.

— Tuez-moi cette canaille! hurlait Masaniello; n'a-t-il pas dit que Fenella était la maîtresse du prince?

Les deux pêcheurs essayaient vainement d'apaiser leur camarade.

— Je vous le demande, criait-il, ne l'a-t-il pas dit, cet Espagnol? est-ce vrai, oui ou non?

— Voyons, calme-toi, dit Moreno; Pietro a repris ses sens, il te fait signe d'approcher, ne le vois-tu pas?

Revenu à lui pendant la scène bruyante qui venait de se passer, le blessé s'était péniblement soulevé.

— Emmenez-moi... à Portici! dit-il d'une voix éteinte; prends-moi dans ta chaumière, Masaniello!

— De tout mon cœur, Pietro! dit le pêcheur subitement calmé à la vue du mourant. Venez, amis!

Les trois hommes soulevèrent avec précaution le blessé, le portèrent hors de l'auberge, et ce triste cortége prit lentement la route de Portici.

———

CHAPITRE III.

Un traître.

Le jour suivant, tout était prêt, au château, pour la réception des princesses de Mendoza. Des drapeaux, aux couleurs de l'Espagne, flottaient au-dessus des créneaux de l'antique forteresse, et de riches tapis, tombant des fenêtres et des balcons, égayaient ses vieilles murailles grises.

L'heure de la réception approchait. Le duc d'Arcos avait achevé sa sieste, et suivi de Tito, son fils adoptif, il se rendit dans son cabinet où Gomez avait déjà préparé le costume et le manteau de pourpre que le vice-roi devait revêtir pour la circonstance. Tito prit le manteau royal des mains du valet de chambre, et sur un signe impérieux de son maître, Gomez quitta le cabinet.

— Tu connais le but de la visite des princesses, dit le duc à Tito qui lui présentait son épée; le roi verrait avec plaisir une alliance entre la donna Elvira et Alfonso, et j'espère bien que les fiançailles se feront ces jours-ci.

— La princesse est bien belle, répondit Tito, et certes, Alfonso a du bonheur ... mais je crains ...

— Que crains-tu?

— Eh bien, je crains qu'Alfonso n'apprécie guère ce bonheur.

Le duc avait dressé l'oreille.

— Que veux-tu dire? ... Mais j'y pense, reprit-il tout à coup; j'ai remarqué que le duquecito ne paraissait nullement réjoui de voir arriver nos illustres visiteuses. Qu'y a-t-il là-dessous? Si tu le sais, parle, je te l'ordonne!

Tito s'efforçait de prendre un air embarrassé.

— Ne me demandez pas cela, Altesse, dit-il d'un ton suppliant. Alfonso est mon frère et mon ami, ne me forcez pas à l'accuser.

— Parle, dit le duc d'un ton impérieux; je veux savoir la vérité.

— J'obéirai, puisque vous l'ordonnez, Altesse, mais ne mettez pas trop d'importance à ma communication — des caprices de ce genre sont passagers — d'ailleurs, j'ai déjà pris les mesures nécessaires, pour écarter, à l'insu d'Alfonso, le danger qui le menaçait.

— Assez, interrompit le duc, je sais que tu m'es dévoué, que tu aimes Alfonso, et que tu nous sers fidèlement, lui et moi. Je n'ai jamais eu à regretter de t'avoir pris au château et de t'avoir fait élever; ainsi, parle sans crainte. Qu'y a-t-il avec Alfonso?

— Une amourette, Altesse, pas autre chose, dit Tito d'un air bonhomme, une petite distraction! Alfonso s'est épris d'une fille de Portici, et la petite sorcière a su se l'attacher.

— C'est tout? fit sèchement le duc. Je croyais à quelque chose de plus grave. Alfonso coupera court à cette amourette, j'espère.

— Je l'espère aussi, Altesse, mais la fillette ne le lâchera pas facilement.

— Comment! aurait-elle par hasard son mot à dire dans cette affaire?

— Je ne dis pas, mais Alfonso a le cœur tendre; la friponne a su lui arracher les serments les plus solennels, et notre bon duquecito se croit peut-être engagé vis-à-vis d'elle.

— Alors, je lui commanderai de cesser cette relation.

Tito ne répondit pas.

— Je dis qu'Alfonso rompra cette relation, répéta le duc surpris du silence de son confident.

— Il le fera sans doute si son auguste père l'ordonne, répondit Tito, mais la fillette . . .

— On lui donnera de l'argent.

Tito sourit d'un air incrédule.

— Cet argument n'aura aucun succès auprès de Fenella et de son frère, dit-il, je les connais assez pour en être certain.

— On les contraindra à obéir, alors! s'écria le duc exaspéré.

— Il n'y a pas autre chose à faire, Altesse. Ces pêcheurs de Portici ont un orgueil insupportable; il faut leur faire sentir le joug.

— Eh bien, donne des ordres pour que cette fille soit amenée ici.

En cet instant, les mortiers du port annoncèrent l'arrivée des visiteuses.

— J'ai déjà fait enlever la friponne la nuit dernière, répondit mystérieusement Tito. Tout s'est fait dans le plus grand secret. Il fallait éviter un scandale public, la princesse aurait pu . . .

— Tu as bien fait! interrompit le duc d'un air de profonde satisfaction. Où est cette fille ?

— Dans les cachots!

— Je veux la voir et lui parler après la réception. Suis-moi dans la salle du trône.

Pendant ce temps, un brillant cortége sortait du port et s'avançait, par les rues ensoleillées de Naples, vers le palais du vice-roi.

Vingt cavaliers de la garde d'honneur formaient l'avant-garde du cortége et faisaient écarter la foule. Le maréchal de la cour suivait à quelque distance, précédant un carosse de gala escorté par don Alfonso et par le marquis Riperda, et dans lequel on voyait la princesse Elvira assise à côté d'une dame d'honneur.

Les pages et le gouverneur de donna Elvira suivaient la voiture de leur jeune maîtresse. Après eux, venait un second carosse de cour, traîné par six chevaux magnifiquement caparaçonnés. C'était la voiture de la princesse de Mendoza, mère de donna Elvira. Deux jeunes Espagnols de l'entourage du vice-roi accompagnaient ce brillant équipage. Ils étaient suivis par les pages, les chambellans, les gentilshommes et les dames de la suite, et ce magnifique cortége se fermait par un second détachement de la garde d'honneur.

Les trabans du duc revêtus de leur costume moyen-âge gardaient les abords du château. Ils formaient la haie jusqu'au pied du grand escalier intérieur, sur lequel des dignitaires et des courtisans attendaient les illustres visiteuses, tandis que le vice-roi entouré de ses ministres et de ses officiers se tenait sur le balcon.

Le cortége arriva enfin devant le château; les pages et les gardes se rangèrent dans les vastes galeries, et le duc d'Arcos vint recevoir les princesses qui arrivaient conduites par Alfonso.

Donna Elvira avait dix-sept ans à peine. Enfant gâtée de Philippe IV d'Espagne, elle avait vu ses alentours se soumettre à ses moindres caprices, mais l'adulation dont elle était l'objet n'avait pas altéré son naturel aimable. Ses grands yeux brillaient d'un doux éclat, son opulente chevelure s'échappait de dessous la mantille espagnole et tombait en flots dorés sur de blanches épaules; ses traits nobles et fiers trahissaient sa haute origine, et toute sa personne offrait un singulier mélange de grâce et de dignité.

La princesse, sa mère, portait une robe de velours d'un rouge foncé, et une mantille garnie de diamants d'une inestimable valeur. Philippe d'Espagne avait longtemps adoré la noble dame. Elle était encore belle, et l'on devinait aisément à la voir qu'elle était accoutumée à toutes les pompes de la royauté.

Le duc d'Arcos reçut les princesses avec le cérémonial en usage à la cour d'Espagne. Il les conduisit dans la salle du trône, et tous les seigneurs présents passèrent en s'inclinant silencieusement devant elles. Le défilé terminé, la princesse transmit au vice-roi les assurances de faveur et d'approbation dont Philippe IV l'avait chargée pour lui. Le duc répondit par quelques paroles de froide politesse, il chargea le duquecito de se tenir aux ordres des augustes visiteuses, puis les princesses prirent congé du vice-roi, et se retirèrent sous la conduite d'Alfonso.

La cérémonie était achevée. Le duc avait renvoyé ses ministres, et il allait quitter la salle du trône, quand Tito s'approcha de lui d'un air mystérieux.

— J'ai fait amener la fillette ici, dit-il tout bas.

Au même instant, la porte s'ouvrit, et Fenella se précipita dans la salle. La pauvre enfant tremblait de tous ses membres, et les heures d'angoisse qu'elle venait de traverser avaient laissé de profondes empreintes sur ses traits purs et charmants. Tout à coup, elle s'arrêta et pâlit affreusement; ses yeux, errant dans la ...... elle ...... debout, les bras croisés à côté du ...... lui rendit pourtant un peu de ....ment vers le duc, et tomba à genoux ...... les mains.

Le duc se retourna d'un air ...... dent.

— C'est la fillette en question, Altesse, ... tici, dit Tito.

— Muette? répéta le duc ...... la belle fille agenouillée devant ...... de larmes avaient une éloquence ...... pitié passa sur son visage, mais ...... ses traits reprenaient bientôt ......

— Jeune fille, dit-il ...... tu seras libre, et tu recevras cent ...... à ton amour ...... pour don Alfonso.

Fenella tressaillit. Elle se ...... prononcer ce nom en ce lieu, mais elle ...... tant, et refusa, par de gestes énergiques, ... sition.

— La rusée coquine! fit Tito; elle pense ...... l'amour d'un prince vaut plus de cent ducats.

— Eh bien, s'écria le duc irrité, je te défends de ...... le prince Alfonso.

Fenella s'était relevée. Elle regardait tour à tour ...... le vice-roi, et ses gestes expressifs exprimaient la plus ...... fonde surprise.

— Voyez la petite sournoise! ricana Tito. On jurerait ...... voir qu'elle ne connaissait ni la naissance ni le ...... son amant.

Fenella redoubla de protestations, mais ...... espéra touchait peu l'implacable vice-roi.

— Tu as le choix, lui dit-il d'un ton qui n'admettait ...... de réplique; ou tu renonceras pour jamais à l'amour ......

resteras dans ton cachot jusqu'à ce que ton ardeur coupable se soit apaisée.

La malheureuse enfant retomba à genoux. Elle allait recommencer ses inutiles supplications, lorsque la porte s'ouvrit, et le duquecito parut sur le seuil.

Alfonso recula de quelques pas. Le spectacle qu'il avait sous les yeux était cruel et inatendu pour lui, mais il se remit promptement. Il rentra précipitamment dans la salle, et s'élança auprès de la jeune fille, toujours à genoux devant le duc.

— Fenella ; s'écria-t-il... Fenella... comment es-tu venue ici?... comment... Tu étais prisonnière?... On a osé t'arrêter?...

Et l'imprudent jeune homme tirait son épée du fourreau, tandis que Fenella se cramponnait à ses genoux et semblait lui demander aide et protection.

Le duc avait pâli de colère. — Que signifie cette scène? cria-t-il d'une voix tonnante.

— Je veux protéger cette jeune fille, dit fièrement Alfonso. J'exige qu'elle soit mise en liberté, et je ne permettrai pas qu'elle soit persécutée à cause de son amour pour moi.

Stupéfait de tant d'audace, le duc avait gravi lentement les marches de son trône, et s'y dressait de toute sa hauteur.

— Malheureux! s'écria-t-il, tu oses tirer ton épée en présence de ton roi. Appelez la garde! Qu'on saisisse cette fille et qu'on la ramène dans son cachot. Je déciderai de son sort.

— Grace, mon auguste maître! Grâce pour cet imprudent! supplia Tito, toujours prêt à jouer le rôle d'intercesseur; pardonnez à Alfonso!...

Le vice-roi ne l'écoutait pas.

— Retire-toi dans tes appartements, dit-il impérieusement à son fils, et ne les quitte pas avant que je le permette.

Alfonso comprit que tout était perdu s'il n'obéissait pas. Il s'arracha à l'étreinte de Fenella et les gardes entraînèrent la malheureuse enfant.

— Punissez-moi, mon père! s'écria Alfonso, mais pardonnez à Fenella. Elle est innocente!...

— Je m'en tiens à mes ordres! interrompit le vice-roi — le duquecito doit obéir!

<hr />

Chapitre IV

Corvia, la sorcière du Vésuve.

Peu de jours après la scène que nous venons de raconter, un seigneur de la cour du vice-roi sortait du château à la nuit tombante, et se dirigeait furtivement vers les écuries.

Le mystérieux personnage, vêtu du petit manteau et du chapeau espagnols, enfourcha lestement un cheval tout sellé qui semblait préparé pour lui, puis après s'être assuré que personne ne le suivait, il sortit de la cour, et prit un chemin écarté conduisant du coté de la montagne.

Il avançait rapidement en se félicitant de n'avoir pas été aperçu, lorsqu'une voix retentit tout à coup près de lui.

— Hé! don Tito, que faites-vous ici à pareille heure? disait cette voix. Est-ce vous ou n'est-ce pas vous?

— Supposez que ce n'est pas moi, don Miguel, répondit le cavalier avec humeur.

— Quelle réponse équivoque! fit Riperda en riant; on ne peut la pardonner qu'à vous. Vous ne voulez donc pas qu'on vous reconnaisse, et vous avez quelque mystérieuse équipée en vue? Soyez tranquille, je respecte ces secrets-là, et je ne ferai que quelques pas en votre compagnie.

— C'est entendu; venez!

Riperda fit avancer son cheval, et les deux cavaliers marchèrent quelques instants côte à côte.

— Est-il vrai que le duquecito soit en pleine disgrâce? demanda Riperda à son compagnon.

— Il y a eu une petite scène, voilà tout.

— Eh bien, j'espère que la réconciliation ne tardera pas. Don Alfonso ne peut manquer à la fête de demain. On ne la donne sans doute que pour lui procurer l'occasion de faire plus intime connaissance avec donna Elvira.

— Cela va sans dire.

— Ce sera une fête superbe. Et tenez, don Tito, j'ai aperçu dans la suite de la princesse une adorable petite beauté. Je serai bien malheureux si je ne trouve pas demain soir une occasion favorable de lui déclarer mes sentiments.

— Vous voilà de nouveau tout feu et tout flamme, don Miguel. Eh bien, occupez-vous activement de votre plan d'attaque, et tenez-vous en joie jusqu'à demain.

Et Tito, saluant légèrement son compagnon enfila un chemin conduisant au bord de la mer. Riperda reprit lentement la route de Naples, mais dès qu'il fut hors de vue, Tito revint sur ses pas et lança son cheval dans la direction du Vésuve.

Plus le cavalier solitaire approchait de son but, plus la contrée devenait inculte et déserte, mais Tito paraissait connaître fort bien le pays sauvage qu'il traversait. Il dépassa la route de Résina, et s'engagea dans la région des cendres, désert de lave, coupé du côté de la mer par de profondes crevasses. Le cheval n'avançait plus que péniblement. Tito sauta à terre; il prit un étroit sentier conduisant au sommet du volcan, et s'approcha d'une large et profonde ouverture d'où sortait une lueur rougeâtre. A quelques pas, cette crevasse aux formes fantastiques semblait donner accès jusqu'aux entrailles même de la montagne, et l'on eut dit qu'il suffisait de se pencher sur son bord pour que l'œil plongeât dans le laboratoire infernal où se préparaient tant de forces destructives

Tito avança prudemment jusqu'à l'énorme ouverture, puis il s'arrêta pour reprende haleine et pour considérer l'étrange spectacle qu'il avait sous les yeux.

La crevasse, moins profonde qu'elle ne le paraissait à distance, se creusait sous la montagne et devenait une large caverne voûtée. Un grand feu flambait dans cet antre et éclairait de sa lumière rougeâtre une femme à demi-nue, accroupie devant un énorme chaudron. L'aspect de cette vieille sorcière eut fait reculer un homme moins résolu que Tito. Elle avait jeté les haillons qui la couvraient à l'ordinaire et n'avait gardé qu'un mauvais mouchoir roulé autour de son corps. Ses longs cheveux gris pendaient en désordre sur ses épaules, et sa main décharnée tenait un long morceau de bois avec lequel elle remuait le contenu de son chaudron.

La vieille accompagnait sa nocturne besogne d'une espèce de litanie, à laquelle se mêlait de temps en temps un ricanement sinistre ou un cri perçant. On eut dit les plaintes de malheureux gémissant dans le purgatoire.

Un croassement bruyant se fit entendre dans la caverne. La vieille releva la tête.

— Qu'as-tu à croasser, corbeau? dit-elle d'une voix enrouée. Viendrait-il une visite?

Elle tourna la tête vers l'entrée de son antre, rajusta son mouchoir sur ses épaules décharnées et sur sa poitrine de momie, et releva le sale jupon qu'elle avait laissé tomber à ses pieds.

— Qui est là? cria-t-elle à haute voix.

Tito était descendu dans la crevasse et apparaissait à l'entrée de la caverne.

— Eh! c'est toi, mon fils! s'écria la vieille en se frottant joyeusement les mains. C'est toi! Quel plaisir de te voir! Quel honneur! Approche; il faut que je continue à remuer pour ne pas laisser brûler ma bouillie. Approche!

— Cette vapeur est intolérable! fit Tito en se secouant.

La vieille partit d'un bruyant éclat de rire.

— Quelle figure tu fais! dit-elle. Allons mon fils, entre, et mets-toi là, près de moi. Mon fidèle corbeau m'avait bien annoncé l'approche d'une visite.

Tito leva les yeux — le vilain oiseau noir était perché sur un bâton près de l'entrée de la caverne, et regardait fixement le visiteur.

— Tu es resté bien longtemps invisible, mon fils, reprit la vieille en continuant à remuer sa bouillie. Je ne t'ai pas revu depuis la mort de cette pauvre duchesse que toutes mes drogues n'ont pu guérir. Il y a des années de çà. Mais, dis-moi, fils de mon cœur, tu ne l'aimais guère, la duchesse ?

— Pourquoi cette question ? fit Tito surpris et irrité.

— Hé, c'est une idée. Je me figure qu'elle ne te voulait pas beaucoup de bien. Elle te gênait, hein ? et tu n'as pas été fâché qu'elle ...

— Tais-toi ! s'écria Tito exaspéré en regardant involontairement autour de lui ; tais-toi ! ou ....

Il s'arrêta brusquement. Ses cheveux s'étaient dressés sur sa tête. Le ricanement suspect qu'il avait entendu du dehors venait de se répéter tout près de lui.

— Ne t'effraie pas, mon fils, c'est la tourterelle, la belle petite tourterelle là-bas, dit la vieille en montrant le fond de son antre où une tourterelle à collier roucoulait sur un bâton. Elle s'est réfugiée vers moi le lendemain de la mort de la duchesse, et je l'ai recueillie !

— Le lendemain de la mort de la duchesse ?... balbutia Tito.

— Le lendemain, mon fils ...

— Emporte-moi cette bête ; je ne peux pas entendre ce ricanement !

— Laisse-la rire, mon fils ; laisse-la rire, fit la vieille sorcière. Mets-toi là, sur ce lit de roseaux, et dis-moi ce qui t'amène. As-tu besoin de moi ?

— Je crois que tu pourrais m'aider dans mes desseins.

— Je le veux bien, mon fils ! C'est l'ambition qui te ronge, une ambition effrénée ! Corvia sait tout ; elle a connu tes parents ; elle sait aussi que le duc t'a trouvé et adopté un soir de Saint-Sylvestre ... L'ambition, toujours l'ambition ! Tu voudrais bien supplanter le duquecito, hé... ne dis pas le contraire ! La vieille Corvia sait tout, tu n'as pas besoin de faire le mystérieux avec elle. Patience, mon fils; tu réussiras bien à dominer le vieux duc, mais prends garde à la fillette que tu convoites et que tu envies à don Alfonso. Evite-la, Tito ; évite-là !

— La connais-tu, cette fille ?

— Je sais que tu mourras par elle si tu ne peux pas te vaincre et l'oublier.

— Et tu crois que mon ambition sera satisfaite un jour ?

— Oui, oui, fils de mon cœur, et si je peux t'aider, je le ferai !

— Tiens, prends; fit Tito en jetant à la sorcière une bourse pleine d'or.

— De l'or ? de l'or rouge! cria la vieille en s'emparant avidement de la bourse. C'est une fortune, mon fils!

— Eh bien, avant peu je te demanderai un service.

— Avec joie, mon fils, avec joie! Demande tout ce que tu voudras : un philtre ou une amulette, un soporifique ou une petite poudre sympathique...

En cet instant, une détonation souterraine ébranla la montagne. Tito tressaillit.

— Ce n'est rien mon fils, dit la vieille; ce n'est rien; la montagne gronde souvent ainsi... mais qu'y a-t-il ? le corbeau est bien inquiet.

Tito s'éloigna brusquement du feu, s'enveloppa de son manteau et rabattit son chapeau sur ses yeux. Un croassement bruyant se fit entendre et l'on vit une forme humaine apparaître au bord de la crevasse.

— Encore une visite! fit la vieille.

Une exclamation de colère échappa à Tito. — Je reviendrai une autre fois, dit-il en se dirigeant vers l'ouverture.

Au même instant un jeune pêcheur entra dans la caverne. C'était un beau garçon de vingt-sept à vingt-huit ans. Les deux hommes se mesurèrent du regard — puis Tito regagna le bord de la crevasse et disparut dans la nuit. Le pêcheur le suivit des yeux, et se tournant vers la vieille :

— N'était-ce pas un seigneur espagnol? lui demanda-t-il?

— Comment le saurais-je, mon fils? Je ne m'en inquiète pas. C'était un étranger, mais toi, n'es-tu pas Masaniello, le beau et brave pêcheur de Portici?

— Je suis Masaniello!

— Approche donc, mon fils, il faut que je remue ma bouillie. Qu'est-ce qui t'amène? T'est-il arrivé quelque malheur, et viens-tu demander un conseil à la vieille Corvia?

— Pietro, le vieux pêcheur, a été grièvement blessé et ne peut pas guérir, répondit Masaniello. Je viens te demander quelques herbes pour lui.

— Tu les auras, mon fils, tu les auras! Mais comment a-t-il été blessé?

— Il a reçu deux coups d'épée, d'épée espagnole!

— Oho! encore une querelle? fit la vieille en considérant le beau jeune homme; viens ici, mon fils, et remue pendant que je préparerai les herbes.

Masaniello se rapprocha du chaudron d'où montait une vapeur épaisse, et se mit à remuer vigoureusement.

— J'aurais bien une question à te faire, dit-il avec quelque hésitation, tandis que la vieille, courbée dans le fond de son antre, choisissait les simples qu'elle voulait envoyer à Pietro.

— Parle, mon fils ; parle !

— Connais-tu ma sœur ?

— La muette de Portici? La plus belle fille au loin et au près? Si je la connais, mon fils? Que lui est-il arrivé?

— Elle a disparu. Il a été impossible de retrouver sa trace, mais quelques personnes prétendent qu'elle aimait le duque-cito et qu'elle s'est noyée de désespoir. Serait-ce vrai?

La vieille s'était rapprochée. Elle remit un paquet d'herbes au jeune pêcheur et reprit sa place devant le chaudron.

— Ta sœur n'est pas morte, mon fils, dit-elle gravement ; elle vit — mais ne la cherche pas — ce serait ta mort et la sienne !

Les traits de Masaniello s'étaient assombris.

— Si je comprends bien, fit-il d'une voix sourde, elle est aussi perdue pour moi que si elle était morte ?..

Corvia regardait sournoisement le pêcheur. — Beau Masaniello, je te donnerai encore un petit avis, s'écria-t-elle. Ce serait dommage qu'il arrivât malheur à un si joli garçon. J'ai passé dernièrement devant ta chaumière — sais-tu ce que j'y ai vu, mon fils, et ce que j'ai revu tout à l'heure pendant que tu remuais ma bouillie et que la vapeur t'entourait...

Masaniella qui se préparait à sortir de la caverne se retourna involontairement.

— J'ai vu une couronne étincelante resplendir au-dessus de ta chaumière ! reprit Corvia d'un ton grave et solennel — j'ai vu sur ta tête un chapeau ducal, et, avec ta chemise ouverte, tu avais l'air d'un roi lazarone ...

— Es-tu folle, femme ? s'écria le pêcheur. Où veux-tu en venir ? ...

— Prends garde, beau Masaniello, prends garde ! disait la sorcière, sans faire attention à l'interruption du pêcheur. Redoute la pourpre et la couronne ! ... ne pose pas le chapeau ducal sur ta tête ! Prends garde, mon trésor, et souviens-toi des paroles de la vieille Corvia ... !

Masaniello n'entendait plus. Il était sorti en courant de l'antre de la sorcière, et fuyait comme s'il eut été poursuivi par des langues de flamme. On eut dit qu'une puissance irrésistible le poussait et lui défendait d'écouter la voix de sa destinée ... ,

CHAPITRE V

Fenella s'enfuit de son cachot.

Le château du vice-roi, véritable forteresse, s'élevait sombre et menaçant au-dessus d'énormes rochers. Ses hautes murailles, ses jardins, ses terrasses et ses ouvrages avancés descendaient jusqu'au rivage, et les vagues venaient se briser avec fracas contre la dernière de ses tours.

C'était dans une des cellules de cette tour, appelée la tour du moine, que les sbires du duc d'Arcos avaient jeté la pauvre Fenella. La petite fenêtre de ce cachot donnait sur la mer, et la muette de Portici passait ses heures à contempler les vagues écumantes, le soleil, et cette eau sans limites qui portait dans le lointain les canots des pêcheurs.

Les vagues moutonneuses venaient se briser en gémissant contre les grosses pierres sur lesquelles la tour était bâtie. Cette plainte monotone, c'était une musique pour la prisonnière, mais une musique décevante qui lui parlait de sa liberté perdue, de sa chaumière, du village, et ravivait ses regrets au lieu de les endormir !

Les traits pâlis de la jeune fille trahissaient un chagrin profond — elle savait enfin qui était Alfonso — mais combien elle regrettait son ignorance passée. Le mystère dont il s'entourait l'avait souvent préoccupée — mais la révélation de ce mystère n'était-ce pas l'arrêt de mort de son amour ? Oserait-elle aimer encore cet Alfonso que le vice-roi appelait son fils ?

Que lui importait cependant que celui qu'elle aimait fut le duquecito! Prince ou non, elle était à lui ! Alfonso l'aimait. Elle tenait dans ses mains l'écharpe qu'il lui avait donnée, elle la pressait sur son cœur ; elle se rappelait les douces paroles qu'il lui répétait chaque soir, et ce souvenir ramenait le bonheur dans son âme. Alfonso avait juré de lui être fidèle, il lui appartenait — personne ne pourrait lui ravir son amour !

La prisonnière avait obtenu la permission de se promener de temps en temps dans les corridors de la tour. Un soir qu'elle usait de cette permission, elle s'arrêta machinalement devant une fenêtre d'où l'on apercevait une partie des jardins et des cours du château, et resta frappée de surprise. On donnait une grande fête. Les allées, les terrasses, les cours étaient illuminées ; des dames en grande toilette passaient et repassaient au bras de leurs cavaliers, et les sons d'une musique entraînante arrivaient jusqu'à la tour.

Fenella semblait clouée à cette fenêtre. Elle écoutait ces bruits de fête et songeait à Alfonso, lorsque ses rêves furent brusquement interrompus par la voix du geôlier qui la renvoyait dans sa triste cellule.

Plus de musique entraînante, plus de lumière et de bruit ! La pauvre enfant s'appuya contre la petite fenêtre de son cachot et contempla, morne et sombre, la mer lointaine qui venait mourir à ses pieds.

Un indicible besoin d'air et de liberté la saisit tout entière — il fallait fuir, fuir à n'importe quel prix ! échapper à ces murs qui la séparaient du monde entier. Alfonso était sans doute enfermé comme elle — libre, il eut cherché et trouvé le chemin de sa prison. Elle avait attendu vainement — il ne venait pas — il fallait fuir et arriver jusqu'à lui !

Mais comment s'enfuir ? comment s'échapper d'une prison bien fermée et bien gardée ? Toutes les pensées de la prisonnière, tous ses sens aiguisés, se concentraient sur ce point. Ces jours de souffrance l'avaient bien changée. L'insouciante enfant qui ne vivait que de son amour était devenue une femme, une femme armée pour la lutte, et prête à combattre par la ruse et par la prudence la force brutale qui l'opprimait. Le malheur avait soufflé sur ce cœur naïf et confiant et l'avait rapidement mûri. Fenella aimait maintenant de toute l'ardeur de son âme : la passion s'était éveillée en elle et lui donnait la force et le courage nécessaires pour braver la souffrance et le danger !

La nuit était déjà avancée lorsque Fenella, toujours immobile à sa fenêtre, fut brusquement ramenée à la réalité par un bruit de voix et de pas dans les corridors. Elle prêta l'oreille, et comprit qu'on amenait un nouveau prisonnier dans la tour. Bientôt, tout redevint silencieux et calme, mais ce ne fut que vers le matin que la muette de Portici se jeta sur sa misérable couche et s'endormit.

Lorsqu'elle se réveilla, le soleil était déjà bien élevé au-dessus de la mer. Le geôlier avait déjà fait sa tournée et apporté l'eau et le pain de chaque jour — Fenella le remarqua à peine. Ses préoccupations l'avaient suivie dans son sommeil et avaient hanté ses songes. Un rêve lui avait montré le nouveau prisonnier faisant une corde au moyen de ses vêtements déchirés, et descendant par la fenêtre le long de cette corde. Ce n'était qu'un rêve — mais Fenella ne douta pas un instant que ce rêve ne fût un signe du ciel.

Le prisonnier languissait dans sa cellule — mais elle, elle voulait que le songe devînt une réalité. Sans doute, la mer lavait incessamment les grosses pierres pointues qui se trouvaient au-dessous de sa fenêtre — les gardes passaient et repassaient de jour et de nuit à quelques pas de la tour — mais ces obstacles ne pouvaient retenir la courageuse fille. Mieux valait mourir dans les flots que de se consumer lentement entre ces froides murailles !

Le geôlier ne venait ordinairement que le matin dans les cellules ; sa tournée était déjà faite, on n'avait donc plus à redouter sa visite ce jour-là, et Fenella résolut de mettre à exécution, la nuit même, son dangereux projet. Tout entière à ses rêves de liberté, à ses espérances et à ses craintes, elle n'avait pas senti passer les heures, mais le soleil descendait déjà à l'horizon — c'était le moment de se mettre à l'œuvre !

Fenella se jeta à genoux. Elle adressa une ardente prière à la Sainte-Vierge, la mère des affligés, et se releva fortifiée et prête à tout événement. Deux couvertures grossières recouvraient la paille de son grabat. Fenella les saisit et essaya de les déchirer. Elle y réussit, non sans efforts, et en fit de larges bandes qu'elle noua solidement ensemble.

Cette rude besogne achevée, elle rassembla toutes ses forces pour s'assurer de la solidité de son œuvre. Pas un nœud ne céda. La corde improvisée résista aux vigoureux efforts que la prisonnière fit pour la rompre. Fenella pouvait donc se confier sans crainte à ce primitif engin de sauvetage.

La nuit approchait. Debout près de l'étroite fenêtre de son cachot, la muette de Portici cherchait de l'œil un objet auquel elle put fixer sa corde, lorsqu'un bruit de pas la fit tressaillir. Elle écouta — les pas se rapprochaient de sa cellule — on entendait déjà grincer le trousseau de clefs du geôlier.

Fenella retint à peine un cri d'épouvante. Elle se sentait défaillir quand une idée subite la ranima tout à coup. Si c'était Alfonso qui venait la voir ?... Elle prêta l'oreille... plus de doute, c'était le bien-aimé ! Le geôlier n'était pas seul, un autre homme l'accompagnait — ce ne pouvait être qu'Alfonso !...

Fenella respira. Son cœur battait à se rompre, ses lèvres tremblaient. Elle s'avançait, les bras tendus pour recevoir celui qu'elle espérait depuis si longtemps, lorsque la porte s'ouvrit...

Fenella recula épouvantée...

Tito venait de paraître sur le seuil et la regardait avec un sourire moqueur. Il fit signe au geôlier d'attendre au-dehors, puis il referma la porte et s'avança vers la belle prisonnière qui oublia complètement, dans cet instant, les préparatifs de fuite qui pouvaient la trahir. En entendant marcher, Fenella avait jeté la corde dans un coin de sa cellule, mais il faisait déjà sombre et Tito ne l'aperçut pas. Il avait d'ailleurs bien d'autres préoccupations.

— Ah, petite chatte, dit-il en étendant les bras pour s'emparer de Fenella, tu ne m'échapperas pas ici ; tu es en mon pouvoir aujourd'hui.

La pauvre enfant ne pouvait ni appeler au secours, ni exprimer par des paroles l'horreur que lui inspirait son persécuteur. Elle essayait d'échapper aux mains du misérable, mais il l'avait saisie. Il allait la serrer dans ses bras, lorsqu'elle se redressa par un effort suprême, et le repoussa avec une telle violence qu'il laissa échapper une exclamation de colère.

— Tu es une folle, dit-il avec humeur. Pourquoi me repousses-tu ? Est-ce que je ne vaux pas Alfonso ?

Fenella l'interrompit par un geste de mépris et d'horreur.

— C'est bon, c'est bon, continua Tito. tes refus sont bien inutiles ; tu m'appartiendras tôt ou tard. Renonce à ton amour pour Alfonso ; sois à moi, et tu seras libre. Je te ferai sortir de ce cachot ce soir même, et tu n'auras jamais à te repentir de m'avoir écouté !

L'énergique pantomime de la muette répondait clairement pour elle.

— Tu as le choix, reprit Tito. Ou la prison à perpétuité, ou la liberté avec moi !

Fenella répondit par un geste menaçant qui semblait le défier d'employer la violence.

— Calme-toi, ma belle, ricana Tito ; d'ici à quelques jours tu seras moins rétive. Je reviendrai. Tu es en sûreté dans cette cage.

Une angoisse indescriptible s'était emparée de Fenella — elle respirait à peine — si Tito découvrait la corde, tout était perdu . . .

Le misérable se dirigeait vers la porte. Au moment de l'ouvrir, il se retourna vers la prisonnière. — Je reviendrai, ma belle, dit-il ironiquement ; je reviendrai, et d'ici là tu auras changé d'idée.

Enfin il sortit ; Fenella resta quelques instants immobile, écoutant les pas qui s'éloignaient, puis elle tomba anéantie sur son grabat.

Le danger était passé ; tout était redevenu silencieux dans la tour. Le ciel était noir et orageux, et les vagues, poussées par le vent, se brisaient avec fracas contre les rochers. Fenella s'était relevée. Elle étouffait dans cette cellule. Elle s'appuya contre sa fenêtre et aspira à longs traits l'air de la mer, cet air vivifiant et pur qui semblait l'appeler. Son angoisse se dissipait peu à peu et faisait place à une froide résolution. La fuite présentait mille dangers, mais ne valait-il pas mieux périr dans les flots que de tomber entre les mains de Tito. Fenella se retournait vers la porte ; il lui semblait la voir se rouvrir pour laisser passer ce misérable. Il fallait fuir, et retrouver Alfonso ! Lui seul pourrait la protéger !

L'heure était venue. Fenella grimpa sur le vieux tabouret qui se trouvait dans la cellule et se hissa sur le bord intérieur de la fenêtre, puis elle plongea résolument ses regards dans le vide. Tout était sombre. Les vagues inondaient les roches polies et arrivaient jusqu'au pied de la tour. La sentinelle, placée à quelque distance, descendait jusqu'au rivage, puis elle remontait vers sa guérite, et pendant un instant le bruit de ses pas se perdait dans l'éloignement.

Le cœur de la prisonnière battait avec violence. Elle attacha la corde à laquelle sa vie allait être suspendue à l'un des pieds du tabouret, et jeta l'autre bout au dehors de la fenêtre. La corde descendit le long de la muraille et le massif escabeau se trouva retenu en travers de l'étroite fenêtre qu'il dépassait des deux côtés.

Tout était prêt. Fenella leva vers le ciel un regard qui semblait remettre sa vie entre les mains de Dieu, puis elle saisit la corde, s'y cramponna de toutes ses forces et se laissa glisser en dehors de la fenêtre.

Elle flottait au-dessus de l'abîme ; sa vie ne tenait qu'à ces bandes attachées les unes aux autres — mais la coura-

geuse fille ne prit pas le temps de réfléchir à son effrayable
position.

Elle descendait — la tempête la secouait violemment et
la jetait contre les vieilles murailles de la tour — que la
corde vînt à se rompre, que l'un des nœuds cédât, et Fenella
était précipitée sur les rochers pointus où elle se brisait infailliblement.

Sans doute, le ciel eut pitié de tant d'infortune et de
courage. La corde tint bon, et Fenella atteignit heureusement
les pierres amoncelées au bas de la tour.

La sentinelle se rapprochait du rivage . . .

Fenella s'accroupit contre la muraille et attendit que le
soldat se fut éloigné de nouveau. Alors elle se releva et se
tourna du côté opposé pour tâcher d'atteindre le rivage libre
dont cent pas seulement la séparaient.

Cent pas seulement . . . mais quels pas ! . . .

La mer avait recouvert les roches pointues d'une mousse
verdâtre qui pendait en longs fils le long des pierres. On eut
dit de longues chevelures se baignant dans les vagues. —
C'était sur ces pierres glissantes qu'il fallait contourner la
tour et gagner le rivage, au risque de glisser à chaque pas
dans l'eau noire et profonde.

Fenella avançait cependant; elle allait d'un pied sûr, en
suivant l'antique muraille qui se dressait à côté d'elle. Ses
longs cheveux flottaient au vent, et les vagues qui se brisaient contre les rochers retombaient en pluie sur elle, mais
la tempête et la pluie lui semblaient de vieux amis retrouvés.
Son front brûlant se rafraîchissait dans cette athmosphère.
La fille de pêcheur se retrouvait dans son élément.

Elle allait de pierre en pierre, posant un pied sûr et léger
sur les roches glissantes — les mouettes effrayées se levaient
sur son passage et remplissaient l'air de leur cri sinistre —
enfin, la vaillante fille atteignit le bord, la terre ferme du
rivage . . . elle y posa le pied, y fit quelques pas comme
pour en reprendre possession, et tomba à genoux . . .

Chapitre VI

Une fête au château.

Le duc d'Arcos donnait une brillante fête en l'honneur des nobles princesses de Mendoza, et l'antique château des vice-rois de Naples resplendissait de lumière.

Vue du dehors, cette forteresse moyen-âge offrait un aspect sinistre, mais dès qu'on pénétrait dans l'intérieur, cette impression s'effaçait complètement, et l'on ne pouvait qu'admirer ces hautes et vastes salles voûtées, meublées avec la pompe et le luxe chers aux Espagnols.

L'Espagne était alors une grande puissance, ayant des possessions si nombreuses, en Europe et hors de l'Europe, que le soleil, disait-on, ne se couchait jamais sur son territoire. Elle aimait à entretenir dans ses colonies et dans les pays qui lui étaient soumis des régents, investis d'une autorité souveraine, et capables de représenter dignement le roi d'Espagne en étalant une pompe et un luxe princiers.

Malgré son humeur sombre et farouche, le vice-roi de Naples avait su s'entourer d'une cour brillante. Ses réceptions étaient réputées pour leur magnificence et leur éclat, mais il s'était surpassé dans les apprêts de la fête de nuit qu'il offrait à ses nobles visiteuses. Les vastes salles, magnifiquement décorées, offraient un coup d'œil enchanteur; une excellente musique avait été placée sur la haute galerie à demi-cachée par d'innombrables bannières aux couleurs de l'Espagne, et les jardins, brillamment illuminés, invitaient les conviés à venir respirer leur fraîcheur et leurs parfums.

Les hôtes arrivaient peu à peu et se réunissaient dans les salles de réception. Tous étaient costumés et masqués. C'étaient, pour la plupart, de grands seigneurs espagnols, accompagnés de leurs femmes et de leurs filles, mais on voyait cependant au milieu d'eux quelques nobles Napolitains, que le duc avait invités pour faire preuve de condescendance et de bon vouloir envers la noblesse du pays.

Le vice-roi, vêtu d'un riche costume espagnol, se tenait debout au milieu de la salle avec quelques seigneurs de son entourage. On attendait les princesses qui tardaient à paraître, mais leurs dames d'honneur venaient d'entrer et les jeunes courtisans s'efforçaient de reconnaître chacune d'elles sous les différents costumes qu'elles avaient choisis.

— Est-ce vous, don Miguel Riperda? dit tout bas un jeune Espagnol déguisé en pêcheur, en s'adressant à son voisin qui portait avec grâce un élégant costume grec.

— Vous avez de bons yeux, don Lorenzo, fit le jeune Grec en riant. Mais regardez, là-bas, cette ravissante vendangeuse! C'est donna Diana, la belle dame d'honneur de la princesse. La voyez-vous?

— Vous passez rapidement d'une impression à une autre, don Miguel, dit sérieusement Lorenzo. Le sang est à peine séché sur votre grand sabre, et vous voilà déjà en humeur d'aventures galantes!

— Vous avez envie de prêcher, mon noble ami, ricana le jeune Grec. Je sais de reste que vous êtes plus prudent, plus sérieux et plus doux que moi — mais je vous donne ma parole que le manant dont j'ai puni l'insolence, là-bas, sur le rivage, vous eût exaspéré vous aussi; il voulait toucher de ses sales mains mon pourpoint et ma ceinture...

— Prenez garde, don Miguel; vous vous ferez quelque mauvaise affaire avec ces pêcheurs. Vous en avez blessé un dernièrement, en revenant de Portici, et ce soir, vous pourfendez un autre de ces pauvres diables parce qu'il se permettait dans sa naïve admiration de toucher votre ceinture!

— Assez, don Lorenzo; gardez votre sermon pour une autre fois et rappelez-vous que le marquis Riperda punirait de mort le premier de ces chiens napolitains qui oserait...

— Silence! interrompit Lorenzo. Ne voyez-vous pas ces trois personnages, là, tout près de nous?

— Oho! reprit Riperda, je parie que ce domino noir n'est autre que le cardinal Filamarino — et cet ancien Romain, avec sa toge jetée sur l'épaule, c'est le jeune comte Felice Almaviva... je ne reconnais pas le troisième, le brigand.

— Le prince Bisignano, le général des régiments napolitains, répondit Lorenzo.

— Voilà un trio qui ne nous aime guère! fit Riperda en riant. Au revoir! Je vais rejoindre ma belle vendangeuse!

Pendant que cet entretien avait lieu près de l'entrée de la salle, un domino rouge, sorti furtivement d'une pièce voisine, s'était glissé le long des murs derrière les lourdes bannières qui les décoraient, et avait réussi à arriver sans être vu jusque vers le trio dont les deux jeunes gens venaient de parler.

— Tout cela finira mal, disait en cet instant le comte napolitain déguisé en ancien romain, l'arrogance de ces Espagnols va chaque jour croissant.

— Avez-vous entendu cet insolent Riperda? demanda le brigand que Lorenzo avait appelé prince de Bisignano.

— Le misérable! fit Almaviva d'une voix contenue. Il ose parler, ici, tout près de nous, de chiens napolitains!...

— Calmez-vous, comte, dit le cardinal, ne faites pas d'éclat ici. Tenez, voici les princesses. Regardez donna Elvira avec son écharpe bleue, et cette superbe robe portée par deux pages!...

— Beaucoup de pompe et de luxe, murmura le brigand, beaucoup de faste, mais peu ou point d'amour pour le peuple de Naples!

— Par le sang de mes aïeux, nous ne sommes pas dignes d'être Napolitains, si nous supportons plus longtemps ce joug humiliant, dit le Romain.

— Doucement, comte, dit le vieux cardinal d'un ton suppliant; croyez en mon conseil, et modérez-vous ici. Dans ce château, les murs mêmes ont des oreilles!

Pendant cet entretien, don Alfonso était entré dans la salle. Il s'était approché de son père, et avait échangé avec lui quelques paroles qui firent comprendre aux courtisans réunis autour du duc que la bonne intelligence était rétablie entre le viceroi et son fils. Alfonso portait un superbe costume de chevalier et une écharpe bleue. Ce costume lui allait à merveille ; il faisait ressortir à tel point l'élégance de sa personne que tous les yeux se tournaient involontairement sur son passage, mais le duquecito semblait indifférent au murmure d'admiration qui s'était élevé autour de lui. Il avait quitté le milieu de la salle et s'était perdu dans la foule des masques. L'image de Fenella le hantait ; il ne regardait pas les jolies Espagnoles qui papillonnaient autour de lui, toutes ses pensées étaient auprès de la pauvre muette persécutée à cause de son amour pour lui.

Alfonso avait réussi à savoir où Fenella avait été enfermée, il voulait profiter de la fête pour courir à la tour du moine et essayer de revoir la pauvre enfant. Préoccupé de ce projet, il se rapprochait peu à peu de la porte, et il allait essayer de se glisser hors de la salle lorsque la princesse de Mendoza et donna Elvira parurent sur le seuil.

Alfonso s'arrêta court — était-ce par hazard qu'Elvira portait la couleur que lui-même avait choisie, ou était-ce intentionnel de sa part ? Avait-elle appris qu'il choisirait une écharpe bleue pour cette fête ? ...

La princesse était idéalement belle ce soir-là. Elle s'avançait avec une grâce et une dignité incomparables. Deux petits pages soutenaient la traîne de sa robe de soie brodée. Un diadème en brillants ornait son opulente chevelure et retenait les plis légers et vaporeux d'une mantille de dentelle. Ses beaux traits étaient cachés par un petit masque, mais on voyait ses yeux — deux étoiles scintillantes qui s'arrêtèrent sur Alfonso.

Ces beaux yeux avaient-ils enchaîné le duquecito ? ... il voulait fuir, il voulait courir auprès de Fenella — mais déjà la princesse passait auprès de lui et le saluait gracieusement pour lui prouver qu'il était reconnu.

C'était un appel. Comment répondre à ce gracieux salut par une impolitesse ! La princesse attendait certainement une attention quelconque de sa part — Alfonso l'avait connue petite fille, — il retrouvait une princesse, enfant gâtée d'un des plus puissants rois du monde, une princesse entourée d'une auréole de beauté, d'élégance et de richesse…

Alfonso s'approcha d'elle et la salua, tandis que le duc d'Arcos souhaitait la bienvenue à la princesse de Mendoza et la conduisait au travers des salles.

— Quel singulier hasard, mon prince, dit Elvira à Alfonso tout en marchant gaîment à côté de lui ; vous portez la même couleur que moi ; c'est charmant !

— C'est une conformité de goûts et d'idées qui m'a frappé dès que vous êtes entrée, donna Elvira !

— N'aviez-vous pas quelque secret dessein, mon prince ? Vous vous êtes arrêté brusquement au moment où nous entrions dans la salle, et j'ai cru voir que je vous dérangeais.

— Quelle étrange supposition, donna Elvira ! répondit vivement Alfonso. Comment votre apparition pourrait-elle être un dérangement pour moi ?

— Oh, de grâce, pas de compliments! s'écria Elvira; la sincérité est ce que je préfère à tout. Vous souvenez-vous parfois du temps où nous cueillions des fleurs ensemble dans notre belle Espagne ? Un beau temps que je n'oublierai jamais !

— Je ne l'ai pas oublié non plus, répondit Alfonso ému. Et vous souvient-il, donna Elvira, d'un jour où vous m'aviez tressé une couronne de laurier et de roses, pour me récompenser d'avoir composé une petite chanson en votre honneur? Je vous vois encore me poser en riant cette couronne sur la tête.

— Si je m'en souviens ! Vous étiez beau comme un jeune Apollon, mon prince, et cette couronne vous allait à ravir.

— Vous rappelez-vous, continua Alfonso, que Tito, notre compagnon de jeu, fut saisi d'un accès de jalousie bien naturel en me voyant ainsi couronné. Il vous demanda ce qu'il devait faire pour mériter aussi une pareille distinction, et vous lui répondîtes qu'il n'avait qu'à faire aussi une chanson.

— Oui, et le vilain jaloux composa immédiatement un quatrain fort malicieux qui ridiculisait nos relations journalières d'alors.

— Il en fut récompensé par une couronne d'épines. Je vous vois encore la lui offrir, donna Elvira.

— Ah! c'était un beau temps, soupira la princesse en entrant avec Alfonso dans une salle voisine. Comme tout a changé! Ces belles années ont passé et ne reviendront plus. Que de fois je les ai regrettées!

— J'ai fait comme vous. Je soupire après mon Espagne bien-aimée. Je vous en prie, parlez-moi d'Aranjuez, de votre beau jardin derrière le château!... Et Alfonso offrit son bras à la princesse qui semblait n'avoir d'yeux et d'oreilles que pour lui.

Elle accepta le bras que lui offrait son compagnon, et tous deux continuèrent leur promenade. Ils allaient de salle en salle, oublieux de leur entourage, et Alfonso charmé écoutait avidement les récits de son aimable compagne. Elle lui parlait des lieux aimés où leur enfance s'était écoulée, racontait les changements opérés dans le parc d'Aranjuez depuis le moment où tous deux y avaient joué; elle décrivait le beau jardin du château, les allées, les places, les terrasses bien connues, et le charme des souvenirs s'unissait au regret du pays natal pour attacher Alfonso à la gracieuse princesse qui lui rappelait ainsi les beaux jours de leur enfance.

Et Fenella? Et la pauvre prisonnière?...

Sans doute, son image s'était présentée souvent à l'esprit d'Alfonso tandis que donna Elvira lui parlait. Il lui semblait entendre Fenella l'appeler à son secours — il croyait voir partout le nom de la pauvre muette — il voulait laisser la princesse et courir auprès de la belle enfant dont l'innocence et la grâce l'avaient charmé ... il voulait fuir ... mais Elvira avait toujours quelque chose de nouveau à raconter — et quel prétexte eut-il pu lui donner pour la quitter ? ...

— Regardez votre fils et Elvira, dit la princesse de Mendoza au duc d'Arcos qui venait de s'entretenir un instant avec le domino rouge. Leur conversation est singulièrement animée.

— Ils semblent avoir oublié le monde entier, répondit le duc. Nous pouvons espérer, je crois, qu'avant peu, nous aurons une autre fête, plus joyeuse encore que celle-ci.

— Je partage votre désir, Altesse, et notre grand roi en verrait avec joie la réalisation.

En cet instant, l'entretien fut interrompu par un bruit, une rumeur grandissante qui éteignit subitement le joyeux tumulte de la fête. Un vague sentiment de terreur s'empara des assistants. Avant même qu'on eut compris de quoi il s'agissait, on avait deviné un péril, une menace, et tous les yeux s'étaient tournés avec inquiétude du côté de la porte.

L'entrée de la salle présentait un singulier spectacle. Les valets du duc reculaient, avec force malédictions, devant un homme, à la taille herculéenne, qui s'était frayé violemment un passage au milieu d'eux. Cet homme portait la chemise rayée et la culotte courte des pêcheurs; il s'avançait, la tête haute, l'œil étincelant de colère et d'audace, et semblait aussi à l'aise dans cette salle éblouissante qu'il eut pu l'être dans son humble chaumière.

C'était Masaniello, le pêcheur de Portici, et sa haute stature, son maintien hardi et fier, son air résolu, lui donnaient un aspect si imposant qu'on eût cru voir un souverain déguisé et non un simple pêcheur venant demander justice.

Pas un des domestiques n'avait osé revenir à la charge et tenter de l'arrêter une seconde fois. Les invités reculaient étonnés sur son passage, et quelques-uns ôtaient leur masque, comme pour mieux regarder cette scène incompréhensible.

Le duc était debout au milieu de la salle. Il avait enlevé son masque, et les bras croisés sur la poitrine, il considérait de la tête aux pieds l'insolent personnage qui osait pénétrer jusque dans son appartement et venir troubler une fête, mais ce regard fixe et glacé ne fit pas reculer l'intrépide pêcheur.

Masaniello s'était arrêté à quelques pas du duc. — Pardonnez, Altesse, dit-il d'une voix sonore, pardonnez à un homme désespéré d'avoir forcé votre porte, mais je pense que vous excuserez ma présence inopportune au milieu de cette fête quand vous saurez ce qui m'amène. Le peuple de Naples est persuadé comme moi que vous ignorez les méfaits que vos courtisans espagnols commettent impunément, car si vous en aviez connaissance, il y a longtemps que vous y auriez mis ordre.

Masaniello s'arrêta — un silence de mort régnait dans la vaste salle — personne ne bougea — seul, le comte Almaviva qui avait enlevé son masque, fit un signe involontaire d'approbation.

Le vice-roi ne prononça pas une parole : il regardait, impassible et muet ce pêcheur qui n'avait pas plié le genou devant lui, qui semblait lui parler presque d'égal à égal, et dont la mâle stature se présentait aux regards des assistants dans toute sa beauté.

— Je viens vous demander justice, mon auguste maître. reprit Masaniello. Je viens appeler la punition sur la tête de celui qui, deux fois, a osé verser le sang innocent. Si mon langage est trop hardi et trop franc, pardonnez-le à un homme du peuple, et ne lui refusez pas la justice qu'il demande !

Miguel Riperda s'était levé. Furieux, exaspéré de l'audace du pêcheur, il voulait, de son chef. le faire emmener par les gardes, mais Lorenzo del Anguilla le retint et le força à se rasseoir.

— Qui es-tu ? dit enfin le vice-roi d'un ton lent et mesuré en s'adressant à son audacieux interlocuteur.

— Le pêcheur Masaniello, de Portici, Altesse.

— Qui accuses-tu?

— Un meurtrier, un assassin. Il s'est passé des choses inouïes. Voici quelques jours à peine qu'un pêcheur de mon village a été grièvement blessé par un de vos courtisans, et ce soir, là-bas, sur le rivage, ce même courtisan a tué de sa main le pêcheur Gaëtano. Faites justice, Altesse, et punissez le coupable. Les pêcheurs sont réunis sur la plage et attendent votre réponse.

— Et quel est ce courtisan que tu oses accuser d'un meurtre? dit froidement le duc.

— C'est le marquis Miguel Riperda!

Un murmure parcourut la salle. Était-ce surprise? était-ce indignation contre le meurtrier, ou contre ce Napolitain, cet homme du peuple, qui osait dénoncer un grand seigneur espagnol?

— C'est don Miguel Riperda, répétait Masaniello, sans s'inquiéter des gestes menaçants du marquis, que Lorenzo et Tito ne retenaient qu'avec peine.

— Ton accusation est grave, dit le duc. As-tu des preuves?

— Des preuves? répéta Masaniello, surpris de ce que sa parole ne fut pas suffisante, des preuves...

Le murmure de mécontentement des Espagnols devenait plus menaçant et s'adressait plus distinctement au pêcheur. Masaniello paraissait troublé. Ses yeux semblaient chercher au milieu de cette foule hostile quelqu'un qui voulut appuyer son témoignage. Il n'eut pas à chercher longtemps. Le comte Felice Almaviva s'était détaché d'un groupe de Napolitains, et s'avançait résolument au milieu de la salle.

— Permettez, Altesse, dit-il d'une voix ferme, en se plaçant à côté de Masaniello, permettez que je confirme les paroles de cet homme. Si votre Grâce veut interroger aussi don Lorenzo del Anguilla, et l'accusé lui-même, elle se convaincra que ce pêcheur a dit vrai.

Tous les yeux s'étaient dirigés sur le comte, qui soutenait sans pâlir ces regards chargés de haine. Le duc l'examinait en silence et ses traits impassibles revêtaient peu à peu une expression d'implacable cruauté.

— C'est vous, seigneur comte, dit-il enfin. Depuis quand êtes-vous l'avocat des pêcheurs de Naples et de Portici ? Mais assez ! Cette scène désagréable n'a déjà que trop duré. Il est grand temps d'y mettre fin. — Le duc d'Arcos ne parlemente pas avec le peuple, reprit-il en s'adressant à Masaniello. Je lui ferai parvenir ma réponse par l'entremise de son noble intercesseur, le comte Almaviva. Et maintenant, que la fête reprenne son cours !

Masaniello comprit qu'il était congédié. Il quitta la salle sans être inquiété, et se retrouva bientôt au milieu des pêcheurs qui l'attendaient sur le rivage. Il leur fit part du résultat de sa démarche, et tous regagnèrent leurs foyers avec l'espérance que leur généreux défenseur leur transmettrait bientôt une réponse favorable de la part du vice-roi.

Une heure plus tard, le comte Almaviva quittait le château du duc. Il regagnait sa demeure, lorsque dix hommes, bien armés, l'assaillirent et s'emparèrent de lui, malgré sa vigoureuse résistance.

Ils l'entraînèrent vers la tour du moine, et le malheureux jeune homme fut jeté dans un des cachots de cette affreuse prison. C'était le prisonnier que Fenella avait entendu amener pendant la nuit qui précéda sa fuite.

Le lendemain, le duc d'Arcos prononçait et signait la condamnation à mort du comte Felice Almaviva — c'était sa réponse au peuple de Naples et de Portici.

Chapitre VII.

Marcos, le bourreau espagnol.

Le lendemain de la fête, on apprit à Naples et dans les environs que la réponse du vice-roi serait transmise au peuple le jour même, au coucher du soleil. Cette communication devait se faire sur la grande place de la Justice, place voisine de la forteresse, et affectée de temps immémorial aux exécutions et aux publications officielles.

Une estrade en bois s'élevait sur le côté de la place le plus rapproché du château. Cette estrade, assez vaste, et haute de quelques pieds, servait pour la publication des ordres et édits, et pour l'exécution des sentences. Dans le premier des cas, on la recouvrait d'un drap rouge ; mais elle était tendue de noir lorsqu'il s'agissait de quelque exécution.

Le soir approchait. Le soleil s'abaissait vers la mer, et de tous les côtés, le peuple se pressait vers la place de la Justice. Pêcheurs et lazarones, commerçants et bourgeois, femmes et enfants, tous semblaient impatients et curieux de connaître la réponse du vice-roi à l'accusation de Masaniello. Les fenêtres, les balcons et les toits plats des maisons voisines de la place regorgeaient de curieux, et chose singulière, ces spectateurs établis ainsi aux premières loges pour assister à la scène qui se préparait, étaient presque uniquemment des Espagnols.

Masaniello arrivait en ce moment sur la place avec Moreno et d'autres pêcheurs de Portici, et ses regards s'arrêtaient avec étonnement sur les soldats espagnols rangés en cordon autour de l'estrade.

— Qu'est-ce que cela signifie? dit-il à son compagnon en lui indiquant du doigt les soldats. On redouterait un soulèvement qu'on ne prendrait pas plus de précautions.

Les pêcheurs s'étaient rapprochés et s'étaient mêlés à la foule compacte qui entourait la place.

— L'estrade est tendue de noir? reprit Masaniello, et voilà le bourreau avec ses aides!

— Il y aura une exécution, dit Moreno; je crois, ma parole, que le vice-roi va faire bonne justice du coupable.

— Ce serait une punition bien méritée, fit un bourgeois placé à côté de Masaniello, et si le vice-roi nous accordait cette satisfaction, chacun de nous s'en retournerait content.

— Vous avez raison, dit Masaniello, le duc aurait montré qu'il n'entend pas tolérer l'arrogance des Espagnols.

— Qu'est-ce que vous dites là? fit ironiquement un gros marchand qui s'était mêlé à l'entretien, vous verrez que ce hobereau espagnol ne perdra pas un cheveu. Et savez-vous que le comte Almaviva n'a pas reparu dans son palais?

— Que dites-vous? s'écrièrent à la fois Masaniello et Moreno.

— Je dis la vérité! Ils l'ont retenu dans la forteresse!

— Et le bourreau? Et cette estrade toute noire? demanda l'un des assistants.

— Nous verrons ce que cela signifie, répondit le marchand. Je n'attends rien de bon!

— Et les soldats et les agents — murmurait Masaniello — non, non, ce n'est pas possible!

— Marcos, le bourreau espagnol, a quitté l'estrade.

— Et tenez, les valets placent le billot, — voilà déjà la corbeille pleine de sable.

— Regardez, disait un autre spectateur, la charrette du bourreau est là derrière l'estrade.

— Croyez-moi, nous aurons un spectacle à faire dresser les cheveux sur la tête, murmura le gros marchand.

— Place pour les soldats de son Altesse! cria tout à coup une voix forte, et vingt soldats armés jusqu'aux dents, et conduits par un caporal, vinrent se placer tout près du groupe des pêcheurs. De semblables détachements surgissaient partout au milieu de la foule, qui regardait avec stupéfaction ces étranges préparatifs.

Les pêcheurs échangeaient des regards inquiets. Masaniello, morne et oppressé, sentait qu'il allait assister à quelque drame terrible, dont il craignait de deviner la nature. Une sourde inquiétude pesait sur les spectateurs. Les conversations particulières avaient cessé peu à peu; la foule était silencieuse et calme, mais de ce calme étouffant qui précède l'orage.

Un roulement de tambours se fit entendre — l'heure décisive avait sonné!

Des exclamations étouffées coururent de bouche en bouche. Les portes des tours s'étaient ouvertes et livraient passage à un détachement des trabans du vice-roi, portant l'étincelante hallebarde. Derrière eux venaient quelques gentilshommes espagnols, puis quelques juges en manteaux noirs. Six tambours accompagnaient ce sinistre cortège.

— Sur mon âme — ça dépasse les bornes, s'écria Masaniello d'une voix contenue. Voyez-vous le marquis Riperda au milieu de ces gentilshommes espagnols?

— C'est lui, ma parole! dit Moreno. Il regarde en souriant autour de lui.

— Que vous disais-je? fit tout bas le gros marchand. A-t-il l'air d'un condamné?

— Comme il triomphe!

— Et regardez l'air moqueur de ses compagnons.

— Voici le comte Almaviva!...

— A côté du bourreau!

— Sang de Dieu — qu'est-ce que cela veut dire? s'écria Masaniello en pâlissant.

— C'est la réponse, mes enfants, dit le gros marchand avec une fureur concentrée; la réponse de notre bon duc, pas autre chose! Ne comprenez-vous pas? Il me semble que c'est assez clair, cependant. En réponse au peuple de Naples, le comte Almaviva sera exécuté.

Le cortège approchait de l'estrade tendue de noir. Quelques moines courbés suivaient les gentilshommes espagnols, puis venait le comte Felice Almaviva qui s'avançait la tête haute, à côté du bourreau Marcos.

Marcos était un Espagnol d'une cinquantaine d'années que le vice-roi avait amené à Naples. Il était grand et maigre, et toute sa personne était empreinte d'une certaine dignité. Sa haute taille, ses traits sérieux et froids, son front dégarni et sillonné de rides profondes, et sa longue barbe grise lui donnaient l'air d'un juge, et son costume sévère, composé seulement d'un pourpoint et de hauts-de-chausses noirs, et d'une fraise blanche, n'était pas fait pour dissiper cette impression.

Trois de ses valets marchaient derrière lui. L'un portait le glaive de la justice, caché dans son fourreau de cuir rouge, le second tenait un paquet de minces petits morceaux de bois blanc, le troisième, enfin, portait gravement la toque noire du bourreau.

Un détachement de trabans fermait la marche.

Un sourd murmure s'éleva autour de la vaste place. Le roulement des tambours avait cessé, les trabans s'étaient rangés des deux côtés des marches de l'estrade, et le sinistre cortège montait lentement sur cet échafaud tendu de noir.

C'était donc vrai?! Almaviva, le noble Napolitain, allait mourir sur l'échafaud pour avoir défendu les droits de son peuple! Ces Espagnols ne reculaient pas devant un forfait aussi inouï pour prouver au peuple de Naples qu'il était un peuple d'esclaves, et pour lui montrer que, grand seigneur ou paysan, il fallait courber la tête sous le joug!

La foule regardait dans un morne silence les apprêts de l'exécution. Elle semblait frappée de stupeur. Toute démonstration en faveur du condamné eut été d'ailleurs inutile. Les soldats, armés jusqu'aux dents, gardaient toutes les issues de la place, et entouraient l'échafaud. D'autres étaient répartis par escouades dans la foule, et pouvaient au premier signal se ruer sur le peuple désarmé.

Le vice-roi, entouré de ses courtisans, venait d'apparaître à l'une des fenêtres de la forteresse. Il dominait de là toute la place, et ses regards hautains et provoquants semblaient braver cette foule asservie, et la mettre au défi de se soustraire à son joug...

Les gentilshommes espagnols désignés comme témoins de l'exécution, les juges et les moines avaient gravi lentement les marches de l'échafaud.

Almaviva suivait, l'air noble et fier, le maintien assuré, les yeux brillants d'un saint enthousiasme.

Marcos s'était placé à côté du billot; les trois valets étaient rangés derrière lui.

Tandis que les moines entouraient le condamné, l'un des juges s'avança sur le devant de l'échafaud et déplia un grand parchemin.

Un silence de mort régnait sur cette vaste place. On eut dit que cette multitude retenait son haleine pour ne pas perdre un mot de la sentence inique dont on allait lui donner connaissance.

Le juge se mit à lire à haute et intelligible voix :

— « Nous, Léon, duc d'Arcos, vice-roi de Naples, reconnaissons et ordonnons, en vertu du pouvoir à nous transmis de juger tous sujets de toute condition, y compris les chevaliers des ordres du Sauveur et de la Toison d'or... »

Un sourd grondement passa dans la foule... le juge continua en élevant la voix :

— « Ordonnons, après enquête préalable, que le comte Felice Almaviva, reconnu coupable de haute trahison, soit conduit le 1 Juin 1647, au coucher du soleil, en place de Justice pour y périr par le glaive, et cela pour l'avertissement des mécontents et des traîtres.

« Fait et donné à Naples, le 31 mai de l'an 1647, et signé du sceau royal. »

Sa lecture achevée, le juge passa le parchemin à Marcos qui en examina le sceau et la signature, et le lui rendit.

Toutes les formalités étaient accomplies. Le condamné fut livré au bourreau. Celui-ci lui ordonna d'ôter son manteau, tandis que lui-même, obéissant à un ancien usage, se couvrait de sa toque noire.

Almaviva jeta le grand manteau qui l'enveloppait de ses plis, et l'on vit se détacher sur le ciel sa haute et belle taille, dessinée par un pourpoint collant qui laissait à découvert le cou et la nuque.

Le juge avait regagné sa place, et les moines s'étaient rapprochés du condamné, tandis que Marcos prenait des mains de ses aides le glaive et les bâtons de bois blanc. Un dernier rayon de soleil fit étinceler la brillante lame que le bourreau tirait solennellement de sa gaîne. Marcos fit alors un signe aux valets, et ceux-ci voulurent s'emparer du comte, mais Almaviva les repoussa avec indignation et déclara qu'il ne voulait ni être lié, ni avoir la tête enveloppée par le voile fatal. L'intrépide Napolitain voulait regarder la mort en face, et poser lui-même sa tête sur le lourd billot préparé pour lui.

Le bourreau avait pris les bâtons blancs, et tandis que le dernier rayon du soleil disparaissait à l'horizon, il les rompait lentement les uns après les autres. Tout à coup, Almaviva s'avança au bord de l'échafaud en élevant la main pour indiquer qu'il allait parler au peuple, et avant que les témoins et les juges eussent pu le retenir, sa voix retentissait pleine et forte dans cette vaste place, et arrivait jusqu'à la fenêtre où se tenait le vice-roi.

— Napolitains ! disait cette voix, un nouveau meurtre va être commis à cette heure ! C'est ainsi que le duc d'Arcos vous répond ! Je meurs joyeusement pour Naples, ma belle et malheureuse patrie, et pour vous, mais vengez ma mort sur ce...

La parole expira sur les lèvres du condamné. Le poing fermé du bourreau s'était abattu sur lui, et avait frappé de tout son poids le visage transfiguré du comte Almaviva. Le coup avait été si violent que le malheureux chancela et que le sang jaillit à flots de ses narines.

Mille cris partirent à la fois à la vue de cette infamie, cris d'indignation, de fureur, et de rage impuissantes, mais déjà les valets s'étaient jetés sur leur victime, et l'avaient promptement attachée sur le billot. Marcos brandit son large glaive — et l'horrible instrument s'abattit en sifflant sur la nuque du comte!...

L'inique sentence était exécutée... une âme d'homme, âme noble et vaillante s'il en fut, avait cessé de combattre!... Les Napolitaines éplorées voulaient se précipiter vers l'échafaud pour tremper leurs mouchoirs dans le sang de ce martyr de la liberté — mais les gardes les repoussaient avec leurs armes. Les hommes criaient vengeance, leurs bras nus menaçaient l'invincible forteresse, un grondement redoutable montait dans les airs... mais les soldats espagnols surgissaient de toutes parts, et dispersaient, la hallebarde à la main, cette foule exaspérée.

— L'heure de la vengeance viendra! cria une voix forte qui couvrit un instant le tumulte de la place. Cette parole prophétique, retentit dans tous les cœurs, et rendit un peu d'espérance à ce peuple courbé sous une odieuse tyrannie.

La place s'était vidée peu à peu, mais de nombreuses patrouilles parcouraient les rues de Naples pour empêcher les attroupements. Pendant ce temps, le bourreau avait fait jeter le tronc et la tête du comte Almaviva dans une charette qui fut immédiatement conduite, sous escorte, au cimetière situé en dehors de la ville.

Quelques hommes suivaient, à distance, l'ignoble véhicule. C'étaient Masaniello, Moreno, et d'autres pêcheurs de Portici.

Ils virent, de loin, les aides du bourreau jeter brutalement le cadavre dans une fosse écartée, et s'éloigner en toute hâte après avoir jeté quelques pelletées de terre sur le mort.

Dès que les valets du bourreau eurent repris le chemin de la ville, Masaniello et Moreno se glissèrent dans le cimetière; ils allèrent reconnaître la place où la fosse avait été creusée, puis ils s'éloignèrent tristement et redescendirent vers la grève où leur bateau était amarré.

Le vent soufflait avec violence, de gros nuages noirs s'amassaient à l'horizon, et le frêle esquif était soulevé par d'énormes vagues, mais les deux pêcheurs habitués à manier le gouvernail, ne craignaient ni le vent, ni la tempête. Ils montèrent résolument dans leur canot, et au bout d'une heure de luttes et de vigoureux efforts, ils arrivaient sains et saufs à Portici.

Ils se séparèrent sur le rivage, et Masaniello prit le chemin de sa chaumière. Malgré l'heure tardive, elle était encore éclairée, et lorsque Masaniello y entra, il trouva le vieux Pietro assis sur son lit.

Le vieux pêcheur ne dormait pas, et bien que ses blessures ne fussent pas encore complètement guéries, il se leva vivement en voyant entrer Masaniello.

— Tu es resté bien longtemps, dit-il d'un ton qui trahissait son impatience... tu m'apportes quelque mauvaise nouvelle, Masaniello?

— J'apporte la réponse de l'Espagnol, répondit ironiquement le pêcheur.

— Que s'est-il passé? — parle!

— Le comte est exécuté!

— Le comte — Almaviva — exécuté — s'écria le vieillard... c'est impossible!

— Son sang vient de couler sur la place de la Justice.

— Et vous êtes restés inactifs devant ce spectacle? — Non, non, vous avez combattu, vous avez essayé de sauver le noble comte — dis oui! Vous l'avez fait, n'est-ce pas?

Masaniello hésitait à répondre.

— Tout était inutile, dit-il enfin d'une voix sourde. Oh, ce duc est rusé et prudent! il avait bien pris ses mesures. Toute la place était occupée par ses soldats; il n'y avait rien à faire.

Le vieux pêcheur avait caché sa tête dans ses mains, il pleurait amèrement.

— Almaviva mort — disait-il au milieu de ses sanglots — et vous regardiez ce spectacle — et vous n'avez rien fait pour l'empêcher — oh, ces Espagnols ont raison de nous railler et de nous mépriser!

— Pietro! s'écria Masaniello en se levant brusquement.

— Oui, ils ont raison. Je le répète! Nous n'avons plus de patrie, nous ne sommes plus Napolitains, nous sommes des esclaves, des chiens couchants, de misérables lâches qui ne songent qu'à se remplir le ventre et à s'arroser le palais. Tais-toi, te dis-je! Où y a-t-il des hommes? Montre-les-moi. Oh! pourquoi l'épée de cet Espagnol maudit ne m'a-t-elle pas frappé au cœur? Je n'aurais pas vécu pour voir le jour d'aujourd'hui.

— L'heure de la vengeance viendra, c'est moi qui te le dis.

— Vraiment? et quand donc? fit Pietro avec une amère ironie. Quand la mesure sera-t-elle comble? Jusques à quand votre orgueil vous permettra-t-il de vous laisser fouler aux pieds. La réponse d'aujourd'hui n'était-elle pas suffisamment claire?... Sainte-Vierge, reprit-il après une nouvelle explosion de douleur, on assassine le plus noble des Napolitains, et ces lâches, ces ingrats laissent faire! Honte et malédiction sur eux! Et dans toute cette foule, il ne s'est pas trouvé un seul homme assez courageux pour entraîner les autres? pour arracher cette victime à ce misérable bourreau?

— Tu as raison, c'est une honte.

— Tout est perdu maintenant, continua Pietro. Ce vice-roi maudit sait à présent jusqu'où va la lâcheté des Napolitains, et vous verrez bien d'autres choses encore. Les Espagnols pourront vous insulter, vous assassiner impunément et vous n'oserez pas même vous plaindre, de peur d'être accusés de haute trahison — Masaniello, le sang bout dans mes veines ! Que deviendra notre belle patrie ? Que deviendra le peuple ?

Masaniello était assis près de la table ; la tête appuyée dans les mains, il regardait fixement devant lui. Les paroles de Pietro éveillaient un monde de sensations dans son âme.

— Il n'y a plus d'honneur, plus de dignité, plus de patriotisme, reprit le vieux pêcheur qui s'apercevait bien de l'émotion de Masaniello ; il n'y a que la faim qui puisse vous secouer, — mais vous l'aurez, soyez tranquille ! L'Espagnol n'a-t-il pas déjà établi un impôt sur les poissons, et ne disais-tu pas qu'il veut maintenant nous compter les fruits dans la bouche ? Que vous faut-il de plus ? — Et toi, le recours et l'ami des pêcheurs de bien loin à la ronde, toi, le plus fort et le plus courageux à la pêche, tu es resté inactif comme les autres sur la place de la Justice ? N'es-tu plus le Masaniello d'autrefois ; le Masaniello aux muscles d'airain, à la voix de tonnerre ? Où faudra-t-il trouver un chef, si tu fuis lâchement le combat ?

— Par la Sainte-Vierge, tu as raison, s'écria Masaniello en se levant — mais les choses changeront, je le jure !

— Et dire que ces misérables ont enterré le martyr comme un excommunié ou un pestiféré, continua le vieillard. Dire qu'ils l'ont jeté dans une fosse écartée ; dire qu'il repose là, au pied du mur du cimetière, avec les criminels et les proscrits !

— Il aura une autre sépulture, s'écria Masaniello. Je veux qu'il soit enterré en terre sainte.

— Merci, mon fils ; voilà au moins une bonne parole. C'est un baume pour mon cœur. Non, le noble Almaviva ne reposera pas dans ce coin maudit. Nous le déterrerons pendant la nuit et nous le coucherons à une autre place.

Pietro s'interrompit tout à coup. — Qu'est-ce, dit-il en montrant la petite fenêtre — n'a-t-on pas frappé ? n'y a-t-il pas quelqu'un là, derrière la vitre ?

En ce moment, la porte fut brusquement ouverte.

— Fenella ! cria le vieux Pietro.

Masaniello semblait paralysé par la surprise, la colère et l'effroi. Il regardait d'un œil fixe la pauvre enfant qui se glissait dans la chaumière d'un air inquiet et soulagé à la fois. Elle était pâle, ses vêtements étaient trempés, et ses cheveux mouillés tombaient en longues mèches sur ses épaules.

— D'où viens-tu ? cria Masaniello d'une voix menaçante. Sors-tu de chez ton amant ?

Fenella comprit que son frère savait tout. Elle courut à lui pour l'apaiser. et lui demander aide et protection.

— Pardonne-moi ! disait la pantomime désespérée de la pauvre enfant, pardonne-moi, et cache-moi — ils vont me poursuivre !

— Tu mourras, malheureuse ! cria Masaniello, ivre de colère. Et repoussant violemment la muette, il saisit une hache accrochée à la paroi, et la brandit au-dessus de Fenella.

Pietro s'était jeté sur le pêcheur et s'efforçait de retenir son bras, tandis que la pauvre enfant terrifiée se cachait derrière le vieillard.

— Elle mourra ! criait Masaniello, je la tuerai de ma main plutôt que de l'entendre appeler la maîtresse du duc !

— Calme-toi, répondit Pietro, en repoussant le fougueux jeune homme; c'est contre cet Espagnol qu'il faut tourner ta colère, et non contre ta sœur. Lève-toi, Fenella; n'aie pas peur, et raconte-nous d'où tu viens. La pauvre enfant est couverte de sueur, ses vêtements sont trempés — elle a les pieds et les mains en sang!...

Fenella raconta alors par signes comment elle avait été enlevée par les sbires du duc et renfermée dans la tour du moine, et comment elle avait réussi à s'échapper au péril de sa vie. Les deux hommes écoutaient avec stupéfaction ce douloureux récit. Masaniello avait laissé tomber sa hache, sa colère s'était subitement apaisée, et il regardait avec émotion les traits pâlis et les mains ensanglantées de la pauvre Fenella.

— Malédiciion sur cet Espagnol! fit le vieux Pietro d'une voix sourde; malédiction sur ce tyran — il n'y a plus de sécurité pour nous dans le royaume. Il faudra cacher la pauvre enfant!

— Non, répondit fermement Masaniello, elle restera ici, et malheur à quiconque osera porter la main sur ma sœur!

Fenella avait lu son pardon dans les yeux de son frère. Elle courut à lui, se jeta sur son cœur avec une expression de bonheur indicible, et entoura tendrement de ses bras la taille fière et hautaine de ce protecteur bien aimé...

Chapitre VIII.

L'ombre vengeresse.

— Enfin, te voilà, Lorenzo? disait le duquecito à son ami, le lendemain du jour où Almaviva avait été exécuté. J'avais besoin de te voir. Je suis mortellement triste aujourd'hui, et tu es le seul ici qui m'aime et me comprenne!

Lorenzo avait serré la main que lui tendait le jeune homme.

— Qu'avez-vous, mon prince? dit-il affectueusement. Nous pourrons causer à l'aise, nous sommes seuls ici.

— Ce que j'ai? s'écria impétueusement Alfonso. Almaviva, le plus noble des Napolitains est mort sur l'échafaud, et tu me demandes ce que j'ai! Je pleure sur sa mort. J'avais tant de plaisir à le voir, à m'entretenir avec lui. C'était un cœur loyal et ouvert, épris de tout ce qui est grand et juste!...

— Moi aussi, je le pleure, mon prince!

— On savait que je l'aimais, reprit Alfonso, et l'on a eu bien soin de m'éloigner pour toute la journée de hier. Les princesses faisaient une excursion à Capri. J'ai dû les accompagner, et pendant mon absence, on conduisait le comte Almaviva à l'échafaud. Quelle iniquité, quelle honte! C'est un jugement impie!...

— Doucement, doucement, mon prince, interrompit Lorenzo; soyez prudent.

— Tout était bien combiné, continua le duquecito sans prendre garde à l'interruption de son ami. C'est à présent seulement que je comprends pourquoi cette course à Capri devait absolument se faire hier!... Et Almaviva est mort... mort sans que j'aie pu essayer de le défendre! Lorenzo, à qui dois-je ce chagrin?... Tu hésites — mais j'en sais assez. Je lis sur tes traits que c'est Tito qui a obtenu cette inique sentence.

— Tito et le marquis Riperda!

— Miguel Riperda? Ce n'est donc qu'une misérable vengeance! Ce comte napolitain a dû mourir parce qu'il avait osé dire la vérité. Oh! Lorenzo, mon père est terrible, et Tito est son mauvais génie!

— Pas si haut, mon prince! fit Lorenzo inquiet.

— Ils ont lavé leurs mains dans son sang, et maintenant ils triomphent — je viens de les voir causer ensemble dans la galerie — ils riaient tous les deux! Dire qu'on peut encore rire après un pareil méfait!!...

Alfonso fit quelques tours dans la pièce, puis il s'arrêta à côté de Lorenzo, et posa la main sur l'épaule de son ami.

— Tu sais tout ce qui me regarde, dit-il. Tu connais mes petits secrets, et tu as toujours pris une part sincère à tout ce qui m'arrivait.

— Votre confiance est ma plus douce joie, mon prince.

— Laisse-là ces formalités, Lorenzo, nous sommes seuls. Je ne veux plus de ces titres gênants. C'est un cœur ami qu'il me faut... je suis si malheureux!...

— Quelles paroles, Alfonso! Que s'est-il passé? Je ne t'ai jamais vu ainsi!

— Ah, Lorenzo, j'ai bien souffert depuis la mort de ma bonne mère. J'étais cruellement sevré d'affection et de tendresse. Tu connais le duc; tu sais combien il est froid, implacable et cruel. Cent fois, j'ai demandé un mot amical, cent fois je me suis approché de mon père, une requête sur les lèvres — toujours la même froideur repoussante, toujours la même cruauté dans tous ses ordres. Et jamais une parole de tendresse, jamais une heure d'intimité — toujours cet éloignement, si cruel pour un cœur sensible.

— Pauvre cher Alfonso, dit Lorenzo ému, je te plains sincèrement, mais n'oublie pas que tu possèdes au moins un cœur fidèle dans lequel tu peux verser tes secrets chagrins.

— Merci de ton amitié, cher ami, elle m'a aidé à passer bien des heures difficiles.

— Me permettras-tu de te donner un conseil, Lorenzo? Je crains que la froideur du duc ne t'ait froissé au point de te faire négliger des prévenances auxquelles il est sensible, malgré sa dureté.

— Ah oui, il faudrait flatter, dissimuler, montrer une soumission rampante... Je ne le peux pas. C'est l'affaire de Tito, ce ne sera jamais la mienne. Tu veux dire qu'il réussit ainsi auprès du duc — je le sais, et je m'en afflige profondément. J'ai dû voir peu à peu le père repousser le fils et lui préférer l'enfant trouvé, le compagnon de jeu de son unique rejeton... Ce n'est pas l'envie qui m'anime, Lorenzo, c'est un autre sentiment, une douleur cachée qui me ronge.

— Je te comprends, cher ami!

— Mon pauvre cœur isolé avait soif d'amour et de tendresse; j'ai cherché autour de moi comme quelqu'un qui cherche sa félicité perdue — et j'ai saisi ce qui s'est présenté. Je voulais un cœur qui m'aimât pour moi, et non pour ma position, et j'ai trouvé la muette de Portici, cette douce créature, cet ange de pureté et de candeur. Laisse-moi te raconter comment je l'ai rencontrée. Tu sais qu'il y a deux mois environ, une bourrasque subite m'a surpris sur mer avec mes deux matelots. Mon petit yacht aurait été englouti par les vagues si nous n'avions pu réussir à aborder à Portici. La nuit était obscure. Je laissai mes deux matelots à la garde du yacht échoué sur le sable, et je me dirigeai vers Portici pour appeler quelques pêcheurs, et pour me procurer si possible un cheval qui me ramenât à Naples. J'arrivai jusqu'à une chaumière dont la fenêtre était faiblement éclairée. Je m'approchai, et je restai frappé d'émotion et de surprise devant le tableau charmant qui s'offrait à mes yeux. Fenella était agenouillée devant une vieille image de la Madone. Elle priait avec ferveur, et levait ses mains suppliantes vers cette sainte image. Tout à coup, elle se retourna et m'aperçut devant la petite fenêtre. Elle se leva brusquement et s'approcha d'un air un peu confus pour me demander ce que je cherchais. La pauvre enfant était muette — mais ses signes étaient si expressifs que je les compris immédiatement, et je ne sais comment il se fit que cette cruelle infirmité m'attachât encore plus à ce doux ange.

— Elle éveilla ta pitié, Alfonso.

— Non, Lorenzo, ce n'était pas de la pitié, c'était un amour ardent. Tu souris. Tu vas me dire que la muette de Portici n'est qu'une pauvre fille de pêcheur. Je le sais, et cependant je l'aimais de toute mon âme. J'ai dit je l'aimais — mais je l'aime encore, et j'ai soif de me retrouver auprès d'elle. La pauvre enfant me donna tout son cœur, elle ne vécut plus que de son amour pour moi, et j'ai trouvé auprès d'elle tout ce que je cherchais.

— Et pourtant, tu me disais tout à l'heure que tu étais malheureux? Renonce à cet amour insensé, Alfonso; il ne peut t'apporter que d'amers chagrins.

— Et toi aussi, Lorenzo? Tu parles comme les autres. Mais j'ai juré fidélité à la douce enfant.

— C'était passablement inconsidéré — à quoi cela te mènera-t-il ? Il faudra en venir à une rupture inévitable. Toi prince, tu ne peux cependant pas épouser une fille de pêcheur, et si Fenella est tendre et pure comme tu me la dépeins, elle comprendra d'elle-même qu'elle doit renoncer à cet amour.

— Pauvre doux ange...

— Elle apprendra à se soumettre à la nécessité, et toi, tu l'oublieras.

— Jamais ! Pourrais-je oublier la femme qui a apaisé ma soif d'amour et de tendresse ? Et pourtant... ah ! Lorenzo, je me consume en luttes et en combats ! Je souffre cruellement en pensant qu'il faudrait renoncer à Fenella pour posséder Elvira.

— La princesse ne t'apportera-t-elle pas un cœur plein d'amour et de tendresse ? Elle te dédommagera amplement de tout ce que tu sacrifieras pour elle.

— Et Fenella ?

— Fenella se consolera, elle aussi. Le temps guérit toutes les blessures.

— Tu te trompes, ami. Je connais mieux que toi la muette de Portici. Elle est aussi fidèle qu'elle est belle. Et, en confidence, Lorenzo — elle s'est heureusement évadée pendant la nuit, je vais aller la voir.

— A Portici ?

— Oui.

— N'y va pas, Alfonso. La séparation s'est faite, accepte-la, et ne cherche pas à rouvrir vos blessures en revoyant Fenella. Sois fort pour elle et pour toi.

— La crois-tu assez légère pour avoir déjà commencé à m'oublier ?

— Eh bien, laisse-moi y aller à ta place. Je lui dirai tout, mais j'y mettrai les plus grands ménagements ; j'agirai comme ton fidèle représentant, et Fenella comprendra ce qui lui reste à faire.

— Non, non, Lorenzo, il faut que je la voie.

— Crois-moi, reprit Lorenzo d'un ton suppliant; écoute mes avertissements, et renonce à cette visite. Elle serait fatale pour vous deux.

— Que veux-tu dire? Aurait-on prévu ma visite à Portici?

— Je ne sais, répondit évasivement Lorenzo — mais je le crains presque.

— Parle, ami, s'écria Alfonso. Tu n'es pas fait pour la dissimulation. Tu en sais davantage. Y a-t-il quelque nouveau complot contre nous sur le tapis?

— Je le crois. .

— Et l'on a fait savoir au duc, je pense, qu'on risquait de me trouver ce soir à Portici avec Fenella?

— Tu l'as deviné.

— Assez! ami. Ce serviteur zélé que j'appelais « on » n'est autre que Tito!

— Sans doute. Je l'ai entendu parler au duc; il semblait te défendre.

— C'est sa tactique habituelle, je crois. Mais le jour baisse. Au revoir, Lorenzo!

— Où vas-tu? Arrête, malheureux, arrête!...

Alfonso n'écoutait plus. Il s'éloignait en saluant son ami de la main.

— Pensez à la princesse Elvira, mon prince! cria Lorenzo désespéré.

Le duquecito s'arrêta court sur le seuil de la porte.

— Tu es cruel! fit-il amèrement. Il resta un instant immobile et comme perdu dans ses rêves, puis il s'éloigna la tête baissée, l'air serieux et pensif.

Lorenzo quitta à son tour la pièce où l'entretien avait eu lieu, et traversa l'antique salle des piliers pour se rendre dans la chambre de garde où son service l'appelait.

Cette salle était une vaste pièce éclairée par de hautes fenêtres cintrées. De lourds et solides piliers soutenaient les voussures du plafond et l'on se serait cru en entrant dans quelque salle de chapître, ou dans la salle des chevaliers des vieux châteaux féodaux. Au moment où Lorenzo traversa l'antique pièce, le duc venait d'y entrer. Un domestique le suivait, portant un candélabre allumé.

Lorenzo s'arrêta sur le passage du vice-roi et s'inclina profondément.

Le duc ne le regarda pas, mais il avait cependant remarqué le jeune homme. Il lui ordonna de la main de s'éloigner, et fit le même signe au domestique. Il voulait être seul.

Lorenzo obéit à cet ordre muet. Le domestique posa le candélabre sur une table fixée au mur, puis il sortit et le vice-roi resta seul.

Un silence solennel régnait dans la salle des piliers. L'immense pièce ne contenait presque pas de meubles, mais les niches et les encoignures des murs étaient occupées par des cuirasses et des armures de chevaliers. Des trophées d'armes antiques étaient suspendus au piliers, et l'on voyait à la partie supérieure des fenêtres, des vieux vitraux d'une rare beauté.

Les chandelles allumées dans le candélabre ne répandaient qu'une lumière incertaine sous les voûtes abaissées. Le duc se promenait de long en large dans cette demi-obscurité — ses pas résonnaient lourdement — son visage était sombre — il méditait sans doute dans cette solitude sur quelque mesure nouvelle capable d'écraser toute velléité de résistance dans le peuple qu'il gouvernait.

Il passait près d'un pilier en tournant le dos à la lumière lorsqu'il s'arrêta subitement — — l'intrépide duc d'Arcos avait dû voir quelque chose de bien étrange car il semblait frappé d'étonnement, et son sang s'était glacé dans ses veines tandis qu'il considérait les dalles blanches.

Une grande ombre noire coupait la salle et arrivait jusqu'à ses pieds — à qui pouvait appartenir cette ombre ?

Le duc d'Arcos n'était pas homme à se laisser arrêter longtemps par une apparition inexpliquée. Il surmonta rapidement

La muette de Portici. 5

le frisson involontaire qui l'avait saisi, puis il se tourna pour aller examiner l'endroit d'où partait l'ombre mystérieuse.

Il fit un pas, et recula épouvanté...

Le comte Felice Almaviva était debout près d'une porte. La lumière du candélabre l'éclairait en plein et faisait ressortir sa haute taille...

Etait-ce un fantôme évoqué par la conscience troublée du duc? était-ce une hallucination?...

Non, c'était bien une forme humaine ; une forme portant le manteau noir, à vastes plis, et le chapeau à larges bords, qui formaient le costume habituel du comte Almaviva, costume qu'il portait encore en allant à l'échafaud...

Le duc restait immobile ; on eut dit qu'une force invincible l'obligeait à fixer cette ombre menaçante. Un violent effort le rappela à lui-même ; il fit un pas en avant...

— Qui es-tu? s'écria-t-il d'une voix dont il s'efforçait de dominer le tremblement.

L'ombre resta muette.

— Réponds! Qui es-tu? répéta le duc avec plus d'assurance.

— La mesure est comble — dit lentement une voix qui semblaient sortir de dessous un masque. Tremble, Espagnol! l'heure de la vengeance approche!...

Le duc saisit son épée et s'avança résolument.

— Arrière! cria la voix. Tu as tué Almaviva. Tremble, tyran! Le peuple te répondra à son tour!

— Si Almaviva est tombé, tu peux tomber aussi! hurla le duc pâle de terreur et de rage.

Il s'était élancé vers l'ombre mystérieuse, mais au moment où il croyait la saisir, elle disparut dans la pièce voisine.

Le duc se précipita dans cette pièce — l'obscurité la plus complète y régnait — il revint sur ses pas, saisit le candélabre et rentra en courant dans la pièce où il promena la lumière — elle était vide!

Une imprécation échappa à ses lèvres. Il lui fallait une explication, une certitude.

Il se jeta sur une fenêtre et l'ouvrit brusquement.

Les gardes étaient à leur poste dans la cour.

— Qu'on occupe toutes les issues ! cria le duc. Que personne ne quitte le château !

Il reprit le candélabre qui vacillait dans sa main tremblante, sortit en chancelant de la salle des piliers, et se précipita dans l'antichambre pour ordonner une perquistion minutieuse de toutes les pièces du château.

Chapitre IX.

Une rencontre.

Peu de jours après la scène que nous venons de raconter, une petite cavalcade, venant de Résina et retournant à Naples, s'approchait du rivage de Portici.

La troupe, peu nombreuse mais brillante, consistait en deux dames à cheval, un écuyer, et un domestique. Ce dernier suivait à quelque distance.

L'une des deux dames portait une longue robe en velours noir, un chapeau ombragé d'une magnifique plume blanche, et un voile espagnol. C'était la princesse Elvira. Elle montait un superbe cheval qu'elle guidait avec la sûreté et l'aisance d'une amazone, tout en s'entretenant gaîment avec sa dame d'honneur, la belle et coquette donna Diana, dont les succès allaient croissant parmi les seigneurs de la cour.

Les deux dames avaient voulu voir de près le Vésuve, ce monstre menaçant toujours prêt à répandre la désolation et la mort autour de lui. Elles avaient gravi une partie de la montagne, mais ce désert de cendres et de lave n'avait pas paru fort engageant à la princesse, et l'on avait pris le chemin du retour.

L'écuyer montra de loin aux deux dames la place qu'occupaient quelques siècles auparavant les villes d'Herculanum et de Pompéï, alors recouvertes par les cendres ; peu après, la petite troupe atteignit Résina et se retrouva au milieu de la végétation luxuriante qui recouvre ce sol volcanique. Une brise légère secouait la couronne des dattiers, les roses et les lianes remplissaient l'air de parfums, les pins inclinés sur le rivage se miraient dans les flots azurés, et le feuillage sombre des oliviers et des orangers reposait agréablement les yeux éblouis par l'éclat du soleil.

Le golfe de Naples et ses bords pittoresquement découpés offraient un aspect si enchanteur que la princesse ravie ne pouvait en détourner les yeux. Donna Diana avait été saisie également par ce magnifique spectacle, et se répandait en exclamations enthousiastes tandis qu'on approchait de Portici.

Les sons d'une musique légère arrivèrent tout à coup jusqu'aux promeneuses et les attirèrent irrésistiblement sur le rivage. Ces sons, portés par le vent du soir, semblaient venir de la mer et caressaient si doucement l'oreille qu'on eut cru entendre le chant d'une sirène appelant les passants pour les engloutir dans son humide royaume.

— Quelle musique charmante! s'écria la princesse. On dirait qu'elle monte des profondeurs de la mer. D'où peuvent venir ces sons, donna Diana ?

— Je ne vois pas un être vivant sur le rivage, répondit la dame d'honneur.

L'écuyer s'était rapproché et indiquait du doigt un bateau de pêcheur qui se balançait sur les flots à quelques pas du rivage.

— C'est de là que viennent ces sons, dit-il respectueusement. Votre Altesse ne voit-elle pas une jeune fille assise

dans ce bateau. C'est la musicienne. Elle joue de la mandoline.

— Une fille de pêcheur! Mais elle manie son instrument
avec une rare perfection! s'écria Elvira. Ce bateau éclairé par
les rayons du soleil couchant, cette musique — c'est une vraie
idylle. Approchons tout-à-fait du bord. Je veux voir cette
musicienne de plus près.

La princesse poussa légèrement son cheval, et s'avança sur
le rivage, suivie de donna Diana, de l'écuyer et du domestique,
mais la joueuse de mandoline avait aperçu les élégantes promeneuses, et avait cessé subitement son jeu.

— Continue, chère fille, s'écria gracieusement la princesse.
Nous venons justement t'écouter, continue. C'est ta douce musique qui nous a attirés sur le bord, et . . .

Elvira s'interrompit; une idée subite venait de passer dans
son esprit. — Donna Diana, s'écria-t-elle, que diriez-vous si
nous nous faisions ramener à Naples par cette jolie fille? La
mer est calme, la brise est juste assez forte pour que cette
petite traversée ne dure pas trop longtemps, et en chemin,
nous pourrions jouir à notre aise de la musique.

— Ce serait délicieux! s'écria la dame d'honneur enchantée
de ce projet un peu aventureux.

— Votre Altesse ne préférerait-elle pas un bateau plus
grand et plus commode? objecta l'écuyer — cette fille est
seule — le danger — la nuit qui approche . . .

— Ne vous inquiétez pas, répondit la princesse avec son
plus bienveillant sourire, abandonnez-nous tranquillement à
notre sort. Ces filles de pêcheur s'entendent parfaitement à
à guider un bateau.

— Nous sommes d'ailleurs remarquablement courageuses,
fit gaîment la dame d'honneur, et sans plus attendre, elle
sauta légèrement à bas de son cheval.

— Viens à bord, chère enfant, cria Elvira. Dis, veux-tu
nous conduire à Naples dans ton bateau, et nous jouer en
chemin quelques airs sur ta mandoline?

— Elle fait signe que oui, s'écria donna Diana, et voyez, elle rame vers le rivage.

— Alors, ayez la bonté de retourner sans nous à Naples et de remettre nos chevaux au domestique, dit Elvira, en s'adressant à l'écuyer qui avait sauté à terre pour aider la princesse à descendre de cheval ; il ramènera nos montures à Naples. Je vous remercie de vos services.

Un salut gracieux accompagna ces paroles. Donna Diana salua à son tour l'écuyer, et les deux dames se dirigèrent vers l'endroit où la jeune fille avait fait aborder son bateau.

— Quelle charmante figure ! Quelle taille souple et pourtant vigoureuse ! dit tout bas la princesse à sa dame d'honneur en regardant la jeune fille qui détachait sa voile, puis élevant la voix : — Es-tu habituée à la mer, chère enfant ? dit-elle.

La jeune fille répondit par un signe gracieux qui semblait indiquer qu'elle avait été fort souvent loin, bien loin sur mer avec son bateau.

— Je crois vraiment qu'elle est muette, fit donna Diana.

— La pauvre enfant — nous ne pourrons pas même apprendre son nom ! s'écria la princesse avec émotion. Regardez ses gestes animés et expressifs, ses grands yeux étincelants — et avec tant de beauté, une infirmité pareille — c'est cruel ! Elle me fait une profonde pitié.

— Elle est vraiment bien belle, répondit la dame d'honneur ; il semble que le ciel n'ait pas voulu en faire un chef-d'œuvre complet.

Pendant que les deux dames l'admiraient et la plaignaient ainsi, Fenella avait lestement tendu sa voile brune et tout préparé dans son bateau pour recevoir les belles promeneuses. Quand elle eut terminé ses petits arrangements, elle sauta sur le bord, tira le bateau à elle, et fit un gracieux mouvement de la main pour inviter les deux dames à y entrer.

Les regards de Fenella s'étaient fixés avec admiration sur donna Elvira. Les traits nobles et fiers, la taille élégante et les riches vêtements de la princesse semblaient impressionner vivement la muette de Portici. Elle avait vu souvent de nobles dames, étalant leurs somptueuses toilettes sur les balcons de Naples, mais il lui semblait que cette belle personne qui lui souriait amicalement surpassait en grâce et en beauté toutes les femmes qu'elle avait pu voir jusqu'alors.

Lorsque la princesse et sa dame d'honneur eurent pris place sur le banc du bateau, Fenella s'élança légèrement dans le frêle canot, le poussa en avant, et s'assit au gouvernail tandis qu'une brise légère enflait la voile et poussait le bateau dans la direction de Naples. Tout en guidant l'embarcation, Fenella regardait à la dérobée la belle et gracieuse princesse, et sentait germer dans son cœur comme un vague regret de ne pouvoir la suivre et s'attacher à elle.

Le bateau glissait légèrement sur cette mer que la brise du soir ridait sans l'agiter. Un dernier rayon de soleil dorait les tours pointues de Naples, et éclairait encore, dans le lointain, les riants contours de Capri et d'Ischia.

— Joue-nous maintenant quelques-uns de tes beaux airs, chère enfant, dit la princesse en s'adressant à Fenella.

La muette répondit à cette invitation par un regard attendri et reconnaissant, puis elle prit sa mandoline. Elle en frappa d'abord quelques accords légers, en touchant à peine les cordes, puis elle commença un de ces airs populaires, tantôt gais et badins, tantôt plaintifs, que l'on entend à chaque pas sur les bords du golfe de Naples. Cet air fut suivi d'une barcarole, et ces sons légers résonnaient si doucement sur cette mer qui s'enveloppait d'ombre, ils étaient si bien accompagnés par le murmure monotone et le clapotement de l'eau, que la princesse et donna Diana elle-même, écoutaient dans un silencieux ravissement.

Elvira, rêveuse et distraite, regardait sans le voir le vaste panorama qui s'étendait devant elle. Cette douce musique avait évoqué dans son cœur l'image de celui qu'elle aimait. Elle revoyait Alfonso, elle contemplait ses beaux traits rayonnants de force et de jeunesse — et ne soupçonnait pas que cette image bien-aimée remplissait également l'âme de la pauvre joueuse de mandoline assise au gouvernail...

Le bateau approchait de la ville. Des barques de toutes dimensions entraient dans le port ou en ressortaient. Tout était bruit, mouvement et agitation, et les deux promeneuses regardaient avec intérêt ce spectacle animé tandis que Fenella posait sa mandoline et prenait en main la corde de la voile et le gouvernail.

Ici, l'on déchargeait des fruits, là, des pêcheurs abordaient sur la digue avec leurs canots pleins de poissons, ailleurs quelques couples joyeux montaient gaîment dans une barque pour faire encore une petite promenade en mer, et plus loin, un brillant équipage, amené par les soins de l'écuyer, attendait la princesse et sa dame d'honneur.

Fenella guidait adroitement son bateau au milieu des embarcations qui se croisaient autour d'elle, et bientôt le canot aborda heureusement au pied de l'escalier du port.

— Quel dommage que cette charmante traversée ait été si courte, dit la princesse en se levant pour quitter le bateau. Merci, de tes mélodies, chère enfant, et du service que tu nous as si gracieusement rendu. Accepte cette chaîne, et porte-la en souvenir de cette belle soirée!

Tout en parlant, Elvira détachait de son cou une élégante chaîne d'or, à laquelle pendait une petite croix en pierres fines, et la passait à celui de Fenella qui ne savait comment exprimer assez éloquemment sa surprise et sa reconnaissance.

— Comme elle est contente, la pauvre enfant, dit donna Diana en saluant cordialement la muette.

— Nous nous reverrons, cria la princesse qui se dirigeait vers sa voiture et qui se retourna pour envoyer un dernier signe d'adieu à la batelière.

Fenella, restée seule, suivait d'un regard ému cette étrangère si belle, si aimable et si bonne qu'elle eut voulu contempler éternellement. Son cœur reconnaissant s'élançait sur ses traces. Quand l'élégante voiture qui l'emportait eut disparu dans l'ombre, Fenella serra précieusement la chaîne d'or qui lui rappelait cette brillante apparition, puis elle jeta un rapide coup d'œil dans les rues qui s'ouvraient devant elle. Ses regards cherchaient Alfonso — mais au milieu de toutes les formes indécises qui s'agitaient dans l'obscurité, aucune ne lui rappela le bien-aimé.

Déçue dans son attente, Fenella se souvint tout à coup que l'endroit où elle se trouvait n'était pas sûr pour elle. Elle éloigna son bateau de l'escalier d'abordage, puis elle se rassit au gouvernail, et reprit, pensive et rêveuse, la direction de Portici.

Chapitre X.

Almaviva trouve un tombeau digne de lui.

Ce soir-là, l'auberge des vautours avait été si fréquentée, que la belle Serafina, la fille de l'hôte, avait dû s'aider activement, à servir les nombreux visiteurs attablés sous la véranda ou sous les arbres du jardin.

La nuit venue, les hôtes de passage s'étaient retirés peu à peu, laissant la place libre aux habitués de l'auberge. Zanetto et Tonino, les deux lazarones qui avaient relevé le vieux Pietro sur la route de Portici, étaient assis à l'une des tables rangées devant la maison. Une autre était occupée par quelques pêcheurs ; un gros moine avait pris possession de la troisième où il dégustait avec délices le bon vin de Filippo ; la quatrième table enfin était prise par Moreno, venu à l'auberge des vautours après avoir vendu sa pêche à Naples, et fort occupé dans ce moment-là à plaisanter avec la brune Serafina.

La fille de l'aubergiste était une grande et forte créature à la taille pleine et vigoureuse. Ses boucles épaisses s'échappaient à flots de dessous le mouchoir blanc posé comme un toit sur sa tête. La chemise brodée qui couvrait son bras et sa poitrine sortait, blanche comme la neige, d'un petit corset court garni avec beaucoup de recherche et de goût, et le tablier, orné d'une broderie voyante se détachait vivement sur un jupon court et uni.

Bien qu'il lui manquât peut-être une certaine grâce féminine, Serafina pouvait passer pour jolie. Ses membres vigoureux lui étaient d'ailleurs fort utiles pour repousser les importunités auxquelles sa position l'exposait. Sa figure, fortement empreinte du caractère méridional, avait une expression toute particulière de bonté, de franchise et d'honnêteté. Avec cela, de grands et beaux yeux noirs et des lèvres vermeilles appelant le baiser — mais Serafina n'était nullement prodigue de ces sortes de choses, et savait fort bien, quand il le fallait, remettre chacun à sa place.

— Comment se fait-il que vous soyez seul, Moreno ? demanda-t-elle au pêcheur auquel elle venait d'apporter du vin. Qu'avez-vous fait de votre beau compagnon ?

— Hé ! Masaniello ne te déplaît pas, paraît-il ? répondit Moreno en riant. Il tourne déjà la tête à toutes les belles signoras de Naples ; il faut encore qu'il fasse tourner la tienne !

— N'est-il pas permis de s'étonner en vous voyant l'un sans l'autre ? dit Sérafina avec une petite moue. Vous êtes deux inséparables. Pourquoi n'avouerais-je pas d'ailleurs que j'ai du plaisir à voir et à entendre le beau pêcheur de Portici ? Ce n'est pas un péché, Moreno.

— Eh bien, console-toi, Serafina ; il viendra.

— N'êtes-vous pas allé ensemble à la pêche, aujourd'hui ?

— Certainement, mais il m'a laissé aller seul à Naples ; nous nous retrouverons ici. Ne pourrais-tu pas me faire aussi un plaisir, Serafina ?

— Je sais d'avance ce que vous allez me demander, Moreno !

— La chaleur est passée — danse-nous une tarentelle — ce sera charmant par ce beau clair de lune.

— Soit ! — Et Serafina courut gaîment dans l'auberge.

Elle en ressortit bientôt avec son tambourin, fit un signe amical à Moreno, et commença lentement cette danse toute méridionale qu'on appelle la tarentelle.

Au dire des Napolitains, la morsure de l'araignée venimeuse appelée la tarentule produirait chez les personnes qui en sont atteintes une sorte d'ivresse vertigineuse se traduisant par un mouvement tournant de plus en plus rapide et continuant jusqu'à l'épuisement. La danse nationale de Naples rappelle en quelque sorte ce mouvement et c'est à ce fait qu'elle devrait son nom.

La belle Serafina semblait prouver en dansant la vérité de cette explication. Sa danse devenait de plus en plus animée sans rien perdre toutefois de sa grâce et de son caractère.

Le gros moine ne perdait pas un des mouvements de la danseuse ; les pêcheurs et les lazarones ne prenaient pas moins de plaisir à ce spectacle — mais Moreno entraîné, ravi, avait rejoint Serafina et dansait avec elle. Tantôt il l'entraînait dans une ronde sauvage, tantôt il lui prenait la main pour se balancer avec elle, et tout entier à l'ivresse de la danse, il n'avait pas vu Masaniello et le vieux Pietro approcher silencieusement et s'adosser aux arbres pour suivre ce spectacle cher à tout Napolitain.

La danse terminée, Masaniello, renonçant un instant à sa gravité, applaudit chaleureusement les danseurs. Sérafina aperçut alors les nouveaux venus, et toute heureuse de l'approbation du beau pêcheur, elle courut à l'auberge pour y chercher du vin, tandis que Masaniello et son compagnon prenaient place à la table de Moreno.

— Tiens, s'écria Tonino, voilà Pietro !

— Et bien guéri, j'espère ? ajouta Zanetto.

Le vieux pêcheur s'était levé et s'était rapproché des lazarones. — Je vous remercie, dit-il avec émotion en leur tendant ses deux mains ; sans vous, je serais probablement mort là-bas sur la route. Mes blessures ne sont pas encore complètement cicatrisées, mais cela va, cependant.

— Un mauvais coup de l'un de ces maudits Espagnols? fit Zanetto.

— C'est fini, et l'on n'en parle plus! répondit évasivement Pietro en retournant auprès de ses deux compagnons occupés à se partager le produit de leur pêche.

— Mettons-nous à l'œuvre maintenant, dit tout bas le vieux pêcheur quand les comptes furent terminés. Il faut qu'à minuit nous soyons en route!

— Une dangereuse besogne, fit Moreno, mais j'en suis cependant. As-tu apporté des bêches, Masaniello?

— Oui, elles sont cachées dans l'herbe sour les arbres.

— C'est un devoir sacré que nous remplissons, dit sérieusement Pietro. Le noble Almaviva est mort pour nous, il mérite bien que nous risquions quelque chose pour lui!

— La nuit est claire, remarqua Moreno. Que ferons-nous si des gardes ou des espions nous surprennent à l'ouvrage?

— Je n'y ai pas encore pensé, répondit Masaniello; c'est l'affaire du moment.

— Tu as raison, Masaniello, on ne discute pas ça d'avance, dit Pietro. Je ne pense pas d'ailleurs que personne vienne nous déranger à une heure après minuit.

Peu d'instants après, les trois pêcheurs se levèrent, saluèrent Filippo, sa fille, et les rares hôtes qui n'avaient pas encore quitté l'auberge, et se mirent en route.

Ils ramassèrent en passant les pelles que Masaniello avait posées dans l'herbe, puis ils prirent, à travers champs, la direction du grand cimetière de Naples situé à une assez forte distance de la ville.

Ils marchaient en silence les uns à côté des autres, uniquement occupés de leurs pensées, graves et sérieuses comme l'œuvre qu'ils allaient entreprendre. Tout était désert autour d'eux, et le bruit de leurs pas troublait seul le silence de cette nuit claire et sereine. Ils avançaient rapidement, mais la route était longue, et il était plus de minuit lorsqu'ils approchèrent de la banlieue de la ville et aperçurent à quelque distance les noirs cyprès et les pins du cimetière.

Ils atteignirent enfin l'antique muraille, recouverte de lierre, qui entourait ce vaste champ de repos. Moreno se hissa sur ce mur, haut de quelques pieds seulement, et tendit l'oreille — il lui semblait entendre des voix et des pas dans le lointain, mais il s'était trompé, sans doute, car tout était tranquille, et rien ne remuait sur ces tombeaux enveloppés d'ombre. Ici et là, une croix blanche se détachait sur le vert foncé des vieux arbres, un ornement doré miroitait au clair de lune, et l'on apercevait dans un fond vague la chapelle du cimetière, éclairée par la lampe éternelle qui brûlait à l'autel, et plus loin encore la petite maison du fossoyeur.

Un silence profond régnait dans cet asile des morts.

Le vieux Pietro se mettait en devoir d'escalader la muraille, lorsque Moreno l'arrêta et lui montra une petite porte qu'ils n'avaient pas aperçue tout d'abord.

— Regarde, dit-il tout bas, elle est ouverte!

— Le vieux fossoyeur aura oublié de la fermer, ajouta Masaniello en se dirigeant vers la porte qui n'était qu'entrebaillée.

Le pêcheur entra résolument. Pietro et Moreno le suivirent.

Ils se dirigèrent vers une partie écartée du cimetière où se trouvaient quelques tertres isolés, adossés au mur d'enceinte. L'un de ces tertres était recouvert d'une terre encore fraîche — c'était là que reposait le comte Almaviva!

Pietro s'était courbé et montrait du doigt la tombe.

— Regardez, dit-il d'une voix contenue, regardez, voilà une couronne de laurier, de myrte et de roses blanches.

— Quelqu'un a donc osé venir prier sur cette tombe et y déposer une couronne, répondit Masaniello ému.

— A l'ouvrage! fit Moreno. Il s'agit de déterrer le noble martyr. Où avez-vous décidé de le mettre?

— A côté du tombeau de son père, là-bas dans le voisinage de la chapelle, dit Pietro. C'est aussi là que repose son grand-père venu d'Espagne il y a bien, bien longtemps et qui épousa une noble Napolitaine. Le comte Felice Almaviva reposera près de ses aïeux.

— Soit, fit Moreno, et les trois hommes se mirent à l'ouvrage.

Ils avaient enlevé la couronne et bêchaient assidûment dans le silence de la nuit. La besogne avançait rapidement. Pietro, encore souffrant de ses blessures, était appuyé sur sa pelle au bord de la fosse; Moreno et Masaniello y étaient descendus, et jetaient la terre en dehors. Bientôt ils durent creuser avec plus de précaution, et peu d'instants après, le cadavre d'Almaviva se trouvait à decouvert.

Les deux pêcheurs soulevèrent délicatement le tronc et la tête du martyr et les posèrent sur le bord de la fosse.

Tout à coup, un homme portant un vaste manteau noir, et un chapeau à larges bords sortit du milieu des cyprès — on eut dit l'ombre du comte Almaviva.

Pietro recula d'un pas — Moreno et Masaniello s'élancèrent hors de la fosse, mais avant qu'ils eussent pu s'expliquer cette singulière apparition, l'étranger s'était approché d'eux et avait fait un signe de croix sur le cadavre.

— Vous faites là une œuvre sainte, pêcheurs de Portici, dit-il d'une voix contenue. Ne craignez pas que je veuille vous déranger. Nous aussi, nous sommes venus pour creuser un autre tombeau au comte Almaviva.

— Qui êtes-vous? demanda Pietro en s'efforçant vainement de découvrir la figure que l'inconnu cachait sous son vaste chapeau.

— Ne le demandez pas — nous ne nommons personne! répondit le mystérieux personnage. Regardez plutôt là-bas.

Pietro et ses deux compagnons tournèrent les yeux vers l'endroit que leur montrait l'étranger...

Deux hommes, vêtus exactement comme lui, et portant un cercueil noir s'approchaient de la fosse.

La première impression des pêcheurs fut que tout n'était pas naturel là-dedans, mais ils ne tardèrent pas à se rassurer, bien qu'ils ne pussent encore s'expliquer qui étaient ces trois personnages, vêtus comme l'était habituellement le comte Almaviva, et venus comme eux avec l'intention de procurer au martyr une autre sépulture.

Les inconnus étaient bien des hommes en chair et en os, et ceux-là, les pêcheurs ne les redoutaient guère. Les deux derniers venus avaient déposé le cercueil au bord de la fosse. Après un salut silencieux, ils soulevèrent le cadavre et le couchèrent dans la bière en replaçant si adroitement la tête qu'elle semblait n'avoir jamais été séparée du tronc. Ils prononcèrent une courte prière, puis ils fermèrent le cercueil en vissant solidement le couvercle.

— Nous vous remercions de votre bonne volonté, et du travail que vous avez fait, dit l'un des étrangers en s'adressant aux pêcheurs; laissez-nous maintenant le soin d'ensevelir le noble défunt. Je vous jure que ce cera fait avec le respect et les égards dûs à ce courageux martyr. Vous pourriez être vus et reconnus pendant la cérémonie, tandis que nous pouvons achever votre œuvre sans courir le moindre danger.

Pietro avait froncé le sourcil.

— Vous voulez que nous vous abandonnions cette précieuse dépouille, dit-il d'une voix sourde, et vous ne voulez pas même nous faire connaître vos noms. Qui nous garantira la sincérité de vos paroles et de vos intentions?

— Alors, fermez la fosse, et suivez-nous, dit l'étranger, mais avancez prudemment. Vous serez témoins de la cérémonie!

Les trois inconnus soulevèrent le cercueil et l'emportèrent sur leurs épaules. Ils marchaient silencieusement à l'ombre des arbres. Pietro suivait en portant la couronne. Masaniello et Moreno restés en arrière pour achever de combler la fosse rejoignirent le funèbre cortége dans la chapelle.

Au moment où ils y entrèrent, les trois étrangers et Pietro, agenouillés près du cercueil, priaient pour l'âme du défunt. Les deux pêcheurs s'approchèrent respectueusement, et plièrent le genou pour unir leurs prières à celles de leur camarade.

Lorsqu'ils se furent relevés, celui des inconnus qui avait déjà parlé à Pietro s'approcha de nouveau, et les pêcheurs s'aperçurent alors qu'il portait un masque noir. Ses deux compagnons, restés près du cercueil, étaient également masqués.

— Allez vous mettre là-bas, à l'ombre des arbres, mes amis, dit-il en indiquant du doigt un bosquet touffu près de la chapelle; de là, vous pourrez suivre sans danger toute la cérémonie.

Pietro et ses deux compagnons obéirent silencieusement à cet ordre.

Ils quittèrent la chappelle; l'homme au masque en sortit en même temps qu'eux et se dirigea vers la maison du fossoyeur, tandis que les trois pêcheurs se blotissaient sans bruit au milieu du bosquet.

L'étranger frappait à coups redoublés à la porte de la maisonnette. Le fossoyeur et son aide, réveillés en sursaut, parurent à la fenêtre, en demandant d'une voix tremblante de quoi il s'agissait.

— Habillez-vous, et venez ici, dit l'étranger d'un ton qui n'admettait pas de réplique. Il faut une fosse !

— Une fosse . . . au milieu de la nuit ? hasarda timidement le fossoyeur.

— Pas de questions ! Obéissez et faites vite, si vous tenez à votre vie ! répondit l'inconnu en tirant une épée de-dessous son manteau.

Les deux hommes se le tinrent pour dit, et quelques minutes s'étaient à peine écoulées qu'ils arrivaient pâles et tremblants devant l'étranger.

— Suivez-moi ! fit impérieusement l'étranger ; prenez vos pelles !

— Ayez pitié de nous — — que se passe-t-il donc ici ? s'écria le vieux fossoyeur en regardant avec épouvante la chapelle dont il avait solidement fermé la porte la veille, et d'où l'on voyait sortir deux hommes portant un cercueil noir.

— Ne m'interrogez pas, obéissez ! répondit l'homme au masque. Vous allez creuser une fosse là.

Et l'inconnu montrait avec son épée une place dans le voisinage de la chapelle.

— Mais c'est là que reposent le vieux comte Almaviva et son épouse, objecta le fossoyeur.

— Creusez la fosse à côté de la leur ! Votre travail vous sera payé.

— C'est peut-être pour le cadavre du ... murmura le jeune homme qui servait d'aide au fossoyeur.

— Taisez-vous, et ne perdez pas de temps si votre vie vous est chère ! s'écria l'homme au masque tout en surveillant ses deux compagnons qui déposaient le cercueil près de la place désignée.

Le fossoyeur et son aide s'étaient mis activement à l'œuvre ; les deux étrangers avaient pris des pelles, ils travaillaient de leur côté, et la besogne avançait rapidement. La fosse fut bientôt creusée, et le cercueil, sur lequel on avait posé la mystérieuse couronne, y fut descendu au milieu d'un religieux silence.

Les trois inconnus avaient joint les mains, ils murmurèrent une dernière prière pour l'âme du défunt, prière à laquelle les pêcheurs s'associaient de leur cachette, puis les fossoyeurs se mirent en devoir de recouvrir la fosse.

Quand tout fut terminé, l'homme masqué qui avait parlé aux pêcheurs, et qui semblait le chef des deux autres, s'approcha du vieux fossoyeur et lui tendit une bourse.

Le vieillard ne voulait pas accepter cet argent.

— Croyez-vous donc avoir eu à faire avec l'esprit malin ! s'écria l'étranger. Prenez cet argent, je vous l'ordonne ! C'est la juste récompense de votre travail. Et si vous voulez savoir pour qui vous avez creusé une fosse, écoutez : ici repose, à côté de ses illustres parents, le comte Felice Almaviva dont les aïeux étaient Espagnols, mais dont le père fut déjà un si fidèle défenseur des droits et des intérêts de Naples, que les tyrans étrangers s'en sont vengés en faisant mourir le fils. Felice Almaviva, noble martyr, repose en paix !

Le vieux fossoyeur était blême de terreur et d'angoisse.

— Sainte-Vierge ! murmura-t-il, si l'on apprenait ce qui vient de se passer ...

— Nul ne l'apprendra ! dit gravement l'homme au masque. Vous et votre aide, vous êtes morts, si vous touchez au tombeau sacré de ce défenseur de la liberté et si vous révélez quoi que ce soit de ce qui s'est passé ici.

Et sans attendre de réponse, il fit un signe à ses deux compagnons et tous trois quittèrent le cimetière.

Dès que le fossoyeur et son aide furent rentrés dans leur demeure, les pêcheurs sortirent doucement de la cachette d'où ils avaient suivi avec émotion tous les détails de la cérémonie, et l'aube blanchissait à l'orient quand ils reprirent le chemin de Portici.

Chapitre XI

Un dangereux confident.

Nous avons laissé le duc d'Arcos fuyant épouvanté la salle des piliers, et se précipitant dans l'antichambre, où sa brusque apparition répandit subitement la confusion et l'effroi.

Personne ne put, au premier moment, s'expliquer la frayeur du vice-roi. Nul ne l'avait encore vu dans cet état. Que s'était-il passé, pour que le duc, toujours maître de lui, toujours froid et calme, ressortit pâle et décomposé, les cheveux hérissés, l'œil hagard, la terreur sur le front, de cette salle où il était entré fier et hautain comme à son ordinaire ? Pourquoi commandait-il qu'on occupât toutes les issues du château ? Qu'allait-il arriver ?

— Marquis Riperda — Tito — Selva ! exclamait le duc qui s'était laissé tomber sur un siège et tenait encore le candélabre dans sa main tremblante.

Tito, le marquis et le capitaine de la garde du château avaient couru près de leur maître.

— Que s'est-il passé, Altesse ? demanda Tito effrayé.

— Il y a quelqu'un dans le château — qui joue un jeu infernal — répondit le vice-roi d'une voix entrecoupée — quelqu'un qui est venu au-devant de moi — dans la salle des piliers — et qui ressemblait au comte Almaviva.

Tito et le marquis se regardèrent — ils semblaient se demander si le duc perdait la raison.

— Ce fantôme s'est enfui quand j'ai voulu le poursuivre, reprit le duc. Il a disparu dans la chambre sombre d'à côté — — et quand j'y suis entré avec le candélabre, elle était vide . . .

— C'est étrange — bien étrange, murmura Tito.

— Et ce qui ne l'est pas moins, dit Selva, c'est que les sentinelles viennent de me faire savoir qu'elles ont vu le comte Almaviva ...

— Et elles l'ont laissé passer ? interrompit le duc.

— Ou plutôt, continua Selva, quelque ombre qui rappelait le condamné.

— Cette ombre était de chair et d'os comme vous et moi ! Elle ne nous échappera pas ! Je veux savoir qui se permet ce jeu inouï avec le duc d'Arcos, et ce que c'est que ce fantôme vêtu comme Almaviva et qui pénètre jusque dans la salle des piliers !

— Laissez-nous le soin de visiter le château, Altesse, dit Tito. Toutes les issues sont occupées, nous réussirons certainement à trouver le coupable.

— Non, je veux me procurer moi-même l'explication de ce mystère, répondit le duc. Prenez le candélabre, Selva, et marchez en avant ! Vous, Tito, suivez-moi avec le marquis, nous ne laisserons ni une pièce ni un corridor inexploré.

Le capitaine de la garde du corps prit le massif candélabre, et se dirigea vers la salle des piliers. Le duc et les deux courtisans marchaient derrière lui. Tous trois avaient tiré leur épée.

C'était par cette vaste salle, théâtre de l'apparition, que les recherches devaient commencer.

Tito et Riperda rivalisaient de zèle dans leur perquisitions. Ils examinèrent même l'intérieur des lourdes cuirasses creuses, mais tout fut inutile. Le fantôme n'était pas dans la salle des piliers.

La petite troupe passa, sans plus de succès, dans les pièces attenantes. Les galeries, les corridors, les passages, furent minutieusement visités. L'immense château fut fouillé jusque dans ses plus petits recoins sans que l'on put trouver la trace de l'hote mystérieux qui s'y était introduit.

Toutes les sentinelles furent interrogées, et les perquisitions continuèrent jusque bien avant dans la nuit. Il fallut enfin se convaincre qu'elles étaient inutiles et se résigner à ne pas connaître le mot de l'énigme.

Le vice-roi rentra furieux dans ses appartements. Il fit appeler son secrétaire, et lui dicta, sur l'heure, l'édit concernant la taxe sur les fruits, puis il lui fit rédiger une ordonnance sommant tout Napolitain de rechercher l'inconnu qui s'était introduit dans le château sous le costume du comte Almaviva, et de livrer à la justice. En quelque lieu qu'il se trouvât, le coupable devait être saisi, et tué sans pitié s'il opposait quelque résistance.

— La taxe réduira l'insolence de ces Napolitains, se disait le duc en se frottant les mains; elle les frappera dans ce qu'ils ont de plus cher et de meilleur. Il leur faut un joug de fer — ils l'auront — je saurai les forcer à courber la tête devant moi! Malheur à quiconque élèvera la voix pour faire entendre un mot de mécontentement — ce serait la mort!...

Ce ne fut que vers le matin que le duc se jeta sur son lit pour chercher un peu de repos.

Ses yeux fatigués par la veille venaient de se fermer, lorsqu'il les rouvrit tout à coup; il se souleva brusquement — il lui semblait voir l'ombre d'Almaviva arriver jusqu'à ses pieds — il croyait entendre de nouveau ses paroles menaçantes:

— « Tu as tué Almaviva! Le peuple te répondra à son tour! Redoute sa vengeance!... »

Mais non, ce n'était que quelque mauvais rêve, la pièce était vide — Les portes étaient fermées, et bien gardées, tout était tranquille dans la chambre...

Le duc essaya de se rendormir, mais les menaces du fantôme hantaient son sommeil. Il s'assoupissait, mais pour se réveiller l'instant d'après en entendant une voix menaçante crier à son chevet:

— « L'heure de la vengeance approche! »

Le lendemain, les publications d'usage et de grands placards apposés sur les murs, firent connaître au peuple de

Naples les nouveaux ordres du vice-roi. Le duc ne s'était pas trompé, la taxe sur les fruits frappait cruellement les Napolitains, et les préoccupait beaucoup plus que ne le faisait l'ordre de rechercher un inconnu portant un manteau pareil à celui du comte Almaviva.

Les figures étaient sombres, les regards menaçants; le mécontentement était au comble, car ce nouvel impot, né du caprice d'un despote, atteignait toutes les classes de la population. Personne n'osait cependant donner libre cours à sa colère; les rues et les places fourmillaient d'espions et de traîtres, et quiconque se laissait entraîner à d'imprudentes paroles était aussitôt arrêté et jeté en prison.

Peu de jours après la publication de l'édit, le duquecito rencontra un soir son frère adoptif dans une longue galerie du château où l'on voyait de distance en distance des trabans appuyés sur leur hallebarde. Tito était accoudé d'un air rêveur sur la balustrade de la galerie, mais en apercevant Alfonso, il s'était redressé et venait au-devant de lui d'un air ouvert et souriant. Comment l'éviter? Il n'y avait jamais eu rupture ouverte entre eux. L'ancien compagnon de jeux du prince, le fils adoptif du duc, ne recherchait-il pas, au contraire toutes les occasions d'intervenir publiquement en faveur d'Alfonso?

— Enfin, je te rencontre une fois seul et sans témoins, dit Tito à demi-voix et du ton le plus cordial en abordant le prince; qu'il y a longtemps que je désire ce moment, Alfonso!

— Je ne m'en doutais pas, fit ironiquement le duquecito.

— J'ai souvent éprouvé le besoin de me rapprocher de toi, Alfonso?

— Ce rapprochement ne me paraît pas fort désirable, je l'avoue, répondit le prince peu accoutumé à dissimuler ses impressions.

— Tu me méconnais, mon frère.

— Mon frère?! reprit impétueusement Alfonso. Ce mot te vient-il du cœur? — J'en doute! ainsi tu peux te l'épargner. Tu connais ma violence, ne l'irrite pas.

Tito se contint à grand-peine.

— Alfonso, dit-il d'une voix qui voulait être émue, tu étais si bon pour moi, autrefois — parle, que s'est-il passé? Qu'ai-je fait pour perdre ton affection et ta confiance? Je ne veux pas que cette heure passe sans que nous soyons réconciliés; il me faut une explication — je la veux, j'ai besoin de savoir ce qui me sépare de mon frère!...

— Voilà des paroles que je n'attendais pas de ta part, Tito.

— Combien tu es changé, frère. J'en souffre cruellement. Autrefois, tu aimais ton compagnon de jeux... et maintenant...

— A qui la faute? s'écria violemment Alfonso. N'ai-je pas toujours été franc et sincère envers toi?

— Je suis d'autant plus peiné de ton changement; je ne me l'explique pas.

— L'explication n'en est pas difficile cependant, dit le duquecito avec amertume. N'est-ce pas toi qui profites de toutes les occasions pour m'accuser auprès de mon père? N'est-ce toi qui as obtenu la condamnation d'Almaviva?

— Je m'en doutais! s'écria Tito. Quelle fausseté, quelle calomnie! Il n'y pas un mot de vrai dans les reproches que tu me fais. Je comprends tout, maintenant. On m'a indignement noirci auprès de toi, Alfonso, mais malheur à ceux qui ont osé semer la discorde, et la défiance entre nous — malheur à ceux qui m'ont ravi l'affection de mon frère!...

— Tu n'as pas fait condamner Almaviva?

— Jamais! C'est une infâme calomnie. Je respectais ce Napolitain, et bien loin de pousser à sa condamnation, j'ai intercédé pour lui.

— Tu aurais mieux fait de ne rien dire, s'écria amèrement Alfonso. Je la connais ta façon d'intercéder, elle est toujours dangereuse pour ceux qu'elle est censée servir!

Tito saisit la main de son frère —

— Mes efforts sont parfois inutiles, dit-il avec tristesse, mais ils sont toujours dictés par de bonnes intentions. Ma position est cruelle, et tu veux encore l'aggraver par tes reproches... Vois, mon frère, tu es riche et beau — tu es prince — moi je suis laid, je suis pauvre — je ne suis qu'un enfant trouvé — peux-tu m'en vouloir si, malgré moi, des pensées de haine et d'amertume gonflent parfois mon sein ?...

— Qui donc a exigé la mort d'Almaviva ? demanda Alfonso.

— Ne me force pas à le dire.

— Je veux le savoir ! — Est-ce le marquis Riperda ?

— Il y est pour quelque chose, Alfonso ; mais c'est ton père qui a voulu la mort du comte, et toutes mes prières ont été inutiles !

Le duquecito s'était détourné. Tito le suivit et saisit son bras.

— Tu connais le vice-roi, dit-il d'une voix sourde ; il y a des heures où il est inexorable. C'est contagieux, Alfonso — cette implacable dureté agit d'une façon terrible sur un cœur isolé et repoussé, un cœur affamé de tendresse...

Le prince regardait Tito avec étonnement — jamais il ne l'avait entendu parler ainsi. Il lui avait donc fait tort. Tito avait donc souffert comme lui de la dureté du vice-roi ? Le manque de tendresse l'avait seul fait ce qu'il était?... Malgré lui, Alfonso se sentait ému ; nul plus que lui ne pouvait comprendre toute l'importance du fait invoqué par Tito !

— Un enfant trouvé, Alfonso ! reprit Tito qui s'aperçut de l'émotion du prince, un enfant trouvé — tout est dans ce mot ! Une malheureuse créature qui n'a jamais connu ses parents, qu'une mère n'a jamais entouré de son amour et de ses soins — — Personne ne fut jamais plus misérable que moi — mais non, mes plaintes sont injustes ! Le malheureux enfant, abandonné par ses parents, a trouvé un foyer ; le duc l'adopta, et tu devins son frère, mais pour les seigneurs de la cour je suis encore l'enfant trouvé, l'intrus occupant une place qui ne lui appartient pas...

Tito s'interrompit brusquement, on eut dit que l'émotion le saisissait à la gorge. — Arrière ces tableaux! reprit-il en passant la main sur son front comme pour en chasser de sinistres pensées, ils irritent en moi des blessures qui ne guériront jamais et qu'il faut éviter de toucher. Tu me regardes avec étonnement, frère, tu te demandes si je ne suis plus Tito, le compagnon de tes jeux? — — nous avons changé, Alfonso, nous sommes devenus hommes; et ce qui n'était autrefois en moi qu'un point à peine sensible est maintenant une blessure envenimée qui s'étend chaque jour... Condamne-moi, si tu le peux, mais je te devais cet aveu sincère!

— J'étais loin de me douter que tu souffrais ainsi, dit le duquecito radouci; je puis comprendre maintenant, que l'amertume et l'irritation t'aient poussé à des actes et des paroles que...

— Que tu ne t'expliquais pas, interrompit vivement Tito, des actes et des paroles qui inspiraient de la méfiance à chacun.

— C'était là ce qui s'interposait entre nous!

— Je le sentais bien, mais on n'est pas toujours disposé à vider son cœur comme je viens de le faire. Il faut pour cela une certaine résolution, Alfonso.

— Je le comprends.

— J'ai cruellement souffert en voyant que moi, autrefois ton compagnon de jeux, ensuite ton confident, je n'étais plus rien pour toi. Tout cela augmentait l'amertume de mon âme. Je dus reconnaître que je n'avais plus ta confiance, que tu me préférais d'autres amis — et cependant j'avais soif de ton affection. Je t'enviais ces amis, à eux je leur enviais ton affection... et faut-il que je l'avoue, je t'enviais plus encore l'amour de Fenella!...

— Fenella? La connais-tu, Tito?

— Plus que tu ne le penses, frère. Elle t'aime d'un amour sans bornes, cette enfant.

— Je le sais, répondit tristement Alfonso — son cœur se brisera !

— La pauvre créature ! On peut être fier d'inspirer un pareil amour. Je doutais de sa fidélité, je pensais qu'elle n'aimait en toi que le duquecito — mais j'ai acquis la certitude qu'elle t'aimait véritablement.

— Comment as-tu pu t'en assurer ?

— Je l'ai mise à l'épreuve !

— Comment... toi ?...

— Pardonne-moi, frère. Je voulais savoir si le véritable amour se trouvait encore sur la terre, et je l'ai trouvé chez elle... mais pour toi ! Je suis allé dans son cachot, je lui ai offert la liberté et tous les trésors du monde si elle voulait t'être infidèle — la noble créature m'a repoussé avec indignation !

— Elle a fait cela ! s'écria Alfonso ému. Oh, je savais bien qu'elle m'aimait !...

— Heureux mortel !

— Et je devrais l'oublier, renoncer à elle ! reprit le duquecito. Je devrais la repousser — — non, non, c'est impossible !

— Elle ne pense pas à une séparation, et ne se doute pas du triste sort qui l'attend.

Tout en causant, le prince et Tito s'étaient avancés jusqu'au bout de la galerie qui s'ouvrait sur la grande salle des officiers de la garde du corps. Les portes vitrées de la salle étaient entr'ouvertes, et l'on pouvait voir et entendre tout ce qui s'y passait.

Le marquis Riperda, le capitaine Selva et quelques autres officiers causaient gaîment ensemble.

— Nous la retrouverons ! s'écriait Selva ; soyez sans inquiétude, don Miguel, la muette de Portici ne vous échappera pas ! Son Altesse...

Alfonso n'en écoutait pas davantage. Il avait saisi son épée et allait se précipiter dans la salle lorsque Tito le retint.

— Pas d'imprudences, frère, dit-il d'un ton suppliant, pas d'imprudences — n'as-tu pas entendu que Selva parlait du duc?

— Fenella n'aurait donc pas assez souffert pour moi, Tito?

— Ne te laisse pas entraîner par ta colère, Alfonso. Ne fais pas d'éclat? Avertis plutôt la pauvre enfant!

— Tu as raison, Tito, tu as raison, s'écria l'impétueux jeune homme. Je veux courir auprès d'elle. Je veux la revoir, cette douce et fidèle créature; je veux la soustraire à ses persécuteurs. Fenella ne doit pas pouvoir dire qu'Alfonso l'a rendue malheureuse et l'a abandonnée dans son malheur!

Tout en parlant, le prince serrait vivement la main de Tito.

— Je suis heureux de pouvoir reconnaître que je te faisais tort, lui dit-il d'un ton ouvert et affectueux, heureux surtout de t'avoir retrouvé.

Il s'enveloppa de son manteau, et s'élança dans l'escalier qui conduisait aux cours du château.

Tito s'était appuyé de nouveau sur la balustrade de la galerie, et le suivait des yeux. Un mauvais sourire contractait sa figure.

— Ouf, dit-il enfin en poussant un soupir de soulagement; j'ai réussi, mais aussi j'y ai pris peine!

Chapitre XII.

Le revoir.

Fenella attendait vainement Alfonso! Son doux visage se revêtait peu à peu d'une expression de tristesse poignante, de longs soupirs s'échappaient de son âme oppressée... chaque soir elle allait s'appuyer contre la grosse pierre tout près de sa chaumière, ses yeux inquiets interrogeaient avidement la route de Naples — Alfonso ne venait pas!

Elle ne doutait cependant ni de son amour ni de sa fidélité. L'idée qu'il pourrait l'oublier et trahir ses serments ne lui était pas venue. Elle se disait qu'il était certainement retenu par son père et étroitement surveillé par Tito; qu'il souffrait comme elle, et que, comme elle aussi, il ne songeait qu'au revoir.

Le soir de l'entretien de Tito et d'Alfonso, un secret pressentiment retint bien longtemps la muette près de sa grosse pierre. Quelque chose lui disait que celui qu'elle espérait depuis si longtemps pensait à elle et cherchait à la revoir — elle resta dehors jusqu'au milieu de la nuit s'attendant à chaque instant à le voir apparaître — le duquecito ne vint pas.

Alfonso pensait à elle en effet. Il s'était enveloppé de son manteau et allait sortir furtivement de la cour du château, lorsque le vice-roi lui barra le passage et le saisit par le bras.

Le prince retint à grand-peine une exclamation de colère en se voyant ainsi arrêté. Il se contint cependant, et se dit qu'il pourrait certainement exécuter son projet un peu plus tard. Le duc lui ordonna de le suivre. Il semblait avoir en vue quelque démarche aussi importante que secrète. Nous en entendrons parler dans le chapitre suivant.

Le jour suivant, Fenella inquiète, agitée, incapable de supporter plus longtemps cette cruelle attente, résolut de se rendre à Naples et de se risquer dans le voisinage du château. C'était une imprudence grave, mais elle ne pouvait plus vivre ainsi. Elle voulait essayer de voir le bien-aimé, ne fut-ce que de loin. Le danger n'était-il pas d'ailleurs bien préférable à l'angoisse inactive qui la torturait?...

Masaniello était parti pour la pêche avec ses compagnons — il fallait profiter de son absence. Fenella se jeta dans son léger bateau, et bientôt elle glissa rapidement sur les flots. Son cœur battait à se rompre — elle allait revoir le bien-aimé — il lui semblait impossible qu'Alfonso ne devinât pas sa présence dans le voisinage du château et ne fut pas attiré dans l'endroit où elle se trouverait!...

Le soleil se couchait, lorsque Fenella atteignit l'escalier du port. Elle amarra solidement son bateau et monta les degrés conduisant sur le large bastion qui entourait le port.

Dès que le soir approchait, tout était bruit et mouvement sur ce bastion et sur la place voisine. Les pêcheurs débarquaient des huîtres, des écrevisses de mer et des poissons de tous genres; les marchands de volailles étalaient leur marchandise, et de jolies et fraîches jeunes filles offraient aux passants des bouquets, des coquillages et des fruits. Plus loin, c'était le marchand de macaroni avec ses pâtes toutes chaudes, mets favori de tout Napolitain; ailleurs c'étaient des lazarones demi-nus, étendus sur les pierres dans les poses les plus pittoresque, et écoutant avidement les vers de quelque improvisateur.

Fenella ne s'inquiétait guère de tout ce mouvement. Elle quittait le bastion pour se diriger vers le mur d'enceinte de la forteresse, lorsqu'elle aperçut tout à coup, non loin d'elle, deux des sbires qui l'avaient enlevée pour la jeter dans le cachot de la tour du moine.

Elle s'arrêta subitement — ses membres étaient comme paralysés — il n'y avait pas à en douter, les deux soldats l'avaient reconnue.

— Dis donc, Pedro, s'écria l'un des soldats, n'est-ce pas la muette de Portici? la prisonnière qui s'est évadée dernièrement de la tour du moine?

— Sur mon âme, Ruiz, tu as raison; c'est bien elle.

— Si nous rattrapions ce bel oiseau, hé?

— Silence — elle nous a vus.

— Nous allons la bloquer.

Les deux soldats se séparèrent. Fenella comprit qu'ils voulaient lui couper la retraite et l'enfermer de deux côtés.

Elle était perdue! Les deux gardes se rapprochaient peu à peu. Où trouver une issue, où fuir?...

En cet instant, une longue procession tourna la rue la plus voisine. Un prêtre entouré de quelques enfants de chœur, marchait le premier. Le sacristain suivait, bannière déployée; un cortège serré d'hommes et de femmes s'était joint à eux.

Les yeux de Fenella étincelèrent — elle courut vers la procession et se mêla à la foule qui suivait le prêtre et le sacristain. Là, elle était à l'abri de toute poursuite. Les soldats n'oseraient jamais la faire sortir de la procession — elle était sauvée.

— Tiens, elle est loin, fit Pedro.

— Sois tranquille, répondit Ruiz; nous l'attraperons bien. Suivons aussi la procession.

Les deux soldats de la garde se mêlèrent au cortège qui se dirigeait vers l'église voisine de San Maria Maggiore, et Fenella les aperçut avec effroi à quelques pas derrière elle.

La procession arrivait à l'église. Les fidèles s'agenouillèrent pour la plupart dans le vestibule, tandis que la bannière et le chœur disparaissaient dans l'intérieur de l'église, puis leur prière terminée, ils retournèrent à leurs affaires.

Les deux soldats étaient restés au dehors.

— La muette entre dans l'église, dit Ruiz.

— Il faudra bien qu'elle en ressorte, répondit Pedro en riant.

— Dis donc, reprit Ruiz, si tu courais au château pour annoncer notre prise au capitaine Selva ?

— Je veux bien.

— Je resterai ici pour surveiller la fugitive.

— Je cours à la salle de garde, répondit Pedro en s'éloignant.

Fenella était entrée dans l'église avec quelques fidèles; elle se croyait sauvée, mais en se retournant, elle aperçut le soldat en sentinelle à la porte.

Désespérée, elle fit le tour de l'église avec la procession, puis elle tomba à genoux devant l'image de la Madonne et adressa une ardente prière à cette mère des affligés.

Elle priait encore que les autres fidèles avaient depuis longtemps quitté l'église.

Le sacristain allait fermer les portes — la muette était la dernière — et le soldat était toujours à son poste.

Fenella s'accroupit derrière un pilier pour n'être pas vue par le sacristain. Celui-ci ferma les portes intérieurement, puis il traversa l'église pour en sortir par la petite porte de la sacristie.

Fenella se releva. Le sacristain surpris lui fit signe de le suivre pour quitter avec lui la maison de Dieu. La muette obéit, et se glissa furtivement au dehors par la petite porte qu'on lui indiquait.

Elle s'adossa un instant au mur de l'église pour regarder sans être vue autour d'elle — les deux soldats étaient encore debout près du portail. Selva était avec eux.

Que faire ? Comment fuir sans être aperçue ? Il fallait fuir cependant. Fenella prit une décision rapide et s'élança au travers de la place de l'église.

Elle ne put la traverser tout entière sans être aperçue. Pedro et Ruiz se mirent à sa poursuite. Le capitaine suivit plus lentement.

Fenella fuyait. Ses pieds touchaient à peine le sol, ses vêtements flottaient autour d'elle, sa poitrine se soulevait impétueusement...

Tout à coup, le mur d'enceinte de la forteresse lui barra le passage. La fugitive se tourna précipitamment d'un autre côté. Ce rapide mouvement lui fit gagner quelques pas sur les soldats, mais il la rapprocha de Selva qui avança en toute hâte.

Fenella arrivait près de la grille qui entourait le vaste parc du château. C'était là que Selva comptait s'emparer d'elle. Il s'était élancé à sa poursuite, et allait la saisir, lorsqu'elle lui échappa.

Une des portes du parc était ouverte — — La fugitive s'y était précipitée et courait à perdre haleine vers les vieux arbres touffus qui ombrageaient le parc — elle fuyait, rapide comme le vent, mais ses pieds s'engourdissaient ; ils allaient lui refuser leur service — quelques minutes encore, et elle serait forcée de s'arrêter pour reprendre haleine — et Selva qui s'était élancé dans le parc après elle gagnait à chaque instant du terrain.

Un cri de désespoir s'échappa des lèvres de la fugitive. Où fuir — où tourner ses pas pour se sauver ? où demander du secours ?...

Dans ce moment de détresse, Fenella qui venait d'enfiler une allée écartée aperçut deux dames arrêtées devant une statue.

Elle courut à elles. Les deux dames se retournèrent au bruit de ses pas et restèrent frappées de surprise à la vue de cette fille fuyant devant des gardes du corps.

— Qu'est-ce que cela signifie ? s'écria l'une des dames, en s'adressant à sa compagne. Regardez, donna Diana, n'est-ce pas la belle muette qui nous a ramenées de Portici dans son bateau ?

— Certainement, Altesse ; c'est bien elle.

Fenella arrivait haletante, épuisée — elle tomba à genoux devant la princesse en lui montrant du doigt ses persécuteurs.

— C'est toi, pauvre enfant! s'écria Elvira; qu'y a-t-il? on te poursuit?

La Muette tendit ses mains suppliantes vers cette protectrice inespérée.

— Sois tranquille, reprit la princesse, je te défendrai!

Donna Diana s'était approchée. Elle passa son bras autour du cou de Fenella, comme pour la prendre sous sa garde, tandis qu'Elvira s'avançait au-devant du capitaine, et lui demandait avec hauteur ce que signifiait cette poursuite.

Selva recula d'un air embarrassé.

— Cette fille doit être arrêtée, répondit-il avec hésitation.

— N'avancez pas d'un pas; je vous le défends! s'écria impérieusement la princesse. Je prends cette pauvre fille sous ma protection, et je la défendrai envers et contre tous.

Selva s'inclina profondément pour cacher son dépit. Sa proie lui échappait; il ne pouvait expliquer à la princesse qu'il avait des ordres secrets pour arrêter Fenella. Il se dit tout bas qu'il serait plus heureux une autre fois, puis il quitta silencieusement le parc en faisant signe à ses soldats de le suivre.

— Sois sans inquiétude, chère enfant, dit la princesse en se retournant vers Fenella toujours à genoux. Personne n'osera plus te faire de mal! C'est pour moi une véritable joie que d'avoir pu te protéger.

La Muette de Portici levait des yeux pleins de reconnaissance et d'amour vers cette noble dame, cette princesse si bienveillante et si bonne, qui lui tendait gracieusement la main et lui faisait signe de se relever.

— Retourne tranquillement dans ton bateau, reprit la princesse, et si quelque danger te menaçait encore, accours auprès de moi. Tu trouveras toujours aide et protection ici.

Elvira posa légèrement ses lèvres sur le front de la Muette, puis elle reprit le bras de sa dame d'honneur, et s'éloigna en faisant encore un signe d'adieu à Fenella qui la suivait d'un regard attendri. La Muette de Portici était libre, ses persé-cuteurs avaient disparu, rien ne la retenait plus dans ce parc et cependant ses pieds semblaient cloués au sol — elle restait debout au milieu de cette allée — qu'avait-elle donc à regarder ainsi ?...

Fenella allait tourner le dos aux vieux arbres et aux buissons fleuris du parc, et regagner la petite porte par laquelle elle était entrée, lorsqu'elle s'arrêta subitement...

Un jeune seigneur espagnol venait d'apparaître au bout de l'allée que suivaient Elvira et sa dame d'honneur. Il s'était approché des deux dames et s'inclinait respectueusement devant la princesse.

Fenella tressaillit... Ses yeux perçants avaient cru recon-naître Alfonso. Il lui fallait une certitude. Était-ce lui qui s'approchait ainsi d'Elvira; lui qu'elle saluait avec une gra-cieuse vivacité? était-ce lui qui offrait son bras à la princesse et s'enfonçait sous les arbres en causant familièrement avec elle, tandis que la dame d'honneur restait à quelques pas en arrière ?...

Fenella avait pâli. L'expression de reconnaissance et d'ad-miration qui animait ses traits s'était subitement effacée; elle resta quelques instants immobile, la main appuyée sur son cœur dont les battements l'étouffaient, puis elle s'élança vers les bosquets touffus qui bordaient l'allée, et se glissa à leur ombre dans la direction que suivaient la princesse et son compagnon.

Elle allait, rapide et furtive, sans que le plus léger bruit la trahit. Bientôt elle fut assez près des deux promeneurs pour les voir distinctement. C'était bien Alfonso! Il s'entre-tenait vivement avec la princesse qui s'appuyait sur son bras et le regardait avec un rayonnant sourire; leurs gestes, leurs regards, leurs voix, tout trahissait le secret de leurs cœurs.

La Muette frissonna — un froid glacial la saisit — celui qu'elle aimait de toute l'ardeur de son âme, celui qu'elle attendait depuis si longtemps se promenait avec la princesse au lieu d'aller à Portici — il aimait cette aimable et belle créature, et Fenella était oubliée. —

Une douleur poignante étreignait le cœur de la pauvre Muette, elle se laissa tomber sur le gazon, et la tête appuyée dans ses mains, elle pleura amèrement. —

Lorsqu'elle se releva, Alfonso et la princesse avaient quitté le parc. Fenella vit encore la robe de la dame d'honneur flotter sous les orangers fleuris qui enbaumaient la terrasse du château, puis cette ombre disparut à son tour dans l'éloignement, et la pauvre Muette se retrouva seule avec son désespoir. —

Elle poussa un cri sauvage, et s'enfuit en courant. On eut dit que des furies la poursuivaient, tant elle avait hâte de sortir de ce parc où elle laissait derrière elle sa foi, sa naïve confiance et la candeur de son amour. —

Chapitre XIII.

Le prince de Bisignano.

— Suis-moi, Alfonso! dit impérieusement le duc d'Arcos, en s'adressant à son fils qu'il venait d'arrêter dans la cour du château.

Le jeune homme avait tressailli en reconnaissant son père. Il semblait fort peu réjoui de cette rencontre qui allait l'empêcher de courir auprès de Fenella, mais il n'essaya pas même de résister; le vice-roi, il le savait, n'admettait pas qu'on discutât ses ordres.

— Où voulez-vous aller, mon père? demanda tout bas le duquecito.

— J'ai en vue une démarche importante, répondit le vice-roi en se dirigeant vers le pont-levis avec Alfonso. Je veux assister à une réunion de rebelles et de conspirateurs.

— Vous, mon père? vous voulez vous exposer à un pareil danger?

— Le duc d'Arcos ne craint pas le danger quand il s'agit de démasquer et de punir les coupables!

— Comment oserait-on conspirer contre vous, mon père? Naples tout entier vous craint et vous redoute!

— Si c'était vrai, on n'essaierait pas de me braver.....
Mais j'étoufferai ces complots dans leur germe — j'écraserai ces insolents conspirateurs!

Alfonso s'était arrêté derrière le pont-levis.

— Où voulez-vous aller, mon père? répéta-t-il tristement.

— Je veux aller chez le général des troupes napolitaines. Tu vas m'y conduire.

— Chez le prince de Bisignano?

— Oui, chez le général Tiberio Bisignano, répéta impérieusement le vice-roi. Est-ce que cela t'étonne?

— Vous n'y allez jamais, mon père.

— Mais toi, tu es l'ami du prince.

— Oui, je l'aime et l'estime; je le tiens pour un noble cœur, un homme sage et avisé.

— Il est étrange que tu sois disposé à aimer et à estimer tous ceux que je tiens pour des traîtres, fit ironiquement le duc.

— Le prince Tiberio? — — un traître? — s'écria Alfonso stupéfait.

— Oui, le prince Tiberio, lui aussi. On m'apprend qu'il a des réunions secrètes dans son palais.

— Mais, mon père, j'ai assisté maintes fois à des réunions chez le prince Tiberio, et jamais, je vous le jure, je n'y ai rien aperçu de suspect.

— Pauvre innocent! Tu as encore bien des choses à apprendre avant d'être en état de porter le sceptre de ton père. Le prince de Bisignano et ses amis sont gens rusés. Ils t'ont attiré dans leurs filets pour apprendre par toi ce qui se passe à la cour. Ne les défends pas, je connais toutes leurs manœuvres.

— Tiberio est incapable d'un pareil calcul ! — —

— Assez ! fit sévèrement le duc. Il est regrettable que le vice-roi et le duquecito ne soient jamais du même avis, mais il est heureux pour le duquecito que ce soit le vice-roi qui règne !

— Enfin, que demandez-vous, mon père? dit Alfonso d'une voix tremblante.

— Il doit y avoir dans ce moment-ci une réunion secrète chez le prince Tiberio. Je veux savoir ce qui s'y passe. Tu es connu dans le palais; il faut que tu m'y introduises.

— Dans le palais? — — vous pensez — —

— Je veux entendre les conversations de ces mutins que je ne puis accuser sans preuve.

— Vous voulez les épier, mon père — — et je devrais vous y aider? — — je devrais vous introduire incognito dans le palais de ce prince que j'aime et que j'honore?.... demanda Alfonso avec angoisse.

— Qui dois-tu respecter, sinon ton père? s'écria le vice-roi. A qui dois-tu obéir, sinon à ton souverain? C'est lui qui t'ordonne de l'introduire dans ce palais!

— Demandez mon sang, ma vie — tout plutôt que cela, mon père ! répondit fermement le duquecito.

— Tu refuses de m'obéir?

— Tuez-moi, mon père! — faites de moi ce que vous voudrez, mais ne me demandez pas une pareille trahison! Jamais je ne m'y résoudrai — jamais!

— Eh bien, je me rendrai ouvertement chez le prince, et je paraîtrai subitement au milieu des conjurés? Accompagne-moi. — Et le duc d'Arcos enfila une rue sombre qui conduisait au palais. Il semblait ne pas vouloir s'arrêter pour le moment à la contestation qui venait d'avoir lieu entre son fils et lui, mais le duquecito connaissait assez le vice-roi pour savoir que cet homme au cœur de pierre ne lui pardonnerait jamais l'énergie et la fermeté qu'il venait de montrer.

Le général des troupes napolitaines, Tiberio de Bisignano était assis dans une antique pièce de son vaste palais, en compagnie de son ami le cardinal Filamarino, et de deux hommes du peuple, le peintre de batailles Ancillo Falcone et Salvator Rosa, l'ami de ce dernier. C'était un officier napolitain, le cavalier Ballota qui avait introduit les deux peintres au palais. Salvator Rosa portait un pourpoint de velours noir. Ancillo Falcone était enveloppé dans un vaste manteau jeté sur ses épaules à la façon d'Almaviva. Tous deux avaient ôté leurs grands chapeaux, et avaient salué respectueusement le prince et le cardinal.

— Qu'avez-vous à m'apprendre? disait Tiberio de Bisignano, en s'adressant aux deux amis. Vous pouvez vous décharger librement ici de tout ce qui vous oppresse; mon noble ami, le cardinal, et moi nous vous aiderons volontiers de nos conseils.

— Nous en sommes persuadés, illustre seigneur, répondit Ancillo Falcone, mais nous ne venons pas ici pour nous plaindre. Nous voulons seulement vous faire savoir que le mécontentement va chaque jour croissant parmi le peuple.

— Je m'en aperçois comme vous, signor Falcone, répondit le prince. Mon cœur n'est-il pas avec le peuple? Est-ce que je ne souffre pas comme tous les Napolitains sous le poids de notre infortune?

— Tous, nous ressentons cruellement notre humiliation, dit l'officier. L'insolence de ces étrangers passe toutes les bornes. Il ne leur suffit pas de se placer bien au-dessus de nous et de se railler ouvertement des troupes napolitaines, il faut encore qu'ils profitent de toutes les occasions pour nous vexer et nous pousser à bout.

— Ne vous laissez pas aller à votre colère, répondit dou-

cement le cardinal Filamarino, Maîtrisez-vous, et évitez des
excès qui réjouiraient les étrangers. Il faut que les officiers
de Naples soient particulièrement sages et prudents.

— Je vous assure, Eminence, que j'admire souvent le
calme et la patience de mes camarades, dit le jeune officier,
mais qui peut répondre que cette colère si longtemps contenue n'éclatera pas quelque jour ?

— Il se prépare aussi une révolte dans le peuple, dit Salvator Rosa, j'ai entendu parler de plans secrets, de projets,
qui verront certainement le jour à la première occasion.

— Vous êtes un homme du peuple, signor, répondit le
prince, et je sais que vous avez de l'influence dans plusieurs
cercles — employez-là à apaiser les colères et les ressenti-
ments, et à empêcher un soulèvement qui aurait les suites
les plus fâcheuses pour le peuple de Naples.

— Vous prêchez toujours la paix, illustre seigneur, mais il
est trop tard. Le peuple est exaspéré, il ne faut qu'une étincelle pour allumer la révolte.

— Il est trop tard, répéta Ancillo Falcone, les yeux étincelants de colère. Et ces Espagnols, cessent-ils leurs méfaits,
eux ? On dirait qu'ils veulent éprouver la patience et la lon-
ganimité de ce peuple asservi ? Ce qui m'est arrivé à moi
n'arrive-t-il pas à des centaines d'autres ?

— On vous a enlevé votre sœur, je crois ? dit Tiberio.

— Mon unique sœur, Monseigneur, ma belle Lucia, répondit Falcone d'une voix tremblante d'émotion; la malheureuse
a disparu, et tous nos efforts pour retrouver sa trace ont été
inutiles.

— Etes-vous bien sûr, mon jeune ami, qu'il faille accuser
les Espagnols de cette disparition? demanda le cardinal avec
bienveillance. On est toujours prêt à attribuer de pareils ac-
cidents à ceux que l'on soupçonne, mais nous devons, nous,
examiner soigneusement les faits avant de formuler une accusation.

— C'est ce qui a été fait, Eminence; je n'ai pas accusé

les Espagnols avant d'avoir acquis la certitude que c'était parmi eux qu'il fallait chercher le séducteur.

— Croyez-vous que votre sœur ait été tuée? demanda le prince de Bisignano.

— Je l'ignore, Altesse, tout ce que je puis dire c'est qu'elle a complètement disparu.

— Et connaissez-vous le coupaple?

— C'est le fils adoptif du duc!

— Tito Silvestre est l'auteur de ce méfait, dit Salvator Rosa d'un air convaincu. C'est lui, et nul autre, soyez-en sûr!

— Qu'est-ce qui vous le fait croire? demanda le cardinal.

— Les soupçons reposent entièrement sur ce favori du duc, répondit Falcone. Il paraît que ma sœur Lucia s'était laissée gagner par les attentions empressées de cet Espagnol qui a su profiter de sa naïve crédulité pour se l'attacher et pour lui inspirer la plus entière confiance. Elle sortit un jour de la maison et ne reparut plus. Ce fut alors seulement que j'appris cette malheureuse relation, mais nos recherches incessantes, nos efforts pour retrouver la pauvre enfant n'ont pas amené le plus petit résultat.

— Vous êtes-vous présenté devant le duc ou lui avez-vous fait remettre une plainte? demanda le prince de Bisignano.

— Je lui ai fait savoir la disparition de ma sœur, et j'ai usé de tous les moyens pour obtenir une audience, mais toutes ces tentatives ont été inutiles. Tito Silvestre a toujours réussi à m'empêcher d'arriver jusqu'au vice-roi.

— Avez-vous des témoins qui puissent prouver que Tito Silvestre est vraiment le séducteur de la signora?

— Non. Lucia pourrait seule déposer contre lui.

— Alors, il s'agit avant tout de la retrouver!

— Nous sommes infatigables, illustre seigneur, répondit Salvator Rosa. Nous cherchons, nous écoutons, nous fouillons tous les coins et recoins de la ville — mais jusqu'ici nous n'avons retrouvé ni la malheureuse Lucia ni son cadavre. En

revanche, nous avons vu partout les signes les plus menaçants de l'irritation du peuple. La révolte gronde sourdement;
il est impossible qu'elle n'éclate pas d'ici à peu de temps.

— Et naturellement, vous ne faites rien pour contenir cette
fermentation, gémit le cardinal.

— Les mécontents élèvent partout la voix, reprit Salvator
Rosa; les pêcheurs s'ameutent eux aussi et ne pensent plus
qu'à venger leurs morts. Nous, monseigneur, nous sommes
venus ici pour vous annoncer ce qui se prépare, et pour vous
demander aide, conseil et secours. Le peuple met son espoir
et sa confiance en vous. Le peuple, qui a dû voir mourir le
noble comte Almaviva, aspire à la vengeance. Soyez avec nous,
monseigneur, mettez-vous à la tête de ce légitime soulèvement et aidez aux opprimés à revendiquer leurs droits !

— Vous vous laissez entraîner par votre ressentiment, signor,
dit gravement le prince.

— Cela veut-il dire, illustre seigneur, que vous nous refusez votre aide ?

— Cela veut dire seulement que je ne donnerai jamais les
mains à une guerre civile, à un soulèvement — jamais! Portez cette réponse au peuple! Tiberio Bisignano n'appuiera
jamais une rebellion qui ne peut qu'aggraver cruellement la
misère du peuple de Naples et justifier la tyrannie de ses oppresseurs.

— Il faut donc tout souffrir, tout laisser faire ?

— Il faut en appeler à la justice, toutes les fois que les
crimes des Espagnols sont prouvés !

— La justice! s'écria Ancillo Falcone. Où est-elle la justice? je ne la vois nulle part! Voulez-vous vous sacrifier comme
Almaviva?

— Si nous ne trouvons pas justice ici, nous nous adresse-
rons au roi Philippe.

— Je crains, illustre seigneur, que votre confiance ne soit
cruellement trompée. La fille naturelle du roi d'Espagne doit

épouser le duquecito, et son père soutiendra toujours le duc d'Arcos.

— Vous voyez les choses trop en noir, mon jeune ami, dit le vieux cardinal en s'adressant à Falcone. On vous a enlevé votre sœur — et vos sentiments sont bien naturels, mais croyez-moi, vous trouverez justice si vous réussissez à prouver votre grave accusation. Ne nourrissez pas l'irritation du peuple. Songez aux suites incalculables d'un soulèvement! Notre pays est cruellement éprouvé, mais il ne faut pas désespérer du secours de Dieu. Ne vous en rendez pas indigne en versant le sang, et prêchez au contraire la patience et la soumission au peuple.

— Soyez béni pour ces sages paroles, vénérable seigneur, dit Tiberio en tendant la main au cardinal. C'est pour que vous fassiez entendre cette voix de conciliation et de paix à ces délégués du peuple que je vous ai demandé de vous réunir ici. Et vous, signor Falcone, soyez assuré que je vous aiderai de tout mon pouvoir à retrouver votre sœur et à obtenir justice. Vous avez ma parole.

— Il n'est plus possible de détourner les évènements que nous prévoyons, monseigneur, répondit Salvator Rosa, tandis que son ami s'inclinait devant le prince en balbutiant quelques mots de reconnaissance. La malédiction de la domination étrangère, les méfaits des courtisans, l'implacable cruauté du vice-roi, les iniquités, les vexations de tous genres, tout cela frappe trop durement le peuple.....

En cet instant, la porte s'ouvrit et un domestique annonça à haute voix : »Son Altesse, le duc d'Arcos!«

Il avait à peine achevé ces paroles que la haute et fière stature du vice-roi paraissait sur le seuil. Le duc promena ses regards glacés de l'un à l'autre des assistants, puis il entra dans la salle suivi du duquecito.

Tout cela s'était fait si rapidement que les personnes présentes n'eurent pas même le temps d'échanger un signe de surprise ou de dépit. Le prince Tiberio revint le premier de la stupéfaction où le plongeait cette soudaine apparition. Il se leva, et s'avança au-devant du duc en s'inclinant profondément.

— Quel honneur inatendu pour moi, Altesse! dit-il tandis que le cardinal s'approchait à son tour.

— Suis-je importun ? demanda sèchement le duc. Je ne me doutais pas que j'allais troubler une réunion.

Tout en parlant, le vice-roi considérait attentivement les deux peintres, dont l'un était vêtu comme le comte Almaviva et comme le fantôme de la salle des piliers, mais pas un muscle de son visage ne trahit la joie que lui causait cette importante découverte.

Le prince avait suivi les regards du duc. — Le cavalier Ballotta, les peintres Falcone et Salvator Rosa, dit-il en s'efforçant de dominer son trouble et de reprendre une voix assurée.

— Si son Eminence et le cavalier n'étaient pas là, je croirais que vous êtes en train de commander votre portrait pour votre salle d'ancêtres, seigneur prince, fit ironiquement le duc; ou bien, avez-vous toujours ainsi quelques artistes sous la main ?

Tiberio ne répondit pas. Il s'était tourné vers le duquecito et lui tendait cordialement la main tandis que le vice-roi échangeait quelques civilités avec le vieux cardinal.

— Je ne m'attendais pas à trouver ici votre Eminence, dit le duc, mais cette rencontre est peut-être d'heureux augure! Je vous prie d'écouter aussi ce que j'ai à dire au prince de Bisignano. Vous pouvez presque autant que lui pour l'accomplissement de mes désirs! — Seigneur prince !...

— Je suis à vos ordres, Altesse, répondit Tiberio en se rapprochant du duc.

— Votre qualité de commandant des troupes napolitaines vous investit d'une autorité toute particulière et témoigne de la confiance qu'on met en vous, dit le vice-roi en accentuant chacune de ses paroles. J'espère que vous justifierez cette confiance. Le moment en est venu. Il s'agit d'introduire les nouvelles lois et les nouveaux impôts, et vous aurez à veiller à ce que l'application de ces nouvelles mesures n'amène pas des violences contre mes employés ou des scènes que je punirais avec la dernière rigueur. Vous me comprenez, seigneur prince, et vous aussi, Eminence! Il s'agit d'empêcher tout soulèvement, tout conflit, et je compte sur vous pour cela. Si vos troupes ne parvenaient pas à maintenir l'ordre, je ferais marcher les miennes, et vous seriez responsable des suites.

— Je tâcherai d'obéir en tous points aux ordres de votre Altesse, répondit Tiberio en s'inclinant. Dieu veuille que mes efforts ne soient pas inutiles.

— Je ferai de mon côté tout ce qui sera en mon pouvoir pour maintenir le peuple dans l'obéissance, ajouta le vieux cardinal.

— Et votre Eminence aura raison! fit le duc en saluant le dignitaire de l'église qui s'était rendu également suspect ce soir-là. Il se tourna ensuite vers le général des troupes napolitaines, prit congé de lui, et quitta le palais avec Alfonso.

Le père et le fils se retrouvèrent seuls dans les rues de Naples. Ils regagnèrent le château sans que le vice-roi eut prononcé une parole, mais dès qu'il fut rentré dans son cabinet, il fit appeler Tito et lui donna quelques ordres secrets.

———

Chapitre XIV.

Masaniello et la Muette.

Fenella, repliée sur elle-même, se consumait dans la tristesse et le chagrin. Elle cherchait volontiers quelque place écartée sur le rivage, s'y asseyait, et passait de longues heures à contempler, immobile, les vagues qui venaient mourir à ses pieds. La pauvre enfant fuyait les hommes. Sa douleur était de celles qui recherchent la solitude et qui ne veulent que Dieu pour confident.

Le sourire naïf et confiant qui entr'ouvrait sa bouche avait disparu à tout jamais. Lorsqu'elle était assise à l'écart, loin de tous les regards humains, ses traits pâlis prenaient quelque chose de la froide rigidité de la pierre, et la pauvre Muette ne sortait de cette immobilité que pour tomber dans quelque nouvelle explosion de douleur. Ses mains se joignaient convulsivement, et ses regards se levaient vers le ciel comme pour demander aide et consolation.

Elle avait attendu vainement Alfonso — elle savait maintenant pourquoi il ne venait pas — cependant, chaque soir, une timide espérance venait se glisser dans son cœur — mais chaque nuit, elle se couchait désespérée sur son lit de roseaux et s'efforçait vainement d'y trouver un sommeil qui lui fit oublier son attente et sa déception. La contrainte ajoutait son amertume au chagrin de la malheureuse enfant. Jamais elle n'eut osé pleurer en présence de son frère ni lui laisser voir sa tristesse. Il lui fallait tout renfermer en elle et lutter seule contre son pauvre cœur tourmenté.

La certitude ne s'était cependant pas encore faite en elle. Le cœur ardent et confiant de Fenella se refusait à croire à la possibilité d'une trahison. Sa foi dans l'amour d'Alfonso se réveillait parfois impérieuse et triomphante, les doutes disparaissaient, l'intimité de la princesse et d'Alfonso s'expliquait tout naturellement — puis le soir revenait et ramenait avec lui l'attente fiévreuse et toujours déçue qui consumait la pauvre Fenella.

Un soir qu'elle était tristement assise sur le rocher écarté dont elle faisait sa retraite favorite, l'ombre d'un jeune pêcheur se dessina sur la pierre, et Carlo parut à quelque pas.

Le jeune homme avait suivi la Muette, mais ses pieds nus n'avaient pas trahi son approche. Il s'arrêta pour contempler Fenella — elle était bien belle — plus belle que jamais depuis qu'un voile de tristesse s'était étendu sur ses traits.

Tout à coup elle releva la tête et aperçut Carlo — elle voulut se lever.

— Reste, dit doucement Carlo en s'approchant; reste, je te cherchais, Fenella.

La Muette fit signe qu'il était déjà tard et qu'elle voulait rentrer.

— Tu restes ordinairement plus tard ici, reprit Carlo; je t'ai vue souvent; j'ai déjà essayé d'arriver jusqu'à toi, mais tu m'as toujours échappé. Ce soir, je t'ai suivie sur le rivage. Il faut que je te parle, Fenella; il faut que je sache enfin si tu veux être à moi. Je t'aime, tu le sais; je t'aime comme personne ne t'aimera jamais. Tu sais aussi que mes parents sont morts, et que je suis seul au monde — ma chaumière est petite, mais elle m'appartient, et mes gains de pêcheur suffisent amplement pour entretenir une femme. Veux-tu le devenir, Fenella, et partager ma chaumière? — Veux-tu être à moi? — — je t'aimerai, je te soignerai, je travaillerai joyeusement pour toi — et tu trouveras toujours en moi un cœur fidèle, et une main assez ferme pour te protéger.

Carlo tenait la main de Fenella dans les siennes et la regardait d'un air suppliant.

La jeune fille se leva et considéra tristement l'honnête figure du jeune pêcheur.

— Veux-tu être à moi, Fenella ? répéta Carlo.

La Muette secoua la tête. Une triste résolution se lisait sur ses traits. Elle souffrait en pensant qu'elle allait repousser un amour pur et dévoué, mais comment donner en échange un cœur uniquement occupé de l'image d'un autre ?

Elle avait laissé sa main dans celle du jeune pêcheur ; elle lui fit signe qu'elle voulait regagner sa chaumière, et tous deux redescendirent sur le rivage désert.

— Tu me repousses donc, Fenella ? Tu ne veux pas être à moi, et tu sais cependant combien je t'aime ? dit tristement le jeune homme.

La Muette répondit par un nouveau geste négatif, mais Carlo semblait se refuser à croire qu'elle put persister dans son refus.

— Fenella, reprit-il, tu sais que je n'ai jamais aimé que toi, tu sais que tu es mon tout, et tu voudrais me briser le cœur !... Sois à moi ; viens dans ma chaumière. Masaniello m'aime, il me confierait volontiers le bonheur de sa sœur ! —

— Je ne puis être à toi — j'en aime un autre, disait la pantomime de la Muette.

— Un autre — s'écria Carlo qui comprenait facilement le langage muet de la pauvre enfant ; un autre ! je sais bien que ce beau seigneur espagnol a su t'ensorceler par ses belles paroles — mais ne l'écoute pas — il te trompe, Fenella — il t'abandonnera !...

Fenella s'était détournée.

— C'est un jeu infâme qu'il joue avec toi, cet étranger, reprit vivement Carlo. Il en est temps encore, Fenella ; oublie-le !... Crois-tu qu'il voudrait t'élever jusqu'à lui ! Veux-tu te rendre éternellement malheureuse ?...

— Qu'importe ! — je l'aime et je ne veux pas penser à l'avenir ! —

— Est-ce ton dernier mot, Fenella ? reprit le jeune pêcheur

après un douloureux silence, — réfléchis à ce que tu vas faire, ne nous rends pas malheureux tous les deux !

Les tristes paroles de Carlo impressionnaient vivement la Muette. Ses yeux remplis de larmes semblaient lui demander pardon du mal qu'elle lui faisait, mais sa résolution n'avait pas faibli.

— Oublie-moi, Carlo ! disaient ses gestes passionnés. Je ne puis être à toi — je te tromperais en te donnant ma main. Laisse-moi, ... nos chemins ne sont pas les mêmes !

— Alors, que Dieu me soit en aide ! s'écria Carlo — c'est mal, ce que tu fais là, Fenella ... — adieu ! —

Il s'était détourné impétueusement — les sanglots soulevaient sa poitrine — son cœur se brisait.... —

Fenella se rapprocha de lui, saisit sa main et regarda avec désespoir ce visage contracté.

Les traits pâlis de la Muette exprimaient une telle douleur que Carlo s'arrêta. Sa colère tombait et se changeait peu à peu en une profonde pitié. Fenella, il le sentait, souffrait encore plus que lui.

— Comment pourrais-je te haïr, Fenella ? reprit-il en répondant aux muettes supplications de la pauvre enfant — je t'aimerai éternellement, mais ton cruel refus me déchire le cœur. Dieu seul peut savoir comment tout cela finira ! .....

Fenella serra tristement la main du jeune pêcheur. C'était un adieu. Carlo le comprit.

— Je t'aimerai — je resterai ton ami, Fenella ! s'écria-t-il impétueusement, puis il arracha sa main de celles de la Muette et s'enfuit en poussant un sanglot déchirant. — —

Fenella le suivit du regard — elle lui envoya de la main un dernier signe d'adieu — Carlo ne le vit pas. Une angoisse mortelle s'empara de la Muette. Une voix intérieure lui disait qu'elle souffrirait un jour tout ce que souffrait en ce moment le cœur fidèle qu'elle venait de repousser. Elle aussi, elle devait perdre un jour le peu d'espérance qui lui restait, et se sentir solitaire et délaissée comme l'était Carlo — — elle aussi, elle devait fuir désespérée et chercher vainement le repos et la paix

La nuit approchait — Fenella quitta le rivage et se dirigea vers sa chaumière. Elle s'appuya contre la grosse pierre et interrogea vainement des yeux la route de Portici à Naples. Alfonso ne parut pas. Tout était devenu sombre et silencieux que Fenella était toujours immobile devant sa chaumière — l'image de la belle princesse passait et repassait devant son âme, et éveillait en elle un impérieux besoin de certitude.

Un bruit de pas l'arracha subitement à ses rêveries. C'était Masaniello qui rentrait. Pourquoi donc revenait-il plutôt qu'à l'ordinaire ?

Le pêcheur avait aperçu Fenella; il lui fit signe de le suivre dans la chaumière. La Muette obéit; mais lorsqu'elle eut allumé leur petite lampe, elle tressaillit en voyant l'expression des traits de Masaniello. Ses yeux étincelaient; ses mouvements étaient fiévreux et inquiets, et sa figure était contractée par quelque violent combat intérieur.

Fenella courut à son frère et l'interrogea du regard. Malgré sa brusquerie et ses accès de violence, Masaniello l'avait toujours entourée d'une fraternelle affection ; il l'avait protégée et soignée comme un père eut pu le faire — mais dans ce moment-là, il semblait n'avoir pas une parole amicale pour sa sœur.

— Ce n'est rien, dit-il en répondant aux regards interrogateurs de Fenella — rien — une mauvaise pêche !

La Muette ne se contenta pas de cette réponse évasive. Ses yeux, habitués à lire sur les traits expressifs de son frère, y avaient reconnu les signes les plus évidents d'une violente agitation intérieure. Elle renouvela ses instances jusqu'à ce que Masaniello, poussé dans ses derniers retranchements, se fut décidé à parler.

— Il faut que je t'emmène, Fenella, dit-il enfin. Prépare-toi... tu quitteras la chaumière cette nuit même.

La Muette recula épouvantée.

— Je veux te conduire dans un endroit où tu seras plus en sûreté qu'ici, reprit le pêcheur. Tu prendras une cruche, des fruits, un peu de pain et quelques poissons secs ! Tu ne peux pas rester seule dans notre chaumière.

Fenella s'était laissée tomber sur un siège. Ses mains pendaient inertes à son côté et sa tête se penchait sur sa poitrine. Quitter sa chaumière !... quitter Portici !... et si Alfonso venait... si elle allait le manquer ?... Masaniello l'enmenait-il pour empêcher toute relation entre Alfonso et elle, ou bien avait-il quelque autre dessein secret ?... Ses dernières paroles avaient été dites d'un ton si ferme et si décidé qu'il était inutile de faire des objections. Fenella connaissait son frère; elle savait qu'une fois sa volonté exprimée, rien ne pouvait l'en faire changer.

— Dépêche-toi, il est bientôt minuit, dit Masaniello. Prends tout ce qu'il te faut, et suis moi.

— Où veux-tu donc m'enmener ? demandaient les regards inquiets de la Muette.

— Tu le verras. L'important, c'est que tu sois en sûreté, répondit Masaniello. Il pourrait venir des jours où il me serait impossible de te protéger.

Fenella tressaillit — qu'allait-il arriver ? quel projet son frère méditait-il ?

— Je resterai probablement plusieurs jours sur mer, reprit le pêcheur et tu n'es pas en sûreté dans notre chaumière. On te poursuit. Prends tout ce qu'il te faut, tu ne trouveras rien dans l'endroit où je vais te conduire.

La Muette jeta un regard scrutateur sur son frère. Elle semblait vouloir tenter un dernier effort pour lui faire changer de résolution, mais l'expression des traits de Masaniello était si ferme, si décidée, que Fenella comprit qu'il fallait obéir. Elle se leva tristement, et rassembla les quelques provisions qu'elle voulait emporter.

— As-tu fini ? demanda sèchement Masaniello.

La pauvre enfant sentit ses yeux se remplir de larmes. Etait-ce Masaniello qui lui parlait ainsi ? avait-elle perdu l'affection de son frère ? Elle comprit cependant que ce n'était pas le moment de se laisser aller à sa douleur. Elle essuya ses larmes et suivit courageusement Masaniello qui sortait de la chaumière.

La nuit était obscure. Fenella frissonna — il lui semblait qu'elle se séparait à tout jamais de tout ce qui lui était cher — qu'elle ne reverrait plus ni Alfonso ni son frère — et qu'elle n'aurait plus autour d'elle que la nuit, la sombre nuit, la solitude et le regret. . . . .

Masaniello marchait silencieusement; il avait traversé le village et s'éloignait de la mer. Fenella le suivait inquiète agitée, et le cœur rempli des plus tristes pressentiments.

Tout à coup, elle tressaillit — l'étroit sentier dans lequel Masaniello venait d'entrer conduisait jusque dans le voisinage de Naples et montait de là vers un couvent de Carmélites . . . était-ce là que son frère l'emmenait ? Devrait-elle prendre le voile et dire adieu au monde ? . . . . .

Le sentier traversait un petit bois, et courait ensuite au travers d'épais fourrés.

Fenella s'était rapprochée de son frère, elle allait lui montrer le couvent et lui demander dans son langage muet si c'était là qu'il la conduisait, lorsque Masaniello s'arrêta brusquement et parut écouter . . . . il avait cru entendre un pas léger dans les buissons, mais il s'était trompé sans doute, tout était immobile et silencieux autour d'eux.

Ils reprirent leur route, mais au bout de quelques pas, Fenella s'arrêta à son tour et regarda avec inquiétude autour d'elle — elle avait cru, elle aussi, entendre un léger bruissement dans les buissons qui bordaient le sentier.

Masaniello se jeta dans le fourré, en écarta les branches

et écouta longtemps, mais cette fois encore rien ne troubla le silence de la nuit, et le frère et la sœur se remirent en marche.

Peu d'instants après Masaniello quitta le sentier et entra dans les buissons qui allaient s'éclaircissant. A peu de distance des nocturnes voyageurs, et à quelques milliers de pas du couvent de Carmélites, on voyait une vieille ruine dont les sombres murailles se dressaient vers le ciel. C'était tout ce qui restait d'un ancien couvent, détruit longtemps auparavant par un tremblement de terre. Les pans de mur écroulés, les vieux arceaux, les amas de pierres et de décombres étaient restés tels que l'éboulement les avaient faits. Pas une main humaine n'avait tenté de déblayer ces monceaux de ruines, mais le lierre et les plantes grimpantes recouvraient peu à peu les vieux murs, la mousse garnissait les fentes et les crevasses, et semblait retenir seule ces pierres décrépies.

La vieille ruine était située au haut d'une colline assez raide où des buissons épineux, des broussailles et des arbrisseaux de tous genres croissaient pêle-mêle et formaient un luxuriant fouillis de verdure. Un sentier à peine tracé conduisait au haut de la colline. Masaniello le prit . . . . c'était donc là-haut, dans ces vieilles murailles, qu'il enmenait la Muette de Portici. . . . .

Les deux marcheurs atteignirent bientôt le mur d'enceinte à demi ruiné qui enfermait autrefois le cloître proprement dit. L'entrée, obstruée en partie par d'énormes pierres, n'était plus qu'une étroite ouverture presque fermée par les buissons qui croissaient également dans l'intérieur des murs. On aurait cru entrer dans le château de la Belle au bois dormant. Masaniello pénétra le premier par cette ouverture, puis il y fit entrer sa sœur, traversa avec elle le préau et les salles sans toiture du bâtiment principal et arriva enfin dans un coin retiré où se trouvait une cellule encore assez bien conservée.

Ce réduit, ouvert du côté où se trouvait autrefois la porte

était couvert au moins par le haut, et l'on y était à l'abri des rayons du soleil. Masaniello y introduisit Fenella.

— Il faut que tu restes ici jusqu'à ce que je vienne te chercher, dit-il à la Muette. Tu y seras bien cachée et personne ne viendra t'y surprendre. Il y a une source dans le voisinage, et de temps en temps je t'apporterai des vivres.

Fenella contemplait avec stupéfaction l'espace désolé dans lequel elle allait rester. La lune était sortie des nuages, sa pâle lumière pénetrait dans la cellule par une ouverture de fenêtre et donnait un aspect fantastique à ces vieux pans de mur recouverts de lierre et de mousse.

— N'essaie pas de quitter cette cachette pour courir à Naples ou pour retourner dans notre chaumière, reprit sévèrement Masaniello. Il faut absolument que tu disparaisses pour quelque temps, et je puis compter, je l'espère, sur ton obéissance.

Le pêcheur s'était rapproché de la porte; il allait s'éloigner, lorsque Fenella, incapable de se contenir plus longtemps, s'élança vers son frère. Elle se jeta à son cou, attira vers elle la tête basanée de Masaniello, et la couvrit de baisers.

Cette explosion de douleur et de tendresse fondit subitement la glace qui recouvrait le cœur de Masaniello. Il baisa tendrement le front de la pauvre Muette et caressa ses joues pâlies, tandis qu'elle se pressait convulsivement contre lui.

Ils restèrent quelques instants pressés dans les bras l'un de l'autre. Fenella avait retrouvé son frère et cette douce certitude lui faisait oublier pour le moment l'horreur de sa position.

Ils se séparèrent enfin. Fenella, restée dans la cellule, s'accouda tristement sur l'appui de la fenêtre pour contempler la lune dont les pâles rayons se jouaient au milieu de ces amas de décombres... Masaniello passa rapidement sous les arceaux et les voûtes effondrées, traversa le préau encombré d'herbes et de buissons épineux, et se trouva en plein air.

Au moment où il disparaissait au bas de la colline, une forme humaine surgit du millieu du fourré et se dressa à l'entrée du sentier conduisant vers les ruines... la lumière de la lune vint éclarer cette ombre... c'était Tito!... Le confident du duc triomphait... un sourire diabolique contractait sa vilaine figure... il allait se venger d'Alfonso et faire expier à Fenella ses refus et son mépris... il connaissait maintenant la retraite de la Muette de Portici et l'orgeilleuse fille ne pouvait plus lui échapper!...

Chapitre XV.

Torture et mort.

A l'époque dont nous parlons ici, on trouvait au nord de la ville de Naples un canal, partant de la mer, et se prolongeant sur un espace d'un huitième de mille à peu près dans l'intérieur du pays.

Ce canal, destiné primitivement à recevoir les immondices de la ville pour les conduire à la mer, n'avait jamais été achevé. Le plan dont il faisait partie ayant été abandonné, on avait arrêté les traveaux et le canal en était resté là. Il se remplissait complètement au moment de la marée montante, mais les flots en se retirant n'y laissaient que fort peu d'eau.

C'était sur les bords de ce canal que demeurait Marcos, le bourreau espagnol. Le vice-roi, qui le tenait en haute estime, lui avait assigné là une certaine étendue de terrain pour qu'il s'y établit avec tout son personnel. L'endroit était d'ailleurs singulièrement bien choisi pour un établissement de ce genre. C'était un coin de pays écarté, situé à quelque distance des dernières maisons du faubourg, et traversé par le canal dont l'eau était fort nécessaire à cette espèce de ferme.

Marcos avait fait entourer son domaine d'une forte palissade et d'une rangée d'arbres qui opposaient une double barrière aux regards indiscrets. Lui-même, il occupait une maison de fort bonne apparence située sur l'un des côtés du canal. Les granges, les écuries et les dépendances destinées à loger ses aides et ses mulets, et à abriter son matériel, s'étendaient de l'autre côté et occupaient un espace considérable.

Cet établissement, dont les Napolitains évitaient soigneusement les abords, semblait disposé tout exprès pour les exécutions secrètes qui n'étaient point chose rare à cette époque. L'eau du complaisant canal en emportait les traces et conduisait dans la vaste mer les victimes qui devaient disparaître à tout jamais.

Le lendemain du jour où le vice-roi s'était présenté si inopinément dans le palais du prince Bisignano, un cavalier espagnol traversait au galop un des faubourgs de Naples et se dirigeait vers la demeure du bourreau.

Ce cavalier n'était autre que Selva, le capitaine de la garde du corps du duc. La mission dont il était chargé devait être singulièrement pressée, car il excitait continuellement son cheval dont les sabots enfonçaient dans ce terrain sablonneux et pierreux, et faisaient lever derrière le cavalier un nuage de poussière.

Selva arriva bientôt devant la palissade à bandes noires qui entourait le domaine du bourreau. La porte n'en était qu'entrebaillée. Le cavalier la poussa, et traversa au galop la vaste propriété qui suivait le canal et s'étendait presque jusqu'au bord de la mer. La demeure de Marcos, jolie maisonnette à toit plat, entourée d'une gaie véranda, se trouvait à l'extré-

mité du domaine. Le bourreau en était sorti et s'avançait tête
nue au-devant du cavalier qu'il avait vu arriver de loin.

A côté de la maison, on voyait une petite construction en
forme de tour d'où partait un pont voûté s'élevant au-dessus
du canal. Ce pont conduisait aux granges, aux écuries et aux
hangars sous lesquels on voyait des charriots, des billots, des
poutres, et tout l'attirail nécessaire à la profession du maître
de ces lieux. A quelques pas de là, des valets demi nus
lavaient des planches et des morceaux d'étoffe dans le canal.

Marcos s'était approché du cavalier avec la politesse digne
qui lui était habituelle. Il avait saisi le cheval par la bride
afin que l'officier put mettre tranquillement pied à terre, et il
faisait signe à l'un de ses valets de venir promener l'impatient
animal.

— Je vous apporte un message secret de notre auguste
maître, dit l'officier à Marcos.

— Alors, veuillez me suivre, don Selva, répondit le bourreau. Il faut que ce message soit bien important pour que
vous en soyez vous-même le porteur....

Tout en parlant, Marcos se dirigeait vers la véranda et y
faisait entrer son visiteur. Selva se laissa tomber sur un banc
de pierre, s'essuya longuement le front, et sortit un parchemin
de son pourpoint.

— Ecoutez-moi bien, dit-il en s'adressant à Marcos resté
debout devant lui; vous verrez arriver ce soir une voiture
fermée, amenant un homme vêtu comme l'était habituellement le comte Almaviva, et trois soldats de la garde du
corps. Les soldats vous remettront ce personnage que nous
appellerons si vous voulez le nouvel Almaviva. Lisez !...

Et Selva tendait le parchemin au bourreau. Celui-ci le dé-
roula, et lut attentivement ce qui suit.

— »Au nom de son Altesse, le duc d'Arcos, vice-roi de
Naples :

Le peintre Ancillo Falcone sera soumis à la question jusqu'à ce qu'il ait avoué sa faute et nommé ses complices. Au

cas où la torture resterait sans succès, il serait puni de mort. »

Atenuado,

secrétaire privé du duc. «

— Je suis chargé de vous donner tous les renseignements nécessaires au sujet des aveux désirés, reprit Selva, tandis que Marcos enroulait de nouveau le parchemin. Inutile d'ajouter que tout cela doit être tenu absolument secret....

— Une question, don Selva — mes deux valets Juan et Pablo, qui sont mes deux confidents, peuvent-ils être mis au courant de l'affaire ?

— Pouvez-vous compter sur eux, Marcos ?

— Comme sur moi-même, don Selva !

— Alors ils pourront vous aider, mais recommandez-leur le plus profond secret. Ce nouvel Almaviva a osé s'introduire dans le château et y jouer un jeu infernal. C'est lui, sans nul doute, qui est le coupable. Il s'est affublé d'un chapeau et d'un manteau pareils à ceux que portaient habituellement le comte Almaviva, puis il s'est glissé dans la salle des piliers, et le soir venu, il s'est présenté dans ce costume, devant notre noble maître qui se promenait seul dans la pièce.

— C'est d'une audace inouïe.

— Cet insolent Napolitain a joué admirablement son rôle de revenant, et a disparu d'une manière incompréhensible après avoir fort effrayé le duc. Il a poussé plus loin l'audace et s'est montré dans d'autres lieux sous ce costume. C'est un heureux hasard qui l'a fait tomber entre les mains des gardes, mais nous le tenons enfin et vous lui ferez expier son insolence, mon brave Marcos.

— Et quelles questions devrai-je lui poser, don Selva ?

— Il devra d'abord avouer si c'est bien lui qui a osé paraître dans le château et y jouer le rôle d'Almaviva; ensuite il expliquera comment il a pu s'échapper après son apparition. Les gardes l'avaient vu s'avancer dans la galerie, mais personne ne comprend comment il a pu quitter le château sans avoir été aperçu. Toutes les issues étaient gardées.

— Incompréhensible, en effet! il faut que ce nouvel Almaviva ait eu des complices.

— C'est probable, et c'est là-dessus que portera votre troisième question.

— La torture lui arrachera ses secrets, soyez tranquille.

— Vous devrez employer le dernier degré, Marcos; c'est un pécheur endurci, ce Falcone.

— Bah! la torture a délié bien d'autres langues, don Selva. J'ai vu des hommes forts comme des taureaux devenir plus souples que des enfants.

— La quatrième question concerne les biens du nouvel Almaviva, reprit le capitaine de la garde. Il est prouvé qu'il a été en possession de grandes sommes. Cet argent doit être confisqué au profit des caisses de l'état, mais on n'a rien trouvé chez lui, et les recherches les plus minutieuses n'ont rien fait découvrir qui donnât quelques indications sur l'endroit où ces sommes ont été déposées.

— Il les aura mises en sûreté à temps.

— C'est l'aveu qu'il faudra lui arracher. Il s'agit de savoir où se trouve sa fortune.

— On le saura, don Selva!

— Ensuite, il paraît désirable à notre auguste maître que cet insolent rebelle disparaisse de la scène du monde. Si la question ne le tue pas, vous vous en déferez de la façon la plus sûre et la plus secrète.

— La mer n'est pas loin, don Selva. Il n'y a pas de plus sûr moyen de se débarrasser des rebelles.

— Comme vous voudrez, Marcos; le duc a toute confiance en vous. L'exécution terminée, vous mettrez par écrit, au-dessous de l'ordonnance, quel a été le résultat de la question et de quelle façon le nouvel Almaviva est mort. Vous signerez ce rapport et vous remettrez le parchemin à la chancellerie privée du duc!

L'entretien était terminé. Marcos fit signe au valet qui promenait le cheval de l'amener à son maître. Selva sauta en selle, salua légèrement le bourreau et reprit au galop la route de Naples.

Le prisonnier ne devait pas tarder à arriver. Marcos appela ses deux fidèles valets, Juan et Pablo et leur ordonna de tout préparer secrètement dans la chambre de torture pour la réception d'un hôte. Les deux compagnons se mirent gaiment à l'œuvre, en accompagnant leur besogne de grossières plaisanteries. On eut dit qu'ils jouissaient d'avance des souffrances du malheureux qui allait tomber entre leurs mains.

Le soleil venait de se coucher. Une brume vaporeuse s'étendait sur la mer et sur le rivage, lorsque trois hommes, venant du côté opposé à la ville, s'approchèrent du canal. Tous trois portaient le même costume : chapeau noir à larges bords, pourpoint noir, et l'épée au côté. Ils se dirigeaient vers la ferme dont ils semblaient ignorer absolument la destination, tant ils avançaient ouvertement. La grande porte de la palissade était ouverte, les trois étrangers entrèrent et s'approchèrent du bourreau qui se trouvait dans la cour avec ses valets.

Marcos regardait avec étonnement ces trois personnages. Ils lui paraissaient quelque peu suspects. L'un d'eux s'était avancé.

— Excusez-nous, dit-il en s'adressant au bourreau, tandis que ses deux compagnons regardaient autour d'eux en gens étrangers à la contrée — nous ne sommes pas d'ici, et nous voudrions passer le plus tôt possible à Ischia.

Marcos considérait son interlocuteur d'un air peu engageant.

— Alors, qu'avez-vous à faire ici, puisque vous allez à Ischia ? demanda-t-il brusquement.

— Nous voudrions un bateau et un rameur, signor, répondit l'un des étrangers.

— Je n'ai ni bateau ni rameurs; vous êtes venus inutilement jusqu'ici.

L'étranger laissa échapper une exclamation de dépit et se retourna d'un air interrogateur vers ses deux compagnons.

— On nous a dit cependant qu'il y avait dans le voisinage un établissement de pêcheur où nous trouverions un bateau, hasarda le second des étrangers.

— Et nous le paierions bien, ajouta le troisième.

— Le pêcheur dont vous parlez demeure là-bas, sur le rivage, répondit Marcos en étendant le bras dans la direction de Naples.

— Mais c'est bien à une demi-heure d'ici ?

— Et nous n'avons pas de temps à perdre !...

— Je ne sais qu'y faire, s'écria Marcos impatienté. Arrangez-vous comme vous voudrez.

En cet instant, la voiture fermée annoncée par le capitaine de la garde parut à quelque distance.

Les trois hommes semblaient se consulter. L'un d'eux se tourna de nouveau vers Marcos.

— Nous revenons demain matin au point du jour d'Ischia, dit-il en sortant quelque ducats d'or de son pourpoint. Vous avez certainement des bateaux. Si vous nous en prêtiez un jusqu'à demain, nous vous le ramènerions fidèlement. Voici quatre ducats d'or pour prix de votre complaisance.

La voiture s'était rapprochée et roulait péniblement sur le sable. L'instant d'après elle entrait dans la cour... les trois étrangers s'écartèrent.

— Que pensez-vous de cette offre, maître, fit l'un des valets en jetant un regard de convoitise sur les brillants ducats.

— Je ne veux pas te priver de ce petit profit, répondit Marcos, pressé d'en finir avec ces importuns personnages. Donnez un des grands bateaux à ces étrangers.

Juan et Pablo s'étaient approchés de la voiture et avaient ouvert la portière. Deux des soldats descendirent les premiers, puis on vit apparaître le nouvel Almaviva toujours

vêtu de son chapeau à larges bords et du vaste manteau rejeté sur l'épaule, et enfin le troisième soldat.

Le premier regard du prisonnier tomba sur les trois étrangers qui se dirigeaient vers le canal avec l'un des valets du
bourreau. Un rayon d'espoir passa sur ses traits assombris —
mais ce ne fut qu'un éclair, et sa figure reprit instantanément le masque d'impassibilité dont il s'efforçait de la recouvrir.

— Etes-vous habitués à la voile? demanda le valet à celui
des étrangers qui marchait le plus près de lui.

— Mais oui; suffisamment. Voulez-vous nous donner ce
bateau là?

— Oui, signor. Il est grand, et assez fort pour passer
jusqu'à l'île.

— Y a-t-il tout ce qu'il faut?

— Certainement. Tout est prêt. Les rames sont au fond
du bateau.

Les trois étrangers montèrent dans le canot qui eut été
assez grand pour recevoir encore plusieurs personnes. L'un
d'eux se mit aux cordages et s'occupa fort adroitement à préparer la voile tandis que ses deux compagnons poussaient le
bateau vers le mer. Le valet du bourreau était resté sur le
bord du canal; il suivit de l'œil les étrangers jusqu'à ce que
leur canot eut disparu dans l'obscurité, puis il revint lentement vers la ferme en palpant amoureusement les quatre
ducats d'or.

Pendant ce temps, Marcos avait reçu des mains des soldats
le jeune et malheureux Falcone, et la voiture avait renmené
les gardes.

Juan et Pablo avaient immédiatement bâillonné leur nouvelle victime, et l'avaient entraînée dans la salle basse de la
petite tour.

Cette salle voûtée dont les épaisses murailles ne laissaient
passer aucun son, était la chambre de torture du bourreau.
L'aspect en était sinistre. Une lampe suspendue au plafond

répandait une lumière rougeâtre sur les échelles, les barres de fer, les réchauds à charbon, les tenailles, les pinces et autres horribles engins rassemblés dans les coins de la pièce. L'athmosphère en était lourde et humide. Un massif tréteau en bois occupait le fond de la salle. Ce tréteau, creusé au milieu, et fermé par une planche ayant deux trous, était le chevalet de torture sur lequel on attachait les malheureux qui devaient subir la question du feu ou de l'eau, tortures effroyables auxquelles on survivait rarement. Dans la question par l'eau, le patient couché sur le chevalet, la bouche et le nez couvert de linges humides, était constamment près d'étouffer. L'eau en tombant goutte à goutte, sans s'arrêter jamais, lui causait une souffrance horrible à laquelle il lui était impossible de se soustraire. Dans la question par le feu, les pieds passés dans les trous de la planche étaient arrosés d'huile, et attachés sur des réchauds remplis de charbons allumés qui les rôtissaient lentement.

A part ces deux tortures, également redoutées, Marcos appliquait volontiers pour les délits moins graves la question appelée la botte espagnole. Dans ce cas là, on passait des anneaux de fer autour des jambes du patient, et ces anneaux se serraient de plus en plus, jusqu'à ce que le sang coulât à flots des parties comprimées.

Marcos avait suivi ses valets dans la salle basse. — Mettez le coupable à l'échelle, dit-il. Il faut traiter chacun d'après son rang, et le mesurer à son aune. Ce nouvel Almaviva a voulu jouer au grand personnage, nous allons lui allonger les membres pour lui aider à paraître plus grand qu'il n'est.

— Le nouvel Almaviva! s'écria Pablo. Par ma foi, il est vêtu comme l'était le comte.

— Ce jeu ne lui plaira plus autant quand il s'allongera plus qu'il ne l'aurait voulu, fit Juan en riant.

Les deux valets entraînèrent leur victime, qui ne poussait pas une plainte vers une longue et large échelle appuyée contre le mur et terminée par un rouleau entouré d'une grosse corde. Ils lui arrachèrent brutalement son pourpoint et sa chaussure afin que le haut du corps et les pieds fussent nus.

Marcos s'était placé à côté de l'échelle tandis que ses deux valets haussaient le patient et lui attachaient les bras au plus haut échelon. Ils lui passèrent ensuite les pieds dans la corde fixée au rouleau. Le jeune peintre se laissait faire; ces sinistres préparatifs ne lui arrachaient ni plainte ni murmure.

— Ancillo Falcone, nouvel Almaviva, s'écria le bourreau, es-tu prêt à reconnaître que tu es l'auteur de l'insolente comédie jouée au château ?

— Quelques paroles suffiraient, répondit fermement Falcone, mais ni toi, bourreau, ni ton maître, le duc d'Arcos, vous ne pourrez vous vanter de m'avoir arraché un aveu !

— Oho ! nous sommes encore si fier que ça, fit ironiquement Marcos. Patience, avant peu tu seras plus souple ! — Et le misérable fit tourner violemment le rouleau. La corde s'enroula, étirant avec elle les membres qui semblaient sortir de leurs jointures.

— Te sens-tu grandir ? reprit Marcos. Tu pousses à vue d'œil ! Regardez donc, vous autres, la curieuse mine que fait ce nouvel Almaviva !

Les traits contractés du malheureux trahissaient une horrible douleur, il était devenu livide, ses dents se serraient convulsivement... mais les ignobles plaisanteries du bourreau soutenaient son courage. Il rassembla toutes ses forces pour cacher sa souffrance et rendre à ses traits leur forme primitive.

— Avoueras-tu ? cria Marcos.

— Vous pouvez m'arracher les membres ou m'écraser, Espagnols maudits, mais vous ne me forcerez pas à répondre ! s'écria Falcone. Nous autres Napolitains, nous savons mourir pour notre malheureuse patrie. Le comte Felice Almaviva vous l'a bien montré !

Un nouveau tour du rouleau répondit à ces paroles. Les tendons du patient semblaient prêts à se rompre.

— Avoueras-tu? répéta Marcos exaspéré. Dénonceras-tu tes complices, et diras-tu où tu as caché tes richesses?

Ancillo Falcone était presque évanoui... la mort était-là... il le sentait... mais il se raidissait contre la douleur et rassemblait ses dernières forces...

— Tuez-moi, bourreaux! dit-il d'une voix éteinte, mais vous n'apprendrez rien, et ma mort ne vous enrichira pas d'un soldi. Ma fortune appartient à mon pays et à ceux qui luttent contre vous!

— Ce Napolitain est têtu comme une mule, fit Marcos en s'adressant à ses valets; je saurai cependant lui ouvrir la bouche. Il n'est pas le premier qui m'ait bravé jusque sur l'échelle... mais il n'en est pas un qui ait résisté à la question du feu. Apportez-moi deux petites torches.

Les valets se précipitèrent dans un coin de la salle, et revinrent avec deux petits fagots de branches de pin imbibés d'huile. Ils les allumèrent à la lampe, et les tendirent tout pétillants au bourreau.

La scène qui se passa alors dans cette sinistre pièce dépasse toute description. On se refuserait à y croire si les récits du temps n'étaient là pour prouver que les faits de ce genre étaient fréquents et que ni l'Inquisition ni les souverains espagnols ne craignaient d'employer les plus horribles tortures pour arracher aux hérétiques, aux sorciers, aux personnes suspectes ou redoutées des aveux qui les livraient à la mort.

Marcos, une torche à chaque main, avait gravi quelques échelons et dirigeait les flammes pétillantes contre la poitrine du patient.

— Avoueras-tu, Napolitain? disait-il. Es-tu plus souple à présent?

Le malheureux souffrait les tourments de l'enfer. Les flammes entamaient la chair de chaque côté et l'implacable bourreau rapprochait toujours les torches. Un sourd murmure échappa au patient, il fit un dernier effort pour prononcer un »non« intelligible, puis sa tête retomba sur sa poitrine — il était évanoui. Marcos jeta les torches et redescendit l'échelle; cet enragé Napolitain était le premier qui l'eut bravé jusqu'au bout et qui eut résisté à ce long martyre.

Le patient revenait à lui ... ses effroyables douleurs le rappelaient à la vie.

— Tuez-moi, murmura-t-il, vous ne m'arracherez pas une parole !

Une fureur insensée s'empara de Marcos.

— Eh bien, meurs, chien de Napolitain ! cria-t-il d'une voix tonnante. Détachez-le et traînez-le sur le pont! Puisqu'il ne veut rien avouer, qu'il se taise au moins pour l'éternité !

Juan et Pablo détachèrent les cordes qui soutenaient les pieds et les mains du patient, et le malheureux tomba comme une masse inerte sur les dalles où le bourreau lui lança un violent coup de pied.

Marcos se dirigea vers une porte de fer qui se trouvait au fond de la pièce et l'ouvrit. Elle conduisait sur le pont.

La nuit était obscure et enveloppait tout de son ombre. Marcos jeta cependant un coup d'œil au dehors pour s'assurer que la marée montante avait rempli le canal ... l'eau était haute, elle arrivait presque jusqu'au bord du mur qui servait de digue.

— A la mer ! cria le bourreau. Débarrassez-moi de cet insolent Napolitain !

Ancillo Falcone était couché à terre, incapable de faire un seul mouvement, mais en pleine possession de ses sens. Les deux valets se jetèrent sur lui, ils l'entraînèrent au dehors de la salle, puis sur le pont qui n'avait pas de barrière du côté de la mer.

L'eau grondait sourdement, elle allait se retirer. Juan et Pablo poussèrent le corps inerte du patient jusqu'au bord du pont ... puis, deux vigoureux coups de pied le précipitèrent dans le canal ...

Le bruit de cette chute retentit dans le silence de la nuit... l'eau rejaillit bien haut en recevant cette nouvelle victime de la tyrannie espagnole, puis elle reprit sa course et entraîna le malheureux vers la vaste mer.

L'œuvre était accomplie ... Marcos, resté debout sur le seuil de la porte pour surveiller la besogne de ses valets, se retira chez lui. Il prit le parchemin qui contenait l'ordonnance du duc et y écrivit lentement les lignes suivantes:

: Le nouvel Almaviva ayant résisté à la question de l'échelle, je lui ai appliqué sans plus de succès la question par le feu. Rien n'ayant pu lui arracher un aveu, il a été précipité dans les flots.

Marcos. «

La nuit durait encore lorsque les trois étrangers reparurent dans le canal de la ferme. Ils remirent le bateau au valet qui était encore debout, puis ils quittèrent rapidement la sinistre demeure du bourreau et se perdirent dans l'obscurité.

Chapitre XVI.

L'écharpe du bien-aimé.

Le lendemain de ce jour, Fenella quittait vers le soir la vieille ruine où son frère l'avait conduite et prenait à travers champs le chemin du rivage. Elle tenait un magnifique bouquet de fleurs sauvages, arrangées avec un goût exquis, et qui répandaient autour d'elles un délicieux parfum.

La Muette semblait poursuivre quelque secret dessein auquel ce bouquet, si soigneusement porté, devait certainement se rattacher. Elle évitait les chemins battus, et se détournait dès qu'elle apercevait une figure humaine... sans doute, elle redoutait que Masaniello ne vint à apprendre qu'elle avait enfreint ses ordres et quitté la vieille ruine.

Pour qui donc la pauvre recluse avait-elle cueilli ces belles fleurs dans les buissons, et jusque dans les crevasses des vieux murs ? Où allait-elle ainsi ? A quel impérieux sentiment obéissait-elle en courant ainsi vers le rivage ? ce rivage si éloigné de la sauvage retraite où elle aurait dû rester ?

Fenella avait soif de certitude. Elle voulait savoir, à n'importe quel prix, si la belle princesse arrivée depuis peu dans le port avec son grand vaisseau aimait vraiment Alfonso et en était aimée. Depuis qu'elle avait vu le duquecito et Elvira se promener ensemble dans le parc, leur image hantait sans cesse son esprit et ne lui laissait de repos ni jour ni nuit. Alfonso l'avait-il oubliée ?... Ce doute la harcelait... elle voulait s'en défaire et savoir ce qu'elle avait à attendre de l'avenir. Cet impérieux besoin de certitude l'avait amenée peu à peu à l'idée de désobéir à Masaniello et de quitter sa retraite pour chercher à revoir la princesse. Elle voulait la mettre à l'épreuve, fouiller jusqu'au fond de son cœur... la parole lui manquait, mais Fenella se fiait à la perspicacité dont elle était douée et que la jalousie aiguisait encore. Elle ne doutait pas un instant qu'il ne lui suffit de revoir la princesse pour s'assurer de la vérité, et c'était dans ce but qu'elle s'était décidée à venir attendre donna Elvira près du vaisseau royal dont la princesse et sa mère faisaient encore leur demeure.

Au moment où Fenella allait quitter sa retraite pour mettre son projet à exécution, ses regards étaient tombés sur les buissons fleuris, les lianes délicates, les roses embaumées et les feuillages sombres qui croissaient dans les ruines. Elle avait cueilli quelques unes de ces fleurettes, puis d'autres avaient attiré son attention, sa moisson était devenue de plus

en plus abondante, et bientôt elle avait eu dans les mains
un magnifique bouquet.

— Si je prenais ces fleurs ? se dit-elle tout à coup. Si je
les offrais à la princesse ?... Les bouquetières de la rue de
Tolède en ont à peine d'aussi belles... et ces fleurs me
frayeraient un chemin jusqu'à cette noble donna !...

Fenella attacha soigneusement son bouquet avec quelques
herbes sèches, puis elle prit en courant le chemin qui devait
la conduire à son but. Au moment où elle approchait du
rivage elle vit une magnifique gondole recouverte d'une espèce
de dais et montée par six matelots qui promenaient doucement
leur embarcation près du bord. Fenella en conclut que la
princesse se trouvait encore sur terre ferme, et était attendue
d'un instant à l'autre. Elle se plaça à quelque distance, de
façon à ne pas perdre de vue la route de Naples, puis elle
cacha son bouquet dans son tablier et attendit.

Une demi-heure ne s'était pas écoulée qu'une voiture paraissait dans le lointain. Elle approcha. C'était une élégante calèche
trainée par quatre chevaux richement caparaçonnés. Le cocher
prenait la direction de la mer, et les matelots qui avaient
aperçu l'équipage poussaient la gondole vers le bord. La voiture contenait deux dames — plus de doute — c'était la
princesse accompagnée de sa dame d'honneur.

Le moment décisif était là — la voiture venait de s'arrêter
et le cocher descendait de son siège pour venir ouvrir la
portière.

Fenella s'était rapprochée, et lorsque la princesse descendit
de voiture pour se rendre dans sa gondole, son premier regard
tomba sur la Muette de Portici.

Fenella sortit son bouquet de son tablier et le tendit vers
la belle Elvira en mettant un genou en terre.

— Mais c'est notre belle batelière ! s'écria la princesse en
se rapprochant de Fenella. Et quelles belles fleurs ! On dirait
que tu connais ma prédilection pour ces fleurs sauvages. Je

les préfère à toutes les autres, et ton aimable cadeau me fait grand plaisir, ma belle enfant!

Tout en parlant la princesse avait relevé Fenella. Elle prit le bouquet et le remit à la dame d'honneur en lui recommandant de le soigner.

— Tu es bien changée, reprit Elvira en considérant la Muette. Tes yeux sont mornes et tristes, ta figure est assombrie... qu'as-tu fait de ta gaité, ma pauvre enfant?

Fenella montra son cœur...

— C'est quelque chagrin d'amour, fit donna Diana en souriant.

— Quelque jeune pêcheur t'aurait-il été infidèle? demanda la princesse. Il aurait eu tort, car il ne pourrait trouver plus aimable fiancée!...

— Elle baisse les yeux — elle tremble — dit tout bas la dame d'honneur.

— Que s'est-il passé? puis je t'aider, pauvre enfant? dit la princesse avec bonté. Si seulement elle pouvait parler... elle a certainement quelque plainte à me faire!

— Celui que tu aimes t'est-il devenu infidèle? demanda donna Diana que cette histoire d'amour semblait intéresser.

Fenella fit un signe affirmatif, puis une idée subite sembla traverser son esprit. Elle mit la main dans son corsage, en tira l'écharpe rouge qu'Alfonso lui avait donnée et la montra à la princesse qu'elle ne quittait pas des yeux. Son attente fut déçue; pas un des traits de donna Elvira ne trahit quelque surprise ou quelque émotion à la vue de ce précieux ruban.

— Ce doit être l'écharpe d'un cavalier de la cour, fit la dame d'honneur étonnée... je commence à comprendre.

— Elle aura prêté l'oreille aux déclarations de quelque seigneur, ajouta la princesse en prenant l'écharpe.

La vive pantomime de la Muette semblait raconter quelque triste histoire d'amour. Elvira crut comprendre que Fenella avait été délaissée par celui qu'elle aimait.

— C'est bien mal, fit elle avec émotion, et tu ne peux pas même nous dire le nom de cet infidèle!...

— Peut-être le sait-elle à peine elle-même, dit donna Diana.

— C'est égal, reprit la princesse, je veux essayer de pénétrer ce secret; prête-moi l'écharpe, ma pauvre enfant... Regardez Diana, ses yeux se remplissent de larmes, ils expriment une ardente passion... il faut aussi que son amant l'ait véritablement aimée, sans cela il ne lui aurait pas donné l'écharpe... c'est un signe d'amour!... Laisse-la moi, mon enfant, continua Elvira en s'adressant à Fenella qui semblait indécise, je veux essayer de découvrir à qui elle appartient. Nous nous reverrons!...

Tout en parlant, la princesse avait caché l'écharpe sous sa mantille. Elle fit un signe amical à Fenella, et s'éloigna sans attendre sa réponse.

La Muette voulut la rejoindre et redemander la précieuse écharpe, mais la princesse était déjà assise dans sa gondole, donna Diana l'avait suivie et les rameurs mettaient déjà leur embarcation en mouvement... Fenella ne pouvait ni appeler ni se faire entendre, elle resta sur le bord, indécise, troublée, regardant d'un œil morne la gondole qui glissait rapide et légère sur l'eau...

Elvira, assise sur les moelleux coussins de l'élégante embarcation restait immobile et silencieuse. Le pressentiment de quelque malheur prochain semblait peser sur son âme. Elle essayait de se distraire de cette tristesse qu'elle ne s'expliquait pas à elle-même en contemplant l'aspect enchanteur de la mer ou en adressant quelques paroles insignifiantes à donna Diana, mais ces efforts ne lui réussissaient guère, et la belle princesse retombait malgré elle dans son silence et dans son étrange préoccupation.

— Son Altesse, le prince, nous attend sur le vaisseau, s'écria tout à coup la dame d'honneur en se tournant les yeux étincelants vers la princesse. Je reconnais le marquis

Riperda et don Lorenzo del Anguila... voilà là-bas la gondole de don Alfonso !...

Elvira jeta un rapide coup d'œil sur le vaisseau — donna
Diana avait raison — Alfonso, debout sur le pont, s'entre-
tenait avec la princesse de Mendoza, tandis que les deux
jeunes seigneurs qui l'avaient accompagné s'étaient penchés
sur le bord et regardaient approcher la gondole.

Elvira tressaillit... son cœur battait avec force ; la petite
dame d'honneur se répandait au contraire en joyeuses exclamations et semblait fort réjouie de sa découverte.

Le rapide esquif atteignait la frégate. Un large et commode escalier descendu du vaisseau vint s'accrocher à la
gondole, et les deux promeneuses se trouvèrent bientôt à bord.
Alfonso s'était élancé au devant de la princesse. Il la salua
respectueusement et la conduisit vers sa mère. Elvira semblait avoir oublié sa préoccupation. Elle répondit avec une
grâce aimable aux compliments d'Alfonso, puis elle s'assit
auprès de la princesse de Mendoza et lui parla longuement des
arrangements du palais que le duc faisait préparer pour elles.
Ce sujet épuisé, la princesse mère fit part à Elvira d'un message que le duquecito venait d'apporter au nom du vice-roi ;
message invitant les princesses à une promenade sur mer,
et leur demandant d'en fixer le moment selon leurs con-
venances.

Ce point débattu, la princesse mère fit appeler le commandant de la frégatte pour lui donner les instructions nécessaires sur la décoration du yacht qui devait servir à la promenade. Elvira, peu soucieuse d'assister à cette conférence,
alla s'appuyer à quelques pas sur le bord du vaisseau. Alfonso
la suivit, et tous deux continuèrent leur entretien, tandis que
donna Diana causait gaiment avec les deux jeunes seigneurs
espagnols. ·

Tout à coup, l'écharpe rouge qu'Elvira avait tenue cachée
sous sa mantille glissa comme par hasard et vint tomber
à ses pieds.

Alfonso se baissa, et la releva avec un mouvement de surprise. Cette forme et cette couleur lui étaient bien connues, il portait habituellement des écharpes de ce genre, mais comment celle-ci se trouvait-elle entre les mains d'Elvira?...

— Figurez-vous, don Alfonso, dit la princesse en observant attentivement le prince, figurez-vous que nous avons trouvé cette écharpe, et comme je me suis souvenue que vous en portiez volontiers de pareilles, ainsi que les seigneurs de votre entourage, je l'ai prise pour tâcher d'en retrouver le propriétaire.

Alfonso tenait toujours la soyeuse écharpe; il l'examinait de tous côtés et semblait réfléchir.

— Elle m'a certainement appartenu, dit-il avec hésitation... cependant...

A vous, prince? fit Elvira en pâlissant... à vous?... vous êtes surpris, sans doute que ce soit moi qui vous la rende? reprit-elle en s'efforçant de raffermir sa voix... nous l'avons trouvée sur la route de Naples à Portici...

— C'est étrange!...

— La reconnaissez-vous vraiment? demanda la jeune fille avec un sourire contraint.

— Certainement, princesse, et je vous remercie de l'avoir ramassée!...

Elvira tremblait — il lui semblait que tout tournait autour d'elle — elle étendit la main vers le rebord du vaisseau pour se soutenir.

— Qu'avez-vous, donna Elvira? demanda Alfonso avec inquiétude.

— Ce n'est rien, répondit la princesse... un vertige causé par le balancement de la gondole... cela va passer.

Peu d'instants après, Alfonso et ses deux compagnons prirent congé des dames et retournèrent à terre.

Elvira, appuyée sur le bord du vaisseau les regardait s'éloigner... ses traits étaient mornes et sombres... elle savait tout maintenant! L'écharpe appartenait à Alfonso; ce seigneur qui avait juré fidelité à la pauvre Fenella c'était le duquecito — il l'avait abandonnée ensuite — ou bien aimait-il encore la Muette de Portici?...

Chapitre XVII.

Une conspiration sur mer.

Pendant l'orageuse et sombre soirée où les trois étrangers avaient loué un bateau au bourreau, d'innombrables canots quittaient le rivage à Portici et dans les villages environnants et prenaient la mer malgré l'heure tardive et les menaces du temps.

Devait-il y avoir une pêche de nuit? On aurait pu le croire. Chacun de ces bateaux contenait plusieurs pêcheurs qui menaient vigoureusement les rames avec leurs bras nus et bronzés. Tous semblaient avoir un même but, tous se dirigeaient vers un point commun, tous allaient à un rendez-vous dont l'heure et le lieu avaient été certainement concertés à l'avance.

Le ciel était noir, un vent violent soufflait sur la mer et soulevait d'énormes vagues aux crêtes blanchissantes — mais les pêcheurs ne craignaient ni le vent ni la tempête, et leurs yeux accoutumés à l'obscurité savaient leur indiquer exactement la route à suivre pour arriver à leur but.

A une heure environ du bord du golfe de Naples on voyait surnager au milieu des flots un énorme tonneau ancré au fond de la mer, et surmonté d'une forte perche à laquelle pendait une cloche. Cette cloche qui sonnait à chaque mouvement du tonneau servait à indiquer pendant la nuit aux vaisseaux ou aux bateaux de pêcheurs l'endroit où ils se trouvaient et la direction qu'ils avaient à prendre. Ces sons avaient à distance quelque chose de lugubre, et l'énorme tonne avec sa perche rayée faisait penser à quelque monstre marin flottant au dessus des eaux, mais les pêcheurs aimaient cette cloche protectrice dont la voix leur arrivait à d'immenses distances et leur annonçait l'approche de la rive.

Dans la nuit dont nous parlons, d'innombrables canots s'étaient réunis autour du Campanello (c'était le nom de l'indicateur solitaire qui surgissait du milieu des flots) et les sons de la petite cloche agitée par le vent semblaient appeler tous les pêcheurs à ce nocturne rendez-vous. Les bateaux arrivaient de Portici, de Naples et de tous les villages environnants. Les pêcheurs, debout dans leurs canots, semblaient répondre à quelque mystérieux appel. Ils arrivaient, se saluaient, et rangeaient leurs bateaux autour de ceux qui étaient arrivés les premiers, formant ainsi comme une île flottante autour du Campanello. Leur nombre allait toujours croissant ; le bruit des voix couvrait le grondement de la tempête . . . là, du moins, les pêcheurs se sentaient en sûreté, là, du moins, ils n'avaient pas à redouter les espions et les agents du duc qui fourmillaient sur terre ferme, et ce rassemblement populaire qui se passait à ciel ouvert ne courait aucun risque d'être surpris.

Le vieux Pietro était debout dans un canot avec le pêcheur Cinzio. Ses regards erraient autour de lui et semblaient chercher quelque chose. Tout à coup, sa figure s'éclaira. Il avait aperçu Masaniello qui s'efforçait de se frayer un chemin au milieu des autres embarcations et cherchait à arriver jusqu'au Campanello.

— Te voilà, Masaniello ! s'écria le vieux pêcheur ; Moreno et Borella sont avec toi, sans doute ?

— Tu nous as appelés, nous voici, disaient d'autres voix. Pietro et Cinzio nous ont promis des communications secrètes.

— Approchez, approchez tous! s'écriait Pietro debout dans son canot. Serrez-vous autant que vous pourrez!...

Il était minuit. Les éléments semblaient vouloir favoriser le projet de ces hardis pêcheurs. Le vent s'était apaisé, les gros nuages noirs qui obscurcissaient le ciel s'étaient déchirés et laissaient apercevoir un coin de ciel bleu, l'eau avait cessé de gronder; on eut dit qu'elle faisait silence pour mieux écouter les discours de ces hommes résolus.

Cinzio, petit homme au teint jaune, aux yeux perçants et inquiets était monté sur le banc de son bateau pour paraître plus grand. Il promenait ses regards sur toute l'assemblée.

— Dites donc, vous autres, cria-t-il en étendant la main vers le bord extérieur du cercle, veillez à ce que nul étranger ne se glisse parmi nous; ce que nous avons à discuter ici ne concerne que les pêcheurs et le peuple de Naples.

— Pourquoi nous avez-vous appelés? dirent plusieurs voix.

— Pouvez-vous le demander? s'écria Cinzio en s'adressant tour à tour aux diverses parties de son mouvant auditoire. Ne le savez-vous donc pas?...

— Oui, oui, nous le savons! crièrent quelques voix.

— Mort, aux Espagnols!...

— Plus de domination étrangère! nous voulons être libres et maîtres chez nous!...

— Vengeons Almaviva!...

Ces diverses exclamations partaient de tous les côtés à la fois. Cinzio leva la main comme pour demander du silence.

— Vengeons Almaviva! répéta-t-il de sa voix aigüe, tandis que la lune perçant à travers les nuages éclairait soudainement sa taille grêle et ses gestes animés... Vengeance pour Almaviva... tout est dans ces trois mots, tout ce que nous demandons....

— Oui tout! répéta l'assemblée d'une commune voix. Mort à ces Espagnols maudits!

— Doucement! fit Cinzio. Vous en venez tout de suite aux mesures extrêmes!...

— Nous ne voulons pas les impôts! crièrent quelques voix.

— Et vous avez raison, reprit Cinzio. Plus d'impôts injustes sur les poissons qui forment notre nourriture, sur les fruits, sur le vin.

— Surtout justice! dit la voix de Pietro.

Masaniello s'était levé. Sa taille herculéenne éclairée par les rayons de la lune dominait toute l'assemblée — Oui, justice! s'écria-t-il de sa voix pleine et vibrante qui retentissait au loin sur la mer. Justice! Il faut que l'insolence de ces courtisans espagnols soit punie. Voulez-vous encore adresser des plaintes et des requêtes inutiles au duc d'Arcos? La réponse qu'il nous a donnée n'était-elle pas suffisamment claire?...

— Nous le forcerons à nous écouter! cria Moreno. Il faut qu'il apprenne à craindre les Napolitains!...

— Sur mon âme, Moreno, s'écria Masaniello, voilà une bonne parole. Ce n'est plus le moment de s'humilier. Notre patience est à bout, et dût le sang couler à flots, nous contraindrons ce cruel vice-roi à nous faire justice!...

Le vieux Pietro s'était approché de Masaniello... Nous n'y réussirons que si nous sommes unis, mes frères, s'écriat-il. L'union seule nous donnera la force nécessaire pour vaincre nos oppresseurs!...

Des cris d'approbation partirent de tous les côtés de l'assemblée.

— Écoutons Pietro... Pietro est sage et expérimenté... il ne nous a jamais donné que de bons conseils!...

— Dis nous ce que nous avons à faire, Pietro!... Masaniello et toi, vous serez nos chefs et nos réprésentants....

Cinzio était descendu de son banc; il semblait singulièrement déçu de ce que les pêcheurs ne songeaient pas à le nommer lui aussi. Trois chefs n'eussent pas été de trop pour conduire un pareil mouvement.

Pietro étendit la main pour faire signe qu'il voulait parler et bientôt le silence le plus complet régna dans l'assemblée.

— Je vous remercie de votre confiance, mes frères, et je n'ai pas besoin de vous dire qu'elle ne sera pas trompée, reprit solennellement le vieux pêcheur. Je ne vis plus, vous le savez, que pour notre pays et pour vous. Je hais et maudis quiconque vous opprime et avilit Naples, quiconque attente à nos droits et à nos libertés, quiconque abuse de son pouvoir, nous raille, nous méprise, nous foule aux pieds, et insulte en nous la patrie tout entière !

Un grondement sourd et lointain accompagnait les paroles enthousiastes du vieux pêcheur. Un orage se préparait, et de temps en temps un éclair bleuâtre illuminait l'horizon.

— Si je vous ai fait appeler ici, mes frères, reprit Pietro, c'est qu'il est grandement temps que nous nous unissions pour sauver notre malheureuse patrie, c'est que je voulais vous demander si vous vouliez supporter plus longtemps le joug de l'étranger ? . . .

— Non, non, Pietro a raison ! crièrent cent voix furieuses; ils en font trop . . . ils nous traitent comme des chiens ! . . .

— Pêcheurs de Naples et de Portici, continua Pietro, laisserez-vous plus longtemps ce tyran espagnol, se railler de vos droits les plus sacrés ? Supporterez-vous plus longtemps en silence, des impôts iniques, des injustices, des méfaits et des crimes chaque jour renouvelés ? Vous courberez-vous plus longtemps devant ces étrangers qui vous mettent insolemment le pied sur la nuque ? . . . vous laisserez-vous ravir plus longtemps vos femmes, vos filles et vos sœurs par ces débauchés espagnols sans honte ni vergogne ? . . .

Un cri d'indignation et de fureur répondit aux paroles de Pietro et couvrit le roulement du tonnerre. Tous ces hommes électrisés par l'enthousiasme et la passion du vieux pêcheur jurèrent d'une commune voix de chasser l'Espagnol et de venger la mort d'Almaviva.

— Plus de vice-roi étranger! reprit Pietro quand le silence se fut un peu rétabli; plus de tyran. Mort à quiconque osera nous opprimer et abaisser notre patrie!...

— Personne ne doit régner! personne ne doit nous conduire, cria Cinzio en essayant de couvrir la voix du vieux pêcheur; nous ne voulons que nous venger!

— Vengeance! vengeance! criaient des voix menaçantes, et les pêcheurs élevaient vers le ciel leurs mains armées de piques, de sabres et de hallebardes rouillées.

— Nul ne veut régner, reprit Pietro, nul ne pense à s'imposer en maître...

— Arrête interrompit Moreno, dis que nul étranger ne doit régner et nous serons tous d'accord, mais il nous faut un chef pour nous conduire, un chef choisi parmi nous...

— Oui, oui. il nous faut un chef! crièrent les pêcheurs. Ce sera Masaniello! Nous le connaissons tous! Il est le plus fort d'entre nous!

— Bien, bien. mes frères, je suis de votre avis, dit Pietro. Masaniello sera notre chef. Il est brave. résolu et fidèle. Nous pouvons nous fier à lui, il ne nous trahira jamais!...

Le frère de Fenella se trouvait tout près du Campanello, Il posa le pied sur le bord de son bateau, et s'élança sur la tonne. Debout, la tête haute, le bras gauche passé autour de la perche, le hardi pêcheur dominait toute l'assemblée du haut de sa tribune mouvante. Sa main droite brandissait une sorte de massue garnie de gros clous. sa figure brillait d'un saint enthousiasme. et toute sa personne offrait à un tel degré l'image de la force et de la résolution que l'assemblée éclata en applaudissements.

— Mes amis, mes frères! s'écria Masaniello lorsque le silence se fut rétabli, je vous remercie de votre confiance. Vous m'avez choisi pour chef, Masaniello vous conduira à la victoire ou à la mort; il saura, s'il le faut, mourir joyeusement pour vous. Quand l'heure sera venue, je vous appelerai au combat et tous vous accourrez à ma voix. Portez vos vieilles armes à Capri, cachez-les dans quelque retraite profonde, et ne les en sortez pas avant que ma voix ne vous appelle aux armes. Jurez-moi fidélité et obéissance !...

— Nous le jurons !

Ce cri partit de cent bouches à la fois. Un coup de tonnerre l'accompagna. On eut dit que le ciel voulait ratifier ce serment.

— Jurez de me suivre jusqu'à la mort et de donner votre sang et votre vie pour notre pays et nos libertés !...

— Nous le jurons !

— Jurez de ne rien trahir de nos projets et d'obéir sans hésitation à mes ordres.

— Nous le jurons !...

— Tout cela, nous le jurons d'un cœur et d'une voix, s'écria Pietro lorsque l'écho de ces acclamations se fut éteint; maintenant, c'est à toi à t'engager envers nous, Masaniello.

— Dictez-moi le serment que vous exigez de moi, je le prêterai volontiers, répondit le jeune pêcheur. Que Dieu me punisse si je le romps.

— Eh bien, jure de nous conduire à la victoire et à la vengeance, de ne faire jamais ni grâce ni pitié sans notre assentiment, de ne jamais donner accès dans ton cœur à quelque pensée ambitieuse. Jure tout cela, Masaniello. Tu seras notre chef, notre guide, mais l'œuvre de vengeance et de libération accomplie, tu redeviendras simple pêcheur comme nous et nous serons déliés de nos serments !

— Je le jure ! s'écria Masaniello. Sa voix retentissait encore qu'un éclair éblouissant déchira l'étendue et entoura d'une mer de feu le tribun dressé de toute sa hauteur sur son piédestal mouvant — un violent coup de tonnerre suivit.

— Je le jure ! répéta Masaniello. Le ciel nous donne un signe ! Il a entendu mes serments !

— Vive Masaniello! notre chef et notre guide! s'écria Moreno en brandissant son arme.

— Vive Masaniello! Ce cri, remplit les airs, et couvrit un moment les grondements de la tempête, puis les pêcheurs reprirent leurs rames et regagnèrent leurs villages sans que rien trahît cette conspiration sur mer.

CHAPITRE XVIII.

Une nuit de terreur.

Fenella, restée seule sur le rivage regardait fuir l'élégante gondole de la princesse. La pauvre enfant se sentait profondément triste. Elle avait sacrifié la précieuse écharpe sans avoir acquis la moindre certitude sur ce qu'elle voulait savoir, sans avoir obtenu le moindre éclaircissement sur les relations d'Elvira et d'Alfonso.

Elle reprit lentement le chemin de la vieille ruine. Elle allait, perdue dans ses pensées, regardant sans les voir les champs, les campagnes qu'elle traversait. Une voix intérieure lui criait qu'elle était trompée, que la princesse avait su s'attacher Alfonso, et la jalousie, l'incertitude, le doute et le désir de revoir le bien-aimé se disputaient son cœur.

D'autres fois elle se disait avec désespoir qu'Alfonso était peut-être allé à Portici depuis qu'elle en était absente et l'avait vainement cherchée. Elle éprouvait alors un impérieux besoin de retourner dans sa chaumière, mais c'était s'exposer à irriter Masaniello, c'était risquer une rencontre entre son frère et Alfonso... Que faire? il fallait attendre, se soumettre, et implorer le secours de la Madone.

La pauvre enfant atteignit enfin l'étroit sentier qui gravissait la colline et conduisait vers le vieux cloître. La nuit était venue, mais Fenella ne redoutait pas l'obscurité. Elle grimpait lentement entre les haies et les buissons. Tout était silencieux autour d'elle. Les oiseaux étaient muets; on n'entendait que le chant monotone des cigales qui fourmillaient dans ces ruines. Les fleurs s'étaient fermées après le coucher du soleil, les plantes grimpantes semblaient lasses, et pendaient mollement contre les antiques murailles. Tout semblait aspirer après le repos et la paix.

Fenella écarta les buissons qui fermaient en partie la porte du mur d'enceinte et pénétra dans la cour du cloître, véritable chaos de pans de murs, de piliers, de pierres et de ronces. Ici, un arceau resté debout se dressait au milieu des débris, là, un mur effondré affectait des formes si fantastiques qu'une imagination un peu vive eut cru y reconnaître l'ombre d'un moine ou d'une nonne pleurant sur la destruction de leur asile... tout dans cette solitude et cette ombre revêtait un aspect étrange, mais Fenella ne redoutait rien. Une douleur aussi poignante que la sienne ne laisse pas de place à la crainte. La pauvre Muette ne s'occupait que de son chagrin, de ses doutes et des menaces de l'avenir.

Elle s'approcha des marches brisées qui conduisaient à sa cellule et entra dans la pièce obscure. L'ouverture de la fenêtre et la porte laissaient pénétrer un faible crépuscule dans ce réduit. Fenella se jeta sur le lit de mousse et de roseaux que son frère avait préparé pour elle, mais le sommeil semblait avoir fui ses paupières; elle se releva et alla s'asseoir sur l'une des grosses pierres qui gisaient dans le fond de la cellule.

Ses yeux errant autour d'elle tombèrent par hasard sur une ouverture basse et voûtée, pratiquée dans le mur et comblée en partie par des pierres et des débris.

Fenella n'avait pas encore aperçu cette ouverture. Elle se leva, et reconnut qu'il y avait eu là autrefois une petite porte qui s'était effondrée au moment de la destruction du couvent. L'ouverture semblait s'abaisser et conduire dans une cave, ou dans quelque endroit bas et profond.

La Muette écarta une partie des décombres et quelques pierres. Elle ne s'était pas trompée. L'ouverture à demi comblée conduisait à un passage étroit et voûté qui semblait avoir été épargné par le tremblement de terre. Les quelques marches qui y descendaient étaient couvertes de débris, mais on pouvait reconnaître, malgré l'obscurité, que ce passage se prolongeait. Sans doute, il allait aboutir dans les caves du couvent.

Fenella ne se sentit point tentée de faire un voyage d'exploration dans les espaces inconnus qui s'ouvraient devant elle. La fatigue l'avait saisie. Elle s'étendit sur sa couche et aspira longuement l'air doux et tiède de la nuit.

La pâle lueur de la lune pénétrait dans le réduit par l'ouverture de la fenêtre et y produisait les plus étranges effets de lumière et d'obscurité. Cette athmosphère remplie de parfums, ce silence, troublé seulement par le chant monotone des cigales, cette ombre reposante, exercèrent bientôt leur charme sur la solitaire habitante de ces lieux. Elle ne tarda pas à s'endormir, et l'aspect de cette belle enfant, mollement étendue sur son lit de mousse, eut fait penser aux contes de fée. Son corsage était à demi ouvert, comme pour laisser place aux battements de son sein, et ses longs cheveux noirs retombaient à flots sur ses épaules. L'une de ses mains était posée sous sa figure, l'autre reposait chastement sur sa poitrine et semblait vouloir empêcher le corset de se détacher complètement. Les jupes courtes enveloppaient le corps un peu replié et ne laissaient passer que deux petits pieds curieux.

Un sourire céleste passa tout à coup sur les traits de la belle endormie ...

Fenella rêvait, et ce que la réalité, ce que la vie lui refusait impitoyablement, le monde des rêves le lui accordait sans réserve.

Elle recevait Alfonso dans sa chaumière! Elle s'agenouillait à ses pieds, comme elle aimait à le faire dans ses jours de bonheur, et regardait avec ivresse le bien-aimé qui se penchait vers elle et lui demandait un baiser. Une joie ineffable remplissait le cœur de la pauvre enfant — plus de larmes, plus de tristesse — la souffrance et le chagrin étaient oubliés — Alfonso était là, et sa présence suffisait pour dissiper instantanément le doute et l'inquiétude.

— Je suis à toi, à toi seule! murmurait tendrement le jeune homme. Pourquoi douter de moi, Fenella? Ne t'ai-je pas juré fidélité? Rien ne pourra te chasser de mon cœur....

L'image de la princesse, cette image qui hantait la pauvre Muette jusque dans son sommeil, passait alors dans ses rêves. Elle se pressait contre son amant, et semblait lui demander aide et protection contre les fantômes de son imagination.

— Alfonso est à toi, répétait le jeune homme. Ton pur amour m'a révélé le bonheur et la vie. La volonté de mon père m'a seule séparé de toi, mais tu vivras dans mon cœur, et ton souvenir m'accompagnera partout.

— Nous séparer — on veut nous séparer pour toujours? demandait Fenella. Le doux rêve s'était évanoui. Il avait fait place à une angoisse indicible. Quelque horrible cauchemar tourmentait la dormeuse — son cœur battait avec force — il lui semblait que quelque chose flottait au dessus d'elle, se rapprochait de plus en plus et menaçait de l'étouffer — elle regardait Alfonso pour lui demander de la protéger contre ce danger inconnu — ô terreur — ce n'était plus Alfonso qui était à ses côtés — le bien-aimé avait disparu — un étranger avait pris sa place et se pressait contre elle — Fenella étouffait, une sueur froide perlait sur son front — il lui semblait qu'elle faisait de vains efforts pour fuir — tous ses membres étaient comme paralysés — et l'inconnu était là — toujours là — il approchait!...

Fenella rassembla toutes ses forces pour fuir et ce mouvement la réveilla — tout était sombre autour d'elle, la lune s'était voilée — mais quelque chose remuait dans la cellule. Une angoisse indescriptible glaça la pauvre solitaire — elle avait senti une haleine étrangère passer sur sa figure — une main avait saisi ses vêtements...

La Muette bondit sur sa couche, et repoussa avec une force surhumaine l'être mystérieux qui essayait de s'approcher d'elle dans les ténèbres. C'était le moment ! Elle s'était réveillée à temps pour se défendre contre l'ennemi invisible dont elle avait senti l'approche ! Son rêve l'avait avertie !

Elle était debout, prête à lutter vaillamment, mais l'ennemi, repoussé une première fois était revenu à la charge, il avait saisi ses vêtements, et Fenella comprit avec épouvante qu'elle allait être en son pouvoir. Elle essayait en vain de lui échapper ; l'inconnu l'attirait à lui en poussant un cri de triomphe.

L'obscurité ne permettait pas à Fenella de distinguer les traits du misérable qui l'avait surprise, mais elle connaissait cette voix — c'était celle de Tito — lui seul ricanait ainsi.

Cette découverte lui rendit subitement sa force et sa présence d'esprit. Elle se jeta sur son agresseur, saisit d'une main vigoureuse la fraise plissée qu'il portait autour du cou, et la tordit si brusquement que Tito se crut étranglé.

— Lâche-moi ! fit-il en râlant et en s'efforçant d'échapper à l'étreinte de Fenella ; lâche-moi !...

Il avait laissé retomber les vêtements de la Muette et tâchait de dégager sa fraise. C'était tout ce que voulait Fenella. Dès qu'elle se sentit libre, elle lâcha brusquement Tito et s'élança vers l'ouverture de la cellule où, pensait-elle, elle pourrait au moins surveiller son ennemi.

Tito avait compris son intention. Il n'entendait pas que sa proie lui échappât encore, et avant que Fenella fut sortie de la cellule, il avait réussi à lui fermer le passage.

— Cette fois je te tiens, petit démon ! s'écria-t-il encore tout haletant du combat qu'il avait soutenu. Tu es à moi, cette fois. Pourquoi me fuis-tu, petite folle ?...

Il voulut saisir Fenella, mais elle s'était rejetée dans le fond de la cellule. Elle sautait avec une adresse remarquable

sur les pierres et les décombres, se cachait derriére les pans
de mur, et s'enfuyait comme une ombre à l'approche de l'ennemi. Tito la poursuivait mollement. Ce jeu l'amusait; il
était sûr de sa proie; un peu plus tôt, un peu plus tard,
la fugitive devait s'arrêter épuisée. C'était là qu'il l'attendait.

La Muette était depuis un instant blottie derrière une grosse
pierre, lorsqu'elle se releva subitement et se glissa à travers
les décombres jusqu'au fond de la cellule. Tito la suivit les
yeux grands ouverts, et prêt à fondre sur elle lorsqu'elle
ressortirait de cette cachette. Il était là, à l'affût, quand il
vit l'ombre de la fugitive se dresser à quelques pas devant
lui, puis disparaître subitement.

— Allons, se dit-il en riant, la sorcière est là, derrière
cette pierre, et se croit bien cachée. C'est inutile, ma mignonne;
tu ne m'échapperas pas!...

Tito s'avançait lentement vers l'angle obscur où il avait
vu disparaître la Muette. Il allait, les mains tendues, prêtes
à saisir cette proie qu'il convoitait depuis si longtemps, mais
il tâtonnait en vain — Fenella avait disparu! Tito s'accroupit sur le sol, fit en rampant le tour de toutes les pierres,
chercha, appela — peine inutile — la Muette était loin!...

Il se relevait avec une imprécation de rage, lorsque son
pied rencontra l'ouverture que Fenella avait découvert la veille,
et qui conduisait dans le passage voûté. Tito chancela et se
raccrocha vivement à une pierre.

— Oho! c'est par là qu'elle s'est enfuie, fit-il en essayant
de sonder du pied la profondeur de l'ouverture. Il ne réussit
pas en en toucher le fond, et il lui parut peu prudent de se
laisser tomber au petit bonheur dans le trou noir qui s'ouvrait
devant lui. Il resta un instant indécis, se demandant ce qu'il
allait faire, lorsqu'une idée subite le ranima tout à coup.

— Attends, ma belle! s'écria-t-il, attends, tu ne m'échapperas pas! Je vais t'enfermer, et quand je reviendrai demain
soir, tu seras domptée et souple comme un gant. Attends,

ma petite souris !.. et joignant le geste à la parole, Tito roulait de grosses pierres vers l'ouverture. Il les assujettit de son mieux, s'assura qu'il serait impossible à la prisonnière de les écarter, puis il prêta l'oreille un moment pour voir si elle ne demanderait pas grâce. Pas un bruit ne sortit de l'ouverture, le silence le plus profond régnait dans la cellule, et Tito quitta la vieille ruine en se disant qu'il serait plus heureux le lendemain.

CHAPITRE XIX.

La princesse triomphe.

Le soir approchait. Tout était bruit et mouvement au château. Domestiques, intendants, maîtres des cérémonies, chacun s'occupait avec une fiévreuse activité des derniers préparatifs de la promenade sur mer, dont le duc d'Arcos voulait faire une fête de nuit, dépassant en magnificence tout ce que les nobles visiteuses avaient vu jusque-là.

L'heure fixée pour le départ était arrivée. Les gondoles, richement décorées, et garnies d'innombrables lampions de couleur se mirent en mouvement. Chacune de ces gondoles était conduite par deux rameurs. Deux embarcations, plus grandes que les autres, et dont les pavillons montraient les armes des maisons de Mendoza et d'Arcos, portaient le vice-roi entouré de ses conseillers et de ses courtisans, et le duquecito avec sa suite.

Les petites gondoles formaient une vraie flotille à la suite des deux grandes embarcations. Elles étaient occupées par les seigneurs espagnols et les nobles dames que le vice-roi avait invités pour cette fête.

La gaîté ne faisait pas défaut ce soir-là parmi cette joyeuse et brillante compagnie. On riait, on plaisantait; tout étincelait d'or et de pierreries. On eut dit que le pays nageait dans les richesses; que la misère et le chagrin étaient choses absolument inconnues à Naples, et l'on avait employé pour les préparatifs de cette fête, des sommes qui représentaient les impôts d'une année. La décoration des gondoles et l'équipement des rameurs n'avaient coûté que peu de chose en comparaison des frais énormes causés par le magnifique feu d'artifice préparé pour la fête, et par les innombrables bouquets qui parfumaient les gondoles. Ces bouquets, destinés à être lancés comme d'amoureux messages d'une embarcation à l'autre, contenaient tous de riches présents à l'adresse des dames de la cour. C'étaient des bijoux de prix, d'élégants porte-bouquets, des petites plaques en or sur lesquelles on avait gravé quelque quatrain bien tourné, enfin mille bagatelles aimables destinées à rappeler le souvenir de la fête.

Le vice-roi, décidé à éblouir ses visiteuses avait fait venir de Rome un habile artificier. Celui-ci avait amené dix aides avec lui, et tout ce personnel avait travaillé jour et nuit pour préparer ce feu d'artifice qui devait durer quelques instants à peine, et réjouir quelques minutes les yeux des invités.

Le soleil venait de se coucher lorsque les gondoles quittèrent le rivage à la suite des embarcations du vice-roi et du prince Alfonso qui se dirigeaient vers la frégate royale.

A mi-chemin entre le vaisseau et le rivage, on vit s'avancer la gondole des princesses. Les mortiers du port saluèrent cette rencontre et annoncèrent le commencement de la fête; les innombrables lampions de couleur furent allumés et jetèrent une lumière fantastique sur ce joyeux cortège naval.

— Regardez, là-bas, mon prince, murmura Lorenzo en montrant au duquecito la gondole des princesses, regardez donna Elvira. Qu'elle est belle!...

Lorenzo avait raison. Elvira était appuyée sur le bord de la gondole. La pâle lueur des lampions l'éclairait tout entière, et se jouait au milieu des boucles dorées qui retombaient à flots sur ses épaules. Une ombre de tristesse passait et repassait sur ses beaux traits et ses yeux semblaient avoir perdu un peu de leur éclat.

— Qu'elle est belle! répéta Lorenzo. Cette attitude mélancolique, ce silence, au milieu du joyeux tumulte de la fête prouvent bien que la princesse aime.

Alfonso contemplait à son tour la belle rêveuse penchée sur le bord de l'embarcation, et se sentait forcé de donner raison à son ami. Elvira était bien belle, en effet, le duquecito ne le savait que trop.

— Vous êtes un observateur redoutable, Lorenzo, dit-il en souriant, et la physionomie de chacun est pour vous un livre ouvert. Croyez-vous donc réellement que le cœur de la princesse soit pris.

— J'en jurerais par tout ce qui m'est sacré, mon prince, et si j'osais exprimer toute ma pensée...

— Osez, osez, don Lorenzo !

— J'ajouterais que, dans mon intime conviction, vous occupez sans partage le cœur de donna Elvira.

— Je comprends, fit Alfonso en se détournant pour rompre l'entretien.

L'expression soucieuse des traits de la princesse venait de s'effacer subitement. Avait-elle remarqué l'attention dont elle était l'objet ou quelque subite décision avait-elle mis fin à sa rêverie ?... Un sourire poli et froid avait remplacé la tristesse qui recouvrait l'instant d'auparavant sa figure ordinairement souriante. Elle se retourna vers sa mère et parut disposée à se mêler enfin à la conversation générale.

Le yacht du vice-roi s'était assez rapproché de la gondole royale pour que le duc put échanger quelques paroles avec la princesse de Mendoza, et recevoir ses compliments sur le goût exquis dont il avait fait preuve dans l'ordonnance de la fête.

Lorenzo fit un signe imperceptible aux rameurs, et bientôt l'embarcation du duquecito se trouva, comme par hasard, du côté de la gondole où se tenait Elvira. Alfonso salua la prin-cesse. Elle lui répondit de la façon la plus gracieuse — Lorenzo seul reconnut que ce charmant sourire était con-traint. Une douleur cachée rongeait le cœur de la belle Es-pagnole. L'amour s'était éveillé depuis longtemps en elle — mais la jalousie venait de s'y ajouter — et quelques jours avaient suffi pour changer complètement l'insoucieuse enfant.

Elvira avait souffert; elle avait lutté, mais jamais l'idée de renoncer à Alfonso n'était entrée dans son âme. Elle voulait vaincre ! Elle voulait voir Alfonso à ses pieds. Il lui fallait cette satisfaction d'amour-propre. Pouvait-elle reculer devant une rivale aussi humble ? Cet amour n'avait été sans doute qu'une distraction pour le duquecito ? Et s'il avait été vrai, si le prince avait vraiment aimé cette fille du peuple, l'orgueil d'Elvira n'exigeait-il pas qu'elle triomphât et restât maîtresse du terrain ? La princesse voulait vaincre et vaincre tout de suite. C'était cette nuit même qu'elle voulait voir le beau duquecito à ses pieds ! A ses pieds ! C'était là son but, son unique pensée, et la belle princesse ne doutait pas un in-stant de son succès.

La gondole des princesses et celle d'Alfonso cheminaient côte à côte. Le moment n'étant pas favorable aux causeries intimes on jouissait en commun de cette nuit tiède et em-baumée, et des sons enchanteurs d'une excellente musique qui suivait à quelque distance. On échangeait de joyeuses plai-santeries et de galants propos; de tendres coups d'œil répon-daient à d'agaçantes coquetteries, et cette brillante jeunesse, heureuse de vivre et d'aimer, semblait persuadée que le ciel étoilé, l'eau bleue, le parfum des fleurs, l'amour et la beauté n'existaient que pour elle.

La soirée s'avançait. Le yacht du duc se dirigea vers le parc dont les bords illuminés offraient un aspect féerique. La petite flotille suivit, et bientôt les invités furent groupés sous les vieux arbres ou assis dans les gondoles amarrées sur le rivage. Chacun se plaçait commodément pour admirer à son aise le brillant feu d'artifice qui allait être tiré sur mer.

Des tentes ouvertes avaient été dressées sur le rivage ombragé par les vieux arbres du parc. De grands bassins où flambaient des matières inflammables éclairaient ces tentes, et montraient d'immenses plateaux chargés des rafraîchissements les plus exquis. Les domestiques allaient d'un groupe à l'autre, discrets, empressés, et prévenant les désirs de chacun.

La princesse de Mendoza avait pris place sur un fauteuil magnifique préparé pour elle. Le vice-roi, donna Elvira et Alfonso l'entouraient; les dames d'honneur et les seigneurs de la cour s'étaient groupés derrière eux.

Sur un signe du duc, des gerbes de feu et d'innombrables étincelles annoncèrent le commencement du feu d'artifice. Des feux rouges, verts et bleus flottaient au-dessus de l'eau, et des dauphins artificiels surgissaient de dessous les flots en vomissant des flammes et des langues ardentes. Un soleil géant formait l'arrière-plan, il illuminait la mer à une immense distance, tandis que des roues de feu tournaient bruyamment en différents endroits. Tout à coup, on vit apparaître dans le lointain des bateaux équipés comme de petits vaisseaux de guerre. Ces embarcations arrivaient de divers côtés, elles se rapprochèrent peu à peu et simulèrent un combat naval. Ce spectacle était si admirablement rendu, il rappelait si parfaitement la réalité qu'il fut salué par d'unanimes acclamations et suivi avec un intérêt soutenu. Les détonations se suivaient incessamment — ici, un mât foudroyé tombait à grand bruit sur le bord et continuait à brûler, là, on lançait des bombes enflammées sur le vaisseau ennemi, ailleurs, on faisait jouer les pompes pour chercher à éteindre l'incendie, et le combat ne se termina que lorsqu'un des navires eut sauté et fut entièrement consumé.

Ce spectacle qui reproduisait fidèlement les diverses péripéties d'un combat naval avait produit une véritable émotion

parmi les spectateurs. Il était à peine achevé qu'on vit sur-
gir dans le lointain une montagne vomissant le feu et la
flamme. Des colonnes de fumée sortirent du cratère et montèrent menaçantes vers le ciel, puis un sourd craquement
annonça une éruption et fut suivi d'une pluie de pierres, de
cendres et d'étincelles. Ce Vésuve artificiel, fidèle copie du
redoutable voisin qui faisait trembler les Napolitains, redoubla l'émotion des invités, et plus d'un se retourna vers le
géant qui dormait dans l'ombre, pour s'assurer que le spectacle qu'il avait sous les yeux n'était qu'une imitation de
la réalité.

D'autres pièces de moindre importance et d'innombrables fusées devaient terminer le feu d'artifice. Donna Elvira, fatiguée
de cette lumière éblouissante s'était tournée vers l'ombre, et considérait d'un œil charmé le vaste parc avec ses allées de verdure, son fin gazon, ses eaux jaillissantes et ses pâles statues.

— Cette verdure me fait un bien inexprimable, dit-elle en
s'adressant à Alfonso qui était placé auprès d'elle. Mes yeux
sont fatigués de tout cet éclat.

— Vous avez raison, donna Elvira, répondit Alfonso. Ce
pâle rayon de lune qui argente le feuillage n'est-il pas plus
charmant que toutes ces splendeurs. Faisons un tour dans les
allées, tout y est paix et tranquillité, cela vous fera du bien.

— Je ne demande pas mieux, dit Elvira, en prenant le
bras que lui offrait le duquecito et en faisant signe à ses
dames de ne pas la suivre. Tenez, don Alfonso, je suis heureuse de voir que vous partagez encore le besoin que j'éprou-
vais autrefois de m'isoler de temps en temps de mon entourage. Je le sens trop souvent encore, et les lois de l'étiquette
me paraissent alors insupportablement lourdes.

Elvira et Alfonso passèrent le long des tentes et s'enfon-
cèrent dans la demi obscurité du parc. L'éclat du feu d'artifice ne parvenait pas jusque dans l'allée écartée qu'ils parcouraient ensemble, le bruit de la fête s'éteignait peu à peu
derrière eux, et bientôt ils se virent seuls au milieu du silence

solennel qui régnait dans cette partie oubliée du vaste parc.
La pâle lumière de la lune passait au travers du feuillage;
elle venait tomber sur la figure d'Elvira, et l'entourait d'une
telle auréole de grâce et de poésie qu'Alfonso se sentit invinciblement attiré vers elle. Le charme du souvenir s'ajoutait
encore à celui de l'heure présente...

— Vous paraissiez triste, ce soir, lorsque je vous ai aperçue,
donna Elvira? dit-il à demi-voix après un silence qui menaçait de devenir embarrassant.

— C'est possible, mon prince. L'âme humaine n'est-elle
pas souvent tourmentée par quelque secrète douleur, ou quelque désir irréalisable?...

— Des désirs irréalisables? En existe-t-il pour vous?...

— Croyez-vous donc vraiment que l'on puisse obtenir tout
ce que l'on souhaite, et vos vœux ont-ils toujours été exaucés?

— Les miens, non; mais les vôtres n'ont jamais dû rencontrer d'obstacles...

— Vous croyez — si vous pouviez voir dans mon cœur,
sentir ce que je sens, vous ne parleriez plus ainsi...

— Vous tremblez, Elvira!...

Alfonso avait saisi la main de la princesse. — Confiez-moi ce
qui vous tourmente, dit-il d'un ton suppliant. Laissez-moi
prendre part à tout ce qui vous occupe! Je serais si heureux,
Elvira, si je pouvais effacer de votre front jusqu'à l'ombre
de la tristesse...

— Ces paroles viennent-elles de votre cœur, don Alfonso,
ou n'est ce qu'un galant propos?...

— Vous me le demandez, Elvira! s'écria le jeune homme.
Doutez-vous donc de mon attachement pour vous?... Nous
sommes seuls, reprit-il avec émotion en serrant plus fortement la main que lui abandonnait Elvira — personne ne nous
voit ni ne nous entend — l'étiquette n'a plus rien à faire
ici...

— Que faites-vous, prince?...

— Ne me repoussez pas, Elvira; laissez-moi vous implorer

à genoux — ne détournez pas vos beaux yeux — ne m'accorderez-vous pas un signe de faveur ?...

— Relevez-vous, Alfonso ;...

— Parlez-moi, répondez-moi, Elvira ! Vous aimez, mon cœur me le dit — mais l'heureux mortel que vous avez distingué, est-ce moi ? — dites un mot — donnez-moi cette rose piquée à votre corsage et je saurai que vous m'appartenez...

Le cœur d'Elvira battait avec violence — l'amour et l'orgueil satisfait se partageaient son âme. Elle contempla un instant le beau jeune homme agenouillé devant elle, puis elle détacha lentement la fleur embaumée qu'elle portait à son corsage et la tendit à Alfonso.

On entendait des pas à quelque distance.

— On vient, murmura Elvira.

Alfonso n'entendait pas ; il pressait alternativement sur ses lèvres et la rose et la petite main qui venait de la lui offrir, et semblait perdu dans son bonheur.

Tout à coup, le duc et la princesse de Mendoza parurent au détour de l'allée accompagnés d'une partie de leur suite et de laquais portant des flambeaux. Tous deux s'arrêtèrent subitement devant le spectacle inatendu qu'ils avaient sous les yeux.

— Le duquecito aux pieds de la princesse ! s'écria le duc, tandis qu'Alfonso brusquement rappelé à lui-même se relevait et offrait tendrement son bras à Elvira.

— Des fiançailles ! dit la princesse mère, visiblement réjouie de ce dénouement qu'elle attendait depuis longtemps ; approchons-nous ; peut-on vous féliciter ?

— Ce que nous souhaitions tous deux s'accomplit aujourd'hui, auguste princesse, répondit le duc d'Arcos, et pour la première fois, depuis de longues années, ses traits durs et froids s'éclairèrent momentanément — nous célébrons aujourd'hui les fiançailles de la princesse Elvira et du prince Alfonso ! Acceptez mes vœux les plus sincères pour votre bonheur, chère princesse !

Les seigneurs et les dames de la suite s'étaient rapprochés, l'heureuse nouvelle circulait, se répandait avec la rapidité de l'éclair parmi les invités, et le jeune couple reçut de tous côtés les plus chaudes félicitations. Sur un signe du maréchal de cour, les musiciens qui avaient suivi à quelque distance entonnèrent une joyeuse fanfare, et la brillante compagnie regagna le rivage tandis que les détonations des mortiers annonçaient la fin du feu d'artifice.

La fête était terminée, elle avait eu le dénouement espéré, et les fiancailles étaient maintenant un fait accompli. La princesse de Mendoza voulut se retirer, et le duc d'Arcos, que l'évènement de la soirée avait mis de la meilleure humeur demanda à accompagner les dames avec son yacht jusqu'au vaisseau. Cette proposition fut accueillie avec joie, et tandis que les embarcations qui portaient les invités se dispersaient de tous côtés, le duc et le duquecito montèrent dans la gondole des princesses. Les dames d'honneur et les seigneurs de la suite du vice-roi prirent place avec Tito dans le yacht qui suivait à quelque distance.

Cette promenade nocturne fut trop courte au gré des fiancés. La joyeuse compagnie réunie sur le yacht aurait voulu, comme eux, la prolonger indéfiniment, et l'apparition du vaisseau couché à l'ancre dans la baie de Portici causa plus d'un soupir. Il fallut enfin se séparer, et reprendre sur le yacht du duc le chemin du retour.

Les dames, réunies sur le pont de l'élégante frégate, agitaient leurs mouchoirs en signe d'adieu tandis que l'embarcation un peu lourde du vice-roi se remettait en mouvement. Elle s'éloigna enfin, et les vagues contours de l'immense vaisseau disparurent peu à peu aux yeux du personnel masculin qui regagnait le château ducal.

Le vice-roi se tenait debout, les bras croisés, sur l'avant de la gondole. Alfonso causait à quelques pas avec son ami Lorenzo, tandis que Tito et les autres seigneurs de la suite du duc étaient réunis par groupes sur l'arrière du bateau.

Tout à coup, un petit canot noir et étroit parut à quelque distance, et fila comme une flèche le long du yacht.

Le duc, rendu attentif par le bruit des rames tourna les yeux vers le mystérieux bateau conduit par trois hommes vêtus de noir. Le rapide esquif coupa le chemin de la gondole et sembla s'arrêter comme pour lui barrer le passage.

Le vice-roi tressaillit — le comte Felice Almaviva, ou plutôt l'audacieux revenant de la salle des piliers était debout au milieu du petit bateau et tendait une main menaçante vers la gondole ducale — toujours cette mystérieuse apparition — toujours ce fantôme sombre — à quoi donc avait servi la mort d'Ancillo Falcone si l'impudent personnage renaissait de ses cendres ou laissait des imitateurs après lui ?...

Un tremblement convulsif s'était emparé du duc — mais il surmonta bientôt sa terreur et son effroi. Tito avait aussi aperçu le bateau noir, et accourait vers son père adoptif.

— Suivez ce bateau — suivez-le ! cria le duc en s'efforçant de raffermir sa voix.

Il y eut un moment de trouble indescriptible sur la gondole — les rameurs s'efforçaient d'obéir à l'ordre du vice-roi et de rejoindre le mystérieux esquif qui semblait les narguer, les seigneurs effrayés se penchaient sur le bord du yacht pour suivre des yeux l'insolente embarcation. Tito s'empressait autour du duc, il semblait lui promettre qu'il saurait découvrir les auteurs de cette sinistre plaisanterie, mais en attendant, le léger bateau filait comme le vent, et bientôt il disparut si complètement dans le brouillard qu'il fallut renoncer à suivre ses traces.

Chapitre XX.

Fenella et la nonne.

Revenons à cette nuit d'angoisse où la Muette n'avait échappé à son persécuteur qu'en sautant sans hésiter dans le passage voûté et profond dont un heureux hasard lui avait montré l'ouverture quelques heures auparavant.

C'était un saut passablement risqué. D'épaisses ténèbres régnaient dans ces profondeurs inconnues, mais Fenella ne reculait devant aucun moyen pour échapper au misérable qui la poursuivait depuis si longtemps. Restée dans la cellule, elle eut fini par tomber infailliblement entre ses mains, tandis qu'elle pouvait espérer qu'il ne la suivrait pas au milieu de ces ténèbres, et reculerait devant un saut aussi périlleux que celui qu'elle tentait pour lui échapper.

Elle tomba sans se faire de mal sur un tas de décombres et se releva prestement. Elle tâtonna un moment pour essayer de se reconnaître, descendit prudemment quelques marches encore couvertes de débris, et se trouva enfin dans un passage étroit. Les menaces de Tito arrivaient encore à ses oreilles, et la pensée qu'il se déciderait peut-être à la suivre la poussait en avant. Elle allait bravement devant elle, ces ténèbres lui paraissaient moins redoutables que les caresses du rouge Tito.

La voix de son persécuteur s'éteignit bientôt derrière elle — il renonçait à la suivre, sans doute — mais la Muette fuyait toujours. L'endroit où elle se trouvait n'était point, comme elle l'avait pensé d'abord une des caves de l'ancien couvent. C'était un passage bas et étouffé qui semblait s'étendre fort loin — où conduisait-il ? Avait-il une issue ? Pourrait-elle en sortir par l'autre bout ? Elle l'espérait, car elle ne voulait pas retourner dans sa cellule avant que le jour eut paru, et dans ces ténèbres, il était impossible de savoir s'il faisait jour ou nuit.

Une athmosphère lourde et humide régnait dans ce corridor souterrain, et malgré sa vaillance naturelle, Fenella ne put s'empêcher de frissonner. Ce passage, bien conservé, devait avoir un but. Allait-il la conduire dans les caveaux funèbres où l'on ensevelissait autrefois les habitantes du vieux couvent ?

Fenella s'arrêta court. Un frisson secouait tous ses membres. N'avait-elle échappé à son persécuteur que pour mourir dans ce tombeau, loin de tout secours humain ? Il lui semblait que le passage allait s'écrouler et l'écraser sous ses débris, ou s'ouvrir tout à coup sous ses pieds et la précipiter sur un tas d'ossements !..

Tout à coup, son sang se glaça dans ses veines — un son plaintif et voilé venait d'arriver jusqu'à elle — on eut dit le soupir d'une âme en détresse.

Fenella resta immobile...

Le son venait de se répéter à quelque distance — la Muette crut même distinguer des paroles confuses — ses pieds étaient cloués au sol — une horreur indescriptible s'était emparée d'elle — elle voulait fuir, mais une force invincible la retenait au milieu de ces ténèbres et lui faisait prêter l'oreille. Elle écoutait, écoutait — ses sens se tendaient de plus en plus — n'avait-elle pas entendu un bruit de chaînes ?...

Tout à coup, la voix s'éleva de nouveau et cette fois plus distincte.

— Mon enfant... mon enfant ! gémissait cette voix... Sainte Mère de Dieu, ayez pitié de moi et de mon enfant !...

Fenella joignit involontairement les mains. Tout se tut pendant un instant, et la Muette se demandait si elle n'avait pas été le jouet de quelque hallucination quand un sanglot étouffé se fit entendre d'un autre côté.

Un long gémissement répondit à ce sanglot et fut suivi d'un ricanement sauvage . . .

Plus de doute, des créatures humaines gémissaient dans ces ténèbres. Fenella voulut fuir et regagner sa cellule. La pensée des malheureuses ensevelies vivantes sous ces voûtes la glaçait de terreur — elle rassembla tout son courage et hasarda un mouvement . . .

— Sauvez-moi! répéta la voix creuse qui semblait sortir d'un tombeau . . . sauvez au moins mon enfant! Vous obéissez toutes au misérable que je maudis, vous croyez le monstre à face humaine qui m'a entraînée ici . . . il m'a trompée, . . il veut me tuer . . . tuer mon enfant! . . Malédiction sur ce Tito Silvestre! . . .

Fenella tressaillit — ces malheureuses s'étaient-elles hasardées comme elle dans ces couloirs souterrains ou y avaient-elles été enfermées par Tito? Allait-elle y rester comme elles? y être ensevelie vivante? . . .

Une indicible terreur s'empara de la Muette — ses membres paralysés par l'effroi lui refusaient tout service, mais elle finit cependant par se calmer assez pour pouvoir réfléchir un peu à ce qu'elle avait à faire. Une immense pitié s'éveillait peu à peu en elle. Elle voulait se sauver et sauver surtout les malheureuses qui gémissaient dans ces ténèbres . . .

La Muette reprit le chemin par lequel elle était venue et se dirigea vers la cellule. Tito ne l'avait pas suivie — Fenella espérait qu'il aurait quitté la ruine; elle calculait d'ailleurs que le jour ne devait pas tarder à paraître, et de jour elle ne craignait personne. Elle se savait assez forte et assez agile pour lutter contre Tito et pour lui échapper s'il s'attaquait à elle à la lumière du soleil. Fenella voulait sortir hardiment de la cellule, quitter la vieille ruine et courir à Portici pour apprendre à son frère l'étrange découverte qu'elle venait de faire.

La Muette atteignit bientôt les marches couvertes de débris sur lesquelles elle était tombée, mais tout était sombre devant elle. Que signifiait cette obscurité ? Le jour n'avait-il pas encore paru ? Tito épiait-il encore son retour et interceptait-il la lumière qui aurait dû venir de l'ouverture ?...

Fenella se rapprocha prudement et poussa un cri de détresse — un mince filet de lumière arrivait jusqu'à elle et lui montrait l'ouverture fermée par de grosses pierres !..

Elle comprit immédiatement sa situation — Tito l'avait enfermée elle aussi, elle était prisonnière — elle allait être enterrée vivante sous ces voûtes obscures et y tomber peut-être au pouvoir de son persécuteur !...

La position semblait désespérée — mais Fenella n'était pas femme à perdre courage facilement. Elle s'appuya contre les blocs de rocher que Tito avait péniblement roulés devant l'ouverture et rassembla toutes ses forces pour essayer de les écarter. Rien ne bougea. La pauvre enfant renouvela ses efforts — tout fut inutile — elle finit par tomber épuisée sur les débris qui recouvraient l'escalier.

Elle était infailliblement perdue — séparée du monde entier — elle allait partager le sort des malheureuses dont elle avait entendu les plaintes et les soupirs — mais plus infortunée qu'elles il lui était impossible d'appeler au secours — de donner signe de vie — n'était-elle pas muette ?...

La pauvre enfant se tordait les mains de désespoir — que faire ? la faim et la soif la tourmentaient cruellement. Allait-elle mourir d'inanition derrière ces malheureuses pierres ? — Elle se releva, et recommença ses efforts désespérés — mais sans plus de succès que la première fois. Tito n'était guère plus fort qu'elle, mais il était placé un peu plus haut que l'ouverture et les pierres s'inclinaient déjà de ce côté-là, tandis que la position défavorable de Fenella paralysait tous ses efforts.

La malheureuse dut se convaincre enfin que tout était inutile. Elle serait morte à la peine avant d'avoir écarté d'une ligne les blocs insensibles qui la séparaient de la surface de

la terre — mais ce qu'elle ne pouvait faire seule n'y réus-
sirait-elle pas à deux ?...

Cette idée la fit tressaillir. Ses efforts unis à ceux de la
malheureuse qui implorait du secours là-bas, dans les ténèbres,
ne parviendraient-ils pas à écarter ces lourdes pierres et à
leur frayer un passage à toutes deux ? Il fallait pour cela se
replonger sous la terre et refaire le chemin qu'elle avait fait
dans cet horrible passage voûté — mais sa situation désespérée ne lui laissait pas le choix des moyens à employer
pour s'en sortir.

Fenella surmonta bravement les terreurs que lui inspirait
ce voyage souterrain. Elle se remit en marche et se retrouva
bientôt dans l'endroit d'où elle avait entendu les plaintes de
sa compagne d'infortune — tout était silencieux et tranquille.
Fenella prêta l'oreille — les gémissements avaient cessé, mais
il lui sembla entendre de nouveau dans le lointain ce bruit
de chaînes qui l'avait si fort effrayée.

La Muette de Portici reprit courage et continua sa route.
Elle allait, les mains étendues, s'attendant à chaque instant à
se heurter contre un être humain. Enfin son pied rencontra
un obstacle, ses mains s'appuyèrent contre du fer humide et
froid ? Etait-ce une porte ? se trouvait-elle enfin au bout de
cet interminable couloir ?

Tandis que ses mains tâtaient minutieusement tout autour
d'elle les gémissements recommencèrent, et cette fois plus
distincts. Ils semblaient venir de derrière la porte. C'était
donc là que se trouvait le cachot où languissait la malheureuse captive ?

Fenella poussa un soupir de soulagement. Ses mains actives
venaient de découvrir un bouton et un verrou à la porte de
fer — mais ces ferrures rouillées refusaient tout service. La
Muette ramassa une pierre et frappa de toutes ses forces —
ses coups résonnaient sourdement dans le passage souterrain — enfin le verrou céda en grinçant — Fenella encouragée par ce succès s'appuya contre la porte et réussit après

de longs efforts à l'écarter suffisamment pour pouvoir passer au moins la tête par l'ouverture.

Elle respira. L'endroit qu'elle venait de découvrir était un large couloir faiblement éclairé par un étroit soupirail, mais cette lumière indécise parut plus belle à Fenella que le plus brillant rayon de soleil. Ses yeux ne pouvaient se détacher de cette lucarne. Enfin elle baissa la tête et examina long-temps le passage désert qui s'ouvrait devant elle. Elle aper-çut de chaque côté de lourdes portes de bois fermées par de gros verroux extérieurs — elle se trouvait donc au milieu de cachots souterrains !...

Tout à coup, elle tressaillit — la voix de la prisonnière venait de s'élever de nouveau. Elle partait, à n'en pas douter, de l'un des cachots fermés qui ouvraient sur le passage. Fenella se glissa dans le couloir, repoussa derrière elle la porte de fer qu'elle venait d'ouvrir, et qui semblait n'avoir pas servi depuis des siècles, puis elle appuya son oreille contre l'une des portes de bois et écouta.

— Mon enfant... mon pauvre enfant ! répétait la voix plaintive... mes prières ne seront-elles donc pas exaucées ?

C'était bien là que languissait la prisonnière. Fenella saisit le lourd verron et le poussa. La porte s'ouvrit, et laissa voir une petite cellule, faiblement éclairée par une uoverture pratiquée au haut de la muraille.

Un tas de paille occupait l'un des côtés de ce sombre et étroit cachot. Il servait de couche à une jeune nonne qui pressait un petit enfant sur son sein et l'enveloppait soigneu-sement dans sa robe.

La prisonnière avait entendu ouvrir la porte. Elle se re-dressa à demi et arrêta de grands yeux effarés sur Fenella.

— Qui es-tu ? demanda-t-elle avec étonnement. Tu n'es pas une nonne ? Est-ce la geôlière qui t'envoie ?...

Fenella se rapprocha. Ses regards et ses gestes exprimaient la plus ardente sympathie. Elle s'agenouilla devant la paille où gisait la malheureuse.

— Qui es-tu ? répéta la prisonnière.

La Muette de Portici fit comprendre à son interlocutrice qu'elle ne pouvait pas lui répondre. Elle s'efforça ensuite de lui expliquer par signes qu'elle avait entendu ses cris de détresse et qu'elle venait lui aider à quitter son affreux cachot.

— D'où viens-tu donc ? demanda la prisonnière. Comment as-tu pu arriver jusqu'ici ? Nous sommes dans les souterrains du couvent des nonnes Carmélites.

Fenella montra du doigt la porte de fer qui fermait le couloir et fit comprendre à la nonne qu'elle était venue par là.

— Et tu veux me sauver ? s'écria la prisonnière en joignant ses mains amaigries. La sainte Vierge a donc entendu mes prières ? C'est elle qui t'envoie. Sauve-moi, sauve mon pauvre enfant !

Fenella répondit par signes que toutes deux fuiraient par le passage voûté.

— Que j'ai souffert ! reprit la nonne. J'ai été trompée par un misérable qui m'a fait croire à son amour, et qui m'a ensuite fait enfermer ici pour se débarasser de moi. Il m'a accusée d'être une femme perdue, une pécheresse, et m'a livrée à l'abbesse en demandant pour moi la plus étroite réclusion. Mes prières, mes supplications ont été inutiles — on m'a arraché mes vêtements, pour me mettre cette robe de nonne, et j'ai été entraînée ici. Malédiction sur ce misérable !

La Muette s'efforça de faire comprendre à la prisonnière qu'elle aussi connaissait et redoutait Tito, puis elle l'engagea à la suivre sans tarder avec son enfant dans le passage souterrain qui devait les ramener au jour.

— La geôlière peut arriver d'un moment à l'autre, dit la nonne avec inquiétude. Si elle te trouvait ici — nous serions perdues toutes deux. Mais qu'as-tu, tu sembles prête à te trouver mal ?

Fenella raconta dans son langage muet, mais expressif, que Tito l'avait enfermée dans le passage souterrain et qu'elle était épuisée par la faim, la soif et par les efforts qu'elle avait fait pour repousser les pierres.

La nonne avait encore un morceau de pain et un peu d'eau. Elle tendit son pain à Fenella et lui montra la cruche placée au pied de son grabat. Fenella se jeta avec avidité sur ce reconfort inespéré.

— Crois-moi, retourne dans le passage, dit la nonne d'un ton suppliant, lorsque Fenella eut achevé son maigre repas. La geôlière peut venir d'un instant à l'autre ! Va vite ! Il faut attendre pour fuir que la nuit soit revenue, je frapperai et tu reviendras me chercher. Nous unirons nos forces pour nous ouvrir un passage, et nous y réussirons — et la nonne attirait Fenella sur son cœur — je sauverai mon enfant !.. je serai libre !.. je me vengerai du misérable qui m'avait vouée à une mort certaine !

Fenella semblait insister pour fuir immédiatement.

— Silence ... j'entends des pas dans le lointain, s'écria la nonne effrayée — c'est la geôlière ... va t'en, va t'en !

La Muette s'était relevée précipitamment. Elle sortit en toute hâte de la cellule, repoussa le verrou, et courut à la porte rouillée.

Elle venait de rentrer dans le passage souterrain et en avait à peine tiré la porte sur elle que la geôlière parut à quelque distance dans le couloir qui précédait les cachots. C'était une vieille religieuse, forte et puissante femme, bâtie comme un homme ; un vrai Cerbère qui faisait sa ronde habituelle auprès des malheureuses confiées à ses soins.

Chapitre XXI.

Une intrigue de cour.

Le peintre Salvator Rosa, debout au milieu de son atelier, travaillait à un grand tableau représentant une halte de brigands dans une forêt.

On voyait au premier plan cinq bandits à figure sinistre campés autour d'un grand feu. Une femme, éclairée en plein par la lueur des flammes, se détachait sur le fond obscur du tableau. C'était la maîtresse du chef de la bande. Salvator Rosa achevait cette figure pour laquelle une jeune Napolitaine placée à quelques pas du chevalet lui servait de modèle.

Un léger coup fut frappé à la porte.

La jeune fille sauta légèrement du tréteau sur lequel elle posait et disparut derrière un grand rideau rouge qui partageait la pièce.

Le peintre alla ouvrir et recula d'un pas en apercevant le prince Alfonso accompagné de son confident, don Lorenzo.

— Je vous dérange, maître, dit le prince en répondant avec grâce au salut respectueux du peintre, mais aujourd'hui, notre affaire ne sera pas longue.

Les deux visiteurs étaient entrés dans l'atelier et avaient pris place sur les sièges que le maître du logis avait avancés pour eux.

— La visite de votre Altesse ne peut que m'honorer, répondit Salvator Rosa avec le calme sérieux qui lui était habituel. Tout Naples sait que le duquecito prend volontiers le parti du plus faible !

— Quelles têtes superbes ! interrompit Alfonso en indiquant du doigt des études suspendues à la paroi — et regardez, Lorenzo, regardez — quel souvenir !

Alfonso s'était levé et s'était arrêté devant un excellent portrait du comte Almaviva. Il contempla avec émotion les traits nobles et purs du martyr, puis il se détourna vivement.

— On m'avait vanté votre talent, maître Rosa, dit-il, mais on ne m'en avait pas dit assez.

— C'est trop de louanges, mon prince !

— Je viens vous demander de faire mon portrait de grandeur naturelle, reprit Alfonso. Voulez-vous vous en charger, maître ?

— Ce sera un grand honneur pour moi, mon prince !...

— Et comment faudrait-il le faire ? Devrais-je poser dans ce costume, avec le chapeau à plumes et le petit manteau espagnol, ou bien tête nue et assis ?

— Si j'osais exprimer mon avis, prince, je voudrais faire votre portrait à cheval ! —

— A cheval... qu'en pensez-vous, don Lorenzo ?

— Ce sera superbe !

— Si je représentais le prince sur un cheval fougueux qu'il ne dompterait ni par le fouet ni par l'éperon, mais par une douce pression de la main ? hasarda Salvator. Il me semble que cela ferait un superbe tableau.

Alfonso regarda le peintre — il semblait comprendre son idée. Dans la pensée de Salvator Rosa, ce cheval fougueux, n'était-ce pas le peuple de Naples ?

— Oui... vous avez raison, maître, répondit le duquecito avec un sourire d'intelligence. Votre idée me plaît. Vous en ferez un beau tableau !

— J'y mettrai tout mon cœur, mon prince !

— Et où devrai-je poser ?

— Où vous voudrez. Dans votre appartement ou ici. Il ne me faut que votre personne. Je peindrai le cheval à ma fantaisie.

— Eh bien, je reviendrai un de ces jours afin que nous puissions commencer... mais vous êtes en deuil, maître ?

Lorenzo se détourna d'un air embarrassé.

— Je suis en deuil en effet, prince !

— Avez-vous perdu quelqu'un de votre famille? reprit Alfonso d'un air d'interêt.

— Je porte le deuil du comte Almaviva, et de mon ami Ancillo Falcone! répondit tristement le peintre.

— Falcone? Il me semble que j'ai déjà entendu ce nom.

— Un peintre comme moi, prince!

— Il est mort dernièrement?

— Il a été tué!

Un silence pénible suivit ces paroles.

— Mon pauvre ami a été cruellement frappé, reprit Salvator Rosa... je ne parle pas de sa mort... mais d'un affreux malheur survenu de son vivant.

Lorenzo multipliait ses signes pour engager le peintre à se taire, mais Salvator Rosa semblait décidé à parler et à se faire écouter.

— Que lui est-il donc arrivé? demanda Alfonso dont la curiosité commençait à s'éveiller.

— Mon ami Falcone avait une sœur, une belle créature qu'il aimait tendrement... la malheureuse a subitement disparu après avoir été la victime d'un misérable séducteur.

— Comment... elle a disparu?

— Oui... Lucia est sortie un soir de chez son frère et n'y est plus revenue. On l'a peut être assassinée.

— Qui donc aurait eu intérêt à la faire mourir?

— Le séducteur! répondit Salvator Rosa d'un air sombre.

— Vous croyez qu'il aurait commis un second crime pour cacher le premier?

— J'en suis convaincu.

— Connaissez-vous ce misérable?

— C'est Tito Silvestre, le fils adoptif du duc d'Arcos! répondit fermement le peintre.

Alfonso recula d'un pas.

— Voilà une parole hardie, fit-il avec agitation. Avez-vous réfléchi à ce que vous avanciez, maître?

— Ne vous détournez pas, prince; écoutez-moi, je vous en supplie, répondit Salvator. Si j'ai osé vous parler comme je l'ai fait, c'est que j'attends de vous seul le secours et l'assistance dont nous avons besoin pour retrouver la malheureuse Lucia !

— Je vous écoute !

— Tito Silvestre avait réussi à gagner le cœur de la jeune fille. Il est prouvé qu'ils avaient des rendez-vous secrets et que Lucia se sentit mère. Elle le cachait soigneusement. C'est après sa disparition que cette liaison s'ébruitât et que le nom de Tito Silvestre fut associé au sien.

— Ce ne sont peut-être que des bruits. Cette liaison est-elle bien prouvée?

— J'ai là dessus le témoignage d'une fille qui les a surpris dans leurs rendez-vous sans qu'ils s'en soient aperçus.

— Cette déposition est-elle digne de foi?

— Je puis la garantir !

— Il serait donc prouvé que don Tito a séduit cette jeune fille... mais votre accusation va plus loin! Vous n'avez pas craint d'avancer que le séducteur était devenu meurtrier.

— Je l'ai fait, prince, en comptant sur votre impartialité et sur votre justice. Vous seul pouvez nous aider à découvrir les traces du coupable.

— Je le ferai, soyez-en sur. J'y suis doublement obligé, maintenant que vous avez prononcé un nom que je ne veux pas avoir entendu. Avez-vous quelque preuve pour appuyer vos soupçons? Vous m'entendez, quelque preuve réelle?

— Les recherches les plus minutieuses et les plus constantes n'ont pu faire retrouver le cadavre de Lucia, répondit Salvator Rosa.

— Et qui vous dit que la malheureuse ne s'est pas donnée la mort elle-même? demanda Lorenzo. D'après ce que vous racontez il n'y aurait rien là d'étonnant !

— C'est impossible. Peu d'instants avant sa disparition elle faisait encore maints préparatifs pour le lendemain.

— C'était peut-être un habile calcul de sa part, fit Lorenzo.

— Vous le voyez, dit Alfonso, vos soupçons ne reposent en réalité que sur votre méfiance. Je vous promets cependant de me joindre à vous pour tâcher d'éclaircir ce mystère, mais croyez-moi, ne répandez pas vos vaines suppositions. Ce serait dangereux !

— Je ne crains rien !

— C'est possible, mais à quoi bon exposer sa vie inutilement.

— Ce n'est pas l'exposer inutilement que de la mettre en jeu pour ses idées, ses principes ou sa croyance, répondit Salvator Rosa.

Alfonso regarda le jeune peintre dont les traits resplendissaient d'un noble enthousiasme.

— Vous entendrez parler de moi, dit-il avec émotion. Et faisant signe à son compagnon de le suivre, il salua cordialement le peintre et sortit de l'atelier.

— Que penses-tu de tout cela, Lorenzo ? dit-il impétueusement dès qu'ils furent dans la rue.

— C'est affreux ! murmura Lorenzo.

— Tu crois à la vérité de cette accusation ?

— J'y crois et je n'y crois pas.

— Il faut que tout cela s'éclaircisse. Je veux savoir à quoi m'en tenir !

— C'est dangereux, mon prince, songez-y.

— Nous irons prudemment en besogne, mais je n'aurai plus un instant de repos avant de voir clair dans cette ténébreuse affaire. C'est une horrible accusation, Lorenzo. Tito m'a parlé dernièrement d'une façon qui m'avait rempli de compassion pour lui, et je me suis vivement reproché d'avoir cru à de l'inimitié de sa part.

— J'ai remarqué ce changement, mon prince — mais je crains qu'il ne soit guère mérité !

— Je ne puis croire que Tito mentît dans ce moment-là. Il semblait vouloir ouvrir son cœur tout entier. Faut-il que cette affreuse accusation vienne troubler de nouveau ma confiance ? J'en suis horriblement tourmenté !

— Je vous aiderai de tout mon pouvoir dans vos recherches, mon prince, mais je vous en supplie, ne vous adressez pas à votre auguste père avant que nous ayons des preuves en main.

— Sois tranquille. Il faut que nous observions en secret toutes les démarches de Tito.

— Il est prudent. Il échappera à toute surveillance.

— Une idée — si nous chargions Hassan de cette besogne ? Qu'en penses-tu ?

— Le domestique noir ? Je ne me fie guère à lui.

— Il fera tout pour de l'argent.

— Et si Tito lui en offre plus que nous, il nous trahira !

— Il vaut cependant la peine d'essayer, reprit Alfonso. Mettons-nous immédiatement à l'œuvre. Envoie-moi Hassan sans qu'on s'en aperçoive et rejoins-nous. Si nous apprenons quelque chose par lui, nous trouverons bien moyen de tirer le reste de l'affaire au clair. Si par exemple nous invitions Tito et don Miguel à quelque petite régalade chez moi, et qu'on le fit boire, boire jusqu'à ce qu'on put essayer de lui arracher ses secrets ? . . .

— C'est une idée. Si ce projet ne réussit pas, il ne compromet rien, et nous pouvons tourner nos batteries d'un autre côté.

Les deux amis entraient dans le château. — C'est donc entendu, dit tout bas Alfonso. Tu vas chercher le maure. Heureusement que je ne l'ai pas encore cédé à la princesse. Il devra entrer à son service, mais nous avons encore besoin de lui pour quelques jours. Je t'attends dans mon salon du coin, Lorenzo.

Le duquecito monta d'un air préoccupé les degrés qui conduisaient sur la galerie, la traversa et entra dans son appartement. Il était à peine assis dans sa chambre favorite que Lorenzo entrait suivi d'Hassan.

Le maure était un compagnon de vingt ans à peine aux cheveux noirs et crépus, et qui promenait partout de petits yeux vifs et inquiets. Il portait une veste rouge, une culotte blanche et courte, retenue sur les hanches par une ample ceinture rayée, et un bonnet rouge qu'il tortillait dans ses mains. L'étrange personnage avait salué tout bas, et était resté, presque courbé en deux, près de la porte qu'il avait refermée sur lui.

Alfonso s'était jeté sur un fauteuil. Lorenzo était debout à côté de lui.

— Approche, maure, dit le prince.

Hassan obéit et se glissa sans bruit jusqu'à son maître.

— J'ai de la besogne pour toi, Hassan, dit Alfonso en regardant fixement le maure dont les yeux inquiets erraient d'un côté et d'autre et supportaient mal le regard inquisiteur du prince. Je veux te charger d'une mission importante et secrète. Je n'ai pas eu besoin de tes services ces temps, mais je veux te mettre à l'épreuve ; il faut que je sache si tu es adroit et sûr.

— Hassan fera tout ce qu'ordonnera son maître, répondit le maure d'un ton obséquieux. Hassan est prompt et rusé.

— Hé bien, prends toujours çà, dit Alfonso en lançant au noir une bourse pleine d'or. Je sais que tu apprécies particulièrement l'or et le vin. —

Hassan s'était jeté sur la bourse ; il l'avait saisie avec avidité et grimaçait un sourire de satisfaction qui faisait briller ses dents blanches et pointues. — Oh, généreux maître ! s'écria-t-il ; Hassan est plein de reconnaissance !

— Je voudrais savoir, reprit Alfonso, où don Tito se rendra ce soir ou cette nuit ou peut-être demain matin. Il faut que tu épies toutes ses démarches, que tu suives tous ses pas, et cela, naturellement, sans être vu — as-tu compris? pourquoi souris-tu ainsi?

— Hem! fit le maure en ricanant, je saurai bien m'arranger pour n'être pas vu par don Tito. Mon maître a-t-il remarqué quelque chose aujourd'hui?

— Qu'aurais-je remarqué?

— Hé, le voisinage d'Hassan!

— Quand donc?

— Quand mon maître approchait de la maison du peintre.

— Comment... tu nous as suivis?

Hassan sourit mystérieusement.

— C'était aussi une mission... son Altesse, le prince, ne m'en voudra pas... il y avait quelque chose à gagner, et comme il ne s'agissait pas d'une démarche secrète...

— Tu nous as épiés, et tu as rapporté à celui qui t'envoyait que j'avais été avec don Lorenzo chez le peintre? interrompit Alfonso. Qui t'avait chargé de cette mission?

— Hem... don Tito! répondit le maure avec un sourire imperceptible... c'est réciproque!

Lorenzo ne put s'empêcher de rire, et le duquecito parut également disposé à prendre la chose par son côté comique, bien qu'elle lui prouvât clairement que Tito méditait encore quelque fourberie, malgré ses assurances fraternelles et ses aveux récents.

— Allons, dit-il, tu t'es bien acquitté de ta mission, puisque ni don Lorenzo, ni moi ne t'avons aperçu. Je te pardonne ce mauvais tour à condition que tu surveilles aussi habilement don Tito, mais malheur à toi si tu me trahis. Tu me connais!

Hassan grimaça un sourire de satisfaction.

— Ne craignez rien, auguste prince, dit-il en mettant la main sur son cœur; Hassan n'a qu'un maître!

— Qu'il trahit à l'occasion pour de l'argent!

— Oh!.. son Altesse est mécontente de Hassan?

— Nous verrons ça plus tard. En attendant souviens-toi d'une chose, c'est que tu ne pourrais faire connaître mes

ordres à don Tito sans que je le sache, et ta trahison serait
punie alors d'une façon exemplaire. En revanche, si tu me
sers fidèlement tu recevras une seconde bourse pareille à la
première. Je sais récompenser, mais je sais aussi punir. Va.

— Hassan saura mériter l'approbation de son maître. Que
la langue de Hassan se dessèche si elle révèle quoi que ce soit
de ce qui vient d'être dit. — Et le maure quitta sans bruit
l'appartement.

— Qu'en penses-tu ? demanda Alfonso à son confident.

— Nous pourrons, je crois, l'utiliser.

— Il lui faut de l'argent — pas autre chose. Mais j'y
pense, reprit Alfonso avec dépit, j'ai oublié de lui interdire
le vin. Quand il se met à boire il oublie tout.

— C'est inutile, je crois, dit Lorenzo. Il a compris l'importance de sa mission, et je parie qu'il est déjà aux aguets
quelque part.

Le duquecito paraissait singulièrement attristé et préoccupé.
Il se promenait avec agitation dans la pièce.

— Tito nous avait donc prévenus ! dit-il avec amertume.
Craint-il que nous ne soyons dangereux pour lui, ou nous
fait-il surveiller pour nous nuire ? Tu avais raison, Lorenzo !
Tout ce qu'il m'a dit dernièrement n'était que mensonge, hy-
pocrisie et calcul. Quelle honte !

— Nous serons sur nos gardes, mon prince. Un homme
averti en vaut deux, et nous savons maintenant à quoi nous
en tenir sur son compte.

— C'est donc vraiment mon ennemi ? reprit le duquecito
en se laissant tomber avec accablement sur un fauteuil. Impossible d'en douter plus longtemps . . . . mais nous le dé-
masquerons. S'il est vraiment coupable de ce dont on l'accuse,
si le crime est prouvé, il faudra bien qu'il tombe. Le duc
apprendra à le connaître !

— Pas d'illusions, mon prince ! Tito est trop bien en selle
pour qu'il soit facile de le renverser.

— Tu as raison. Et je suis sûr qu'il va entreprendre quelque chose contre nous, maintenant qu'il est au courant de notre visite à Salvator Rosa. Il doit bien se douter que le peintre nous a parlé de cette sœur de Falcone.

— Tito ne hasardera rien ouvertement. Il est trop prudent pour cela, mais gardons-nous de ses menées souterraines.

La nuit approchait. Les deux amis, réunis dans l'élégant petit salon, attendaient avec une impatience fiévreuse le retour de leur espion, mais les heures passaient sans ramener le Maure. L'inquiétude commençait à s'emparer d'eux, lorsqu'après minuit la tête du noir parut subitement à la portière. Hassan jeta un coup d'œil furtif dans la pièce pour s'assurer que les deux amis étaient bien seuls, puis il entra sans bruit, et s'arrêta pour attendre les ordres de son maître.

— Te voila enfin, s'écria Alfonso — approche !

— Enfin ? Je pensais que son Altesse aurait dit : déjà ! La besogne a été rude !

Et Hassan s'essuyait activement le front.

— Assez, assez, fit le prince. Nous connaissons tes manières. Tu veux nous montrer que tu as honnêtement gagné ton argent.

Le Maure prit un air offensé.

— Son Altesse ignore ce que c'est que de suivre à pied un cavalier bien monté, dit-il avec hauteur.

— As-tu découvert quelque chose? demanda Alfonso.

— Certainement.

— Et don Tito ne se doute pas que tu l'as suivi ?

— S'il s'en était douté, il se serait mieux caché qu'il ne l'a fait.

— Il 'a donc quitté le château?

— Il est sorti dès que la nuit a été là.

— Seul?

— Seul avec son cheval. Une maudite vieille bête dont les jambes sont restées diablement jeunes, dit Hassan avec un reste d'humeur contre l'animal qui l'avait mis hors d'haleine. Don Tito est sorti du château dès qu'il a fait sombre, mais sans passer par la cour. Il a filé par les petites ruelles derrière les écuries. Il s'agissait de le suivre, lui à cheval — Hassan à pied. Il allait au galop le long des rues, je courais derrière lui à une certaine distance comme si le pavé m'eut brûlé les pieds. Par bonheur, il faisait si sombre que personne ne m'a vu. Nous sommes arrivés ainsi en rase campagne. Don Tito a fait sentir alors les éperons à son cheval, et lui a fait faire de telles enjambées que j'ai été sur le point d'abandonner la partie. J'étais déjà hors d'haleine, et la sueur coulait le long de mes joues, avec votre permission, comme dans une fontaine. Heureusement qu'il ne faisait pas si noir que dans les rues de la ville, sans cela j'aurais perdu le cavalier de vue.

— Et de quel côté allait-il? demanda Alfonso.

— J'ai cru d'abord qu'il se dirigeait sur Portici!

— Il est allé à Portici?

— Non, non, Altesse; il n'a pas été jusque-là. Don Tito a quitté brusquement la route et pris à travers champs en se dirigeant vers le couvent de nonnes.

— Comment, vers le couvent de nonnes situé entre la ville et Portici?

— Oui, un grand batiment sur une hauteur, à quelque distance de la route, reprit Hassan. Avant d'arriver au couvent, don Tito est descendu de son damné cheval, l'a attaché à un arbre, et s'est approché du cloître dont on lui a ouvert la porte sans difficulté.

— As-tu pu voir ce qu'il y faisait?

Le Maure haussa les épaules.

— Comment l'aurais-je vu, Altesse? je ne pouvais pas y entrer après lui. Je me suis accroupi à quelques pas de la porte entre des buissons et des arbres, et j'ai attendu la sortie de don Tito. Ça a bien duré une heure. Enfin, la porte s'est rouverte, il a reparu — mais pas seul!

— Quelqu'un l'accompagnait?

— Il portait quelque chose dans ses bras, ricana le Maure.

— Une nonne — une jeune fille? demanda vivement Alfonso.

Hassan secoua la tête.

— Tout autre chose, maître, tout autre chose, fit-il en clignotant. Au moment où il est sorti du couvent, je n'ai pas pu voir exactement ce qu'il portait ainsi, enveloppé dans son manteau . . .

— Un enfant! exclama Don Lorenzo.

— Mais lorsqu'il a été à quelques pas, reprit le Maure, il a rejeté son manteau en arrière et j'ai vu — un enfant, oui, un petit enfant. La pauvre créature gémissait misérablement. Don Tito l'a enveloppée de nouveau, puis il est remonté à cheval et a filé avec son fardeau.

Le prince et Lorenzo avaient échangé un regard d'intelligence.

— Es-tu sûr que don Tito n'avait pas l'enfant lorsqu'il est entré dans le couvent? demanda Alfonso.

— J'en suis sûr, Altesse. Il ne portait rien lorsqu'il a quitté le château, on ne lui a rien remis en chemin. C'est là-haut qu'il a pris l'enfant.

— Où est-il allé ensuite?

— Ah, cela je l'ignore, Altesse. Il m'a été impossible de le suivre. Il allait un train d'enfer; les pierres et les étincelles volaient derrière lui. J'ai été bien vite distancé et le cavalier s'est perdu dans la nuit.

Alfonso s'était levé. Il frappa du pied et laissa échapper une exclamation de dépit.

— Ainsi nous ne savons que la moitié de ce que nous voulions savoir! s'écria-t-il.

— C'est toujours quelque chose, Altesse!

— Ecoute-moi, reprit Alfonso. Tu vas retourner immédiatement là-haut, et tu te cacheras dans les environs du cloître, de façon à surveiller tout ce qui y entre ou en sort.

— Vous serez obéi, Altesse.

— Ne quitte pas ton poste avant que j'aille moi-même te le dire. Prends du pain et des fruits, et attends-moi là-haut deux jours et deux nuits si c'est nécessaire. Ne perds pas l'entrée de vue, et examine surtout ce que l'on introduit dans le cloître et ce l'on en sort. Tu verras probablement enmener une nonne, ou une autre fille ou peut-être même un cadavre.

— Hassan restera à son poste aussi longtemps qu'il le faudra, mais si l'on enmène une fille ou un cadavre, devrai-je suivre ce convoi, ou rester caché là-haut ?

— Tâche de découvrir exactement où l'on enmènerait la fille, puis retourne à ton poste.

— Et si don Tito se rendait encore au couvent? Il faut être prêt à tout.

— Tu surveillerais ce qui se passe. Si don Tito ressortait du couvent accompagné d'une nonne, d'une jeune fille, ou de quelques porteurs enmenant un cadavre, tu le suivrais.

— Je sais tout ce que j'ai à faire, Altesse, mais —

— Mais quoi? — Tu hésites — ah oui, tu es un compagnon intéressé, je le sais. Tiens, attrape!

Le prince lui lança la bourse promise. Hassan la reçut adroitement en marmottant quelques paroles de reconnaissance, puis il glissa la bourse dans sa veste, fit une profonde révérence et sortit.

— Surtout, sois discret! lui cria le prince.

— C'est certainement l'enfant de cette malheureuse! dit Alfonso après un moment de silence, en se tournant vers son confident — mais comment est-il arrivé au couvent? Où Tito peut-il bien l'avoir emporté?

— C'est probablement Tito lui-même qui l'y avait conduit, répondit Lorenzo. Il a, paraît-il, des intelligences dans la place. Je commence à croire, ma parole, que notre visite chez Salvator Rosa lui a inspiré des soupçons. Il se sera dit que l'enfant n'était plus en sûreté là-haut, et Dieu sait où il l'aura emporté. C'est un rusé compère!

— Il est coupable! On ne peut plus en douter; il faut que nous le démasquions. C'est un devoir sacré, Lorenzo!

— Y réussirons-nous, mon prince?

— Il vaut la peine d'essayer, Lorenzo. Restons-en à notre projet. Nous organiserons pour demain un souper dans mon appartement — et tu essayeras de lui arracher son funeste secret !

— Soit ! Je n'attends pas beaucoup de cette tentative, mais nous parviendrons peut-être d'une manière ou d'une autre à renverser ce misérable !

Chapitre XXII.

Le sang d'un enfant.

Les suppositions des deux amis étaient fondées. En apprenant par Hassan que le prince et Lorenzo s'étaient rendus chez Salvator Rosa, Tito n'avait pu se défendre d'un sentiment d'inquiétude. Harcelé par la crainte, sinon par le remords, les choses les plus simples lui paraissaient suspectes. Il se disait avec raison que le peintre avait dû profiter de l'occasion pour intéresser le duquecito au sort de Lucia Falcone; il prévoyait une catastrophe, et c'était dans cette pensée qu'il avait quitté le château à la nuit tombante, et s'était rendu dans le couvent de nonnes situé à un millier de pas de la vieille ruine.

Au coup de sonnette de Tito, une sœur qui faisait l'office de tourière parut au guichet de l'antique porte et demanda au visiteur son nom et ses qualités.

— Annoncez à la vénérable abbesse que je désire lui parler, ma sœur, répondit Tito.

— Eh, c'est vous, noble seigneur ! fit la nonne en ouvrant la porte, entrez, je vais vous annoncer immédiatement à notre mère abbesse.

Tito entra dans la vaste et triste cour du cloître. La sœur referma soigneusement la porte, puis elle se dirigea avec Tito vers l'intérieur du couvent, haut et massif édifice dont l'entrée et les fenêtres étaient surchargées d'ornements en plâtre d'un goût douteux.

Tito, qui semblait connaître fort bien les localités, suivit la sœur converse dans un haut et large vestibule où tout était vide et désert. On n'entendait pas un bruit, pas une voix, on n'apercevait pas une religieuse, le couvent eut pu paraître inhabité. Une lampe accrochée à la muraille brûlait à côté d'une image de la Vierge, et répandait une lumière incertaine dans ces vastes et sombres corridors.

La portière traversa le vestibule dans toute sa longueur, monta quelques marches, et disparut derrière une porte monumentale en bois brun.

Tito qui l'avait suivie jusque-là s'arrêta pour attendre son retour. Elle reparut bientôt et invita le nocturne visiteur à entrer.

Il pénétra dans un large passage voûte, éclairé par deux petites lampes. Une porte s'ouvrit, et l'abbesse parut sur le seuil. C'était une femme jeune encore, mais dont les petits yeux gris, le nez épâté, la bouche démésurément grande et le teint d'un gris jaunâtre formaient un ensemble d'une remarquable laideur. Elle portait un ample vêtement de couleur foncée, sur lequel retombait une magnifique chaîne d'or terminée par une croix noire. Son voile était retenu par une espèce de capuchon serré à la tête et terminé en pointe sur le front. Un long rosaire pendait à sa ceinture.

La supérieure introduisit Tito dans une vaste pièce, et lui montra un siège. Elle-même s'assit auprès d'une table antique sur laquelle on voyait un crucifix d'un superbe travail.

— Qu'est-ce qui vous amène à cette heure tardive, noble seigneur? demanda l'abbesse en s'adressant à son visiteur.

— Un ordre secret auquel je suis forcé d'obéir, respectable sœur, répondit Tito dont les mouvements et la voix trahissaient une certaine agitation. Que fait la malheureuse nonne que je vous ai amenée? A-t-elle succombé à ses souffrances?

— Elle vit, et l'enfant également. Je suis bien aise que vous soyez venu, noble seigneur, afin que nous puissions causer de sœur Madalena et décider de son sort. Elle est possédée d'un esprit malin, et la géôlière me dit qu'elle est encore dans l'impénitence. Elle crie, elle se démène et parle de choses que je ne puis répéter.

— Pauvre insensée! Si la mort la délivrait enfin de ses maux!

— Que deviendra l'enfant? Il est impossible qu'il reste plus longtemps ici. Songez à la honte qui rejaillirait sur toute notre communauté si l'on venait à découvrir l'existence de ce petit être.

— Je comprends vos inquiétudes, vénérable abbesse, mais les ordres dont je suis porteur les feront cesser, je l'espère. Quant à la malheureuse sœur Madalena, il serait bon qu'elle pût être transportée dans quelque couvent éloigné. Croyez-vous la chose possible?

— Rien n'est plus facile. Le grand couvent de nonnes situé au delà de Resina est également sous ma direction. Je devais m'y rendre ces jours, mais pour vous être agréable, j'avancerai ce petit voyage, et je partirai cette nuit même afin de prendre au plus tôt les mesures nécessaires pour que la sœur Madalena puisse y être transportée aussi secrètement que possible.

— Vous me rendrez un véritable service, ma sœur! mais je crains que ce voyage précipité ne soit un grand dérangement pour vous.

— Ne vous en préoccupez pas, noble seigneur. Je suis heureuse de pouvoir vous être utile!

— Passons à l'enfant, maintenant, reprit Tito visiblement soulagé. J'ai ordre de vous décharger aujourd'hui même de ce pesant souci. Je viens le chercher.

— Soyez-en mille fois béni! s'écria la sœur, vous ne savez pas quel poids vous m'enlevez. Mais voulez-vous emporter vous-même cet enfant?

— Sans doute. La chose doit se faire dans le plus grand secret. On a trouvé un endroit excellent où le placer. Sa mère finira peut-être par se calmer quand elle ne l'aura plus.

— Que le ciel vous rende tout ce que vous faites pour cette pauvre sœur, dit l'abbesse d'un ton pénétré. La malheureuse n'a pas encore recouvré la raison ; elle tient continuellement les discours les plus insensés, et y mêle toujours votre nom.

— Hélas, ce serait un vrai soulagement pour tous ceux qui s'intéressent à elle d'apprendre que la mort a mis fin à ses maux.

— Vous avez raison, noble seigneur, mais c'est une nature vigoureuse. Elle peut vivre longtemps encore, et ce serait péché mortel que de devancer la volonté de la Providence et de hâter le terme que le ciel a assigné à ses jours. Il faut lui laisser le temps de se repentir.

— Sans doute, sans doute, je comprends vos scrupules, vénérable sœur, répondit Tito qui maudissait au fond du cœur la délicatesse de conscience de l'abbesse. Ce qu'il y a de mieux à faire, c'est d'éloigner la malheureuse avant que sa folie ne cause de nouveaux malheurs. Le couvent de Resina sera une excellente résidence pour elle.

— Je partirai cette nuit même pour revenir au plus tard dans cinq ou six jours, dit l'abbesse. A mon retour, nous pourrons expédier immédiatement la pauvre sœur dans sa nouvelle demeure.

— J'aurai peut-être besoin de la voir en votre absence. Pourrais-je arriver jusqu'à elle ?

— Certainement. Je donnerai les ordres nécessaires à la sœur tourière.

— Je vous remercie, vénérable abbesse, reprit Tito. Maintenant, veuillez je vous en prie, faire chercher l'enfant.

— Avez-vous un domestique ou une voiture?

— Je suis venu à cheval; toute cette affaire, vous le savez. doit être tenue absolument secrète, et je n'ai pas voulu mettre un domestique dans la confidence de ma course de cette nuit. J'emporterai l'enfant moi-même.

L'abbesse tira un cordon de sonnette. L'instant d'après, la sœur converse qui faisait l'office de tourière se présenta à la porte.

— Descends immédiatement dans les souterrains, dit l'abbesse; demande à la sœur gardienne l'enfant de la nonne condamnée à la réclusion, enveloppe-le dans un mouchoir, et apporte-le ici.

La sœur tourière salua, et s'éloigna sans prononcer une parole.

— Cet enfant criera certainement, reprit l'abbesse en se rapprochant de Tito. Il serait déplorable que ces cris suspects parvinssent aux oreilles de nos sœurs, aussi je vous demanderai de passer par le jardin pour regagner la sortie.

— Sans doute, vénérable abbesse, c'est une sage précaution.

Peu d'instants après la sœur tourière reparut portant l'enfant soigneusement enveloppé dans un grand mouchoir.

— La sœur Madalena crie et se démène horriblement, dit elle; il a fallu l'attacher!

La supérieure n'eut pas l'air d'entendre cette observation. Elle prit l'enfant, et congédia la portière qui semblait passablement intriguée. L'innocent petit être gémissait d'une façon lamentable; il semblait protester à sa manière contre l'enlèvement dont il avait été l'objet, il redemandait le sein maternel, mais ses cris n'inspiraient guère de pitié au misérable dont il était le fils. Ils ne touchaient pas davantage l'abbesse, la présence de cet enfant dans ce couvent de nonnes lui causait une véritable inquiétude, et son unique préoccupation était d'en être débarrassée au plutôt.

— Tenez, dit-elle en s'avançant vers Tito et en lui tendant la frêle créature, je vous remets ce fruit du péché. Mon unique désir, c'est que notre malheureuse sœur reconnaisse sa faute et l'expie par une pénitence sincère!

Tito avait saisi l'enfant. Il le cacha sous son manteau, et

suivit l'abbesse dans une pièce voisine où elle ouvrit une petite porte.

Quelques marches conduisaient dans le jardin du couvent. La supérieure indiqua à Tito l'allée qu'il devait suivre, le salua silencieusement, puis elle referma la porte et rejoignit la sœur tourière qu'elle renvoya dans sa loge. Elle y arrivait à peine, lorsque Tito y entra après avoir fait tout le tour du jardin. La sœur converse lui ouvrit, et le misérable se trouva au dehors avec sa proie.

L'enfant gémissait plaintivement. Tita s'embarrassait peu de ces cris: il se dirigeait à grands pas vers l'endroit où il avait laissé son cheval, mais au moment d'enfourcher sa monture, il s'arrêta, sortit l'innocente créature de dessous son manteau, écarta le mouchoir qui l'enveloppait, et considéra un instant ce petit être livré sans défense entre ses mains.

Qu'avait-il à le regarder ainsi? Etait-ce l'intérêt, la compassion ou la curiosité qui le poussaient à cet examen?...

La suite de ce récit répondra à cette question.

Tito n'avait pas de temps à perdre dans cette contemplation. Il enveloppa de nouveau l'enfant dans son manteau, sauta sur son cheval et partit au galop à travers champs en emportant sa proie.

Il fuyait, rapide comme le vent. Le coureur le plus exercé n'aurait pu suivre ses traces. Il se dirigeait vers la partie du Vésuve qui faisait face à la mer, partie dans laquelle se trouvait l'antre de la vieille Corvia.

Arrivé dans la région des cendres, le nocturne voyageur modéra forcément l'allure de son cheval. Le vaillant animal enfonçait dans ce terrain friable, mais il avançait cependant et bientôt il atteignit un sol un peu plus ferme. La crevasse qui formait l'entrée de la caverne apparaissait à quelque distance. Tito sauta à terre, attacha sa monture à une racine d'arbre qui émergeait des cendres, et se dirigea rapidement vers l'ouverture de la caverne.

L'enfant ne gémissait plus, il semblait s'être endormi. Tout était morne et silencieux dans cette région désolée. Tito se penche sur le bord de la crevasse. Le feu que la vieille sorcière entretenait ordinairement pendant toute la nuit semblait s'être éteint faute d'aliment; il ne produisait plus qu'une faible lueur, et Corvia n'était pas, comme à son ordinaire, accroupie devant son foyer. Qu'était-elle devenue?

Tito poussa une exclamation de dépit. La sorcière ne quittait son antre que de jour; la nuit elle veillait, attendant les visiteurs qui ne lui manquaient guère. Fallait-il qu'elle eut fait exception à ses habitudes, et fut sortie justement cette nuit-là?

Les craintes de Tito ne furent pas de longue durée. Le corbeau, perché sur son bâton à l'entrée de la caverne, avait senti l'approche d'un visiteur. Il l'annonça par un croassement bruyant qui réveilla la sorcière assoupie sur son lit de roseaux.

Corvia se redressa brusquement. Elle avança la tête du côté de l'ouverture et aperçut une forme noire. — Qui va là? cria-t-elle d'une voix perçante, en jetant quelques morceaux de bois sec sur le feu à demi éteint; qui est là?

— Tais-toi donc — tu cries plus fort que ton corbeau, fit Tito en entrant dans la caverne; est-ce que tu ne me reconnais pas?

— Oho! c'est toi, mon fils, dit la vieille d'un ton radouci, tandis que la colombe, réveillée à son tour, faisait entendre son ricanement sauvage dans le fond de la caverne. C'est toi; entre, entre seulement!

— Je croyais que tu ne dormais que de jour?

— C'est vrai, mon fils, c'est vrai, mais aujourd'hui je n'ai pu y parvenir, et j'ai été surprise par la fatigue. C'est tout à fait hors de mes habitudes, continua la vieille en ricanant, et en attisant le feu dont la lueur rougeâtre éclairait en plein sa figure repoussante et ses cheveux gris hérissés. Sois le bienvenu, mon fils. Que m'apportes-tu?

— Ne crie donc pas si fort; tu vas réveiller l'enfant!

La vieille joignit ses mains décharnées.

— Un enfant? murmura-t-elle. un enfant! Est-ce vrai, bien vrai?

Elle s'était rapprochée de son visiteur, ses yeux gris où brillaient des lueurs fauves, fouillaient les plis de ce manteau qu'elle eut voulu soulever par la seule puissance de son regard, mais Tito s'était reculé: il ne semblait nullement pressé de satisfaire l'ardente curiosité de la vieille.

— Ne m'as-tu pas dit un jour que tu avais besoin d'un petit enfant? demanda-t-il froidement.

— Certainement. mon fils, certainement; il m'en faut un. Le sang d'un enfant innocent a une vertu miraculeuse, une vertu sans pareille que rien ne peut remplacer.

— Et n'as-tu pas dit aussi que tu me donnerais un petit flacon de ce breuvage que nul n'a pu t'arracher jusqu'ici, si je t'aidais à te procurer un petit enfant?

— Je l'ai dit, mon fils, je l'ai dit, ricana la vieille. Héhé, un service en vaut un autre! Je ne donnerais cette petite goutte ni pour or ni pour argent. et personne ne peut se vanter d'en avoir eu une larme en sa possession, mais nous nous entendons. nous deux. et si tu m'aides, je t'aiderai à mon tour.

— J'ai besoin du breuvage promis. et je t'apporte un petit enfant.

— Un enfant! — murmura la sorcière en prenant délicatement le petit être que lui tendait Tito — il dort cet innocent — et quelle respiration forte et pleine — et ces petits cheveux rouges sur la tête — héhé, c'est un vrai trésor! Où as-tu attrapé ce joli petit ver de terre?

— Cela ne te regarde pas, fit Tito avec humeur.

— Ne te fâche pas, mon fils. ne te fâche pas. C'était une manière de parler. Tu m'as rendu là un fameux service. Ça donnera bien une mesure de sang — et du sang d'enfant innocent . . . .

— Tais-toi, la vieille ! Je ne veux rien savoir de ta cuisine
du diable.

— Tu n'est pas gracieux aujourd'hui, mon fils, ricana la
sorcière en posant délicatement l'enfant sur son lit de roseaux.
Tu as quelque souci. Prends place ! Assieds-toi !

— Nous n'avons plus rien à faire ensemble. Tu n'as qu'à
me remettre le breuvage promis.

— Tu l'auras, mon fils, tu en auras une fiole pleine.
Voilà bien dix ans que je le conserve ici ! Je te dis que c'est
un breuvage admirable. Quelques petites gouttes versées dans
une cruche d'eau ou de vin suffisent pour faire passer tranquillement celui qui les boit de vie à trépas. Mais sois prudent, Tito, mon fils ! N'en mets pas trop — ce serait une
vraie prodigalité. Il n'en faut que quelques gouttelettes !

— Et tu dis qu'il ne laisse aucune trace ? Tu dis que nul
ne peut découvrir d'où vient la mort ?

— Qui le découvrirait ? La vieille Corvia tout au plus.
Les gouttes ne laissent pas de traces, je te le répète ; celui
qui les a bues s'endort paisiblement pour ne plus se réveiller.
C'est un breuvage miraculeux ! Vois-tu, Tito, mon fils, continua orgueilleusement la sorcière, maintes nobles dames,
maints grands seigneurs sont venus de près et de loin, de
Rome et de Venise, me demander un échantillon de mon eau
magique — mais la vieille Corvia en est avare, bien qu'elle
en ait de quoi faire disparaître le quart de l'humanité, de
quoi empoisonner la mer tout entière. — Tu ne me trahiras
pas, mon fils — tu soigneras ce précieux breuvage — et surtout, tu tiendras ta langue au chaud !

Tout en parlant, la vieille avait pris une espèce de spatule ;
elle s'était accroupie dans un coin de la caverne et creusait
lentement le sol friable, composé de terre et de cendres
refroidies. L'outil frappa bientôt sur une pierre qui rendit un
son creux. La vieille sourit ; elle jeta sa spatule, souleva
délicatement la pierre et enfonça la main dans une cavité
qui formait comme une armoire souterraine. Elle en ressortit

un petit flacon maculé dont le bouchon était recouvert d'une
pâte résineuse. La sorcière essuya longuement la précieuse
fiole, la frotta en tous sens sur son mauvais jupon, et l'éleva
enfin contre la flamme.

— Regarde, mon fils, regarde, s'écria-t-elle orgueilleusement,
c'est clair comme de l'eau de roche ; ça n'a pas l'ombre d'un
nuage. Et ce qui vaut mieux encore, ça n'a pas l'ombre d'un
goût. De l'eau, te dis-je! de l'eau claire! Quel trésor!

Elle tendit la fiole à Tito et referma lestement le trou
qu'elle avait creusé.

— Tu me parais diablement avare, ma vieille, fit Tito en
considérant avec mépris le petit flacon. Je t'apporte un enfant
vivant, un enfant superbe, et voilà ce que tu me donnes en
échange!

— Tu ne sais pas ce que tu dis, s'écria la sorcière irritée.
Crois-tu que la quantité y fasse quelque chose? Il y en a là
de quoi faire trépasser dix personnes. Oui, mon fils, dix personnes, au moins! Conserve ça au frais, et soigneusement
bouché. Hé, qui sait, cette fine goutte pourrait peut-être te
faire devenir duquecito!...

— Tais-toi! C'est assez causé; nous avons fini notre marché.

— C'est bon, c'est bon! mettons que je n'aie rien dit, fit
la vieille en clignotant d'un air d'intelligence. Tu n'as pas
besoin de faire le mystérieux: la mère Corvia sait garder un
secret; mais avant de partir, tu me diras bien ce qu'il en
est de ça.

Et la vieille montrait l'enfant qui reposait aussi paisiblement sur la couche de la sorcière que s'il eut été bercé dans
les bras de sa mère.

— Que veux-tu dire? demanda brusquement Tito.

— Eh bien, les recherches?...

— Comment, les recherches? Tu n'entends pas garder cet
enfant, je suppose? Je croyait qu'il te fallait son sang?

— Sans doute, mon fils, sans doute.

— Eh-bien, dépêche-toi de l'utiliser. C'est tout ce que j'ai à te dire.

— Compris, compris mon fils.

— Nous nous tairons tous les deux, et quand je reviendrai l'enfant ne sera plus là, tu m'entends?...

— Sois tranquille, mon fils, sois tranquille. Voilà long-temps, bien longtemps que j'avais besoin de sang d'enfant.

— C'est bon. Bonne nuit! dit Tito en s'éloignant.

La vieille sorcière l'accompagna vers l'entrée de la crevasse et le suivit des yeux jusqu'à ce qu'il eut disparu dans l'obs-curité, puis elle hocha la tête, marmotta quelques paroles incompréhensibles et regagna son antre.

Elle se dirigea vers le lit de roseaux et entr'ouvrit douce-ment le mouchoir qui enveloppait l'enfant.

— Qu'il est beau! murmura-t-elle, qu'il est beau! Ce Tito Silvestre est devenu un vrai démon. Il ne veut rien dire, mais je sais tout, je sais tout. Il donnera bien de la joie au duc d'Arcos, bien de la joie...! et la vieille sorcière partit d'un bruyant éclat de rire. Cette pensée semblait lui causer la plus intime satisfaction. La colombe, entraînée par l'exemple, fit chorus avec sa maîtresse. Son ricanement sinistre se mêlait au rire infernal de la sorcière, et l'on eut dit un chœur de démons se réjouissant des souffrances de quelque victime.

Chapitre XXIII.

Lucia.

« Ayez pitié de moi ! Laissez-moi mon enfant !. Rendez-moi mon enfant ! Sainte mère de Dieu, venez à mon aide ! Elles m'ont arraché mon enfant, les misérables ; elles ont été sourdes à mes supplications…! » Ces cris de désespoir retentissaient vainement dans les sombres cachots du couvent. L'implacable geôlière avait solidement lié la malheureuse mère, puis elle lui avait arraché son enfant et s'était enfuie en emportant l'innocente créature.

La prisonnière, épuisée par ses efforts et par ses cris, était retombée sur sa paille. Ses pieds et ses mains, liés par de grosses cordes, ne lui permettaient pas de se lever complètement. Elle se redressait à demi, chancelait, et retombait désespérée sur son grabat. La colère, la haine, l'angoisse et le désespoir se succédaient dans son âme. La malheureuse essayait vainement de rompre ses liens, elle se roulait sur sa paille, se meurtrissait les poignets et les mains, puis lorsqu'elle s'était bien convaincue de l'inutilité de ses efforts elle éclatait en sanglots. On eut dit que son cœur allait se briser dans sa poitrine.

Au milieu de ses imprécations et de ses cris, Lucia ou Madalena, comme on l'appelait au couvent, n'avait pas entendu marcher dans le couloir. La porte du passage secret s'était rouverte en grinçant péniblement sur ses gonds — une ombre avait glissé dans le couloir — les lourds verroux qui fermaient la porte de la cellule avaient été tirés, et Fenella était apparue sur le seuil.

La Muette considéra un instant la malheureuse prisonnière, puis elle s'élança vers elle, s'agenouilla devant la paille et passa la main sur le front de Lucia. La nonne tressaillit; elle se souleva brusquement, mais elle reconnut bien vite la libératrice que son désespoir lui avait fait oublier.

— Sais-tu ce qui vient d'arriver? s'écria-t-elle d'une voix étouffée par les sanglots; le sais-tu?

Fenella fit un signe affirmatif; elle avait tout entendu depuis le passage souterrain.

— Elles m'ont ravi mon enfant... elles l'ont arraché de mes mains, les malheureuses!...

La Muette caressa Lucia comme pour la supplier de se calmer et de modérer sa voix. Elle avait adroitement détaché les cordes qui liaient les pieds et les mains de la prisonnière, et elle s'efforçait de l'entraîner vers la porte de la cellule.

La nonne semblait hésiter.

— Si elles allaient rapporter l'enfant? murmura-t-elle.

L'obscurité ne permettait pas à Fenella de répondre par signes. Elle se borna à serrer la main de Lucia, et à la tirer plus fort du côté de la porte, mais la prisonnière ne semblait occupée que de son désespoir.

— Non, non! s'écria-t-elle avec un redoublement de colère, non, elles ne le rapporteront pas! Elles obéissaient à Tito... une voix intérieure me le dit. C'est lui qui a ordonné que l'on m'arrachât mon enfant. Malheur à lui! Vous aussi, malheureuses, vous me paierez tous les tourments que vous m'avez fait endurer... vous me paierez votre soumission à ce misérable... vous aussi!... vous aussi!...

Fenella, épouvantée, essayait vainement de calmer Lucia. Il lui semblait impossible que les éclats de voix de la malheureuse mère n'arrivassent pas jusqu'aux habitantes du couvent, et leur fuite lui paraissait singulièrement compromise lorsque Lucia changea subitement d'idée.

— Tu as raison, jeune fille, s'écria-t-elle, il faut fuir! Il faut fuir pour se venger de cet infâme et de ses complices... fuir pour retrouver mon enfant! Tremblez, misérables, tremblez!... ma main vous atteindra, je le jure! Je vivrai pour la vengeance, pour la haine. Je vivrai pour anéantir ce monstre à face humaine dont j'ai cru les serments! Tu me crois morte, Tito! tu te crois en sûreté!... mais malheur à toi! Lucia sort de son tombeau pour te renverser et te perdre!...

Fenella hésitait à son tour. Cette haine sauvage l'effrayait, mais la prisonnière avait saisi ses vêtements et l'entraînait vers la porte. Toutes deux sortirent du cachot et se trouvèrent dans le couloir. Une petite lanterne brûlait à quelque distance, mais cette lumière indécise assombrissait encore les ténèbres d'alentour, et des yeux habitués à l'obscurité pouvaient seuls distinguer quelque chose dans ces noires demeures.

Tout était silencieux. Les deux fugitives refermèrent prudemment la porte du cachot, en repoussèrent les verroux, et se glissèrent comme deux ombres dans le passage souterrain.

Une nuit impénétrable régnait dans ces profondeurs. Fenella repoussa la petite porte rouillée, puis elle prit la main de sa compagne et entraîna Lucia avec elle. Elles avançaient résolûment au milieu de ces ténèbres. L'air humide et lourd du passage les oppressaient toutes deux. Enfin elles arrivèrent sur les marches recouvertes de débris qui conduisaient à la ruine, et Fenella put montrer à sa nouvelle amie et l'ouverture par laquelle elle s'était enfuie, et les pierres que Tito y avait fait rouler pour la fermer.

— Sois tranquille, dit Lucia, je sens en moi la force d'un géant; à nous deux, nous réussirons bien à nous frayer un passage.

Une pâle lueur se glissait dans le souterrain par la partie de l'ouverture restée libre. Ce filet de lumière, succédant à d'épaisses ténèbres, parut un rayon de soleil aux fugitives, et leur suffit amplement pour reconnaître la position des pans de murs qui les séparaient du monde des vivants.

— C'est par ici qu'il nous faut commencer, dit Lucia en montrant une pierre qui semblait moins solidement assise sur sa base que celles qui l'entouraient.

Les deux jeunes filles s'appuyèrent de toutes leurs forces contre le lourd obstacle qui leur barrait le chemin. La pierre s'écarta lentement. Les prisonnières, encouragées par ce premier succès, renouvelèrent leurs efforts, et bientôt elles purent passer à une autre pierre. Cette dernière n'avait pas besoin d'être complètement enlevée, il suffisait de l'écarter légèrement pour que le passage fut libre, et quelques minutes s'étaient à peine écoulées que les fugitives arrivaient dans la cellule ouverte, et respiraient à pleins poumons l'air doux et tiède de la nuit.

La lune brillait d'un doux éclat, elle pénétrait dans la cellule, et sa clarté permit à Fenella d'examiner enfin sa compagne. Lucia était grande et bien faite. Ses longs cheveux noirs retombaient en flots épais sur ses épaules, des yeux noirs et veloutés relevaient encore la blancheur et la transparence de son teint, le nez était admirablement dessiné, la bouche, petite et bien découpée, montrait des lèvres fraîches et pleines faites pour l'amour et le sourire. Lucia avait ôté le capuchon à collet qui recouvrait la tête et les épaules; sa robe de nonne l'enveloppait tout entière et tombait en longs plis jusqu'à ses pieds. Debout à l'entrée de la cellule, pâle et les yeux étincelants, elle semblait méditer l'anéantissement de ses ennemis. On eut dit la déesse de la vengeance. Elle était bien belle ainsi, mais d'une beauté effrayante, et si Tito avait pu la voir dans ce moment là, il eut pâli de terreur devant cette ombre menaçante.

La belle Napolitaine s'arracha enfin à ses sombres pensées; elle promena un instant ses regards autour d'elle, puis elle se rapprocha de Fenella qui s'était laissée tomber sur une pierre à l'entrée de la cellule et qui suivait avec curiosité tous ses mouvements.

— Eh bien, dit-elle avec un soupir de soulagement, eh bien, nous sommes libres! Allons-nous-en !

La Muette saisit la robe de sa compagne, elle attira Lucia

auprès d'elle et la supplia avec les gestes les plus éloquents de ne pas aller à Naples.

— J'ai deux buts devant moi, reprit Lucia, et je les atteindrai tous deux. Je veux d'abord retrouver mon enfant, puis me venger de Tito. Je conviens avec toi qu'il serait dangereux de me montrer au couvent, ou d'aller à Naples en plein jour, mais il fait nuit, je puis y aller tout de suite. J'ai un frère à Naples, un bon et excellent frère. Il s'appelle Ancillo Falcone. Il faut que je le voie, que je lui parle. Il me protégera, et m'aidera à renverser le misérable qui m'a trahie. Je vais courir auprès de lui.

Fenella renouvela ses instances. Ce projet lui paraissait singulièrement hasardeux, mais Lucia paraissait si décidée à le mettre à exécution que la Muette, oubliant ses propres dangers, lui proposa d'aller elle-même à Naples.

Lucia hésitait. Elle finit cependant par consentir à cet arrangement. — Eh bien va ! dit-elle à Fenella lorsqu'elle lui eut minutieusement décrit la maison où demeurait Ancillo Falcone, va, et ramène-moi mon frère. Il nous sauvera toutes deux. Je resterai ici et j'attendrai ton retour.

La Muette fit quelques pas au dehors pour regarder le ciel. La nuit était claire et sereine ; il n'était guère plus de minuit, Fenella avait donc le temps d'aller à Naples et d'en revenir avant que le jour parut, mais avant de se mettre en route il lui fallait un petit reconfort. Elle se souvint fort à propos qu'au moment où elle avait fui sa cellule il restait encore quelques fruits dans l'enfoncement qui lui servait de garde-manger. Elle y courut. Les fruits étaient là, intacts. Les deux fugitives se partagèrent ce modeste repas, puis Fenella se leva, embrassa Lucia et quitta lestement la ruine.

Elle allait d'un pas agile, uniquement préocupée de l'idée d'aider à cette victime de Tito qui lui semblait plus malheureuse encore qu'elle-même. Cette préocupation lui avait fait oublier qu'elle s'exposait aux plus grands dangers en se montrant à Naples, mais il était trop tard pour reculer —

elle avançait toujours, comptant sur la nuit, sur la chance, et sur la protection de la sainte Vierge qu'elle implorait tout en marchant.

Une seule chose lui paraissait difficile dans la mission dont elle s'était chargée, c'était d'arriver jusqu'à ce frère de Lucia, et une fois en sa présence, de se faire comprendre de lui. Elle tourna et retourna cette question dans sa tête sans parvenir à la résoudre, mais ce travail d'esprit lui paraissait singulièrement fatiguant, et la vaillante fille se résolut à n'y plus penser, et à s'en remettre uniquement à l'inspiration du moment.

Elle atteignit bientôt les faubourgs de Naples. Elle les traversa rapidement, puis elle s'enfila dans un labyrinthe de petites rues étroites, afin d'arriver par des détours à la maison que Lucia lui avait indiquée. Tout était silencieux et désert dans ces ruelles écartées, et Fenella s'y sentait plus en sûreté qu'au milieu de quartier plus aristocratiques. Elle glissait comme un fautôme le long des maisons basses et chétives qui la couvraient de leur ombre. Rien ne troublait le silence de la nuit. On n'apercevait pas un être humain; les habitants de Naples dormaient du plus paisible sommeil, et Fenella n'eut pu choisir une heure plus favorable pour traverser la ville sans danger.

Elle atteignit sans encombre la maison d'Ancillo Falcone. La description en avait été si exacte que Fenella n'eut pas l'ombre d'un doute. Elle s'arrêta pour reconnaître le terrain. Le frère de Lucia habitait, lui avait-on dit, l'étage supérieur de la maison, et son atelier se reconnaissait à ses hautes et grandes fenêtres. Fenella ne s'était pas trompée. Elle était bien devant la demeure du peintre, mais chose singulière, toutes les fenêtres de la maison avaient leurs jalousies baissées à l'exception de celles d'Ancillo Falcone. Le frère de Lucia était-il absent ?

Fenella s'approcha de la porte et essaya de l'ouvrir, mais elle était fermée en dedans. Toutes les indécisions de la

Muette reparurent. Que faire? Dans l'ardeur de son enthousiasme, elle n'avait pas réfléchi aux difficultés de l'entreprise;
toutes lui apparaissaient maintenant. Devait-elle frapper? Les
coups du lourd marteau de fer pouvaient attirer une patrouille ou réveiller peut-être tous les habitants de la maison.
Comment expliquer sa présence dans la rue à une heure
pareille? comment faire comprendre que c'était au signor
Falcone qu'elle voulait parler?

La pauvre enfant se sentait cruellement embarrassée. Son
dévouement serait-il inutile à Lucia? Devrait-elle retourner
à la ruine sans nouvelles du peintre?...

Il fallait se risquer. Fenella se rapprocha de la porte. Elle
saisit le marteau d'une main tremblante et le laissa retomber
sur le bouton de fer — le coup résonna bruyamment dans le
silence de la nuit.

La Muette regarda avec effroi autour d'elle. Ce coup de
marteau lui avait paru plus violent que la détonation d'une
arme à feu. Elle se serra dans l'enfoncement de la porte et
attendit...

— Qui frappe? cria une voix rauque.

Fenella se retourna épouvantée. La voix partait d'une fenêtre
voisine de la porte. Une femme âgée venait de s'y montrer.
Elle avançait la tête au dehors afin de voir l'importun qui
venait troubler son repos à pareille heure.

Fenella se rapprocha vivement de la fenêtre, et montra du
doigt le haut de la maison, pour indiquer qu'elle voulait parler au peintre. La femme la considérait d'un œil méfiant. Cette
visiteuse nocturne lui paraissait suspecte, mais Fenella ne lui
laissa le temps de faire de longues réflexions. Elle multipliait
les signes pour faire comprendre à son interlocutrice qu'elle
était muette, et que c'était une affaire importante qui l'amenait ainsi vers Falcone au milieu de la nuit.

— C'est le peintre que tu demandes? dit enfin la vieille
femme. Tu ne le trouveras pas, ma fille. Le pauvre jeune

homme a été subitement arrêté il y a quelques jours; on ne sait pas même s'il est encore de ce monde.

Fenella recula épouvantée. Que faire? comment rapporter cette triste nouvelle à Lucia?

— Hélas oui, il a été arrêté, reprit tristement la femme. On l'a fourré dans une voiture fermée qui est repartie au grand galop, et qui l'aura emmené Dieu sait où. L'appartement de là-haut est vide. Un des amis du peintre y est venu hier et a tout fermé, mais au moment de l'arrestation, les agents du duc avaient fouillé partout, et avaient emporté tout ce qui valait quelque chose.

Fenella écoutait les mains jointes, l'œil fixe; elle pensait avec détresse au désespoir de la malheureuse Lucia lorsqu'elle apprendrait la disparition de ce frère, le seul protecteur qui lui restât.

— Hélas, ma pauvre fille, on n'entendra sans doute plus parler de Falcone, fit tout bas la vieille femme. Ce n'est pas le premier qui ait disparu ainsi. Nous vivons dans un triste temps — que Dieu ait pitié de nous!...

Et la compatissante vieille laissa retomber sa jalousie et disparut de la fenêtre.

Fenella était encore là, les pieds cloués au sol, se demandant comment elle devait annoncer cette triste nouvelle à Lucia? L'angoisse l'oppressait. Cette arrestation de Falcone c'était encore l'œuvre de Tito. Le misérable était donc bien puissant. Où se réfugier pour échapper à ses criminelles tentatives et au sort de la malheureuse Lucia?...

La Muette s'arracha brusquement à ses tristes pensées. Une pâle lueur se levait à l'orient et annonçait l'approche du matin. Fenella se souvint tout à coup qu'elle n'était nullement en sûreté au milieu des rues de Naples. Elle jeta un dernier regard sur les grandes fenêtres de l'atelier, puis elle s'éloigna rapidement.

Elle traversa en courant les nombreuses petites rues par lesquelles elle avait passé pour arriver à la maison de Falcone, puis les interminables faubourgs de Naples. Il faisait jour lorsqu'elle se retrouva en pleine campagne, mais une fois hors de ville elle n'avait plus à redouter les espions du duc d'Arcos. Elle s'arrêta un moment pour reprendre haleine, et se remit courageusement en route. Les heures avaient passé. Lucia l'attendait sans doute avec impatience. Il fallait se hâter.

L'intrépide marcheuse atteignit enfin l'étroit sentier qui conduisait au haut de la colline. Elle était lasse, mais un dernier effort l'amena rapidement dans son sauvage domaine. Elle pénétra dans la vieille ruine, traversa le préau et les cours et arriva enfin près de la cellule.

Lucia n'était plus assise à la place où Fenella l'avait laissée. Sans doute, vaincue par la fatigue, elle s'était jetée sur le lit de roseaux que Masaniello avait préparé pour sa sœur. Elle allait avoir un triste réveil! La Muette s'avança doucement — personne — la cellule était vide!

Lucia s'était-elle cachée? Fenella courut dans le passage souterrain. Pas un bruit ne s'y faisait entendre. Rien n'avait changé depuis que les deux fugitives en étaient sorties. Fenella remonta dans la cellule, fouilla les coins et les recoins de la ruine — tout fut inutile — Lucia avait disparu!

Chapitre XXIV.

Un souper orageux.

Donna Elvira triomphait! Fenella était oubliée — le du-quecito enivré et charmé vivait aux pieds de sa belle fiancée. Le moment fixé pour leur mariage approchait, et l'on travaillait déjà activement aux préparatifs des fêtes brillantes qui devaient se donner à Naples à cette occasion.

Les princesses avaient quitté la frégate royale qui les avait amenées, et qui devait primitivement les conduire encore dans d'autres pays et d'autres villes. Les fiançailles d'Elvira et d'Alfonso avaient coupé court à ces projets de voyages lointains. La jeune princesse allait rester à Naples. Elle s'était établie avec sa mère et sa suite dans un superbe palais que le duc d'Arcos avait mis à leur disposition jusqu'au moment du mariage. Les fêtes terminées, la princesse mère devait retourner dans sa patrie, et porter à Philippe d'Espagne la nouvelle de l'entier accomplissement de ses vœux.

La grâce et la beauté d'Elvira enflammaient le duquecito, mais ce qui l'attirait surtout c'était l'amour qu'elle lui témoignait en toute occasion. La jeune princesse aimait véritablement son beau fiancé, mais sa tendresse ne l'aveuglait pas. Dès leur première rencontre, elle avait lu couramment dans l'âme naïve et ardente d'Alfonso. Elle avait compris que l'amour exercerait un empire incontesté sur cette nature élevée et tendre mais un peu faible, sur ce cœur isolé et altéré de tendresse. Sa perspicacité avait assuré son triomphe. Il lui avait suffi pour vaincre de laisser parler son cœur.

Fenella était oubliée — l'image de la pauvre enfant avait pâli devant l'éclat, le charme et l'art de la belle princesse!

Les serments solennels, les joies enivrantes du premier amour, les heures charmantes passées dans la chaumière de la Muette, les souffrances que la pauvre créature avait endurées pour lui, tout cela s'était obscurci dans le souvenir d'Alfonso. Une étoile nouvelle s'était levée dans son ciel; il la suivait ébloui et charmé, et croyait trouver dans ce culte nouveau le bonheur le plus pur qu'on pût goûter sur terre.

Le lendemain du jour où le duquecito et son confident s'étaient rendus chez Salvator Rosa, Tito reçut à son grand étonnement la visite de Lorenzo. Sa surprise augmenta lorsque son visiteur lui dit qu'il venait, au nom du prince, l'inviter à un souper de garçons qui aurait lieu le soir même dans l'appartement particulier d'Alfonso, et auquel le capitaine Selva et le marquis Riperda étaient également invités. Tito, toujours maître de lui cependant, ne put dissimuler complètement l'étonnement profond que lui causait cette invitation inattendue, mais il se remit bien vite, et déclara qu'il se rendrait avec joie au désir de son auguste frère.

Riperda et Selva acceptèrent avec empressement et sans aucune arrière pensée. Ils se sentaient uniquement flattés par cette invitation. Tito était moins tranquille. Sa conscience troublée lui montrait partout des dangers.

Lorenzo retourna dans l'appartement du prince. Celui-ci rentrait justement au château après une visite à sa fiancée. Il revenait heureux, enivré, le cœur plein d'amour et de tendresse. Jamais Elvira ne s'était montrée plus affectueuse et plus aimable. L'amoureux fiancé entendait encore sa douce voix retentir à ses oreilles, mais la vue de Lorenzo l'arracha à ses rêves et le fit redescendre sur terre. Le saut était brusque. Il y avait loin d'Elvira à Tito.

Lorenzo se hâta de faire part au prince du résultat de sa mission.

— Il viendra? Il ne soupçonne rien? demanda vivement Alfonso.

— Je ne crois pas. Il a paru surpris d'abord, mais ensuite il s'est montré très satisfait.

— Allons, il donne dans le piège. Fais tout ce qu'il faut pour que rien ne nous trahisse. Surtout, aie soin de commander les vins les meilleurs et les plus capiteux.

— Soyez sans crainte, prince.

— Tu te placeras près de Tito et tu t'efforceras de l'attirer dans une causerie intime. Quand il aura bien bu, il sera peut-être facile de lui arracher quelque chose de ses secrets. Je m'en veux d'employer de pareils moyens, mais je n'en connais pas d'autres pour démasquer ce misérable. Il me sera déjà singulièrement difficile de le recevoir amicalement.

— Je le comprends, mais il faut y arriver cependant, répondit Lorenzo. Quant à moi, je mettrai tout en œuvre pour éclaircir cette malheureuse affaire . . .

— On vient, je crois, interrompit Alfonso. Va voir qui c'est.

— Le Maure !.. s'écria Lorenzo stupéfait.

La tête noire d'Hassan s'était en effet montrée à la portière. Le Maure avait ôté son bonnet rouge et promenait des regards inquisiteurs dans le petit salon. Lorsqu'il se fut assuré que les deux amis étaient bien seuls, il se glissa furtivement dans la pièce.

— Toi ici ? s'écria Alfonso surpris — d'où viens-tu donc ?

— Du couvent, Altesse.

— Ne t'avais-je pas ordonné d'y rester ?

— A certaines conditions, Altesse, fit le Maure en clignotant.

— Que s'est-il passé ? parle !

— Hassan a fidèlement monté la garde près du couvent depuis la nuit dernière. Ce matin, la chaleur était effroyable, le soleil vous rôtissait tout vif, mais je n'y prenais pas garde et j'observais exactement tout ce qui se passait là-haut. Il est heureux que j'aie été là, Altesse, bien heureux — et le hasard a voulu que je me fusse justement caché à la meilleure place pour tout voir !

— Pas tant de phrases. On dirait à t'entendre que tu as fait quelque importante découverte !

— C'est étrange, Altesse, bien étrange, je ne suis pas un niais, et cependant je ne puis pas réussir à voir clair dans cette affaire.

— Qu'as-tu observé là-haut ?

— Nous y voici — je m'étais donc caché dans les buissons droit devant le cloître, et de façon à surveiller aussi la cour. Il y a devant ces buissons un antique banc de pierre. Il était destiné, je pense, aux personnes qui voulaient se reposer avant d'entrer au couvent, mais il doit servir surtout à celles qui en sortent. Le repos et la paix ne me paraissent pas avoir choisi ce cloître là-haut pour asile.

— Viendras-tu bientôt au fait ?

— Son Altesse s'impatiente peut-être, reprit Hassan avec son calme imperturbable, mais tout ce que je dis est absolument nécessaire à mon récit ! Bref, ce matin, de bonne heure, j'ai vu de ma cachette une singulière agitation dans la cour du couvent. Quelques nonnes couraient de-ci de-là comme s'il s'était passé quelque chose d'extraordinaire.

— As-tu appris ce que c'était ?

— Un peu de patience, Altesse, un peu de patience !

— Hassan pense sans doute que la pesanteur de la bourse se mesurera à la longueur du récit ? observa Lorenzo en souriant.

Le noir fit une grimace indescriptible.

— Sa Seigneurie méconnait le pauvre Hassan, reprit-il en fermant les yeux pour cacher un sourire, mais n'allongeons pas — son Altesse s'impatiente ! Je voulais m'expliquer tout ce mouvement, et je me creusais la tête pour savoir comment y arriver. Impossible d'entrer au couvent, les pieuses sœurs n'auraient pas vu de bon œil un païen comme moi. J'y réflé-

chissais encore, il y a une heure ou deux, quand j'ai vu la
sœur tourière ouvrir à moitié la porte du couvent et faire
quelques pas au dehors. On aurait dit qu'elle venait respirer
un peu d'air pur — il paraît qu'il en manque là-haut —
Elle n'était pas là depuis une minute qu'une autre nonne,
ayant aussi une clef à la ceinture, est sortie du couvent. Elle
s'est approchée de la sœur tourière, et toutes deux se sont
mises à causer avec beaucoup d'animation. Ça m'a frappé.
Je me suis dit que ce qu'elles avaient à discuter ainsi ne devait sans doute pas être entendu par les autres sœurs — et
j'ai eu raison !

— Tu as pu comprendre ce qu'elles disaient ?

— En partie, Altesse. Il fallait de la prudence, sans cela,
je n'aurais rien entendu du tout. Elles ont prononcé souvent
le nom de Madalena !

— Madalena ? répéta le duquecito. Et tu n'as pas entendu
parler d'une Lucia ?

— Non, Altesse. Il était question d'une sœur Madalena.
Les deux nonnes paraissaient fort en peine à son sujet. L'une
d'elle a parlé de cordes solides, l'autre a répondu à cette remarque, mais sa réponse m'a échappé, je n'ai saisi que le
nom de Tito — de don Tito, veux-je dire !

— Es-tu sûr d'avoir bien entendu ?

— Certainement. Et ce n'est pas tout, Altesse ; il y a
mieux encore, bien mieux. Vous serez content d'Hassan. Les
deux nonnes — deux laiderons, par parenthèse — deux vieilles
créatures, taillées comme des hommes — les deux nonnes donc
se sont rapprochées et se sont assises sur le banc. Mais quels
pieds, Altesse ! continua le Maure en joignant les mains ;
quels pieds !! Par ma tête, il m'a fallu du temps pour comprendre ce que c'étaient que les monstres qui reposaient sous
le banc.

— Eh bien ! laisse-les reposer en paix et viens au fait.

— J'y arrive, Altesse, j'y arrive, mais je ne suis pas encore remis de ma déception. Je m'étais toujours figuré que

les nonnes ne pouvaient pas être laides. Bref, mes deux beautés s'étaient assises sur le banc de pierre. J'ai essayé de me
rapprocher d'elle, en rampant sous les buissons, mais ces fa-
rouches vertus avaient des oreilles proportionnées à leurs pieds,
et dès que je remuais, elles regardaient anxieusement de tous
côtés. Je crois réellement qu'elles craignaient d'être enlevées
par quelques galants. Tout ce que j'ai pu entendre c'est qu'il
était question de don Tito. On aurait dit que ce qui s'était
passé dans la nuit le regardait particulièrement.

— Elle n'ont pas parlé d'un enfant ?

— Non, Altesse. Elles se consultaient sur ce qu'elles
avaient à faire. L'une d'elles pensait qu'il fallait avertir immédiatement don Tito. Le plus vexant c'est que, malgré mes
bonnes oreilles, je n'ai pu savoir au fond ni de quoi il s'agissait, ni ce qui était arrivé à cette sœur Madalena dont elles
parlaient continuellement.

Le prince se tourna vers son confident.

— Je ne comprends pas non plus, dit-il d'un air perplexe.
Le nœud de l'affaire nous manque. Mais tu n'as pas tout dit,
Hassan ?

— Si les recherches étaient aussi commodes à faire qu'à
raconter, Altesse, des missions comme la mienne ne présen-
teraient aucune difficulté, fit Hassan d'un air important. J'en
reviens à mes nonnes. Elles sont enfin tombées d'accord que
l'une d'elles — la plus grosse et la plus laide des deux —
irait sur le champ au château et tâcherait de trouver don
Tito et de lui parler.

— Et l'a-t-elle fait ? Est-elle venue ici ?

— Sans doute. Je l'ai suivie prudemment ; il me paraissait
de la plus haute importance de savoir où elle irait. Elle est
venue ici, au château. Je me suis assuré qu'elle était entrée
chez don Tito, et pendant qu'elle fait son récit là-bas, Altesse, je fais le mien ici !

— C'est bon ! Tu vas retourner au couvent, ordonna Alfonso ; tu continueras à observer tout ce qui s'y passe. Tes services seront grassement payés !

— Votre approbation, Altesse, est la plus belle récompense d'Hassan, dit le Maure en mettant la main sur son cœur. Il s'efforcera de la mériter ! — Et le rusé personnage sortit gravement de la pièce. Une minute plus tard il avait quitté le château et retournait d'un pied léger à son poste.

La nuit approchait. Un domestique parut. Il venait allumer les candélabres et les lampes fixées au mur.

La haute et vaste salle à manger du prince était déjà éclairée, et tout était prêt pour le souper délicat que don Alfonso voulait offrir à ses invités.

La table était dressée au milieu de la salle. Six chaises massives, à haut dossier, attendaient les convives. Un immense dressoir en chêne occupait le fond de la pièce et portait les verres, les flacons, les coupes en or ciselé, et quelques tonnelets remplis des vins les plus exquis.

Le maître sommelier du duc allait et venait dans la salle donnant des ordres à deux valets qui se tenaient à ses côtés prêts à lui obéir. C'était un gros garçon bien nourri ; un fin gourmet, très habile à dresser le menu d'un repas, non moins habile courtisan, sachant flatter tour à tour et le duc et le duquecito, et s'entendant mieux que personne à jouir du présent tout en s'assurant l'avenir.

Dès que le Maure eut disparu, Alfonso se leva vivement.

— Que penses-tu de tout cela ? dit-il d'une voix sourde en s'adressant à Lorenzo. Qu'est-ce que cette histoire d'une sœur Madalena ? Tito aurait-il eu aussi des relations secrètes avec une nonne, et le hasard nous aurait-il mis sur la trace d'une autre infamie de ce misérable ? Quand à Lucia Falcone, il l'aura fait disparaître, c'était sans doute son enfant, qu'il emportait la nuit dernière ?

— Il y aurait encore une autre possibilité, prince, object
Lorenzo, c'est que cette sœur Madalena et la malheureus
Lucia ne fussent qu'une seule et même personne !

— Tu as raison, cela se pourrait ! murmura le duquecit
d'un air sombre. Ce n'est que là-haut que nous pourrons ol
tenir quelque certitude. C'est au couvent que nous retrouv
rons cette victime de Tito.

— Si toutefois elle vit encore !

— Tout cela s'éclaircira, Lorenzo. En tout cas, le Mau
surveille le cloître, et, que Tito avoue ou non, nous en savo
assez pour découvrir le nœud de l'affaire.

— Nous avons une piste à suivre, c'est beaucoup déjà. J'
père qu'elle nous conduira au but, mais nous n'apprendr
rien par les sœurs. Notre pouvoir s'arrête devant les murs
couvent.

— Peu m'importe ! s'écria Alfonso. Si l'on me refuse
explications, j'en appellerai au cardinal.

— C'est une bonne idée. Ce prince de l'église est certai
ment aussi désintéressé que sincère et loyal. C'est un no
cœur.

— Nous pénétrerons ce secret, je le jure, et l'heure
Tito aura sonné, dit solennellement le duquecito. Pour le
ment, n'en parlons plus et allons dans la salle à manger

Le prince sonna. Un domestique parut. Sur l'ordre d'
fonso, il prit un candélabre, et précéda les deux amis dan
partie du palais où se trouvait la salle de banquet dest
aux réceptions du duquecito.

Tito, le marquis Riperda et le capitaine Selva s'y t
vaient déjà réunis. Tous trois s'avancèrent avec empresse
au-devant de leur hôte.

— Je suis heureux de vous voir ici, mes amis, s'écri
fonso. Je souhaite vivement que la plus cordiale gaieté
side à ce petit festin, que le vin soit de votre goût, et
chacun le prouve en vidant bravement son verre.

— Un digne souhait, prince! répondit gaiement don Riperda. Il a toute notre approbation, et nous nous efforcerons de le remplir ; qu'en dites-vous, don Selva? Y a-t-il rien au-dessus d'un vin généreux et franc?

— Rien, don Miguel, rien! s'écria le capitaine de la garde. Des coupes pleines, un joyeux cercle d'amis, que faut-il de plus pour être heureux! N'est-ce pas votre avis, don Lorenzo?

— A peu près. Mon avis à moi, si vous tenez à le connaître, c'est que :

> « L'amitié, l'amour et le vin
> Dissipent le plus noir chagrin.
> Et je voudrais passer ma vie
> Entre mon verre et mon amie ! »

— Bravo, don Lorenzo, s'écria le marquis Riperda, bravo! Vous avez toujours un petit couplet de circonstance sur les lèvres. C'est court et bon. Voilà comme j'aime la poésie, moi !

> L'amitié, l'amour et le vin
> Dissipent le plus noir chagrin.
> Et je voudrais passer ma vie
> Entre mon verre et mon amie.

C'est facile à retenir, et je me souviendrai de votre devise, don Lorenzo !

Tandis que l'entretien s'engageait ainsi entre les jeunes courtisans, Tito s'était approché du duquecito et lui avait tendu la main.

— Je reconnais ton bon cœur dans cette invitation inattendue, lui dit-il avec effusion. Je t'ai compris, frère. Tu as voulu fêter ainsi notre réconciliation et rétablir nos anciens rapports. Laisse-moi te remercier de cette bonne pensée, Alfonso.

Le duquecito écoutait avec dégoût ces paroles hypocrites. Il lui fallut un violent effort pour rester maître de lui.

— Mais, c'est une réponse à tes confidences, dit-il d'un ton sérieux. Elles étaient sincères, je suppose ?

— Peux-tu le demander, frère. Je t'ai ouvert tout mon cœur, l'autre jour, et j'ai trouvé en toi la sympathie que je cherchais. Viens ami, trinquons et buvons à notre amitié ! laisse-moi me réjouir d'avoir retrouvé le frère que j'avais perdu sans avoir cessé de l'aimer !

Alfonso considérait avec stupéfaction l'impudent hypocrite qui jouait si naturellement la comédie — ce spectacle lui ouvrait des jours effrayants sur la perversité de son ancien camarade de jeux.

— Eh bien, tu hésites ? reprit Tito. Tu as l'air triste et préoccupé ? As-tu quelque souci, mon frère ?

— Je n'ai rien, mais il est inutile de revenir toujours sur les mêmes choses. Rapprochons-nous de nos amis. — Et sans attendre de réponse, le duquecito rejoignit les autres invités. Chacun s'assit à la place qui lui avait été préparée, et Alfonso ouvrit le festin en trinquant avec chacun de ses convives, sans oublier Tito.

— Quel nectar que ce vin, et quel charme que de le déguster ainsi en petit cercle ! s'écriait Riperda, tandis que les domestiques allaient de l'un à l'autre des convives et remplissaient continuellement leurs verres. Alfonso et son confident usaient de subterfuges pour boire moins que les autres sans être remarqués. Tous deux songeaient au but secret de ce repas, et tous deux voulaient garder leur sang-froid et leur entière liberté d'esprit. Alfonso réussit plus d'une fois à verser le contenu de son verre sur les dalles sans que ses hôtes s'en aperçussent. Lorenzo imitait adroitement son exemple. Il s'était placé près de Tito, et tandis que lui-même se ralentissait de plus en plus, il faisait remplir continuellement le verre de son voisin.

Ces vins chauds et capiteux ne devaient pas tarder à produire l'effet voulu. Les convives, d'abord très-gais et très-bruyants, devenaient peu à peu tendres et langoureux. Don Miguel et don Selva se tenaient embrassés et répétaient avec d'infinies variations le couplet de Lorenzo.

— Vive le vin! vive ce jus divin! s'écria le poète, désireux de fournir une nouvelle rime aux deux amis qui avaient
fini par mettre son couplet en musique. Les joyeux buveurs
s'emparèrent aussitôt de cette phrase bachique et l'entonnèrent
gaillardement tandis que Lorenzo se retournait vers son voisin.

— A votre santé, don Tito, à votre santé! disait-il avec un
sourire d'ivrogne. Tito vidait son verre, et faisait consciencieusement raison à chacune de ces santés. Ces fréquentes ra-
sades ne restèrent pas sans effet. Le prudent favori devenait
peu à peu gai et communicatif. Il s'était rapproché de Lorenzo, et tous deux s'étaient lancés dans un entretien très-in-
time et très-animé.

Les domestiques faisaient activement leur devoir, mais Alfonso s'aperçut bientôt que ses hôtes n'avaient plus besoin de
leurs services. Il ordonna aux valets de remplir les grands
pots en or ciselé qui étincelaient sur le dressoir, et de les
placer sur la table. Cet ordre exécuté, il les congédia et les
convives restèrent seuls.

Alfonso s'était rapproché de Sclva et de Riperda, mais tout
en plaisantant avec eux, il prêtait une oreille attentive à
l'entretien des deux autres invités. Lorenzo avait intentionnel-
lement haussé la voix après le départ des domestiques, et
Tito dont la prudence semblait s'être noyée dans le vin,
avait imité l'exemple de son interlocuteur.

— Ne la connaissiez-vous pas aussi, la sœur de ce peintre?
disait Lorenzo. Quelle belle créature! Une vraie déesse que
cette Lucia Falcone!

— La plus belle femme de Naples! fit Tito avec chaleur.
Allons, don Lorenzo, buvez avec moi à la santé de Lucia.
Qu'elle vive!

— Qu'elle vive? Oho.... je la croyais morte, la belle
Lucia?

— Morte? répéta vivement Tito.

— Vous devez le savoir mieux que moi, don Tito, On pré-
tend qu'elle ne vous était pas indifférente?

— Qui vous l'a dit ?

— Oh, ne vous fachez pas. Buvez avec moi !

— Non, non. Parlez, don Lorenzo. Qui vous a dit que la belle Lucia fut morte ?

— Ne l'avez-vous pas dit vous-même tout à l'heure ?

— Mort et damnation ! Je crois vraiment que vous vous moquez de moi ! s'écria Tito en se levant brusquement.

Alfonso s'était retourné.

— Si Lucia Falcone n'est pas morte, personne ne sait mieux que toi ce qu'elle est devenue, dit-il en regardant fixement son frère adoptif.

Tito pâlit.

— Vous plaisantez, je suppose, don Lorenzo, dit-il. Pourquoi me parlez-vous de cette fille que je ne connais pas plus que vous ?

— Vas-tu nier tes relations avec Lucia Falcone ? s'écria Alfonso que la colère commençait à gagner.

Tito lui lança un mauvais regard.

— Et toi , nieras-tu les tiennes avec la muette de Portici ? fit-il ironiquement.

— Misérable ! ne compare pas cet amour au tien ! s'écria Alfonso hors de lui. Tu as séduit Lucia Falcone, et tu l'as fait disparaître pour cacher ta faute !

Lorenzo voulut retenir le prince, l'apaiser, le rappeler à la prudence, mais tout fut inutile. Sa colère avait fait irruption. Elle grondait et montait au-dedans de lui comme un torrent dévastateur que ni digues ni murs ne peuvent contenir. Selva et Riperda, un peu dégrisés par cette querelle inattendue demandaient vainement des explications sur ce qui se passait.

— Avoue ton crime ! continuait Alfonso qui s'était élancé vers le coupable et semblait vouloir l'écraser de sa colère et de son mépris. Qu'as-tu fait de Lucia Falcone ?

Tito n'avait pu retenir un mouvement de terreur et de rage, mais il se remit bientôt.

— Est-ce pour m'insulter que tu as préparé ce banquet ? dit-il froidement, ou penses-tu peut-être que je me laisserai entraîner à tirer l'épée contre toi ?

— N'espère pas m'en imposer ! hurla Alfonso exaspéré. Je ne suis pas dupe de ce calme. Il me faut des explications, et tu me les donneras si tu tiens à ta vie. Qu'as-tu fait de Lucia Falcone ?

— Calmez-vous, prince, calmez-vous ! suppliait Lorenzo. Ne vous laissez pas emporter par votre colère !...

— Je veux une réponse, cria Alfonso en tirant son épée. Où est la victime ?

Tito recula. — Tu es ivre ! dit-il d'un ton glacial. Demain, tu regretteras tes paroles de ce soir !

— J'ai toute ma raison ! Voilà mon vin, là-bas sur les dalles, s'écria Alfonso en montrant un coin écarté de la salle. Cette fois tu ne m'échapperas pas !

— Peut-on s'échauffer ainsi pour une fille du peuple ! exclama Riperda. Laissez cette créature où elle est, prince !

Lorenzo s'était jeté entre les deux adversaires, il s'efforçait vainement d'apaiser Alfonso.

— Arrière ! cria le duquecito en repoussant son confident. Ne vous mettez pas entre nous, vous autres. Ce n'est plus le moment des discours hypocrites. Je veux savoir la vérité.

Tito restait toujours froid et calme. — C'est donc pour me menacer et m'insulter que tu m'as attiré chez toi, dit-il lentement. Vous l'entendez, messieurs. Cette invitation, ce souper, ces vins exquis, tout cela c'était un piège adroitement calculé ; un piège indigne d'un duquecito !...

— Silence, misérable ou tu es mort !

— Frappe !.. Je t'attends, tu vois que je ne tremble pas !

— Un criminel tel que toi n'est pas digne d'un coup d'épée, s'écria Alfonso avec mépris. Qu'as-tu fait de la nonne Madalena ! Et la sœur tourière du couvent que te voulait-elle ce soir ?

Tito tressaillit — Alfonso connaissait donc son secret. C'était lui sans doute qui avait fait disparaître Lucia. Le coupable se sentit perdu, mais il rassembla toutes ses forces pour faire face à l'orage.

— Tu me parais en savoir beaucoup plus que moi là-dessus, dit-il avec un calme contraint. Ce sont des secrets qui ne m'appartiennent pas, mais puisque tu profites du peu que tu en sais pour m'attaquer, je déclarerai devant ces nobles seigneurs, mes amis, qu'il ne m'est pas permis de faire connaître le message que la nonne m'a apporté ce soir !

— Assez, assez ! N'essaie pas de t'envelopper de secrets et de mystères. Je te répète que tu es démasqué !

— Eh bien, que son Altesse le duc me juge !

— J'y consens, mais en attendant j'exige que tu nous accompagnes sur l'heure, ces messieurs et moi, au couvent de nonnes situé aux portes de la ville, afin que nous y interrogions sans retard la nonne Madalena.

Tito respira.

— Soit. Je vous dois cette explication, nobles seigneurs, dit-il avec une froide politesse en s'adressant à Selva et à Riperda. Je me soumets à l'exigence inqualifiable du duquecito. Partons sur l'heure. Vous verrez au couvent ce que valent ces accusations.

— Que de bruit pour une amourette ! fit Riperda avec humeur. Etait-ce la peine d'interrompre aussi brusquement un joyeux repas ?

Alfonso n'entendit pas ces paroles. Il s'était tourné vers le capitaine Selva, et lui ordonnait de faire seller immédiatement cinq chevaux.

— Au milieu de la nuit ! murmura Riperda, c'est trop fort !

— Il le faut, c'est moi qui l'exige maintenant, dit Tito dont l'assurance allait croissant. Je ne me serais pas attendu à cela. Le coup est rude !

Alfonso se promenait avec agitation dans la salle. Ses traits bouleversés trahissaient une émotion violente. L'heure était sérieuse, il le sentait. Il fallait vaincre, prouver jusqu'à l'évidence le crime de Tito, renverser à jamais ce misérable, ou redouter continuellement sa vengeance. Tito n'était pas homme à pardonner le moment difficile qu'on venait de lui faire passer.

Selva revint annoncer que les chevaux étaient prêts.

— Partons! dit impérieusement Alfonso. Suivez-moi!

Les cinq jeunes gens descendirent dans la cour du château, enfourchèrent leurs montures et s'éloignèrent au galop.

La nuit était claire et sereine, une belle nuit d'Italie, mais les cinq cavaliers étaient trop préoccupés pour admirer la voûte étoilée qui s'étendait au-dessus d'eux. Alfonso chevauchait en avant; l'impétueux jeune homme se sentait incapable de modérer l'angoisse et l'impatience qui le pressaient. Lorenzo se tenait à ses côtés. Tito, Selva et Miguel suivaient à quelques pas.

La noire silhouette du couvent se découpait sur le ciel. Elle se rapprochait de plus en plus, et les cavaliers s'arrêtèrent bientôt devant la porte massive du vaste bâtiment.

Alfonso s'arrêta et appela Hassan.

Le Maure sortit du feuillage. Tito comprit alors par qui il avait été épié et trahi. Un éclair de haine et de colère jaillit de ses yeux fauves, et dès cet instant Hassan eut un ennemi.

— As-tu remarqué quelque chose? demanda le duquecito en se penchant vers son adroit espion.

— Rien, Altesse!

— Reste ici, et veille à ce que personne ne quitte le couvent pendant que nous y serons, ordonna Alfonso.

Tout en parlant, le prince avait sauté à terre. Il jeta les rênes de son cheval au domestique noir, s'approcha de la porte et fit retentir la cloche du couvent.

— Qui va là? demanda une voix effrayée.

— Ouvrez! fit impérieusement le prince.

La sœur tourière avait ouvert timidement le guichet.

— Qui êtes-vous, signor ? dit-elle d'une voix tremblante.

— Le prince Alfonso !

Cette réponse ne parut pas satisfaire la nonne. Elle referma le guichet, et resta immobile et indécise derrière la porte.

— Ne nous faites pas attendre plus longtemps s'écria Alfonso exaspéré, ou je fais enfoncer la porte !

Cette menace eut un plein succès. La sœur tourière ouvrit immédiatement, et recula épouvantée en voyant entrer les cinq jeunes seigneurs.

— Refermez la porte ! commanda le prince, et conduisez-nous près de la supérieure.

— Notre vénérable mère est absente, répondit la nonne qui tremblait de tous ses membres.

— Où est-elle donc ?

— Elle est en voyage.

— Eh bien, prenez quelques lampes, ouvrez-nous toutes les portes, et conduisez-nous dans la cellule de Lucia.

— Lucia ? répéta la nonne.

— Vous ne la connaissez pas ?

— Non, Altesse. Il n'y a pas de sœur de ce nom dans notre couvent.

— Alors menez-nous vers Madalena.

— La sœur Madalena est loin.

— Elle aussi ? Et depuis quand ?

— Depuis la nuit dernière, paraît-il.

— Est-elle partie avec la supérieure ?

— Non, Altesse ; elle a disparu tout à coup sans qu'aucune de nous puisse s'expliquer sa fuite.

Le prince se retourna vers Tito qui était resté debout et immobile à côté de lui pendant cet interrogatoire.

— Je comprends, dit-il en le regardant avec mépris, je comprends ! On a trouvé moyen de faire disparaître la sœur Madalena, mais cela ne changera rien à l'affaire. Cette Madalena n'est autre que Lucia Falcone, là malheureuse sœur de ce malheureux peintre ; je n'en doute plus, maintenant. — Je veux vous croire, continua-t-il en se retournant vers la portière ; après tout ce qui s'est passé, vos paroles ne sont que trop vraisemblables, et je renonce pour aujourd'hui à une perquisition du couvent, mais nous reviendrons peut-être. — Suivez-moi, messieurs !

Et le duquecito ressortit avec ses compagnons, laissant la sœur tourière plus morte que vive réfléchir à cet étrange incident.

Les cavaliers reprirent leur montures, et tandis que le Maure regagnait sa cachette, ils s'éloignèrent silencieusement et reprirent le chemin du château.

Chapitre XXV.

La victoire de Tito.

Le jour suivant, le duc d'Arcos, assis dans son cabinet, parcourait d'un regard distrait quelques ordonnances et édits qui venaient de lui être présentés pour qu'il y apposât sa signature.

Il signa machinalement quelques-uns de ces actes, puis il laissa tomber sa plume, et s'enfonça dans une de ces méditations irritées d'où sortait régulièrement quelque mesure vexatoire et humiliante pour les Napolitains. Le vice-roi était particulièrement sombre ce jour-là. Parmi les papiers dont sa table de travail était couverte, il s'en était trouvé un dont la lecture l'avait exaspéré. C'était un rapport circonstancié sur l'introduction de l'impôt sur les fruits.

Le peuple s'était formellement opposé à cette mesure nouvelle. Les employés, placés aux portes de la ville pour percevoir ce nouvel impôt, avaient été repoussés, bafoués; les paysans avaient passé outre en riant de leurs menaces , et cette résistance eut dégénéré en révolte ouverte si Tiberio Bisignano, le général des troupes napolitaines n'avait réussi à apaiser la foule par ses bonnes paroles et ses éloquentes exhortations à la tranquillité et à l'obéissance.

Les pêcheurs, les marchands, les hommes du peuple avaient profité de l'occasion pour témoigner hautement leur estime et leur attachement au général. Ces manifestations avaient été si vives et si unanimes, elles étaient devenues de telles ovations que le duc frémissait de colère en en lisant le récit.

C'était donc ainsi que le rusé général entendait les ordres du vice-roi. Il exhortait le peuple au repos, à la tranquillité, mais il en profitait pour se faire présenter les hommages de cette foule imbécile. C'était là une façon d'obéissance qui exaspérait le duc. Tiberio Bisignano avait voulu montrer sans doute que le peuple lui était tout dévoué. Il avait voulu sans doute prouver qu'il était une puissance, une force avec laquelle il faudrait compter au besoin.

C'était presque une démonstration ouverte. Le peuple l'avait bien entendu ainsi ; ces orgueilleux pêcheurs, ces marchands, ces lazarones, toute cette plèbe enfin avait montré de la manière la plus provoquante que c'était aux paroles de Tiberio et non point aux ordres du duc qu'elle se soumettait.

Le soulèvement avait été étouffé en germe — en serait-il de même une autre fois ? . . .

Le duc s'était levé. Il se promenait de long en large dans la pièce, et ses yeux prenaient une expression menaçante lorsqu'ils s'arrêtaient sur le malencontreux rapport resté ouvert sur la table de travail. Son front s'était plissé, ses traits pâles et contractés semblaient défier tous ses sujets — l'implacable tyran voulait régner par la violence et par la force — il fallait que ce peuple asservi lui demandât grâce à genoux.

— Bien, bien ! murmurait-il à part lui, à la première occasion on embrochera tous ces chiens de Napolitains, et fallut-il les réduire à la famine, ils ne se hasarderont plus à
refuser obéissance à mes ordres ; je le jure ! Par la sainte
Vierge, je n'hésiterai pas un instant à arrêter les meneurs et
à les faire pendre en place de Justice. Ils apprendront à me
craindre ! . . .

Le duc s'arrêta. Les veines de son front s'étaient gonflées,
ses yeux s'étaient injectés de sang, ses muscles tressaillaient;
il respira un moment, puis il recommença sa promenade.

— Je pensais que vous auriez déjà senti ma main ? fit-il
en reprenant son monologue. Ces insensés devraient me connaître, mais ils s'appuient peut-être sur les régiments napolitains. Ils acclament peut-être ce Bisignano pour pouvoir
compter sur lui et sur ses troupes en cas de soulèvement ?
Malheur à vous, si vous en venez à des manifestations hostiles ! Je n'aurai ni indulgence ni pitié ! Vous devrez vous
courber, ramper dans la poussière et obéir ! Je saurai assouplir et façonner comme l'argile ces orgueilleux Napolitains.
Je leur mettrai le pied sur la nuque et je les forcerai à demander grâce. Vous connaissez mes intentions et ma volonté ;
la mort d'Almaviva était, me semble-t-il une réponse assez
claire. Vous êtes esclaves, sachez-le ! esclaves du haut et puissant roi d'Espagne, et esclaves vous resterez ! . .

En cet instant le monologue du duc fut brusquement interrompu.

La porte s'ouvrit, et le duquecito entra vivement dans le
cabinet. Il semblait en proie à une violente agitation.

— Je vous dérange, peut-être, mon père ? dit-il en s'inclinant devant le duc. Pardonnez-moi ; l'affaire qui m'amène
est assez importante pour me servir d'excuse.

Le vice-roi avait cessé sa promenade et s'était appuyé contre
sa table de travail.

— L'heure est mal choisie, en effet, dit-il froidement, mais
tu parais singulièrement agité. Que se passe-t-il ?

— Il se passe des faits inouïs, mon père, de véritables iniquités. L'indignation m'a entraîné, et m'a fait oublier que vous n'aimez pas à être dérangé dans votre travail. Pardonnez-moi, mon père, et écoutez-moi. On vous trompe. Vous donnez votre confiance à un misérable !..

— De qui parles-tu ?

— De Tito Sylvestre !

— J'espérais que tu venais m'entretenir des préparatifs de ton mariage. Je pensais que le duquecito nageait dans le bonheur et la félicité — et c'est avec des paroles haineuses, des accusations violentes qu'il s'approche. Où est le fiancé ? Où est l'adorateur de la belle Elvira ? Où est l'amoureux ?..

— Le duquecito épouse la princesse, mon père, répondit tristement Alfonso. C'était tout ce que vous désiriez, et votre fils vous obéit sur ce point, mais le bonheur et la félicité ne se commandent pas, et les heures de gaîté ne peuvent pas être nombreuses ici.

— Tu as d'étranges idées. Je n'aime pas à t'entendre parler ainsi. De quoi te plains-tu ? N'as-tu pas tout ce que tu souhaites ? Tu es entouré d'un luxe royal. Tu vas épouser une princesse adorable que tous les rois de la terre pourraient t'envier, je prépare des fêtes splendides pour ton mariage — et tu te plains encore. Je ne veux rien entendre. Epargne-moi, s'il te plaît, la vue de tes accès d'humeur et de mécontentement.

— Je ne viens pas me plaindre, mon père, répondit Alfonso d'une voix émue, je viens appeler le châtiment sur la tête d'un misérable qui nous trompe tous deux, qui nous fait servir, vous et moi, à des plans ambitieux et égoïstes. Oui, mon père, les paroles de Tito, ses assurances de dévouement ne sont que d'infâmes mensonges. J'y ai cru longtemps — mais je sais maintenant qu'il est indigne de notre confiance !

— Qu'est-il arrivé ? Vous avez eu quelque querelle ?

— Je sais maintenant que Tito me fait surveiller pas à pas pour vous renseigner sur mon compte, et s'insinuer doucement dans votre faveur . . .

— Il te surveille, dis-tu ? As-tu le droit de t'en plaindre ? Tu en fais tout autant vis-à-vis de lui.

— Je comprends ! Tito m'a devancé

— Il avait chargé ton domestique noir de te suivre, afin de savoir où tu te rendais, et toi tu as ordonné à Hassan d'épier Tito. Vous êtes quittes, ce me semble !

— Nos motifs sont bien différents, mon père. Ce qu'il fait pour couvrir de criminelles actions, je ne le fais, moi, que pour le démasquer. Je ne vous demande qu'une chose, c'est de m'entendre et de juger entre nous.

Le duc avait recommencé sa promenade. Il paraissait fort mécontent.

— Tout cela est parfaitement désagréable, dit-il enfin avec humeur. Je suis las de voir la mésintelligence régner entre Tito et toi. Vous étiez intimes autrefois, mais il me semble que tu es mal servi et mal entouré ces derniers temps. Je soupçonne que de perfides conseillers s'efforcent de semer la discorde dans ce palais. Tito est incapable de te nuire, j'en suis certain, mais je consens pour aujourd'hui à faire droit à ta demande et à t'écouter. Si ton accusation est fondée, je n'hésiterai pas à punir le coupable.

— Ce n'est pas de moi qu'il est question, mon père. Tito est trop prudent pour chercher à me nuire ouvertement, mais trouveriez-vous bon qu'il séduisît une Napolitaine et la fît disparaître complètement ?

— Peux-tu prouver ton accusation ?

— Hassan est au courant de l'affaire, j'ai dû me servir de lui pour arriver à une certitude. Il est là, je l'appellerai pour en témoigner, si vous le désirez. Tito a attiré cette malheureuse fille hors de chez elle, il l'a déshonorée, et pour cacher son crime il l'a enfermée dans un couvent. Ce n'est pas tout : dès qu'il s'est aperçu que j'étais sur la trace de cette infâmie, il a fait disparaître sa victime. Elle n'est plus au couvent, et je crains qu'elle n'ait été tuée.

— Ce serait certainement un acte que je ne pardonnerais pas, dit le duc avec agitation. Le cas n'est pas le même que pour Riperda. Le marquis avait bien tué un pêcheur, et je lui ai fait grâce, mais il avait agi dans un moment de colère, d'ailleurs, entre nous, je ne pouvais admettre une plainte présentée aussi insolemment que le fut celle qui le concernait. Si les faits sont tels que tu les racontes, Tito sera puni.

— Je vous remercie de cette explication et de cette assurance, mon père, répondit Alfonso ému ; je n'attendais pas moins de votre justice.

Le vice-roi agita une sonnette posée sur la table. Gomez parut immédiatement.

— Appelez don Tito ! ordonna le duc.

La porte se referma sur le valet de chambre.

— Tu resteras ici pour soutenir ta plainte, dit le vice-roi en se retournant vers Alfonso. Je ne puis pas prononcer un jugement sans avoir entendu l'accusé, mais si Tito est coupable, tu auras la satisfaction de le voir puni, et puni sans ménagements.

Quelques minutes s'étaient à peine écoulées que la porte s'ouvrait de nouveau et livrait passage à Tito. Le favori comprit immédiatement le danger qui le menaçait, mais rien ne trahit son inquiétude. Il s'inclina respectueusement devant le duc, salua Alfonso, et s'approcha de son bienfaiteur sans témoigner ni crainte ni surprise.

— Vous m'avez fait appeler, Altesse ? dit-il du ton le plus naturel.

Le vice-roi ne répondit pas tout d'abord. Ses regards froids et scrutateurs suivaient tous les mouvements de l'accusé, et semblaient vouloir fouiller jusqu'au plus profond de son âme — Tito comprit qu'Alfonso avait obtenu quelque avantage — l'orage approchait — il était là, menaçant et terrible, mais l'adroit hypocrite n'était pas pris au dépourvu. Il était armé pour la circonstance, et d'avance il jouissait de la défaite d'Alfonso.

— Je t'ai fait appeler pour que tu te défendes contre une accusation sérieuse, dit enfin le duc en s'adressant à son fils adoptif. Je laisserai absolument de côté les doutes élevés sur ton attachement pour le duquecito et pour moi, sur ta franchise et sur ton désintéressement — je ne veux pas rechercher maintenant la valeur de ces affirmations.

— Ma meilleure défense serait d'en appeler là-dessus à votre propre jugement, Altesse, dit Tito avec chaleur. El Alfonso, lui-même, nierait-il les avances sincères que je lui ai fait dernièrement ? Ce sont des faits, Altesse, des preuves, en regard de vaines paroles qui ne viennent pas du cœur d'Alfonso. Elles lui ont été soufflées !

— Je veux ignorer tout cela, et ne m'occuper que de la plainte lancée contre toi, fit le duc avec impatience. Tu es accusé d'avoir séduit une Napolitaine et de l'avoir ensuite jetée dans un couvent. Qu'as-tu à dire pour ta défense ?

— Rien, Altesse ! sinon que Lucia Falcone dont il est ici question — c'est bien le nom de cette Napolitaine ?

Le duc interrogea Alfonso du regard.

— Oui, Lucia Falcone ! répéta le duquecito.

— Eh bien, Lucia Falcone est la sœur de ce peintre Ancillo Falcone appelé en jugement par votre Altesse pour crimes de haute trahison ...

— Je sais, je sais — après ?

— J'ai cherché en effet à voir cette fille et à gagner son affection, mais dans l'unique but d'être exactement renseigné par elle sur les faits et gestes de son frère et des habitués du logis. Cette maison Falcone m'était signalée depuis longtemps comme un foyer de conspirations, de menées et d'intrigues. J'ai voulu la surveiller. Est-ce un crime, Altesse, que d'avoir usé, pour y parvenir, du seul moyen qui se présentât ?

— Nullement ; c'est une ruse de guerre bien permise. On affirme cependant que tu as enlevé cette jeune fille et que tu l'as fait disparaître ?

— J'ai fait venir Lucia chez moi dès que j'ai pu prévoir la catastrophe qui menaçait son frère. Il était de mon devoir de veiller sur elle et de la protéger. Je l'ai menée ensuite au couvent où je pensais qu'elle serait en parfaite sûreté, mais l'ennui l'a prise, sans doute. Elle n'a pas voulu supporter cette réclusion momentanée et elle s'est enfuie secrètement. Voilà tout ce j'avais à dire. Le duquecito s'est laissé égarer par de faux rapports. Il a cru à quelque noir secret puisqu'il m'a fait épier par Hassan, et l'a placé ensuite en sentinelle près de la porte du couvent !

Le duc s'était tourné lentement vers Alfonso. — Tu as entendu ? lui dit-il avec ironie. Que reste-il de ton accusation ?

— Je la maintiens toute entière, mon père ! s'écria le duquecito. Tout ce que Tito vient de dire n'est qu'un mensonge habilement calculé !

— Le nom de Lucia Falcone serait-il un mensonge, par hasard ? dit Tito avec un tranquille sourire. Le fait qu'Ancille Falcone a été accusé de haute trahison et arrêté est-il vrai ou non ? Alfonso est abusé par son entourage, je le sais — aussi je ne me plains pas du traitement inouï qu'il m'a fait subir cette nuit — je me dis qu'il est trompé et que de faux amis profitent de sa nature ardente pour l'exciter contre moi et le pousser à des mesures extrêmes. Mon seul crime — si c'en est un — est d'avoir voulu surveiller ce nid de révoltés où se réunissaient des pêcheurs, des artistes, des hommes du peuple et de grands seigneurs.

Alfonso écoutait pâle, immobile, se demandant s'il avait bien entendu. Tant de scélératesse l'épouvantait. Il se sentait impuissant devant un pareil adversaire.

— Ta défense te fait honneur, dit-il enfin d'une voix sourde, mais elle élargit encore l'abîme creusé entre nous. C'est d'aujourd'hui seulement que je comprends bien le danger qu'il y a à vivre près de toi, c'est d'aujourd'hui...

— Assez, assez! interrompit le duc; il paraît que Tito a été cette nuit déjà l'objet de tes attaques — je ne veux plus entendre parler de querelles semblables, souviens-t'en! Tu n'as plus rien à dire pour soutenir ta plainte, je suppose?

— Qu'est devenue la malheureuse Lucia? s'écria Alfonso. Où l'as-tu fait emmener?

— Tu sais que je l'avais conduite au couvent, le seul endroit où elle me parut en sûreté pour le moment. J'ignorais absolument sa fuite, et je suis prêt à jurer par ce que j'ai de plus sacré que sa résidence actuelle m'est complètement inconnue.

— Tu l'as fait assassiner!..

— Silence! cria le duc. Ne répète pas cette parole!

— Encore une question: qu'as-tu fait de l'enfant de cette malheureuse, cet enfant que tu as emporté du couvent pendant la nuit?

Tito prit un air embarrassé.

— J'espérais que tu ne me forcerais pas à en parler ici, dit-il avec hésitation.

— Je te demande où tu as laissé cet enfant, répéta Alfonso.

— Je l'ai emporté — je l'ai remis en de bonnes mains, pour te servir — et c'est ainsi que tu m'en remercies?

— Pour me servir?..

— Sans doute... c'était l'enfant de la Muette de Portici... Je l'avais porté au couvent, ensuite...

Tito n'acheva pas. Une fureur indicible s'était emparée d'Alfonso. Il voulut se jeter sur le misérable, mais le duc s'était placé entre les deux adversaires.

— Assez! cria-t-il d'une voix tonnante; je veux du calme et de la tranquillité.

Alfonso avait reculé d'un pas. — Vous ordonnez, mon père, dit-il d'une voix à peine intelligible; je me soumets, mais malheur à l'infâme qui ose insulter la plus pure et la plus innocente des créatures. Je ne l'oublierai jamais, je le jure !...

Tout en parlant, le duquecito s'était dirigé vers la porte. Il allait sortir de la pièce, lorsque le vice-roi le rappela.

— Encore un mot, lui dit-il impérieusement, je ne veux pas approfondir cette histoire d'enfant, je constaterai seulement que Tito a réduit à néant ton accusation. Il n'en sera plus question, je l'espère, et j'entends que la paix règne dans mon palais. Je te ferai remarquer encore que l'inclination juvénile qui te porte à t'employer pour des personnes du peuple est fort déplacée ici — aussi longtemps, du moins, que je suis vice-roi de Naples et que tu n'es que duquecito. Tu connais ma volonté; veuille t'y conformer et ne plus te poser à l'avenir en défenseur de gens qui ne méritent pas d'être défendus ! Pense à ton mariage ! Va conférer avec le maréchal de cour sur les préparatifs de la fête !

Alfonso salua et sortit sans prononcer une parole...

Le duc l'avait suivi du regard.

— Décidément, fit-il après un moment de silence, je ne puis pas tolérer les penchants et les idées d'Alfonso ; il faut que je les combatte énergiquement. Je ne comprends pas où il a pris les opinions étranges qu'il manifeste quelquefois !

— Alfonso est jeune, il en reviendra peu à peu, dit Tito avec l'air bienveillant qu'il prenait en parlant du duquecito. Soyez indulgent pour lui, Altesse ! Ses relations avec quelques Napolitains haut placés le mèlent à des choses dont il méconnaît la portée. Il ne croit pas à l'existence de conspirations secrètes; son cœur tendre, passionné et naïf se prend à toutes les belles paroles de ces Napolitains.

— C'est justement ce qui me fâche. Alfonso appelait ce comte Almaviva son ami — il donne le même titre au prince Bisignano, et tu me dis qu'il a des relations avec le peintre Salvator Rosa — encore un ami de cet insolent Falcone... Il faut que tout cela cesse ! J'y mettrai bon ordre !

— Ces relations cesseront d'elles-mêmes quand Alfonso aura vu clair dans les projets de ces hommes.

— Tu le défends encore !

— Ne m'en veuillez pas, Altesse, je n'ai jamais cessé de l'aimer, malgré ses dures paroles. Il s'apercevra bientôt qu'il a été trompé par de perfides flatteurs, et ce jour-là, il reviendra à nous. Ces Napolitains sèment la discorde et la haine ; ils ameutent le peuple contre nous. Le prince Bisignano, par exemple, reçoit tous les mécontents et son palais est devenu leur lieu de rendez-vous !

— Je m'en doutais ! Voilà déjà quelque temps que cet homme m'est suspect. As-tu des renseignements certains sur ce qui se passe chez lui ?

— Les pêcheurs de Naples et de Portici lui ont envoyé leur chef, ce même Masaniello qui avait osé s'introduire dans le palais pendant le bal masqué.

— Et que veulent-ils au prince Tiberio ?

— Ils veulent le nommer leur représentant, le défenseur de leurs droits, reprit Tito avec ironie ; ils veulent, en un mot, le charger de leurs représentations pour votre Altesse.

— En es-tu sûr ?

— Je réponds de ce que j'avance. J'ai vu de mes yeux Masaniello monter dans le palais du prince. Etait-il assez fier, assez gonflé de sa dignité d'ambassadeur ! On eut dit un roi gravissant les marches de son trône.

En cet instant, un mouvement imperceptible agita la portière et laissa voir la tête noire d'Hassan. Ce ne fut qu'un éclair. Tout redevint immobile, et les deux interlocuteurs continuèrent à causer sans se douter qu'ils étaient épiés.

— Sais-tu ce que le prince Bisignano a répondu ? demanda le duc.

— Les rapports que je viens de recevoir sur ce sujet disent qu'il a reçu fort gracieusement Masaniello, et qu'il lui a promis d'appuyer les représentations et les demandes du peuple.

— Des représentations ! des demandes ! s'écria le duc avec colère. Ces rebelles osent donc formuler des demandes, et le prince Bisignano fait cause commune avec eux ! C'est trop fort ! Voilà assez longtemps que je supporte ces menées — il faut que cela finisse !

— Le prince Tiberio veut se rendre populaire, observa Tito, et le peuple se tourne vers lui parce qu'il commande les régiments napolitains !

— Comment ? Songerait-on déjà à s'assurer des troupes ? s'écria le duc. Si les choses en sont là, il est grand temps d'y mettre ordre ! Il faut que le prince Tiberio soit arrêté ce soir même. Tu feras exécuter secrètement cet ordre par Selva.

— C'est une mesure excellente, Altesse, répondit Tito pendant que le duc se plaçait à sa table à écrire et remplissait les blancs d'un mandat d'arrêt déjà préparé ; elle coupera court aux intrigues de ces rebelles, mais que ferons-nous de Masaniello ? Ce pêcheur n'est guère moins dangereux que le prince !

— Il faut l'arrêter aussi, répondit sèchement le duc. Qu'on le surprenne pendant la nuit dans sa chaumière, et qu'on le mette en lieu sûr. Voici les ordres !

— Ils seront ponctuellement exécutés, Altesse ! — L'officieux Tito prit les importants documents que lui tendait le duc, les cacha dans son pourpoint, et sortit en vainqueur de ce cabinet où il était entré en accusé !

Chapitre XXVI.

Mystères !

La nuit était venue, une nuit d'été tiède et sereine, enveloppant de son ombre Naples et son golfe enchanté. La ville dormait, tout était paix et tranquillité dans les rues désertes, mais on veillait encore au château et deux détachements de la garde du corps du duc venaient d'en sortir par deux portes différentes.

L'un des détachements, conduit par Selva, se dirigeait vers le palais du prince Bisignano ; l'autre, composé seulement de quatre hommes et d'un caporal, avait traversé la place de la Justice et s'avançait silencieusement sur la route de Portici.

Selva et ses dix hommes traversaient les rues étroites et sombres qui conduisaient vers le palais du prince. Quelques passants attardés regagnaient précipitamment leur demeure, mais la petite troupe n'attira pas leur attention. Les patrouilles de nuit étaient chose trop fréquente pour que la vue de cette escouade étonnât les habitants de la ville.

La porte principale du palais était toujours gardée par quelques soldats napolitains, aussi n'était-ce point par celle-là que Selva voulait entrer. Il laissa quelques-uns de ses hommes à une certaine distance, en leur ordonnant de surveiller la façade, puis il enfila une ruelle étroite qui contournait le palais et arriva devant une porte de service.

Cette entrée n'était pas gardée. Le capitaine y plaça deux de ses hommes, et pénétra avec les autres dans le palais. Il était arrivé jusque dans la cour intérieure lorsqu'il fut aperçu par les domestiques du prince. Le majordome accourut à leurs cris, et resta frappé d'étonnement en voyant l'officier espagnol.

— Sainte Vierge — un officier de son Altesse — murmura-t-il. Qu'est-ce que cela veut dire ?

— Conduisez-moi immédiatement auprès du prince de Bisignano, dit impérieusement Selva en s'adressant au majordome. L'ordre que j'ai à lui transmettre ne souffre aucun retard !

— Je regrette de ne pouvoir vous obéir, don Selva.

— Le prince repose, sans doute ? Peu importe, vous l'éveillerez !

— Mon maître est parti !

— Comment — le prince —

— Monseigneur est parti depuis une heure pour des affaires pressantes. Il ne m'a dit ni où il se rendait ni quand il comptait revenir.

Les traits de Selva s'étaient assombris.

— Quel singulier hasard ! fit-il avec humeur. Ce départ a été bien précipité ?

— J'ai été moi-même fort étonné de cette brusque décision, don Selva, répondit le majordome complètement revenu de sa première frayeur. Il s'est présenté ici, dans la soirée, un inconnu qui n'a pas voulu dire son nom, et qui portait un manteau et un chapeau pareils à ceux du comte Almaviva !

— Avez-vous pu voir sa figure ? demanda vivement Selva.

— Non, signor ; il portait un masque noir. Ce mystérieux personnage m'a épouvanté, tant il ressemblait à feu le comte, et j'ai dû rappeler tout mon courage pour le conduire auprès de mon maître.

— Il voulait voir le prince ?

— Sans doute. Ils ont causé longtemps et sont sortis ensemble, il y a une heure environ. Le prince m'a dit seulement en passant que des affaires pressantes l'obligeaient à partir tout de suite.

— Il n'a pas dit où il allait ?

— Non. Je l'ignore absolument.

— Vous trouverez naturel alors que je remplisse mon devoir jusqu'au bout, et que je fasse une perquisition dans le palais. Ce brusque départ m'y oblige.

— Tout est à votre disposition, don Selva. Voulez-vous que je vous accompagne pour vous éclairer et vous ouvrir les portes?

— J'allais vous le demander!

Le majordome prit un flambeau et passa avec Selva d'une pièce dans l'autre. L'air de sincérité du complaisant Napolitain n'avait pas convaincu le capitaine. Il flairait une ruse, et s'attendait à chaque instant à trouver le prince caché quelque part, mais son espérance fut déçue. Toutes les pièces furent consciencieusement visitées. Pas un coin n'échappa aux recherches de Selva — peine inutile! Tiberio Bisignano n'était pas dans son palais. Averti à temps, il avait pu quitter Naples, et l'infortuné capitaine rentra bredouille de cette glorieuse expédition.

Comment le prince avait-il été averti du danger qui le menaçait? Les ordres du vice-roi, remis directement à Selva par le confident du duc étaient restés absolument secrets. Les gardes du corps, eux-mêmes, avaient ignoré le but de leur course jusqu'au moment où ils étaient arrivés devant le palais Bisignano. L'événement était inexplicable, et chose étrange, on y retrouvait encore la main du mystérieux personnage de la salle des piliers! Ancillo Falcone avait été mis à mort. Renaissait-il de ses cendres, comme le phénix, et ce fantôme menaçant, ce prophète de malheur allait-il désormais jouer un rôle dans toute la vie du duc, et traverser tous ses projets?...

Tandis que Selva regagnait le château tête basse, la petite escouade chargée d'arrêter Masaniello avait quitté la route, et s'approchait de Portici par un sentier écarté.

La nuit s'avançait. Les pêcheurs avaient regagné le village avec le produit de leur pêche. Masaniello venait de rentrer dans sa chaumière, et avait allumé une petite lampe qui éclairait faiblement son humble et solitaire demeure.

La pêche avait été bonne. Masaniello vida le petit sac de peau qui lui servait de bourse, en cacha le contenu dans une espèce d'armoire pratiquée dans la muraille, et ressortit pour étendre ses filets. Il avait terminé cette besogne, et allait rentrer dans sa maisonnette lorsqu'une femme apparut tout à coup sur la route, et s'élança d'un bond vers le pêcheur.

C'était Fenella!...

— Toi ici?... au milieu de la nuit, Fenella? s'écria Masaniello surpris et mécontent Que viens-tu faire ici?... Tu as quelque chose à m'annoncer?... Tu trembles?... Viens, suis-moi dans la chaumière.

Fenella était hors d'haleine. Elle devait avoir couru long-temps. Ses regards trahissaient une angoisse mortelle et ses bras tendus vers Masaniello, semblaient le supplier de l'entendre et de ne pas la repousser. Le pêcheur ému lui prit tendrement la main, et l'entraîna avec lui dans leur tranquille demeure.

Ils y étaient à peine que Fenella recommença sa pantomime. Elle supplia son frère de fuir sans perdre un instant, et lui fit comprendre, par signes, qu'il devait être arrêté la nuit même.

Masaniello ne parut pas fort effrayé de cette nouvelle.

— C'est tout? fit-il avec un sourire provoquant. Je craignais quelque chose de plus grave. Ils veulent donc aussi mettre la main sur moi! Sois tranquille, Fenella; ton frère n'est pas un poltron!

Cette assurance redoubla le chagrin de la Muette. Elle se jeta au coup de Masaniello et le supplia avec larmes de ne pas s'exposer à un pareil danger.

— D'où es-tu si bien renseignée, Fenella? demanda enfin le pêcheur. Viens-tu de la vieille ruine?

La Muette répondit par quelques signes que Masaniello ne parut pas comprendre tout à fait.

— Que veux-tu dire? As-tu vu quelqu'un là-haut? demanda-t-il avec inquiétude.

— Oui, j'ai trouvé une jeune fille dans la ruine, dit Fenella dans son langage expressif. C'est elle qui vient de m'apprendre tout cela.

— Elle sait donc tout, cette fille? répondit le pêcheur avec un sourire d'incrédulité. Je ne fuirai pas, Fenella! Crois-tu donc que Masaniello redoute les misérables espions du tyran? Un peu de temps encore, et nous les disperserons comme la balle! Oui, oui — tu me regardes avec épouvante — crois-moi, l'Espagnol règne et gouverne encore, mais son heure sonnera bientôt — bientôt, te dis-je!...

Fenella cacha sa figure dans ses mains. Ces audacieuses paroles lui semblaient l'arrêt de mort de son frère.

— L'heure de la liberté ne tardera pas, reprit le pêcheur dont les yeux brillaient d'un saint enthousiasme. Si le prince Tiberio ne réussit pas dans la mission dont il est chargé...

La Muette interrompit brusquement son frère et lui fit comprendre, par signes, que celui qu'il venait de nommer devait aussi être arrêté la nuit même.

— Le prince Tiberio prisonnier? s'écria Masaniello. Non, non, ce n'est pas possible.... Le vice-roi n'oserait jamais s'attaquer à lui! On t'a trompée, Fenella; tu as pris des suppositions, des craintes pour une certitude.

Fenella insistait, mais le pêcheur ne l'écoutait plus.

— Non, non, fit-il en l'interrompant, ce que tu viens de dire ne peut pas être vrai. Le prince Tiberio arrêté...... mais ce serait le signal d'un soulèvement général! La révolte éclaterait sur l'heure. On n'osera pas non plus mettre la main sur moi, sois-en sûre. Retourne tranquillement dans ta retraite, Fenella, restes-y quelque temps encore, et ne te fais aucun souci pour moi. Tu es une bonne et tendre sœur, et ton affection pour moi te fait voir partout des dangers. Je te le répète, si le vice-roi nous faisait vraiment arrêter cette nuit, le prince Tiberio et moi, dès demain, le combat serait allumé partout. Le duc d'Arcos sait tout cela, ses ministres et ses conseillers le savent également et ne voudraient pas courir un pareil danger, ainsi tu peux dormir tranquille. Va, mon enfant, va, retourne dans ta cachette!

Fenella supplia son frère de la garder auprès de lui, elle voulut lui raconter la criminelle tentative de Tito, mais le pêcheur fut inexorable et l'emmena hors de la chaumière. La pauvre enfant essaya vainement de l'attendrir — Masaniello la renvoya impitoyablement dans sa ruine. Si Fenella avait dit vrai, s'il y allait de la vie, il n'entendait pas qu'on trouvât la Muette auprès de lui, et qu'on l'emmenât, elle aussi, dans la forteresse du tyran.

Le pêcheur était rentré pensif dans sa chaumière. Les avertissements de sa sœur le troublaient plus qu'il n'avait voulu le lui laisser voir — devait-il aller réveiller Pietro, Moreno et quelques autres pêcheurs? Non! Une démarche pareille aurait pu faire croire qu'il avait peur, et qu'il se sentait incapable de se défendre! Son courage et sa force l'avaient fait choisir pour chef par les conjurés! il fallait rester digne de cette distinction et prouver, cette fois encore, que le plus beau des pêcheurs en était aussi le plus courageux.

Il resta seul dans sa chaumière, résolu à vendre chèrement sa vie si on venait l'attaquer. Son lit ne l'attirait guère; il s'assit à côté de la table où brûlait sa petite lampe, et s'enfonça dans de profondes méditations.

Une demi-heure s'était à peine écoulée depuis le départ de Fenella qu'un bruit léger se fit entendre devant la chaumière.

Masaniello se leva brusquement — s'était-il trompé? N'avait-il pas entendu des pas?...

Il s'élança sans hésiter vers la porte — au même instant elle fut violemment poussée du dehors, et le chef de l'escouade parut sur le seuil avec ses quatre hommes.

— Que venez-vous chercher ici? demanda impérieusement le pêcheur.

— Toi! N'es-tu pas Masaniello, le meneur populaire? s'écria le caporal. Au nom du duc, saisissez cet homme et liez-le. Rends-toi! Tu es notre prisonnier! N'essaie pas de te défendre ou tu es mort!

— Approchez, si vous l'osez! cria l'athlétique pêcheur en reculant de quelques pas pour chercher un objet avec lequel il put se défendre.

— Saisissez-le! répéta le caporal.

Masaniello avait aperçu sa hache, il se baissa pour la saisir, mais au même instant les quatre hommes s'élancèrent sur lui. Le pêcheur brandit le terrible instrument, en blessa l'un de ses adversaires, et repoussa si violemment le second qu'il chancela et alla tomber à quelques pas, mais déjà les deux autres soldats et le caporal s'étaient jetés sur lui. La lutte fut courte. Masaniello se défendait héroïquement. Le nombre l'emporta cependant. Le soldat repoussé se releva, il joignit ses efforts à ceux de ses compagnons, et les quatre hommes réussirent à renverser le pêcheur. Deux d'entre eux s'agenouillèrent sur lui, tandis que les deux autres lui liaient solidement les pieds et les mains — et Masaniello comprit qu'il ne lui restait qu'à se soumettre.

Un joyeux hourrah salua sa défaite. Les Espagnols lui firent expier cruellement sa résistance. Ils l'insultaient, le poussaient du pied, le frappaient au visage et s'acharnaient sur cet ennemi vaincu. Masaniello était pâle de rage, ses dents serrées grinçaient convulsivement, mais il ne prononçait pas une parole; il avait même fermé les yeux pour ne pas voir les figures insultantes de ses bourreaux. L'un des soldats les lui fit rouvrir en lui crachant à la figure. Le lion captif tressaillit. Un éclair de haine et de fureur jaillit de ses yeux noirs, il fit un effort désespéré pour rompre ses liens, mais un coup de pied du soldat lui fit comprendre que toute résistance était inutile, et qu'il ne lui restait qu'à se résigner à son sort — sauf à se venger plus tard avec usure des mauvais traitements et des humiliations qu'on lui faisait subir.

Tandis que les soldats s'égayaient ainsi, le chef de l'escouade fouillait minutieusement l'intérieur de la chaumière. Il n'y trouva ni armes, ni papiers compromettants, mais le petit pécule de Masaniello lui parut de bonne prise. Ses hommes, encouragés par son exemple, s'emparèrent de tout ce qu'ils pouvaient emporter, puis, leur avidité satisfaite, ils donnèrent libre carrière à leur soif de destruction. Meubles, ustensiles, engins de pêche, tout fut saccagé et détruit en un instant. On eut dit qu'une horde de barbares avait passé dans la demeure du pêcheur.

Masaniello assistait impuissant à ce spectacle. Ses lèvres fermées ne laissaient pas échapper une parole, mais la haine qu'il nourissait déjà contre ces insolents étrangers s'augmentait de toutes les souffrances du moment. L'espoir de la vengeance le soutenait. Son imagination tendue le faisait assister d'avance à la défaite des Espagnols. Il voyait ses bourreaux massacrés, traqués comme des bêtes fauves par une populace en délire, et ce spectacle lui faisait oublier un instant sa terrible position.

— Cherchez, cherchez ! se disait-il en souriant, tandis que ses yeux suivaient les mouvements du caporal occupé à fouiller la chaumière. Cherchez bien ... vous ne trouverez pas d'armes ... elles sont cachées, mais vous les verrez un jour. Vous les sentirez même quand l'heure de la vengeance aura sonné ! ..

Les recherches étaient terminées. Tout ce qui pouvait se briser avait été mis en pièces par les soldats. On pouvait songer au retour.

— En avant ! cria le caporal. Il n'y a rien à prendre dans ce chenil. Relâchez un peu les cordes qui lient les pieds du prisonnier. Il faut qu'il puisse nous suivre.

Masaniello était toujours étendu sur le sol. Les soldats s'approchèrent de lui, le relevèrent, et ajustèrent ses liens de façon à ce qu'il put faire de petits pas. Ils lui attachèrent une corde à chaque bras pour le guider et le retenir, puis ils le poussèrent hors de la chaumière. L'un des soldats y resta le dernier pour briser encore la petite lampe qui avait éclairé leur œuvre de destruction.

— Regardez trottiner ce compagnon, ricana l'un des Espagnols en montrant Masaniello qui avançait péniblement derrière le caporal. Sur mon âme, on croirait voir une timide jouvencelle se rendant à l'église !

— Faites-moi d'autres pas que ça, signor pêcheur! cria un autre soldat un poussant Masaniello d'un coup de pique. Le prisonnier chancela ; ses deux conducteurs le remirent violemment sur pied en ramenant à eux les cordes par lesquelles ils le tenaient, et le malheureux se remit en route au milieu des quolibets de ses gardiens.

— Il a de fiers muscles, ce gredin, dit le soldat qui fermait la marche. Regardez-moi ces jambes! Et ce bonnet rouge ? A bas cette guenille ! — Et d'un geste il fit sauter en l'air et le bonnet et une touffe de cheveux qu'il avait arrachée par la même occasion.

— Bravo ! Ces mendiants nous agacent avec leur insolente coiffure. Il faudra leur faire passer ces idées de liberté.

— Ils apprendront à se courber devant nous !

— C'est du gibier de potence, tout ça. On ne s'en débarrassera pas autrement.

— Il fait le muet, maintenant. Qui se douterait à le voir que c'est le plus beau parleur de son village ?

Masaniello faisait le muet, mais il n'était pas sourd. Ces injures, ces menaces se gravaient au plus profond de son âme. Il voulait les y retrouver au jour de la vengeance, et les faire expier au centuple à tous ces Espagnols maudits. En attendant, il avançait péniblement, tiraillé de droite et de gauche, poussé par derrière, pressé par devant. La petite troupe se trouvait alors à mi-chemin entre Portici et Naples. Le caporal marchait le premier ; il allait à grands pas, et se retournait souvent pour engager ses hommes à se hâter, afin d'arriver avant l'aube. Tout à coup, il s'arrêta. Un homme enveloppé d'un vaste manteau, et la tête couverte d'un chapeau à large bord venait d'apparaître au milieu de la route.

D'où venait cet étranger ? Personne n'avait entendu ses pas. Avait-il surgi de terre ou sortait-il simplement de l'ombre protectrice des arbres qui bordaient le chemin ? ...

— Halte ! cria-t-il en s'adressant au chef de l'escouade. Qui emmenez-vous là ?

— Cela ne vous regarde pas ! fit le caporal avec humeur. Mêlez-vous de vos affaires et passez votre chemin !

— Pas un pas de plus, si vous tenez à votre vie ! s'écria impérieusement l'étranger. Tandis qu'il parlait, deux hommes vêtus exactement comme lui, étaient sortis de l'ombre et s'étaient avancés silencieusement. Ils s'arrêtèrent à deux ou trois pas de l'inconnu qui semblait être leur chef, et appuyèrent ses paroles en soulevant sans bruit leur escopette. Masaniello crut rêver. Il connaissait ces trois personnages ! C'étaient, à n'en pas douter, les mêmes étrangers qu'il avait vu apparaître subitement au cimetière après la mort d'Almaviva. Venaient-ils le sauver et l'arracher à ses bourreaux ? ...

Le caporal avait pâli de colère en entendant la sommation de l'inconnu.

— Qu'est-ce que cela signifie ? s'écria-t-il. Est-ce une attaque ? Avons-nous à faire à des brigands ?

Il se tourna vers ses hommes pour leur ordonner de disperser ces importuns, mais les gardes du corps ne semblaient nullement disposés au combat. La vue des armes dirigées contre eux refroidissait singulièrement leur courage.

— Nous ne sommes pas des brigands ! répondit l'étranger en venant se placer résolûment devant le caporal.

Le chef de l'escouade recula épouvanté.

— Sainte mère de Dieu .... le comte Almaviva ! murmura-t-il.

— N'est-ce pas le pêcheur Masaniello que vous enmenez là ? continua l'inconnu.

— Oui, signor, c'est Masaniello que ces sbires du duc viennent d'arracher à sa demeure, répondit le jeune pêcheur.

— Livrez-nous votre prisonnier et vous pourrez passer librement, dit l'étranger en s'adressant au caporal.

Celui-ci, un peu revenu de sa première frayeur, se souvint tout à coup de l'émoi que l'apparition de la salle des piliers avait causé au château. Quel triomphe pour lui, s'il pouvait arrêter le fantôme en chair et en os qui jouait ainsi au revenant. Il jeta un rapide coup d'œil sur ses hommes. Les quatre soldats s'étaient rapprochés en voyant qu'ils n'avaient pas à faire à de redoutables bandits. Deux d'entre eux étaient armés. Le caporal leur fit un signe.

— Rendez-vous ! cria-t-il en se précipitant sur les trois inconnus.

Deux coups partirent à la fois —

Le caporal chancela, et tomba sur le sol en poussant d'horribles imprécations. Il était blessé à la jambe. Un des soldats, atteint au bras, avait laissé tomber son escopette. En même temps, les hommes aux manteaux noirs se jetaient sur la garde. Deux d'entre eux avaient tiré leur épée et repoussaient les soldats, tandis que le troisième coupait à l'aide de son poignard les cordes qui liaient les pieds et les mains du prisonnier.

Masaniello poussa un soupir de soulagement.

— Je vous remercie, signor ; dit-il avec émotion en serrant la main de son libérateur. Je n'oublierai pas le service que vous venez de me rendre.

— Ne nous remerciez pas, Masaniello, répondit l'étranger. Retournez à Portici, mais rendez-vous chez vos frères et vos amis. On n'osera pas vous arracher du milieu d'eux. Allez !

Les deux autres inconnus pourchassaient encore les soldats. Leur chef suivit du regard Masaniello qui reprenait à grands pas la route de Portici, puis il se tourna vers le caporal, toujours couché sur le sol et incapable de se relever.

— Saluez le duc de ma part! lui cria-t-il, et dites-lui que le nouvel Almaviva lui rappelle les paroles de la salle des piliers !

Le pêcheur était déjà assez loin pour qu'il fut impossible aux soldats de le rattraper. L'étranger fit entendre un coup de sifflet — ses compagnons le rejoignirent immédiatement, et tous trois se perdirent dans l'obscurité.

Quand ils eurent disparu, les soldats dispersés se hasardèrent à revenir prudemment sur le lieu du combat. Le caporal hurlait de douleur et de rage ; son compagnon ne souffrait guère moins que lui, et tandis que Masaniello regagnait son village, la petite escouade reprenait péniblement le chemin du château avec ses deux blessés...

CHAPITRE XXVII.

Les modèles de Salvator Rosa.

Au temps dont nous parlons, le voyageur désireux de connaître les mœurs et les coutumes des Napolitains ne quittait pas leur capitale sans avoir visité la place Felipe, un des endroits les plus caractéristiques de cette ville, si riche en motifs pittoresques et curieux.

On y arrivait par une ruelle étroite prenant dans la rue de Tolède, l'une des plus belles et des plus larges rues de Naples. Une vaste fontaine en pierre occupait le milieu de la place. C'était une construction antique placée sous le patronage d'Antonio de Rimini et décorée de sa statue.

Le saint martyr étendait ses mains bénissantes sur la fontaine et sur la place qui avait porté son nom, jusqu'au moment où les Espagnols l'avaient débaptisée pour l'appeler place Felipe en l'honneur de leur roi.

Un escalier circulaire courait autour de la fontaine. Ces huit marches, larges et plates, étaient devenues le rendez-vous des modèles d'atelier, comme l'escalier espagnol à Rome l'est devenu de nos jours. Quelques-uns de ces modèles ajoutaient à cette profession le commerce des fleurs, des amulettes, ou d'autres petites industries de ce genre, mais c'était l'exception. Le reste mendiait, babillait, se chauffait au soleil, savourait le voluptueux *far niente* de Naples ou sommeillait sans souci du lendemain. Les belles filles étalaient leur pittoresque costume. Les vieillards à la longue barbe blanche se drapaient dans leurs manteaux, l'improvisateur racontait quelque tragique aventure. Lazarones demi-nus, mendiantes courbées par l'âge, comédiens en retraite, danseuses, bateleurs, tout cela grouillait sur les marches hospitalières et présentait le coup d'œil le plus étrange et le plus pittoresque.

Salvator Rosa, Cesare et Francesco Fracanzane, Ancillo Falcone, Domenico Gargiulo et bien d'autres peintres encore venaient chercher là les modèles dont ils avaient besoin pour leurs tableaux. Le choix était immense. Les types les plus divers s'y trouvaient réunis, depuis l'enfant aux joues rebondies, destiné à poser pour les anges, jusqu'au vieillard décrépit que le peintre faisait passer sur sa toile à l'état de saint.

Peu de jours après la malheureuse expédition des gardes du corps on vit apparaître deux personnages nouveaux parmi les habitués de la fontaine. C'étaient deux pêcheurs de Portici vêtus de leur costume primitif. Ils portaient le bonnet rouge posé sur le derrière de la tête, la culotte courte et ample, laissant les jambes à découvert, la chemise aux manches retroussées et dont l'ouverture laissait voir une ou plusieurs amulettes.

L'un de ces pêcheurs était un homme âgé, mais fort et vigoureux. Son compagnon, plus jeune, paraissait beaucoup plus faible. C'était un homme petit et maigre dont la vivacité avait quelque chose de maladif. Ses yeux mobiles et inquiets brillaient parfois d'un éclat sauvage; ils l'auraient fait rechercher comme modèle pour un espion, un bravi, ou un intrigant rusé et pervers.

Les deux nouveaux venus se montraient pour la première fois sur les marches de la fontaine, mais ils paraissaient s'y trouver en pays de connaissance.

— Hé, Pietro, qu'est-ce qui t'amène ici? cria un lazarone vêtu comme un chef de brigands en s'adressant au plus âgé des deux pêcheurs. N'est-ce pas Cinzio qui est avec toi? Etes-vous rassasiés de la pêche? Avez-vous accroché vos filets au clou pour venir vivre parmi nous?

— L'impôt nous mange nos poissons, Nicolo, répondit Cinzio avec amertume. Autant les laisser dans la mer que de les prendre pour le compte de l'Espagnol!

— Doucement, doucement! fit un autre lazarone. Il y a des choses qu'il vaut mieux ne pas dire trop haut!

— Tu entends, Pietro? ricana le petit pêcheur en se tournant vers son compagnon qui écoutait silencieusement la conversation. Le sage Bernardo se laisserait croître la langue plutôt que de l'employer étourdiment!

— Alors, reprit Nicolo, vous venez vous établir ici pour nous gâter le métier?

— Sois tranquille, répondit gravement Pietro; nous ne t'ôterons pas un soldo!

— Nous voulons seulement voir si la paresse nous convient, ajouta Cinzio. On ne travaille pas de bon cœur pour la bourse d'un autre.

— Le repos ne vous manquera pas ici, fit le lazarone Bernardo qui était étendu tout de son long sur une des marches; ici, personne ne nous dérange; il n'y a rien à gagner.

— Au moins ne payez-vous pas encore d'impôt pour exer-cer votre métier, s'écria Cinzio. Sur mon âme, on devrait aviser le duc d'Arcos que l'état de modèle n'est pas encore imposé. Faut croire qu'il n'y a pas songé jusqu'ici, sans cela il vous retiendrait deux soldi sur chaque soldo que vous gagnez!

De bruyantes marques d'approbation accueillirent la bou-tade de Cinzio. On se rapprochait peu à peu pour l'écouter.

— Ce Cinzio a toujours le mot pour rire, fit Nicolo, le modèle de brigand. Il sait au moins s'amuser, lui!

— Merci — il me semble qu'on s'amuse déjà suffisamment à Naples. Le vice-roi veille à nos menus-plaisirs, et der-nièrement il nous a fait encore un bien joli cadeau.

— Il parle de l'impôt sur les fruits! fit un des auditeurs. Un beau cadeau, en effet!

— C'est le don d'un père! exclama Cinzio encouragé par son succès. Montrez-vous reconnaissants, mes enfants et chérissez notre bon vice-roi. Ne nous laisse-t-il pas de l'eau à boire si nous avons soif? Qu'avons-nous besoin de manger des fruits, nous autres? Ils ne croissent que pour nos maîtres et seigneurs!

— On n'y comprend plus rien, fit une voix dans l'auditoire. Qu'est-ce que le duc peut bien faire de tous ces impôts?

— Je vais vous le dire si vous ne le savez pas, riposta Cinzio. Les Espagnols aiment à bien vivre, mais il faut de l'argent pour cela. Les huîtres, les homards, les oies rôties, les poulets, les fruits, tout cela se paie avec notre argent!...

— Et pendant ce temps, nous mourons de faim!...

— C'est votre devoir, imbéciles! De quoi vous plaignez-vous? Serrez-vous le ventre, et si la faim vous presse trop courez à la rue de Tolède. La vue des beaux équipages des courtisans vous rassasiera suffisamment!

— Sur mon âme, ça ne peut plus aller comme ça! s'écria Nicolo. Ces Espagnols en font trop!

— Laissez-vous marcher dessus gentiment, continua Cinzio,

et ne vous avisez pas de grogner si vous ne voulez pas être tués comme des chiens enragés. Rappelez-vous les blessures de Pietro, la mort de Gaëtano et surtout celle d'Almaviva. Et le prince Tiberio qui devait parlamenter avec le duc, il a dû fuir pour n'être pas arrêté. Et Masaniello? Les sbires du vice-roi n'ont-ils pas voulu le traîner dans les cachots du château?

— Comment, Masaniello aussi?

— Hé oui! Ces braves soldats espagnols sont venus le saisir pendant la nuit. Ils ont joliment arrangé sa chaumière! Tout y est ravagé et brisé. Les drôles n'ont pas dédaigné les petites épargnes du pêcheur, puis quand tout a été détruit, ils ont emmené Masaniello pieds et poings liés. C'est miracle qu'il ait pu leur échapper!

— Les brigands! Les voleurs! Les lâches!...

Ces exclamations, et d'autres, plus énergiques encore, partaient de tous les côtés de l'auditoire. Bernardo, le prudent lazarone, regardait avec inquiétude autour de lui.

— Il y aura un malheur! dit-il sourdement.

— C'est bon, c'est bon, répondit Nicolo. Saint Antonio ne veut pas nous trahir, et nous sommes tous bons Napolitains ici!

— Vous croyez-vous par hasard bons Napolitains parce que vous avez vu la lumière du jour ici, et parce que vous vous hasardez une fois à maudire nos oppresseurs? s'écria Cinzio. Vous vous trompez, mes maîtres! un bon Napolitain est autre chose encore! C'est celui qui défend sa patrie et ses anciens droits, qui sait ce qu'il se veut, qui est prêt à verser son sang pour sa liberté! Vous reconnaissez-vous à ce portrait, vous autres? C'est peu probable; vous n'êtes que des songe-creux, trop paresseux pour remuer; des moutons, trop lâches pour résister!...

Un murmure de mécontentement passa dans la foule.

— Grognez, grognez! reprit Cinzio avec ironie. Grognez,

mes petits agneaux! il est toujours dur de s'entendre dire la vérité!

— Cinzio a raison! crièrent quelques voix. Il faut que cela change!

— C'est bon à dire, mais paroles et menaces ne serviront qu'à nous livrer les uns après les autres au bourreau ou à nous faire pourrir dans les cachots. Il faut des faits!...

Cinzio s'interrompit tout à coup.

— Regarde, Pietro, fit-il en poussant le vieux pêcheur assis à côté de lui; regarde les deux paons qui s'avancent là-bas. Crois-tu qu'ils se rengorgent, ces oiseaux!...

Miguel Riperda et le capitaine Selva venaient de tourner l'angle d'une rue et s'avançaient en riant vers la fontaine.

— Ce sont des oiseaux espagnols! dit une voix.

— Hé parbleu, nous les connaissons bien! fit Cinzio avec ironie. Voilà le capitaine de la garde du corps, et près de lui le vaillant meurtrier de Gaëtano! Le sang ne te monte-il pas à la tête, Pietro, quand tu vois ce noble seigneur Riperda qui t'a fourré son épée dans l'épaule? Respect à ces dignes personnages!

— Tiens, voilà Salvatoriello*), s'écria Nicolo en montrant un autre côté de la place. Le jeune et célèbre peintre débouchait en effet d'une petite rue, et s'avançait vers la fontaine. Son approche, aussitôt signalée, produisit un moment d'agitation parmi le personnel féminin des degrés de pierre. Jeunes filles, femmes et matrones se rassemblèrent les unes après les autres sur le côté de l'escalier vers lequel il se dirigeait. Toutes semblaient également désireuses d'être choisies par lui comme modèles.

Les deux Espagnols arrivaient également au milieu de la place. Ils saluèrent fièrement le peintre. Salvatoriello répondit fort naturellement à leur salut, puis il se tourna vers

---

*) On appelait ainsi Salvator Rosa.

les modèles qui se trouvaient le plus près de lui et qui lui souriaient amicalement. Le grand artiste était l'idole des habitués de la fontaine et de la population de Naples en général.

— Je vous félicite, maître Rosa, s'écria Miguel Riperda ; vous avez là un choix de beautés que le sultan vous envierait. Regardez cette bouquetière, don Selva !

— Et ces belles filles sont toutes à la disposition de ce peintre ? demanda le capitaine.

— Ces peintres ont encore de bien plus beaux modèles, noble seigneur, répondit Salvator Rosa en souriant. Si cela vous intéresse, je vous conduirai chez moi, et vous en verrez de superbes !

— Je ne demande pas mieux, fit le marquis ; qu'en pensez-vous, don Selva ?

— Vous ne regretterez pas cette petite promenade, reprit le peintre. J'ai des sujets qui valent la peine d'être vus !

— Allons, dit Selva. Mon compagnon brûle d'envie de voir vos modèles.

— Un instant, alors. Permettez-moi de dire deux mots à cette marchande d'écrevisses ?

Salvator se tourna vers une jeune Napolitaine qui portait devant elle une corbeille pleine d'écrevisses de mer. Il prit rendez-vous avec elle pour un des jours suivants, puis il salua gracieusement toute la compagnie et se mit à la disposition des deux Espagnols.

— Il y avait de sinistres figures sur ces marches, dit Selva lorsqu'il fut à quelque distance de la fontaine. J'ai vu là des types de filous, de voleurs de grands chemins qu'on trouverait difficilement en Espagne.

— Ne comparez donc pas notre belle Espagne à ce pays-ci, répondit le marquis avec humeur. Le peuple est trop heureux, à Naples, c'est pour cela qu'il ne travaille guère et qu'il murmure sans cesse.

— Vous avez peut-être raison, seigneur, dit gravement

Salvatoriello. Il faut que le peuple soit plus écrasé encore
pour se soulever; il est trop inactif — mais si vous restez
encore quelque temps ici, vous arriverez peut-être à le connaître d'un autre côté.

— D'un autre côté? répéta lentement Riperda. Que voulez-vous dire, mon cher? Et si je reste encore quelque temps
ici? Mais je compte y rester aussi longtemps que son Altesse
le duc.

— Nous arrivons, dit le peintre sans répondre aux observations du marquis.

Les trois hommes se trouvaient en effet devant une maison
dont l'étage supérieur était éclairé par de hautes fenêtres.
C'était l'atelier de Salvator Rosa. Ils montèrent un étage,
et le peintre introduisit ses hôtes dans une vaste pièce meublée et décorée avec autant de goût que d'originalité. Les
murs étaient couverts de tableaux représentant pour la plupart
des campements de brigands ou reproduisant de pittoresques
contrées. Les meubles, richement sculptés, affectaient les formes
les plus étranges, et le regard rencontrait à chaque pas des
étagères ou des consoles pliant sous le poids de faïences et
d'objets d'art de toute nature. De vieux bahuts, des armes
antiques, des ustensiles retrouvés sous la cendre et la lave,
complétaient l'ameublement de cette pièce qui eut fait le
bonheur d'un antiquaire.

Salvatoriello invita ses hôtes à prendre place. Les deux
Espagnols, plus courtisans qu'artistes, considéraient avec étonnement l'étrange décoration de l'atelier.

— Vous avez vécu quelque temps parmi les brigands,
maître Salvator? demanda Miguel Riperda.

— J'ai mené en effet une vie assez aventureuse, répondit
l'artiste. Les bandits m'ont offert d'innombrables sujets d'étude,
et mon séjour au milieu d'eux a été le plus beau temps de
ma vie.

— Un drôle de plaisir! fit Selva.

— Un plaisir dangereux, ajouta le marquis. Et si vous étiez

tombé entre les mains des soldats? Pris avec la bande, vous
auriez été pendu avec elle.

Le peintre haussa les épaules.

— C'est possible, fit-il tranquillement; mais cette vie répondait à mes goûts de liberté et d'indépendance. Il va sans
dire que je ne prenais aucune part aux expéditions des bandits. Je vivais uniquement pour mon art.

— Il m'étonne alors qu'ils vous aient souffert parmi eux.

— Je faisais leurs portraits, cela les flattait singulièrement.
Vous riez — mais les bandits ont leur orgueil eux aussi. Cela
se voit tous les jours, et plus ils sont puissants et redoutés
plus leur orgueil est immense. Nous avons des bandits en
grand, des bandits au-dessus de la loi, et les brigands parmi
lesquels je vivais sont des innocents à côté de ces gens-là.

— Bah, ces gens-là sont rares heureusement, fit le marquis en riant, on n'en trouverait pas à Naples, par exemple?

— Vous croyez — mais ces brigands-là vivent au milieu
de nous. Nous savons de reste qu'ils sont pires que les ti-
reurs de bourse, et cependant nous ne parvenons pas à nous
garder de leurs coups!

Selva jeta un coup-d'œil furtif et menaçant sur le peintre.

— Pourquoi ne vous défendez-vous pas? fit-il avec hauteur.

— Pourquoi? Tout effort individuel serait inutile; une action
commune peut seule anéantir les brigands dont je parle et qui
ne se trouvent pas dans les forêts . . . . . mais veuillez me
suivre, nobles seigneurs, continua le peintre en changeant
subitement de ton et d'expression, et, bien que nous soyons
au cœur de Naples, vous vous trouverez sur l'heure parmi des
brigands — — — seulement vous n'aurez rien à redouter
d'eux.

Salvatoriello avait soulevé une lourde portière. Ses hôtes
le suivirent et se trouvèrent dans un cabinet où trois modèles
étaient artistement groupés sur un tréteau. Deux brigands à
figure sinistre occupaient le premier plan. Tous deux portaient l'escopette, le chapeau pointu, et le manteau rejeté sur

l'épaule. Une jeune femme se tenait debout à côté d'eux.
C'était une piquante brune, à l'œil hardi et étincelant coiffée
d'un chapeau pareil à celui de ses compagnons, et munie
comme eux d'une escopette qu'elle portait avec une aisance
parfaite.

Les deux Espagnols n'étaient pas suffisamment artistes pour
pouvoir admirer, comme elle le méritait, l'ordonnance savante
de ce groupe. Salvatoriello ne s'y trompait pas; il leur réservait un spectacle plus conforme à leurs goûts. Il ouvrit
la porte d'un second cabinet et Riperda laissa échapper une
exclamation bien sentie de surprise et d'admiration. Deux
jeunes filles, vêtues à l'antique, étaient à demi couchées sur
un divan très bas. Toutes deux présentaient des formes très
différentes mais également accomplies dans leur genre. Toutes
deux étaient si idéalement, si parfaitement belles que les deux
visiteurs restaient cloués au sol. Jamais ils n'avaient rencontré de si parfaites beautés.

Don Selva s'arracha le premier à cette contemplation et
se dirigea avec Salvator vers une troisième pièce. Le marquis les y suivit à regret. Un bohémien du type le plus pur
était assis au milieu des mannequins, des chevalets, des toiles,
des vêtements et des accessoires de toute nature qui encombraient cette pièce. Il prenait un frugal repas qu'il n'interrompit point à l'arrivée des visiteurs. C'était un homme
dans la force de l'âge, portant une culotte courte en velours,
et une sale chemise blanche. Une chaîne de boules d'argent
descendait de l'épaule à la hanche, et sa chemise ouverte
laissait voir une amulette suspendue à son cou. Un violon
gisait par terre à côté de lui.

— C'est ce Bohémien que je fais surtout poser pour le
moment, dit Salvator. Il m'est précieux, mais j'ai eu bien
de la peine à le retenir.

— Si j'avais le choix, je préférerais à ce sale compagnon
les deux belles créatures que nous venons de voir, fit Riperda.

— Si vous y teniez, dit Salvator, je pourrais vous conduire dans un endroit où vous verriez des choses superbes, des tableaux qui semblent animés....

— Ici, à Naples?

Sans doute. Il est arrivé depuis peu un Egyptien qui a fait arranger ici, pour quelque temps, une espèce de temple magique. Il y a là des choses vraiment incompréhensibles à voir et à entendre. Ce qui m'a le plus intéressé ce sont des représentations des anciennes divinités. C'est admirable, et ce magicien est réellement très fort.

— Comment s'appelle-t-il? Où est-il? demandèrent en même temps les deux Espagnols.

— Je ne sais pas son nom. Il tient toute l'affaire absolument secrète, et ne reçoit que quelques initiés qui ont juré de garder le silence le plus absolu.

— J'aimerais cependant bien voir ces représentations! s'écria Riperda.

— Nous trouverons bien moyen de nous faire recevoir, dit Selva. Je suis sûr que don Tito en serait aussi!

— Si cela peut vous être agréable, nobles seigneurs, je vous conduirai volontiers une de ces nuits dans le temple de l'Egyptien, dit gracieusement le peintre.

— Nous acceptons votre offre, maître Rosa, s'écria le marquis. Comptez sur le capitaine ici présent, sur don Tito Silvestre et sur moi! Nous viendrons vous chercher une de ces nuits prochaines!

— C'est entendu!

La visite était terminée. Salvator reconduisit ses hôtes sur l'escalier, et les trois jeunes gens se séparèrent en se disant: Au revoir!

Chapitre XXVIII.

Les noces.

L'heure fixée pour la bénédiction nuptiale approchait. Les rues conduisant du château à l'église Sainte Marie Majeure étaient jonchées de fleurs ; les maisons avoisinantes se paraient de guirlandes et de tapis, et tandis que les soldats espagnols se rangeaient en cordon sur tout le parcours du cortège, les femmes de donna Elvira s'empressaient autour de leur jeune maîtresse et donnaient le dernier coup de main à sa parure de fiancée.

La princesse était debout devant le haut miroir de cristal de son boudoir. Elle jeta un coup-d'œil scrutateur sur l'ensemble de sa toilette, puis elle renvoya ses caméristes et resta seule avec donna Diana qui arrangeait les plis du long voile nuptial. Cette importante affaire terminée, la petite dame d'honneur se releva et tendit à sa maîtresse l'étincelante parure que le duquecito avait déposé aux pieds de sa fiancée, puis le diadème en brillants, envoyé par Philippe d'Espagne à sa favorite, et entouré pour la circonstance de branches de myrte fleuri.

La sémillante Diana portait une robe de soie bleue sur laquelle retombait un long vêtement de dentelle. Elle était charmante ainsi, et paraissait plus heureuse et plus gaie que la fiancée elle-même.

— Ce diadème est éblouissant! dit-elle avec admiration en le posant délicatement sur la tête de sa jeune maîtresse. Les grosses pierres lancent de véritables éclairs et brillent de toutes les couleurs de l'arc-en-ciel. Vous êtes admirablement belle, princesse! On dirait une reine — laissez-moi vous contempler et vous rendre hommage à genoux!

— Levez-vous, donna Diana, levez-vous, dit tristement Elvira en tendant la main à l'enthousiaste dame d'honneur. Croyez-vous que tant d'éclat, de pompe, de richesse suffisent pour rendre heureux? Tenez, ce jour longtemps espéré devrait être un jour de joie, un jour de félicité — et pourtant il s'y mêle une note discordante. J'ai le cœur plein de tristes pressentiments que je ne puis ni bannir ni expliquer!

— Chassez ces vilaines pensées, princesse. Est-ce le moment d'être triste? Vous allez vous lier éternellement à celui que vous aimez et vous donnez accès dans votre cœur à d'autres sentiments que le bonheur et la joie...

— Je souffre cruellement, interrompit Elvira. Je devrais être heureuse, bien heureuse, et l'avenir me fait peur! J'ai fait un affreux rêve, la nuit dernière.

— Vous en êtes encore toute pâle! dit tendrement la dame d'honneur. Il faut vous remettre.

— Jamais je n'ai fait un rêve pareil, jamais! J'en frissonne encore! Il me semblait que le château du duc était en flammes....

— Les flammes signifient la joie!

— J'étais seule dans une vaste pièce — tout à coup les flammes s'élevèrent de tous côtés et me montrèrent le duquecito étendu sur le sol. Le sang l'inondait — c'était un horrible spectacle! Je me jetai sur lui en criant, et je voulais essayer de le soulever lorsque la figure de Tito surgit à côté de moi. Il étendait les bras pour me saisir — il voulait m'étrangler — je sentais ses mains à mon cou et j'étais incapable d'appeler au secours — enfin je m'éveillai — une sueur froide mouillait mon front, je tremblais de tous mes membres et je voyais toujours cet horrible spectacle!

— Un affreux rêve, en effet — mais un rêve seulement. Il n'y faut plus penser.

— Je ne puis l'oublier, donna Diana. J'en revois constamment tous les détails.

— Et c'était don Tito qui vous effrayait?

—Il me fait peur! murmura Elvira.

— C'est un enfantillage. Vous êtes au-dessus de lui, et vous serez sous la protection du prince votre époux.

— Mon époux! Vous avez raison, donna Diana, de me rappeler ainsi que j'ai atteint le but de tous mes désirs. Dans une heure je serai l'épouse d'Alfonso !..... et je ne puis être heureuse ! . . . Il le faut cependant — je veux l'être ! Je veux chasser ces tristes pressentiments et ne penser qu'à mon bonheur !...

En cet instant, une cameriste parut à la porte du boudoir. Elle venait annoncer que la princesse de Mendoza désirait voir encore une fois sa fille avant qu'on se rendît à l'église.

Elvira obéit; elle descendit dans un des grands salons où sa mère la reçut avec une orgueilleuse tendresse. La mère et la fille restèrent quelques instants embrassées, puis elles se préparèrent à partir pour l'église.

Les dames de la suite étaient réunies — tout était prêt! De somptueux équipages attendaient devant le palais pour conduire d'abord les demoiselles d'honneur et la suite, puis la princesse mère et enfin la fiancée à l'église de Sainte Marie Majeure.

Les cloches de la ville sonnaient à toute volée. Elles appelaient le peuple et annonçaient au loin et au près la grande fête du jour. Une foule compacte se pressait sur tout le parcours du cortège et sur la place de l'église. Les femmes y étaient en majorité, soumettant choses et gens à une critique minutieuse, et échangeant mille remarques sur tout le personnel de la noce. Les hommes se tenaient à l'écart, et l'on eut pu entendre au milieu d'eux mainte parole indignée ou menaçante à la vue du luxe insensé deployé dans cette fête.

De riches tapis couvraient les dalles du portail et de l'église;

les fleurs, semées partout avec une profusion inouïe, embaumaient l'air de leurs parfums, les bannières, les draperies flottaient au vent et montraient partout les armoiries unies des maisons d'Arcos et de Mendoza.

Un long cortège d'invités défila d'abord devant les flots de curieux qui se pressaient derrière le cordon formé par les gardes du corps. Grands seigneurs, nobles dames, hauts fonctionnaires, représentants étrangers, officiers et courtisans, tous passaient insouciants et gais, étalant leurs riches costumes sous les yeux de ce peuple écrasé d'impots.

L'équipage du vice-roi parut enfin et s'arrêta devant le portail de Sainte Marie Majeure. Le duc, accompagné de deux adjutants, pénétra hautain et fier dans l'église, et se dirigea lentement vers la gauche du maître-autel où il fut reçu par les grands d'Espagne, les princes et les seigneurs de son entourage.

Le duquecito suivait, accompagné de don Lorenzo et d'un officier de sa suite. Alfonso était pâle, sa figure soucieuse contrastait avec l'air de fête de tout ce qui l'entourait. Où donc était l'heureux fiancé?

Il entra vivement dans l'intérieur de l'église. On eut dit qu'il était pressé de se soustraire aux regards de la foule. Les curieux placés au premier rang échangèrent quelques remarques étonnées sur l'air attristé du jeune prince, mais leur attention fut bientôt sollicitée par l'apparition de la fiancée.

La voiture de donna Elvira s'était arrêtée devant le portail. La princesse en descendit et jeta involontairement un regard interrogateur sur le peuple rassemblé sur son passage, Attendait-elle une acclamation de bienvenue?

Pas un cri ne s'éleva. Un morne silence répondit à ce regard, et la fiancée passa le cœur lourd, l'âme attristée devant ce peuple sur lequel elle pensait régner un jour.

Elle fut reçue dans l'église par la princesse de Mendoza et les dames de la suite réunies du côté droit de la nef.

L'heure était venue! Les deux cortèges se mirent en mouvement et s'approchèrent à pas mesurés du maître-autel où les deux fiancés devaient se rencontrer.

En cet instant, une jeune fille hors d'haleine se frayait un chemin à travers la foule et essayait d'arriver jusque dans l'église —

C'était Fenella, la Muette de Portici.

L'émotion lui prêtait des forces surhumaines. Hommes et femmes se serraient involontairement pour la laisser passer. Elle avançait, haletante, le visage pourpre, les yeux grands ouverts, les membres secoués par l'angoisse et la fièvre, insensible à tout ce qui l'entourait, n'ayant qu'une idée, qu'un but: arriver à temps pour empêcher ce mariage que les cloches lui avaient annoncé!

Une détonation violente remplit les airs. Toutes les boîtes placées sur les créneaux des tours partaient en même temps pour annoncer le commencement de la cérémonie.

Les deux fiancés étaient arrivés sur les marches du maître-autel, et le vénérable cardinal Filamarino s'avançait pour les unir lorsqu'un cri perçant retentit dans l'église — un cri si désespéré que la princesse pâlit, et que le cardinal joignit involontairement les mains.

Alfonso se retourna et frissonna de la tête aux pieds. Il venait d'apercevoir Fenella, la Muette de Portici. La malheureuse enfant, saisie au cœur, avait trouvé pour la première fois un son pour exprimer sa souffrance, mais un son qui n'avait rien d'humain, et qui glaça jusqu'à la moelle tous ceux qui l'entendirent.

Quelques hommes de la garde du corps placés à l'entrée de l'église s'étaient jetés sur Fenella qui s'avançait avec des gestes insensés vers le maître-autel. Ils saisirent la malheureuse, et l'entraînèrent brutalement au dehors.

Le calme s'était rétabli dans l'église; la cérémonie suivait son cours. Les sons de l'orgue avaient cessé, et le cardinal, à peine remis de son émotion, élevait ses mains bénissantes sur le jeune couple agenouillé devant lui.

Elvira tremblait de tous ses membres. Un froid mortel l'avait saisie. Ce cri de détresse, poussé par sa malheureuse rivale, elle n'en comprenait que trop la signification. Elle avait vaincu, Alfonso lui appartenait, mais ce cri allait s'élever comme une barrière infranchissable entre elle et l'homme qu'elle aimait. Ce cri, c'était le malheur s'abattant sur sa jeune vie — — — qu'allait-il arriver? Que lui réservait l'avenir? . . .

La voix du cardinal remplissait l'église. Ses paroles inspirées, émues imploraient la bénédiction du ciel sur les deux fiancés qu'il unissait à jamais — Alfonso et Elvira ne l'entendaient pas — tous deux répondaient machinalement à ses demandes — et, la cérémonie achevée, tous deux se laissèrent emmener au château sans prendre aucune part à ce qui se faisait autour d'eux . . .

Pendant ce temps, Fenella avait été entraînée sous le portail. Elle se défendait vaillamment, le désespoir doublait ses forces, et les gardes se demandaient s'ils parviendraient à s'en rendre maîtres. Elle voulait rentrer dans l'église, et ses efforts désespérés l'avaient déjà rapprochée de la porte intérieure lorsqu'un des soldats, furieux, la saisit par sa longue chevelure et la traîna ainsi jusque sur la place.

Un cri d'indignation partit de la foule; cent bras se levèrent à la fois pour défendre cette fille du peuple maltraitée par les sbires du duc.

— C'est la Muette de Portici! criaient mille voix. C'est cette pauvre fille que les démons espagnols traînent par les cheveux! Mort aux étrangers! mort aux tyrans!

La colère longtemps contenue éclatait dans toute sa violence. Les quelques soldats qui s'étaient emparés de Fenella furent entourés en un instant par une foule furieuse. Ils essayèrent vainement de tirer leur épée pour se défendre. Leurs armes furent arrachées, et dirigées contre eux.

Ils étaient perdus au milieu de cette multitude menaçante!

Les gardes, toujours rangés en cordon pour protéger le cortége nuptial à sa sortie de l'église, n'avaient pu quitter leur poste pour courir au secours de leurs camarades, mais leur chef avait donné l'alarme, et les trabans du duc accouraient, la hallebarde à la main, pour charger le peuple. La mêlée devint effroyable. Les femmes se tordaient les mains en criant; les hommes, toujours prêts au combat, se tournaient contre les soldats espagnols qui arrivaient de tous côtés...

L'issue de cette échauffourée ne pouvait être douteuse. La foule désarmée reculait peu à peu, tandis que quelques pêcheurs et quelques hommes résolus luttaient vaillamment au premier rang et s'efforçaient de couvrir la retraite.

Fenella avait perdu connaissance — elle s'était affaissée sur elle-même, et allait être infailliblement écrasée par les combattants furieux, lorsqu'un pêcheur âgé se fraya adroitement un chemin jusqu'à elle. C'était le vieux Pietro qui la suivait de l'œil à distance et qui l'avait vue tomber.

Tandis que les trabans du duc chargeaient le peuple, faisaient de nombreuses arrestations, blessaient et tuaient tous ceux qu'ils pouvaient atteindre et nettoyaient la place, Pietro avait atteint la Muette de Portici.

Les soldats espagnols ne pensaient qu'à disperser la foule; ils ne s'inquiétaient plus de la malheureuse enfant, cause première de la mêlée. Le vieux pêcheur releva Fenella, toujours inanimée, et l'emporta sans que personne essayât de la lui disputer.

~~~~~~~~~~

LA MUETTE DE PORTICI.

DEUXIÈME PARTIE.

Chapitre I.

Le pavillon du bord de la mer.

A l'époque dont nous parlons, on trouvait à quelques pa
de la ville, et non loin de la mer, un vaste jardin ou par
qui portait les traces les plus évidentes de l'abandon et d
manque de culture le plus complet.

Nulle main soigneuse n'avait passé par-là depuis de longue
années, pas un pied n'avait foulé les allées envahies par d
hautes herbes. La végétation s'était développée librement
les bosquets étaient devenus d'impénétrables fourrés, les vieu
arbres avaient étendu leurs fortes branches et les berceau
de jasmins et de roses s'étaient changés peu à peu en temple
touffus et embaumés. En quelques endroits, le feuillage étai
si épais que les rayons du soleil ne le perçaient qu'à gran
peine; dans d'autres, les noirs cyprès et les pins formaien
une forêt profonde où régnait une perpétuelle obscurité.

Ce parc formait un vaste carré. Il s'étendait jusqu'à l
mer qu'il dominait du haut de rochers escarpés, incessammen

battus par les vagues. Les trois autres côtés étaient fermés par un vieux mur d'enceinte assez élevé, mais dont la partie supérieure menaçait ruine.

L'antique parc et le pavillon qu'il contenait avaient appartenu à un vieux prince célibataire. Ce personnage y avait vécu longtemps oublieux et oublié du monde, et s'y était éteint en léguant sa propriété à des parents éloignés qui vivaient dans de grandes terres au nord de Rome, et se souciaient fort peu du jardin et du pavillon du bord de la mer.

En entrant par la porte principale, on embrassait d'un coup-d'œil les mystérieuses allées de verdure, les verts gazons, les buissons fleuris et les groupes serrés des vieux arbres; tout cela aussi luxuriant, aussi exhubérant que devait l'être le domaine enchanté de la Belle au bois dormant.

Plusieurs chemins sillonnaient le parc. L'un d'eux, le plus large, conduisait par le milieu du jardin jusqu'à un bassin de marbre caché sous un berceau de verdure. L'eau avait tari depuis longtemps. Des plantes parasites s'enroulaient autour des ornements et des sculptures du bassin; l'herbe et la mousse formaient de moelleux tapis, et les parois du berceau étaient devenues de véritables murailles de verdure. Le chemin courait, de là, au travers d'une forêt de pins et de cyprès, et conduisait enfin jusqu'à une large terrasse sur laquelle on arrivait par une vingtaine de marches recouvertes de mousse.

Un petit pavillon s'élevait solitairement sur cette terrasse. C'était une espèce de résidence d'été du style le plus étrange, solidement construite d'ailleurs, et éclairée par de hautes et nombreuses fenêtres.

L'extrémité de la terrasse reposait sur les rochers qui montaient de la mer, et l'on jouissait de là, aussi bien que du pavillon, d'une vue incomparable.

Le vieux prince qui s'était arrangé cette retraite s'était séparé des hommes et du bruit par le haut mur d'enceinte et les grands arbres qui fermaient son domaine de trois côtés.

Il voulait oublier le train du monde, mais il avait gardé la vue de cette mer éternellement jeune, éternellement belle dans ses aspects si divers. Le golfe de Naples s'étendait tout entier devant ses yeux. Le vieil original en connaissait les contours, les teintes et les effets. Il avait vu la mer s'empourprer aux feux du couchant; il l'avait admirée à la pâle clarté de la lune; il en avait sondé les noires profondeurs dans les nuits obscures, elle lui avait souri aux heures matinales du jour; il l'avait vue sereine, morne ou courroucée et jamais il ne s'était lassé de ce spectacle.

Le pavillon paraissait bien conservé. L'entrée principale, un large portail cintré faisait face au jardin, mais on pouvait sortir du côté de la mer par une petite porte ouvrant directement sur la terrasse. L'étrange maisonnette, dont le toit était surmonté d'une coupole, devait contenir cinq ou six pièces. Les fenêtres en étaient soigneusement closes, et avaient gardé les lourds rideaux dont le prince les avait fait garnir.

Personne n'avait habité le pavillon depuis la mort du solitaire qui s'y était trouvé si heureux. Le bruit avait bien couru à Naples que la mystérieuse propriété avait trouvé un acquéreur, mais rien n'avait changé dans cette retraite. La porte était restée close comme elle l'était depuis si longtemps et l'on oublia bientôt des bruits dont rien ne venait prouver l'authenticité.

Le parc devait être habité, cependant! Des pêcheurs avaient vu des formes sombres passer et repasser sur la terrasse au clair de lune. Ils affirmaient que l'ombre du vieux prince hantait encore sa demeure, et que tout ne se passait pas naturellement au pavillon. Ces récits avaient fini par donner un caractère suspect à cette retraite déjà si mystérieuse, et le peuple tenait pour démontré que le parc et la maisonnette servaient de rendez-vous aux esprits.

On était à la veille du mariage princier. La nuit était venue; la lune se levait dans un ciel sans nuages, et versait sa lumière argentée sur la terre, lorsque trois hommes, enveloppés de manteaux de couleur sombre, sortirent de la ville, et prirent le chemin écarté qui conduisait à la porte d'entrée du parc.

— Nous allons avoir une nuit aventureuse, dit tout bas l'un des promeneurs. Vous avez excité ma curiosité, Riperda, mais ce qui me surprend davantage, c'est que don Selva, peu porté d'ordinaire vers ces sortes de choses, ait été alléché lui aussi par cette mystérieuse promesse.

— J'espére que vous ne serez pas déçu, don Tito, répondit le marquis. Je ne peux pas vous donner de détails sur ce que nous allons voir, je n'en sais pas plus que don Selva, mais ce sera certainement quelque chose d'extraordinaire.

— Ce doit être un sorcier égyptien, ajouta Selva. Un drôle de sorcier qui ne déploie ses talents que devant des élus!

— Et le peintre vous a donné rendez-vous ici?

— Oui. Il doit nous attendre vers le mur du vieux parc pour nous introduire chez l'Egyptien.

— Savez-vous qu'on ne peut guère se fier à ce peintre, observa Tito. Il appartient, dit-on, aux mécontents. S'il nous avait attirés dans un piège?

— Eh bien, nous nous défendrions, répondit Selva. N'avons-nous pas nos épées?

— Il devait nous attendre ici?

— Sans doute!

— On ne l'aperçoit pas!

Les trois Espagnols s'approchèrent tout à fait du vieux mur. Le silence le plus profond régnait dans cette solitude, et l'obscurité était encore augmentée par l'ombre des grands arbres qui dépassaient le mur en maints endroits. Rien ne remuait, et les trois courtisans se regardaient d'un air assez embarrassé lorsqu'une forme sortit tout à coup de l'ombre du portail et s'approcha des nocturnes promeneurs.

C'était Salvator Rosa.

— C'est bien vous, maître Salvator? s'écria joyeusement le marquis.

— Certainement. Je vous attendais, comme je vous l'avai
promis.

— Où se cache donc votre Egyptien? demanda Selva. J
ne vois ici ni maison, ni tente.

— Nous y arriverons. Permettez que je vous conduise.
Tito s'était approché du peintre.

— Me connaissez vous, signor? lui demanda-t-il.

— J'ai cet honneur !

— L'égyptien est-il averti de notre visite?

— Il ne s'informe jamais du nom de ses visiteurs, répon
dit Salvator ; il est même assez probable qu'il ne se montrer
pas à nous.

— Peu m'importe, pourvu que nous voyons ses tours, di
Riperda. Vous nous avez promis la vue de beautés dépassan
encore vos modèles, c'est ce que nous a attirés ici.

— Ce n'est pas tout. Vous pourrez demander à voir de
personnes mortes ou absentes et elles apparaîtront immédiate
ment devant vous, mais ce qui m'a paru plus surprenan
encore, c'est un sphinx, un sphinx qui semble vivre. Il ré
pond à toutes les questions et prédit les choses à venir, e
cela, d'une manière qui échappe à toute explication naturelle

— Il dit la bonne aventure?

— C'est plutôt une imitation des oracles anciens, répondi
Salvatoriello en s'approchant du portail.

— Où nous conduisez-vous, maître? demanda Selva.
Le peintre répondit en ouvrant la lourde porte d'entrée d
parc.

— Veuillez entrer, nobles seigneurs, dit-il poliment.

— Votre sorcier se tient donc dans ce vieux parc? fi
Tito.

— Dans le pavillon du bord de la mer.

— C'est étrange! Comment a-t-il eu l'idée de venir s
loger là?

— L'endroit lui aura paru aussi mystérieux que l'art qu'i

voulait y exercer, fit Riperda. C'est pour cela qu'il l'aura choisi.

Les trois courtisans avaient franchi le seuil de la porte. Salvatoriello la referma soigneusement derrière eux. La lune répandait une lumière magique sur les vieux arbres et sur les bosquets touffus, d'où s'échappaient d'enivrants parfums. Ces senteurs, cette lumière et ces ombres formaient une atmosphère enchantée, et le parc tout entier offrait un coup d'œil si saisissant, si fantastique que les trois Espagnols s'arrêtèrent involontairement pour regarder autour d'eux.

— Qui se serait douté de ce que cachait ce vilain mur, s'écria Riperda. Quelle végétation luxuriante! Quelle richesse! On se croirait transporté dans le monde des fées!

Salvatoriello marchait le premier. Arrivé vers le bassin de pierre, il le tourna et s'enfonça, toujours suivi des trois courtisans, dans l'allée obscure formée par les pins et les cyprès. La clarté de la lune ne pénétrait pas sous ce feuillage noir et épais; tout était sombre, les nocturnes visiteurs allaient droit devant eux, un peu à l'aventure, et cette marche mystérieuse agissait singulièrement sur les esprits.

Tout à coup l'allée s'ouvrit, et laissa voir le pavillon, éclairé en plein par la lune, la terrasse, et les larges marches qui y conduisaient.

Les trois Espagnols suivirent silencieusement leur guide sur la terrasse, et s'arrêtèrent fascinés, éblouis, devant le spectacle qui s'offrait à leurs yeux.

La mer s'étendait devant eux, vaste immense, sans bornes, se confondant au loin avec le ciel, et coupée par le reflet de la lune qui formait à sa surface un large sillon d'argent. Rien ne troublait le calme solennel de ces solitudes; tout était paix et silence au loin et au près. Le coup d'œil était grandiose, magique, et les visiteurs saisis le contemplaient avec une muette admiration.

Le peintre attendait à l'écart que ses compagnons se fussent rassasiés de ce spectacle. Quand ils revinrent vers lui, il s'approcha du pavillon, et fit retentir une petite cloche placée au haut de l'escalier.

La cloche vibrait encore que la porte, obéissant à une main invisible, s'ouvrait devant les visiteurs et leur montrait une petite salle ronde éclairée par le haut. Cette rotonde était fermée par des colonnes courant le long d'une paroi aux vives couleurs. Elle ne contenait aucun meuble. On n'y voyait qu'un obélisque couvert du haut en bas de hiéroglyphes, et qui rappelait dès l'abord la nationalité du maître de ces lieux.

La porte se referma sur les quatre visiteurs. Salvatoriello, qui semblait très au courant des habitudes de la maison, s'avança vers le fond de la rotonde, et tira un cordon noir qui pendait entre deux piliers. Il l'avait à peine touché qu'une cloche au son argentin retentit à quelque distance. En même temps, un chant pur et éthéré frappa les oreilles des Espagnols. On eut dit un chœur d'anges descendant des sphères éternelles.

— Qu'est-ce que cela signifie? D'où vient ce chant? demanda le marquis en se tournant vers Salvator Rosa.

Le peintre lui fit signe qu'il n'était pas permis de parler dans cette enceinte. Partout ailleurs, les orgueilleux Espagnols eussent répondu avec hauteur et mépris à une observation de ce genre, mais l'athmosphère mystérieuse de l'endroit semblait avoir agi sur leur humeur, car ils se soumirent sans murmurer, et ne se permirent plus aucune remarque.

Pendant ce temps, le fond de la rotonde s'était ouvert sans bruit et laissait voir une pièce absolument sombre.

Salvator Rosa fit un geste pour inviter ses compagnons à l'y suivre.

Selva et don Miguel passèrent sans hésitation dans cette pièce obscure, mais Tito s'arrêta un instant sur le seuil. Il se décida enfin à suivre ses amis et pénétra après eux dans ce mystérieux sanctuaire. La porte de la rotonde se referma derrière lui, et les quatre visiteurs se trouvèrent dans la plus complète obscurité.

Le chant devenait de plus en plus distinct. Les voix étaient si pures, si sonores, si argentines que les auditeurs ravis se sentaient enlevés à la terre.

Tout à coup le chant cessa.

On eut dit qu'un coup de vent violent passait dans la pièce.

— Qui que vous soyez, dit une voix qui semblait sortir de terre, jurez de ne rien révéler de ce que vous verrez et entendrez ici !

— Nous le jurons ! s'écrièrent Selva, Miguel et Salvator Rosa.

— Il manque encore une voix ! Jurez tous !

— Je le jure aussi, dit Tito ainsi pris à partie, mais si nous ne devons rien révéler de ce que nous verrons, pouvons nous faire savoir au moins à nos amis et connaissances que l'on trouve un magicien ici ?

— Ecoutez encore un commandement, et gardez-vous de l'oublier ! continua la voix sans répondre à la question de Tito. Vous pouvez demander à voir ce que vous voulez — mais ne vous hasardez pas à vous approcher des tableaux vivants et à les toucher — ce serait votre mort ! Vous êtes ici dans la chambre de l'œil ; ce que vous désirerez voir vous apparaîtra immédiatement !

— Eh bien, rendez-nous notre belle Espagne, s'écria don Miguel. Montrez-nous Aranjuez !

Le chant se fit entendre de nouveau, et quelques secondes s'étaient à peine écoulées que la paroi obscure s'écartait lentement. L'antique château royal d'Aranjuez était là, inondé de soleil, entouré de ses palmiers balancés par la brise et de ses sombres chataîgniers. C'était bien la fière résidence, telle que les Espagnols l'avaient toujours vue.

— Aranjuez ! murmura Selva, Aranjuez !

La fibre nationale des courtisans se réchauffait à la vue de l'antique palais si cher au cœur de tout Espagnol. Ils eussent voulu se repaître de ce spectacle, mais la lumière venait de s'éteindre et le magique tableau avait disparu avec elle.

— Merveilleux — vraiment merveilleux! exclama Tito.

— Vous pouvez demander trois choses, murmura Salvator Rosa.

— C'est peu, fit le marquis avec regret. Pas de demande irréfléchie, mes amis. Que voulez-vous voir, don Tito?

— De belles femmes, comme vous nous l'avez promis, répondit Tito.

Ces paroles étaient à peine prononcées que la paroi s'écartait de nouveau et montrait une petite île rocheuse s'élevant au-dessus d'une eau claire, limpide et brillamment éclairée. Trois femmes d'une admirable beauté, trois sirènes, se tenaient sur les pierres, prêtes à se jeter dans l'eau où deux de leurs compagnes étaient déjà cachées jusqu'à mi-corps, et leur tendaient les bras en souriant. On eut dit une toile subitement déroulée, tant l'immobilité des sirènes était complète, et cependant la vie circulait à flots dans ce magique tableau. Ces séduisantes créatures n'étaient pas peintes, elles vivaient et rayonnaient d'une idéale beauté. Un chant doux et voilé, un chant qui n'appartenait pas à la terre, accompagnait cette scène muette et en doublait l'effet.

L'obscure paroi venait de se refermer sur le tableau vivant, et les spectateurs se retrouvèrent dans les ténèbres.

— C'est de la sorcellerie! murmura le marquis. Sur mon âme, je n'ai jamais vu d'aussi belles créatures!

— C'est trop court, malheureusement, dit Tito à voix basse. A vous de demander le troisième tableau, Selva.

— Je vous laisse ce soin, don Tito, répondit le capitaine. Demandez ce que vous voudrez!

— Mettez l'Egyptien à l'épreuve, fit Riperda en se penchant à l'oreille de Tito. Demandez à voir quelqu'un que vous seul connaissez.

— Vous avez raison, murmura Tito. Faites paraître la nonne Madalena, ajouta-t-il à haute voix.

La musique recommença, mais lente et mesurée. On eut dit un chœur de nonnes se rendant à la messe. La paroi s'entr'ouvrit et Lucia Falcone parut — Lucia, couchée sur la paille dans le cachot du couvent — Lucia son enfant dans ses bras, les mains convulsivement serrées, et les yeux levés vers le ciel —

Tito pâlit — il n'était pas le jouet d'une illusion. Ce qu'il avait devant les yeux, c'était la réalité, c'était Lucia, telle qu'elle était dans la cellule souterraine; c'était elle, la malheureuse — elle vivait!

Le séducteur recula. Ses regards fixes ne quittaient pas la victime qui venait de lui apparaître — sa main tremblante cherchait involontairement son épée! Comment ce magicien étranger pouvait-il lui montrer Lucia elle-même? C'était plus qu'il ne demandait, plus qu'il ne pouvait permettre. Il lui fallait une explication!...

Une fureur aveugle s'était emparée de lui. Avant que ses compagnons eussent pu le retenir, il s'était élancé sur le tableau accusateur — — mais au même instant tout disparut, et le téméraire, frappé par une main invisible, tomba lourdement sur le sol....

La paroi s'était refermée. Tout était sombre et la pièce se remplissait d'une vapeur étourdissante. Salvator Rosa seul conservait assez de calme et de présence d'esprit pour porter secours à Tito. Il s'avança en tâtonnant jusque vers l'endroit où l'imprudent était tombé, lui aida à se relever, et l'entraîna avec ses deux compagnons dans la rotonde éclairée dont la porte venait de s'ouvrir sans bruit.

— Vous n'avez pas de mal, noble seigneur, dit le peintre en s'adressant à Tito, mais vous auriez pu payer cher votre imprudence. Vous avez irrité le magicien en enfreignant ses ordres! Il est inutile de vouloir obtenir autre chose de lui pour aujourd'hui!

Les trois Espagnols se frottaient les yeux, se secouaient et reprenaient peu à peu leurs esprits. Ils semblaient sortir d'une ivresse pareille à celle que procure l'opium.

— Quels tableaux magiques! murmura don Miguel avec extase.

— Magiques, en effet! ajouta Tito en s'efforçant de retrouver son assurance. J'ai voulu m'assurer si le dernier tableau n'était vraiment qu'une toile peinte, et j'ai oublié, je l'avoue, la défense du sorcier!

— Vous pouvez voir, mais non toucher, répondit Salvator. Partons!

— Quel dommage, dit Riperda. J'aurais bien voulu revoir ces adorables sirènes! Et ne disiez-vous pas, maître Salvator qu'il y avait d'autres choses mystérieuses à voir dans le pavillon de l'Egyptien?

— Vous avez pénétré dans la chambre de l'œil, nobles seigneurs, répondit le peintre; il y a encore la chambre de l'oreille où se trouve le sphinx qui parle!

— Il faut que je l'entende! s'écria le marquis.

— Pour cette fois c'est impossible, mais rien ne vous empêche de renouveler sans moi votre visite et d'interroger le sphinx. Vous connaissez l'endroit, maintenant!

Tout en parlant, le peintre avait ramené ses compagnons sur la terrasse. L'air vivifiant et frais de la mer ranima les Espagnols, et acheva de dissiper les fumées de leur cerveau. Tous trois respiraient à pleins poumons la brise légère qui agitait le feuillage des grands arbres du parc.

— Décidément, fit Tito en descendant les marches de la terrasse, il y a là de la sorcellerie! A-t-on jamais entendu parler d'un magicien qui montre ses tours à chacun sans aucune rétribution?

— Pardonnez, mon noble seigneur, dit poliment Salvatoriello, je m'étais permis d'inviter don Selva et don Riperda et c'était à moi à m'occuper d'obtenir l'entrée du parc. Si vous renouvelez votre visite, n'oubliez pas de jeter en passant quelques ducats dans une boite qui se trouve près de la porte d'entrée de la rotonde. Il m'est revenu d'ailleurs que chacun n'était pas admis indistinctement dans le sanctuaire du magicien!

— Oho, je voudrais voir qu'on nous en refusât l'entrée! s'écria Selva avec hauteur. Les portes n'ent sont pas fermées!

— Vous pouvez toujours entrer, don Selva; reste à savoir si vous trouverez toujours dans le pavillon ce que vous venez y chercher!

— On peut essayer! fit Riperda; en tout cas, nous vous sommes fort obligés, signor Rosa. Vous nous avez fait faire là une véritable découverte!

Les quatre visiteurs avaient traversé de nouveau l'allée des pins. Ils arrivèrent à la porte d'entrée, quittèrent le mystérieux parc et regagnèrent silencieusement la ville.

Chapitre II.

Hassan, le Maure.

— Tu n'es, sans doute, pas encore dégrisé depuis hier, que tu restes là comme une souche au lieu de faire ton service! criait le gros valet de chambre Gomez en s'adressant au domestique noir. Est-ce que tu dors encore?

Hassan s'était rapproché pendant cette mercuriale. — Un mot, sennor, un mot! fit-il d'un air important sans répondre à l'interpellation de l'arrogant valet de chambre, vous êtes l'homme le plus avisé de toute la cour, ne me direz-vous pas ce qui s'est passé hier pendant la cérémonie. J'y réfléchissais justement!

— Tu as autre chose à faire qu'à réfléchir à ce qui ne te regarde pas, moricaud. Tu ferais mieux de porter le déjeûner de son Altesse le duquecito!

— Le déjeûner? Est-il déjà prêt?

— Ne le vois-tu pas, là-bas, sur le dressoir? Je te disais bien que tu rêvais encore!

— Vous êtes en train de plaisanter aujourd'hui, sennor Gomez?

— En train de plaisanter? Et avec toi? s'écria le valet de chambre avec indignation. Pour qui me prends-tu? Un premier valet de chambre de son Altesse sérénissime le vice-roi de Naples plaisanter avec un païen comme toi!...

— Ne vous fâchez pas, sennor, fit le Maure en s'efforçant de prendre un air contrit. Je sais de reste que vous êtes un personnage important, un demi-duc, s'il faut tout dire, et je m'estimerais heureux de posséder votre faveur!

— Je suis certainement le bras droit de son Altesse!...

— Je le sais, sennor Gomez, je le sais! Qu'est-ce que le duc ferait sans vous? N'est-ce pas vous qui l'habillez le matin et le déshabillez le soir? N'est-ce pas vous qui lui portez son déjeûner? Son Altesse se coucherait certainement avec ses souliers à boucles et sa fraise, et jeûnerait perpétuellement si vous n'étiez pas là, sennor!

— Je crois vraiment que ce moricaud...

— Tout cela n'est rien encore, reprit Hassan avec une singulière volubilité. N'est-ce pas vous qui couchez dans l'antichambre de son Altesse; vous qui nettoyez sa table de travail? Vous êtes à moitié duc, on ne peut le nier, comme je suis à moitié duquecito, moi qui remplis auprès de don Alfonso les mêmes offices que vous auprès du vice-roi! Qu'en dites-vous, sennor Gomez? Et si le duc venait à mourir subitement? Don Alfonso serait vice-roi à son tour et Hassan serait le valet de chambre de son Altesse, tandis que sennor Gomez descendrait en grade. Ainsi va le monde! J'y pensais ce matin, et je me disais que vous étiez justement ce que je deviendrais un jour!...

— As-tu fini, vilain drôle? s'écria le valet de chambre exaspéré. Voyez-vous ce subalterne, ce moricaud, bon, tout au plus, à porter le parasol de notre princesse, qui se figure qu'il deviendra le valet de chambre d'un vice-roi! C'est à n'y pas croire! Où cette canaille prend-elle ses idées? A ton poste, fainéant! et tâche de t'occuper de ton service!

— On y va, sennor, on y va! fit Hassan avec une joyeuse grimace. Ne prodiguez pas inutilement vos belles paroles; elles ne me blanchiront pas — Hassan est et reste domestique tout comme vous, sennor Gomez, comme Pedro, Diego, Basilio et tous les autres. Au revoir, sennor, au revoir! il faut que j'aille demander à son Altesse le duquecito si je dois porter le vin et le chocolat!

Et le rusé compère sortit en riant de l'antichambre, laissant le gros Gomez à demi suffoqué par la colère et l'indignation.

Don Alfonso avait depuis longtemps quitté sa couche. La nuit avait été singulièrement agitée. Il avait vainement cherché le sommeil. Le cri de Fenella, ce cri déchirant, aigu, résonnait sans cesse à son oreille, ses yeux revoyaient partout la figure décomposée de la malheureuse enfant, et cette image ne lui laissait ni trève ni repos.

La nuit avait passé, lente, cruelle. Avait-elle été moins longue pour Elvira? L'heure si longtemps attendue avait sonné. Les deux fiancés étaient unis — Alfonso avait ramené la princesse au château, il l'avait conduite dans le somptueux appartement préparé pour elle à côté du sien, puis il avait à peine effleuré ses lèvres et s'était retiré chez lui....

Elvira avait compris. Elle connaissait trop bien, hélas, le motif de cette froide réserve, et son cœur se brisait à la pensée de l'avenir qui l'attendait. L'homme auquel elle était unie par des liens éternels, l'homme qu'elle aimait enfin ne lui rendait pas son amour; il ne l'avait jamais aimée. La beauté d'Elvira, ses charmes, sa confiante tendresse, la pression exercée sur lui par son entourage, tout s'était réuni pour enlacer et éblouir Alfonso. Il se réveillait trop tard de cette courte ivresse. Elvira lui appartenait, mais que lui importait cette conquête — il en aimait une autre, et l'aimait d'autant plus ardemment qu'elle était plus inaccessible pour lui.

Fenella le haïssait sans doute maintenant? Cette question préoccupait seule Alfonso. Il se la posait sans cesse, et semblait attendre pour la résoudre une réponse autre que celle qu'il se donnait à lui-même. Il se promenait avec agitation dans la chambre et tournait constamment les yeux vers la porte. Qu'attendait-il avec tant d'impatience?

La tête noire d'Hassan parut enfin à la portière. Alfonso se précipita vers son domestique.

— Enfin! murmura-t-il, enfin, te voilà! Qu'as-tu fait si longtemps?

Le Maure avait laissé retomber le rideau derrière lui.

— Je suis de retour depuis quelques heures, Altesse, dit-il tout bas, mais je craignais de vous déranger — je ne voulais pas être indiscret — une nuit de noces...

— As-tu été à Portici?

— Sans doute, Altesse, et j'ai bien risqué de n'en pas revenir!

— Pourquoi? Que t'est-il arrivé?

— Les habitants de Portici paraissaient de fort mauvaise humeur, répondit le Maure. Tout le village était en émoi. Ils méditent quelque chose, soyez-en sûr; j'ai cru comprendre qu'ils étaient fort mécontents des ordonnances de son Altesse.

— As-tu trouvé Fenella? L'as-tu vue?

— La Muette de Portici était dans sa chaumière; elle paraissait malade. Son frère et quelques autres pêcheurs étaient auprès d'elle.

— Tu n'as donc pas pu lui parler?

— Non, Altesse, impossible! J'ai essayé à plusieurs reprises de me rapprocher d'elle, tellement que les pêcheurs m'ont aperçu. Ils m'ont pris pour un espion, et j'ai eu fort à faire à me tirer de là sain et sauf.

— Fenella t'a-t-elle vu?

— Non, Altesse. La Muette était étendue, à l'écart, sur un lit de roseaux et de mousse. Elle semblait absolument insensible à tout ce qui se passait autour d'elle.

— La pauvre enfant était donc malade ?

— Elle en avait l'air. Je lui ai fait des signes, j'ai essayé de l'attirer au dehors de la chaumière, rien n'a réussi. J'espère être plus heureux une autre fois.

— Tu ne me rapportes donc pas la plus petite réponse; pas la moindre nouvelle?

— Tout ce que je puis vous annoncer, Altesse, c'est que les choses vont mal à Portici. Il s'y prépare quelque chose, et les pêcheurs semblent avoir juré la mort de tout ce qui touche au château.

Alfonso n'entendait pas — il se promenait avec agitation dans la pièce.

— Tu renouvelleras ta tentative, dit-il enfin en s'arrêtant brusquement devant le Maure. Il faut que tu retournes aujourd'hui ou demain à Portici!

— Fiez-vous à moi, Altesse! L'entreprise n'est pas sans dangers, mais Hassan n'est ni poltron ni maladroit. Nul mieux que lui ne peut obtenir la réponse désirée. Vous l'aurez, Altesse, vous l'aurez cette nuit ou demain. Puis-je servir le déjeûner?

Le duquecito fit un signe affirmatif. Hassan passa dans la chambre voisine pour s'assurer que rien ne manquait sur la table de son maître, puis il retourna dans l'antichambre où les gens de la cuisine déposaient le déjeûner.

Il s'approcha du dressoir, et s'arrêta, surpris, devant les pots d'argent, artistement ciselés, qui contenaient le vin et le chocolat que l'on servait ordinairement le matin au duquecito. Il lui semblait que quelqu'un avait touché aux deux pots, et les avait placés autrement qu'ils ne l'étaient lorsque Gomez les lui avait montrés. Etait-ce une illusion? Hassan aurait pu affirmer qu'il ne se trompait pas, mais le fait n'avait pas grande importance et le Maure ne s'en préoccupa pas longtemps. Il plaça les pots sur un grand plateau d'argent, porta le tout dans le petit salon où le duquecito avait l'habitude de déjeûner, et se posta près de la porte pour attendre son maître.

Il était là depuis un instant, charmant les ennuis de l'attente en agaçant un perroquet dont la cage était placée à quelque distance, lorsque don Alfonso entra.

Le prince s'approcha de la table, remplit un verre du vin que contenait le pot d'argent et le souleva d'un air distrait, mais à peine y avait-il porté les lèvres qu'il le retira vivement.

— Qu'as-tu fait à ce vin, Hassan? dit-il avec un geste de dégoût.

— A ce vin? Moi?...

— Oui, toi! s'écria le duquecito. Ce vin n'est pas naturel! Qu'y as-tu fait? Je veux le savoir! Avoue!...

Le Maure s'était troublé. L'observation qu'il avait faite en allant prendre les pots lui revenait subitement en mémoire et l'effrayait singulièrement.

— Pitié, Altesse.... grâce.... balbutia-t-il. Je ne sais rien!

— Tu mens. On a mêlé quelque chose à ce vin!

— Rien, Altesse, rien du tout. Je l'ai apporté tel que je l'ai trouvé sur le dressoir!

— Alors bois-le! s'écria Alfonso hors de lui en remplissant un autre verre qu'il tendit à Hassan — bois!

Hassan prit le verre d'une main tremblante, le porta lentement à ses lèvres, et le retira au moment d'y goûter.

— Si tu n'as rien mêlé à ce vin, je t'ordonne de boire sur l'heure! cria le prince exaspéré.

— Grâce, Altesse! grâce! murmura le Maure en tombant à genoux. Il m'a semblé aussi, quand j'ai été prendre les pots sur le dressoir, qu'ils avaient été changés de place, mais je n'ai rien vu, je le jure; je n'y ai rien jeté!

— Alors, bois!

— Grâce, Altesse!...

— Tu ne veux pas boire? Tu te sens donc coupable? Ce vin a un goût suspect, — je vais m'assurer immédiatement si mes soupçons sont fondés!

Le prince s'approcha vivement de la table, prit un biscuit, le trempa dans le vin et le présenta au perroquet. L'oiseau, accoutumé à ces friandises, se jeta sur le biscuit et le mangea avidement — mais quelques secondes s'étaient à peine écoulées qu'il tombait foudroyé sur le fond de sa cage.

— Il est mort! C'était donc du poison! murmura Alfonso avec émotion.

— Du poison! répéta le Maure qui tremblait de tous ses membres — du poison!

— Tu l'as mêlé au vin! reprit sévèrement le prince. Où as-tu pris ce poison? ou plutôt quel est le misérable qui te l'a remis à mon intention? Je veux savoir la vérité! Avoue!

— Du poison... je suis perdu! répétait le Maure avec épouvante.

La salle à manger touchait à une petite chambre d'angle, n'ayant pas d'autre issue que celle qui donnait dans la pièce où le duquecito et son domestique se trouvaient en ce moment.

— Va dans la chambre du coin, et attends-y mes ordres! ordonna Alfonso en montrant impérieusement la porte de la petite pièce au malheureux Hassan.

— Grâce, Altesse, grâce! répétait le Maure toujours à genoux. Grâce.... je suis innocent.... je n'ai rien jeté dans le vin!...

Pour toute réponse, le prince renouvela son geste. Hassan comprit qu'il fallait obéir. Il se leva, morne, désespéré, et entra dans la chambre d'angle où il se laissa tomber en gémissant sur les dalles. Le duquecito en ferma la porte sur lui, puis il retourna vers le perroquet, l'examina, le souleva, le palpa, et le laissa retomber tristement : le pauvre oiseau était bien mort, mort en buvant ce vin empoisonné et destin à son maître . . .

Alfonso fit quelques pas avec agitation dans la chambi et sonna vivement.

Un domestique parut, suivi de don Lorenzo auquel il céd cérémonieusement le pas.

Le duquecito fit part en peu de mots à son confident d ce qui venait de se passer, puis il chargea le domestique d fouiller minutieusement la mansarde où couchait le Maure, e d'y confisquer tout objet suspect.

Lorenzo avait pâli de surprise et d'horreur en entendan l'incroyable communication d'Alfonso. Il examina le vin, re garda le perroquet et fut forcé de se rendre à l'évidence. L criminelle tentative n'était que trop prouvée!

— C'est incompréhensible! dit-il avec agitation. Le Maur aurait-il vraiment commis un pareil crime? Et dans quell intention? . . .

— Pour tuer! Pour satisfaire la soif de sang qui s'empar quelquefois de ces bêtes fauves! Ces noirs ont de sangui naires instincts!

— Je ne puis y croire, Altesse!

— Comment? Tu doutes encore que ce vin ait été em poisonné?

— Non, le fait est suffisamment prouvé, mais je doute qu le Maure soit coupable!

— Il en avait parfaitement l'air, cependant!

— Je jurerais en tout cas que la première idée de ce crim ne vient pas de lui. Il est peut-être victime d'une mystifi cation . . . .

Alfonso s'était subitement arrêté devant son ami, et le re gardait d'un air moitié interrogateur, moitié effrayé.

— Tu penses donc que quelqu'un aurait pu mêler du poi son à ce vin sans que le Maure s'en aperçut? dit-il d'un voix étouffée.

— Je le crains!

— Le vieux sommelier est chargé de tous les soins de la cave. Le croirais-tu capable d'un pareil crime ?

— Jamais, Altesse !

— Alors je ne comprends pas ton idée. Il faut cependant que le coupable ait pu arriver jusqu'au vin !...

Lorenzo haussa les épaules.

— On ne sait ce qui s'est passé, dit-il, mais ni le Maure ni le maître-sommelier ne sont capables d'attenter à votre vie, mon prince. J'en jurerais pour eux !

En cet instant le domestique reparut.

— As-tu trouvé quelque chose ? demanda le duquecito.

— Rien, Altesse. J'ai vidé la mansarde du Maure. Il n'y reste qu'une vieille caisse à bois dans laquelle il y avait une bourse de cuir pleine de monnaie, un vieux fez, une écharpe en lambeaux et un couteau-poignard à demi rouillé, pas autre chose.

— Tu n'as trouvé ni fiole ni boîte ?

— Non, Altesse, et j'ai fouillé minutieusement partout.

Le prince renvoya le domestique, puis il se retourna d'un air perplexe vers son confident.

— Que faire, Lorenzo ? dit-il avec agitation. Que me conseilles-tu ?

— Mon avis serait d'employer le Maure comme limier, répondit Lorenzo. Nul mieux que lui ne découvrirait le nœud de l'affaire. Il y est personnellement intéressé.

Alfonso hésitait — l'attitude du noir lui avait paru plus que suspecte. Il le croyait coupable, et plus il y réfléchissait, plus il se confirmait dans son opinion, mais il finit cependant par se ranger à l'avis de Lorenzo. C'était ainsi d'ailleurs que se passaient habituellement les choses. Le caractère généreux, mais indécis et faible d'Alfonso, le soumettait à son entourage et lui faisait subir facilement toutes les influences.

Le Maure, appelé par son maître, parut dans la salle à manger. Il semblait avoir profité de ce moment de solitude pour méditer sur sa situation et sur ses conséquences, et ces réflexions paraissaient l'avoir singulièrement aigri. Son air, son maintien trahissaient une irritation haineuse contre ces blancs, ces chrétiens toujours prêts à opprimer les esclaves noirs et à les charger de tous les crimes.

Lorenzo devina d'un coup-d'œil la disposition d'esprit du malheureux Hassan.

— As-tu réfléchi? demanda le prince en se tournant vers son domestique. Veux-tu avouer la vérité?

— Je n'ai rien à avouer, répondit sourdement le Maure. Je suis innocent!

— Pense à la torture, drôle!

— Je pense même au gibet!

— Permettez-moi de l'interroger, mon prince, dit Lorenzo en se tournant vers le duquecito. Je crois que la douceur et la bonté réussiraient mieux que les menaces.

Le Maure releva la tête, et jeta un regard reconnaissant à ce protecteur inespéré.

— Franchement, je te crois incapable d'un pareil crime, Hassan, continua Lorenzo, mais tu comprends qu'il faut absolument que nous en découvrions l'auteur.

Le Maure fit un signe affirmatif.

— Je le comprends, don Lorenzo, dit-il vivement, je le comprends mieux que personne. Il faut trouver le coupable!

— Eh bien, tu gagnerais une jolie récompense, et tu remplirais un devoir sacré vis-à-vis de ton maître si tu disais la vérité. Avoue tout ce que tu sais! Dis-nous quel est le misérable qui t'a corrompu!

— Corrompu? Moi? répéta Hassan. Personne, don Lorenzo. Personne n'a cherché à me corrompre, je le jure! Je ne sais rien, absolument rien!

— Il ne t'arrivera rien si tu dis la vérité, Hassan — n'est-ce pas, prince? L'affaire restera entre nous!

— Vous me donneriez mille soldis que je ne pourrais vous dire autre chose, s'écria le malheureux domestique. Je suis entré auprès de son Altesse pour demander si je devais

apporter le déjeûner, et lorsque je suis retourné dans l'antichambre, j'ai remarqué que quelqu'un avait touché les pots.
Voilà tout ce que je sais!

— Tu as remarqué cela?

— J'en suis sûr. En venant ici, j'avais laissé Gomez dans
l'antichambre; il n'y avait plus personne lorsque j'y suis retourné.

— Gomez, le valet de chambre du duc?

— Oui! Je pourrais lui demander s'il a vu quelque chose.

— C'est inutile. Il me parait plus prudent de ne pas ébrui-
ter l'affaire; nous pénétrerons plus facilement cet horrible
secret. Qu'en pensez-vous, prince?

— Je suis tout à fait de ton avis.

— Eh bien, nous allons jeter le vin pour qu'il n'occasionne
pas quelque malheur, et nous garderons là-dessus le plus profond silence. Quant à toi, Hassan, je te promets dix ducats
d'or si tu découvres la trace du coupable!

— Cent ducats d'or, Lorenzo! s'écria le prince.

— Cent ducats; c'est entendu!

— Je vais me mettre à l'affût, s'écria le Maure, tendre
des pièges, épier, chercher de jour et de nuit, et nous trouverons le coupable, nous le trouverons!...

— Tu es rusé, Hassan, fit Lorenzo; il te sera facile de
découvrir une piste. Mets-toi à l'œuvre sans tarder. Hassan
est-il libre, prince?

— Sans doute.

— Merci, Altesse! s'écria le Maure dont les traits avaient
perdu leur expression haineuse, merci! Hassan cherchera; il
mettra son orgueil à trouver le coupable et à prouver que
ce n'est pas un noir qui a attenté à la vie de son Altesse,
mais un chrétien, un blanc! Hassan découvrira le criminel,
non pour gagner les cent ducats promis, mais pour montrer
que l'esclave noir a été injustement soupçonné! Hassan a une
idée — il flaire le coupable — il triomphera — en attendant, prudence et discrétion!...

Le Maure avait mis un doigt sur sa bouche. Il salua tout bas le prince et don Lorenzo et quitta sans bruit la salle à manger.

Chapitre III.

Luttes et combats.

Retirée dans sa sauvage retraite, Fenella se consumait dans l'inquiétude et le doute. Les heures passaient, lentes, cruelles, sans que rien vint lui parler d'Alfonso ou la rassurer sur le sort de son frère. Ce silence devenait intolérable, et la pauvre enfant, incapable de le supporter plus longtemps, s'était décidée à braver les ordres de Masaniello et à retourner à Portici.

Elle attendait la nuit pour mettre à exécution son projet. Assise sur une pierre, à l'entrée de la cellule, elle repassait dans sa mémoire les jours de bonheur, trop vite envolés, où elle ignorait le rang et la naissance d'Alfonso, où elle l'attendait chaque soir dans sa chaumière. Elle se répétait ses paroles d'amour, ses serments solennels... lorsqu'un bruit inaccoutumé l'arracha brusquement à sa rêverie.

Les cloches de la ville venaient de s'ébranler; elles sonnaient à toute volée. Fenella se leva, pâle, frémissante. Elle écouta — cette joyeuse sonnerie annonçait une fête — un mariage sans doute — et un mariage princier! La pauvre enfant se sentit défaillir. Une lumière subite s'était faite dans son esprit. Elle étendit les mains comme pour repousser cette vision fatale, puis elle s'élança hors des ruines, gagna en quelques pas le sentier qui descendait la colline, et prit, toujours courant, la direction de Naples.

Elle atteignit la ville, puis l'église où nous l'avons vue pénétrer au moment où la cérémonie commençait. Le duquecito et la princesse venaient de se rencontrer sur les marches du maître-autel. C'était donc vrai! C'était bien Alfonso! L'homme qui lui avait promis son amour et sa foi, l'homme qu'elle avait aimé, qu'elle aimait encore de toute l'ardeur de son âme, cet homme trahissait ses serments! Il épousait la princesse Elvira!...

Fenella était donc trompée! Elle avait souffert pour Alfonso, et l'ingrat l'abandonnait lâchement. La malheureuse enfant crut mourir à ce spectacle. Son cœur se brisait sous l'étreinte d'une douleur indicible — douleur aiguë, sauvage, qui fit monter à ses lèvres le cri perçant et inarticulé dont Alfonso frémissait encore.

Le vertige avait saisi la Muette. Elle savait à peine ce qui se passait. Les gardes du corps s'étaient jetés sur elle; ils meurtrissaient ses poignets délicats et l'entraînaient brutalement par ses longs cheveux — l'infortunée le sentait à peine — qu'était-ce qu'une douleur physique auprès de la torture morale qu'elle endurait!

Cette ivresse du désespoir fit place à un long évanouissement. Lorsque Fenella reprit ses sens, elle était étendue sur un banc dans le canot du vieux Pietro. Comment s'y trouvait-elle? La Muette se posait cette question sans en trouver la réponse. Elle se frotta les yeux, passa la main sur son front comme pour en chasser les nuages qui l'obsédaient — et éclata en sanglots. Sa mémoire, trop fidèle, l'avait subitement ramenée à l'église, et lui avait montré les fiancés debout sur les marches du maître-autel.

Fenella cacha sa figure dans ses mains et d'abondantes larmes soulagèrent son cœur oppressé. Pietro et son compagnon respectèrent sa douleur. Ils ramaient silencieusement, et le bateau, habitement guidé, aborda bientôt sur la plage de Portici.

Les deux pêcheurs conduisirent Fenella dans la chaumière de son frère. La pauvre enfant se laissa tomber sur la couche de roseaux qui se trouvait dans l'arrière-pièce, et y resta, brisée de corps et d'esprit, insensible à tout ce qui se passait autour d'elle. Le chagrin l'étouffait! Comment le surmonter? Comment oublier jamais cette horrible journée? Comment vivre désormais quand tout ce qui lui restait d'espérance et de foi était à jamais détruit?...

La nuit se passa dans ces tristes pensées, une longue et cruelle nuit! Le jour parut, et ses premières clartés vinrent saluer la chaumière de Masaniello. Le jour revenait donc encore?... il allait éclairer l'heureuse demeure des jeunes époux!... il revenait après avoir enseveli tous les rêves de bonheur de Fenella! Que lui importait le jour! Sa vie allait s'écouler maintenant dans la solitude et la nuit, et le soleil le plus éblouissant ne parviendrait pas à en dissiper les ténèbres.

Pourquoi vider jusqu'à la lie cette morne existence? Pourquoi supporter plus longtemps d'insupportables tourments? Pourquoi ne pas mettre fin à ses peines?...

Fenella se leva — Masaniello était loin; la chaumière était déserte! Personne n'était là pour la retenir, pour lui offrir secours et consolations! Personne! — Fenella était seule, abandonnée!...

Et le jour auparavant, l'homme qu'elle aimait avait épousé sa rivale!...

Fenella attendit le soir avec impatience. Les heures se traînaient lentement, mais elles passaient cependant et le soleil disparut enfin dans la mer...

La Muette sortit de la chaumière; cette chaumière où si souvent elle s'était assise aux pieds de l'infidèle Alfonso. Elle jeta un dernier regard sur l'humble maisonnette, puis sur la grosse pierre contre laquelle elle s'appuyait pour attendre le bien-aimé...

Son cœur se brisa à cette vue

— Va t'en — va t'en! lui disait une voix intérieure. Pars! Qu'as-tu à chercher ainsi, Fenella? Pourquoi rappeler ces souvenirs? Tout est fini pour toi! fini! La mort seule te reste. Seule, elle te donnera le repos et la paix!

La nuit tombait; elle enveloppait tout de son ombre. Fenella se dirigea vers la mer, puis elle s'arrêta tout à coup. Une idée subite venait de germer dans son esprit. Elle voulait chercher la mort dans les flots, mais les pêcheurs étaient nombreux sur le rivage. L'un d'eux l'apercevrait peut-être, et l'empêcherait de mettre son dessein à exécution? L'endroit était mal choisi; il fallait en chercher, et en trouver un autre où l'on put mourir en liberté.

Elle réfléchit un moment. Un pâle sourire erra sur sa bouche — mais il fut promptement remplacé par une expression froide, résolue et sinistre. Elle venait de trouver un moyen excellent pour sortir promptement de la vie. Elle prit la route de Naples, y marcha un instant, et enfila un sentier conduisant vers le Vésuve dont les contours obscurs se détachaient sur le ciel. Arrivée sur une petite éminence, elle se retourna pour jeter un dernier regard sur Naples, sur les campagnes de Portici, et sur cette route tant de fois parcourue par Alfonso, cette route où elle l'attendait le cœur palpitant de joie et d'espérance!...

Cette vue lui fit mal. La ville, les campagnes, la route étaient toujours les mêmes. Ces lieux témoins de son bonheur n'avaient pas changé, le bonheur seul avait disparu. Cette route, Alfonso la parcourrait encore, sans doute, mais il ne serait plus seul, il ne se dirigerait plus vers la chaumière! Une femme, jeune, belle, aimée, sa femme enfin l'accompagnerait...

La Muette frissonna de la tête aux pieds et s'enfuit en courant. On eut dit que des furies la poursuivaient et s'attachaient à ses pas. Elle allait devant elle, insensible à tout ce qui l'entourait, n'ayant qu'une idée, qu'un but : se soustraire au plus tôt au souvenir de ce qui s'était passé dans l'église.

La mort seule pouvait l'en délivrer. Fenella le sentait. Elle voulait mourir, disparaître à jamais dans une des innombrables crevasses du volcan, se plonger au milieu de ces gaz délétères, qui, disait-on, asphyxiaient promptement les malheureux perdus dans les profondeurs de la montagne ardente. C'était là qu'elle se rendait, là qu'elle allait chercher la mort, le repos et l'oubli.

La malheureuse enfant avançait sans se retourner, sans s'apercevoir qu'une ombre s'était attachée à ses pas. Elle arrivait enfin au pied de la montagne, lorsque son nom prononcé à quelque distance l'arrêta subitement.

— Fenella! Signorita! — Qui donc l'appelait ainsi? Qui donc l'avait suivie jusque-là? Elle écouta. Son oreille l'avait-elle trompée? Avait-elle à faire, peut-être, à ces esprits-follets dont on racontait tant de choses effrayantes, à ces démons souterrains qui apparaissaient parfois sur les flancs du Vésuve, et usaient d'artifices pour attirer les enfants des hommes dans leur sombre domaine?..

Fenella ne redoutait pas les esprits de la montagne. N'allait-elle pas, sans qu'on l'y attirât, se jeter dans ces noires profondeurs, et s'abandonner aux forces destructives qui y faisaient leur demeure?...

— Signorita! Un mot! Ecoutez donc, Fenella!

La Muette se retourna. Celui qui l'appelait ainsi arrivait à grands pas auprès d'elle. C'était un homme leste et agile, portant une veste rouge et une ample culotte blanche.

— Vous voilà donc, belle Fenella! cria-t-il en s'arrêtant pour reprendre haleine. Vous ne m'entendiez pas? Me reconnaissez-vous? Je suis Hassan, le Maure! Voilà plus d'une demi-heure que je vous cours après et que je vous appelle, mais plus je criais, plus vous vous sauviez!

Fenella s'était arrêtée. Elle écoutait, fièvreuse, haletante, se demandant anxieusement ce que ce noir messager pouvait avoir à lui dire.

— Un mot, signorita! reprit Hassan. Vous devinez bien qui m'envoie? — Non — vous ne voulez pas le savoir? — Vous êtes donc bien fâchée?

Fenella était revenue de sa première surprise; elle commençait à comprendre, et ses gestes faisaient clairement entendre au domestique qu'elle ne voulait pas écouter son message.

— Etes-vous si pressée? fit le Maure. Où allez-vous donc comme ça, hé? Vers la sorcière du Vésuve? Vous voulez lui faire quelques questions, j'en suis sûr, mais auparavant vous écouterez la mienne. Savez-vous qui m'envoie auprès de vous, belle Fenella! Devinez — le duquecito!

La Muette détourna la tête.

— C'est donc sérieux! ricana Hassan. Vous êtes si fâchée que ça parce que vous ne pouvez plus avoir don Alfonso tout entier! Voilà comme sont les femmes. Au lieu de se contenter de ce....

Un geste impérieux de la Muette interrompit le Maure. Fenella lui fit comprendre, par signes, que ces discours lui déplaisaient, et qu'elle voulait continuer sa route, mais Hassan n'était pas homme à se décourager pour si peu.

— Où allez-vous, signorita? reprit il. Je puis vous accompagner! Je voudrais tant vous raconter que le duquecito soupire nuit et jour après vous. Il n'a plus un instant de repos. Il m'a déjà envoyé hier au soir à Portici. Je suis arrivé jusqu'à votre chaumière, mais les pêcheurs m'ont empêché d'entrer.

Les yeux de Fenella étincelaient de colère et d'indignation. Elle voulait fuir, mais ses pieds semblaient rivés au sol. Une force invincible la retenait auprès de cet homme qui appartenait à Alfonso.

— Vous vous imaginez peut-être que le prince ne pense

plus à vous? reprit Hassan. Vous vous trompez. Je crois qu'il vous aime encore plus qu'auparavant.

Un regard de mépris fut toute la réponse de Fenella.

— Il était si tourmenté qu'il n'aura pas fermé l'œil de la nuit, et je vous jure qu'il n'a pas mis le pied dans l'appartement de la princesse. Voyons, belle Fenella, ne soyez pas cruelle! Comprenez la situation, et donnez-moi quelques mots d'encouragement pour le duquecito!

Le Maure s'était rapproché et retenait Fenella par son tablier. La Muette tremblait de tous ses membres. Elle écoutait, frémissante, éperdue — mais elle résista courageusement à la tentation. Ce bonheur illicite n'était pas fait pour sa loyale nature. Elle repoussa violemment le tentateur, et étendit impérieusement le bras pour lui défendre de la suivre.

— Vous ne me donnez donc pas la plus petite commission pour mon maître? hasarda l'insinuant messager. Pas le plus petit signe d'amour? Pas un geste? Rien?

La Muette lui lança un regard foudroyant et s'éloigna rapidement. Elle allait, si hautaine, si menaçante que le Maure n'osa pas la suivre.

— Pauvre duquecito! fit-il en hochant la tête, et pauvre Hassan! Avoir couru si loin inutilement! A une autre fois, signorita, continua-t-il assez haut pour être entendu de la Muette, à une autre fois. Vous vous raviserez! On ne trouve pas tous les jours un prince sur son chemin, et le mariage... eh bien, le mariage n'empêche pas les sentiments. Où en serait-on, dans maints palais, si l'on voulait tout peser à la balance, et se fâcher pour un pauvre petit baiser. Allez, ma belle, tout ça s'arrangera! C'est un premier moment de dépit. Vous en reviendrez comme tant d'autres!...

Tandis que le Maure philosophait ainsi et retournait sur ses pas, Fenella suivait péniblement le sentier qui conduisait par de nombreux détours vers le sommet de la montagne. Elle enfonçait dans la cendre et la lave, et trébuchait à chaque pas, mais ces obstacles ne l'effrayaient guère. Elle avançait toujours — les paroles du Maure n'avaient pas changé son dessein. Alfonso lui envoyait son domestique; il était inquiet, tourmenté, disait Hassan, il voulait savoir ce que devenait Fenella, il ne pensait qu'à elle — et la veille il en avait épousé une autre!

Ces paroles occupaient seules les pensées de la malheureuse enfant. Elles résumaient à elle seules son infortune et sa misère. Que lui importaient les tentatives du Maure? Qu'avait-elle à espérer? Pouvait-elle revoir Alfonso — Alfonso l'époux d'une autre... Restait-il une espérance, un rayon de soleil dans sa vie?

La pensée de Masaniello amena une larme brûlante au bord de ses paupières et ralentit un instant sa marche. Il lui était dur de se séparer de ce frère qu'elle avait tendrement aimé. Masaniello l'aimait aussi. Si Fenella ne reparaissait pas à Portici, il ignorerait toujours ce qu'elle était devenue — mais il était homme, il se consolerait facilement! N'était-il pas d'ailleurs uniquement préoccupé de ses projets de lutte et de vengeance? Il voulait délivrer le peuple, venger sur les Espagnols de longues années d'oppression et de misère!... Réussirait-il dans ce dessein? Succomberait-il dans cette lutte à mort avec le tyran, ou serait-il vainqueur? mais vainqueur impitoyable, et cruel?

L'avenir était menaçant, terrible; terrible pour les vainqueurs comme pour les vaincus, terrible pour le pays..... Où fuir? Où trouver un asile contre tant de souffrances ? Où chercher le repos ailleurs que dans la mort?...

Un frisson mortel secoua la Muette. Le désespoir s'abattait impitoyablement sur elle et la poussait en avant. Elle montait. Quelques minutes encore et elle trouverait au fond de la crevasse béante le repos et la paix dont elle avait besoin! Quelques minutes encore et tout serait oublié!... Elle montait sans frayeur, sans angoisses, et son âme allégée prenait déjà son essor vers les demeures éternelles!...

Tout à coup elle tressaillit. Un cri voilé et plaintif était arrivé jusqu'à elle et l'avait brusquement arrachée à ses rêves . . . .

Fenella releva la tête. Le son se répétait ; il arrivait plus distinct à ses oreilles. D'où venait-il? Etait-il arrivé quelque accident? Etait-ce quelque malheureux, égaré dans ces solitudes, qui demandait du secours?

La Muette s'était arrêtée. Le cri continuait. On eut dit la plainte d'un petit enfant. Le cœur de Fenella s'émut de compassion et de pitié. Elle se tourna de tous côtés pour découvrir l'endroit d'où partaient les cris, et son oreille exercée eut bientôt découvert leur direction. Elle s'y achemina, s'arrêtant à chaque pas pour regarder autour d'elle, et pour s'assurer qu'elle était bien sur la trace de la plaintive créature.

Elle aperçut bientôt une large crevasse éclairée par une lueur rougeâtre. Fenella s'arrêta subitement. Elle venait de reconnaître qu'elle se trouvait tout près de la caverne de Corvia; tout près de cet endroit suspect que chacun évitait, et, chose étrange, les gémissements semblaient sortir de l'antre de la sorcière.

Comment le pauvre petit être qui gémissait ainsi, se trouvait-il dans cette affreuse retraite? Fenella se rapprocha doucement du bord de la crevasse, et se pencha sur l'arrête pour jeter un regard dans l'intérieur de la caverne. La vieille Corvia devait être absente. Pas une voix ne s'élevait pour apaiser l'enfant, et la pauvre créature était toute enrouée à force de crier.

Le corbeau, toujours perché sur son bâton, annonça bruyamment l'arrivée d'un étranger, mais ses avertissements réitérés n'amenèrent pas la maîtresse du logis. Fenella constata avec bonheur que la sorcière était absente. Elle pénétra avec précaution dans la crevasse, et aperçut un petit enfant étendu sur le sol. Le pauvre petit être, attiré par la lumière du feu, avait travaillé des pieds et des mains; il arrivait près du foyer, et courait grand risque d'être brûlé par les branches enflammées qui tombaient en pétillant sur le sol.

Fenella se précipita vers l'enfant, le ramassa et le prit dans ses bras où le pauvre être abandonné se blottit comme dans un asile. D'où venait cet enfant? Comment la sorcière se l'était-elle procuré? N'allait-il pas souffrir mille tourments — peut-être une mort lente et cruelle auprès de l'horrible vieille?

La Muette examinait avec effroi l'antre dans lequel elle se trouvait et où retentissait le sinistre ricanement de la tourterelle. L'enfant s'était cramponné à son cou; il se pressait contre elle ; ses cris avaient cessé, mais son pauvre petit corps était encore soulevé par des soupirs et des hoquets convulsifs. Fallait-il le laisser dans la caverne ou attendre avec lui le retour de la vieille Corvia et le rendre à l'affreuse sorcière? C'était le vouer à une mort certaine. Fenella avait-elle le droit de l'abandonner ? La découverte qu'elle venait de faire n'était-elle pas un signe, un avertissement du ciel, un ordre, l'obligeant à renoncer à son sinistre dessein?

La Muette contempla avec émotion le petit être qui s'attachait à elle et se serrait convulsivement contre son sein. Une immense pitié la saisit. Une voix impérieuse s'élevait dans son âme et lui ordonnait de sauver le pauvre enfant, de l'arracher à l'horrible destinée qui l'attendait dans ce lieu maudit. Le cœur de Fenella s'exaltait à la pensée de ce devoir sacré qui s'imposait à elle. Elle en oubliait ses douleurs, ses aspirations à la mort, au repos et à la paix. Il fallait vivre, vivre pour cet enfant, lutter pour lui, et se replonger pour lui dans ce combat de la vie qu'elle avait cru terminé pour elle-même! . . .

Il fallait fuir d'abord, emporter au plus tôt ce dépôt sacré, et ne pas attendre le retour de la maîtresse du logis. La vieille Corvia ne serait sans doute pas disposée à abandonner sa victime? Fenella enveloppa soigneusement l'enfant dans son tablier, et sortit de la caverne avec son précieux fardeau. Elle atteignit le bord de la crevasse et regarda anxieusement autour d'elle pour voir si l'on n'apercevait pas la sorcière.

Tout était immobile. Sans doute, Corvia profitait de ce clair de lune pour quelque lointaine expédition. Fenella, un peu rassurée, s'engagea dans l'étroit sentier et redescendit lestement la montagne. La crainte de se trouver tout à coup face à face avec la sorcière lui faisait oublier la fatigue de la marche et de toutes les émotions qu'elle avait ressenties. Elle arriva sans encombre au bas de la région des cendres. Corvia n'avait pas paru : Fenella était sauvée ! Elle respira un instant, puis elle serra passionnément sur son cœur le petit être qu'elle venait de sauver et reprit avec lui le chemin de Portici !...

Chapitre IV.

Le sphinx.

Tandis que la Muette de Portici enlevait ainsi une innocente victime à la sorcière du Vésuve, un homme, enveloppé dans un manteau espagnol, s'approchait à pas pressés du mur d'enceinte qui entourait le vieux parc et le pavillon du bord de la mer.

Arrivé à quelques pas du mur, il s'arrêta pour regarder anxieusement autour de lui et s'assurer qu'il n'était vu de personne. Tout était silencieux et désert. Le nocturne promeneur respira plus librement. Il sembla se consulter un instant, puis il courut vers l'antique portail et essaya de l'ouvrir.

La porte céda, et Tito — car c'était lui — se trouva dans le parc mystérieux et sombre dont Salvator Rosa lui avait fait faire la connaissance.

Le fils adoptif du duc n'avait plus un instant de repos

depuis que Lucia Falcone lui était apparue dans la chambre de l'œil. Une force invincible le poussait vers la demeure du magicien. Il voulait revoir Lucia, interroger le sphinx, et pénétrer, si possible, les secrets du pavillon. Il voulait surtout s'y trouver sans témoins. La pensée de cette promenade solitaire à travers le parc lui causait bien quelque appréhension, mais la curiosité avait été plus forte que la crainte. Elle l'avait poussé, presque malgré lui, vers la mystérieuse retraite, et Tito, arrêté sur la porte du parc, se demandait s'il devait reculer ou avancer.

Il était là, troublé, ému, partagé entre l'inquiétude et le désir, effrayé, mais subjugué. Tito n'était pas plus crédule qu'un autre, mais l'ignorance et la superstition régnaient en souveraines à cette époque, et donnaient une importance extraordinaire à tout ce qui touchait au monde du surnaturel. Tito se sentait pris comme dans un cercle magique, et, dut-il lui en coûter la vie, il voulait revoir et sonder les mystères du pavillon.

Debout, à l'entrée du parc, il promenait des regards anxieux autour de lui. Tout était silencieux et désert. Une brise légère agitait faiblement la cîme des grands arbres, mais ce souffle se maintenait en haut. Les branches basses étaient immobiles et rien ne remuait autour du nocturne visiteur.

Tito referma silencieusement la porte du parc et enfila l'allée du milieu. C'était celle qu'il avait traversée avec Selva et Riperda sous la conduite du peintre. A deux ou à trois, les terreurs de l'endroit étaient singulièrement affaiblies, mais Tito était seul, et malgré lui il se sentait fort peu à l'aise dans cette obscurité. Il avançait cependant. La main sur la garde de son épée, il passait lestement au milieu de l'épais fourré qui rétrécissait le chemin. Il atteignit enfin la place dégagée où se trouvait le bassin de marbre. La pâle lueur de la lune l'éclairait, et Tito poussa un soupir de soulagement en retrouvant un peu de clarté.

Restait l'allée obscure formée par les pins et les cyprès.

Heureusement, elle n'était pas très longue. Tito la traversa fièvreusement et arriva enfin au pied des marches de la terrasse. Il respira. Cette promenade nocturne au travers du parc lui avait été plus désagréable qu'il ne l'avait pensé.

La terrasse était silencieuse et déserte. La lune l'éclairait faiblement. Cette pâle lumière, c'était le jour, au sortir des ténèbres du parc, mais cette solitude absolue, cette immensité, jointes au voisinage du mystérieux pavillon avaient quelque chose d'oppressant. Tito était d'ailleurs trop préoccupé pour songer à admirer le spectacle grandiose qu'il avait sous les yeux. Il se dirigea rapidement vers l'entrée du pavillon. La porte céda sous ses doigts, et le favori se trouva dans la rotonde, éclairée par le haut, comme elle l'était lors de la première visite des Espagnols.

Il remarqua alors la boîte dont Salvator Rosa avait parlé. C'était une boîte en fer, assez semblable à celles que l'on trouve à l'entrée des églises. Tito y jeta quelques ducats qui y tombèrent bruyamment. C'était son droit d'entrée. Rassuré par cette largesse, il traversa hardiment la rotonde, et saisit le cordon noir que Salvator Rosa avait tiré pour annoncer des visiteurs.

Le mystérieux cordon avait à peine été touché que la porte s'ouvrit silencieusement. Tito se retrouva dans la chambre de l'œil où résonnait, cette fois encore, ce même chant pur et lointain qui semblait descendre des sphères célestes.

La porte se referma sans bruit et le chant cessa subitement. La voix du magicien venait de se faire entendre.

— Qui que tu sois, et de quelque nom qu'on te nomme, disait cette voix profonde et qui semblait sortir de terre, jure de ne rien révéler au dehors de ce que tu verras et entendras ici!

— Je le jure! répondit fermement Tito.

— Ecoute encore un commandement, reprit la voix, et garde-toi de l'oublier! Tu peux demander à voir ce que tu veux — mais ne te hasarde pas à approcher des tableaux vivants ou à toucher le sphinx — ce serait ta mort! Tes questions trouveront leur réponse dans la chambre de l'oreille, et tout ce que tu désires voir t'apparaîtra ici, dans la chambre de l'œil. Parle!

— Grand maître de la magie noire, s'écria Tito, illustre magicien dont j'entends la voix, fais-moi revoir la nonne Madalena!

Le chant recommença, mais triste et solennel. On eut dit un chœur de nonnes résonnant sous les ombres arceaux d'un cloître. Quelques instants s'écoulèrent, puis la paroi s'entr'-ouvrit lentement, et Lucia Falcone apparut aux yeux de Tito.

C'était bien Lucia, dans la cellule souterraine du couvent. La belle prisonnière n'était pas couchée sur la paille comme elle l'était lors de sa première apparition. Debout, la tête droite, elle serrait son enfant dans ses bras, et levait vers le ciel un regard douloureux et accusateur. C'était elle — elle-même! Nulle ressemblance n'eut pu tromper à ce point! C'était Lucia, toujours belle malgré sa douleur et ses larmes. Tito la contemplait avidement. Le désir et l'effroi se partageaient son âme — mais déjà l'obscure paroi s'était refermée, et Tito se retrouva dans l'obscurité.

Le chant avait cessé. La voix du magicien se fit entendre de nouveau pour demander au visiteur stupéfait ce qu'il désirait voir encore. Le favori, brusquement arraché aux sentiments tumultueux que le premier tableau avait éveillé en lui, réfléchit un instant avant de répondre. Il voulait mettre le sorcier à l'épreuve, mais à une épreuve décisive.

— Je connais un peintre qui s'appelle Ancillo Falcone, dit-il enfin. C'est lui que je voudrais voir!

Le chant recommença, et les panneaux qui fermaient le fond de la pièce s'écartèrent sans bruit.

L'atelier d'Ancillo Falcone apparut tout entier, et tel qu'il était avant l'arrestation de son propriétaire. Le peintre, lui-même, debout devant un chevalet reproduisait sur sa toile les traits de deux belles jeunes filles à demi couchées sur de moelleux coussins à quelques pas du chevalet.

Tito frissonna. Ce peintre, c'était Ancillo Falcone; c'était la victime de Marcos. Le complaisant canal rendait donc ses cadavres, et les rendait pleins de vie et de santé! C'était Falcone en chair et en os — Tito n'en pouvait douter, ses yeux ne le trompaient pas, mais avant qu'il fut revenu de sa surprise et de son effroi la lumière avait disparu, et l'apparition magique avec elle.

Les preuves étaient suffisantes. Tito ne pouvait plus douter du pouvoir surnaturel du magicien. Cet être mystérieux connaissait sans doute l'avenir; il fallait mettre à profit sa toute-science, et une troisième demande échappa presque malgré lui aux lèvres de Tito.

— Qu'arrivera-t-il au château d'ici à peu de temps? murmura-t-il.

Ces paroles étaient à peine prononcées qu'une rumeur sauvage éclata dans la pièce mystérieuse. C'était un mélange confus d'acclamations et d'imprécations menaçantes, de cris de triomphe et de plaintes, interrompu de temps en temps par un bruit sourd et régulier, semblable au bruit produit par une troupe en marche —

Ces rumeurs sinistres durèrent un instant, puis les panneaux s'ouvrirent et un spectacle horrible apparut aux yeux de Tito.

Le château du vice-roi était en flammes. Il se baignait dans une mer de feu et semblait livré tout entier à l'élément destructeur. On entendait le crépitement de l'incendie, le fracas des vitres qui se brisaient, le tumulte confus produit par une foule en délire, des cris, des vociférations — — puis tout se tut. Le bruit cessa subitement, et la paroi se referma sur cette scène d'horreur.

Que signifiait ce tableau? Etait-ce un avertissement? était-ce là le sort réservé à la hautaine forteresse? Tout était redevenu silencieux et sombre, et Tito regardait encore, l'œil fixe, l'esprit tendu, et uniquement occupé de toutes ces énigmes. Il lui fallait l'explication de ce tableau !

— Puissant esprit ! s'écria-t-il tout à coup, laisse-moi pénétrer dans la chambre de l'oreille. Permets-moi d'adresser trois questions au sage sphinx qui y réside ?

— Je t'accorde ta demande, répondit la voix mystérieuse. Va auprès du sphinx ; adresse lui trois questions — mais ne te laisse pas aller à le toucher — ce serait ta mort !

Une porte latérale s'était ouverte sans bruit et laissait pénétrer une douce lumière dans la pièce obscure où se trouvait Tito.

Le favori se dirigea rapidement vers cette porte et entra dans une chambre carrée, éclairée par le haut comme la rotonde. Les murs en étaient tendus de soie rouge, un moelleux tapis de Turquie recouvrait le sol, et des plantes exotiques, placées de distance en distance, répandaient un parfum suave et pénétrant.

Un coussin blanc et elevé se dressait dans le fond de la pièce, et supportait un être dont on ne pouvait tout d'abord deviner la nature. Etait-ce une femme ou une de ces créatures mythologiques, moitié femme, moitié lion ? La tête, la poitrine découverte, les bras croisés par devant et sur lesquels le buste s'appuyait, tout cela appartenait à un être humain — le reste du corps était à demi caché par une espèce de draperie et ce que l'on en apercevait rappelait les formes du sphinx.

Ce n'était ni un buste ni une figure de cire — ce sphinx était bien vivant ! La poitrine, les épaules et les bras présentaient une admirable perfection de formes ; la figure, idéalement belle, attirait et retenait le regard, et offrait un mélange indéfinissable de jeunesse, de vie, et d'immobilité. Un observateur moins troublé que ne l'était Tito, moins désireux surtout d'entendre les oracles du sphinx eut contemplé durant de longues heures cet être mystérieux sans se lasser de ce spectacle, et sans cesser de creuser l'énigme qu'il représentait.

Cette créature, immobile sur son moelleux piédestal, était-ce une créature humaine, ou l'un de ces êtres mythologiques, moitié animal, moitié homme, que l'on retrouve en si grand nombre dans les productions de l'antiquité?

Tito s'était arrêté à l'entrée de la pièce dont la porte s'était silencieusement refermée sur lui. Il regardait avec admiration la mystérieuse créature couchée devant lui, et dont la beauté dépassait tout ce qu'il avait vu jusque là. Le sang s'allumait dans ses veines, mais cette première impression fut de courte durée et fit bientôt place à l'effroi.

Les grands yeux du sphinx s'étaient arrêtés sur le visiteur, et reposaient sur lui avec une fixité inquiétante. Tito frissonna. Cette femme était aussi froide que belle. On eut dit qu'une haleine glacée avait soufflé sur ces formes admirables et sur ces traits divins, et les avait figés dans la position qu'ils occupaient alors. Pas un muscle ne remuait sur ce visage impassible, et l'expression en était si imposante, si surhumaine que Tito baissa les yeux devant ce regard investigateur qui semblait fouiller jusqu'au plus profond de sa conscience.

Il était là, troublé, interdit, lorsque les lèvres purpurines du sphinx s'ouvrirent tout à coup. Une voix en sortit, voix claire, mélodieuse et pure, qui résonna comme une musique céleste aux oreilles de Tito.

— Tu viens interroger le sphinx, disait cette voix. Adresselui trois questions. Toutes trois recevront leur réponse! Commence!

Le favori hésitait.

— Me découvriras-tu l'avenir, être mystérieux? dit-il avec émotion.

— Le passé et l'avenir sont ouverts à mes yeux comme le présent!

— Tu as donc la toute-science?

— Rien ne m'est caché!

— Tu connais donc Lucia Falcone et l'enfant! Où sont-ils maintenant?

— Tu reverras Lucia, .et tu sais aussi bien que moi où se trouve l'enfant qui vit encore!

— Tes paroles sont obscures! Ta seconde réponse sera-t-elle plus claire? Qu'adviendra-t-il du duquecito et du fils adoptif du duc?

— Le faux frère du duquecito aspire à la couronne, mais le duc d'Arcos traversera ses projets! Don Tito doit redouter le vengeance d'une femme!

— Réponds à ma troisième question: que signifie l'océan de feu qui entourait le château? Comment détourner le danger?

— La flamme de la révolte s'allumera autour de la résidence ducale! Ne demande pas autre chose. C'est au duc à apprendre comment il faut détourner le danger. Amène-le avec le duquecito dans la chambre de l'oreille!

— Ne soulèveras-tu pas un coin du voile qui me cache l'avenir?

Le sphinx ne répondit pas — ses regards fixaient de nouveau le vide, ses traits reprenaient la froideur et la rigidité du marbre — la porte s'était silencieusement rouverte derrière Tito, et le favori se sentait chassé par une force mystérieuse de ce lieu où ses secrets les plus profonds étaient à découvert. Une terreur insurmontable l'avait saisi. Il sortit de la pièce sans regarder le sphinx, traversa rapidement la rotonde, descendit les marches de la terrasse et s'enfuit en courant pour échapper aux puissances occultes qui hantaient ces lieux!...

Chapitre V.

L'armement.

Le soir même où se passaient les faits racontés dans le chapitre précédent, des bateaux de pêcheurs quittaient simultanément le rivage en maints endroits et prenaient tous le large. Ils partaient sans doute pour la pêche, comme ils le faisaient chaque soir. C'était leur heure habituelle, et rien dans les préparatifs des pêcheurs n'avaient trahi la moindre agitation ou la moindre pensée étrangère à leurs travaux et à leurs préoccupations de chaque jour.

Ils s'éloignaient, comme à l'ordinaire, en chantant leurs barcaroles, mais leurs voix résonnaient plus fortes et plus pleines. On eut dit qu'une commune ardeur animait leurs refrains, et leur communiquait un élan et une puissance inaccoutumés.

Le vent enflait les voiles, et les bateaux, pourvus de filets et d'ustensiles de pêche, s'avançaient au loin dans la mer. Le soir tombait. L'ombre s'étendait sur le rivage et couvrait peu à peu la végétation luxuriante de ces bords, mais l'eau semblait encore illuminée par les derniers rayons du soleil couchant. On apercevait dans le lointain les contours obscurs des îles qui entourent le golfe de Naples, tandis que le solitaire Vésuve semblait commander la côte, et faisait monter vers le ciel ce cratère qui avait accompli, seize ans auparavant, sa dernière œuvre de destruction.

Cinzio était assis avec Moreno et Masaniello dans le canot de ce dernier. Il regardait d'un air sombre le cône menaçant qui montait vers le ciel — il se rappelait sans doute que,

seize ans auparavant, son père avait été victime, comme tant
d'autres de l'éruption terrible qui avait ravagé le pays.

Des témoins occulaires ont raconté cette catastrophe dont
une rapide description serait à sa place ici. Nous emprunterons quelques passages à l'excellent ouvrage de Th. Stromer.
(Pompeï et ses environs):

» Lorsqu'on montait au cratère, en 1631, on apercevait un
second amphithéatre couvert d'une luxuriante végétation. Les
parois intérieures en étaient recouvertes d'herbes et de plantes
de fraises, et de grands arbres en sortaient. Le fond du cratère formait une petite plaine semée de pierres volcaniques.
Un sentier en spirale y descendait, et servait aux paysans de
la contrée qui allaient chercher du bois et du charbon au
fond du gouffre. «

Le père de Cinzio avait eu une petite propriéte dans le
voisinage, et avait compté parmi les visiteurs assidus de la
plaine souterraine.

Des signes précurseurs annonçaient depuis longtemps une
catastrophe. De légèrès secousses du sol se produisaient dans
un rayon très-étendu, et dès le dix Décembre le sommeil des
habitants de Torre-del-Greco, de Resina et de Massa, fut
troublé par un grondement souterrain presque continu et qui
donnait lieu aux interprétations les plus diverses.

» D'après une ancienne tradition, continue Stromer, le Vésuve avait dû donner naissance, dans les temps reculés, à un
fleuve, tari depuis lors par quelque phénomène souterrain.
Cette tradition n'était point oubliée, et beaucoup supposaient
que le fleuve prisonnier grondait de nouveau dans le sein de
la montagne et cherchait une nouvelle issue. D'autres, esprits
plus faibles, se répétaient la relation de Pietro Damiano, relation qui décrivait sérieusement le Vésuve comme le péry-
style de l'enfer, et le lieu de sabbat des démons.

» D'autres, plus perspicaces, s'apercevaient avec effroi que
l'eau devenait trouble et commençait à manquer dans les
fontaines et les puits, signe certain de quelque phénomène

souterrain qu'ils ne s'expliquaient pas. On remarquait en même temps une inquiétude croissante parmi les animaux. Les chiens hurlaient, le bétail enfermé dans les étables poussait des sons plaintifs, les oiseaux volaient craintivement, sans trouver de repos et de sécurité nulle part, et maints animaux erraient comme affolés dans la campagne.

» Le ciel était pur et sans nuages, la température se maintenait égale et douce, et ce fait empêchait que l'on ne s'arrêtât sérieusement aux signes avant-coureurs de la catastrophe. Ces signes se multipliaient cependant, et dans la nuit du quinze au seize Décembre, les oscillations du sol devinrent si violentes et se répétèrent si fréquemment que l'inquiétude devint générale.

» Ce fut le prologue d'une effroyable tragédie !

» Le matin du seize Décembre, les campagnards qui se rendaient au marché virent avec effroi une colonne de fumée sortir subitement du Vésuve, et s'élever menaçante dans les airs. Des éclairs et des lames de feu sillonnaient l'épais nuage qui entourait le cratère, et produisaient des détonations pareilles à des coups de tonnerre. D'énormes pierres enflammées étaient projetées à d'immenses distances, et retombaient accompagnées de cendres et de lave ardente. La montagne fumait et flambait tout entière, des détonations incessantes ébranlaient le sol, et l'on comprit enfin que le Vésuve s'était crevé en plusieurs endroits et n'était plus qu'une masse incandescente.

» L'épouvante glaçait les cœurs. Elle allait grandissant parmi les habitants du pied de la montagne. Le cardinal-archevêque Buocampagno, qui se trouvait alors à Torre-del-Greco, s'était jeté dans une barque de pêcheur qui l'avait conduit en toute hâte à Naples où il organisait des prières publiques et des processions destinées à fléchir la colère divine. Les plus dévots couraient dans les églises pour y confesser leurs péchés et demander l'absolution. D'autres se bornaient à sauver ce qu'ils avaient de plus précieux. D'autres enfin, et c'était le plus grand nombre, prenaient le chemin de la capitale, et l'on voyait au milieu de ces fuyards le gouverneur de Torre-del-Greco, Antonio del Luna, traînant après lui ce qui lui tenait le plus au cœur : douze prisonniers couverts de chaînes, victimes de sa tyrannie privée.

» La journée avait passé au milieu de ces terreurs, mais la nuit fut plus horrible encore. Les secousses du sol augmentaient de violence. On en compta cent jusqu'au matin. Les places publiques et les quais regorgeaient d'hommes, de femmes et d'enfants, qui avaient abandonné leurs maisons pour ne pas être écrasés sous les décombres. Tous passèrent la nuit sous une pluie de cendres, et sur un sol crevassé qui menaçait de les engloutir à chaque instant.

» Vers le matin, l'éruption redoubla de violence. On eut dit que la montagne tout entière volait en éclats. Des fleuves d'eau jaillissaient du Vésuve et se précipitaient vers la mer, entraînant avec eux tout ce qu'ils rencontraient sur leur passage. Le ciel avait aussi ouvert ses écluses, et la pluie, une pluie diluvienne, mêlée de terre et de vase, inondait toute la contrée et détruisait ce que l'éruption pouvait avoir épargné.

» Tous les éléments conjurés s'abattaient sur ces malheureuses campagnes. A Naples même, l'obscurité était complète. On voyait brûler dans la mer les arbres et les décombres que les fleuves de lave y avaient poussés, et l'on crut d'abord que de nouvelles bouches volcaniques s'étaient ouvertes sous l'eau. L'après-midi, on organisa une nouvelle procession, accompagnant cette fois le sang de St-Janvier. Pendant cette procession, disent les écrivains du temps, on vit un énorme nuage de cendres, marchant directement sur Naples, se détourner de sa route et se diriger vers la mer, grâce au sang précieux que lui opposait le cardinal — hasard propre à fortifier la foi des Napolitains dans la puissance de leur saint patron. D'autres nuages du même genre portèrent la pluie de cendres par delà la mer Adriatique, en Dalmatie, en Grèce et jusqu'à Constantinople.

» Tandis qu'on multipliait les processions, les prières et les confessions publiques à Naples, et que les églises se remplissaient d'infortunés sans abri, le vice-roi d'alors équipait quelques vaisseaux pour porter secours aux malheureux habitants de la côte. A Torre-del-Annunciata, on ne trouva plus que trois personnes vivantes, mais rien n'égalait l'horreur du spectacle que présentait Torre-del-Greco. Presque tous les habitants en étaient ensevelis sous la lave et la cendre, et d'innombrables fugitifs avaient été atteints dans leur fuite. Les uns étaient assis, les jambes prises dans la lave, le haut du corps convulsivement rejeté en arrière, d'autres étaient plongés jusqu'au cou dans les matières volcaniques. Quelques-uns se tenaient encore embrassés jusque dans la mort, et on les ensevelit dans cette position.

» L'éruption avait commencé au matin du Mardi, 16 Décembre 1631. Le Vendredi, 19, le Vésuve parut s'apaiser enfin, et lorsque son sommet fut de nouveau visible, on s'aperçut avec étonnement que toute la cîme de la montagne avait volé en éclats, et que le cône avait perdu 168 mètres de sa hauteur, tandis que le cratère supérieur avait acquis une circonférence de 3000 mètres environ. «

Le père de Cinzio avait quitté sa chaumière le matin du 16 Décembre, et malgré les signes menaçants que nous avons décrits, il s'était rendu avec d'autres paysans au sommet de la montagne, pour descendre ensuite vers la plaine souterraine du cratère. Sa femme, sa fille, encore enfant, et Cinzio son fils, alors âgé de 18 ans, étaient restés dans leur chaumière.

Lorsque le volcan commença à gronder, l'angoisse de la pauvre femme devint telle qu'elle résolut d'aller à la recherche de son mari. Elle ne revint pas non plus — Cinzio ne revit ni son père ni sa mère. Tous deux avaient été ou asphyxiés par les émanations sulfuriques ou consumés par la lave brûlante.

Le danger augmentait d'heure en heure, et Cinzio se décida enfin à quitter la demeure paternelle et à fuir avec sa petite sœur. Il était temps. Peu d'heures après, l'humble chaumière flambait et s'écroulait sous un fleuve de lave et de cendres.

Cinzio avait pris sa petite sœur dans ses bras. Il avançait péniblement, enfonçant à chaque pas dans la cendre chaude qui recouvrait déjà le sol et qui lui brûlait les pieds. L'angoisse le poussait et doublait ses forces. Il avançait malgré son fardeau, et chaque minute l'éloignait des contrées les plus menacées par le volcan. Le danger le plus immédiat était passé — il se croyait sauvé, lorsqu'il sentit que ses forces l'abandonnaient. Il fit quelques pas encore, chancela — et s'affaissa sur le sol avec sa petite sœur...

Il ne sut jamais combien de temps il était resté dans cet état d'insensibilité. Relevé par les hommes courageux venus de Naples et de Portici pour secourir leurs malheureux frères, il fut mis en lieu sûr avec sa sœur et entouré des soins les plus dévoués. Il revint à lui, mais ce fut pour tomber dans une grave maladie qui le mit encore une fois aux portes du tombeau. Tous les efforts tentés pour rappeler sa sœur à la vie furent vains, et Cinzio fut l'unique membre de sa famille qui survécut à l'épouvantable éruption de 1631.

Il guérit enfin après de longues et cruelles souffrances, mais son développement fut arrêté. Il resta malingre et chétif, et conserva dès-lors une faiblesse nerveuse qui se trahissait par de fréquents accès de violence et d'irritation.

Le moral n'avait pas moins souffert chez lui que le physique. La mort subite de tous les siens, la perte de tout ce qu'avait possédé sa famille avait laissé dans l'âme de Cinzio un levain d'amertume qui s'accroissait chaque jour. Il était resté à Portici après sa guérison, vivant comme la plupart des gens de l'endroit du produit de sa pêche. Les années avaient passé, Cinzio avait alors trente-six ans, mais le temps n'avait pas adouci son humeur. Il souffrait de sa faiblesse physique, de l'infériorité dans laquelle elle le plaçait vis-à-vis des autres pêcheurs, et malgré lui, il se sentait envahi par une irritation, une colère sourde, contre tous ceux qui lui semblaient mieux partagés que lui.

Les malheurs de son pays avaient singulièrement favorisé les germes de mécontentement que Cinzio portait en lui. Ils semblaient s'être fondus dans une haine violente contre le vice-roi, contre ses ministres, ses courtisans, ses valets, et tout ce qui portait le nom d'Espagnol. Il était avec Pietro, l'âme du soulèvement qui se préparait, et dont Masaniello semblait personnifier la force physique. Cinzio avait dû se contenter de ce rôle moins apparent. Il comprenait trop bien qu'il n'était pas taillé pour mener le peuple au combat, mais il en souffrait, et dans le fond de son âme il enviait à Masaniello sa beauté, sa force herculéenne et l'influence qu'il exerçait sur les pêcheurs et les lazarones.

Il était assis près de la voile, tandis que Masaniello et Moreno avaient pris place à l'arrière de leur barque, et maniaient le gouvernail. Le vent enflait les voiles, et le léger esquif volait sur l'eau profonde qu'enveloppait l'ombre du soir.

— Ils te suivront tous, Masaniello, disait Cinzio ; les hommes de Naples et de Portici n'attendent que ton signal. Tous se lèveront à ta voix pour écraser nos oppresseurs. Il faut que ces tyrans meurent ! Il faut que leur sang coule à flots dans les rues de Naples ! Ce sera une belle nuit que celle qui verra tomber la citadelle du tyran !

— Elle tombera ; c'est moi qui te le dis ! fit Masaniello de sa voix pleine et sonore. Elle tombera ! Il s'agit de vaincre ou de mourir.

— Nous vaincrons ! Mais que comptes-tu faire après cette première victoire ? demanda Cinzio en jetant un regard furtif sur le pêcheur. Déposeras-tu ton pouvoir ?

— C'est peine perdue que d'y songer d'avance, Cinzio. A

quoi bon se casser la tête là-dessus. Il faut lutter d'abord, et vaincre. Le reste viendra en son temps!

— Tu as raison, Masaniello! s'écria Moreno. Débarrassons-nous d'abord de nos tyrans! C'est l'important!

— Je ne dis pas le contraire, reprit Cinzio, mais il est bien permis de se demander ce qu'on fera quand on aura chassé ces Espagnols maudits. Il me revient justement à l'esprit ce que la vieille sorcière de là-haut disait dernièrement en passant près de ta chaumière, Masaniello. Elle parlait d'une couronne — et qui sait — si tu revenais vainqueur, la couronne pourrait bien finir par te sourire. Prends garde! On dit toujours que l'ambition aveugle celui qu'elle saisit! Je l'ignore, moi! Je ne connais que la haine de l'oppresseur, et le désir ardent de voir notre patrie heureuse et libre.

— C'est aussi mon but, Cinzio. Je n'en ai pas d'autre!

— Sans doute, sans doute; mais laisse-moi te communiquer les idées qui me sont venues à ce sujet. J'ai souvent réfléchi aux mesures qu'il y aurait à prendre lorsque le vice-roi serait tué, ou chassé de Naples, et j'ai pensé que le plus sage serait de nommer un conseil composé d'hommes pris parmi nous, et devant lequel tu déposerais tes armes triomphantes. Nous trouverions, j'en suis sûr, des hommes honnêtes et désintéressés qui appliqueraient les lois et gouverneraient le pays, des hommes élus par le peuple et tenus de lui rendre compte de leur gestion. Nous ne livrerons plus notre patrie au gouvernement d'un seul.

— Ne te préoccupe pas de l'avenir, Cinzio, dit gravement Masaniello. Le peuple fera connaître sa volonté, et nous n'avons pas à discuter d'avance là-dessus. Il s'agit, pour le moment, d'unir toutes nos forces pour nous affranchir de la domination étrangère. La lutte sera sérieuse!

— A quoi bon tant de raisons! s'écria Moreno. Celui qui nous aurait conduit à la victoire ne pourrait-il rester à notre tête? Un chef assez courageux et assez habile pour nous faire conquérir notre liberté serait bien capable, je pense, de nous gouverner ensuite.

— Je le pensais aussi, Moreno — mais j'ai réfléchi depuis Un chef, exerçant seul l'autorité suprême — ce serait dangereux !

— On l'entourerait d'hommes intègres, capables de le conseiller et d'empêcher les abus !

— C'est justement ce que je disais, reprit vivement Cinzio. Il nous faut un chef, sans doute, mais un chef choisi parmi nous, nommé par nous, et assisté d'un conseil composé d'hommes éprouvés. Qu'en dis-tu, Masaniello ?

— Rien du tout ! La lutte terminée, vous ferez ce que vous voudrez. Nos serments réciproques ne vont pas au-delà de la victoire. Jusque-là, nous sommes solennellement liés !

— Solennellement, en effet ! dit Moreno. Je n'oublierai jamais cette heure passée autour du Campanello ! Il me semble que j'entends encore tes paroles, et le tonnerre qui les accompagnait !

Tout en s'entretenant ainsi, les pêcheurs avaient dirigé leur bateau vers une petite île qui semblait être le but de leur nocturne expédition. Ils en approchaient rapidement, et Cinzio signala bientôt d'autres barques qui se dirigeaient également vers l'île.

— Nous serons nombreux au rendez-vous, dit Moreno, au moment où l'embarcation arrivait dans la baie où les pêcheurs voulaient aborder. Il y a déjà une quantité de bateaux amarrés sur le rivage.

— Bertuccio et Giovanni croisent autour de l'île, dit Masaniello. Ils feront bonne garde, j'espère. Rentre la voile, Moreno !

D'autres barques approchaient. On se saluait à voix basse, et l'on marchait de conserve vers l'île où les armes allaient être distribuées. Des groupes nombreux stationnaient déjà sur le rivage, et l'on entendait leurs discours, assaisonnés de menaces et de malédictions à l'adresse des Espagnols.

Masaniello mit pied à terre, et d'unanimes acclamations saluèrent son arrivée. Les barques arrivaient de tous côtés. On se reconnaissait, on se comptait. L'assemblée était nombreuse. Elle ne tarda pas à être au complet, et l'on procéda à la distribution des armes lentement accumulées dans les cavernes des rochers qui bordaient le rivage.

— Rangez-vous par groupes de dix hommes, cria Pietro, et qu'un homme sur dix sorte des rangs et nous suive à la caverne.

Les pêcheurs obéirent, et se formèrent en petits détachements. Masaniello considérait silencieusement ces hommes qui comptaient sur lui pour les mener au combat et à la victoire. On eut dit un général inspectant ses troupes et calculant leurs forces. Il s'arracha enfin à cette contemplation, fit un signe à Cinzio et à Moreno qui tenaient chacun une torche allumée, et prit avec eux le chemin de la caverne principale.

Ils l'atteignirent bientôt. Les armes les plus disparates y étaient amoncelées. Vieilles épées, poignards rouillés, piques et hallebardes, massues et escopettes, sabres, lances, faucilles et faulx, tout cela reposait côte à côte, attendant l'heure de la distribution.

Cette heure était venue! Cinzio et Moreno s'étaient placés des deux côtés de la caverne, tandis que Masaniello et Pietro comptaient les vieilles armes à la lueur des torches, et les remettaient dix par dix aux pêcheurs qui se présentaient les uns après les autres pour les recevoir.

Tout se passa avec ordre. Chacun des hommes présents au rendez-vous reçut une arme quelconque, et chacun d'eux en la recevant murmura quelque parole de menace contre les oppresseurs étrangers. Les deux hommes restés en sentinelle à quelque distance ne furent pas oubliés. Cinzio, Masaniello, Pietro et Moreno se pourvurent à leur tour, et, la distribution finie, il restait encore quelques armes qui furent laissées comme réserve dans ce primitif arsenal.

Le peuple était armé! Rien n'avait troublé ce nocturne rendez-vous! Les pêcheurs remontèrent dans leurs barques, et regagnèrent leurs chaumières, prêts à obéir au premier appel de Masaniello!...

Chapitre VI.

La trace de l'empoisonneur.

Hassan avait échappé au danger d'être puni pour un crime dont il n'était pas coupable, danger sérieux, et dont il tremblait encore. C'était une chance heureuse, mais le Maure ne s'en contentait pas. Il était décidé à creuser l'affaire, et à ne s'accorder ni trève ni repos avant d'avoir découvert le misérable qui lui avait joué un si vilain tour.

Le vin qu'il avait porté sur la table du prince était empoisonné. Le fait était hors de doute. Une main criminelle y avait mêlé du poison à l'intention du duquecito? A qui appartenait cette main? Qui donc haïssait à ce point Alfonso? Qui donc avait intérêt à voir disparaître le prince?

Ces questions, et bien d'autres encore, se pressaient dans l'esprit du domestique noir. Grâces à l'intervention de Lorenzo, Hassan venait de sortir sain et sauf de la chambre du prince. Il s'arrêta dans l'antichambre et se mit à réfléchir. Dans de pareilles occasions, le Maure était infatigable, et cette fois, il valait certes la peine de déployer le rare instinct de limier dont la nature l'avait doué. Hassan se demandait vainement par qui, quand, et comment le coup avait été fait. Il se perdait en conjectures là-dessus, mais plus le cas était obscur, plus le Maure était dévoré du désir de pénétrer ce mystère.

Il fit mentalement la revue de toute la domesticité du château, depuis le plus humble marmiton, jusqu'au maître-sommelier et à Gomez!

Gomez! Le Maure en revenait toujours à lui! Gomez était resté dans l'antichambre lorsque Hassan en était sorti pour entrer chez le prince, et les pots avaient été changés de place ou tout au moins touchés pendant que le Maure se trouvait auprès du duquecito.

Gomez! Le valet de chambre du duc avait-il un intérêt quelconque à commettre un pareil crime?

Quant au maître-sommelier, il avait bien l'intendance des caves, mais Hassan ne songea pas à le soupçonner. Ce joyeux compère buvait bien de temps en temps un coup de trop, mais à part cela, il était la bonté et la loyauté même. Jamais une pensée criminelle n'eut trouvé accès dans l'âme de l'honnête intendant.

Par qui les pots avaient-ils été portés de la cuisine à l'antichambre. Hassan l'ignorait. Les domestiques étaient nombreux à l'office et changeaient souvent, mais il était facile d'aller aux informations, et de savoir lequel d'entre eux avait préparé le déjeûner du prince.

Hassan se promit de se renseigner au plus tôt sur ce point, mais plus il réfléchissait, plus il en revenait obstinément à Gomez. L'insolent valet de chambre traitait les autres domestiques, et le Maure en particulier, avec le plus profond mépris. Hassan le détestait, et cette antipathie était peut-être la principale cause de ses soupçons, mais elle n'était pas la seule. Il y avait de graves présomptions contre Gomez.

Le Maure n'était pas resté longtemps dans l'appartement du prince. Il n'était donc pas probable que quelqu'un d'autre que Gomez fut entré dans l'antichambre pendant ce court moment — mais comment s'en assurer? A supposer que le gros Espagnol fut coupable, il était assez adroit et assez rusé pour se défendre et pour se mettre à l'abri des soupçons.

Tout à coup, le Maure se frotta les mains — un sourire

éclaira sa noire figure. Il avait une idée — et une idée q
lui paraissait excellente. Il fallait la mettre à exécution s
le champ.

Hassan se dirigea lestement vers la salle à manger
prince et souleva la portière. Le duquecito s'y trouvait enco
Il s'était assis dans un fauteuil à haut dossier sculpté,
causait avec don Lorenzo.

— Que te faut-il encore? s'écria-t-il en voyant apparaît
la tête noire de son domestique. Je te croyais déjà à la r
cherche du coupable.

— C'est pour cela que je reviens ici, Altesse, répond
humblement le Maure. Je vois que le reste du vin se trou
encore dans le pot. Me permettez-vous de l'emporter?

— Que veux-tu en faire?

— Hem ... une épreuve!

— C'est inutile — l'épreuve est faite!

— Ce n'est pas de celle-là qu'il s'agit, Altesse. J'ai u
toute autre épreuve en vue!

— Il pourrait arriver un malheur avec ce vin!

— Ne craignez rien, Altesse! Il n'arrivera aucun malheu
j'en réponds, mais j'ai besoin de ce vin pour découvrir la tra
du coupable!

— Que veux-tu faire?

— Permettez, Altesse, c'est mon secret! Laissez-moi e
porter ce pot. Mon expérience faite, je le viderai moi-mêm
et je vous jure que ce vin n'occasionnera pas le plus pet
accident.

— Prends-le donc, mais je te défends expressément d'e
laisser boire à qui que ce soit.

Le Maure s'élança joyeusement vers la table, prit le pl
teau sur lequel il avait replacé les deux pots d'argent et l
verre, et sortit en grimaçant d'un air satisfait.

Il traversa l'antichambre et aperçut Gomez au bout de l
galerie. Le gros Espagnol se promenait devant la porte d

son maître avec la dignité d'un grand seigneur. L'occasion était bonne. Il fallait la saisir aux cheveux.

Hassan, le plateau sur le bras, s'approcha du valet de chambre. Gomez le vit venir, mais ses traits ne trahirent pas la plus légère émotion. Il était là, raide et gonflé comme à l'ordinaire, considérant du haut de sa grandeur l'infime personnage qui s'avançait vers lui. Son attitude était parfaitement naturelle; Hassan le constata, mais il fallait plus que cela pour dissiper ses soupçons.

— Le déjeûner est-il déjà fini, demanda Gomez en jetant un regard sur le plateau.

— Don Alfonso n'a pris qu'un verre de vin, répondit Hassan en observant attentivement le valet de chambre. C'est dommage. Voilà cette fine goutte qui va retourner aux gens de la cuisine!

— Elle sera bientôt bue, je pense, fit Gomez.

— Au fait, je ne suis pas pressé de la leur reporter, dit le Maure en posant son plateau sur une table, et puisque vous êtes là, signor Gomez, vous me direz bien qui a monté le déjeûner.

— C'est Fedro!

— Fedro?

— Eh oui. Pourquoi demandes-tu ça?

— Hum, c'est qu'il m'a semblé que le contenu des pots avait été légèrement diminué. Personne n'est-il venu dans l'antichambre pendant que j'étais chez le duquecito?

— Qu'est-ce que ça signifie, drôle? Te figures-tu, par hasard que c'est moi qui . . . .

— Quelle idée, signor Gomez! Vous avez assez de vin à votre disposition — et tout en parlant, l'insinuant drôle remplissait le verre posé sur le plateau et faisait signe au valet de chambre de se servir — je pensais simplement que vous aviez peut-être vu . . . .

Gomez appréciait singulièrement le bon vin et la tentation était trop forte pour qu'il y résistât.

— Je suis sorti de l'antichambre tout de suite après toi, dit-il en saisissant le verre et en le caressant amoureusement du regard, je n'ai donc pas vu ce qui s'y passait.

L'épreuve était suffisante. Gomez n'était pas coupable. Il portait déjà le vin à ses lèvres, lorsque Hassan lui saisit si violemment le bras que le verre lui échappa, et alla se renverser et se briser sur le tapis.

— Encore une question, signor Gomez, criait Hassan.

Ce mouvement avait été si subit que le valet de chambre restait bouche béante, le bras tendu comme pour ressaisir ce vin qu'il humait déjà, et qui lui avait été si brutalement arraché, mais sa surprise fit bientôt place à la colère.

— Gibier de potence! vaurien! maroufle! vociféra-t-il en essuyant vivement son pourpoint et sa fraise sur lesquels le vin avait rejailli.

Le Maure semblait consterné.

— Pardon, signor, pardon! disait-il de l'air le plus humble et le plus contrit, en tournant autour du valet de chambre pour l'essuyer de tous les côtés. Pardon! C'est ma maudite impatience qui a fait ça, ma curiosité. Je voulais encore vous demander si Fedro n'aurait pas en définitive...

— Tais-toi! hurla Gomez pâle de colère et d'indignation. Tais-toi, vilain drôle, vilain jaloux! Je te connais. Tu m'enviais cette pauvre goutte de vin, mais tu me paieras ça, je te le jure!

— Vous me faites tort, signor Gomez...

— L'insolent! c'est moi qui lui fais tort à présent! vociféra Gomez. Quand donc purgera-t-on le château de cette noire vermine? Fais-moi le plaisir de me débarrasser de ta présence, et ne t'avise pas de reparaître devant mes yeux!

Le Maure s'était baissé pour laisser passer l'orage. Il ramassait les débris du verre et nettoyait activement le tapis.

— Allons, voilà que vous êtes tout à fait fâché, signor, dit-il humblement. Si j'avais au moins un autre verre ici. Voulez-vous que j'aille vous en chercher un?

— Merci, c'est bon pour une fois! Je n'ai pas besoin de ton vin. Je puis en avoir autant que je veux.

— Je le sais, signor, je le sais!

— Tu as voulu me jouer un mauvais tour, me vexer, et m'abîmer mon pourpoint. Attends, moricaud, ça te reviendra cher! On ne plaisante pas avec moi!

Hassan voulait continuer à s'excuser, mais il retenait à peine une violente envie de rire, et ses instances ne servaient qu'à irriter le valet de chambre. Il reprit le plateau, chargé des pots et des débris du verre, et s'esquiva, laissant Gomez continuer à demi-voix ses récriminations.

Le Maure descendit lestement à l'étage inférieur, jeta secrètement le chocolat et le vin qui restaient dans les pots, et reporta les ustensiles vides à la cuisine. Il y fut fort mal reçu. Cuisiniers, cuisinières et marmitons l'accusèrent aigrement d'avoir vidé les pots jusqu'à la dernière goutte et de ne rien leur avoir laissé, mais Hassan s'inquiétait fort peu de leurs reproches. Il répondit par de joyeuses grimaces, saisit une fille de cuisine par la taille, la serra tendrement, et reçut en échange un bruyant soufflet, puis il s'enfuit en ricanant et se mit sans tarder à la recherche de Fedro.

Fedro, l'un des domestiques du château, était un grand et maigre compagnon, aux joues creuses, aux pommettes saillantes, cherchant volontiers noise à ses camarades, et vivant généralement en guerre avec chacun.

Hassan le chercha longtemps, et finit par le trouver dans sa mansarde. Fedro venait sans doute d'y monter quelque objet volé. Il parut embarrassé, surpris, et fort mécontent de cette visite inattendue.

— Qu'est-ce que tu veux? fit-il d'un ton bourru. As-tu besoin de me courir après jusqu'ici?

— J'ai à te parler en particulier, Fedro, répondit le Maure avec un geste amical. Approche-toi; il ne s'agit pas qu'on nous entende!

— Ce sera quelque nouveau tour, grogna Fedro. Y a-t-il au moins quelque chose à gagner?

— Oui — une volée de coups si tu ne dis pas la vérité!

— Es-tu fou? Est-ce pour me menacer que tu es venu ici?

— Non. Je veux seulement que tu saches d'avance ce qui t'attend au cas où tu ne dirais pas ce que tu sais. Et ce n'est pas tout que les coups; tu pourrais encore être subitement congédié par ordre du duquecito!

Fedro s'était levé d'un air menaçant.

— As-tu bientôt fini, imbécile? dit-il d'une voix sourde. Tu crois m'effrayer peut-être, mais tu n'y réussiras pas. Dis ce que tu as à dire ou sors d'ici!

— Tu n'avanceras à rien avec tes menaces! répondit tranquillement Hassan. Tu me connais. Il y a des jours où je n'entends pas la plaisanterie. Ruiz pourrait t'en parler savamment. Il voulait se mesurer avec moi, mais ses fanfaronnades lui ont coûté cher. Tu feras bien d'y penser. Je ne suis pas venu ici pour te chicaner ou pour t'épier, mais pour t'adresser une question. Je te conseille d'y répondre. Est-ce toi qui a porté ce matin le déjeûner du duquecito dans l'antichambre?

Fedro regarda le domestique noir d'un air étonné.

— Oui, c'est moi; est-ce que par hasard, il en manquait une goutte?

— Non, mon ami, c'est quelque chose de bien plus grave. Il y va de notre cou à tous les deux.

— Oho! qu'est-il donc arrivé?

— Y avait-il quelqu'un dans l'antichambre lorsque tu y as porté le déjeûner?

— Non, mais Gomez y entrait comme j'en sortais.

— As-tu posé toi-même les pots sur la table?

— Oui; je les ai posés tels que je les ai reçus des mains de l'intendant.

— Eh bien! apprends que don Lorenzo avait posé une

bague sur cette table, et que cette bague a disparu! Les soupçons planent sur toi et sur moi, mais ne dis pas un mot de tout ceci; c'est un secret!

— Et Gomez?

— Gomez! Personne ne le soupçonne; c'est un trop grand seigneur. Pour nous autres, c'est différent, nous sommes capables de tout. On n'accuse que nous deux, et comme je sais mieux que personne que je n'ai pas la bague....

— Tu veux dire que je l'ai!...

Le Maure haussa les épaules.

— C'est un infâme mensonge! reprit Fedro avec agitation. Je n'ai point vu de bague sur la table, et toute cette histoire ne me regarde pas. Laisse-moi tranquille, moricaud!

— Fâche-toi, mon fils, ricana Hassan, fâche-toi, mais cela n'empêche pas qu'il y va de ta vie!

— De notre vie au moins, cria Fedro.

— Si tu veux, mais je saurai me tirer d'affaire, je te le jure. Pour toi, ce sera plus grave, et c'est pour cela que je venais t'avertir en ami de ce qui t'attend. Tu seras chassé, jeté en prison, et quand tu auras reçu gracieusement tes vingt ou vingt-cinq coups de verge on recommencera à te demander si tu n'as vu personne dans l'antichambre!

— Attends — il me vient une idée — en retournant à la cuisine, je me suis arrêté un instant derrière les grandes plantes de la galerie pour regarder Juana, la jolie petite camériste qui travaillait devant une des fenêtres de la princesse. Je me souviens maintenant que j'ai vu pendant ce temps don Tito entrer précipitamment dans l'antichambre et en ressortir au bout d'un instant!

— Don Tito? En es-tu sûr?

— Parfaitement. Je l'ai vu, de mes yeux vu, mais lui ne m'a pas aperçu!

Le Maure garda le silence. Il semblait plongé dans de profondes réflexions.

— Hum! dit-il enfin, cela ne nous servira pas à grand

chose, Fedro! Don Tito aurait pu prendre la bague pour faire une farce à don Lorenzo, mais je ne le crois pas cependant; la plaisanterie n'est pas dans ses goûts. En tout cas, je te recommande le secret le plus absolu, même vis-à-vis de Gomez. Nous reparlerons de cela!

— Je n'y tiens pas, moi! Cette affaire ne me regarde pas; je ne sais rien de cette bague.

— Don Lorenzo l'a peut-être égarée ailleurs. Il ne faut pas se désespérer; tout cela s'arrangera, mon fils. En attendant, adieu et motus.

Le Maure fit un signe amical au domestique, et descendit rapidement l'escalier. Sa figure s'était éclairée et trahissait une vive satisfaction. Il tenait une piste. Il ne s'agissait plus que de la suivre et d'aller de l'avant.

Hassan connaissait parfaitement le château, et était également très au fait des habitudes de ceux qui y demeuraient. Cette connaissance lui avait souvent été fort utile, et le rusé personnage allait la mettre à profit une fois de plus.

D'après ses calculs, Tito devait se trouver alors auprès du duc d'Arcos. C'était le moment d'agir! Hassan descendit dans la cour, et se rendit dans l'aîle du château où se trouvait l'appartement du favori.

Ses calculs ne l'avaient pas trompé — un domestique lui apprit que don Tito venait de se rendre auprès du duc et y resterait au moins une heure. L'occasion était trop favorable pour la laisser échapper. Hassan demanda à attendre le retour de don Tito pour lequel il avait, disait-il, une mission secrète. Le cas s'était déjà présenté souvent, et le domestique le laissa entrer sans difficulté dans l'antichambre.

Hassan était seul. Son collègue s'était éloigné pour vaquer, pendant l'absence de son maître, à ses petites affaires. Le Maure se glissa dans une première pièce, puis dans une seconde, épiant, furetant partout, ouvrant sans bruit armoires et tiroirs, mais ses perquisitions furent vaines; il n'aperçut pas le plus petit objet suspect.

Il se décida alors à entrer dans la chambre la plus reculée. C'était la chambre à coucher du favori. Là, les recherches se compliquèrent : boîtes et flacons encombraient la table de toilette. Comment s'assurer de la nature de tous ces ingrédients ? Hassan ouvrit les fioles, les sachets, les boîtes, en flaira le contenu, et surprit ainsi maint petit secret de toilette à l'usage du vaniteux Tito, mais ni poudres, ni liqueurs n'avaient l'air malfaisant. Le Maure embarrassé allait s'en retourner comme il était venu, lorsqu'il eut l'idée de jeter encore un coup-d'œil dans un petit réduit attenant à la chambre à coucher, où Tito avait l'habitude de s'habiller.

Quelques vêtements gisaient de-ci de-là, d'autres étaient accrochés à un porte-manteau. Hassan ne les regarda même pas. Son instinct de limier venait de lui montrer un pourpoint jeté négligeamment sur un siège, un pourpoint que Tito avait ôté sans doute pour se rendre chez le duc d'Arcos.

S'en emparer, fouiller et retourner les poches fut l'affaire d'un instant.

Un sourire de triomphe illumina tout à coup la figure du Maure. Il venait de sentir quelque chose dans une poche intérieure du pourpoint, et l'instant d'après, il en sortait la mystérieuse petite fiole que Tito avait reçue de la vieille Corvia.

Le flacon n'était plus rempli. Un quart à peu près du liquide qu'il contenait avait été employé !...

Tout s'expliquait ! Tout concordait ! Tito avait versé le poison dans le vin et dans le chocolat destinés au duquecito et n'avait pas eu le temps de cacher la fiole. Appelé auprès du duc d'Arcos, il avait à la hâte changé de pourpoint, remettant à plus tard le soin de faire disparaître le compromettant flacon. Tout était clair comme le jour, mais il fallait agir prudemment. Ce n'était pas un adversaire à dédaigner que Tito, et le Maure connaissait depuis longtemps sa ruse, sa finesse, et son pouvoir sur le duc.

Il remit la fiole dans la poche où il l'avait trouvée, et

retourna à pas de loup dans l'antichambre où il attendit tranquillement le retour de Tito. Lorsque le favori revint dans son appartement, le Maure expliqua sa présence en lui révélant les ordres qu'il avait reçus du duquecito au sujet de la Muette, puis il quitta cette partie du château sans que personne soupçonnât l'aventureuse perquisition à laquelle il venait de se livrer.

Le soir même, il se rendait à Portici. Nous avons vu comment il rencontra Fenella, et comment il fut reçu par elle.

Chapitre VII.

Ange ou démon.

Il était plus de minuit lorsque Fenella arriva à Portici avec l'enfant qu'elle avait pris dans la caverne de la vieille Corvia. La chaumière était vide. Masaniello n'était pas encore rentré.

C'était ce que désirait Fenella. La Muette craignait que son frère ne l'approuvât pas d'être venue au secours de l'enfant, mais pouvait-elle laisser périr la pauvre créature, l'abandonner au sort qui l'attendait dans le séjour d'horreur où elle l'avait trouvé? C'était impossible. N'était-ce pas le ciel qui avait fait arriver ces gémissements jusqu'à elle pour l'arrêter dans son sinistre dessein? L'enfant l'avait sauvée d'elle-même, n'était-ce pas un devoir sacré pour la Muette que de le sauver à son tour?

Le cœur de la femme est naturellement disposé à de semblables pensées, et plus Fenella réfléchissait à sa singulière rencontre, plus elle y retrouvait clairement le doigt de la Providence. Le pauvre petit être sauvé par la Muette avait paru comprendre le rôle que le ciel lui destinait. Il s'était instinctivement cramponné à Fenella ; ses petites mains avaient serré son cou, sa tête s'était appuyée sur le sein de sa libératrice, et las, épuisé par ses efforts et ses larmes, il s'était immédiatement endormi dans les bras qui l'avaient recueilli.

Arrivée dans la chaumière, Fenella alluma une petite lampe et regarda l'enfant. Une immense pitié la saisit à la vue du pauvre ange qui sommeillait paisiblement, sans se douter du péril auquel il avait presque miraculeusement échappé. La Muette le contempla longtemps et écouta avec attendrissement sa respiration calme et régulière, indiquant un sommeil réparateur dont le pauvre petit être avait bien besoin.

Elle baisa avec émotion les lèvres de l'enfant — sa figure, morne et désespérée, peu d'heures auparavant, montrait alors une paix, un calme bienfaisants à voir. La tristesse n'en était pas effacée, mais c'était une tristesse sans amertume. La bonne action que Fenella venait d'accomplir l'avait rattachée à la vie, et rendait un but à son existence décolorée.

Une douceur, une bonté divines illuminaient les beaux traits de la Muette tandis qu'elle contemplait la petite créature qu'elle allait avoir à soigner. Un sourire angélique éclaira sa figure — elle posa délicatement l'enfant sur sa pauvre couche et s'agenouilla à côté de lui — ses mains se joignirent involontairement — et là, penchée sur ce pauvre être abandonné, elle se promit devant Dieu de lui servir de mère et de soutien.

Quiconque l'eut vue ainsi eut été frappé de son idéale beauté. On eut dit un ange gardien veillant sur le sommeil de l'enfant. Une auréole entourait sa tête inclinée. L'amour, un amour pur et divin, remplissait seul son âme et rayonnait sur ses traits. Elle était bien belle en ce moment-là, plus belle encore qu'au jour où le duquecito l'apercevant en prière devant la Madone avait cru voir un ange descendu du ciel.

Elle resta longtemps ainsi, perdue dans un monde de sensations douces et bienfaisantes, souriant au sentiment maternel

qui venait de s'éveiller en elle, oubliant le monde entier, pour
ne songer qu'à l'enfant que la Providence venait de lui confier. Tout à coup, elle releva la tête. Un changement soudain
s'était produit. Ses traits si pleins de tendresse revêtaient
peu à peu la froideur et la dureté du marbre. Ses yeux, tout
à l'heure encore, fixés avec tant d'amour sur l'enfant changeaient subitement d'expression. La douceur et la bonté disparaissaient. De sombres pensées reprenaient possession de
l'âme de la Muette et se réfléchissaient fidèlement sur ses
traits....

Qu'était devenu l'ange?.... Cette femme, toujours agenouillée devant la couche où reposait l'enfant, c'était un démon! un démon tout entier à sa haine et à sa soif de vengeance; un démon qui eut épouvanté l'homme le plus résolu!

Le caractère de la Muette s'était singulièrement développé
au milieu des circonstances étranges par lesquelles elle passait
depuis quelques mois. Il en portait l'empreinte, et semblait
réunir deux côtés bien distincts. Un ange et un démon s'y
disputaient la victoire. Le démon allait-il avoir le dessus? Les
pensées mauvaises allaient-elles régner sans partage, et étouffer
l'étincelle divine que l'ange avait déposée dans l'âme de Fenella?....

Le démon, un moment terrassé, se relevait avec une nouvelle force. Le désespoir ressaisissait sa victime — il soufflait
sans pitié sur les aspirations généreuses, sur les rêves de
tendresse et de dévouement! C'est qu'une vision fatale avait
passé soudain devant l'âme de la Muette; ses yeux fixés avec
amour sur l'enfant avaient revu soudain un horrible tableau:
l'église où se pressait la foule, l'autel avec ses cierges et ses
parfums, Alfonso et Elvira la main dans la main, et le prêtre
étendant les bras pour les bénir...

Fenella ferma les yeux. Tout son être se révoltait contre
ce spectacle qui lui ravissait à jamais le repos, l'espérance
et la foi.

Alfonso l'avait abandonnée, il avait trahi ses serments!...

Alfonso avait épousé la princesse, et cependant ce n'était pas contre lui que Fenella tournait sa haine et sa soif de vengeance. Il l'aimait encore, elle le savait ; il souffrait, mais il n'avait su résister à tout ce qui l'entourait. Les vrais coupables, c'étaient le duc, Tito et les autres compagnons d'Alfonso, c'était Elvira — Elvira qui avait déployé tout son pouvoir, tous ses charmes pour enchaîner Alfonso — et qui avait vaincu !...

La pauvre enfant s'expliquait clairement tout ce qui s'était passé. Elle croyait entendre la voix impérieuse du duc ordonnant à son fils d'oublier » cette fille du peuple « et d'épouser la belle et puissante princesse. Elle devinait les obsessions, les insinuations prodiguées à Alfonso par tout son entourage ; elle revoyait Elvira s'appuyant tendrement sur le bras du duquecito ; elle se rappelait la beauté, la grâce et la séduction de la princesse, et son cœur absolvait l'ardent mais faible Alfonso.

Elle pardonnait à l'infidèle, mais sa colère se reportait avec d'autant plus de violence sur les autres habitants de ce palais où la corruption régnait en souveraine. Fenella se rappelait les paroles des pêcheurs, leurs menaces, leurs serments, leur haine contre les oppresseurs étrangers, et ces malédictions trouvaient un écho dans son âme. L'ivresse du désespoir l'avait saisie — ses mains s'étaient levées menaçantes — ses lèvres tremblaient — ses yeux lançaient des éclairs — elle eut voulu rassembler autour d'elle les hommes de Portici, les animer de sa passion et de sa haine, et les conduire au combat !

Elle s'était levée, haletante, éperdue, folle de douleur et de rage ; elle voulait courir de chaumière en chaumière, attiser le feu de la révolte, pousser à l'action, à la lutte, s'enivrer de vengeance et punir de sa main les misérables qui lui avaient ravi l'espérance et la foi — elle voulait vivre enfin — mais ce paroxysme de désespoir ne pouvait durer longtemps. Le sentiment de son infirmité la rappela à elle-même. Elle s'arrêta sur le seuil de sa porte, et dans son impuissance elle invoqua l'image de Masaniello.

Masaniello! C'était bien l'homme qu'il fallait! Ce que Fenella ne pouvait faire, son frère le ferait. Masaniello conduirait le peuple à la victoire — s'il n'était pas rentré dans la chaumière, c'est qu'il s'occupait sans doute, pendant cette longue nuit, des préparatifs du combat. Masaniello la vengerait du duc, de Tito, des autres compagnons d'Alfonso — et peut-être d'Elvira!...

Elvira! la rivale détestée, chassée de ce palais où jamais elle n'aurait dû entrer! Elvira, livrée à ce peuple sur lequel elle croyait régner!... Le cœur de Fenella bondit à cette pensée. Un sourire de triomphe passa sur ses traits — une joie satanique alluma son regard...

Etait-ce bien Fenella? Etait-ce bien la femme agenouillée tout à l'heure devant l'être abandonné qu'elle avait recueilli? Etait-ce l'ange gardien veillant sur le sommeil de l'innocence?..

C'était bien Fenella. Ses regards étaient retombés sur l'enfant endormi, et cette vue bienfaisante chassait victorieusement le démon. L'ange reparaissait; il soufflait sur les pensées de haine et de vengeance, adoucissait l'expression des traits altérés par la colère, apaisait, consolait, et ramenait l'espoir dans cette âme troublée...

Fenella contemplait son protégé. Les mains crispées de la Muette s'étaient détendues et se joignaient de nouveau dans une ardente prière. Elle retomba près de la couche où reposait l'enfant, l'entoura de ses bras, posa sa tête à côté de la sienne et s'endormit d'un paisible sommeil!...

Chapitre VIII.

Ruse de bandit.

— Par ici! Venez par ici! On ne les voit plus! criait un brigand de haute stature en appelant de la main quatre hommes et une jeune fille qui apparaissaient à quelque distance. Par ici! Je crois qu'ils ont abandonné la poursuite!

La petite troupe se rapprocha à grands pas du brigand qui paraissait être son chef.

— Où veux-tu aller, Cesare? lui demanda la jeune fille lorsqu'elle l'eut rejoint. L'auberge des Vautours doit être dans le voisinage?

— Nous y allons, Teresita. Filippo cachera nos ballots, répondit le brigand, puis il se tourna vers les hommes qui arrivaient à leur tour.

— Hé, Pepi! cria-t-il.

— Capitaine?

— Apercevez-vous encore les soldats, là-bas?

— Non, capitaine!

— Où sont nos camarades?

— Ils nous suivent avec les ballots!

— Eh bien! à l'auberge des Vautours!

La petite troupe se remit en marche précédée de son chef et de Teresita, la maîtresse du capitaine. Cesare était un homme de haute taille, au teint bronzé, à la barbe noire et épaisse. Sa compagne, forte et robuste créature, presque aussi hâlée que son amant, portait un costume des plus pittoresques. Un chapeau pointu qui lui seyait à merveille recouvrait de longs et épais cheveux noirs. La jupe courte, garnie d'une bande aux vives couleurs, laissait à découvert une jambe forte, mais bien tournée, dont rien ne gênait la marche. Une espèce de châle de voyage, passé en bandoulière autour de la taille, et une escopette, servant quelquefois de bâton, complétaient ce costume que Teresita portait avec une remarquable désinvolture.

Le terrain était singulièrement accidenté en cet endroit, coupé de buissons, de taillis et d'énormes bloc de rochers qui prenaient dans l'obscurité les formes les plus fantastiques.

Cesare et Teresita marchaient les premiers. Pepi et Alessandro, les deux bandits que nous avons vus une première fois à l'auberge des Vautours, suivaient à quelque distance avec leurs deux camarades Andrea et Francesco. Quatre autres bandits cheminaient un peu plus bas, au pied du terrain boisé et rocailleux, traînant péniblement quelques ballots sauvés du combat qui venait d'avoir lieu entre les soldats du duc et les bandits.

La lutte avait commencé sur le rivage, mais les contrebandiers avaient dirigé leur retraite vers la localité accidentée où ils se trouvaient en ce moment. Ils en connaissaient les passages, les coins et les recoins. L'obscurité les favorisait, et les soldats avaient dû renoncer à une poursuite dangereuse et inutile.

Quelques soldats avaient été blessés dans la mêlée. En revanche, un ou deux contrebandiers, ainsi qu'une partie des marchandises étaient tombés au pouvoir des Espagnols, mais cette rencontre avait été, en somme, plus défavorable aux soldats qu'aux contrebandiers. Ces derniers avaient constaté une fois de plus leur supériorité sur les détachements envoyés à leur poursuite, et leur chef s'était promis de braver plus audacieusement que jamais les agents du vice-roi.

Le nombre des voyageurs ayant sensiblement diminué dans le territoire napolitain, grâce au peu de sécurité que présentaient les routes, Cesare avait joint la contrebande au brigandage, métier lucratif, offrant encore quelque agrément et une position acceptable à des brigands en quête d'un nouveau champ d'activité. Sa bande était bien connue. Maintes fois elle en était venue aux mains avec les soldats postés à la frontière, et plus d'un brigand avait perdu la vie dans ces sanglantes échauffourées, mais ces périls n'arrêtaient pas les audacieux contrebandiers. Poursuivis, traqués de toutes parts, ils continuaient leur commerce illicite, se fiant à leur courage, à leur adresse, à leur parfaite connaissance des lieux, et cette fois encore l'avantage avait été pour eux.

Cesare et Teresita arrivaient à l'auberge des Vautours. Ils s'assurèrent d'abord qu'il n'y avait plus personne sous la véranda, puis ils s'approchèrent furtivement d'une fenêtre pour examiner l'intérieur de la salle éclairée par une lampe fumeuse suspendue au plafond.

— Je ne vois que trois pêcheurs qui jouent aux dés, murmura Teresita.

— C'est Masaniello avec ses deux amis, Borella et Moreno !

— Sont-ils dangereux pour toi ?

— Non ; les pêcheurs de Portici ne sont guère amis des Espagnols. Ils préparent un soulèvement.

— Alors, ils ne sont pas à craindre. Tiens, voilà Filippo, là-bas dans le fond. Le vois-tu ?

— Sans doute. Il est accoudé sur une table. Il est fatigué, paraît-il, mais nous allons le réveiller un peu vivement.

— Doucement, doucement ! fit Teresita en retenant Cesare, j'aperçois encore deux hommes — là, dans ce coin !

Le chef des brigands jeta un rapide coup-d'œil dans la salle.

— Deux lazarones ! dit-il à voix basse. Ils ne sont pas dangereux, mais il faut cependant les surveiller un peu ! Entre la première ! ou plutôt, non ! Nous appellerons Filippo par la porte de derrière ! Viens !

Cesare et sa compagne retournèrent vers les quatre brigands qui attendaient à quelques pas que leurs compagnons les eussent rejoints.

— Andrea! cria Cesare.

— Capitaine!

— Tu resteras en sentinelle devant l'auberge ; Pepi, Ales
sandro et Francesco entreront avec moi, les quatre autre
resteront près de leurs ballots pour se reposer!

— Un mot, capitaine, dit Francesco.

— Parle!

— Il n'est pas prudent qu'Andrea reste seul. S'il allai
être surpris?

— Eh bien! reste avec lui!

— Encore un mot, capitaine, reprit Francesco avec un em
barras comique.

— Eh bien!

— N'oubliez pas qu'Andrea et Francesco ont soif!

— C'est l'affaire de Teresita, répondit Cesare en riant
puis il se dirigea avec sa compagne vers une partie reculé
du bâtiment où se trouvait une petite porte dérobée.

Il frappa doucement un certain nombre de coups —

Quelques secondes s'écoulèrent, puis la porte s'ouvrit ave
précaution et laissa passer la tête de Filippo.

— Qu'y a-t-il? Qui est là? demanda l'hôte.

— C'est moi — Cesare! répondit le bandit d'une voi
contenue. Viens vite, ça presse!

— Sainte vierge! s'écria l'aubergiste stupéfait, vous voule
me mettre tous les soldats espagnols sur les bras. Vous vou
êtes encore battus ce soir sur le rivage, et vous voilà?

— Comme tu le dis. Il s'agit maintenant de cacher no
ballots!

— Et tu veux me les confier? Grand merci! C'est tro
d'honneur!

— Allons, pas tant de façons, Filippo. Tu sais bien qu
ce n'est pas dangereux!

— Les autres ne sont-ils pas à vos trousses?

— Quels autres?

— Hé, les soldats!

— Sait-on jamais où ils se cachent! Nous les avons dé-
pistés; il n'y en a pas un dans le voisinage. Dépêche-toi.
Fais-moi disparaître ces ballots là-bas dessous, avec les quatre
hommes qui les ont portés et qui n'en peuvent plus. Ils dor-
miront leur saoûl dans ta cave.

Filippo comprit qu'il fallait obéir. Il se résigna, et fit signe
aux porteurs de le suivre dans la maison. Les quatre hommes
approchèrent silencieusement avec leurs ballots, et entrèrent
dans le vestibule d'où Filippo les conduisit dans la cave.

Pendant ce temps, Cesare, Teresita, Pepi et Alessandro
étaient entrés dans la salle de l'auberge et avaient pris place
à une grande table non loin des pêcheurs.

Filippo leur apporta du vin, puis il ressortit pour servir
aussi les deux bandits restés en sentinelle devant la maison,
et les quatre hommes enfermés dans la cave.

— Nous combattrons sous tes ordres, criait Zanetto le lazarone, au moment où les brigands entrèrent dans la salle.
Je te le répète, Masaniello, nous répondrons tous à ton
appel!

— Tu seras roi des lazarones, ajouta Tonino.

Masaniello fit un signe de tête et continua à jouer.

— Tu as entendu? dit Pepi à voix basse en s'adressant
à son chef.

— Les cerveaux sont échauffés, ajouta Alessandro; la plus
petite circonstance mettra le feu aux poudres.

— Il y aurait quelque chose à faire, reprit Pepi. Mettons-
nous de la partie, et exploitons la lutte à notre profit.

— Pepi a raison, Cesare, dit Teresita. Si les soldats et le
peuple en viennent aux mains, ils lutteront à mort. Ce serait
le moment de mener ferme la contrebande, et de faire en
même temps de bons coups dans les palais de Naples.

— Sainte vierge, quelle belle occasion! fit Alessandro en
se frottant les mains. On ne la retrouvera pas de sitôt. Nous
les laisserons se cogner à leur aise, tandis que nous rempli-
rons nos poches et nos sacs!

— Qu'en dis-tu, Cesare! dit Teresita en s'adressant à son amant. Cette idée ne te sourit-elle pas? Il doit y avoir du butin dans ces palais espagnols. Nous y entrerons facilement au milieu du trouble et de la confusion. Les femmes auront perdu la tête, et nous pourrons emporter tout ce que nous voudrons.

Tandis que ses compagnons causaient ainsi, le chef de brigands regardait furtivement Masaniello qui continuait à jouer avec ses deux fidèles partenaires.

— Je connais le pêcheur de Portici, murmura-t-il. Il est trop fier et trop orgueilleux pour accepter notre aide. Il devinerait immédiatement nos intentions!

— Comment pourrait-il nous empêcher de prendre part au combat? demanda Alessandro.

— Je le connais, te dis-je! répéta Cesare. Il se tournerait aussi bien contre nous que contre les Espagnols.

— Eh bien! faisons autre chose, reprit Pepi. Attirons les soldats ici.

— La bonne idée! fit vivement Teresita. Ecoute, Cesare, les soldats nous cherchent sans doute; peut-être ne sont-ils pas bien loin. Quelques-uns de tes hommes peuvent les attirer à l'auberge — la lutte s'engage — les pêcheurs sont attaqués comme nous — nous nous unissons à eux contre l'ennemi commun. Pendant ce temps, un des tiens est allé donner l'alarme à Portici. Voilà l'insurrection commencée — et commencée avec nous!...

— C'est bien hasardeux! fit Cesare.

— Bah! Qui ne risque rien n'a rien! dit Alessandro. L'idée est fameuse. Décide-toi, capitaine, et notre fortune est faite. Envoie-moi à Portici; j'emmancherai les choses de façon à ce que tu sois content de moi!

— Nous ne retrouverions jamais pareille chance! ajouta Pepi.

— Eh bien, soit! Essayons! fit Cesare gagné par l'enthousiasme de ses acolytes. Descends premièrement à la cave,

Alessandro, réveille nos hommes, et dis-leur de se tenir prêts en cas d'attaque. Va ensuite vers Andrea et Francesco, et ordonne-leur de ma part de battre la contrée jusqu'à ce qu'ils soient vus et suivis par les espions des Espagnols. Il faut tâcher d'attirer tout le détachement ici, afin que la lutte soit assez sérieuse pour que nos trois voisins soient forcés de s'en mêler.

— On y va, capitaine. Tes ordres seront ponctuellement exécutés.

— Tu iras ensuite donner l'alarme à Portici. Les pêcheurs se lèveront en masse, je pense, quand ils sauront que Masaniello et ses deux amis sont aux prises avec les Espagnols!

— Pepi reste-t-il avec toi?

— Oui. Je le garde avec Teresita et les quatres hommes qui sont à la cave. Il faut qu'Andrea et Francesco reviennent en toute hâte vers nous dès qu'ils auront vu les soldats prendre le chemin de l'auberge. Va, et fais vite!

Alessandro se leva et sortit de la salle. Filippo s'était rapproché de la table des trois pêcheurs, et suivait avec intérêt les péripéties du jeu. Les deux lazarones continuaient leurs imprécations contre les Espagnols et s'excitaient mutuellement, à la grande joie des bandits dont cette haine allait servir les intérêts.

Tout à coup, la porte fut violemment ouverte du dehors, et Hassan, le domestique noir parut sur le seuil. Le Maure paraissait hors de lui. Tête nue, les vêtements en lambeaux, le front couvert de sueur, les yeux étincelants, il s'était arrêté sur la porte, et inspectait fièvreusement l'intérieur de la salle.

Son examen lui parut satisfaisant sans doute. Il entra vivement, et referma la porte.

— Apporte-moi du vin! cria-t-il à l'aubergiste qui le regardait avec étonnement.

— Que t'est-il arrivé? demanda Filippo.

— C'est le Maure, le domestique du prince, fit Tonino,

tandis que Masaniello et ses compagnons considéraient avec surprise le nouvel arrivant.

— Le Maure! répéta Hassan d'une voix tremblante, mais non plus le Maure du prince. Que le diable l'emporte le prince, lui et toute sa séquelle!

— Tiens, tiens, fit Zanetto, qu'est-ce qu'ils t'ont fait là-haut? Assieds-toi là, et parle. Tu es drôlement arrangé!

— Ces chiens m'ont déchiré ma veste sur le corps! hurla Hassan. Ils ont voulu m'arrêter, me mettre à la torture, mais ils ont trouvé à qui parler. J'ai tant joué des pieds et des mains que j'ai réussi à leur échapper!

Filippo apportait le vin demandé. Hassan vida la cruche d'un trait.

— A quel propos t'a-t-on traité ainsi? demanda Cesare qui crut le moment favorable pour se mêler à la conversation.

— Oh ces rusés Espagnols! Ils croyaient avoir bien combiné leur affaire! reprit le Maure sans répondre à la question du bandit qu'il avait à peine entendue. Ils croyaient déja me tenir, mais ils se trompaient, cette fois; c'est moi qui les tiendrai! Mort à ces oppresseurs, à ces vampires! Mort à toute cette canaille! Mort à ce Tito! Celui-là, il faut que je l'étrangle de mes propres mains!

Les pêcheurs ne jouaient plus. Ils regardaient le Maure avec méfiance.

— Sur mon âme, je crois que ce compagnon vient ici pour nous faire causer! dit Moreno.

— Vous croyez ça? Mettez-moi à l'épreuve. Je combattrai au premier rang avec les vôtres. Je cherche un nouveau maître, mais un maître au service duquel je puisse employer mes armes — et le Maure brandissait un long poignard qu'il venait de tirer de sa ceinture. — Je veux combattre avec vous, je veux me baigner dans le sang espagnol! je veux les y voir nager, tous tant qu'ils sont, le duc, le duquecito mais Tito le tout premier, Tito le rouge, Tito l'enfant trouvé!

Ah! vous me prenez pour un espion! Vous vous étonnez de ma haine! Approche Masaniello! Ecoutez tous. Vous allez savoir ce qui s'est passé, et vous direz alors si vous me tenez encore pour un traître.

Cesare, Tonino, Zanetto et les pêcheurs se rapprochèrent, et bientôt tous les assistants furent groupés autour du Maure.

— Vous saurez tout, et vous verrez si le Maure n'a pas le droit de jurer la mort de Tito, criait Hassan en se démenant comme un noir démon. Ils m'ont foulé aux pieds, ils m'ont poursuivi avec leurs lances! Et pourquoi? Parce que le Maure n'a pas voulu passer pour un empoisonneur, et se laisser bonnement pendre à la place du rouge Tito!

— Tito! Empoisonneur! Qu'est-ce que tu nous racontes? crièrent deux ou trois voix.

— Je raconte ce qui s'est passé au château, et pas plus tard que hier. J'ai porté comme à l'ordinaire le déjeûner du duquecito dans sa salle à manger, et ce déjeûner, composé de vin et de chocolat, était empoisonné!

— Empoisonné! et par qui?

— Par Tito! Le prince s'est arrêté à temps; il n'a pas bu son verre, mais ses premiers soupçons sont tombés sur le domestique noir. N'était-ce pas un païen, capable de tous les crimes? J'ai réussi cependant à obtenir du duquecito la permission de rechercher le coupable. Je me suis mis à l'affût, et la journée ne s'était pas écoulée que j'étais déjà sur la trace de l'empoisonneur. Il m'était revenu que Tito avait été vu dans l'antichambre du prince pendant que le déjeûner s'y trouvait; je me suis glissé dans l'appartement du favori, et j'ai trouvé dans ses habits une petite fiole suspecte. Son crime était bien prouvé, et j'y réfléchissais justement lorsque trois hommes de la garde du corps ont fondu sur moi à l'improviste. Au premier moment, je ne savais pas ce que cela signifiait, mais le prince qui les suivait se chargea de me l'expliquer. Il était hors de lui de colère, et criait que j'étais l'empoisonneur, que j'avais seul pu faire le coup. Les soldats me poussaient, me frappaient; enfin ils m'entraînèrent dans ma pauvre mansarde qu'ils devaient fouiller . . .

Le Maure s'interrompit; ses dents blanches grinçaient convulsivement, ses poings fermés menaçaient un ennemi invisible . . .

— Mort et damnation! C'était bien joué! cria-t-il avec rage. Savez-vous ce qui se passa là-haut?

— On voulut te forcer à faire des aveux?

— Mieux que ça. On fouilla ma mansarde et l'on y trouva la petite fiole qui contenait le poison.

— La petite fiole que tu avais vue dans l'appartement de Tito?

— La même! Je l'ai parfaitement reconnue.

— C'est un vrai tour espagnol! fit Masaniello.

— Tu as raison, Masaniello! s'écria Cesare. Ils n'en font pas d'autres, ces chiens d'étrangers!

— Malédiction sur eux! cria Pepi.

— Malédiction! répétèrent pêcheurs et lazarones.

— C'était donc bien le Maure qui était l'empoisonneur, puisque la fiole était dans sa chambre, continua Hassan avec un rire sinistre. J'avais beau crier que ce flacon ne m'appartenait pas, que je venais de le voir chez don Tito, et que c'était lui qui l'avait porté dans ma mansarde; tout fut inutile. Les gardes me firent redescendre. Tito qui était survenu commença par rire de ce qu'il appelait un mensonge, une infâme calomnie, puis la fureur le saisit, et le monstre me frappa brutalement au visage tandis que les soldats me jetaient à terre et me traînaient dans la cour pour me conduire dans un des cachots du château. Je savais d'avance ce qui m'attendait. Le bon, le charitable duc a là-bas, vers le canal, un ami toujours prêt à faire disparaître les individus gênants!

— Le bourreau espagnol!

— Après, après! Continue! Comment as-tu pu t'échapper?

— Comment? Je le sais à peine moi-même. Arrivé dans la cour, je saute subitement sur mes pieds. Je frappe un des soldats en pleine poitrine; je pousse l'autre si violemment qu'il va rouler à quelques pas. Mes bras se raidissaient, j'avais des muscles d'acier! Le troisième veut se jeter sur moi; je m'échappe en lui laissant un morceau de ma veste entre les mains, et je gagne la rue, poursuivi par les trois soldats qui s'étaient relevés. Quelle chasse, mes amis! une chasse à l'homme! Je pense qu'ils courent encore!

— Bravo, bravo! crièrent les auditeurs enthousiasmés. Bravo! Tu as réussi à leur échapper! C'est un fameux tour! Ils doivent faire une drôle de mine à présent!

— J'avais pu gagner la place. Il y avait encore beaucoup de promeneurs, et une fois perdu dans cette foule, les soldats auraient eu bien à faire à me rattraper. Ils criaient, ils cherchaient, mais je courais toujours. Je m'enfilai dans une rue écartée et je réussis à sortir heureusement de la ville!

— Tu as eu de la chance! fit Tonino en se frottant les mains.

— J'y ai pris peine aussi! continua le Maure. Je courus à perdre haleine jusque dans la campagne. Enfin je m'arrêtai un moment et je m'assis sur une pierre. La colère m'étouffait. Je voulais me venger, tuer, j'étais sur le point de retourner à Naples et de me glisser au château pour y assouvir ma vengeance, quand je me rappelai tout à coup que les pêcheurs de Portici et les lazarones se préparaient à lutter contre les tyrans. J'ai pensé que je vous trouverais ici. Me voici. Je ferai tout ce que vous me commanderez, j'irai où vous irez, je poursuivrai les Espagnols jusque dans leurs dernières retraites, et je ne vous demanderai d'autre récompense que de me céder le favori, et de me laisser nettoyer le château à ma fantaisie.

— Ce n'est que justice! fit Zanetto. On t'abandonnera ta vengeance!

— Merci! En retour, je vous promets une fête, une fête comme vous n'en avez jamais eu! cria le Maure dont la noire figure s'illuminait d'une joie infernale. Je vous montrerai comment un païen se venge de ses ennemis! Tous monteront à la tour, la corde au cou. Tous y seront pendus, à commencer par l'illustre vice-roi. Eh! le vent le fera pirouetter comme un fuseau, ce duc; ce n'est pas la graisse qui l'empêchera de tourner. Après lui viendront le duquecito, et la belle Elvira, puis les conseillers intimes, les courtisans — tout, à l'exception de Tito que je me réserve pour ma fête particulière, tout ça se balancera là-haut. Je vois tourner tout ça, pendant qu'en bas j'exécuterai une danse de joie avec don Tito, pendant que le canon tonnera pour annoncer la fête, que Naples se réjouira, et que le vin du duc coulera à flots pour le peuple. Je vois tout ça...

Un bruit soudain interrompit brusquement les imprécations du Maure. La porte s'ouvrit avec violence et le bandit Andrea se précipita dans la salle.

— Les soldats espagnols! Les soldats! cria-t-il d'une voix étouffée.

— Les soldats! hurla Hassan en tirant son poignard. Ils ont donc suivi mes traces! Eh bien! vous goûterez de ma lame, mes maîtres! En avant, vous autres! Les voilà! Nous allons enfin voir du sang... du sang espagnol..

Cesare, Teresita et Pepi s'étaient levés d'un bond. Andrea se rapprocha d'eux tandis que les lazarones se groupaient autour de Hassan qui, son poignard à sa main, faisait mine de se jeter sur le premier soldat qui pénétrerait dans la salle. Masaniello et ses deux compagnons avaient bondi sur leurs sièges, renversant cruches, cornets et dés, et en un instant, le tumulte et l'agitation furent à leur comble.

Au dehors, la lutte avait déjà commencé. Les hommes de Cesare étaient sortis de la cave, et se battaient avec acharnement contre quelques soldats qui voulaient faire feu dans la salle de l'auberge.

Filippo s'était précipité vers la porte de derrière de sa maison, mais à peine l'avait-il entr'ouverte qu'il la repoussait violemment et retombait sur un siège pâle de terreur et d'effroi.

— Nous sommes cernés, entourés! cria-t-il en joignant les mains. Nous sommes perdus si St-Janvier ne nous vient en aide!

La situation de la petite troupe paraissait réellement désespérée. Le détachement, fort de deux cents hommes environ, se rangeait autour de l'auberge pour la prendre d'assaut et faire prisonniers tous ceux qu'elle contenait.

Aux premiers coups de fusil tirés par les soldats, le Maure s'était élancé hors de la maison, et avait fondu sur les ennemis. Les lazarones, les brigands et les pêcheurs imitèrent son exemple. La mêlée devint furieuse. Les assiégés faisaient des prodiges de valeur ; ils se multipliaient, mais la partie n'était pas égale ; ils devaient succomber sous le nombre, et tous se préparaient à vendre chèrement leur vie lorsqu'un tumulte confus éclata à quelque distance.

Le bruit se rapprochait ; il devenait plus distinct. Des cris sauvages se firent entendre, et l'espoir rentra avec eux dans le cœur des assiégés. Ces cris annonçaient des frères, des amis. Les pêcheurs de Portici, rassemblés par Alessandro, arrivaient en armes pour défendre leur chef. Ils se jetèrent de toutes parts sur les gardes du vice-roi, et quelques minutes suffirent pour transformer cette échauffourée en un combat sérieux dont les suites devaient être terribles!...

CHAPITRE IX.

Le pouvoir de la femme.

Le soir même où l'on se battait à l'auberge des Vautours, Tito et le marquis Riperda s'entretenaient à voix basse, tout en se promenant dans la galerie du château.

— Ainsi, ce noir coquin aurait eu vraiment l'intention d'empoisonner son Altesse le duquecito? disait don Miguel. C'est à peine croyable, cependant il est connu qu'on ne devrait jamais se fier à ces Maures de Tunis.

— C'est quelque pensée de vengeance qui l'aura poussé à ce crime, répondit le favori en haussant les épaules. Le duquecito aura peut-être dû le punir une fois, ou ne lui aura pas donné suffisamment d'argent, et ce moricaud se sera cru parfaitement autorisé à se venger !

— Où s'est-il procuré le poison? reprit le marquis. Voilà ce qu'il faudrait savoir. Il y en avait une fiole pleine.

— Assez pour envoyer encore son Altesse le duc et moi dans l'autre monde. Vous l'avez entendu d'ailleurs. Vous avez pu juger vous-même de ce qu'il y avait de fiel et de haine dans l'âme de ce vilain drôle. Il s'est montré sous son vrai jour !

— Il fallait l'abattre sur l'heure comme un chien enragé qu'il est! s'écria le marquis. Je parierais ma tête qu'il a été chauffé par les Napolitains. C'est une race de sournois et de traîtres qui nous voudraient à tous les diables, mais je vous le jure, don Tito, le premier qui bouge, je tape dessus sans demander son nom et ses qualités. Ils nous haïssent, ces Napolitains ; et plus j'y pense, plus je suis convaincu que ce damné moricaud était un de leurs agents.

— Il est d'autant plus regrettable qu'il nous ait échappé. La torture lui aurait bien délié la langue, et nous aurions pu savoir si vos soupçons étaient fondés. Faut-il que ces imbéciles de gardes l'aient laissé filer !

— Il eut fallu toute une compagnie pour retenir un pareil enragé !

— Nous le retrouverons, soyez tranquille, don Miguel. Tôt ou tard, il nous tombera entre les mains, et je vous réponds qu'il paiera cher sa révolte. Marcos fera bien façon de ces mutins !

— C'est aussi mon avis. Tous ces Napolitains font cause commune. Grands seigneurs et lazarones se tiennent tous la main et tout ça devrait être exterminé. Ne sait-on rien du prince Bisignano ?

— Rien, absolument rien ! Savez-vous, don Miguel, que je me demande si le sorcier égyptien ne pourrait pas nous mettre sur la trace de ces coupables. J'y pense souvent, mais je me méfie de ce pavillon ! Je crains que ces mystères ne cachent quelque chose qui pourrait à l'occasion nous être dangereux !

— Vous croyez ?

— Je ne crois rien, mais je me méfie. En tout cas, il faut savoir à quoi s'en tenir sur cet étranger. Il se passe des choses étranges dans ce pavillon !

— Vous avez l'intention d'y faire des perquisitions ?

Tito ne répondit pas. Le capitaine Selva venait d'entrer dans la galerie et s'approchait rapidement des deux amis.

— Qu'y a-t-il ? demanda vivement Tito en faisant quelques pas au-devant du capitaine.

— Son Altesse désire vous parler !

— A moi aussi ? demanda Riperda.

— A vous aussi, seigneur !

— Alors, accompagnez-moi, dit Tito en se dirigeant vers l'appartement du duc.

— Il s'agit d'une capture importante! fit Selva d'un ton confidentiel. Entendez-vous?

Les grandes portes de la cour du château se fermaient justement. On entendait le cliquetis des chaînes, le grincement des gonds, enfin tout le fracas qui accompagnait d'ordinaire cette opération.

— Qu'est-ce que cela veut dire? murmura Tito. En savez-vous davantage, don Selva?

— Je sais seulement que son Altesse a fait inviter dix seigneurs napolitains à se rendre an château ce soir!

— Dix seigneurs napolitains? Et dans quel but, je vous en prie? demanda Riperda stupéfait.

— Pour tâcher de s'entendre et d'arriver à une transaction.

— Une transaction avec le peuple?

— Je n'en sais pas davantage. Tout ce que je puis vous dire, c'est que les invitations ont été faites et que les dix nobles se présenteront au château vers minuit. Le duc vous apprendra le reste!

— Vous m'étonnez, don Selva, fit le marquis. Voyez-vous le duc d'Arcos parlementer avec ce peuple? Il doit y avoir quelque chose là-dessous!

— Patience, don Miguel! dit Tito en se tournant vers son ami avec un sourire sinistre. Patience! Vous connaissez la volonté de fer de notre duc! Il brisera la résistance des Napolitains, soyez-en sûr, et si je ne me trompe, il prépare déjà quelque mesure qui raffermira sa puissance. La nuit ne se passera pas sans événement!

Tito et ses deux compagnons traversèrent l'antichambre et entrèrent dans le cabinet de travail du vice-roi.

Le duc était seul. Debout près d'une table, il considérait d'un œil fixe les cartes et les documents dont elle était couverte, et ses traits durs et implacables trahissaient une froide et énergique résolution. Il portait un pourpoint de velours noir, une haute fraise blanche, et le court manteau espagnol. Une main appuyée sur les documents qui encombraient la table, les sourcils froncés, l'œil froid, on eut dit un souverain prononçant une sentence de mort.

Les lourdes portières se refermèrent sur les trois arrivants, et Tito s'approcha du duc.

— Dix seigneurs napolitains vont arriver au château, lui dit le vice-roi d'une voix dure et froide comme l'acier. Ils ont accepté mon invitation, et je désire que don Selva, le marquis et toi, vous les receviez dans la grande salle du château.

— Et où devrons nous les conduire, Altesse? demanda Tito.

— Je t'enverrai mes ordres à cet égard dès que les invités seront au complet. Tu feras placer dix porte-flambeaux dans la cour, et la garde sera sous les armes. Avez-vous fait occuper les portes à l'intérieur, Selva?

— Vos ordres ont été ponctuellement exécutés, Altesse!

— Vous veillerez à ce que personne ne sorte plus du château, et vous donnerez les ordres nécessaires pour que les portes soient refermées au verrou derrière chacun des invités. Aucun d'eux ne ressortira d'ici.

— Des otages! murmura Tito.

— Que faudrait-il leur répondre, demanda Selva, s'ils remarquaient cette précaution et en témoignaient de l'étonnement?

— Vous diriez que ces mesures sont prises en vue du peuple qui pourrait essayer de pénétrer ici après eux. Vous recevrez du reste les invités avec beaucoup de politesse, et vous les entretiendrez de votre mieux jusqu'à ce qu'ils soient au complet.

— Et si les premiers venus montrent quelque défiance? hasarda Tito.

— C'est à vous à les rassurer et à calmer leurs craintes, mais si vous n'y réussissiez pas et s'ils voulaient essayer de quitter le château, il faudrait leur déclarer qu'ils sont prisonniers, et les retenir de force. Ils seront enfermés séparément dans les cellules des tours. Maintenant descendez, et faites ce que je vous ai ordonné.

Don Tito et ses deux compagnons s'inclinèrent silencieusement devant leur maître, et quittèrent le cabinet pour se rendre dans la cour et exécuter les ordres iniques qu'ils venaient de recevoir.

Pendant ce temps, Alfonso s'était retiré dans son appartement. Il était morne et triste et voulait être seul.

Le prince se trouvait dans un état d'agitation et d'angoisse qui devenait de jour en jour plus pénible. Toutes ses tentatives pour se distraire et s'égayer avaient été inutiles. Le malheureux duquecito n'avait plus goût à la vie ; il éprouvait un vide et un mécontentement intérieurs qui chassaient le sourire de ses lèvres.

Alfonso souffrait cruellement. Le chagrin l'envahissait, et ces jours de tristesse, c'étaient les jours que la lune de miel avait dû éclairer de sa douce lumière ! C'étaient ces jours après lesquels tout cœur humain soupire, ces jours si ardemment désirés. Alfonso et Elvira s'étaient rencontrés à l'autel ; les serments étaient prononcés. Ils étaient unis.

Unis ! Ce mot ne résume-t-il pas toutes les félicités humaines ? La vie n'est-elle pas un perpétuel enchantement pour de nouveaux époux ? La main dans la main, le regard ému, ils s'avancent vers cette vie nouvelle, comme si le bonheur qui vient de commencer ne devait jamais finir. Ils vont, heureux et fiers de s'appartenir l'un à l'autre, heureux de s'aimer et de vivre, heureux de fonder un foyer qui deviendra à son tour une maison paternelle, un nid d'où les oisillons s'échapperont un jour.

Ils s'aiment — mais cet amour attendri de deux jeunes époux, ce bonheur, si doux à contempler, on ne l'eut pas trouvé dans les somptueux appartements d'Alfonso et d'Elvira. Depuis l'heure qui les avait unis, ils ne s'étaient pas revus. Tous deux se sentaient séparés par un obstacle invincible.

Elvira, pâle et agitée, passait ses jours et ses nuits dans

— 341 —

l'angoisse et l'attente. Elle avait vainement espéré, attendu — Alfonso ne venait pas. Bien loin d'éprouver la douce impatience d'un époux, il la fuyait; il ne songeait même pas à sauver les apparences...

Il vivait retiré dans son appartement, oublieux de sa jeune femme, et cet abandon faisait le sujet de toutes les conversations à la cour. Dames d'honneur, caméristes, valets, tous glosaient à cœur joie là-dessus; tous commentaient l'étrange conduite du prince...

C'était plus qu'Elvira ne pouvait supporter. Son orgueil se révoltait contre cette humiliation, plus terrible pour elle que les tourments de l'amour déçu. Elle aussi, elle avait entendu le cri de détresse de la Muette; elle avait vu Fenella dans l'église; elle connaissait l'obstacle qui la séparait d'Alfonso, et elle se disait avec épouvante que les choses resteraient peut-être longtemps ainsi...

C'était intolérable! Comment supporter plus longtemps tant de honte et de dédain. Elvira avait vaincu. Alfonso était son époux devant Dieu et devant les hommes, il l'était pour jamais — mais cette victoire ne lui avait apporté qu'une cruelle défaite...

Que faire? Comment ramener l'infidèle? Comment l'appeler? Epouse dédaignée, pouvait-elle faire les premiers pas et mendier une tendresse qu'il ne se pressait pas de lui offrir?...

Elvira était désespérée. Enfin, après bien des combats, bien des luttes entre sa vanité, son orgueil et son amour, elle prit une subite résolution. Alfonso ne venait pas à elle par amour, elle l'y forcerait par un autre moyen. Elle hésita longtemps; elle eut voulu n'employer auprès de son époux aucun de ces moyens qui font la force des femmes coquettes ou passionnées, mais il l'y forçait; elle n'avait pas d'autre ressource, elle s'en servirait. Elle aussi, elle voulait avoir son triomphe, elle voulait voir Alfonso se traîner à ses pieds et mendier un sourire; elle voulait vaincre, et faire oublier à son époux cette femme qu'il avait aimée, et qui se mettait entre elle et lui . . . .

Elle s'assit devant son bureau, prit un petit morceau de parchemin, y écrivit un mot, un seul, et le plia.

Elvira était seule, elle avait renvoyé ses femmes, et jusqu'à donna Diana, sa confidente. Elle sortit du boudoir, témoin de ses larmes et de sa tristesse, et passa dans sa chambre à coucher.

Le goût le plus exquis avait présidé à l'arrangement de cette pièce. Des fresques admirables décoraient le plafond, vraies peintures de maîtres, présentant à l'œil des scènes gracieuses ou voluptueuses. Amours joufflus se berçant sur les nuages ou se cachant sous des fleurs, groupes charmants de danseurs et de danseuses, tous ces tableaux prenaient, à la mystérieuse clarté des lampes d'albâtre, une vérité et un relief étonnants.

De moelleux tapis et d'épaisses tentures recouvraient le parquet et les murs, ils assourdissaient tous les bruits extérieurs, et faisaient de cette chambre une retraite assurée pour le bonheur et l'amour. Le lit, vaste et magnifique, s'appuyait à l'une des parois de la pièce. Il était surmonté d'une couronne d'or d'où retombaient des rideaux de soie pareils aux tentures. Vis-à-vis du lit, on voyait une statue de la Vierge, éclairée par une lampe éternelle. D'un autre côté, on avait arrangé une petite fontaine où jaillissait une eau fraîche et odorante, qui remplissait la pièce d'un parfum suave et pénétrant.

Une petite porte dérobée conduisait dans un cabinet de bain. Une autre porte semblable ouvrait sur un passage secret reliant l'appartement du prince à celui de la princesse. Ce passage, dont Elvira et Alfonso possédaient seuls la clef, était éclairé par le haut, et protégé par sa construction contre tout regard indiscret. Jusqu'alors, ni l'un ni l'autre des jeunes époux n'en avait fait usage, mais Elvira était décidée à s'en servir pour mettre à exécution son dessein.

Elle prit une petite clef d'or qu'elle portait à sa ceinture, en ouvrit doucement la porte dérobée, et se glissa avec émotion dans le passage secret.

Arrivée au bout du corridor, elle s'arrêta et appuya l'oreille contre la porte qui le fermait. Pas un bruit ne se faisait entendre dans l'appartement d'Alfonso. Elvira introduisit sa clef dans la serrure, la porte s'ouvrit doucement, et la princesse se trouva dans la chambre à coucher du duquecito.

La pièce était vide. Elvira s'approcha d'une table, y posa son petit morceau de parchemin, ressortit précipitamment, et regagna son boudoir où elle se laissa tomber sur un divan. L'émotion l'avait saisie. Elle cacha sa tête dans ses mains, et d'abondantes larmes vinrent soulager son cœur oppressé.

Quelques minutes plus tard, le prince rentrait dans son appartement et passait dans sa chambre à coucher.

Ses traits étaient sombres; sa figure pâle et altérée trahissait les combats qui se livraient dans son âme. L'impétueux jeune homme avait vieilli de dix ans.

Il se promenait machinalement dans sa chambre, lorsque ses yeux tombèrent par hasard sur la petite table placée au milieu de la pièce. Alfonso se rapprocha. Un morceau de parchemin, plié comme un billet, était posé sur cette table. D'où pouvait-il venir?

Le duquecito saisit le parchemin, le déplia, et lut ce seul mot : — »Alfonso!«

»Alfonso.« Le billet ne contenait pas autre chose, mais ce nom avait suffi pour faire tressaillir celui qui le portait.

Alfonso avait reconnu l'écriture d'Elvira. Elle l'appelait — elle criait son nom, mais sa voix ne parvenant pas jusqu'à l'époux qui la délaissait, elle avait trouvé moyen de placer cet appel sous ses yeux ...

Comment y était-elle parvenue? Comment ce parchemin avait-il été déposé dans cette pièce sans que personne s'en aperçut?

Alfonso se posait cette question sans parvenir à la résoudre. Tout à coup, la lumière se fit en lui.

— Le passage secret! murmura-t-il. Elvira a apporté ce billet elle-même. Elle est venue ici! Oubliant son orgueil, sa fierté de femme offensée, elle laisse parler son amour et rappelle l'infidèle . . .

L'aurait-elle appelé en vain? Alfonso tenait le petit morceau de parchemin; il le regardait avec émotion, et relisait le mot si court et si éloquent qu'il contenait. Cette preuve inattendue d'amour le touchait plus qu'il ne voulait se l'avouer — les caractères s'animaient; ils prenaient forme et vie, et revêtaient peu à peu aux yeux d'Alfonso la figure d'Elvira . . . la princesse allait triompher — le pouvoir de la femme aidant, elle allait célébrer sa seconde victoire . . .

Alfonso chercha, et trouva, pour la première fois, la petite clef d'or restée inutile jusque-là. Il ouvrit la porte qui conduisait dans le couloir secret, et arriva bientôt dans la chambre à coucher de la princesse.

Un léger frisson parcourut tous ses membres lorsqu'il se trouva dans cette pièce; mystérieuse et intime retraite où nul homme n'avait pénétré avant lui; doux asile où seul il avait le droit d'entrer. La chambre était vide, mais un sanglot, partant du cabinet voisin, arriva aux oreilles d'Alfonso.

Quelqu'un pleurait dans cette pièce — et ce quelqu'un, ce ne pouvait être qu'Elvira! Alfonso courut à la portière, la souleva brusquement, et s'arrêta interdit sur le seuil.

Elvira était étendue sur un divan. Son peignoir blanc l'enveloppait tout entière et donnait à toute sa personne quelque chose de vaporeux. On eut dit un blanc nuage. Elle était bien belle ainsi, si belle qu'Alfonso s'arrêta involontairement pour la contempler.

Au bruit des pas qui s'approchaient, Elvira avait relevé la tête. Ses yeux, pleins de larmes, s'arrêtèrent sur Alfonso. Elle le regarda un instant, puis elle éclata en sanglots, et cacha sa figure dans ses mains.

Le duquecito sentit son cœur bondir dans sa poitrine. Cette belle et séduisante créature, c'était sa femme — elle était à lui, et c'était lui qui faisait couler ses larmes... Il courut à elle et lui saisit les mains — Elvira voulut se détourner, mais Alfonso ne lui en laissa pas le temps. Il l'attira sur son cœur, l'entoura de ses bras, et pendant un moment, Elvira oubliant ses calculs et son triomphe, céda à l'irrésistible influence de la passion, et ne vit dans Alfonso qu'un époux adoré.

Un bruit sourd et lointain les arracha à leur ivresse. On eut dit le grondement du tonnerre. La rumeur croissait de minute en minute — des coups de feu retentissaient dans le silence de la nuit — des colonnes de feu montaient vers le ciel — les cloches sonnaient et répandaient l'alarme dans la ville — les cris devenaient plus distincts...

C'était la révolte, l'émeute, dans toute sa violence. Elle éclatait, soudaine, irrésistible, prête à tout renverser sur son passage. Alfonso s'arracha des bras d'Elvira, courut à la fenêtre, l'ouvrit précipitamment, et pâlit au spectacle qui s'offrait à ses yeux.

Une foule furieuse se ruait de tous côtés vers le château. Le flot montait. Le combat avait déjà commencé au premier rang. Déjà les flammes rouges des signaux montaient dans la nuit; les clairons sonnaient, rappelant à leur poste les troupes dispersées et leurs chefs — Alfonso, lui aussi, devait obéir à ce signal. Chancelant, désespéré, il prit congé de la tremblante Elvira — puis, rappelant tout son courage, il saisit son épée et sortit en courant pour aller prendre part au combat...

Chapitre X.

Une visite inattendue.

Au moment où Tito, Selva et Riperda sortaient de l'appartement du duc et descendaient dans la cour pour y attendre les dix seigneurs napolitains qu'ils devaient recevoir, un officier de la garde s'approcha respectueusement du favori et lui dit qu'il avait une communication à lui faire.

Tito s'arrêta, et l'officier lui apprit qu'il avait trouvé, à la porte de derrière de la cour, une femme courbée par l'âge qui demandait instamment à voir don Tito, pour lequel elle avait, disait-elle, un message secret et de la plus haute importance.

— Connaissez-vous cette femme? demanda le favori.

L'officier hésita à répondre — c'était plus qu'il n'en fallait pour confirmer les craintes de Tito.

— Ne vous êtes-vous point trompé? reprit-il. Est-ce bien moi qu'elle désirait voir?

— Elle a prononcé votre nom à plusieurs reprises.

— Où est-elle?

— Je l'ai conduite dans la chambre de la tour pour la soustraire aux yeux des soldats.

— Elle est seule?

— Sans doute, et si vous le désirez, don Tito, je veillerai à ce que personne ne dérange votre entretien.

Le favori accepta cette offre d'un geste, et s'excusa auprès de ses deux compagnons, puis il se dirigea vers la tour la plus voisine dont l'étage inférieur formait plusieurs salles servant soit aux gardes, soit aux employés du château.

La communication de l'officier avait médiocrement réjoui don Tito. Il ne devinait que trop bien qui il allait voir, et l'expression de ses traits n'était pas celle du contentement, lorsqu'il traversa le rez-de-chaussée de la tour pour monter dans la chambre qu'on lui avait indiquée.

Il ouvrit une lourde porte de fer, et se trouva dans une vaste pièce voûtée qu'une grosse lanterne n'éclairait que faiblement. Ses pressentiments ne l'avaient pas trompé. Corvia, la sorcière du Vésuve, était assise sur un banc dans le fond de la salle.

En entendant ouvrir la porte, la vieille se leva et s'avança au-devant de Tito.

— Te voilà, mon fils! te voilà! fit-elle en accompagnant ses paroles du petit ricanement qui lui était habituel. Te voilà. C'est bien heureux que je te trouve!

— Qu'est-ce que cela signifie? dit Tito avec humeur. Avais-tu besoin de venir jusqu'ici?

— Eh, eh! tu n'es pas gracieux! s'écria la vieille en prenant un air offensé. Tu as une drôle de manière de recevoir les gens.

— C'est possible. Pourquoi t'aventures-tu jusqu'ici? Que viens-tu faire au château?

— Je viens te voir, mon fils! toi et personne d'autre.

— Ne sais-tu pas que tout le monde te connaît?

— Sans doute, sans doute. La vieille Corvia est connue de chacun.

— Et chacun saura que la vieille Corvia vient me voir! C'est flatteur. Je te demande ce qu'on doit penser au château de la visite que tu me fais.

— Décidément, tu es en colère, mon fils! Pourquoi ne pourrais-je pas venir te voir?

— Pourquoi? Parce que c'est aussi dangereux pour toi que pour moi. Tu as fort mauvaise réputation, et l'on a trouvé sur Hassan une fiole pleine de poison.

La sorcière ouvrit de grands yeux.

— Sur Hassan?... le Maure?... s'écria-t-elle en regardant Tito en face. Sur Hassan?... C'est un peu fort!

— Tais-toi! As-tu besoin de crier si haut! Ta visite m'est souverainement désagréable, et tu me feras le plaisir de ne pas la renouveler!

— Patience — patience! fit la vieille dont la figure trahissait une sourde colère. Tu n'as jamais parlé de la sorte à la vieille mère Corvia!

— Tu ne t'étais jamais permis non plus de venir me relancer jusqu'ici!

— Il le fallait, mon fils; il le fallait! C'est une affaire importante qui m'amène, et tu n'es pas gentil de me recevoir de cette façon. La vieille Corvia n'a rien à craindre. Elle peut se présenter partout!

— C'est ton affaire, mais ce que je sais, moi, c'est que ta connaissance peut me faire beaucoup de tort!

La sorcière tressaillit à ces méprisantes paroles. Ses lèvres s'ouvrirent pour laisser passer quelque réponse violente, mais elle se contint et resta un moment silencieuse.

— Tu es fier, mon fils, dit-elle enfin d'une voix tremblante, bien fier, et cependant tu pourrais bien avoir encore des services à me demander. On ne parle pas ainsi aux gens dont on a besoin — mais la vieille Corvia ne t'en veut pas. C'est donc Hassan qui avait le poison? Il te l'avait donc volé, et ton but n'est pas atteint. Il faudra que la vieille Corvia vienne encore à ton aide!

— Tu aurais pu attendre que je te le demande!

— Aussi ne viens-je pour cela, mais ce qui m'amène n'est guère moins important. Je viens t'avertir que l'enfant a disparu de ma caverne!

Tito recula d'un pas.

— Disparu! L'enfant a disparu! s'écria-t-il en lançant à la vieille un regard furieux et défiant. Qu'en as-tu fait?

— Je n'en ai rien fait du tout. Tu te figures sans doute que je l'ai donné? — non, non, mon fils, il m'a été volé pendant une pauvre petite absence que j'ai dû faire. Ça n'a pas duré une heure, et quand je suis revenue l'enfant était loin. Impossible de retrouver ses traces.

— Tu ne viens pas le chercher ici, cependant ?

— Hé, je me suis dit que tu le regrettais peut-être ....

— Et tu te figurais que j'avais été le reprendre ?

— Je pensais que tu en saurais peut-être quelque chose ?

— Je ne sais rien, rien du tout. Cherche-le, puisque tu as été assez bête pour te le laisser voler !

— Tu chercheras bien de ton côté, j'espère ?

— Es-tu folle ?

— Tu tiens cependant à ce que je le retrouve, n'est-ce pas ? Moi, j'en suis horriblement inquiète.

Tito ne put contenir plus longtemps sa colère et son impatience.

— Que le diable t'emporte ! s'écria-t-il, cherche cet enfant toi-même, et décampe sur l'heure.

— Hé hé ! le diable pourrait bien vouloir t'emporter du même coup, ricana la vieille. Vois-tu, mon fils, un service en vaut un autre. On t'a pris la fiole, et on m'a pris l'enfant, à moi. Eh bien ! si tu m'aides à le retrouver, ce qui t'est facile, avec tes domestiques et tes espions, je te donnerai un bon conseil au sujet du duquecito.

— Tais-toi donc !...

— Pourquoi ? On ne peut pas nous entendre ici ? Nous sommes en sûreté ! Je te le répète, si tu me retrouves l'enfant, je te fournis le moyen de devenir duquecito toi-même. Oui, tu as beau faire de gros yeux, tu as encore besoin de la vieille Corvia, je le sais !... Mais on fait bien du tapage, là-dehors .... qu'est-ce que ça veut dire ?

Un bruit confus arrivait jusque dans la tour où se trouvaient Tito et son étrange visiteuse. Des voix animées se faisaient entendre. Evidemment, quelques-uns des invités napolitains étaient tombés sans défiance dans le piège que le vice-roi leur avait tendu.

— Va t'en, va t'en! cria Tito avec agitation. Tu ne peux pas rester plus longtemps ici. Viens avec moi, je te ferai sortir par une porte dérobée; il ne faut pas qu'on te voie dans la cour. Viens vite!

Et Tito poussait la sorcière vers la porte.

— Un instant, mon fils, un instant, s'écria la vieille; j'ai encore quelque chose à te dire, et quelque chose d'important. Entends-tu ce tumulte? Sais-tu ce qu'il signifie? C'est l'émeute!... C'est la voix du peuple qui se révolte!...

— L'émeute! La révolte! répéta Tito. Qu'est-ce que cela veut dire?

— Cela finira mal! Il y aura du sang répandu!

— As-tu vu quelque chose en venant ici?

— Non, mon fils! il n'y avait encore rien à voir, mais cela ne peut tarder. Tiens-toi sur tes gardes, crois-moi! Les pêcheurs et le peuple sont exaspérés. Ils conspirent en secret contre le vice-roi. Ils se sont partagés des armes, la nuit dernière, et ont choisi pour leur chef Masaniello de Portici. Tu le connais bien, le beau pêcheur?

— Des armes! répétait Tito sans répondre à la question de la vieille; des armes! Je crois que tu rêves!...

— Je ne rêve pas, mon fils. La vieille Corvia est toujours sûre de ce qu'elle dit!

— Et ce pêcheur Masaniello...

— Le frère de la Muette!

— Tu dis que c'est leur chef?

— Oui; ils l'ont choisi!

— C'est bon! On le fera arrêter, et jeter dans un cachot!

— Mauvais moyen! Ce serait mettre le feu aux poudres! L'émeute n'en serait pas retardée d'un jour!

— Eh bien! les soldats chargeront le peuple, et disperseront facilement cette populace!

— Tu te trompes, mon fils; tu te trompes! ricana la vieille. Y penses-tu? Votre poignée de soldats ne fera pas grande figure vis-à-vis des hommes de Naples et de Portici.

— Une poignée ? Nous avons trois mille soldats en comptant les troupes napolitaines !

— Ces troupes napolitaines feront défection et passeront à l'ennemi. C'est moi qui te le dis !

— Il nous restera toujours deux mille cinq cents hommes au moins !

— Ce n'est pas beaucoup, contre vingt mille. Voilà longtemps, bien longtemps que les choses se préparent. Il ne s'agit plus seulement des pêcheurs et des lazarones. Tout le peuple se lève contre vous ! Ce sera un massacre sans pareil ! Une tuerie !

— Sois tranquille. On fera bien façon de ces quelques émeutiers. Nous nous emparerons des chefs et le reste se dispersera tout seul !

— N'en crois rien, Tito. Ne te berce pas de fausses espérances ! Je veux te donner un bon conseil. Va auprès de Masaniello, cette nuit même, et essaie d'entrer en négociations avec lui.

— Jamais !

— Eh bien, mon fils ! s'écria la vieille en saisissant familièrement le bras de Tito, si tu lui envoyais Alfonso ? C'est une idée, ça, hé ?

— Je ne comprends pas !

— Voyons, ne fais pas l'innocent ! Tu ne demanderais pas mieux que de remplacer le duquecito ! Eh bien ! en l'envoyant là-bas, on ne sait pas ce qui pourrait arriver. Masaniello est violent — un mot, un geste imprudent, et Alfonso serait perdu ! C'est le meilleur moyen d'arriver à ton but, c'est Corvia qui te le dit, et la vieille mère ne veut que ton bien, tu le sais ! Son plus grand désir c'est de t'être utile !

— Le duquecito se gardera bien d'aller seul à Portici.

— Alors, arrangez-vous. Le duc a bien su, dans le temps réprimer un soulèvement à Madrid. Il était jeune alors, le duc Léon d'Arcos !

— A Madrid ? Qu'est-ce que tu sais de Madrid, toi ?

— Pas grand chose, mon fils, pas grand chose — j'en ai entendu parler, voilà tout! L'affaire sera plus chaude ici. Le peuple hait cordialement le bon duc, et puisque vous n'êtes pas les plus forts, il faut employer la ruse. Comprends-moi bien, Tito Silvestre! Il faut négocier secrètement avec Masaniello ou le renverser, l'abattre du premier coup! Qui sait, tu le trouverais peut-être encore à Portici cette nuit. Tout y était encore tranquille quand je suis venue!

— Nous verrons! J'y réfléchirai — mais va t'en! On vient, je crois! Si c'était le duc...

La vieille haussa les épaules.

— Le duc! fit-elle d'un air méprisant, laisse-le venir! Crois-tu qu'il me fasse peur, ce bon Léon! Je le connais, sois tranquille. C'est lui qui pourrait me craindre!

— Quelle langue infernale! Va t'en — va t'en!

— Je m'en vais! Mais écoute, Tito, fils de mon cœur, sois prudent, ne me fais pas le chagrin de te laisser prendre! Ne m'oblige pas à te pleurer. Tu as un bel avenir devant toi — je te vois déjà duquecito, hé! Nous avons heureusement écarté le premier obstacle — cette duchesse qui ne te voulait que du mal et qui aurait contrarié tous tes plans, nous nous débarrasserons bien d'Alfonso. Dommage seulement que ce ne sois pas déjà fait! Il est marié, maintenant, et qui sait si un moment ou l'autre il n'aura pas un fils, un petit duquecito en herbe dont il faudrait encore se défaire. Dépêche-toi, Tito. Retrouve-moi l'enfant, et je te procurerai le moyen d'arriver à ton but.

— J'irai te le demander.

— Compris! Tu ne veux pas que je revienne ici. Sois tranquille, et suis mon conseil. Va voir Masaniello. Au revoir, fils de mon cœur, tu es toujours mon favori, mon orgueil et ma joie quand même tu rudoies souvent la pauvre mère Corvia! Au revoir, mon fils!

Tito poussait la vieille hors de la chambre. Il l'entraîna

enfin dans un passage obscur et atteignit avec elle une petite porte qui ouvrait sur le parc.

— Tu connais les chemins, dit-il à voix basse. Va-t'en vite et ne te montre pas. Il faut de la prudence !

— Ne crains rien ; il ne nous arrivera rien ici !

Tito ouvrit, poussa la vieille dans le parc, referma brusquement la porte sur elle, et quitta en toute hâte la tour.

Chapitre XI.

L'incendie du château.

Minuit approchait. Des torches, placées de distance en distance, éclairaient la cour du château, et leur lumière rougeâtre et vacillante répandait une teinte sinistre sur les vieux murs d'enceinte, les tours massives et les antiques portails.

La garde était sous les armes, et chacune des portes était occupée par un poste de quatre hommes, ayant ordre de ne laisser sortir personne. Tito, Selva et Riperda connaissaient seuls la cause de ces dispositions extraordinaires.

La nuit était sombre, et la lumière incertaine des torches semblait en augmenter encore l'obscurité.

Chacun était à son poste. Le silence avait succédé à l'agitation causée par ces mesures inusitées dont les soldats essayaient vainement de deviner la raison. L'explication ne se fit pas attendre. Un grand coup retentit à l'une des portes. Quelqu'un demandait à entrer.

Le caporal qui commandait le poste tira les lourds verroux, ouvrit, et deux seigneurs napolitains entrèrent dans la cour.

La porte se referma bruyamment sur eux.

L'aspect sinistre de la cour n'effraya pas les nouveaux venus et ne leur inspira aucun soupçon. Que pouvait-il leur arriver? Ils répondaient à une invitation du duc. Le vice-roi désirait conférer avec eux sur les mesures à prendre pour exaucer, autant que faire se pourrait, les vœux du peuple de Naples.

C'était cette invitation qui avait attiré les gentilshommes napolitains au château, et qui leur avait rendu la confiance et l'espoir, confiance insensée, et dont maintes expériences, maintes leçons cruelles eussent dû empêcher le retour.

Les deux seigneurs étaient à peine entrés qu'on frappa à une autre porte. Elle s'ouvrit, et livra passage à trois autres gentilshommes, obéissant, comme les deux premiers à l'invitation du duc. Les deux groupes se rapprochèrent et se saluèrent cordialement.

— N'y a-t-il personne là pour nous introduire? demanda l'un des Napolitains en regardant autour de lui.

— Je ne sais — cette réception me paraît drôle, fit un autre.

— C'est un effet de l'heure! observa un troisième. Je tiens pour un bon signe que le duc vous ait appelé à ce rendez-vous!

— Vous espérez vraiment arriver à une entente?

— Je suppose que le duc aura fait des réflexions. Il aura compris que c'était le seul moyen d'empêcher de graves événements.

— Pourquoi a-t-on mis la garde sur pied? Voyez-vous les soldats là-bas, dans le fond?

— Silence — voici les officiers du duc!

Selva et don Miguel traversaient la cour. Ils s'approchèrent, et saluèrent cérémonieusement les cinq Napolitains.

— Nous répondons à une invitation de son Altesse, le duc d'Arcos, dit le plus âgé des gentilshommes, le comte Laniero, en s'adressant à Selva. Veuillez nous conduire auprès de votre maître!

— Les invités ne sont pas encore au complet, seigneur comte, répondit le capitaine de la garde.

— Et vous avez ordre de nous faire attendre ici, dans la cour? dit un autre Napolitain, nommé Cavalcante que l'inquiétude avait subitement saisi.

La réponse de Selva fut interrompue par un grand coup frappé à l'une des portes. Elle s'ouvrit en grinçant. Deux Napolitains entrèrent, et se rapprochèrent vivement du groupe arrêté au milieu de la cour.

Les deux nouveaux venus étaient frères. C'étaient deux cavaliers Venosta, officiers dans les troupes napolitaines. Ils avançaient rapidement. Tout à coup, ils s'arrêtèrent, et se montrèrent d'un geste la garde rangée au fond de la cour, et les porteurs de torches.

— Qu'est-ce que cela signifie? murmura Luigi Venosta.

— Trahison! fit tout bas son frère Antonio.

— Je vois cependant là-bas Laniero, Cavalcante et les autres.

— Nous sommes trahis, je te le répète!

— Impossible!

— Eh bien! faisons un essai! et tout en parlant, Antonio Venosta retournait vers la porte.

— Ouvrez! dit-il en s'adressant au chef du poste. Il faut que je ressorte pour aller chercher mon ami, le marquis Giocoli!

— J'ai ordre de ne laisser sortir personne! répondit le caporal.

— Comment? s'écria Venosta en élevant la voix. Que signifie cet ordre? Sommes-nous prisonniers?

Ces paroles arrivèrent jusqu'au groupe formé par les Napolitains. Tous se rapprochèrent de Venosta, tandis que Selva et Riperda, immobiles et impassibles, restaient étrangers, en apparence, à ce qui se passait.

— On refuse de nous ouvrir et de nous laisser sortir de la cour, dit Luigi Venosta en s'adressant aux deux Espagnols. Ayez la bonté de lever cet ordre qui repose sans doute sur quelque malentendu.

— Il n'y a pas de malentendu! répondit Selva. Nous avons ordre de vous recevoir ici, et de ne laisser ressortir personne.

— Mille diables — ça sent la trahison! s'écria Cavalcante en saisissant son épée.

— Doucement, doucement, mes amis! dit le comte Laniero en s'efforçant de tranquilliser ses compagnons, plus jeunes et plus emportés que lui. Pas de précipitation! Vous m'avouerez seigneur, continua-t-il en s'adressant à Riperda, vous m'avouerez que votre réception est étrange. Qu'est-ce que cela signifie? Le duc nous a invités, nous voici — conduisez-nous auprès de lui!

— Un coup de main inouï, s'écria Antonio Venosta qui se rapprochait du groupe après une nouvelle tentative auprès du chef du poste. Le caporal nous refuse la sortie. Je demande compte de cet ordre!

— Modérez votre langage! fit Riperda avec hauteur.

— Sommes-nous des hôtes ou des prisonniers? s'écria Cavalcante impatienté.

— Comme vous l'entendrez, répondit Selva. Des hôtes si vous vous soumettez, des prisonniers, si vous essayez de résister!

Des cris de rage, de colère et d'indignation répondirent à ces paroles.

— Trahis! Nous sommes trahis — mais nous nous défendrons! cria Venosta.

— Vos épées, seigneurs! commanda Riperda.

Les sept gentilshommes tirèrent leurs épées et les brandirent d'un air menaçant.

— Vous voulez nous contraindre à faire avancer la garde, cria Selva.

Ce fut le signal de la mêlée.

Les Napolitains se jetèrent avec rage sur les deux officiers et sur le détachement le plus voisin. Ils s'efforçaient de gagner la porte et d'en écarter les soldats, mais Selva avait appelé à l'aide, et déjà la garde arrivàit au pas de course pour s'emparer des prisonniers.

Les sept gentilshommes se battaient en désespérés. Antonio Venosta et son frère luttaient corps à corps avec le chef du détachement et ses trois hommes. Cavalcante s'était jeté sur Selva, et les quatre autres Napolitains se voyaient attaqués par Tito, survenu sur ces entrefaites, Riperda et les soldats de la garde.

Le bruit de la lutte arrivait jusque dans les rues voisines, et semblait attirer le peuple sous les murs de la forteresse. C'était plus qu'il n'en fallait pour arrêter au dehors les trois seigneurs napolitains qui manquaient encore au rendez-vous. Ce petit renfort n'eut pas suffi d'ailleurs pour changer l'issue du combat. Antonio Venosta venait d'être mortellement blessé par une hallebarde, et presque au même moment, le vieux comte Laniero, atteint en pleine poitrine par l'épée de Miguel Riperda, tombait sans pousser une plainte.

Le sang coulait à flots sur les dalles de la cour. Les cinq gentilshommes restant, dont deux ou trois étaient blessés, se virent cernés et désarmés par les soldats. Malgré leur résistance désespérée, ils furent saisis, et traînés dans la tour du Moine. La lutte était terminée, et les vainqueurs se hâtèrent d'en faire disparaître tous les vestiges.

Il était temps. Un bruit sourd, pareil au roulement du tonnerre, se faisait entendre dans le lointain — on eut dit les clameurs répétées d'une multitude — et ce grondement sinistre trouva subitement un écho devant les murs de la forteresse.

Quelques passants, attirés par le bruit de la lutte, s'étaient rassemblés devant les portes du château. Leur nombre s'était rapidement accru. Des voix s'élevaient, terribles, menaçantes; on redemandait les gentilshommes napolitains, et l'on parlait déjà d'enfoncer les portes pour pénétrer dans la cour.

Le tumulte allait croissant. Tito avait dressé l'oreille. Il écoutait le bruit lointain qui se rapprochait de minute en minute, et que les cris de la foule rassemblée devant les portes ne parvenaient pas à couvrir. Le danger approchait. Il fallait agir! Tito donna quelques ordres aux gardes qui se trouvaient autour de lui, puis il traversa rapidement la cour, et monta auprès du duc.

Le vice-roi avait entendu, lui aussi, la rumeur grandissante qui inquiétait son favori. Debout devant une des fenêtres de son appartement, les bras croisés sur la poitrine, il contemplait cette ville qui s'étendait sous ses yeux; cette ville dont il eut voulu fouler aux pieds tous les habitants. Ses yeux étincelants semblaient vouloir y lancer la foudre, et anéantir du regard les rebelles napolitains.

Lorsque Tito entra, le duc tourna la tête vers lui, et montrant de la main la cour et les terrasses situées au-dessous de ses fenêtres:

— Qu'est-ce que tout ce tapage? demanda-t-il.

— Il s'est formé un attroupement devant la porte, Altesse! répondit Tito. Les rebelles demandent à entrer.

— Les dix seigneurs napolitains sont-ils emprisonnés?

— Il ne s'en est présenté que sept. Ils ont voulu résister, et deux d'entre eux sont tombés dans la mêlée.

— Et les autres?

— Les autres ont été désarmés et enfermés comme otages dans la tour du Moine. La populace les réclame!

— Faites avancer un détachement de soldats et tirez sur la foule. Elle se dispersera immédiatement!

En cet instant, quelques détonations d'armes à feu retentirent dans le lointain, et Selva se précipita dans la pièce où se trouvait le duc. Le capitaine de la garde était pâle et défait.

— Pardon, Altesse! s'écria-t-il. Un messager vient d'arriver au château. Il annonce qu'un combat aurait éclaté entre les pêcheurs et les soldats!

— La révolte! murmura le duc dont les traits livides avaient pris subitement une expression d'indomptable tenacité.

La révolte! Elle éclate — mais nous la vaincrons! Faites savoir au peuple que les cinq napolitains prisonniers seront fusillés sur l'heure si les attroupements ne se dispersent pas.

Selva s'inclina et sortit.

La rumeur grandissait — ce bruit sinistre devenait plus distinct. Il semblait remplir toute la ville.

— On vient de m'apprendre que le pêcheur Masaniello de Portici a pris la direction du mouvement, dit Tito. Qu'ordonne mon auguste maître?

Ces paroles étaient à peine prononcées que la portière se soulevait brusquement et livrait passage au marquis Riperda.

— L'émeute prend des proportions effrayantes, fit-il d'une voix sourde. Les soldats sont repoussés vers le château.

— Faites avancer toutes les troupes, et tournez les pièces contre le peuple, ordonna le duc. Point de ménagements! Ecrasez sans pitié cette canaille! Faites sortir les cinq prisonniers napolitains de leur cachot, et placez-les, pieds et poings liés, devant nos soldats. Ils seront frappés les premiers par les coups des rebelles! Allez, et faites ce que j'ai commandé!

Le marquis Riperda quitta la pièce.

Les rues avoisinant le château s'éclairaient déjà de la sinistre lueur des coups de feu. Le bruit se rapprochait. Le peuple repoussait les mercenaires. Il gagnait du terrain d'instant en instant, et l'on entendait déjà retentir les coups de crosse assénés contre les portes des murs d'enceinte.

Un silence pénible régnait dans le cabinet du duc. Tito hésitait à le rompre, mais le temps pressait. La situation s'aggravait de minute en minute. Ce n'était pas le moment de se laisser arrêter par les lois de l'étiquette, et le favori se hasarda à troubler les réflexions de son maître et à parler sans être interrogé.

— Altesse! dit-il à demi-voix.

Le duc se retourna brusquement.

— Que veux-tu? fit-il avec humeur.

— J'aurais une demande à vous faire.

— Va me chercher mon épée. Je veux commander moi-même les troupes.

— Un mot, encore, Altesse!

— Parle!

— Si je réussissais à trouver le pêcheur Masaniello, et à l'attirer ici ou à le tuer, l'insurrection aurait perdu son chef. Permettez-moi de quitter le château pour risquer cette tentative.

— Fais ce que tu voudras! Mon épée!

Tito passa dans la pièce voisine et en revint avec l'épée du duc. Au moment où il la lui remettait, deux officiers espagnols se présentèrent à l'entrée du cabinet.

— Que faites-vous ici? dit impérieusement le duc. Pourquoi n'êtes-vous pas à la tête de vos soldats?

— Les pêcheurs font cause commune avec le peuple, Altesse, répondit un des officiers. Les troupes napolitaines ont également passé à l'ennemi, et de toutes parts il arrive de nouveaux renforts aux assiégeants!

— Eh bien! déchargez les pièces des créneaux et des tours sur les révoltés. Bombardez la ville, et que Naples vole en éclats, s'il le faut!

Les assiégeants avaient cerné la puissante forteresse. L'air retentissait de leurs cris, et des détonations des mortiers dont le feu était dirigé contre les fenêtres du château. Des torches incendiaires volaient par dessus les murs, et leur flamme sinistre et crépitante éclairait l'obscurité de la nuit.

Le combat semblait prendre une rapide et terrible extension. Le duc n'hésita plus. Il congédia de la main son favori, tira son épée, et ordonna aux deux officiers de le suivre. Tous trois quittèrent le cabinet pour se rendre dans la grande cour où le duc voulait prendre le commandement en chef de la défense. Tito sortit après eux, traversa la galerie et se rendit en toute hâte dans son appartement.

Les conseils de la vieille Corvia résonnaient sans cesse à

ses oreilles. Il se disait, après elle, que s'il parvenait à corrompre Masaniello ou à le tuer, il aurait rendu au vice-roi un service que celui-ci n'oublierait jamais. L'entreprise était hasardeuse. Comment quitter le château dont la populace gardait toutes les portes? Comment trouver Masaniello?

Il fallait essayer cependant. Tito espérait bien trouver encore une issue libre. Il cacha un poignard dans son pourpoint, et tandis que les domestiques erraient épouvantés dans les corridors, il quitta l'aîle où se trouvait son appartement, gagna un escalier de service rarement employé, et atteignit enfin la cour.

Là, tout était bruit et agitation. Les tambours battaient le rappel, et les soldats espagnols se rassemblaient pour risquer une sortie sous les ordres du duc. Au dehors, le tumulte allait croissant. Le nombre des assiégeants augmentait de minute en minute. Ils se sentaient en force, et faisaient déjà de bruyants préparatifs pour l'assaut de la forteresse.

Tito ne s'arrêta pas à considérer les manœuvres qui se faisaient dans la cour. Il gagna la tour voisine dans laquelle il avait reçu la sorcière peu d'heures auparavant. Le passage était désert. Tito s'enveloppa de son manteau, enfonça son chapeau sur ses yeux, et s'approcha de la petite porte qui conduisait dans le parc.

Il l'ouvrit avec précaution, et s'arrêta un moment pour s'assurer qu'il pouvait sortir sans danger. Tout était silence et obscurité. Le parc était vide. Sans doute, les assaillants ne pensaient pas à menacer ce côté.

Tito s'enfonça dans le parc en prenant une direction qui l'éloignait de plus en plus du théâtre de la lutte. Il se sentait en sûreté à l'ombre des grands arbres, mais il ne pouvait rester éternellement dans le parc. Il fallait en sortir. Il s'approcha du mur d'enceinte, ouvrit, à l'aide d'une clef dont il s'était muni, une petite porte basse et se trouva sur la route qui longeait le rivage.

Une bande d'hommes armés passait au même moment.

C'étaient les habitants d'un village éloigné. Ils venaient de quitter les bateaux qui les avaient amenés, et couraient vers la forteresse pour se joindre aux combattants.

Ils n'aperçurent pas Tito qui s'était blotti contre le mur, et qui resta caché dans l'ombre jusqu'à ce que la bande furieuse se fut perdue dans l'éloignement.

Il profita de l'instant de repos qui suivit pour traverser la route et gagner le rivage. Il traversa sans encombre quelques petites rues écartées et dont les maisons semblaient complètement abandonnées par leurs habitants, atteignit la porte de la ville, et prit enfin le chemin de Portici.

Pendant ce temps, le duc avait fait une sortie avec les soldats qui se trouvaient dans le château. Il voulait rejoindre les troupes espagnoles qui combattaient au dehors. Le vice-roi comptait sur ses forces réunies pour repousser victorieusement cette populace, et cette assurance lui permettait de conserver sa froide impassibilité.

L'artillerie du château devait protéger cette sortie. A un signal donné, une décharge effroyable porta la mort dans les rangs serrés des assaillants et ouvrit la voie aux troupes espagnoles qui sortirent simultanément en plusieurs endroits, et se jetèrent avec des cris de triomphe sur les flots humains qui se pressaient devant la forteresse. Ce fut le signal d'une horrible mêlée. Les soldats luttaient en désespérés; ils se taillaient de l'espace, mais ce qu'ils gagnaient d'un côté, ils le perdaient de l'autre, et le combat n'était pas près de finir.

Les troupes espagnoles semblaient gagner du terrain sur le devant du château, mais les assaillants se maintenaient sur les côtés. Ils lançaient, sans se lasser, des fusées et des torches enflammées sur les parties isolées de la forteresse. Cette tactique eut un plein succès, et les constructions atteintes par ces projectiles incendiaires commencèrent à brûler en maints endroits.

Les flammes s'élevaient menaçantes vers le ciel. Une confusion indescriptible régnait dans l'immense forteresse. Le personnel du château s'efforçait d'arrêter les ravages de l'incendie, mais ces essais restèrent longtemps sans résultat. L'aube vint éclairer ces scènes d'horreur, et sa clarté permit enfin d'opposer une barrière à l'élément destructeur, mais elle n'arrêta pas le combat qui continuait avec rage sur les places et dans les rues.

Chapitre XII.

Le ravisseur.

— Comment — c'est toi, Fenella! C'est toi qui me poursuit! s'écriait une jeune femme, enveloppée d'un manteau et d'un voile, qui venait de quitter la route de Portici, et enfilait un sentier écarté.

La Muette s'était rapprochée. Elle se jeta dans les bras de la compagne qu'elle retrouvait si inopinément, et l'embrassa avec passion. Lucia Falcone — car c'était elle — répondit à son étreinte, et pendant un moment, les deux amies restèrent embrassées, oubliant leurs chagrins et leurs maux pour ne songer qu'au plaisir du revoir.

— Tu te demandes sans doute ce que je suis devenue depuis notre délivrance? dit enfin Lucia. Tu n'as rien compris, je pense, à ma subite disparition.

La Muette fit un signe affirmatif.

— Je ne puis pas encore t'expliquer tout cela, reprit Lucia. Il y a un secret en jeu, et un secret qu'il ne m'est pas permis de révéler, ainsi ne m'interroge pas. Ne me demande ni où je suis restée, ni d'où je viens. Je ne pourrais pas te le dire.

Les signes de Fenella la défendaient éloquemment de toute accusation de curiosité. — Je ne veux rien savoir, disaient-ils, rien demander — je ne veux que me réjouir de t'avoir retrouvée.

— Bonne créature! fit Lucia avec émotion. N'est-ce pas toi qui m'as arrachée à mon affreux cachot? Je t'en garde une éternelle reconnaissance, et je voudrais pouvoir dès aujourd'hui t'avoir toujours auprès de moi. Malheureusement, ce n'est pas encore possible.

— Je ne demande rien! disait la pantomime expressive de la Muette. Je t'ai reconnue, et je n'ai pu m'empêcher de te suivre. J'étais si heureuse de te retrouver et de t'embrasser, après d'avoir cherchée si longtemps.

— Tu t'étonnes, sans doute, de me voir ici à pareille heure? dit Lucia. Viens, accompagne-moi, et tu en sauras la raison, mais auparavant, une question, Fenella. Ton frère est-il à Portici?

La Muette secoua la tête, puis elle montra du doigt d'abord la mer, ensuite Naples, et enfin l'auberge des Vautours qu'on apercevait dans le lointain.

— Je comprends! dit Lucia. Ton frère est allé à la pêche, comme à son ordinaire, et maintenant il est à l'auberge? Tu ne sais pas autre chose?

La Muette étendit de nouveau la main dans la direction de Naples et s'efforça de faire comprendre à son amie que Masaniello et ses amis avaient juré la mort et la ruine des Espagnols.

Lucia Falcone avait arrêté sur Fenella un regard scrutateur.

— Je croyais que tu aimais les Espagnols? dit-elle lentement.

Fenella tressaillit, et ses traits prirent subitement une expression haineuse qui ne leur était pas habituelle.

— Je me suis trompée? reprit Lucia. Tant mieux! Tu aimes Alfonso, cependant?

Fenella cacha sa figure dans ses mains.

— Ne parle pas de lui! dit-elle dans son langage expressif, mais sache que je hais les autres et que je voudrais pouvoir accompagner les pêcheurs de Portici au combat. Je voudrais lutter avec eux et les animer de ma haine!

— Ah, je le voudrais aussi! s'écria Lucia enthousiasmée. Sais-tu quand le mouvement doit éclater?

Fenella secoua la tête, et fit comprendre, par ses signes, que le jour du combat n'était pas encore fixé, mais qu'il ne pouvait tarder.

— Non, il ne peut tarder! s'écria la belle Napolitaine. Je l'attends ce jour, je l'espère. Ce sera le jour de la vengeance, le jour où je pourrai faire expier au misérable Tito tous les tourments qu'il nous a fait endurer. Je le punirai, cet infâme qui m'a ravi mon enfant, et qui m'avait vouée à la mort! Connais-tu le chemin qui conduit à la caverne de la sorcière du Vésuve?

La Muette fit un signe affirmatif.

— Il faut que je la voie!

— La sorcière? Qu'as-tu à lui demander? disait la pantomime de Fenella.

— Mon enfant!

La Muette s'arrêta court. Ses regards et ses gestes interrogeaient avidement sa compagne.

— Oui, mon enfant! répéta Lucia. Tito l'avait porté à la sorcière. Je l'ai appris ce soir même, et j'ai cru mourir de rage et de désespoir. Qui sait si je retrouverai l'innocente créature en vie..... Mais qu'as-tu, Fenella? Que veux-tu dire?

La Muette semblait en proie à une étrange émotion. Elle avait saisi Lucia par le bras et s'efforçait de se faire comprendre, mais ce qu'elle avait à dire était si étonnant que sa compagne se refusait à l'entendre, et se croyait le jouet d'une illusion. Enfin la lumière se fit dans son esprit.

— Comment? s'écria-t-elle d'une voix tremblante, tu as trouvé l'enfant ? Est-ce bien ce que tu veux dire? Est-il possible que tu l'aies sauvé?

Fenella raconta alors par signes à son amie ce qui s'était passé. Lucia la regardait, les mains jointes, le cœur ému d'une ardente reconnaissance.

— Mon enfant! murmurait-elle. Mon enfant retrouvé, et retrouvé par toi, Fenella! Et c'est hier que tu l'as recueilli? hier que tu l'as porté dans ta chaumière?

Les gestes passionnés de la Muette trahissaient à la fois la joie et le regret. Elle était heureuse du bonheur qu'elle causait à son amie, mais il lui paraissait dur de rendre cet enfant auquel elle tenait par mille liens. Lucia devina ce sentiment.

— Tu continueras à aimer l'enfant, Fenella; dit-elle avec tendresse, mais viens — retournons à Portici, allons vite — j'ai soif de revoir mon enfant, mon doux trésor perdu!

Les deux femmes retournèrent sur leurs pas, et redescendirent en toute hâte sur la route qui conduisait de Naples à Portici.

Tout à coup, Fenella s'arrêta et tendit la main dans la direction de Naples.

Lucia s'arrêta à son tour, et écouta...

Le bruit du combat arrivait jusqu'aux deux amies. Toutes deux écoutaient et considéraient avec stupeur les flammes qui montaient menaçantes vers le ciel. Les détonations des pièces d'artillerie faisaient trembler le sol, des fusées montaient en sifflant vers la nue et retombaient sur la forteresse, les torches enduites de poix volaient dans les airs et portaient le feu dans l'intérieur du château ou dans ses dépendances. Vu ainsi, à distance, ce bombardement offrait un spectacle magique, aussi grandiose qu'effrayant.

— Ils combattent! s'écria Lucia. La lutte a commencé

plus tôt que nous ne le pensions! Regarde, Fenella, regarde; ils veulent incendier le château!

La belle Napolitaine avait sauté sur une pierre posée au bord de la route, et du haut de ce piédestal, elle considérait l'émouvant spectacle qu'offrait le théâtre de la lutte. Debout, la tête haute, les mains levées vers le ciel, on eut dit la déesse de la vengeance s'enivrant des tourments de ses victimes.

Les traits de Fenella rayonnaient aussi d'un ardent enthousiasme. Elle aussi, elle contemplait ces lueurs sinistres se reflétant dans le golfe; elle voyait déjà les Espagnols anéantis, sa patrie délivrée du joug étranger, et Masaniello revenant vainqueur à Portici — elle savourait la joie du triomphe et se reprenait à la vie...

Tout à coup, elle tressaillit. L'expression triomphante de ses traits s'effaça subitement... La pauvre enfant pensait à Alfonso!

Lucia s'était rassasiée de son spectacle. Elle saisit la main de Fenella et l'entraîna avec elle.

— Le combat fait rage là-bas, dit-elle; là-bas, le peuple renverse un tyran détesté; c'est une nuit de fête et je veux la célébrer en revoyant mon enfant! Viens, Fenella, viens! J'ai soif d'embrasser mon trésor, mon doux enfant perdu. Viens vite!

Fenella s'arracha à la contemplation qui faisait naître en elle tant de sentiments opposés, et se laissa entraîner par l'impétueuse Napolitaine. Toutes deux couraient vers le village, mais les regards épouvantés de Fenella se retournaient souvent vers la forteresse assiégée, et trahissaient alors un singulier mélange de joie, d'ivresse et de douleur.

Les détonations des pièces d'artillerie se suivaient sans relâche, et répondaient aux coups des mortiers. C'était un fracas horrible. On eut dit que le monde allait finir ou que le Vésuve s'était ouvert de nouveau pour lancer la destruction et la mort sur les contrées qui l'entouraient.

— Mort aux tyrans! s'écriait Lucia ivre d'enthousiasme et de colère. Mort à ces misérables! Qu'ils meurent! Qu'ils périssent tous! Qu'ils expient enfin leurs crimes, et que Naples soit à jamais délivrée du joug de l'étranger! Prions Fenella! prions pour que nos braves combattants soient vainqueurs!

La Muette contemplait sa compagne avec une surprise mêlée d'admiration. Lucia Falcone, trompée dans son amour, trahie, persécutée, sans soutien, sans appui, semblait personnifier sa patrie, opprimée et ruinée par les Espagnols. C'était l'image incarnée de Naples, longtemps écrasée sous le joug de l'étranger, et se soulevant enfin, dans un suprême effort, pour chasser les tyrans et reprendre possession d'elle-même.

L'ardente Napolitaine avait passé son bras autour de la taille de sa compagne, comme pour soutenir Fenella dans sa lutte entre sa haine et son amour. Toutes deux avançaient ainsi sur la route obscure, lorsqu'un bruit de voix et de pas précipités les arrêta soudain.

Lucia écouta une seconde, puis elle entraîna la Muette à l'écart, et se blottit avec elle à l'ombre de quelques arbres pour abandonner la route aux passants qui s'annonçaient si bruyamment. C'était une bande de pêcheurs, venant d'un village éloigné, et courant à Naples pour grossir le nombre des combattants.

Cette bande armée qui semblait compter quelques cents hommes était conduite par Cinzio. Elle passa, agitée, houleuse. Les bardis pêcheurs qui la composaient brandissaient en marchant leurs vieilles armes, criaient, se démenaient, et juraient de vaincre ou de mourir.

C'était Cinzio qui les avait appelés sous les armes. Entraînés par son éloquence, ils s'étaient rassemblés en toute hâte, et couraient à Naples avec lui. Cette atmosphère troublée, ardente, convenait à l'irascible pêcheur. La révolte était son élément. Il s'y sentait à l'aise et respirait à pleins poumons le souffle de vengeance et de liberté qui passait sur Naples.

La passion semblait grandir ce chétif personnage. Il s'était placé à la tête de sa bande, et sa main tendue montrait la forteresse éclairée par les rouges lueurs de l'incendie.

De sauvages hurlements saluèrent ce spectacle. Les pêcheurs se précipitèrent à travers champs pour atteindre Naples plus tôt, et prendre plus tôt part à ce combat dont la vue redoublait leur ardeur et leur courage.

C'était ce que voulait Cinzio ! Il voyait avec satisfaction cette aveugle fureur, et la soif de vengeance qui s'était emparée de ces hommes et les attirait sur le lieu du combat. C'était bien là les compagnons déterminés et prêts à tout dont il avait rêvé d'être l'inspirateur et le chef. Il souriait en les entendant, et se tenait à leur tête pour les enflammer, s'il le fallait, au moment de l'action.

La bande passa, rapide, furieuse. Elle disparut dans la nuit, et les deux femmes revinrent sur la route.

Elles reprirent en toute hâte le chemin de Portici. Lucia voulait revoir son enfant, l'unique trésor qui lui restât; cet enfant qu'elle avait pleuré, et qu'elle retrouvait au moment où elle s'y attendait le moins. Le ciel ne l'avait donc pas complétement abandonnée, puisqu'il avait permis que le pauvre être, voué à une mort certaine, fut sauvé par Fenella. Lucia allait le revoir, l'embrasser! Cette pensée précipitait ses pas. Elle avait pris la main de la Muette, comme pour lui communiquer son ardeur et sa passion, et toutes deux se hâtaient vers l'humble demeure où reposait l'enfant.

Elles arrivèrent enfin à Portici. Les chaumières semblaient désertes et abandonnées; les barques dormaient sur le rivage, et les filets suspendus aux poteaux plantés près des cabanes les entouraient comme de sombres rideaux.

La Muette de Portici conduisit Lucia vers la chaumière de Masaniello. La maisonnette n'était pas éclairée; elle paraissait déserte comme les autres.

— C'est là que tu demeures avec ton frère ? demanda Lucia.

Fenella fit un signe affirmatif.

— Et Masaniello n'a pas aperçu l'enfant ?

— Non. Il a été presque continuellement absent. Je l'ai à peine vu, ces jours !

Fenella ouvrit la porte de la chaumière et y introduisit Lucia.

— Ne vas-tu pas allumer ? demanda la pauvre mère dont l'impatience allait croissant.

La Muette avait laissé Lucia près de la porte, et s'était dirigée vers le fond de la pièce où se trouvait son lit, un lit de roseaux et de mousse. Cette couche rustique était cachée par une espèce de vieux rideau. C'était là que la Muette avait posé l'enfant avant de quitter la chaumière.

Lucia était restée à l'entrée. L'obscurité l'empêchait de suivre Fenella. Sa question n'eut pas de succès. La Muette ne pouvait répondre, et tardait à allumer.

Tout à coup, un bruit étrange, partant du fond de la pièce, arriva à l'oreille de Lucia. On eut dit que quelqu'un remuait vivement les feuilles sèches et les roseaux qui formaient le lit, et les fouillait pour y chercher quelque chose.

Que se passait-il dans ce fond ?

Lucia eut peur.

— Que fais-tu ? cria-t-elle d'une voix tremblante.

Au même instant, elle entendit les pas de Fenella. La Muette revenait près de la porte. Elle semblait en proie à une terrible émotion.

Jamais Lucia n'avait éprouvé pareille angoisse. Jamais elle n'avait compris comme en ce moment tout ce qu'entraînait l'infirmité de Fenella, cette horrible impossibilité de s'exprimer autrement que par signes.

— Sainte mère de Dieu — ayez pitié de moi ! s'écria-t-elle avec désespoir. Que se passe-t-il ?

Fenella s'était approchée vivement de la table. Elle avait trouvé, en tâtonnant, la petite lampe qui y était posée ; elle s'efforçait de l'allumer à l'aide d'une pierre à feu, mais son émotion et le tremblement qui secouait tous ses membres rendait ses tentatives inutiles.

— Un mot — un signe! cria Lucia qui était arrivée jusqu'à la table.

La mèche de la lampe avait enfin pris feu, et sa lumière éclairait les traits pâles et décomposés de Fenella. Lucia voulut l'interroger — la Muette n'y prit pas garde, elle saisit la lampe et courut vers le lit.

Lucia avait compris...

— Mon enfant! cria-t-elle en se tordant les mains. Mon enfant — Qu'en as-tu fait?

La Muette fouillait violemment la couche de roseaux. Elle y cherchait avec désespoir le petit être qu'elle y avait posé, et qui dormait paisiblement lorsque sa libératrice avait quitté la chaumière. Plus rien! L'enfant avait subitement disparu!

Lucia s'était précipitée sur les pas de la Muette et regardait avec égarement autour d'elle...

L'enfant était loin — il avait été enlevé !

Fenella, désespérée, secouait vainement les couvertures et dispersait les roseaux...

Lucia s'était jetée sur cette couche vide. Elle cherchait aussi, mais il n'était pas besoin de bien longues recherches pour s'assurer que l'enfant n'était pas là. La mère se releva à demi pour promener ses regards autour d'elle — tout à coup, elle poussa un cri perçant, et resta comme paralysée, l'œil fixe, la main tendue vers un coin obscur...

Quelque chose remuait derrière le rideau...

Fenella suivit des yeux la main tendue de Lucia.

Elle tressaillit — le rideau n'arrivait pas tout à fait jusqu'au sol — et l'on voyait au dessous les pieds d'un homme

— deux pieds pourvus de bottes à éperons — deux pieds qui s'efforçaient de gagner sans bruit la porte de la chaumière.

Lucia bondit — se précipita sur le rideau et l'abattit d'un geste.

Ses craintes ne l'avaient pas trompée. Cet homme, caché derrière le rideau, cet homme qui tâchait d'arriver jusqu'à la porte de la chaumière, c'était Tito! Lucia et Fenella le reconnurent en même temps.

— Mon enfant! — Voilà le ravisseur de mon enfant! cria la malheureuse mère en se jetant sur les traces de l'ennemi qu'elle retrouvait toujours sur son chemin.

Le favori tenait quelque chose dans ses bras — c'était l'enfant! Le pauvre être s'était reveillé et criait de toutes ses forces.

Lucia se précipita sur les pas du ravisseur pour essayer de lui enlever sa proie. On eut dit une tigresse défendant ses petits.

Fenella la suivit — mais Tito avait réussi à se glisser hors de la chaumière. Il comptait sur l'obscurité pour se soustraire à toute poursuite, et pour atteindre, sans être aperçu, un endroit où l'enfant serait en sûreté.

Surpris par les deux amies, il s'était caché pour attendre le moment où il pourrait gagner la porte. Il y avait réussi, et fuyait avec sa proie, poursuivi par Lucia et par la Muette de Portici.

Lucia ne le perdait pas de vue. Malgré l'obscurité, elle voyait le ravisseur fuir comme une ombre devant elle. La malheureuse mère rassemblait toutes ses forces pour s'attacher à ses pas — mais ses genoux tremblaient — ses pieds lui refusaient leur service — et Lucia comprit avec épouvante qu'il lui serait impossible d'aller longtemps ainsi.

La douleur et l'effroi paralysèrent subitement ses forces — elle chancela, et tomba épuisée sur le sol...

Tito courait toujours. Il gagnait du terrain — mais déjà Lucia s'était relevée et faisait un suprême effort pour rattraper Fenella qui l'avait devancée. A elles deux, elles auraient bien raison du ravisseur.

La Muette avait oublié la terreur et l'effroi que lui inspiraient Tito. Elle n'avait plus qu'une idée : reprendre possession de l'enfant, et le rendre à sa mère ! Elle courait — les yeux fixés sur cet homme dont elle voyait le manteau flotter à quelques pas devant elle ; cet homme qu'elle eut voulu tuer de sa propre main...

Lucia avait rejoint son amie. L'amour maternel lui prêtait des forces surhumaines. Elle allait, sans peur, sans crainte, sans faiblesse, et se maintenait bravement aux côtés de Fenella, plus habituée qu'elle à tous les exercices du corps. Ni dangers, ni obstacles n'existaient plus pour ces deux femmes animées par la même passion, et prêtes à poursuivre jusqu'au bout du monde le misérable qui leur avait ravi leur unique trésor...

Elles couraient — et de quelque côté que Tito se tournât, Lucia et Fenella, ces deux ombres vengeresses, s'attachaient à ses pas...

Chapitre XIII.

A minuit!

La tour destinée aux condamnés dans le domaine de Marcos regorgeait de Napolitains qui attendaient leur dernière heure, et dont on ne retardait l'exécution que pour leur arracher encore quelques aveux.

Ces prisonniers, arrêtés comme suspects, appartenaient en général aux mécontents, qui conspiraient ouvertement ou en secret contre les opresseurs étrangers, mais il s'en trouvait aussi dans le nombre dont le seul crime était d'appartenir à des familles soupçonnées de n'être pas favorables aux Espagnols.

Les agents et les espions du duc étaient infatigables dans leurs recherches, et leur zèle était stimulé par l'appât du gain. Il leur était alloué, en effet, une prime pour chaque dénonciation, et l'on peut aisément se figurer avec quelle ardeur ils exploitaient une pareille source de revenu. Il s'était formé ainsi, à Naples, un système complet d'espionnage. Quiconque désirait se débarrasser d'un ennemi, d'un rival ou d'une personne gênante s'adressait à un espion espagnol, et dénonçait comme suspect celui ou ceux dont il voulait se défaire. On accompagnait cette dénonciation d'une somme plus ou moins forte selon le cas, et quelques jours, quelques heures même, suffiraient pour amener l'arrestation désirée. D'innombrables innocents disparaissaient ainsi, victimes de quelque vengeance privée.

Il n'était presque plus une famille à Naples qui n'eut à déplorer la perte d'un de ses membres. Ni palais, ni chau-

mières n'étaient épargnés. Les mains avides des espions s'é-
tendaient partout, et saisissaient partout des victimes.

Le nombre des exécutions secrètes allait toujours croissant.
Les malheureux, désignés aux limiers du duc, étaient subitement arrêtés, et disparaissaient sans que parents ou amis
pussent se renseigner sur leur sort. Ils étaient livrés sur
l'heure au bourreau espagnol ou jetés dans quelque prison
obscure où ils languissaient, sans espoir d'en sortir jamais.

Ce n'étaient pas seulement les cachots de la citadelle qui
regorgeaient de captifs. La tour massive, construite sur le
domaine de Marcos, était toujours pleine de malheureux destinés à une mort affreuse, et qui ne revenaient pas de ce
séjour d'horreur.

Marcos était un excellent geôlier. Le duc d'Arcos avait reconnu, sans doute, ses étonnantes aptitudes pour le métier de
bourreau, car il l'avait amené avec lui à Naples, et l'avait
revêtu d'importantes fonctions.

Marcos justifiait pleinement la confiance de son maître.
Rien ne pouvait le toucher ni l'ébranler. Les ordres les plus
iniques ne lui causaient ni hésitation ni surprise. Il les exé-
cutait impitoyablement, et le duc s'applaudissait chaque jour
d'avoir trouvé dans le bourreau de son choix un auxiliaire
aussi utile et aussi sûr.

Le soir même où les dix seigneurs napolitains avaient été
invités au château, et où avait eu lieu, à l'auberge des Vautours, cette première rencontre entre les soldats et les pêcheurs
qui devait avoir les suites les plus graves, ce soir-là, plusieurs prisonniers avaient été amenés au bourreau. La tour
était déjà pleine, et Marcos avait été obligé d'utiliser comme
cachot la chambre de torture, afin de pouvoir loger les nouveaux hôtes que les agents du duc lui amenaient.

Juan et Pablo, les deux âmes damnées de Marcos, étaient
chargés de la surveillance et du soin des prisonniers. La surveillance était facile. Les verrous et les grilles de la tour
défiaient toute tentative d'évasion. Le soin des malheureux

remis à leur garde ne les occupait guère non plus. Les prisonniers, qui appartenaient, pour la plupart, aux premières familles de Naples, étaient traités par ces deux misérables avec une brutalité sans exemple, et Marcos ne perdait pas une occasion de persuader à ses valets que leurs captifs ne méritaient aucun ménagement. Il avait même organisé un système de punitions graduées, pour punir toute tentative de fuite ou de résistance.

Juan venait de monter une cruche d'eau et un morceau de pain à un prisonnier logé dans une cellule du haut de la tour. Il avait inspecté la fenêtre, la porte, et visitait la couche du prisonnier pour s'assurer qu'il ne s'y trouvait rien de suspect, lorsque la voix de Pablo s'éleva dans une cellule voisine.

— Chien de Napolitain! criait le valet d'une voix tremblante de colère, d'où vient ce trou dans la muraille?

Un bruit de pas et de coups, violemment administrés, suivit ces paroles. On eut dit une lutte. Sans doute, le prisonnier essayait de se défendre.

— Juan! Juan! cria Pablo, ce chien enragé veut résister. Viens ici; apporte des cordes que nous lui attachions pieds et mains!

Juan répondit immédiatement à cet appel. Il sortit en toute hâte de la cellule dans laquelle il se trouvait, en ferma la porte à double tour, et courut dans la pièce d'où partait la voix de Pablo.

— Tu paieras cher ta résistance! criait le valet furieux. Nous allons t'apprendre à obéir et à nous respecter, c'est moi qui te le dis! Tu sauras ce qu'il en coûte de faire l'insolent! As-tu des cordes, Juan?

— Les voici!

— Arrive; nous allons attacher ce compagnon!

Le prisonnier, jeune Napolitain de haute famille, avait été arrêté sous un prétexte futile, et traîné dans la tour du bourreau. Debout, la tête haute, il s'appuyait contre le mur de sa cellule et regardait avec mépris l'ignoble geôlier qui l'insultait et appelait son camarade.

— Regarde! criait Pablo, en montrant à Juan une place où le mur était légèrement creusé; regarde! Voilà à quoi s'occupe cet enragé. Voilà ce qu'il fait, et quand j'ai voulu l'en punir, il a osé me braver! Tout ça te sera payé, chien de Napolitain!

Le valet furieux se jeta violemment sur le jeune homme, l'abattit d'un coup de poing et se rua sur lui, puis il saisit la corde que lui tendait son compagnon et lia fortement le malheureux.

— Bravo! cria Juan; bravo! Ça tient solidement; il n'y a rien de tel pour assouplir le caractère! C'est ainsi qu'on devrait traiter tous les prisonniers. Tue-le, Pablo, ce sera toujours un de moins!

— Bah, il en a son compte! fit Pablo en abandonnant sa victime. Il n'essaiera plus de me résister, je t'en réponds!

— Je les hais, ces Napolitains! dit Juan en sortant de la cellule avec son digne compagnon. Je serais capable de les tuer comme des bêtes fauves!

— A qui le dis-tu! répliqua Pablo, et tous deux se dirigèrent vers une autre cellule où se trouvait un noble et vénérable vieillard.

Le prisonnier, assis sur son grabat, appuyait sa tête blanchie dans ses mains. Sans doute, il avait entendu ce qui s'était passé dans la pièce voisine. Il releva la tête lorsque sa porte s'ouvrit.

— Appelez votre maître! dit-il en s'adressant aux deux valets. J'ai quelque chose à lui dire!

— Croyez-vous que notre maître soit toujours à la disposition des prisonniers? fit brusquement Juan. Il a bien autre chose à faire que d'écouter un Napolitain, et vous en êtes un, je suppose?

— J'en suis fier! répondit noblement le vieillard. J'exige que vous alliez me chercher votre maître!

— Vous n'avez rien à exiger ici! sachez-le? cria Pablo.

On entendait des pas dans le corridor de la tour. Juan ouvrit la porte.

— Tiens, voilà justement le maître! s'écria-t-il avec étonnement. C'est comme un fait exprès — sans cela, vous auriez pu l'attendre longtemps.

Le vieux prisonnier se leva. Il maîtrisait à peine une violente émotion, et sa voix tremblait de colère et d'indignation lorsqu'il s'adressa au bourreau qui s'était arrêté sur le seuil de la porte.

— Vos deux valets se sont rendus coupables d'un acte de violence inqualifiable! dit-il gravement. Ils ont insulté et maltraité un jeune Napolitain. J'exige que vous les punissiez pour cette infamie!

— Entendez-vous ce vieil idiot? fit Juan en riant. Je crois, sur mon âme, qu'il se permet de nous accuser!

— Je dis la vérité, reprit le vieillard avec animation, et j'espère que vous prendrez acte de mes paroles. Les prisonniers sont-ils abandonnés au bon plaisir de ces valets?

— Tais-toi, imbécile! s'écria Pablo en poussant le vieillard qui retomba sur son lit.

Le prisonnier exaspéré se releva brusquement. L'indignation lui prêtait des forces. Il se jeta sur Pablo, et allait punir son insolence, lorsque Juan saisit un escabeau en bois qui se trouvait dans la cellule, le brandit au dessus de sa tête, et en asséna un coup si violent au vieillard que le malheureux tomba pour ne plus se relever. Le pied de l'escabeau avait enfoncé la tempe et la mort avait été instantanée.

— Le voilà réduit au silence, ce vieux bavard! s'écria Pablo en riant. Où en serions-nous si chaque prisonnier voulait nous rabattre les oreilles de ses plaintes, et lever la main sur nous?

Marcos avait assisté impassible à cette scène odieuse.

— Tu l'as tué! dit-il sérieusement. Sois plus prudent, une autre fois!

— Il nous a provoqués, maître! répondit Juan. Vous l'avez vu vous-même. C'est lui qui nous a attaqués!

— C'est bon, c'est bon! Va le jeter dans le canal et qu'on n'en parle plus!

Et Marcos sortit de la cellule sans jeter un regard sur le malheureux, victime de la brutalité de ses valets. La porte s'était à peine refermée sur le bourreau que les deux misérables se jetèrent sur le mort, lui arrachèrent ses vêtements, et en fouillèrent avidement les poches. On eut dit des hyènes s'acharnant sur un cadavre.

Pendant ce temps, la nuit s'était abaissée sur le sinistre domaine du bourreau.

Tout était sombre, mais les deux valets n'avaient pas besoin de lumière pour trouver le pont qui dominait le canal, et y entraîner leur victime. La chambre de torture, occupée par de nombreux prisonniers ne pouvant servir de passage, Juan et Pablo sortirent de la tour, et se dirigèrent vers le pont en traînant derrière eux le cadavre du vieillard.

Ils y posaient à peine le pied que Pablo laissa tomber son fardeau et étendit la main vers l'autre extrémité de la passerelle.

Juan s'arrêta surpris, et regarda son camarade.

— Qu'est-ce qu'il y a? fit-il avec humeur.

Pablo montrait toujours l'autre bout du pont.

— Regarde! murmura-t-il d'une voix éteinte. Regarde!

— Tiens! fit Juan, il y a quelqu'un là-bas.

— Le reconnais-tu?

— Il me semble!

— C'est le comte Almaviva!

— Bêtises!

— Tu crois! Ce n'est pas la première fois qu'il rôde par ici!

— Je te dis que c'est impossible! Je vais....

— N'y va pas — n'y va pas! Ce serait ta mort!

— Laisse-moi tranquille! s'écria Juan en repoussant son

compagnon qui le retenait par sa manche. Je veux voir ce que c'est!

— Débarrassons-nous d'abord du cadavre. Après, nous nous mettrons à la poursuite de ce fantôme.

— Je veux bien!

Pablo et Juan soulevèrent le cadavre pour le faire arriver sur le pont, le traînèrent jusqu'à la place ouverte, et le poussèrent du pied dans l'eau noire et houleuse — un bruit sourd retentit — l'eau rejaillit jusque sur le pont — elle éclaboussa les deux valets, puis tout redevint tranquille.

Pablo releva la tête.

— Regarde — il n'y est plus! dit-il en montrant l'extrêmité du pont.

Juan regarda à son tour — plus de fantôme — l'apparition avait disparu.

— Mille diables! il a filé au bon moment, grommela Juan. Il a eu de la chance! Je lui aurais ôté l'envie de recommencer ce jeu, je t'en réponds!

Les deux valets restèrent un moment en sentinelle. Le fantôme ne reparut pas. Tout était sombre et désert dans le sinistre enclos. On n'entendait que le pas pesant du bourreau qui traversait la cour pour rentrer dans son appartement. Juan et Pablo retournèrent dans la tour, s'assurèrent que les portes étaient bien fermées, et que tous les prisonniers étaient en sûreté, puis ils se rendirent enfin dans le hangar où ils devaient passer la nuit.

C'était à leur tour de veiller cette nuit-là, c'est à dire qu'ils devaient être prêts à toute heure à répondre au premier appel de leur maître. Tandis que les autres valets dormaient profondément, les deux confidents de Marcos s'établirent dans un hangar où se trouvait une grosse cloche, mise en communication par un long fil de fer avec l'appartement du bourreau. Une vieille lanterne, suspendue au plafond, éclairait sordidement ce réduit où gisaient pêle-mêle les planches, les billots, les pieux et tout l'attirail nécessaire à la profession du maître de ces lieux. Juan s'assit sur un plot. Pablo s'installa sur un vieux banc, et les deux compagnons se mirent à jouer aux dés avec frénésie pour abréger leur veille.

Pendant ce temps, Marcos était rentré dans sa demeure. La nuit était sombre, mais douce et tiède. Marcos passa sous sa véranda, s'assit sur un banc, vida d'un trait un reste de vin qui se trouvait dans un verre placé sur la table, et se plongea dans de profondes réflexions.

Tout était immobile et silencieux dans le vaste et triste domaine, et l'on ne voyait guère qu'à quelques pas devant soi.

Marcos sortit enfin de sa rêverie. Ses regards tombèrent sur le verre vide placé devant lui. Il se rappela alors qu'il avait dans sa cave quelques tonneaux d'un excellent Lacrima Christi, l'un des meilleurs vins de Naples, et l'idée lui vint que quelques verres de cette généreuse boisson lui feraient le plus grand bien.

Il se leva, passa dans le vestibule où il alluma une petite lampe, et descendit à la cave. Là, il prit une cruche de grès et la remplit à l'un des tonneaux, puis il retourna sous la véranda, posa sa cruche et sa lampe sur la table et remplit son verre.

Il dégusta lentement ce vin foncé et capiteux dont la chaleur passait dans ses veines et réchauffait ses membres.

En cet instant, les coups des horloges de Naples annoncèrent la onzième heure.

La nuit devenait de plus en plus obscure. La lampe placée sur la table éclairait faiblement la véranda et ses abords immédiats. Plus loin, tout était sombre et silencieux.

Marcos faisait honneur au vin tout en comptant les coups lointains des horloges — une heure encore, et ce serait minuit.

Au onzième coup, le solitaire buveur posa son verre. Il allait le remplir de nouveau lorsqu'il crut entendre un bruit léger à quelque distance. Il écouta. Quelque chose remuait dans l'enclos — mais Marcos se rassura en se disant que c'était sans doute Juan ou Pablo qui faisaient une ronde.

Tout à coup, une forme noire s'approcha de l'entrée de la véranda — Marcos releva la tête et crut rêver.

Il se frotta les yeux. Qui donc traversait l'enclos? Qui donc était ce nocturne visiteur qui s'était approché silencieusement et restait debout, immobile et glacé, à l'entrée de la véranda?

C'était Ancillo Falcone — l'homme que Marcos lui-même avait mis à la question, et qu'il avait fait noyer comme un chien par ses valets. C'était lui — Marcos ne le reconnaissait que trop! C'était le peintre, toujours vêtu de l'ample manteau noir qu'il portait à la façon d'Almaviva, et du chapeau noir dont les larges bords lui cachaient la figure.

C'était Ancillo Falcone! Le condamné revenait-il hanter le sinistre enclos où il était mort de la main du bourreau! Etait-ce une ombre? un fantôme évoqué par les sens échauffés de Marcos?...

Mais non! Le bourreau espagnol n'était ni un rêveur ni un halluciné. Le vin ne lui portait pas si facilement à la tête! Almaviva n'était-il pas apparu déjà dans la salle des piliers? Ne se passait-il pas à Naples des choses étranges, mystérieuses — des événements qui échappaient à toute explication?

L'enclos du bourreau allait-il être désormais le théatre de ces singulières apparitions?

Un instant, Marcos resta comme paralysé, regardant d'un œil fixe le peintre qu'il avait torturé de sa main; le noyé qu'il avait vu de ses yeux jeter dans le canal, et qui reparaissait en chair et en os. Il n'était pas encore revenu de sa première surprise que la voix d'Ancillo Falcone arrivait nette et claire jusqu'à lui.

— Marcos! dit le fantôme à haute et intelligible voix, tu dois te présenter à minuit au château du duc. Hâte-toi! Il y a de la besogne pour toi, là-bas!

Ces paroles étaient à peine prononcées que l'apparition quittait l'entrée de la véranda, et s'éloignait silencieusement comme elle était venue.

Le bourreau se leva d'un bond.

— D'où viens-tu, mystérieux fantôme? cria-t-il. N'es-tu pas le faux Almaviva, le peintre Falcone?...

— Viens à minuit au château! répéta la voix, tandis que l'apparition se perdait dans l'ombre de la nuit.

Marcos se jeta sur le cordon de la cloche et le tira violemment pour appeler ses valets, puis il saisit la lampe, et s'élança sur les traces de l'insolent mystificateur qui venait le braver jusque dans son domaine.

Il avait à peine quitté la véranda que l'air éteignait la lampe.

Juan et Pablo accouraient en toute hâte.

Marcos les mit en quelques mots au courant de ce qui s'était passé, et tous trois se précipitèrent vers l'enceinte du domaine.

La grande porte était fermée.

Les valets l'ouvrirent brusquement, et poussèrent une exclamation de surprise et de dépit.

Trois cavaliers, montés sur des chevaux noirs, s'éloignaient au galop de leurs montures.

Quelques minutes plus tard, minuit sonnait aux horloges de Naples.

Marcos, revenu à lui, prit en toute hâte le chemin de la ville. Il voulait courir au château, et y raconter l'étrange invitation qu'il venait de recevoir, mais il avait à peine quitté son domaine que le bruit de l'émeute arrivait jusqu'à lui, et que ses regards étaient frappés par les flammes qui montaient contre les murs de la forteresse!...

Chapitre XIV.

Le combat.

Le plan de Cesare avait, comme nous l'avons vu, parfaitement réussi.

Les soldats, alléchés par l'espoir d'une réussite certaine, avaient donné sans méfiance dans le piège qu'on leur tendait. Le détachement tout entier, fort de deux cents hommes environ, s'était avancé sans bruit vers l'auberge des Vautours et l'avait cernée, pour s'emparer de haute lutte des brigands et des contrebandiers qui s'y trouvaient.

La mêlée n'avait pas tardé à devenir générale. Les pêcheurs et les lazarones, persuadés que les soldats n'en voulaient qu'à Hassan, s'étaient levés pour défendre le Maure, mais cet appoint ne suffisait pas pour égaliser la partie, et pendant un moment, les soldats espagnols crurent leur triomphe assuré.

Hassan combattait au premier rang. Sa fureur sauvage s'était réveillée. On eut dit à le voir, un tigre altéré de sang, une bête fauve prête à déchirer sa proie. Chaque soufflet, chaque coup de pied, chaque insulte soufferte par le domestique devait être payée avec usure. L'ivresse de la vengeance s'était emparée du Maure et allait le pousser aux plus effroyables excès.

Masaniello, qui s'était précipité sans hésiter sur les assaillants, n'avait pas tardé à comprendre le danger de la position. Il se sentait perdu, et se préparait à vendre chèrement sa vie, lorsque les cris de guerre des hommes de Portici vinrent changer subitement la face des choses.

La lutte si longtemps attendue éclatait enfin! Masaniello le comprit. Le peuple, une fois en mouvement, ne déposerait pas les armes avant de s'être mesuré contre ses tyrans, et cette première escarmouche serait le signal du combat. Le rôle de Masaniello commençait. Il fallait conduire les pêcheurs à la victoire, et entamer la lutte en dispersant le détachement tout entier !

Cette première partie de sa tâche n'était pas difficile. Les pêcheurs arrivaient si nombreux que la garde allait être infailliblement perdue, malgré les armes supérieures qu'elle portait. La lutte fut courte, en effet. Les soldats, écrasés par le nombre, se retirèrent peu à peu, laissant le champ libre aux vainqueurs.

Les pêcheurs profitèrent immédiatement de cet avantage, et s'emparèrent de la place que l'ennemi venait de quitter. Masaniello, leur chef, était libre ! Des cris et des acclamations le saluèrent ; cris de triomphe, de vengeance, de rage, rappelant au tribun ce qu'on attendait de lui.

Le signal du combat était donné ! Plus d'hésitation ! plus de retards ! L'étincelle était tombée dans un baril de poudre. Il n'était plus question d'arrangements, de transactions — le peuple voulait la guerre — une guerre à outrance contre ses bourreaux.

Masaniello se trouvait ainsi, presque sans le vouloir, à la tête de ses pêcheurs ; de ces hommes tranquilles, devenus subitement des guerriers.

Un instant leur avait suffi pour échanger la rame contre la pertuisane et l'escopette, et pour faire de ces paisibles pêcheurs des combattants déterminés.

Tandis que Hassan, Cesare, les brigands et les lazarones faisaient cause commune et se jetaient sur les soldats, les pêcheurs entouraient Masaniello, l'acclamaient avec frénésie, et le sommaient de les mener au combat.

— En avant ! Masaniello ! En avant ! criaient leurs voix furieuses. A Naples ! L'heure est venue ! Mort aux tyrans ! Mort à tous ces Espagnols ! Vive Masaniello, notre chef et notre guide !

Et tous brandissaient leurs armes; leurs bras menaçants se levaient vers le ciel comme pour l'appeler à leur aide. C'était une rumeur effroyable, et l'on pouvait deviner, à l'entendre, ce que serait la lutte qui allait suivre.

Les soldats espagnols avaient repris le chemin de la ville; ils tiraient encore quelques coups isolés pour couvrir leur retraite, mais leur pas s'accélérait peu à peu, le désordre se mettait dans leurs rangs, et leur seule préoccupation était de fuir au plus tôt le redoutable voisinage des pêcheurs.

Deux brigands et cinq soldats étaient tombés dans la lutte. La retraite des Espagnols arrêta un instant le combat, mais ce moment de répit ne fut pas de longue durée. Les cris de rage des pêcheurs devenaient de plus en plus redoutables; ils voulaient poursuivre les fuyards, les écraser avant qu'ils fussent rentrés dans la citadelle — l'élan était donné — on eut vainement tenté de l'arrêter!

Masaniello se mit enfin à la tête de ses hommes, et la bande houleuse prit à travers champs le chemin de la ville, se grossissant en route de tous les hommes valides qu'elle rencontrait.

Hassan et les brigands formaient un détachement à part. Ils suivaient à distance le gros de la troupe, et recrutaient sur leur passage les nombreux contrebandiers, vagabonds et mendiants de la contrée. Cesare avait remis à Hassan le commandement de la bande, afin de poursuivre plus librement les projets de vol et de pillage pour lesquels il s'était enrolé dans cette campagne.

Pendant ce temps, la nouvelle du piège tendu aux seigneurs napolitains s'était répandue dans la ville avec la rapidité de l'éclair, et y avait causé une émotion extraordinaire. Le peuple s'était porté en foule devant les murs de la citadelle. Bourgeois, seigneurs et lazarones se pressaient devant les portes massives du mur d'enceinte, et réclamaient impérieusement les prisonniers.

Les premiers arrivants avaient entendu distinctement le

cliquetis des armes et les cris de rage des invités retenus dans la cour du château. La nouvelle était donc vraie. Impossible d'en douter! L'invitation faite aux dix seigneurs napolitains n'était qu'un piège infâme, et sept d'entre eux allaient être jetés dans les cachots des tours ou périr victimes de leur confiance dans la parole du duc!

La foule grossissait de minute en minute. La fureur, longtemps contenue, éclatait impétueuse, irrésistible — il ne manquait qu'un chef pour diriger l'attaque — ce chef allait se trouver!

Rien ne remuait derrière les murs du château. Les sommations du peuple étaient restées sans réponse, et les portes ne s'étaient pas rouvertes pour rendre à la foule les prisonniers qu'elle réclamait. L'exaspération était à son comble. Des hommes armés arrivaient de toutes parts et grossissaient d'instant en instant la multitude pressée devant le château. Le soulèvement avait pris, en moins d'une heure, des proportions telles qu'il eut été impossible d'en arrêter les progrès.

Tout à coup, un roulement de tambours annonça une sortie des Espagnols.

Un détachement de soldats se présenta à l'une des portes; il fut salué par une grêle de pierres.

Le chef voulut sommer la foule de se retirer, mais sa voix se perdit dans un tonnerre d'imprécations et de cris. La mêlée commença, sanglante, terrible. L'issue en paraissait encore douteuse lorsque la troupe conduite par Hassan arriva subitement par des rues de traverse, et se jeta à l'improviste sur les Espagnols. D'enthousiastes acclamations saluèrent ce renfort inattendu. Le combat redoubla de violence, et les soldats, incapables de lutter contre le flot montant des assaillants, se retirèrent en désordre.

Ils étaient à peine rentrés dans la citadelle que des cris de triomphe éclataient parmi la foule et saluaient de nouveaux arrivants.

C'était la troupe de Masaniello. L'armée des pêcheurs,

grossie de tous les hommes qu'elle avait rencontré sur so
passage, arrivait forte, nombreuse et décidée à vaincre ou
mourir.

Masaniello marchait en tête. Il répondit aux acclamation
de la foule en agitant son bonnet. Sa haute et mâle statur(
ses traits inspirés où brillaient l'audace et le courage, sa voi
pleine et sonore, tout son être enfin, électrisa subitement l
peuple. Le chef était trouvé!

— Vive Masaniello! Mort aux Espagnols! Masaniello es
notre chef et notre guide!

Ces cris, poussés par les pêcheurs, trouvèrent de l'éch
dans la foule, et mille voix répétèrent en chœur: » Viv
Masaniello! «

Le peuple se pressait autour du beau pêcheur dont l
main vigoureuse brandissait comme un hochet une lourd
pertuisane. Tous les regards se tournaient vers lui, et en pe
d'instants, ces bandes détachées se trouvèrent réunies en u
faisceau autour du chef qui leur avait manqué jusque-là.

Le mouvement avait enfin une direction, un centre. L
haute taille de Masaniello dominait toute la foule, et sem
blait inspirer du courage et de la confiance aux plus timides

Le tribun fit signe qu'il voulait parler — la foule se tut

— Vous le voulez! s'écria-t-il. Je serai votre chef. J
vaincrai ou mourrai avec vous — mais jurez-moi obéissance

Mille voix prêtèrent à la fois le serment demandé, et l'ac
compagnèrent d'imprécations et de menaces contre le tyran

— A bas ces chiens d'Espagnols! criaient les pêcheurs.

— Sept gentilshommes napolitains ont été attirés au châ
teau! répondaient quelques voix; delivrons-les!

— Vengeance pour Almaviva!

— Point de quartier! Point de grâce! Mort aux Espagnols
A l'assaut!

Il fallait agir. La voix puissante de Masaniello se fit en
tendre, et le peuple fit silence pour l'écouter.

Le tribun commandait divers mouvements nécessaires pou

l'attaque. Ses ordres furent promptement exécutés. Deux corps, de quelques cents hommes chacun, et commandés par Pietro et Moreno, se portèrent sur les flancs du corps principal qui comptait plusieurs milliers de combattants.

En cet instant, une rumeur effroyable éclata sur un des côtés de la citadelle.

Un détachement de soldats, poussant devant lui les cinq Napolitains retenus comme otages, venait de faire une sortie, et s'était jeté sur la bande du Maure qui ne s'était mêlée ni au peuple ni aux pêcheurs.

Hassan soutint bravement ce premier choc. Il se précipita comme une bête fauve sur ses ennemis, et les bandits qui composaient sa troupe dirigèrent un feu roulant sur les soldats, sans se demander si leurs coups n'atteignaient pas d'abord les malheureux Napolitains. Les cinq otages tombèrent en peu d'instants, et maints soldats espagnols mordirent la poussière après eux.

Masaniello s'était mis en mouvement à son tour, il conduisait sa troupe à l'assaut des portes de la citadelle. Des torches enflammées, lancées de divers côtés par dessus les murs, mirent le feu à quelques constructions isolées. Le tocsin sonnait. Ses sons lugubres remplissaient les airs, et semblaient répondre aux détonations des armes à feu. Le combat faisait rage ; il disait assez que l'heure de la vengeance et de l'expiation avait sonné.

Le trouble et la confusion augmentaient de minute en minute à l'intérieur de la forteresse.

Tout à coup, une détonation épouvantable ébranla les airs. Toutes les pièces placées sur les créneaux des tours venaient d'être déchargées à la fois... C'était la réponse du duc — il montrait ainsi qu'il acceptait le combat et qu'il était décidé à le pousser à toute extrêmité !

Les boulets abattaient des rangs entiers de combattants; ils portaient la ruine et la mort jusque dans les maisons de Naples.

La guerre était déclarée — une guerre à mort! L'artillerie tonnait sans relâche. Elle couvrait de sa grande voix les détonations plus faibles des boîtes et des mortiers. Les flammes montaient vers le ciel, et leur lueur sinistre éclairait le théâtre de la lutte. De nouveaux combattants arrivaient de toutes parts et se joignaient aux troupes de Masaniello. Le hardi pêcheur commandait alors des forces assez considérables pour vaincre une armée entière. Il regardait avec orgueil les flots humains qui se pressaient autour de lui, et attendait avec confiance une nouvelle attaque des Espagnols.

Pietro et Moreno s'étaient avancés assez loin avec leurs détachements. Ils fraternisaient déjà avec les troupes napolitaines, lorsque les clairons des Espagnols retentirent dans les cours et les casernes de la forteresse.

Tous les soldats étaient rappelés pour tenter une attaque commune contre les assiégeants.

Les forces réunies du duc formaient un corps de trois mille hommes environ. Le vice-roi et les officiers supérieurs inspectèrent rapidement ces troupes, se mirent à leur tête, et tout le corps s'ébranla.

Pendant ce temps, Masaniello avait conduit ses hardis bataillons à l'assaut de la porte principale.

Les haches, les barres de fer et les piques s'abattirent sur cette porte, déjà ébranlée par de nombreux coups de feu. Elle céda, et la multitude se précipita dans la première cour qu'un pont-levis séparait de la cour intérieure.

Ce pont-levis venait d'être abaissé. La garde y passait justement, et se répandait dans cette cour extérieure tandis que les autres corps espagnols se jetaient de deux côtés sur les assaillants.

La mêlée recommença, terrible, furieuse! Les soldats tiraient sans relâche sur le peuple, et faisaient sentir déjà la supériorité d'une troupe bien armée et bien disciplinée sur des hommes réunis au hazard et inégalement armés.

L'attaque des Espagnols avait été si violente que Masaniello vit plier ses hommes. Il jugea plus prudent de quitter la cour où la position n'était pas à son avantage. Ses pêcheurs n'y pénétraient que lentement, tandis que les soldats y arrivaient en masse et se sentaient électrisés par les acclamations des courtisans et par la présence du duc d'Arcos.

Chaque parti avait éprouvé déjà des pertes considérables. Les soldats étaient tombés en si grand nombre que les survivants avançaient sur un monceau de cadavres, mais la mort avait fauché tout aussi impitoyablement parmi le peuple et plusieurs centaines de Napolitains avaient déjà mordu la poussière.

Tandis que Masaniello se retirait avec ses troupes pour aller attendre l'ennemi sur la grande place qui se trouvait devant le château, des cris de rage et de désespoir s'élevèrent à quelque distance.

Pietro et sa bande avaient trouvé les cadavres des cinq gentilshommes napolitains !

Une fureur indicible s'empara de ces hommes. Pietro se mit à leur tête, et tous s'élancèrent au combat pour venger la mort des malheureux otages.

Les soldats espagnols étaient sortis de l'enceinte de la forteresse, et la lutte continuait sur la grande place, une lutte furieuse auprès de laquelle les premières rencontres n'avaient été que des escarmouches.

Masaniello se trouvait toujours au premier rang. On eut dit un héros invulnérable. Il animait ses pêcheurs, les poussait contre l'ennemi — sa taille herculéenne dominait la foule et semblait le désigner aux balles espagnoles, mais aucune ne l'atteignait. Il avançait, et le peuple suivait l'héroïque pêcheur en criant : Vive Masaniello !...

Chapitre XV.

Le magicien.

Tito courait toujours en tenant l'enfant enveloppé dans son manteau. Il n'avait pas trouvé Masaniello dans sa chaumière, mais sa course nocturne lui avait procuré d'autres avantages qui n'étaient point à dédaigner.

Il avait échappé aux dangers que couraient tous les habitants de la citadelle, puis il avait retrouvé l'enfant, et, tout en fuyant, il se disait, qu'avec un peu d'adresse, il atteindrait aussi la mère dont la vie était une perpétuelle menace pour lui.

Fenella et Lucia le suivaient toujours. Lucia courait avec la force et la constance du désespoir. Elle allait, aveugle et sourde à tout ce qui l'entourait, n'ayant qu'une idée, qu'un but : atteindre le ravisseur et lui arracher l'enfant, ce trésor qu'elle n'avait retrouvé que pour le perdre une seconde fois. Elle allait, sans se douter que le misérable qui fuyait devant elle réfléchissait, tout en courant, au meilleur moyen de l'assassiner pour tout de bon. Tito avait fui instinctivement pour atteindre plus sûrement son but, et pour échapper au danger d'une lutte corps à corps avec deux femmes exaspérées, lutte dans laquelle il n'eut peut-être pas été vainqueur.

Plus il s'éloignait de Portici, plus la position lui devenait favorable. Cette nuit obscure, ces chemins déserts convenaient particulièrement à ses noirs desseins. Il se retourna, et constata avec une joie infernale que la Muette était restée en arrière, tandis que Lucia, soutenue par l'amour maternel, s'attachait encore à ses pas et semblait gagner du terrain.

Il n'était guère à plus de vingt pas de la malheureuse mère. Elle avait couru aussi rapidement que lui. Tous deux avaient fait du chemin. Ils approchaient déjà des faubourgs de Naples, et le bruit du combat arrivait déjà jusqu'à eux. Ils apercevaient déjà les lueurs de l'incendie.

Tito ne voulait pas se risquer dans la ville, bien qu'il en connût tous les détours, et qu'il y eut trouvé plus d'une retraite assurée. Il quitta brusquement la route qu'il avait suivie jusque-là, courut un instant à travers champs et jardins, et se trouva enfin dans le voisinage du vieux parc habité par le sorcier égyptien.

Lucia suivait toujours le ravisseur de son enfant. Elle était hors d'haleine, ses forces l'abandonnaient — mais elle courait toujours. Il fallait avancer, avancer encore, et ne plus compter sur Fenella qui restait de plus en plus en arrière.

Le faubourg voisin devait être le théâtre de quelque échauffourée. On entendait des coups de feu, des cris, des voix menaçantes et sauvages. Lucia n'y prenait pas garde. Que lui importait le danger? En existait-il un autre que celui que l'enfant courait dans les mains de son ravisseur? Pouvait-elle songer à elle-même tant que le pauvre petit être ne lui était pas rendu?

Tito avait atteint un chemin bordé d'épais buissons, chemin qui montait vers le vieux parc et en longeait le mur.

C'était là ce qu'il fallait. Nul endroit n'était mieux fait pour abriter un crime. Tito sortit l'enfant de dessous son manteau et le jeta dans les buissons. La petite créature poussait des cris plaintifs, mais ses gémissements furent bientôt couverts par un bruit de voix et de pas de plus en plus rapprochés.

Débarrassé de l'enfant, Tito fit volte-face, retourna brusquement sur ses pas, et se trouva tout à coup vis-à-vis de Lucia.

— Mon enfant! cria la mère désespérée. Qu'en as-tu fait? Tu l'as volé pour le tuer!

— Prends-le! répondit Tito pressé d'en finir. Le voilà, je te le donne!

Lucia s'élança vers le misérable — au même instant, Tito étendit les bras pour la saisir — il n'avait plus l'enfant.

La malheureuse mère poussa un cri perçant. Folle de douleur et de rage, elle se jeta sur le monstre, dont les yeux roulaient dans leurs orbites.

— Qu'as-tu fait de mon enfant, misérable? cria-t-elle en s'efforçant de lutter avec son ennemi.

Un sifflement aigu sortit des dents serrées de Tito. Avant que Lucia eut achevé ses paroles, il l'avait saisie à la gorge avec une violence telle que la malheureuse cessa immédiatement toute résistance.

— Meurs! cria-t-il en la jetant à terre.

Lucia rassembla ses dernières forces pour échapper à l'étreinte du misérable, mais Tito ne voulait pas lâcher sa victime. Il n'entendait pas qu'elle lui échappât une seconde fois. Le genou appuyé sur le corps de la malheureuse, il lui serrait le cou à l'étrangler. Lucia étouffait — elle râlait — ses mains avaient lâché les vêtements du meurtrier et étaient retombées sans force à ses côtés — une minute encore et c'en était fait d'elle. Le monstre la tenait serrée, il semblait se repaître de ses tourments. L'impunité lui était assurée! Qu'importait dans cette nuit d'horreur et de crime une victime de plus!

Tout à coup, le misérable tressaillit.

Des voix furieuses approchaient. Une bande d'émeutiers parcourait cette partie des faubourgs. Tito écouta. Il lui semblait reconnaître une de ces voix — mais tout entier à son crime, il ne put d'abord se rappeler à qui elle appartenait.

Il lui en coûtait de quitter sa victime avant de s'être assuré qu'elle était bien morte — mais déjà l'avant-garde de la bande venait d'apparaître sur l'étroit chemin qui longeait le mur du parc. C'étaient des émeutiers, des Napolitains Hassan, le Maure s'avançait à leur tête en hurlant une chanson obscène. Il devait avoir fait d'abondantes libations, et les brigands, les lazarones et les mendiants qui s'étaient joints à lui n'avaient pas été plus sobres. Tous étaient à moitié ivres; tous hurlaient, se démenaient et faisaient un bruit d'enfer.

Le danger était grave. Tito bondit sur ses pieds. Il abandonna sa victime, étendue sans vie dans l'herbe à côté du chemin, et s'enfuit le long des buissons, dans l'espoir d'échapper à la bande furieuse qui s'approchait.

Hassan était ivre, mais le vin ne troublait pas sa vue. Ses yeux perçants eurent bientôt découvert et reconnu l'ombre qui fuyait devant lui.

Sa noire figure s'illumina subitement d'une joie diabolique.

— Don Tito! cria-t-il d'une voix rauque en montrant du doigt la place d'où le meurtrier s'était enfui. C'est lui! c'est le rouge Tito, le favori du duc! Il faut que je l'attrape; il me le faut vivant, cet enfant trouvé, ce faux prince! Venez, venez! poursuivons-le!

Hassan criait à tue-tête. La vue de Tito l'avait subitement dégrisé. Il n'avait plus qu'une idée : atteindre cet ennemi détesté et le tenir en son pouvoir. Il lui fallait cette satisfaction. Tito et le marquis Riperda étaient les deux objets particuliers de sa haine. Il avait juré de s'emparer de tous deux, d'assouvir sur eux la soif de vengeance qui le dévorait, et sa campagne était à peine commencée que le plus détesté de ces deux ennemis lui tombait subitement sous les yeux.

Le hasard servait singulièrement sa haine. Tito était là, à quelques pas. Hassan croyait déjà le tenir. Il s'était élancé à sa poursuite, et toute sa horde avait suivi son exemple. Quelques-uns des bandits aperçurent Lucia, toujours étendue dans l'herbe; ils se penchèrent sur elle, mais la malheureuse ne donnait plus signe de vie, et les brigands reprirent leur course à la suite de leurs compagnons.

Ils allaient, hurlant, se démenant comme des insensés, et fouillant de leurs piques les buissons qui bordaient le chemin.

Quelques-uns, plus ivres que les autres, chancelaient et tombaient tout de leur long sur la route ; d'autres appelaient Hassan pour lui demander où était ce Tito que personne n'apercevait plus ; d'autres enfin, et c'était le plus grand nombre, couraient en aveugles sans même savoir au juste de quoi il s'agissait.

Cette horde sauvage et redoutable devait s'accroître encore pendant les jours de luttes et de combats qui suivirent. Nous la verrons commettre d'incroyables déprédations, multiplier les méfaits et les crimes, et devenir en peu de temps le fléau de Naples.

Hassan était toujours en avant, toujours prêt à conduire sa bande au pillage, et à faire avec elle les plus aventureuses expéditions, mais le vin et les excès de tout genre excitaient ses sauvages passions, et troublaient peu à peu ses sens.

Il courait en insensé à la poursuite de Tito que son imagination surexcitée lui montrait toujours devant lui, et qui, en réalité, avait disparu depuis longtemps. La horde sauvage arriva près du mur du parc, et se précipita dans le faubourg, sans apercevoir le fugitif. Hassan hurlait de rage et de désir — il allait, les mains tendues, l'œil fixe — il croyait déjà tenir sa proie, et courait toujours devant lui, toujours suivi d'une partie de sa bande. On eut dit une chasse de démons.

Personne n'apercevait plus le favori. A la vue du Maure, Tito avait immédiatement compris l'effroyable danger qui le menaçait, mais une seconde avait suffi pour lui rendre sa présence d'esprit, et lui faire appeler à lui toutes les ressources d'un naturel rusé, inventif et entreprenant.

Tito n'ignorait pas la haine dont il était l'objet. Il ne se faisait aucune illusion sur le sort qui attendait les victimes du Maure, et l'épouvante le secouait à l'idée des tourments et des tortures que l'implacable Hassan lui ferait endurer.

Il fallait fuir! échapper à tout prix à ce noir démon. La chose n'était pas absolument impossible. Tito était épuisé par les événements de la nuit, mais ce n'était pas le moment de gées à la fatigue. Plutôt mourir d'épuisement et de peine que de tomber entre les mains du Maure. Il fallait fuir, se sauver, dussent le vice-roi, le duquecito et tous les courtisans périr misérablement.

Tito s'était courbé et glissait comme une couleuvre le long des buissons. Il aperçut enfin l'angle du parc. C'était là qu'il fallait arriver, pour atteindre ensuite le portail, et pénétrer, si possible, dans le parc.

Les grands arbres qui dépassaient le mur favorisaient son dessein. Tito quitta les buissons sans être aperçu, traversa en rampant le chemin couvert d'ombre, atteignit l'angle du mur et s'élança vers le portail.

Ni Tito, ni ses hommes ne l'aperçurent, et pas un d'eux ne devina la ruse du fugitif. Tous passèrent vers l'angle du mur; tous, emportés par la passion et l'ivresse, s'élancèrent en droite ligne le long des buissons. Tous continuèrent leur route en poussant des cris sauvages, tandis que Tito rampait le long du mur d'enceinte.

Il atteignit enfin le portail, l'ouvrit doucement, et se glissa dans le parc où il s'enfonça bravement sous les arbres et les buissons.

Il était sauvé! Comment le chercher et le trouver dans ces ténèbres? Comment fouiller ces obscures retraites? Il était sauvé! Un rire moqueur passait sur sa figure tandis qu'il prêtait l'oreille pour entendre les pas et les voix qui se perdaient de plus en plus dans l'éloignement. Il avait échappé à la horde sauvage qui le poursuivait, mais une terreur rétrospective s'était emparée de lui et faisait trembler ses genoux. Il comprenait enfin l'immensité du péril qui menaçait la citadelle, le vice-roi et tous les Espagnols. Le Maure s'était joint aux émeutiers, il avait un détachement sous ses ordres. Cette circonstance suffisait, à elle seule, pour donner au soulèvement une portée extraordinaire.

Tito s'arrêta pour reprendre haleine et se laissa tomber sur le gazon. Il reprenait courage, et se disait qu'il avait été singulièrement avisé. Il se sentait en sûreté dans le sombre et antique parc, tandis que le duc, Alfonso, et tous les fidèles enfermés dans la forteresse couraient les plus grands dangers.

L'émeute redoublait de violence. Il était facile de le deviner en entendant gronder les boîtes et les canons dont les détonations faisaient trembler la terre. Tito écoutait ces roulements sinistres, ces clameurs dont l'écho arrivait jusqu'à lui et laissait deviner ce que ce bruit devait être de près. Il écoutait, tout en se consultant sur ce qu'il avait à faire, et en se dirigeant vers la place ouverte occupée par le bassin de marbre lorsqu'un homme étrangement vêtu s'arrêta devant lui.

L'inconnu portait un ample vêtement en forme de caftan, dont les plis étaient retenus par une large ceinture couverte d'ornements et de caractères bizarres. Toute sa personne semblait empreinte de sérieux, de calme et de dignité. La tête, noblement posée, était enveloppée d'un turban rouge d'où retombait une espèce de voile qui dissimulait les traits et ne laissait apercevoir qu'une longue barbe blanche. Les pieds étaient chaussés de souliers rouges terminés sur le devant par une longue pointe recourbée.

Tito s'arrêta court devant cet étrange vieillard qui semblait venir également du portail, et qui se trouvait si inopinément sur son chemin, mais il se remit promptement. Cet inconnu ne pouvait être que le magicien, le sorcier qui exerçait son art mystérieux dans le vieux parc. D'où venait-il? Avait-il été attiré vers le mur de son domaine par le cri de détresse de Lucia ou par les hurlements de la bande du Maure?

Tito se posa rapidement cette question, mais il ne s'y arrêta guère. Toute son attention était captivée par ce magicien étranger qu'il n'avait fait qu'entendre et qu'il voulait voir à tout prix. Sa curiosité était bien servie. L'Egyptien était là, immobile, dominant de toute la tête l'importun qui s'était glissé dans sa demeure, et qui paraissait singulièrement chétif et misérable à côté de lui.

Tito se rapprocha résolûment de l'imposant vieillard.

— Grand-maître de la magie, dit-il avec respect, sage et puissant créateur des chambres prophétiques du pavillon, laisse-moi te saluer, et t'exprimer mon admiration pour ta sagesse et ta toute-science! laisse-moi...

— Qu'est-ce qui t'amène dans ce parc, étranger? interrompit froidement le magicien.

C'était bien là la voix grave et profonde que Tito avait entendue dans la chambre de l'œil.

— Je suis déjà venu deux fois au pavillon, répondit-il, mais jusqu'ici je n'avais pas réussi à voir le magicien, l'auteur de tant de choses mystérieuses et inexplicables.

— C'est donc la curiosité qui t'a poussé ici?

— Dis plutôt l'admiration, grand-maître!

— N'est-tu pas Tito, le fils adoptif du duc?

— Tu me connais?

— Rien n'est caché à mes yeux!

— Tu dois savoir alors ce qui m'amène, insinua Tito, qui voulait profiter de l'occasion pour éprouver la sagesse du magicien.

— Je le savais avant de te l'avoir demandé. Ce n'est pas l'admiration qui t'a poussé dans mon parc, mais la crainte de tes ennemis!

— Soit! Cette fois, cependant, il ne t'a pas été difficile de découvrir la vérité. Tu as vu, sans doute, la bande furieuse qui me poursuivait?

— Ce n'est pas tout, répondit le magicien. Il existe un second motif qui t'aurait conduit ici tôt ou tard.

— Quel est-il?

— Ecoute, et juge toi-même de ma science. La curiosité te poussait. Tu étais tourmenté du désir de pénétrer des mystères qui resteront éternellement voilés à tes yeux. Tu voulais savoir comment tes demandes étaient exaucées, comment les tableaux de la chambre de l'œil pouvaient te montrer des êtres dont toi seul connaissais l'existence. Tu voulais une explication — fallut-il employer la violence ou la ruse pour te la procurer...

Tito regardait d'un œil effaré le mystérieux vieillard qui lisait ainsi dans ses plus secrètes pensées. L'effroi le saisissait peu à peu.

— Tes efforts sont vains! reprit gravement le magicien. Si tu connaissais toute ma puissance, tu ne nourrirais pas de pareils desseins.

— Pardonne, grand-maître! balbutia Tito en s'efforçant de paraître confus et humilié; pardonne! C'est d'aujourd'hui seulement que je reconnais ta sagesse et ta toute-science, d'aujourd'hui seulement que j'ai soif de te connaître.

— Je comprends. Ta curiosité n'est pas satisfaite. C'est d'aujourd'hui seulement qu'elle deviendra ardente, intolérable; d'aujourd'hui que tu voudras la satisfaire à tout prix, d'aujourd'hui que tu penseras à demander pour cela l'aide du duc et du duquecito...

Tito frissonna. Ce magicien savait tout. L'énigmatique vieillard connaissait sans doute aussi les secrets desseins du favori contre son frère?

— Le duc et le duquecito sont en danger, répondit Tito. Eux-mêmes ont besoin d'aide; tu le sais! Comment détourner le péril?

— Le danger est plus grand que tu ne le supposes!

— Que faire? Comment y échapper?

— En amenant ici le duc et le duquecito!

— Ici? J'essaierai — mais je doute d'y parvenir. Le château est bloqué. Comment en faire sortir le vice-roi et don Alfonso sans qu'ils soient aperçus?

— Passe par le jardin!

— Mais le jour va paraître!

— Il ne faut rien tenter de jour. Tu attendras la nuit prochaine. Pour le moment, retourne au château, tu peux y arriver encore avant l'aube, mais hâte-toi. Le danger augmente d'instant en instant. Avant peu, la fière citadelle tombera dans les mains des assiégeants!

— Dans les mains des assiégeants? Tes paroles sont terribles! Les assiégeants seront donc vainqueurs?

— Va, va! tu n'as pas de temps à perdre! Amène le duc et le duquecito au pavillon la nuit prochaine. Va!

Et le magicien se détourna sans attendre de réponse. Il s'enfonça sous les arbres, et se perdit dans l'obscurité. Tito n'osa ni le suivre ni rester dans le parc. Il reprit le chemin du château. Il était temps. Une pâle lueur blanchissait déjà à l'horizon. Une demi-heure encore et il eut été impossible de se glisser dans la forteresse sans être aperçu.

Le favori quitta le parc, traversa d'un pas rapide quelques rues étroites et arriva enfin dans une partie écartée du jardin du château. Tout en marchant, il méditait un plan de campagne, et lorsqu'il rentra chez lui, il était décidé à attirer réellement le duc et le duquecito au pavillon, la nuit suivante, et à veiller à ce que le duc seul fut sauvé. Une expédition de ce genre devait présenter bien des difficultés, et Tito espérait bien trouver en route une occasion favorable pour pousser le duquecito dans quelque piège où il trouverait enfin la mort.

Chapitre XVI.

Lucia est sauvée!

Tandis que Lucia, poussée par l'angoisse et l'amour maternel, poursuivait le ravisseur, la Muette de Portici distancée d'abord de quelques pas, avait fini par rester assez loin en arrière.

Au moment où Tito, toujours suivi de Lucia, avait quitté la route de Portici pour gagner, à travers champs, le petit chemin qui longeait le mur du parc, Fenella les avait perdus de vue. Elle s'arrêta, et prêta l'oreille pour saisir le bruit de leurs pas, et retrouver ainsi la direction qu'ils avaient prise. La nuit couvrait tout de son ombre, et rien ne troublait le silence et le calme de ces lieux.

Fenella écoutait. Elle se demandait avec terreur comment elle retrouverait la trace de la malheureuse mère, lorsqu'une rumeur éloignée arriva à son oreille. On entendait des hurlements sauvages, des voix avinées et furieuses. C'était la bande du Maure. Fenella écoutait encore, se demandant si elle devait fuir lorsqu'un cri perçant, le cri d'une âme en détresse, déchira tout à coup les airs.

La Muette frissonna. Elle comprit immédiatement que Lucia avait atteint le ravisseur de son enfant, qu'une lutte s'était engagée entre eux et que son amie était en danger.

Elle s'élança, à travers champs, du côté où le cri était parti — tout était redevenu tranquille.

Une angoisse indescriptible s'empara de la Muette. Les hurlements sauvages retentirent de nouveau. Ils se rapprochaient. On entendait le bruit d'une course insensée, accompagnée de cris et d'imprécations. Lucia était-elle tombée au

avoir des bandits qui hurlaient ainsi? Avait-elle succombé
une lutte avec Tito?

Fenella se posait ces questions sans pouvoir y répondre.
Tout à coup elle s'arrêta. L'effroi l'avait glacée. Des cris de
rage retentissaient à quelque distance : — »C'est lui! C'est
rouge Tito! Saisissez-le! Tuez-le!« Fenella entendait distinctement ces imprécations, mais elle ne pouvait voir la
bande furieuse qui s'était élancée à la poursuite du favori.
De hauts buissons lui cachaient complétement le chemin où
passait cette chasse à l'homme.

Dès que la bande eut passé, elle se glissa au travers des
arbres formant une espèce de haie, et se trouva sur le
chemin qui longeait le mur du parc.

C'était là que Lucia devait avoir atteint le ravisseur de
l'enfant, de là que le cri était parti — l'oreille exercée
de la Muette en avait exactement saisi le point de départ. Que
s'était-il passé ensuite?

Tito avait été découvert et poursuivi par les forcenés dont
Fenella avait entendu les imprécations et la course précipitée.
C'était un point éclairci, mais qu'était-il advenu de Lucia?
S'était-elle emparée de l'enfant? L'avait-elle emporté dans la
cette retraite où elle cachait sa vie depuis sa subite dis-
parition? Avait-elle succombé dans sa lutte avec Tito?

La Muette ne pouvait appeler. Pas un cri, pas un son ne
pouvait sortir de ses lèvres fermées! Que faire? Comment
se renseigner sur ce qui s'était passé pendant ces quelques
instants?

Les bandits couraient toujours à la poursuite de Tito. Le
bruit de leurs pas se perdait déjà dans le lointain et Fenella
troublée, indécise, était encore debout au milieu du chemin.
Quel parti prendre? Devait-elle retourner à Portici, rentrer
à cette chaumière égayée un moment par la présence de
l'enfant, et maintenant plus vide, plus solitaire qu'elle ne
fut jamais été. La Muette frissonna. Ce petit être, sauvé
par elle, ne lui était-il apparu que pour lui faire mieux

sentir sa solitude et son isolement? Elle fit quelques pas
vant elle, comme pour échapper à l'angoisse qui la tortu
et s'arrêta tout à coup — elle avait cru entendre un léger
pir, un souffle!

La Muette se baissa, elle retint sa respiration pour m
écouter — elle ne s'était pas trompée — ce faible gém
ment venait de se répéter à quelque distance. Fenella reg
de tous côtés autour d'elle, et ses yeux perçants, guidés
une oreille exercée, découvrirent enfin une forme hum
étendue à quelques pas, au pied des buissons qui bord
le chemin.

La Muette s'élança d'un bond vers ce corps inanimé.
tait bien Lucia! Lucia, les yeux fermés, pâle, immobile,
capable de se mouvoir!

Tito avait terrassé la malheureuse mère. Fenella le
prit immédiatement. Il avait voulu la tuer, et l'apparitio
la bande du Maure l'avait seule empêché d'achever son cr
La mère était à demi-morte et l'enfant avait disparu!

Lucia respirait encore. Un léger soupir souleva sa poitr
puis elle s'évanouit de nouveau.

Fenella, agenouillée auprès d'elle, cherchait un signe
vie; elle se penchait sur la bouche de son amie, appuya
tête sur sa poitrine — plus rien. Les battements du
avaient cessé; les mains étaient tombées inertes le long
corps — on eut dit une morte!

Que faire? Où chercher du secours? Fenella était s
et délaissée. On n'apercevait pas un être humain dans le
sinage. Où courir? On se battait à Naples. Les coups de
se succédaient sans interruption. Leur fracas semblait indi
que la lutte augmentait de violence. Ce n'était pas là
fallait aller demander aide et secours, — et Portici
si loin!

Que faire? Fenella attendrait-elle l'aube près de ce
inanimé? C'était à peu près le seul parti à prendre, mais
tait-il pas à craindre que Tito ne revint achever sa vict

s'il réussissait à dépister la bande qui le poursuivait? Fallait-il essayer de soulever Lucia et de l'emporter? Impossible! Les forces de Fenella n'y auraient pas suffi! La Muette se tordait les mains de désespoir. Elle se penchait sur son amie et cherchait à la ranimer de son souffle — tout à coup, elle se releva — une inspiration du ciel lui avait rappelé qu'il existait une citerne dans le voisinage.

Elle y courut, cueillit une grande feuille, la remplit d'eau, et revint avec ce trésor auprès de Lucia. Elle en humectait le front et les lèvres de la malheureuse mère, lorsque trois formes noires apparurent subitement à quelques pas.

Trois hommes en manteaux noirs s'approchèrent vivement du groupe formé par Lucia et par sa secourable amie. On eut dit que ces trois personnages étaient sortis de terre, tant leur approche avait été rapide et silencieuse. L'un d'eux se pencha sur la victime inanimée de Tito.

— C'est bien Lucia Falcone! dit-il avec émotion, elle est à moitié suffoquée!

Les deux autres hommes s'étaient également rapprochés. L'un d'eux se tourna vers Fenella qui avait reculé de surprise et d'effroi,

— Vous assistiez la signora Lucia? lui dit-il. N'êtes-vous pas la Muette de Portici?

Fenella fit un signe affirmatif. Sa première frayeur s'était dissipée. Elle se rapprocha des mystérieux inconnus et vit que tous trois étaient masqués.

— La signora ne peut pas rester ici, dit celui des étrangers qui avait parlé le premier. Soulevez-la, mes amis, et emportons-la! Si vous voulez vous charger des soins à lui donner, continua-t-il en s'adressant à Fenella, suivez-nous!

La Muette joignit les mains en signe de joyeux assentiment.

Les trois hommes s'étaient penchés de nouveau sur le corps inanimé de Lucia.

— Le cœur bat encore, dit l'un d'eux, elle n'est qu'évanouie!

— Gloire à la Madonne! s'écria le second des inconnus qui paraissait très inquiet. Crois-tu vraiment que nous pourrons la rappeler à la vie?

— Je l'espère, mais il lui faut avant tout du calme, de l'air, des vêtements amples et légers et des soins constants. Si la Muette de Portici veut accompagner la signora et la soigner, je puis à peu près répondre de la guérison.

— Alors suivez-nous! N'êtes-vous pas la sœur de Masaniello? demanda celui des étrangers qui avait déjà parlé à Fenella.

La Muette répondit par un signe affirmatif, puis elle entama une pantomime expressive qui semblait exprimer sa joie de ce qu'il lui était permis de rester auprès de Lucia, et demander en même temps où on allait la conduire.

— Vous le verrez, puisque vous venez avec nous, répondit l'étranger, tandis que ses deux compagnons soulevaient délicatement le corps inanimé de Lucia.

La petite troupe se mit en marche. L'homme masqué qui avait parlé à Fenella et qui semblait le chef des deux autres allait en avant. Il longeait le mur du vieux parc dans une direction opposée à celle qu'avait pris Tito. Il avait fait une vingtaine de pas à peine qu'il s'arrêtait devant une petite porte basse et étroite, et l'ouvrait sans bruit à l'aide d'une clef.

Les deux autres inconnus approchaient avec leur fardeau. Ils passèrent avec précaution sous la porte et se trouvèrent dans le parc. Fenella les y suivit. Elle regardait anxieusement autour d'elle. Ces mystérieux étrangers, cet antique et sombre jardin ne lui inspiraient qu'une médiocre confiance. Elle y entra cependant, mais son allure trahissait visiblement son inquiétude. Le chef des inconnus s'en aperçut sans doute. Il referma soigneusement la porte, s'approcha de Fenella, et lui prit la main pour la guider au milieu des ténèbres du parc.

— Ne craignez rien, lui dit-il d'une voix contenue, mais

dont le timbre était doux et bienveillant. Quoique vous puissiez voir et entendre, vous n'avez rien à redouter ici. Vous y serez au contraire en parfaite sûreté, la signora et vous.

L'obscurité était si complète sous ces vieux arbres que Fenella ne voyait rien autour d'elle. Elle n'apercevait pas même les deux hommes qui portaient le corps de Lucia, et qui n'étaient qu'à quelques pas en avant. Le bruit de leur marche lui indiquait seul l'endroit où ils se trouvaient. Malgré les assurances tranquillisantes de son guide, Fenella ne se sentait pas à l'aise pendant cette promenade nocturne. Elle maîtrisait à peine son inquiétude et son angoisse, mais que faire? Devait-elle laisser Lucia aux mains de ces hommes masqués, l'abandonner à ces inconnus dont elle ignorait les secrets desseins? Qui étaient-ils? Etaient-ils vraiment venus pour emporter en lieu sûr la malheureuse mère, et lui venir en aide? Habitaient-ils ce vieux parc abandonné depuis de longues années, et hanté, disait-on, par l'ombre de son ancien propriétaire?

L'angoisse de Fenella allait croissant. Forte et courageuse devant un danger connu, la Muette redevenait craintive et superstitieuse au milieu de tant de mystères. Elle tremblait, mais la crainte d'un danger personnel ne pouvait la décider à abandonner son amie, et elle résolut de suivre bravement Lucia et de la défendre jusqu'à la mort.

Son compagnon la conduisit silencieusement au travers des sombres allées du parc. Fenella aperçut enfin une éclaircie et revit au devant d'elle les deux hommes masqués qui portaient le corps de Lucia. Ils montaient lentement les larges degrés de pierre sur lesquels un reste de lune versait une pâle lueur. Fenella y monta à son tour à côté de son guide, et se trouva enfin sur la terrasse. Elle respira longuement. Ces épaisses ténèbres l'avaient oppressée. Là, elle retrouvait l'usage de ses yeux, et pouvait aux moins distinguer ce qui l'entourait.

Fenella regardait avidement autour d'elle. Elle n'ignorait pas les bruits qui couraient parmi les pêcheurs au sujet de ce parc solitaire. Elle-même, elle avait souvent regardé avec une crainte superstitieuse cette terrasse hardiment élevée sur les roches nues qui dominaient la mer ; elle avait contemplé avec un secret effroi ce pavillon fermé qui semblait dormir au bruit des vagues, et c'était là, dans ce lieu suspect, qu'elle entrait en compagnie de trois hommes masqués !

Fenella ne pouvait pas interroger ses compagnons. Ses questions ne lui eussent d'ailleurs pas servi à grand chose. Elle était au pouvoir de ces hommes. Il ne lui restait qu'à veiller, à rassembler tout son courage, et à se tenir prête à tout événement.

La porte du pavillon s'ouvrit, et les deux hommes masqués entrèrent avec leur fardeau dans la rotonde doucement éclairée que nous connaissons déjà.

Fenella y entra après eux. Son guide la suivit, et se dirigea vers le fond de la rotonde où il tira le long cordon noir qui y pendait.

La paroi s'entr'ouvrit lentement et laissa voir une pièce obscure et vide sur laquelle ouvraient plusieurs portes.

Le guide de Fenella s'était retourné vers elle.

— Suivez votre amie, lui dit-il. Donnez-lui tous vos soins, et n'ayez aucune crainte. Vous verrez dans la pièce où l'on va vous conduire un cordon pareil à celui-ci ; tirez-le si vous avez quelque chose à demander. On vous portera tout ce dont vous pourriez avoir besoin.

La Muette marchait de surprise en surprise. Elle ne parvenait pas à cacher l'admiration étonnée que lui causait l'arrangement mystérieux et magnifique du pavillon. La rotonde, éclairée d'en haut par une douce et étrange lumière, les portes, s'ouvrant et se refermant silencieusement sans qu'on aperçut la main qui les faisait mouvoir, les parois mobiles, l'obélisque, tout enfin dans cette étrange demeure impres-

... Fenella qu'elle se crut transportée dans ... palais enchanté.

... avait machinalement suivi les deux étrangers dans ... d'antichambre obscure qui suivait la rotonde. Tout ... marchant, elle se demandait si elle n'était pas le jouet ... rêve, mais elle n'était pas au bout de ses surprises. ... porte s'ouvrit à quelques pas, et Fenella aperçut une ... pièce meublée avec autant d'élégance que de comfort. ... eut dit qu'une main soigneuse et attentive avait tout ... dans ce réduit charmant en vue du bien-être de celles ... allaient y habiter. Une lampe suspendue au plafond y ... une lumière rosée, et éclairait doucement les ta... superbes qui ornaient les murs. Deux lits de repos ... à la sieste. D'élégantes consoles supportaient des ... remplis de fleurs, des corbeilles de fruits, des bassins ... d'eau fraîche ou parfumée. Un moelleux tapis assour... les pas, et attirait le regard par la richesse et la ... de son dessin.

... deux inconnus avaient pénétré dans cette pièce avec ... fardeau. Ils déposèrent Lucia, toujours inanimée, sur un ... lits de repos auprès duquel pendait un cordon noir. L'un ... se pencha sur elle et l'examina avec anxiété, puis ils ... retirèrent sans prononcer une parole.

... Muette de Portici se retrouva seule avec sa malheureuse ... amie. Elle songea un instant à tirer le cordon noir pour rap... les étrangers ou tout au moins son guide, auquel elle ... regrettait de n'avoir pas communiqué tout ce qu'elle savait ... Tito et sur l'enfant, mais comment se faire comprendre? Comment expliquer tout cela par signes à ces inconnus qui ... n'étaient pas familiarisés avec son langage? Fenella poussa ... profond soupir en pensant au pauvre petit être enlevé à ... mère, à sa libératrice, et livré sans défense à l'infâme Tito, puis elle s'arracha à ces tristes préoccupations et revint ... auprès de Lucia.

L'enfant était perdu sans doute, mais il fallait essayer de

sauver la mère. Fenella prit un bol rempli d'eau fraîche et humecta longtemps le front, les tempes et les lèvres de la pauvre Lucia. Elle y mit tant de soin, tant de persévérance que la malade finit par donner quelques légers signes de vie. Encouragée par ce succès, Fenella continua son traitement, puis elle fit avaler à son amie quelques gouttes de vin prises dans un flacon qui se trouvait sur la table et elle eut enfin la joie de voir Lucia reprendre peu à peu connaissance.

La malade avait ouvert les yeux. Elle arrêta un long regard de reconnaissance et d'amour sur Fenella agenouillée auprès d'elle, puis ses yeux se refermèrent.

— Je suis lasse — laisse-moi dormir, murmura-t-elle.

Fenella l'embrassa tendrement, arrangea les coussins, et joignit les mains pour demander à la sainte Vierge la guérison de Lucia. Sa prière achevée, elle se pencha sur la dormeuse et poussa un soupir de soulagement. La Madone l'exauçait : Lucia dormait d'un sommeil paisible, et sa respiration, jusque-là si difficile, redevenait égale et douce.

Tout était calme et silencieux dans le pavillon. Fenella commençait à ressentir la fatigue de tant d'efforts et d'émotions. Elle s'accroupit sur le tapis à côté du lit de repos où dormait Lucia et appuya sa tête sur les coussins. Ses paupières appesanties s'abaissèrent peu à peu, et bientôt, sa respiration régulière, se confondant avec celle de son amie, annonça que le sommeil avait eu raison de l'inquiétude.

Ce repos ne fut pas long. Fenella rouvrit subitement les yeux, se redressa et promena un regard effaré autour d'elle. Elle éprouvait cette angoisse indéfinissable qui trouble souvent les premières nuits passées dans un endroit étranger — mais la fatigue vainquit les craintes et les scrupules. Fenella jeta un regard sur Lucia, s'assura que sa compagne dormait profondément et qu'elle était sauvée, puis elle laissa retomber sa tête sur les coussins et se rendormit.

Elle reposait depuis une heure environ lorsque son sommeil fut troublé de nouveau. Un bruit quelconque l'avait réveillée, sans doute. Elle se releva, passa la main sur son front plissé par l'inquiétude et le chagrin, rejeta en arrière les longs cheveux noirs qui encadraient sa figure, et tendit l'oreille.

Un vague murmure arrivait jusqu'à elle. C'était ce bruit léger qui l'avait reveillée. Elle écouta, et entendit distinctement deux voix dans une pièce contigue à celle où elle se trouvait avec Lucia.

Ces deux voix lui étaient inconnues, mais en écoutant plus attentivement, elle crut cependant retrouver dans l'une d'elles le ton et l'accent du mystérieux personnage qui l'avait conduite à travers le parc.

L'autre voix appartenait également à un homme. Ce dialogue se faisait tout bas, mais le silence profond qui régnait dans la maison permit à la Muette d'en saisir quelques mots au vol. Le nom de Tito frappa tout à coup son oreille. Fenella bondit involontairement et se jeta vers la paroi derrière laquelle on causait. On parlait de Tito. Ce nom détesté devait-il la poursuivre éternellement? Allait-elle se retrouver encore en présence de cet ennemi?

Lucia dormait toujours. Fenella s'accroupit sur le tapis et appuya son oreille contre la paroi. Ses sens étaient tendus par l'angoisse et l'inquiétude. Elle voulait entendre, elle voulait savoir ce qui se tramait dans ce mystérieux pavillon, et cette tension d'esprit semblait doubler la finesse de son ouïe.

Les deux voix, faciles à distinguer, appartenaient à deux hommes dont l'un semblait raconter à l'autre quelque événement important et secret.

— Il est donc arrivé jusque dans le parc? demanda l'une des voix.

— C'est-à-dire, répondit l'autre, qu'il s'y est réfugié pour échapper au domestique noir et à sa horde qui l'auraient mis en pièces.

— Et qu'a-t-il dit à...

Fenella ne put comprendre le mot qui suivit.

— Il a été assez interdit au premier moment, mais il s'est promptement remis.

— Savait-il que... ici un mot échappa de nouveau à Fenella — avait vu Lucia sur le chemin.

— Nullement. Il n'a pas parlé d'elle.

— Et tu dis qu'il amènera le duc d'Arcos et le duque-cito ici?

La Muette tressaillit.

— Oui, la nuit prochaine. Il s'y est déclaré prêt pour sauver le duc, don Alfonso, et lui-même.

— Tu crois vraiment qu'il ne se doute pas de ce qui pourrait les attendre ici.

— J'en suis sûr. Il m'a paru cependant qu'il nourrissait quelque arrière-pensée, quelque secret dessein à l'égard du duquecito.

— Il serait heureux de le voir écarté pour devenir duque-cito à sa place?

— Je le crois.

— Et quelle décision as-tu prise?

— La seule possible et nécessaire! répondit lentement l'autre voix. La seule décisive. Je n'ai pas besoin de te l'indiquer. Tu sais aussi bien que moi ce que nous avons à faire.

— Il faut les retenir prisonniers ici!

— Sans doute. Par ce moyen l'émeute serait terminée sans autre effusion de sang, et nous aurions atteint tout ce que nous voulons atteindre.

— Tu as raison. Ces trois personnages une fois en notre pouvoir, *tout* est du même coup entre nos mains.

— Les circonstances nous forceront peut-être à faire justice.

— Que veux-tu dire?

— Il se pourrait que le duc se refusât à abdiquer et à quitter Naples, ou que don Alfonso ou Tito voulussent résister. Dans ce cas, il faudrait en venir aux grands moyens.

— Bah! Ils se soumettront à tout, lorsqu'ils se verront prisonniers. Je me demande seulement comment Tito s'y prendra pour attirer ici son bienfaiteur et don Alfonso.

— Il prétextera qu'ici ils seront soustraits aux dangers de l'émeute!

— Le duc ne consentira pas à se cacher. Il est trop fier!

— Ne crains rien! Ils viendront, te dis-je, et se soumettront à toutes nos conditions! S'ils ne le font pas, s'ils veulent essayer de se défendre — eh bien! nous les punirons comme ils ont puni le comte Almaviva!

Les voix se turent — tout redevint silencieux et calme dans le pavillon.

Fenella restait immobile contre la paroi. Ses yeux fixes semblaient contempler quelque sanglante vision.

Qu'avait-elle entendu? Alfonso était en danger de mort? Alfonso pouvait donner sans défiance dans le piège qu'on lui tendait?

La Muette tressaillit. Un frisson secoua tous ses membres...

Elle aimait donc encore l'infidèle qui l'avait délaissée et trahie!...

Elle quitta la paroi et retourna s'asseoir auprès de Lucia. La fatigue était oubliée. Ses yeux étincelaient, une résolution hardie animait son pâle visage — elle voulait avertir Alfonso. Ce danger qui le menaçait, c'était pour la nuit suivante — Fenella avait la journée pour arriver jusqu'à lui et le sauver!...

Chapitre XVII.

La victoire.

La nuit ne voulait pas finir. Elle couvrait la terre, et son obscurité ajoutait encore aux horreurs du combat qui faisait rage en maints endroits à la fois.

La place située devant la forteresse du tyran était devenue le théâtre d'une lutte acharnée. Repoussés des cours du château, Masaniello et les siens s'étaient massés sur cette place et soutenaient avec le peuple le choc des troupes réunies. C'était là que se passait le véritable combat; là que se décidait le sort d'un peuple.

Les soldats, animés par l'exemple et par les encouragements de leurs chefs et du vice-roi, s'étaient jetés avec une fureur sauvage sur les Napolitains mal armés et avaient fait reculer les premiers rangs des assiégeants. Ils s'étaient taillés de l'espace; c'était un premier succès, mais un succès illusoire. Le noyau était entamé, peut-être, mais au dehors, la foule formait un mur vivant, un mur solide, inébranlable que rien n'eut pu faire reculer.

Le feu des soldats du duc portait la ruine et la mort au milieu des assaillants. Il jonchait le sol de cadavres, et les pêcheurs mal armés, ne pouvaient y répondre que faiblement. Les Napolitains avaient peu d'armes à feu — mais Masaniello les animait de son ardeur et de son exemple. L'athlétique pêcheur, brandissant une puissante hallebarde, se jetait sur ses ennemis, et abattait de son arme meurtrière tous ceux qui tentaient de le saisir.

Ce n'était plus un combat, mais une horrible tuerie. Les soldats, poussés par les nouveaux détachements qui arrivaient cours intérieures, ne pouvaient plus reculer et ne parvenaient pas à faire plier la multitude qui leur barrait le passage. Il fallait tuer ou être tué sur place. Les premiers combattants se ruaient les uns sur les autres, foulant aux pieds les cadavres qui s'amoncelaient sur le sol, et tombant à leur tour pour former un piédestal à ceux qui les suivaient. Cette boucherie ne semblait pas devoir finir. On eût dit que Naples, ce pays enchanté, était devenu subitement une succursale de l'enfer, habitée par des démons ivres de sang et de carnage.

L'aube vint éclairer ce sanglant spectacle, et le montrer dans toute son horreur. Le combat semblait se décider en faveur du peuple. Les soldats commençaient à manquer de munitions, leur feu se ralentissait; il cessa bientôt complètement et les armes des Napolitains reprirent l'avantage. Les soldats s'étaient fait des massues de leurs lourdes arquebuses, ils luttaient corps à corps, mais ils perdaient du terrain. Un long cri de triomphe salua ce changement de défense. La foule qui n'était plus décimée par le feu des assiégés, se jeta sur les Espagnols avec une nouvelle ardeur. Les soldats ne purent supporter ce choc. Refoulés, pressés de toutes parts, ils plièrent devant les pêcheurs triomphants, et se retirèrent en désordre dans les cours de la forteresse. Les vainqueurs se sentaient las, eux aussi, et le matin amena enfin une trève dont les deux partis avaient également besoin.

Ce premier et important succès assurait la victoire aux Napolitains. Le vice-roi disposait bien encore de forces importantes, mais son échec lui prouvait que la besogne ne serait pas aussi facile qu'il se l'était imaginé.

Les troupes napolitaines avaient refusé de prendre les armes contre le peuple, elles avaient répondu aux sommations du duc en passant à l'ennemi. Une partie d'entre elles s'était mise à la disposition de Masaniello qui en forma les postes nécessaires pour la garde des portes du château.

Lorsque le jour eut mis provisoirement fin au combat, le premier soin de Masaniello fut de recueillir les blessés, de leur procurer des secours, et de faire enterrer les morts. Il ordonna ensuite des distributions de vivres, et veilla avec une active sollicitude à ce que les vieillards, les femmes et les enfants n'eussent pas à souffrir durant ces jours d'émeutes et de combats. Diverses mesures de sûreté et d'ordre public furent prises, et des publications faites au son du tambour annoncèrent au peuple que le vol, le pillage et l'assassinat seraient punis avec la dernière rigueur.

Ces points importants réglés, Masaniello tournât toute son activité vers une prompte organisation des forces qu'il commandait. Les armes hors de service furent remplacées par d'autres que l'on recueillit sur le théatre de la lutte ou qui furent trouvées en divers endroits. Masaniello avait établi son commandement à l'Hôtel-de-ville. Il dirigeait de là les affaires avec l'aide de Pietro, de Moreno et de quelques hommes du peuple qui formaient son conseil et son état-major.

Le trouble, la colère et l'effroi régnaient dans le château du vice-roi. Nul, parmi les Espagnols, n'avait cru à la possibilité d'un soulèvement pareil. Nul n'avait supposé que les forces militaires du duc seraient impuissantes et échoueraient devant des émeutiers. Ces émeutiers formaient un peuple. Ils bravaient hautement le pouvoir établi. Ils se donnaient des chefs, une organisation, des lois, comme si le vice-roi de Naples n'eut pas existé. C'était plus qu'il n'en fallait pour porter à son comble la rage et la terreur des assiégés.

La citadelle n'était pas absolument assiégée. Les grandes portes donnant sur la place étaient seules gardées par des postes de soldats napolitains et de pêcheurs. Ces postes avaient été placés là pour surveiller les mouvements des Espagnols, et pour donner l'alarme en cas d'attaque ou de sortie des soldats enfermés dans la forteresse.

Tandis que les troupes du duc luttaient au dehors contre le peuple, domestiques et employés luttaient au dedans contre l'élément destructeur qui consumait les granges, les écuries et les dépendances. Il fallut d'héroïques efforts pour arrêter les progrès du feu. Ce ne fut qu'au matin qu'on parvint à s'en rendre maître, et lorsque plusieurs constructions accessoires étaient déjà réduites en cendres.

La nuit s'était passée au milieu de ces scènes de trouble et de confusion. La valetaille errait dans les corridors, se lamentait, gémissait, cherchait une issue pour quitter le château, et si la fuite eut été possible, les domestiques eussent, pour la plupart, abandonné leur maître à son sort.

Le gros Gomez était particulièrement troublé. L'insolent personnage avait absolument perdu la tête. Il avait gagné une petite pièce écartée, et s'y était laissé choir sur un siège où il attendait pâle et tremblant l'issue du combat. Le gros valet de chambre avait subitement perdu sa morgue et son assurance. Il ne s'inquiétait ni de son maître, ni des seigneurs et des courtisans dont il maudissait pour la première fois le despotisme et les violences.

Seul, le duc d'Arcos conservait son calme et sa froide impassibilité. Il les perdit cependant lorsqu'on vint lui annoncer la défection des troupes napolitaines. Une fureur indescriptible contracta ses traits glacés; sa main saisit convulsivement la garde de son épée, mais cette explosion de fureur ne dura qu'un instant. Le duc redevint bientôt maître de lui-même, et reprit le masque impassible sous lequel il cachait ses sentiments.

Un reste d'espoir lui permettait de conserver l'assurance que son entourage avait perdue. Malgré le premier échec de ses troupes, malgré la défection des soldats napolitains, il croyait encore à une victoire définitive. Il oubliait les dangers de la situation pour rêver avec de secrètes délices aux châtiments effroyables dont il punirait un forfait aussi inouï. Il inventait de nouveaux supplices pour torturer les chefs du soulèvement lorsqu'ils seraient en son pouvoir. Il jouissait d'avance des hontes et des douleurs qu'il infligerait à la ville rebelle. Il voulait châtier un à un ces soldats napolitains qui avaient osé lui refuser obéissance et faire cause commune avec leurs frères ...

En attendant, il fallait vaincre. Il fallait redevenir le maître, le souverain. Il fallait ressaisir l'autorité qui lui échappait, et remettre la vengeance au moment où il pourrait l'exercer pleine et entière.

Le vice-roi n'eut pas hésité un instant à bombarder Naples jusqu'à ce qu'il n'en restât qu'un monceau de ruines, s'il avait eu des munitions suffisantes dans la forteresse ou s'il avait pu seulement placer des pièces en dehors de la ville — mais Naples était au pouvoir des rebelles et obéissait aux ordres d'un misérable pêcheur. Une fureur indicible s'emparait du duc lorsqu'il pensait à Masaniello — à ce mendiant qui osait s'élever contre lui, duc d'Arcos et vice-roi de Naples ; à ce pêcheur, qui, tout pêcheur qu'il était, n'était point un adversaire à dédaigner. C'était une humiliation, une honte qu'il ferait expier à Masaniello par des tourments inconnus jusqu'à ce jour.

Alfonso avait vainement essayé d'amener son père à plus d'indulgence envers les rebelles. Il avait voulu lui représenter les justes griefs du peuple, poussé à bout par les mesures violentes et les crimes commis au nom du vice-roi — ces tentatives n'avaient eu d'autre résultat que d'exaspérer le duc contre son fils et de creuser plus profondément l'abîme qui les séparait.

Telle était la situation au lendemain du premier massacre de Naples, situation qui semblait devoir empirer d'heure en heure et dont rien n'annonçait le terme.

Il n'était pas possible de songer à une transaction. Le hautain vice-roi et le fier Masaniello se trouvaient en présence et ne songeaient ni l'un ni l'autre à reculer. Le peuple criait vengeance. Il demandait la mort et l'extermination des oppresseurs étrangers ; il voulait être libre enfin et reprendre en main ses destinées.

Masaniello était devenu le dieu des Napolitains. Tous les

yeux étaient fixés sur le hardi pêcheur qui avait conduit le peuple au combat et avait lutté comme un lion à la tête de ses hommes. On l'acclamait. Son nom, répété par toutes les bouches, devenait le symbole de la victoire. Le peuple avait enfin trouvé un Messie en qui mettre son espoir et son attente!

Les premières mesures prises par Masaniello après le combat vinrent augmenter cet enthousiasme. Le chef hardi et déterminé se trouvait être aussi un administrateur prudent et sage. On se pressait autour de lui pour le voir et pour l'entendre. Les mères répétaient son nom à leurs enfants; filles et femmes rêvaient à ce beau pêcheur dont la voix sonore et douce tout à la fois faisait battre leurs cœurs d'un ardent enthousiasme, toutes demandaient à la sainte Vierge de protéger Masaniello et d'assurer la victoire à ses armes. Les hommes acclamaient ce héros, et accouraient de toutes parts pour combattre sous ses ordres.

Masaniello ne se laissa pas éblouir par son triomphe. Ce premier succès n'était pas définitif; il fallait en assurer un second, et ne pas se reposer sur des lauriers aussi rapidement cueillis. Le tribun le comprit. Il ne s'accorda pas un instant de repos, et s'occupa toute la journée des mesures à prendre pour protéger la ville et pour organiser la défense.

Tant d'efforts et de soins obtinrent des résultats inespérés. Peu d'heures suffirent pour transformer les bandes sans discipline et sans cohésion de la nuit précédente en une troupe bien armée, et animée du sentiment de son importance et de sa dignité. Masaniello en fit plusieurs détachements, dont l'un fut chargé du maintien de l'ordre. Une partie des régiments napolitains forma un corps de réserve, tandis que l'autre partie fut chargée du service de garde aux portes du château. Les pêcheurs formèrent un corps spécial, placé directement sous les ordres de Masaniello, qui veilla avec un soin tout particulier à ce que cette élite de ses troupes ne fit aucun excès de boisson et fut toujours prête à accepter le combat.

La lutte ne devait pas tarder à recommencer; elle devait être décisive.

Le soleil était à peine couché que le clairon retentit dans les cours du château, et que les soldats espagnols, sortant simultanément par toutes les portes, se précipitèrent sur la place.

L'attaque avait été si violente et si imprévue que les détachements napolitains plièrent sous le choc. Le duc reconnut bien vite son avantage. Il voulut en profiter et porter un coup décisif aux émeutiers. Il envoya un autre corps de troupes au feu et l'issue du combat parut bientôt hors de doute. Les Espagnols allaient vaincre. Ils avançaient, et bientôt la petite troupe qui gardait la place fut repoussée avec perte.

Un long cri de triomphe ramena l'espoir et la confiance parmi les habitants du château. Les officiers espagnols, persuadés qu'ils avaient battu le gros de l'armée ennemie, se hâtèrent de porter au vice-roi la nouvelle de leur succès. Ils annonçaient la défaite complète des rebelles, lorsque Masaniello parut subitement sur la place avec un petit corps auxiliaire, rallia les soldats napolitains, et les ramena contre les ennemis qui chantaient déjà leur victoire.

De sauvages risées saluèrent l'apparition de Masaniello. L'athlétique pêcheur s'avançait en brandissant une énorme massue. Il s'était mis à la tête de ses hommes, et les entraînait avec lui contre les mercenaires du duc. Le choc fut terrible. Les pêcheurs luttaient en désespérés. Ils regagnaient, au prix de leur sang chaque pas, chaque pouce du terrain qu'ils avaient perdu, et déjà les huées et les cris de triomphe des Espagnols avaient cessé de se faire entendre.

Le duc suivait d'une des fenêtres de la forteresse toutes les péripéties du combat. Il reconnut bientôt la fâcheuse position de ses troupes, et envoya en toute hâte à leur aide les derniers détachements restés dans le château.

Le nombre des assaillants augmentait de minute en minute. De nouveaux corps arrivaient de toutes parts et renforçaient l'armée de Masaniello. Les Espagnols se retiraient, mais ils couvraient leur retraite par un feu bien nourri auquel leurs adversaires répondaient par une fusillade incessante. Masaniello, toujours en avant, semblait invulnérable. Il apparaissait tout à coup sur chaque point menacé, et partout les Espagnols pliaient devant lui et devant ses intrépides compagnons.

Le combat se prolongeait, et l'issue en paraissait encore indécise sur quelques points, lorsque Masaniello et ses hommes les plus résolus réussirent par une manœuvre hardie à gagner la porte principale du mur d'enceinte, et à couper ainsi la retraite à celui des corps espagnols qui se repliait de ce côté.

Les quelques soldats qui avaient réussi à rentrer dans les cours firent feu du dedans sur l'audacieuse petite troupe tandis que le gros des mercenaires l'attaquait du dehors. Masaniello soutint bravement ce double choc. Rien ne put le débusquer de la forte position qu'il avait prise, mais il était entre deux feux, et la place eut pu devenir intenable si Pietro, accourant avec sa bande, n'eut rejeté complétement les Espagnols dans la mêlée.

Plus d'issue! Le corps principal des mercenaires était perdu! Un mur vivant, un mur d'airain lui coupait la retraite et le séparait du seul asile qui lui restât. La victoire était sûre, et de longs cris de triomphe saluèrent cet éclatant succès.

Les Espagnols se défendaient avec le courage du désespoir, mais attaqués, serrés de toutes parts, ils ne pouvaient résister longtemps à des forces supérieures et à la mort qui réclamait ses victimes. Ils comprirent peu à peu qu'ils se sacrifiaient inutilement et qu'il ne leur restait qu'à se rendre, mais cette conviction semblait augmenter leur ardeur et leur rage.

Masaniello, toujours en avant, leur offrit la vie, s'ils voulaient se rendre, livrer leurs armes et se constituer prisonniers.

Cette offre exaspéra les Espagnols. Ils firent un dernier
effort et se jetèrent avec furie sur leurs ennemis, cruellement
décimés par le feu du détachement espagnol qui avait réussi
à rentrer dans la forteresse et qui tirait sans relâche de
derrière les murs.

Masaniello qui voyait tomber ses amis et qui était las de
cette boucherie voulut y mettre fin par une action décisive.
Il ordonna à ses hommes de tout abattre sans ménagement
autour d'eux. Cet ordre fut si ponctuellement exécuté que,
vers une heure du matin, le corps principal des mercenaires
qui avait compté plus de mille hommes était à peu près
complétement anéanti. Il n'en restait qu'un petit noyau qui
se rendit sans conditions.

Masaniello avait vaincu, brillamment vaincu! Ce n'était
plus une escarmouche qui venait d'être livrée, mais une bataille rangée, une bataille dont il était sorti à son honneur.

La victoire était complète! La nouvelle s'en répandit dans
la ville et dans les environs avec la rapidité de l'éclair, et
le peuple s'abandonna aux transports d'une joie délirante.
Le tyran s'était bien barricadé dans sa forteresse avec une
poignée d'hommes, mais il ne lui restait plus d'armée pour
appuyer son pouvoir. Sa force était brisée. C'était un succès
glorieux, unique dans l'histoire des peuples; un triomphe
inouï, que les vainqueurs eux-mêmes n'eussent pas osé espérer aussi complet et aussi prompt.

Les mercenaires espagnols avaient été battus. Ces troupes
exercées, aguerries, avaient plié devant des hommes du peuple,
devant des pêcheurs, mal armés et à peine organisés, mais
cette brillante victoire avait été chèrement achetée. Les rues
et les places étaient jonchées de morts et de mourants. Masaniello harangua ses hommes, les remercia de leur loyauté
et de leur bravoure, puis il compta tristement ses morts et

ses blessés, fit enterrer les uns, et veilla avec la plus active sollicitude à ce que les autres reçussent tous les soins qui leur étaient nécessaires.

Les massacres semblaient terminés — pour le moment du moins, mais il n'était presque pas une maison à Naples qui ne contint un ou plusieurs blessés que femmes et filles soignaient avec dévouement. Le peuple avait vaincu — mais il y avait encore bien des points noirs et menaçants à l'horizon — le tyran était encore à l'abri derrière les murs de sa citadelle — il ne lui restait, il est vrai, qu'un détachement de soldats, mais ce détachement occupait une forte position, et l'on pouvait s'attendre d'un moment à l'autre à voir la lutte recommencer.

———

Chapitre XVIII.

Pris au piège.

Tandis que le combat faisait rage devant la porte principale du mur d'enceinte, tandis que se livrait cette bataille qui devait se terminer par la défaite des Espagnols, Cinzio avait occupé avec une partie des pêcheurs amenés par lui à Naples, une petite porte donnant sur une rue écartée. Il avait pour mission de fermer cette issue aux assiégés; il devait empêcher surtout qu'elle ne servit aux mercenaires qui auraient pu en profiter pour sortir secrètement du château, et venir prendre leurs ennemis par derrière.

La garde de cette petite porte écartée ne représentait pas précisément un poste d'honneur, mais Cinzio en avait été chargé par Pietro et l'avait accepté sans murmure. Il s'y était rendu immédiatement avec une vingtaine de ses gens.

La petite troupe s'était installée de son mieux sur la rue étroite et sombre, tandis que deux des hommes qui la composaient se plaçaient, l'arme au bras, des deux côtés de la porte.

La nuit approchait. Un pêcheur venait d'arriver auprès de Cinzio, et lui avait raconté ce qu'il savait sur le combat qui se livrait devant la grande porte, et qui, à ce moment-là, ne semblait pas devoir tourner à l'avantage des pêcheurs. Cinzio avait écouté ce récit avec un vif intérêt.

— Allons, dit-il en haussant les épaules, Masaniello se fera battre!

— On ne peut pas savoir, reprit le pêcheur. Masaniello venait d'arriver sur le lieu du combat, lorsque j'en suis parti pour venir ici.

— Il me semble qu'il aurait pu se tenir sur ses gardes et être prêt à tout événement, fit Cinzio. Qu'avait-il à attendre ainsi, au lieu de courir immédiatement au secours de la garde?

— Je crains bien qu'il ne réussisse pas à empêcher une défaite!

— Je le crois aussi, et, ma foi, je lui souhaite presque cette leçon. C'est un orgueilleux. Sur mon âme, on dirait qu'il n'y a que lui à Naples.

— Ne dis pas ça trop haut, Cinzio.

— Je n'ai pas peur qu'on le lui répète. Il l'entendra bien de ma bouche un moment ou l'autre.

— Que t'a-t-il fait? Tu le hais ou tu l'envies?

— Ni l'un ni l'autre, répondit vivement Cinzio. Je voudrais seulement voir Naples libre et heureuse. Je n'ai pas d'autre vœu — mais qu'est-ce qu'il y a là-bas? Vois-tu cette ombre qui se glisse vers la porte?

— Oui — sur mon âme, il y a quelque chose qui remue là, dans l'ombre, dit tout bas le pêcheur. Allons voir ce que c'est!

Avant que Cinzio se fut avancé et eut pu l'interpeller,

l'ombre mystérieuse avait glissé sans bruit jusqu'à la porte, et était tombée entre les mains d'un des hommes placés en sentinelle dans l'enfoncement du mur.

— Halte-là! Où voulez-vous aller? Qui êtes-vous? criait le pêcheur.

L'autre sentinelle s'était rapprochée. Cinzio et ses gens avaient dressé l'oreille et attendaient vainement une réponse.

— Vous vouliez entrer dans la forteresse? reprit le pêcheur. Qui êtes-vous? Répondez!

L'ombre semblait se débattre et supplier les deux hommes de la laisser passer.

— Conduisons-la à Cinzio, dit l'un d'eux.

— C'est donc une femme! fit Cinzio, tandis que les deux pêcheurs lui amenaient leur prisonnière.

— Une fille! cria l'un des deux gardiens. Nous l'avons arrêtée au moment où elle voulait entrer dans la forteresse.

Cinzio considérait avec stupéfaction la malheureuse qu'on lui amenait et qui se livrait à des gestes désespérés.

— Sur mon âme, s'écria-t-il en se frottant les yeux, je crois que c'est Fenella, la Muette de Portici, la sœur de Masaniello?

Fenella tomba à genoux devant Cinzio, et le conjura, par les gestes les plus éloquents, de la laisser libre. Les pêcheurs qui composaient la petite troupe s'étaient rapprochés, ils regardaient avec curiosité cette femme qui avait voulu se glisser dans la forteresse.

— Qu'avais-tu à faire au château? demanda Cinzio en s'adressant à la prisonnière. N'est-il pas étrange de voir la sœur de Masaniello chercher à pénétrer secrètement dans la forteresse du tyran?

— C'est suspect! firent quelques voix.

La Muette de Portici multipliait ses signes, elle cherchait à faire comprendre à son interlocuteur qu'une mission importante l'appelait au château.

— Je comprends, je comprends! fit Cinzio. Tu veux dire

que tu as un message à faire parvenir là-dedans. Qui sait
— c'est peut-être Masaniello qui t'y envoie?

Fenella répondit par de violentes dénégations. Ses gestes
désespérés disaient clairement que son frère n'était pour rien
dans la tentative qu'elle venait de faire et qu'il l'ignorait
même absolument.

— Elle est folle! crièrent quelques voix.

— Les portes sont fermées et personne ne peut entrer dans
le château, dit Cinzio.

La pauvre enfant se tordait les mains; elle redoublait de
gestes et de signes, mais personne ne la comprenait.

— Vous avez raison, elle est folle, reprit Cinzio en haussant les épaules. Je te répète qu'on ne peut pas entrer dans
la forteresse, et toi pas plus qu'une autre. Va t'en! Retourne
lestement à Portici ou je te retiens prisonnière et je te fais
conduire à ton frère.

Cette menace parut impressionner vivement la Muette.
Elle fit un geste d'effroi et s'éloigna d'un pas rapide.

Cinzio la suivit des yeux jusqu'à ce qu'elle eut disparu
dans la nuit.

— Je crois réellement qu'elle avait un rendez-vous avec
le duquecito, murmura-t-il. L'amour lui trouble la cervelle.
Elle serait capable de nous jouer quelque mauvais tour pour
sauver son amant! Je me méfie d'elle et de son frère —
mais j'aurai l'œil ouvert. Cinzio ne se laissera pas duper, il
déjouera vos plans, je vous le jure!

Les deux sentinelles avaient repris leur poste des deux côtés de la porte, et le reste de la troupe s'était réinstallé sur
un tas de pierres qui se trouvait à quelques pas. Cinzio se
tenait à l'écart. Appuyé contre la porte d'une maisonnette
inhabitée, il écoutait le bruit lointain du combat tout en ré-
fléchissant à ce qui venait de se passer. Il regrettait presque
de n'avoir pas retenu la Muette, mais il se consolait en se
disant que la nocturne apparition de Fenella avait eu de
nombreux témoins. Les hommes qui formaient le détachement

de Cinzio pourraient tous affirmer que la sœur de Masaniello avait cherché à s'introduire dans le château du duc, c'était l'important. Une déposition pareille pouvait devenir une arme redoutable, et Cinzio était bien décidé à s'en servir à l'occasion.

Tandis que les faits que nous venons de raconter se passaient au dehors de la forteresse, Tito, que nous avons laissé dans le parc du magicien, regagnait en toute hâte le château. Il atteignit heureusement la petite porte par laquelle il en était sorti, et peu d'instants après, il rentrait sain et sauf dans son appartement. Il était temps. L'aube blanchissait à l'horizon, et le plus léger retard aurait suffi pour rendre le retour impraticable.

Tito se sentait las. Il se laissa tomber sur son lit, et s'y endormit si profondément que la journée était déjà avancée lorsqu'il se réveilla. Le favori se leva en toute hâte, répara lestement le désordre de sa toilette, se fit servir un léger repas et se rendit enfin auprès du duc.

Le soir approchait. Nous devons rappeler ici qu'à ce moment-là, rien ne faisait encore prévoir l'issue du combat.

Le duc était encore plein d'espoir. Il comptait fermement vaincre à l'aide de ses troupes. Il se trouvait seul dans son cabinet, et s'y promenait de long en large lorsque Tito y entra.

— D'où viens-tu? fit le duc en jetant un regard mécontent à son favori. Je t'ai vainement attendu toute la journée!

— Pardon, Altesse! Je suis allé à Portici!

— Et tu y es arrivé trop tard?

— Trop tard pour y trouver encore Masaniello!

Ce nom détesté fit passer un éclair de haine et de colère sur les traits impassibles du duc.

— Je me suis introduit dans la chaumière du pêcheur, continua Tito. Je n'ai rien négligé, Altesse...

— Après, après. C'est le résultat que je veux savoir.

— J'ai couru les plus grands dangers. Hassan, le domestique d'Alfonso s'est joint aux rebelles. Il a réuni une troupe
de bandits à la tête desquels il parcourt la ville et les faubourgs, et peu s'en est fallu que je ne tombasse entre leurs
mains. Je me croyais perdu quand j'ai réussi enfin à trouver
une· retraite.

— Une retraite? Où donc?

— Dans l'antique parc qui se trouve à la porte de la
ville. Je m'y suis caché pour dépister le Maure et sa bande,
et dès que je l'ai pu, je suis revenu ici en toute hâte pour
vous proposer une démarche qui vous sauverait peut-être. Le
danger croît d'heure en heure pour vous et pour Alfonso. Ne
voulez-vous pas vous y soustraire?

— Que signifient ces paroles?

— Elles signifient que la situation est grave, Altesse.
Laissez-moi vous sauver?

Le duc arrêtait un regard scrutateur sur son favori.

— C'est une fuite que tu me proposes? dit-il lentement.

— Je serais heureux de vous savoir en sûreté, Altesse;
vous et Alfonso!

— Que veux-tu dire? Où trouver cette sûreté dont tu
parles?

— Dans le parc. Dans l'antique pavillon qui domine la
mer. Il est occupé maintenant par un magicien, un sorcier
égyptien qui vous offre dans sa demeure une retraite sûre
où vous pourriez attendre avec Alfonso la fin du soulèvement.

— Un magicien? Tu m'en as déjà parlé une fois. C'est
quelque habile charlatan, sans doute?

— Ne vous y trompez pas, Altesse. Il se passe dans ce
pavillon des choses étranges, inexplicables et dont je voudrais
que vous fussiez témoin. Laissez-moi vous y conduire!

— Je me méfie de tout ce qui me paraît inexplicable.

— Vous y seriez en sûreté, vous et Alfonso. Fiez-vous à
moi, Altesse. Ne repoussez pas ma demande.

— Qu'est-ce que c'est que ce magicien étranger ?

— Je n'ai encore rien pu découvrir sur son compte.

— Et c'est lui qui s'est offert à me procurer une retraite ?

— Lui-même. Il l'a fait la nuit dernière tandis que j'étais caché dans son parc.

— Il te connaît donc ? Il sait que nous sommes en danger ?

— Il sait tout, Altesse ! Rien ne lui est caché. Il a la toute-science et connait le présent, le passé et l'avenir.

Le duc réfléchit un instant.

— Comment sortir ? dit-il enfin d'une voix sourde. Toutes les issues sont occupées par les rebelles !

— Elles ne le sont pas toutes, Altesse. J'ai pu quitter le château et y rentrer par le jardin. Vous pourriez le faire comme moi dès que la nuit sera venue.

— Et nous serions livrés à ce magicien ?

— Il veut vous protéger, vous offrir une retraite sûre. Il m'avait prédit d'avance ce qui arrive aujourd'hui, mais je n'avais pas ajouté foi à ses paroles. Aujourd'hui, toutes ses prédictions se réalisent. Il y a dans le pavillon un sphinx qui répond à toutes les questions et qui connait les secrets les plus cachés. Vous seriez confondu si vous pouviez le voir et l'entendre. Croyez-moi, Altesse, quittez le château et allez attendre en lieu sûr avec Alfonso que le soulèvement soit apaisé. Je tremble pour votre vie !

Le duc écoutait silencieux, impassible.

— Fuir ! murmura-t-il enfin, ce serait une lâcheté ! Ce serait laisser croire que toute espérance est perdue !

— Une lâcheté ! dites plutôt que ce serait un acte de préservation personnelle. Les émeutiers ignoreront d'ailleurs que vous avez quitté le château. Vous pouvez le faire dans le plus grand secret. Fiez-vous au magicien — je vous jure que vous serez en sûreté dans ce pavillon. Personne ne se doutera que vous y êtes caché, et j'aurai le bonheur de vous avoir soustrait aux dangers qui vous menacent !

Le duc semblait hésiter. Tito crut un moment avoir gagné sa cause, mais il se trompait. Le vice-roi se sentait pris d'une insurmontable défiance vis-à-vis de ce magicien étranger, de cet homme qui savait tout, et qui avait prédit le soulèvement actuel. Il devinait des intentions secrètes dans la singulière proposition que lui transmettait son favori. Il redoutait un piège, et n'osait se fier aux assurances de Tito qui lui paraissait complétement gagné par le magicien. D'ailleurs, il espérait encore; il croyait au triomphe final de sa cause, et comptait sur ses mercenaires pour avoir raison des rebelles.

Tito avait plié le genou devant son père adoptif et redoublait de prières et d'instances. Il voulait sauver le duc, le soustraire aux dangers réels qui le menaçaient, mais il voulait surtout qu'Alfonso suivît son père hors du château. C'était le moment de se débarrasser enfin de ce fils légitime du duc, et Tito comptait bien que la violence et l'imprévoyance d'Alfonso lui fourniraient l'occasion qu'il cherchait depuis si longtemps.

— Laissez-vous fléchir, Altesse! s'écria-t-il avec le ton et l'accent d'une ardente conviction. Ecoutez les prières d'un fils que vous avez comblé de bienfaits, et qui brûle du désir de vous prouver sa reconnaissance! Fiez-vous à moi! Je m'engage à vous conduire sain et sauf au pavillon. La nuit approche. Dès qu'elle sera là, je vais chercher Alfonso; vous vous enveloppez dans un manteau, nous nous glissons dans le jardin, et peu d'instants après nous nous trouvons tous trois en sûreté. Ce n'est pas pour moi, ce n'est pas ma vie que je veux sauver; c'est la vôtre, mon père! la vôtre et celle d'Alfonso!

— Ce soir, les rebelles auront occupé aussi les portes du jardin!

— Il faudra s'en assurer! Je me charge de tout, Altesse. Dites un mot, et dans un instant, tout sera prêt pour notre évasion!

— Et si nous étions arrêtés? si l'on surprenait le duc

d'Arcos dans une tentative de fuite !... Non — non ! C'est impossible ! Je ne veux pas m'exposer à une pareille honte ! Tu peux te risquer, toi. Retourne auprès du magicien, et dis-lui que le château est cerné par les révoltés.

— Vous serez obéi, Altesse !

— Somme-le de venir ici. S'il est aussi puissant que tu le dis, et si son offre était sérieuse, il n'hésitera pas à t'accompagner. Il pourra nous dire lui-même ce que nous avons à faire, et nous être d'un grand secours ici. Dépêche-toi !

— Vous verrez que je n'ai rien exagéré, Altesse ! Il faut donc que je dise au magicien que rien ne pourrait vous décider à vous réfugier dans son pavillon ?

— Non, pas cela ! Dis-lui que je désire qu'il vienne nous chercher pour nous montrer lui-même le chemin.

— Je comprends ! Je l'amènerai ici !

Tito s'inclina et quitta le cabinet où le vice-roi se retrouva seul.

Il suivit du regard le favori qui s'éloignait en toute hâte.

— Il me faut une explication sur ce mystérieux étranger, murmura-t-il. Je veux savoir si c'est un traître et s'il appartient aux conjurés. Selva m'avait fait un rapport sur sa visite dans ce pavillon, et ce rapport dépeignait le magicien comme un être puissant et dangereux. Il faut que je pénètre ses secrets et que je sache d'où lui viennent ces connaissances extraordinaires. Si c'est un véritable magicien, je l'attirerai à ma cour et j'en ferai mon astrologue — si c'est un imposteur, cachant de sourdes menées sous ces mystérieuses apparences, il est grand temps de le démasquer. J'ai bien fait de ne pas céder à Tito. La vérité ne m'échappera pas, et en tout cas, je me crois plus en sûreté ici que dans ce parc où je serais au pouvoir de cet énigmatique étranger !

Tandis que le vice-roi monologuait ainsi, Tito était arrivé dans la cour du château. La lutte avait recommencé, violente, terrible, et tous ceux qui n'étaient pas aveuglés par de folles présomptions ou par l'esprit de parti étaient forcés de reconnaître que la position devenait de plus en plus critique pour les troupes du vice-roi.

Avant de quitter la forteresse, Tito s'approcha de Selva, et celui-ci lui confia que les pêcheurs remportaient continuellement de nouveaux avantages, que la ville presque tout entière était entre leurs mains, et que le combat acharné qui se livrait sous les murs de la citadelle semblait devoir tourner contre les soldats du duc.

Tito fut sur le point de retourner auprès du vice-roi pour lui faire part de ce qu'il venait d'apprendre, et le supplier, une fois encore de quitter le château. Une idée nouvelle venait de germer dans le fertile cerveau du favori. Il se disait qu'il n'avait, pour se débarrasser d'Alfonso, qu'à le laisser dans ce château, menacé de toutes parts; dans ce château qui devait tôt ou tard tomber au pouvoir des assaillants. La situation se simplifiait. Il suffisait d'abandonner Alfonso à son sort, mais il fallait sauver le duc.

C'était là-dessus que devait porter tout l'effort de Tito. Le favori n'osa pas rentrer dans le cabinet de son maître. La réponse du duc avait été si péremptoire, son ordre si formel qu'il était inutile de vouloir y rien changer. Tito se décida à aller chercher le magicïen, et à lui laisser le soin de décider le duc à quitter le château.

Tout était bruit et mouvement dans les cours intérieures. De nombreux officiers y rentraient ou en sortaient pour retourner auprès de leurs soldats. Tito réussit cependant à se glisser sans être aperçu vers la tour isolée dans laquelle il avait reçu la vieille Corvia. De là, il passa dans le parc où tout était silencieux et désert comme la veille. Le combat faisait rage le long des murs et devant les portes de la forteresse, mais tout était calme autour de Tito; le parc n'offrait aucun danger et le bruit lointain de la lutte rappelait seul la situation du moment.

Le nocturne promeneur enfila un chemin écarté conduisant dans la partie du parc qui aboutissait au rivage. Il atteignit une petite porte pratiquée dans le mur d'enceinte, l'ouvrit et se trouva enfin au dehors.

Il referma silencieusement la porte et s'arrêta pour écouter. Rien ne remuait autour de lui. Les pêcheurs n'avaient pas encore pénétré dans le jardin et n'avaient pas fait garder cette partie écartée du domaine ducal. Le combat les appelait tous à des places plus importantes.

Tito s'enveloppa dans son manteau, rabattit son chapeau sur ses yeux, et s'avança sur le rivage. Il glissait comme une ombre, évitant les lieux habités, et multipliant les détours pour ne pas risquer de se trouver encore sur le chemin de la bande d'Hassan.

Il atteignit enfin le but de sa course nocturne. Le vieux parc était devant lui, sombre, désert et silencieux comme à son ordinaire. Tito se dirigea vers la porte en s'applaudissant de sa chance, et en se disant que le duc eut mieux fait de l'accompagner que de rester dans ce château assiégé. A en juger par les rumeurs sinistres qui partaient du théâtre de la lutte, le combat devait redoubler de violence, et Tito crut y reconnaître plus d'une fois des cris de triomphe poussés par une multitude en délire.

La porte du parc n'était que poussée ; les verroux n'en étaient pas fermés. Sans doute, les habitants de cette mystérieuse demeure se sentaient suffisamment gardés par la crainte superstitieuse que leur retraite inspirait. Tito commençait à se familiariser avec les terreurs de l'endroit. Il pénétra dans le parc, s'enfonça sans hésiter sous l'allée obscure, et arriva sans encombre au bas de la terrasse.

Il en gravit lestement les degrés, et courut vers le pavillon dont la porte s'ouvrit silencieusement lorsqu'il y eut frappé quelques coups.

La rotonde était éclairée comme à l'ordinaire. Tito passa rapidement dans le fond, et tira le cordon noir pour annoncer au magicien qu'il était là.

La paroi s'entr'ouvrit à quelques pas du visiteur. C'était,

cette fois, un autre panneau qui venait d'être tiré. Tito aperçut une pièce obscure. Il s'y précipita, persuadé qu'il allait être admis enfin dans le sanctuaire du magicien. La paroi se referma silencieusement sur lui, et l'imprudent favori se trouva dans d'épaisses ténèbres.

Il frissonna. Pour la première fois, il songea à la possibilité d'un danger, d'un piège quelconque. Il se retourna brusquement vers la paroi pour y retrouver la porte par laquelle il était entré et l'ouvrir de nouveau — peine inutile! Le mur était froid, lisse et uni comme des plaques de marbre. Tito y promena ses mains sans y découvrir la plus petite aspérité, et sans que ses coups y produisissent le plus léger ébranlement.

L'épouvante le saisit. Il comprit enfin qu'il avait été singulièrement imprudent et qu'il avait donné, en étourdi, dans le piège grossier qu'on lui tendait. Il n'amenait ni le duc ni le duquecito, mais on semblait vouloir s'emparer au moins de sa personne.

Que lui voulait-on? Dans quel but le retenait-on prisonnier? C'était une erreur sans doute? C'était au duc qu'on en voulait et non à lui, et le magicien allait venir le délivrer. Tito l'appela à haute voix en lui prodiguant les épithètes les plus flatteuses — rien ne répondit à ses cris! Un silence de mort régnait dans ce noir espace. Tito renouvela ses appels, et recommença ses vaines recherches. Il se démenait dans ce vide, sans trouver un bouton, un point quelconque qui lui parut indiquer l'existence d'une porte. A force de chercher et de tourner dans cette cage, il perdit jusqu'au souvenir du côté par lequel il était entré, et le malheureux favori acquit enfin la certitude qu'il était enfermé, et livré sans défense au tout-puissant maître du pavillon!

Chapitre XIX.

Les nouveaux amis.

„ Voir Naples et mourir! "

» Ce proverbe napolitain, dit fort bien Th. Stromer dans son ouvrage sur Pompeï et ses environs, ne s'applique pas seulement à Naples, mais à toute la campagne qui s'étend entre les fleuves Liris et Sarnus, et que les anciens appelaient déjà » la campagne heureuse. «

» Et cependant cet Elysée a été de tout temps le théatre des plus terribles événements. La paix répandue à la surface est une paix trompeuse; des forces destructives s'agitent sous l'épais gazon, et un instant a suffi parfois pour changer ce riant tableau en scènes d'épouvante et de désespoir. On y voyait autrefois des villes florissantes où d'heureux habitants cultivaient la science, les arts et le commerce, et tout cela a pris fin en un jour — la nuit du tombeau a étendu ses voiles sur ce coin de terre, et tout a été enseveli sous les décombres et la cendre. «

Nous conduirons nos lecteurs dans un de ces lieux où des fouilles actives et savantes ramènent à la lumière du jour les villes et les trésors artistiques enfouïs depuis des siècles sous une épaisse couche de cendre, de lave et de débris. Nous ayons nommé Pompeï. L'an 63 après Jesus-Christ, cette ville florissante fut ruinée par un violent tremblement de terre. Seize ans plus tard, une éruption du Vésuve l'ensevelissait sous vingt pieds de cendre et de morceaux de pierre ponce. Toute la contrée environnante, y compris Herculanum et d'autres petites localités, fut également anéantie et disparut subitement.

Pompeï était située à cinq lieues de Naples, au pied sud-est du Vésuve. A l'époque où se passe notre récit, les fouilles n'avaient pas encore été entreprises. Ce ne fut guère qu'un siècle plus tard que l'on commença à débarrasser les villes enfouïes de la couche de cendre qui les recouvrait.

Herculanum et Pompeï avaient dormi sept siècles environ dans leurs tombeaux, et de charmantes villas, de riants jardins s'étaient élevés au-dessus d'elles. Des vignes, des vergers, des champs émaillaient l'épais tapis qui recouvrait les deux villes, et tout, dans ce lieu charmant, était redevenu paix, repos et abondance.

Avant de voir ce qui s'y passait au lendemain de la victoire de Masaniello, nous emprunterons à l'intéressant ouvrage de Stromer, quelques détails sur l'épouvantable catastrophe qui anéantit les deux villes, et étendit ses ravages sur toute la contrée.

» Herculanum s'était promptement relevée des suites du tremblement de terre de l'an 63, dit Stromer. Pompeï avait suivi son exemple, et les deux villes semblaient se préparer à prendre un nouvel essor lorsque des symptômes inquiétants vinrent effrayer de nouveau leurs habitants. C'était en l'an 79. La sécheresse était grande, et vers le milieu de l'année, on vit les sources et les ruisseaux tarir peu à peu. Le sol s'élevait et s'abaissait, la mer se ridait sans cause apparente — autant de signes dont les Pompeïens ne devaient pas tarder à comprendre la redoutable signification. On entendait un grondement sourd et profond, comme si les Titans endormis sous la montagne se fussent préparés pour de nouveaux combats. Quelques campagnards, habitant le pied du Vésuve, assuraient avoir vu des géants s'élever vers les nuages au milieu d'épaisses vapeurs.

» Tout à coup, le 23 août, à une heure après-midi, on vit monter vers le ciel une colonne de fumée. C'était le commencement de la catastrophe!

» Pline le jeune, auquel nous devons la relation de ce

drame sans pareil, se trouvait alors à Misenum avec son oncle, Pline l'aîné. Ce dernier lisait, étendu sur son lit, lorsque sa sœur entra brusquement dans sa chambre, et lui annonça qu'on voyait avancer un nuage épais, aussi extraordinaire de forme que de couleur.

» Pline se leva, et sortit pour voir de quoi il s'agissait. Le nuage venait de la montagne. Poussé par une force puissante, il montait un instant pour s'abaisser ensuite et s'étendre comme un voile noir sur toute la contrée.

» Pline se décida à monter un navire pour examiner de près cette étrange apparition. Il proposa à son neveu de l'accompagner, mais celui-ci ne voulut pas interrompre les études auxquelles il s'adonnait avec passion. Il resta à Misenum sans se préoccuper autrement du phénomène.

» Sa quiétude ne devait pas tarder à être troublée. Vers le milieu de la nuit, il fut réveillé par un ébranlement du sol. Il se leva épouvanté, et au même instant sa mère se précipita dans la chambre. Les secousses se répétaient ; elles devenaient de plus en plus fortes, et l'on pouvait craindre que la maison ne s'écroulât. Pline entraîna sa mère au dehors. Les habitants sortaient en foule de leurs demeures, et tous allaient s'établir dans un étroit chemin conduisant à la mer.

» Le jour vint. Il se passa tout entier dans de continuelles angoisses. Les oscillations du sol continuaient. La population s'éloignait de plus en plus du voisinage des maisons et se rendait dans la campagne. Cette foule fit halte au dehors de la ville. La mer semblait se dévorer elle-même. Elle s'était retirée, laissant à sec un espace considérable sur lequel on apercevait d'innombrables poissons. On voyait planer au-dessus de la terre ferme un nuage noir et effrayant que d'immenses rayons de feu déchiraient de temps en temps. Ce nuage se rapprocha peu à peu de la terre. Il enveloppa la colline de Misenum, et bientôt une fine pluie de cendres contraignit les fuyards à accélérer leur course.

» Pline qui se retournait de temps en temps crut remarquer

une vapeur épaisse qui grossissait comme un fleuve et s'avançait rapidement derrière les fuyards. L'obscurité croissait de minute en minute ; elle fut bientôt si complète que la foule dût faire halte et rester dans l'endroit où elle se trouvait. Ces ténèbres n'avaient rien de normal ; c'était l'obscurité absolue. On se serait cru dans une chambre complétement fermée. Les prières, les pleurs et les sanglots des femmes, les gémissements des enfants, les imprécations des hommes augmentaient encore l'horreur de cette scène de nuit.

» Tout à coup, une vive lueur vint dissiper les ténèbres. La pluie de cendres avait cessé, et le Vésuve faisait monter vers le ciel des gerbes de feu et de flammes.

» Le jour revint enfin, un jour pâle et blafard. La pluie de cendres recommença, si forte, si drue que tout en était couvert. Les malheureux habitants, campés en plein air, étaient obligés de se lever à chaque instant pour secouer leurs vêtements afin de n'être pas ensevelis sous cette chute de cendres ou écrasés par son poids. Il est à remarquer que la cendre volcanique est particulièrement lourde, vu la quantité de tuf qu'elle contient. Dio Cassius et d'autres historiens affirment que la cendre plus légère fut portée jusqu'à Rome. Ils ajoutent que le ciel s'était tellement obscurci que chacun crut à la fin du monde.

» Les noires vapeurs s'élevèrent enfin et se dissipèrent comme un nuage. La chute de cendres cessa ; le soleil reparut, mais un soleil jaunâtre versant une lumière étrange sur la campagne. Tout semblait changé. Les champs et les maisons étaient recouverts d'une masse assez semblable à la neige, sauf la couleur. Les habitants retournèrent à Misenum où le jour et la nuit se passèrent dans des alternatives de crainte et d'espérance. Les secousses de tremblement de terre duraient encore, mais elles s'affaiblissaient et l'on pouvait espérer que le danger le plus grand était passé.

» Ici se termine le récit de Pline le jeune. Suivons maintenant son oncle. Pline l'aîné voulait observer de plus près le phénomène. Il avait ordonné qu'on préparât immédiatement une légère embarcation, mais cet ordre ne fut exécuté qu'assez tard. L'équipage de la flotte, alors en garnison à Retina, lui avait envoyé un messager pour demander aide et secours. Placés derrière le Vésuve, entre Herculanum et Pompeï, les malheureux habitants de Retina ne pouvaient espérer du secours que par la mer.

» Le préfet maritime fit préparer immédiatement des galères à quatre bancs, pouvant porter de nombreux passagers. Tout cela prit du temps, et ce ne fut qu'assez tard dans l'après-midi que cette flotte put se mettre en mouvement. On se dirigea sur Retina, mais plus on approchait, plus la pluie de cendres devenait forte. Elle tombait en masses épaisses et chaudes sur les galères. Bientôt il s'y mêla de la pierre ponce et d'autres corps durs. Il fallut faire halte. Impossible d'approcher davantage du bord. La mer n'avait plus la profondeur nécessaire. Elle s'était retirée ou avait été presque comblée en divers endroits par les cendres, les pierres et les matières diverses projetées au loin par le terrible volcan.

» On peut se représenter l'épouvante et le désespoir des malheureux habitants de Retina obligés de renoncer à l'espoir d'être sauvés par ces galères arrêtées en vue du rivage. La mort les environnait de toutes parts. Quelques-uns essayèrent de fuir et périrent en chemin; les autres préférèrent attendre sur place leur horrible destinée.

» Dans l'impossibilité d'aborder à Retina, Pline fit prendre à ses galères la direction de Stabiæ, située au pied du mont Lætarius. Le golfe de Naples formait autrefois une baie profonde entre Stabiæ et Pompeï. Cette baie fut comblée dès lors par les déjections du Vésuve, et ces lieux, recouverts autrefois par les eaux, forment maintenant une plaine fertile. Pline voulait porter secours à son lieutenant Pongonius, alors à l'ancre à Stabiæ avec une partie de la flotte.

» Pongonius avait déjà fait charger ses vaisseaux. Il n'attendait qu'un vent favorable pour mettre à la voile et fuir ce port si menacé. Pline le trouva tout tremblant. Il l'embrassa, et lui assura qu'il n'y avait rien à craindre et qu'on pouvait rester sans danger à Stabiæ. La nuit vint. Les flammes devenaient plus hautes et plus fortes sur le Vésuve. Elles éclatèrent en même temps en maints endroits de la montagne, mais Pline ne se montrait pas inquiet. Il affirma que ces flammes venaient des campagnes et des villas abandonnées dans lesquelles on aurait oublié d'éteindre le feu. Il s'efforça de relever le courage de ceux qui l'entouraient, puis il se coucha et s'endormit du plus profond sommeil.

» Vers le matin il fallut l'éveiller. Les cours se remplissaient de cendre et de pierre ponce, et l'on commençait à craindre que les portes ne fussent bientôt bouchées dans toute leur hauteur. On tint conseil et l'on agita la question de savoir s'il fallait s'enfermer dans les maisons ou les abandonner et se rendre en plein air. Les secousses de tremblement de terre, commençant à se faire sentir, résolurent promptement cette question, et la population de Stabiæ dut fuir dans la plaine comme celle de Misenum.

» On était au matin, mais l'obscurité était encore telle qu'il fallut se servir des moyens d'éclairage les plus variés pour gagner le bord de la mer. Pline étendit une voile sur le sol recouvert de cendre et s'y assit. Tout à coup, des jets de flammes et de vapeurs soufrées tourbillonnèrent au-dessus des malheureux groupés sur le rivage et les en chassèrent. Ce fut une fuite désespérée. Pline se leva, fit quelques pas en avant et tomba mort sur le sol. Il avait été asphyxié. Quelques-uns de ses compagnons réussirent à se sauver, et lorsqu'ils revinrent en cet endroit trois jours plus tard, ils le retrouvèrent intact. Il semblait dormir et pas un de ses traits n'était décomposé. On oublia malheureusement de prendre les tablettes qu'il portait sur lui et qui contenaient ses notes et ses observations sur le phénomène. Son neveu réunit les récits de ses compagnons et en forma la relation que nous avons citée.

» Après ces témoins occulaires et ces contemporains, continue Stromer, il nous reste le témoignage muet des victimes. Ce ne sont que des conclusions qu'on peut tirer sur ce qui s'est passé à Herculanum et à Pompeï. Squelettes et cadavres ont aussi leur langue propre, mais une langue qui n'est pas toujours facile à comprendre.

» Dio Cassius affirme que la population de Pompeï était réunie au théatre lorsque l'éruption commença. D'autres auteurs veulent que ce soit à l'amphithéatre. La distinction est sans importance pour nous. Il reste prouvé d'ailleurs que les Pompeïens purent regagner leurs demeures. Ils avaient pu remarquer les nuages de fumée qui montaient du Vésuve, et tous auraient été sauvés, s'ils avaient fui à temps.

» Quelques-uns, les timides et les craintifs, quittèrent Pompeï aux premiers signes menaçants. Ce fut le petit nombre. Beaucoup s'enfermèrent dans leurs maisons pour attendre l'événement, et ne songèrent à fuir que lorsqu'il fut trop tard.

» Qui dira l'horreur des scènes qui suivirent; l'épouvante et le désespoir des malheureux ensevelis vivants dans d'épaisses ténèbres, et recouverts par la lave et la cendre? Quelques heures suffirent pour faire disparaître Herculanum et Pompeï du monde des vivants, mais le Vésuve n'arrêta pas là son activité dévastatrice. Chaque siècle eut son éruption, ce qui eut rendu des fouilles impossibles. L'histoire ne contient guère de détails sur les sept grandes éruptions qui suivirent celle dont nous venons de parler. Celle de 1631 est seule décrite tout au long, et nous l'avons brièvement racontée à propos de la jeunesse de Cinzio.

» Pompeï était tombée dans l'oubli le plus complet. C'est à un hasard que l'on doit la découverte de cette ville enfouie. En 1595 déjà, les ouvriers occupés à la construction d'un canal qui devait amener l'eau du Sarnus à Torre-del-Annunciata, tombèrent sur des murs souterrains ; mais on n'y accorda aucune attention. Cent cinquante ans plus tard, des paysans retrouvèrent ces murs en travaillant leurs vignes. Poussés par la curiosité, ils creusèrent plus avant et découvrirent beaucoup d'objets précieux : des boucles d'oreilles, des monnaies en or, des anneaux, des vases, des lampes et de nombreux ustensiles en fer, en verre ou en cuivre. L'attention fut excitée par ces découvertes et les fouilles commencèrent sérieusement en 1748.

» Les victimes de la catastrophe ne furent retrouvées naturellement qu'à l'état de squelettes, mais la cendre fine se transforme peu à peu sous l'action de l'eau en un limon gypseux qui se durcit et prend la forme des corps qu'il enveloppe. On peut supposer que de violentes averses de pluie accompagnèrent le phénomène et mouillèrent la cendre. Quoi qu'il en soit, de nombreux squelettes étaient recouverts de ces enveloppes de cendre qui semblaient moulées sur les os. Quelques-unes donnaient non seulement les contours, mais les traits des victimes prises dans ce limon. Fiorelli, le directeur actuel des fouilles de Pompeï, fit remplir quelques-unes de ces formes de plâtre frais qu'il enleva lorsqu'il fut refroidi. Il obtint ainsi des squelettes où le gyps remplaçait la chair.

» Le 5 février 1803, on découvrit un groupe admirablement conservé, et dont il eut été impossible de faire un moulage plus parfait. Ce groupe comptait un homme, une femme et deux jeunes filles. Tout fait supposer que ces personnes s'étaient enfermées dans leur demeure pour laisser passer la grêle de pierres, et qu'elles n'en sortirent que plus tard, lorsque la pluie de cendres eut commencé. Elles n'avançaient qu'avec peine sur le terrain mouvant lorsqu'elles tombèrent asphyxiées par les vapeurs sulfureuses. La mort fut instantanée. La cendre chaude recouvrit immédiatement ces corps, et en conserva les contours purs et entiers.

« La première de ces quatre personnes est une femme couchée sur le dos, la tête un peu relevée en avant. La main droite, convulsivement fermée, s'appuie sur la terre, le bras gauche semble se lever contre un ennemi invisible. Tout indique une asphyxie. La malheureuse s'était débarrassée de ses vêtements de dessus afin de n'en être pas gênée dans sa fuite. Ils forment un paquet suspendu à la ceinture. Les formes sont pures et élégantes. Les pieds, mignons, sont chaussés de fortes sandales, et les jambes sont couvertes d'une étoffe transparente et fine. La main a laissé échapper en tombant des boucles d'oreilles, un miroir d'argent et une petite statuette en ambre représentant un amour. Tous ces objets gisent à terre à côté de la malheureuse, et prouvent par l'étrangeté de leur choix que les fuyards avaient perdu la faculté de réfléchir.

« Les trois autres corps sont tombés dans des positions diverses. L'un d'eux, un corps d'homme, mesure au moins six pieds. Ce géant, probablement le père des deux jeunes filles qui le suivaient, portait d'une main une torche. L'autre main tient encore des boucles d'oreilles, quelques pièces de monnaie et la clef de la maison. Les yeux sont grands ouverts; les lèvres contractées indiquent les suprêmes efforts de l'agonie. Appuyé sur le dos, le géant cherche à se soulever sur ses coudes; il a ramené sur sa figure un coin de son manteau pour se protéger contre la pluie de cendres. Ce manteau couvre le buste et le bras droit, tandis qu'un paquet d'étoffes attaché à la ceinture semble indiquer que le géant s'était aussi débarrassé de ses vêtements pour être plus libre dans sa fuite. Les jambes, fortes et musculeuses, portent encore une espèce de culotte de peau, et les pieds sont chaussés de souliers pourvus de clous.

« Les deux sœurs, étendues à quelques pas, offrent un tableau touchant. Toutes deux ont aspiré le même poison et ont trouvé la mort en même temps. Elles se tiennent par la main. L'aînée est couchée sur le côté et semble dormir. La cadette, à peine âgée de quatorze ans, est étendue auprès de sa sœur. Sa main crispée semble indiquer de violentes douleurs; les pieds, enveloppés dans les plis de la tunique, sont levés en l'air. Les formes sont jeunes et pures, les traits charmants; c'est une beauté naissante. L'artiste le plus célèbre n'eut pu modeler un groupe plus parfait et plus expressif.

» C'est dans les caves qu'on a retrouvé la plupart des squelettes. Celle de la maison bien connue de Diomède en contenait 18. Les auteurs ne s'accordent pas sur le nombre total des squelettes découverts jusqu'ici à Portici. Le chiffre de 600 est généralement admis comme le plus approximatif. Les deux cinquièmes de la ville ayant été déblayés jusqu'ici, on peut supposer que les trois autres cinquièmes donneraient encore un chiffre de 900, ce qui porterait à 1500 le nombre total des victimes. Il resterait à savoir ce qu'est devenu le reste des habitants, reste considérable, si l'on admet les chiffres donnés par divers auteurs, chiffres qui portent à 12,000 le nombre des habitants de Pompeï au moment de la catastrophe. «

Revenons à notre récit. Au temps dont nous parlons, Pompeï était encore enseveli, oublié et intact, sous un sol recouvert de vignes et de forêts d'oliviers. Une route royale traversait toute la contrée.

A quelque distance de cette route, on apercevait une vieille ferme dont les bâtiments dégradés indiquaient la ruine et l'abandon. Cette ferme, abandonnée sans doute par ses posesseurs lors de la dernière éruption du Vésuve, n'était cependant pas inhabitée. Cesare, le chef des brigands et des contrebandiers, s'y était établi avec sa maîtresse, et en avait fait son royaume et sa demeure de prédilection.

Tandis que Pepi et Alessandro faisaient sentinelle à l'entrée, et que les autres hommes de la bande étaient cachés sous les buissons à quelque distance de la ferme, le capitaine et sa compagne se livraient au repos dans la vieille maison.

Cesare méditait sans doute quelque coup de main dans le voisinage ou sur cette route fréquentée par de nombreux voyageurs. Après avoir pris part au combat, et s'être convaincu, à Naples, que l'insurrection allait briser complétement le pouvoir du vice-roi, il était revenu précipitamment dans la vieille métairie, et y avait rassemblé de nouveau sa bande, dispersée par l'attaque des soldats à l'auberge des Vautours.

L'antique ferme devait avoir fréquemment servi de résidence au capitaine de brigands. Rien, à l'extérieur ne trahissait sa destination actuelle. Portes et fenêtres étaient fermés de planches, et rien ne remuait pendant le jour autour de la maison ou dans les dépendances, mais l'intérieur semblait organisé pour servir à la fois de retraite et d'entrepôt. Les caves regorgeaient de provisions, de marchandises et d'objets de toute nature ; elles étaient fortifiées contre toute agression du dehors, et offraient un asile assuré en cas d'attaque.

Tout danger semblait écarté par l'émeute, mais Cesare n'avait pas négligé les mesures de précaution qu'il prenait en temps ordinaire. Tout était tranquille et muet dans la métairie, et rien n'y faisait soupçonner l'existence d'une bande de scélérats.

Pepi et Alessandro, couchés à l'ombre des arbres et des buissons, étaient si bien cachés qu'ils pouvaient voir tout ce qui se passait autour d'eux sans crainte d'être aperçus. Ils s'étaient étendus dans la mousse et semblaient dormir, mais leurs yeux aiguisés surveillaient incessamment la route et les alentours. L'escopette, le chapeau pointu et le manteau traditionnels jetés à côté d'eux, les armes passées à leur ceinture, le teint bronzé, la chevelure hérissée, les fortes sandales, les épaisses jambières de cuir serrées autour du mollet, tout trahissait le genre de vie des deux bandits ; tout indiquait des hommes en guerre ouverte avec la société, des hommes faisant de la forêt et du mâquis leur résidence habituelle.

Le soir approchait. Les deux brigands étaient à l'affût depuis de longues heures lorsque Pepi se redressa subitement.

Ses yeux de lynx lui avaient montré quelque chose dans le lointain. Le bandit se leva, examina attentivement la route, et courut vers la ferme solitaire à demi cachée par un bosquet d'oliviers.

La barricade en planches qui fermait l'entrée de la maison céda sous la main de Pepi. Le bandit entra et chargea l'un de ses compagnons, placé en sentinelle dans le corridor, d'aller chercher le capitaine.

Cesare, réveillé par le bruit, parut au même instant dans le vestibule et demanda ce qu'il y avait.

— On voit approcher une troupe assez considérable, dit Pepi. Elle vient de Naples et doit bien compter une centaine d'hommes !

— Andrea est-il de retour ?

— Non, capitaine !

— Alors, c'est probablement lui qui revient avec le Maure et sa bande.

— C'est possible.

Cesare passa dans la pièce voisine, prit son escopette et suivit le brigand. Pepi le conduisit dans l'endroit où il avait fait sentinelle et d'où l'on dominait la route de Naples.

— C'est Hassan, notre nouvel allié, avec sa bande, dit Cesare. Je le reconnais parfaitement.

La horde approchait. Elle s'avançait en désordre, criant, gesticulant ou hurlant quelque ignoble refrain que les plus joyeux de la bande accompagnaient en dansant. D'autres, à moitié ivres, titubaient le long de la route, se heurtaient, roulaient à terre, et se relevaient péniblement pour suivre, tant bien que mal, le hideux cortège qui se déroulait devant eux.

Hassan chevauchait en tête, fièrement monté sur un mulet Andrea, le brigand, marchait auprès de lui.

Le Maure n'était pas moins joyeux que ses compagnons, mais pour de pareilles natures, la gaieté n'est que cynisme, brutale grossièreté, orgie. Le noir païen semblait grisé par sa dignité de commandant, de chef de troupe. Il avait entouré sa tête crépue d'une couronne de laurier, et se retournait fréquemment pour considérer du haut de sa monture la bande qui suivait à pied et marchait dans la poussière.

Le soleil s'abaissait à l'horizon. Le hideux cortège, faisant halte à chaque auberge, avait mis la journée à faire ces quelques milles. Il arrivait enfin, et dans un état qui devait réjouir tout particulièrement son chef.

Cesare avait fait cause commune avec Hassan au commencement du combat. Le rusé capitaine avait immédiatement compris l'avantage qu'il devait tirer de cette nouvelle connaissance. Il avait son but, et pour parvenir à ce but il voulait faire du Maure son compagnon et son allié.

Il avait envoyé Andrea à Naples. Andrea, le plus ancien et le plus expérimenté des hommes de la bande, devait inviter le Maure à aller rejoindre Cesare dans la retraite écartée qu'il s'était choisie au pied du Vésuve et sur l'emplacement de Pompeï. Nous venons de voir que le Maure avait obéi à cette invitation.

Le capitaine contemplait d'un air moqueur l'ignoble cortège qui approchait de plus en plus. Il fit entendre un petit rire significatif, puis il quitta son poste et fit quelques pas à la rencontre des nouveaux arrivants.

En apercevant son nouvel ami Hassan agita son bonnet et sauta à bas de sa monture. Il courut à Cesare, et l'embrassa à la vue de ses gens qui saluèrent cette accolade par des cris et des bravos prolongés.

Le capitaine répondit avec empressement à ce chaleureux accueil. Il prit le bras du Maure pour le conduire à la ferme, et tous deux allaient se remettre en marche lorsque Cesare aperçut deux hommes qui conduisaient un prisonnier dont les vêtements élégants étaient couverts de boue et dont la figure ruisselait de sueur et de sang.

— Tiens, tiens, frère, s'écria-t-il en désignant le prisonnier, qu'est-ce que tu nous amènes là?

— Héhé! ricana le Maure dont les traits étincelèrent d'une joie infernale, héhé, il est donc bien changé ce bel oiseau que tu ne le reconnais pas. Regarde-le bien! Regarde ce grand seigneur, ce muscadin que j'ai attrapé la nuit dernière! Une jolie prise, hé! C'est un de ces chiens qui m'ont insulté, raillé, foulé aux pieds! C'est le noble marquis Riperda, don Miguel, l'intime ami de don Tito!

Cesare considérait avec étonnement l'orgueilleux Espagnol qui s'efforçait de garder un air froid et impassible. Deux lazarones l'avaient bâillonné, lui avaient lié les mains derrière le dos et le tenaient chacun par un des bouts de la corde qui servait à l'attacher. La journée avait été dure pour le prisonnier. Un hasard malheureux l'avait fait tomber pendant la nuit entre les mains de Hassan; le Maure n'avait pas voulu lâcher sa proie; il l'avait emmenée avec lui, et tout le long du chemin, la horde sauvage avait assouvi sa haine et sa soif de vengeance sur l'infortuné livré sans défense à ces bandits. Pas une humiliation, pas une injure n'avait été épargnée au prisonnier.

— Un oiseau rare, sur mon âme! fit Cesare en riant. C'est un beau coup, frère, mais que vas-tu faire de ce personnage? Pourquoi ne t'en débarrasses-tu pas au plus vite? Il faut le tuer!

— Le tuer! Déjà? Tu n'y penses pas! s'écria le Maure. Je veux faire durer le plaisir, moi, et je compte me procurer encore bien des jouissances avec ce bon Miguel. A-t-il l'air assez furieux, hem? Donne lui une petite correction, Giorgio, continua Hassan en s'adressant à l'un des conducteurs du prisonnier. Ça lui apprendra à nous regarder ainsi! Je n'entends pas qu'il se permette une pareille mine!

Le lazarone obéit avec empressement à l'ordre de son chef — un coup furieux frappa en plein visage le courtisan désarmé. Cette horde sauvage devait faire expier cruellement à l'orgueilleux Riperda les crimes commis par lui sur les Napolitains.

Un joyeux hourrah accompagna ce retentissant soufflet, et la hideuse troupe se remit en marche au bruit des rires et des acclamations.

— Crois-tu que je vais me priver ainsi de mon plaisir, continua Hassan en suivant son nouvel allié vers la ferme. C'est déjà assez vexant que je n'aie pas attrapé le rouge Tito et que je doive me contenter pour le moment de ce gamin-là. Enfin, quand on ne peut avoir le maître on prend le valet, mais le tour de Tito viendra aussi, je l'espère. Il me le faut, cet enfant trouvé! Je n'ai pas de plus ardent désir que de le tenir, de le caresser de mes mains. Je ne pense qu'à lui, et je n'aurai pas un instant de repos avant de l'avoir accroché!

— On t'y aidera, frère, on t'y aidera, fit Cesare en riant. Nous sommes les maîtres maintenant, et il ne sera pas dit qu'un désir aussi pressant et aussi juste n'ait pas été réalisé.

— Oui, il me faut ce favori, cette âme damnée du duc! Masaniello est vainqueur, et j'entends qu'il me le livre. Je ne lui demande pas autre chose.

— Masaniello est vainqueur?

— Sans doute; les mercenaires du duc ont été battus la nuit dernière.

— Bravo! Vive Masaniello et ses braves combattants!

— Tu m'as fait appeler, frère, reprit Hassan. Me voici. Qu'y a-t-il à faire?

— Ordonne à tes gens d'installer leur campement là-bas sous ces arbres, et de se livrer au repos. Surtout qu'ils se tiennent tranquilles. Leur tapage pourrait gâter notre affaire.

— Tiens, tiens, tu as quelque bon coup en vue, fit le Maure dont les yeux s'allumèrent de convoitise. Tu m'y laisseras participer, je suppose.

— Certainement. Nous partagerons et le profit et la peine comme il convient entre alliés et amis.

Le Maure transmit à ses gens les ordres de Cesare, puis il revint vers son digne compagnon, le prit par le bras et tous deux s'éloignèrent. Hassan avait encore sa couronne de lauriers sur la tête. Sa figure de satyre rappelait les scènes d'orgie, de pillage et de meurtre des nuits précédentes, et en promettait de nouvelles. Les plus sauvages passions avaient marqué leur empreinte sur toute sa personne. Le Maure était ivre. Il buvait sans désemparer depuis le commencement de l'émeute, mais ces excès n'influaient ni sur sa marche ni sur son langage. Ils ne se traduisaient que par une explosion de brutalité sauvage et de féroces appétits. L'esclave soumis et obséquieux était devenu subitement un maître, un dominateur, un chef — la hyène, longtemps courbée devant le dompteur, redevenait une bête fauve, altérée de sang et de carnage, et prête à se jeter sur les maîtres qui, si longtemps, l'avaient tenue enchaînée. Les rôles étaient subitement changés, et malheur à quiconque tomberait entre les mains de ce noir démon.

— Tu vas m'expliquer maintenant de quoi il s'agit, dit Hassan en cheminant avec son nouvel allié.

— Il s'agit d'un bon coup, répondit Cesare, d'une jolie affaire qui nous rapportera bien mille ducats à chacun.

— Fameux! Il ne faudrait pas cependant que cela nous retint trop longtemps loin de Naples.

— Sois tranquille. C'est pour cette nuit. Aussitôt l'affaire faite, nous retournons à Naples et nous y arriverons encore à temps pour y remplir nos poches, Ici, je partage avec toi — à Naples tu partages avec moi.

— Dis plutôt qu'ici je t'aide et qu'à Naples c'est toi qui m'aides, répliqua Hassan. Nous faisons cause commune!

— Sans doute, sans doute! fit Cesare. Tu vois d'ici la route à demi obscure. J'y attends un convoi de marchands. Il s'agit de retenir ces braves gens et de les débarrasser de leurs ballots.

— Sont-ils Espagnols?

— Il y a de tout, des Espagnols, des Napolitains, des étrangers! Des marchands, quoi!

— Apportent-ils au moins un joli butin?

— Je l'espère! Nous n'allons pas l'abandonner aux pêcheurs.

— Certes non!

— Tu en as donc, frère?

— Si j'en suis! Combien te faut-il d'hommes?

— Le convoi doit compter deux cents personnes. J'ai plus
de cent hommes là-haut, dans le bois d'oliviers, cinquante de
tes gens nous suffiraient.

— Cinquante! répéta le Maure dont la figure s'était al-
longée.

— Ta bande est nombreuse, frère. Tu as au moins cent
hommes sous tes ordres.

— On ne peut pas compter sur eux! Ils ont bu! Ils
crieront au lieu de se battre!

— Qu'ils crient! C'est tout ce que je demande. Les marchands et leurs porteurs sont bien armés, dit-on, mais nous
en viendrons à bout. Plus tes gens feront de bruit, plus nos
adversaires croiront avoir à faire à une troupe nombreuse.
Mes hommes feront le coup de feu tandis que les tiens se
jetteront sur le convoi. L'affaire finie, nous partagerons le
butin.

— Et tes gens?

— Mes gens en auront leur part. Il y en a pour tous,
sois tranquille. Ce sera une bonne prise.

— Eh bien, va pour cinquante hommes, fit le Maure, alléché par les grasses perspectives que son rusé compagnon
faisait miroiter à ses yeux; je vais aller les choisir!

Hassan quitta le bras de son nouvel allié, et retourna auprès de sa bande qui s'était campée à quelque distance, et
dont presque tous les hommes dormaient déjà. C'était un ra-
massis de gens sans aveu: vagabonds, rôdeurs, voleurs de
grands chemins; une réunion de ces figures sinistres qui

n'apparaissent qu'aux jours d'effervescence populaire, et qui rentrent dans l'obscurité dès que l'ordre est rétabli. Pas un des individus qui composaient cette bande n'eut trouvé grâce devant Masaniello, mais le Maure n'était pas difficile sur le choix de ses hommes; il préférait la quantité à la qualité.

Tout était tranquille. Les cris, les chansons obscènes, les menaces et les imprécations avaient cessé de se faire entendre. Le sommeil avait calmé cette hideuse compagnie. Les deux gardiens de Riperda avaient solidement lié leur prisonnier à un arbre, et, sûrs qu'il ne leur échapperait pas, ils s'étaient couchés tout auprès de lui et n'avaient pas tardé à s'endormir.

Hassan fit le tour du campement. Il choisit parmi les dormeurs cinquante hommes qu'il réveilla, non sans peine, et auxquels il ordonna de le suivre sans bruit.

La troupe réunie, il l'amena à Cesare qui la reçut avec quelques paroles flatteuses et la conduisit vers l'endroit où les brigands étaient en embuscade. Un fossé peu profond longeait la route. Cesare y fit cacher les hommes d'Hassan et leur ordonna d'y attendre silencieusement l'arrivée d'un long convoi d'Espagnols qui ne devait pas tarder à se présenter et qu'il s'agissait d'anéantir.

Des Espagnols! Ce mot suffit pour réveiller ces hommes tirés de leur premier sommeil et pour ranimer leur ardeur. Tous promirent avec enthousiasme de se jeter sur le convoi dès qu'ils le verraient apparaître.

Rassurés de ce côté, le capitaine et son digne allié se rendirent vers les brigands à l'affût dans le petit bois d'oliviers. Ils y arrivaient à peine que quelques bandits, envoyés en reconnaissance, revinrent annoncer que le convoi approchait, et que dans moins d'une heure il passerait devant la ferme.

La nuit était venue; une nuit tiède, étoilée, et éclairée par la lune.

Cesare et Hassan s'étaient retirés à l'écart. Les deux alliés

causaient déjà sur ce qu'ils auraient à faire après ce coup
de main, et sur la façon dont ils s'y prendraient pour ex-
ploiter la ville à leur profit. Ce que l'un ignorait, l'autre le
savait, et les dignes amis eurent bientôt préparé leur plan
de campagne pour les jours suivants; plan qui ne tendait à
rien moins qu'à dévaliser les plus riches palais de Naples.

Tandis que le capitaine et son allié discutaient leurs chances
de réussite et supputaient leur gain, un violent tapage éclata
tout à coup sur la route. Les deux amis sortirent vivement
des bosquets sous lesquels ils s'étaient tenus cachés, et virent
que les gens du Maure s'étaient jetés sur le convoi.

Les marchands étaient bien armés. Ils se remirent promptement de leur surprise et répondirent à cette attaque subite
par une décharge générale. Leurs balles firent tomber une
bonne partie des hommes d'Hassan, mais avant qu'ils eussent
rechargé leurs armes, les brigands étaient sortis de leur retraite et se jetaient dans la mêlée. Le combat fut court et
violent. Un quart d'heure s'était à peine écoulé que marchands
et domestiques étaient jetés à bas de leurs chevaux ou de
leurs voitures. Quelques-uns des brigands se hâtèrent de s'emparer des marchandises, tandis que leurs compagnons tombaient sur les voyageurs, les baillonnaient, et les sommaient
de leur livrer le contenu de leurs poches.

Les marchands avaient en général l'escarcelle bien garnie;
ils comprirent que toute résistance était inutile, et presque tous donnèrent volontairement ce qu'ils possédaient pour
avoir la vie sauve. Un ou deux réussirent à s'enfuir. Le
reste fut bientôt dévalisé. Cette besogne achevée, les brigands
saluèrent poliment les malheureux marchands, leur sou-
haitèrent bon voyage, et les laissèrent reprendre tristement la
direction de Naples.

Dès qu'ils se furent éloignés, Cesare et Hassan accoururent
sur le théâtre de la lutte et se mirent en devoir de reconnaître le butin conquis par leurs hommes. Les ballots furent
mis en lieu de sûreté. Presque tous contenaient de riches

étoffes de soie, de précieux tapis, des vêtements, des dentelles, et maints autres objets de prix qui allèrent enrichir le magasin des brigands. L'argent fut partagé la nuit même.

Quand toutes ces richesses eurent été comptées et soignées, les bandits ensevelirent leurs morts. Tous appartenaient à la bande du Maure. Le rusé Cesare n'avait pas perdu un seul de ses hommes. Quelques-uns étaient légèrement blessés. Ils furent pansés tant bien que mal, puis le campement fut levé, et vers le matin, la troupe toute entière, conduite par ses deux chefs, reprit le chemin de Naples où les nouveaux alliés et leurs gens entrevoyaient de riches perspectives.

Le marquis Riperda avait passé la nuit attaché à son arbre. Le Maure n'eut garde de l'oublier. Le malheureux prisonnier fut remis entre ses deux gardiens, et traîné de nouveau à la remorque derrière son vainqueur.

Quant aux voyageurs dépouillés qui s'étaient hâtés vers Naples pour y faire rapport sur l'attaque hardie dont ils avaient été victimes, ils trouvèrent la ville soulevée. Ce n'était pas le moment de demander justice ; les infortunés marchands durent renoncer à tout recours contre les audacieux bandits, et se résigner à la perte de leur bien.

Chapitre XX.

Le médiateur.

Tito était prisonnier. Il était tombé dans un piège. Cette cruelle certitude s'imposait de plus en plus à son esprit. L'obscurité complète dans laquelle il se trouvait lui ôtait toute possibilité de trouver une issue. Comment découvrir une porte au milieu de ces ténèbres? Comment sortir de ce lieu si bien fermé, si bien clos de toutes parts qu'il était impossible de retrouver l'endroit par lequel on y entrait?

Le favori tournait et retournait dans cet espace vide. On eut dit un écureuil dans sa cage. L'inquiétude et l'irritation l'avaient mis hors de lui et le privaient de toute réflexion. Il tâtonnait dans sa prison sans se donner le temps nécessaire à un examen sérieux et suivi, et ces inutiles efforts ne servaient qu'à augmenter son impatience et sa colère.

Il s'arrêta enfin, épuisé, ahuri. Tout ce mouvement lui donnait le vertige, et sa prison, nue comme la main, ne contenait pas un escabeau, pas même un morceau de bois sur lequel s'asseoir! Tito resta debout au milieu de la pièce, prit sa tête dans ses mains, et s'efforça de se mettre au clair sur sa position.

Le magicien l'avait attiré dans un piège. Pourquoi? Quel était le but que poursuivait cet énigmatique étranger? Que lui voulait-il? Avait-il eu l'intention de le retenir ou était-ce par hasard que Tito était tombé dans cet espace obscur et fermé qui semblait n'avoir pas d'issue?

Le prisonnier se raccrocha à cette dernière idée et ne songea plus qu'à se faire entendre. Il voulut frapper, mais les murs étaient si durs et si épais qu'ils ne rendaient aucun son. Il appela — sa voix se perdit dans cette pièce sourde et close. A la vérité, il était à l'abri dans cette retraite. Ni Hassan ni aucun émeutier ne viendraient le chercher là — mais que deviendrait-il si personne ne l'entendait? Allait-il rester oublié dans ce lieu, y souffrir les tortures de la faim et de la soif, et y mourir enfin d'une mort lente et cruelle?

Tito frissonna. Il recommença à frapper, à appeler! Personne ne vint! Pas un bruit ne se fit entendre. Rien que le silence, le vide et l'obscurité!

La situation était désespérée. Tito resta accablé sous cette certitude . . .

Il allait se laisser choir sur le sol lorsqu'il aperçut tout à coup quelque chose qu'il n'avait pas remarqué jusque-là. C'était une petite ligne claire se détachant sur l'obscurité du mur. On eut dit un étroit rayon de lumière passant par une fente.

Tito se rapprocha bien vite de cet endroit du mur et l'examina attentivement. Il découvrit enfin que ces raies lumineuses dessinaient les contours d'une porte qui devait donner dans une pièce éclairée, mais on ne sentait ni gonds ni serrures. Cette porte semblait faite à l'aide de plaques de pierre artistement jointes les unes aux autres.

C'était une porte cependant. Si peu importante qu'elle fut, cette découverte ranima le prisonnier. C'était là qu'il fallait chercher une issue. Il recommença à tâter le mur en suivant minutieusement les raies lumineuses, mais ses recherches se prolongeaient sans amener aucun résultat. Le malheureux prisonnier recommençait à se désespérer lorsque sa main s'arrêta tout à coup sur une saillie à peine sensible qui se trouvait au bas du mur.

Tito s'accroupit sur le sol. Il poussa, pressa de tous côtés cette légère exhubérance, et eut enfin la satisfaction de la sentir céder sous sa main. C'était un ressort qu'il avait trouvé. La cloison extérieure glissa comme un panneau — Tito poussa plus violemment le ressort, et la porte de pierre s'ouvrit silencieusement devant lui.

Le prisonnier était sauvé! Il se trouvait dans une petite pièce, doucement éclairée, et exactement pareille à celle où les hommes masqués avaient porté Lucia la nuit précédente.

Un rapide regard le convainquit que cette pièce était vide.

Un moelleux tapis assourdissait les pas. Tito se glissa sans bruit jusqu'à la porte et essaya de l'ouvrir — elle était fermée.

Tout à coup, il s'arrêta et prêta l'oreille. Un son, un appel étrange était parvenu jusqu'à lui.

— Mon enfant — où est mon enfant?

Ces paroles résonnaient dans la pièce voisine.

Tito tressaillit —

C'était la voix de Lucia — de Lucia qu'il avait égorgée de ses mains la nuit précédente — de Lucia dont le cadavre avait dû être foulé aux pieds par la bande furieuse et avinée qui avait poursuivi le favori!

— Où est mon enfant? Rendez-moi mon enfant!

Cette plainte se répétait, plus distincte, plus pressante. Etait-ce une illusion? Etait-ce l'œuvre du magicien? Le mur allait-il s'entr'ouvrir pour montrer à Tito un de ces redoutables tableaux de la chambre de l'œil? Le meurtrier allait-il se trouver devant sa victime?...

Tito regarda avec épouvante autour de lui. Les appels continuaient. Venaient-ils d'en haut ou d'en bas? Qu'importait! Il fallait fuir; fuir ce pavillon ennemi dans lequel il sentait un pouvoir hostile et mystérieux.

Il fallait fuir! Mais où trouver une issue? L'unique porte de la petite pièce était solidement fermée.

Tito se retourna. Il aperçut alors sur la paroi opposée de lourds rideaux soigneusement abaissés. Il y courut, et les tira violemment — ils cachaient une fenêtre — et une fenêtre peu élevée donnant sur la terrasse!

Une exclamation de joie s'échappa des lèvres de Tito. Il

ouvrit avec précaution l'un des côtés de la fenêtre, se hissa sur l'appui et sauta adroitement sur la terrasse.

Personne ne remarqua sa fuite. On n'apercevait pas un être humain dans le voisinage. La terrasse était déserte, et le bruit des flots, battant incessamment les roches abruptes, troublait seul le silence et le calme de ces lieux.

Tito se baissa pour tourner le pavillon au-dessous des fenêtres; il atteignit sans encombre les larges degrés de pierre et enfin le parc. Toujours même silence, même solitude, et même obscurité. Le fugitif s'enfonça sous les sombres allées du parc et les traversa d'un pas rapide. La porte céda sous sa main, et Tito se retrouva sain et sauf dans le petit chemin conduisant à la porte de la ville.

Il s'arrêta un instant pour reprendre haleine et pour réfléchir à ce qui venait de se passer. La colère l'étouffait. Il eut donné dix ans de sa vie pour tenir le magicien en sa puissance, et pour pouvoir visiter dans toutes ses parties le mystérieux pavillon. Que s'y passait-il? D'où venait la voix de Lucia? Etait-ce pour la lui faire entendre que le sorcier l'avait attiré dans cette prison, où il avait passé un si vilain moment?

Le favori tremblait de colère et de rage. Il lui fallait une explication à tout prix. Peut-être les troupes du duc avaient-elles enfin remporté la victoire. Tito l'espérait et se promettait une vengeance éclatante. Il voulait, avec l'assistance du duc, faire occuper sur l'heure le pavillon et le fouiller de fond en comble. Tous ses autres désirs s'effaçaient momentanément devant celui-là.

En attendant, il fallait rentrer dans la forteresse. Le fugitif s'enveloppa soigneusement dans son manteau, traversa les rues du faubourg et gagna, sans être reconnu, le chemin écarté qui longeait le mur du parc.

La nuit était passée — l'aube blanchissait déjà à l'orient.

Tito arriva heureusement dans la cour intérieure du château, mais un coup-d'œil suffit pour lui apprendre ce qui s'était passé pendant la nuit. Les quelques soldats qui avaient réussi à rentrer dans la forteresse erraient dans les cours, l'air morne et découragé. Leur attitude indiquait clairement une défaite. Tito s'approcha de l'un d'eux, et apprit avec une fureur indescriptible le résultat du combat de la nuit. La déception était cruelle. Tout entier à ses idées de vengeance, le favori avait oublié la gravité de la situation et s'était bercé des plus folles espérances. Il fallait en revenir, et renoncer à punir le magicien.

Selva avait aperçu Tito. Il accourut vers lui, et lui raconta que don Miguel Riperda avait tenté une sortie à l'une des portes latérales et qu'il était tombé entre les mains d'Hassan. Le capitaine de la garde termina ce triste récit en ajoutant que la situation lui paraissait désespérée, et qu'il considérait la citadelle comme perdue si les pêcheurs et les rebelles risquaient encore une attaque.

Tito semblait frappé de stupeur. Selva avait cessé de parler depuis longtemps que son ami écoutait encore et se demandait s'il était le jouet d'un rêve. Il revint enfin à lui-même, et quitta lentement la cour pour se rendre auprès du duc.

Gomez, pâle, à peine reconnaissable, était assis dans l'antichambre. Il vint au-devant du favori, et lui dit que le duc, profitant de ce moment de calme, s'était endormi sur un fauteuil.

Tito se sentait las. Il se rendit dans son appartement, se jeta sur son lit, et s'efforça d'oublier un moment les dangers de la situation et le souvenir de ce qui s'était passé au pavillon. Il s'endormit enfin, mais d'un sommeil agité, et troublé par des rêves confus où Lucia passait et repassait en lui redemandant son enfant.

Ce repos ne fut pas long. Tito ne tarda pas à se réveiller. Il se leva brusquement, et ouvrit les rideaux d'une fenêtre ayant vue sur la ville.

Naples dormait au soleil. La chaleur du jour retenait chacun au logis. Les rues étaient désertes, et les maisons fermées prouvaient que leurs habitants prenaient enfin un repos bien nécessaire après tant d'heures d'angoisse, d'agitation et de bruit.

Un silence profond régnait dans les cours du château. La victoire décisive des pêcheurs avait amené une trève complète dans les hostilités, et l'on eut pu oublier un instant la situation si quelques maisons isolées et quelques parties de la forteresse et des murs d'enceinte n'avaient porté les traces visibles du combat. La patrouille qui passait en ce moment trahissait plus éloquemment encore le véritable état des choses. On relevait les postes placés aux portes de la citadelle, et cinq pêcheurs, vêtus de leur costume national, traversaient justement la place. Ils s'avançaient l'arme au bras, le front haut; si hardis et si fiers que leur vue seule eut suffi pour faire deviner l'issue du combat.

Les regards de Tito suivirent cette patrouille et glissèrent des hommes au terrain sur lequel ils marchaient. L'étrange couleur du sol avait attiré son attention. Rues et places avoisinantes avaient revêtu une horrible teinte noirâtre dont Tito ne comprit pas tout d'abord la cause. La lumière se fit enfin dans son esprit. C'était du sang! du sang humain! du sang séché par le soleil! Il avait coulé à flots dans les endroits où le combat avait été le plus acharné, et personne ne s'était occupé de le faire disparaître!

Tito frissonna. Il semblait comprendre pour la première fois l'importance du combat qui s'était livré, et ces clartés subites lui ouvraient d'effrayantes perspectives sur l'avenir qui attendait les Espagnols renfermés dans la citadelle. Ils devaient tomber tôt ou tard au pouvoir des rebelles. Pouvait-on espérer que Masaniello se montrerait généreux dans la victoire, et saurait respecter des ennemis vaincus?

Masaniello! Ce nom arracha une exclamation de colère et de haine au favori du duc. Ce misérable pêcheur avait battu des troupes éprouvées. Il s'était montré chef habile et audacieux, et maintenant, il siégeait à l'Hôtel-de-Ville, et complétait son œuvre par des mesures dignes d'un administrateur éclairé!

Tout à coup, un sourire diabolique passa sur les traits de Tito. Il semblait avoir une idée et une idée réjouissante. Il quitta sa fenêtre, en rabattit les rideaux, et se rendit immédiatement dans l'appartement du duc.

Lorsque Tito entra, le vice-roi se promenait avec agitation dans sa chambre. Il jeta à peine les yeux sur son favori, et continua sa promenade sans daigner lui adresser la parole.

Tito garda un instant le silence, puis il prit courage et s'approcha résolûment de son père adoptif.

— Veuillez m'entendre, mon auguste maître, dit-il d'une voix contenue. Je viens vous demander si je ne puis rien faire pour vous servir?

— Es-tu allé au pavillon cette nuit?

— Oui, Altesse, mais l'endroit n'est pas sûr. On avait compté nous y retenir prisonniers tous trois; vous, le duquecito et moi!

— Prisonniers! répéta le duc d'un ton qui semblait indiquer qu'il avait attendu secrètement aide et assistance de ce côté-là. Prisonniers? Et de qui?

— Je l'ignore. Je n'en sais pas la raison, mais c'est comme je le dis. Il m'a fallu les plus grandes peines pour échapper à la captivité qu'on me préparait.

— Et le magicien?

— Je ne l'ai ni vu ni entendu.

— Et tu n'as rien découvert sur ce mystérieux pavillon?

— Rien, Altesse! On n'y arriverait que par la force — et pour le moment nous n'en disposons pas!

— Des forces! répéta le duc avec amertume. Où en trouver! Ces misérables mercenaires se sont laissé battre. Il n'en reste qu'un détachement. Encore une attaque et les rebelles occuperont les cours!

— Malédiction! Et l'on ne peut attendre aucun secours

étranger. Les portes sont gardées; c'est à peine si la nouvelle de ce qui s'est passé arriverait au dehors!

— As-tu entendu parler de Riperda? Cet infâme noir s'en est emparé. Il a osé faire lier le marquis et l'a emmené triomphalement à sa suite.

— Je le sais, fit Tito avec émotion. Le Maure n'aura pas de repos avant que nous ne soyons tous en sa puissance. C'est une brute déchaînée que rien ne peut plus contenir.

Le duc marchait tête baissée.

— J'aurais une demande à vous faire, Altesse, reprit Tito après un silence pénible.

— Parle!

— Laissez-moi vous supplier auparavant de ne pas vous irriter de mes paroles, continua le favori. Elles vous déplairont peut-être, mais elles me sont commandées par la situation et par mon dévouement à vos intérêts. Je servirais volontiers de médiateur entre mon maître et le chef des rebelles. Permettez-moi de préparer une entrevue . . .

— Une entrevue? cria le duc irrité. T'imagines-tu par hasard que le duc d'Arcos voudrait négocier avec ce rebelle couvert de sang espagnol; avec ce traître qui ne mérite que le gibet . . .

— Le gibet aura son tour, Altesse, mais pour le moment il s'agit de négocier. Dans l'état où en sont les choses on ne peut rien attendre de la force. Le soir approche — laissez-moi essayer d'amener le pêcheur Masaniello à des négociations.

— Jamais! jamais!

— Pardonnez, mon auguste maître! Il faut parfois sacrifier quelque chose pour arriver à son but. Dans ce moment, le pêcheur a le pouvoir entre les mains, et vous ne pouvez espérer de le lui enlever par la force. Il faut user de ruse, négocier un armistice ou même conclure la paix, si c'est nécessaire, pour ressaisir la puissance qui vous échappe. Plus tard, quand vous serez redevenu le maître, vous pourrez songer à punir sans pitié et Masaniello et tous ceux qui ont pris part au soulèvement. Il suffit d'avoir l'air de céder, de consentir à tout, de pardonner, en apparence, pour enlever d'un seul coup aux rebelles tout le fruit de leur victoire, et pour les ramener, par des négociations, à ce qu'ils étaient avant l'émeute.

— Impossible ! Ce serait trop humiliant !

— Si c'est humiliant ce soir, que serait-ce demain ? reprit Tito avec animation. La situation s'aggrave d'heure en heure, demain, il ne serait plus temps d'y porter remède. Je m'offre à vous faire trouver avec Masaniello dans un endroit que personne ne connaît et où vous serez seul avec lui. Laissez-vous fléchir, Altesse ! continua le favori en pliant le genou devant son maître. Autorisez-moi à préparer cette entrevue. C'est l'unique moyen de détourner la catastrophe qui nous menace !

Le duc se promenait avec agitation dans la pièce. Il était forcé de s'avouer que Tito avait raison, mais tout son être se révoltait à l'idée d'entrer en négociations avec des rebelles, de traiter d'égal à égal avec leur chef.

— Pas un mot de plus ! s'écria-t-il en redressant fièrement sa haute taille. Va, je ne veux plus rien entendre. La chose est impossible.

— Alors, nous sommes tous perdus ! fit Tito d'une voix sourde.

— N'as-tu pas assez de courage pour lutter jusqu'au bout ? s'écria le duc irrité. Nous tomberons les armes à la main ou nous nous donnerons la mort nous-mêmes.

— Que m'importe ma vie ! exclama Tito. J'en ferai volontiers le sacrifice, mais je tremble pour vous, Altesse; pour vous et pour Alfonso. Si je devais, en mourant, vous voir bafoués, foulés aux pieds, torturés par Hassan ...

— Tais-toi ! interrompit le duc en pâlissant de terreur. Tais-toi. Le duc d'Arcos et le duquecito sauront mourir plutôt que de se soumettre à la honte !

— Et si vous êtes surpris par les rebelles? Si Hassan les
introduit dans le château et s'empare de vous avant que vous
ayez pu vous donner la mort?...

Le duc frissonna.

— Ce Maure est une bête féroce, murmura-t-il. Si je le
tenais ici, je le tuerais de ma main.

— Sans doute — mais il faut le tenir. Il nous faut Hassan et Masaniello, et nous ne les atteindrons que par la ruse.
Une fois les négociations terminées et la paix rétablie, tous
deux seront en notre pouvoir, mais il faut profiter de cette
nuit. Nous n'avons pas une heure à perdre.

Le duc ne répondit pas. Il passait et repassait devant son
fils adoptif et semblait tenir conseil avec lui-même. Tito,
qui l'observait attentivement, crut remarquer que sa résolution commençait à fléchir.

— L'entrevue serait secrète, Altesse, continua le favori,
absolument secrète. Elle pourrait avoir lieu dans quelque endroit que vous choisiriez vous-même. Personne n'en serait
témoin. Vous seriez seul avec votre adversaire. Ne repoussez
pas mon dévouement, Altesse! Laissez-moi aller à la recherche
de Masaniello. Dites-moi où vous voulez le voir...

— C'est insensé! Te figures-tu, par hasard, que ce pêcheur
te suivrait dans un endroit que j'aurais désigné?

— Je crois pouvoir affirmer qu'il le ferait.

— Tu penses qu'il s'aventurerait seul loin des siens, et se
livrerait en quelque sorte à nous?

— Je n'en doute pas!

— C'est impossible!

— Mettez le pêcheur à l'épreuve, Altesse. Ordonnez-moi
de vous l'amener et vous verrez si je me trompe. Je ne
crains pas de me rendre auprès de lui; il ne craindra pas
davantage de me suivre dans l'endroit que vous aurez désigné.

Le duc s'était arrêté devant Tito et semblait réfléchir.

— Un mot, Altesse, un seul, reprit le favori d'un ton suppliant; un signe de votre main, et je braverai tous les dangers pour servir de médiateur et pour sauver mon bienfaiteur et mon maître.

— Soit!

— Merci, mon auguste maître, merci! s'écria Tito en saisissant la main du duc. Maintenant tout s'arrangera! Maintenant vous pouvez espérer! Où voulez-vous que l'entrevue ait lieu?

— Dans l'église des Carmélites. A toi de veiller à ce qu'elle ne soit pas occupée secrètement par les rebelles.

— J'en réponds sur ma tête! Vous pouvez encore passer par le jardin du château. Les émeutiers n'ont pas songé à faire garder cette issue. A quelle heure Masaniello devra-t-il attendre votre Altesse dans l'endroit indiqué?

— A minuit!

Tito s'inclina.

— Je serai seul, ajouta le duc à voix basse, tandis que son favori quittait précipitamment le cabinet. Je ne prendrai pas de suite — il ne faut pas que cette honte ait des témoins!...

Chapitre XXI.

Masaniello et le vice-roi dans l'église des Carmélites.

La nuit était descendue sur Naples. Le combat n'avait pas recommencé et le silence le plus profond régnait dans la citadelle, mais le tapage continuait sur quelques points des alentours. Des bandes isolées rôdaient autour des murs et dans les rues avoisinantes, criant, chantant et faisant un mauvais parti à tout Espagnol qui se hasardait hors de sa demeure.

Masaniello avait établi son quartier-général à l'Hôtel-de-Ville. Tandis qu'il y tenait conseil avec ses partisans, ses amis et les plus influents d'entre le peuple, un homme, enveloppé dans un long manteau noir, allait et venait dans une étroite ruelle d'où l'on pouvait surveiller l'entrée de l'Hôtel-de-Ville.

L'inconnu donnait des signes évidents d'impatience. Il se promenait avec agitation, mais sans perdre de vue, un seul instant, la porte principale de l'antique édifice, et chaque personne qui en sortait semblait lui causer un nouveau désappointement.

Tout à coup, il s'arrêta.

— C'est lui! murmura-t-il. Il vient!

Masaniello venait d'apparaître sous le portail de l'Hôtel-de-Ville et regardait autour de lui comme pour chercher quelqu'un. Il était seul.

L'inconnu sortit alors de l'ombre protectrice de la ruelle, et s'approcha des degrés qui conduisaient au portail. Masaniello l'aperçut. Le hardi pêcheur était sans armes, sa large poitrine était découverte, mais il n'hésita pas un instant à aborder cet inconnu enveloppé dans son manteau, et dont la figure se cachait sous un chapeau à larges bords.

— Vous m'avez fait appeler, dit Masaniello en se plaçant en face de l'étranger. Que me voulez-vous?

— Un instant d'entretien.

— Pourquoi ne pas entrer à l'Hôtel-de-Ville? Il est ouvert à quiconque désire me parler.

— Impossible. Ce que j'ai à vous dire ne doit être entendu de personne.

— Qui êtes-vous?

— Vous le saurez tout à l'heure, brave pêcheur! Faites quelques pas avec moi.

Masaniello s'efforçait d'apercevoir la figure de son étrange compagnon.

— Ai-je bien vu? s'écria-t-il tout à coup en reculant d'un pas. N'êtes-vous pas le fils adoptif du duc?

— Silence!

— Malheureux — qu'osez-vous faire?

— Je ne risque rien en votre compagnie!

— Et si je vous faisais arrêter?

— Vous ne le ferez pas!

— Qu'en savez-vous?

— Un Masaniello dédaigne de pareils avantages!

— Vous pourriez vous tromper, fit vivement Masaniello. Je suis moins dédaigneux que vous ne le pensez. Mais venez-en au fait. Que me voulez-vous?

— Je viens à vous au nom de son Altesse le duc d'Arcos!

— Au nom du duc? répéta Masaniello surpris.

— Doucement. Mon message ne s'adresse qu'à vous. Le duc est prêt à céder!

— Il s'est singulièrement assoupli.

— Il est prêt à parlementer, mais avec vous seulement. Il a eu occasion de reconnaître votre courage et la noblesse de vos sentiments, et c'est avec vous seul qu'il voudrait avoir une entrevue!

— Mon courage — la noblesse de mes sentiments! fit ironiquement le tribun. Voilà un langage auquel je ne m'attendais guère de votre part!

— Le duc veut mettre fin à l'effusion du sang.

— Vraiment? Je ne le reconnais pas là.

— C'est cependant son désir le plus vif, et pour le réaliser, il est prêt à entrer en négociations avec vous.

— C'est donc une proposition de paix que vous apportez?

— Une proposition dont vous seul devez avoir connaissance.

— Moi seul? Et pourquoi ce mystère vis-à-vis de mes conseillers et de mes amis? Le duc a-t-il honte de son bon mouvement?

— Il vous attendra cette nuit dans l'église des Carmélites.

Masaniello recula de surprise.

— Un rendez-vous! fit-il avec ironie. Et c'est le duc qui attend le pêcheur de Portici? Quel honneur! Il faut parfois bien peu de temps pour changer un homme!

— Ne le prenez pas sur ce ton avec son Altesse, je vous en supplie, dit Tito. Vous pouvez aisément comprendre combien il en serait blessé.

— Le duc demande donc la paix? continua le tribun sans répondre à l'observation de Tito. Il m'attendra donc dans l'église des Carmélites?

— Oui — à minuit!

En cet instant, l'entretien des deux hommes fut interrompu par des cris assourdissants.

Une troupe d'individus ivres débouchait en vociférant d'une rue voisine et se répandait sur la place de l'Hôtel-de-Ville. Hassan marchait en tête. La bande passa sans remarquer les deux interlocuteurs qui s'étaient retirés à l'écart, mais le Maure les aperçut immédiatement. Ses yeux de lynx reconnurent bien vite Masaniello. Hassan n'en fit rien paraître. Il ordonna à ses hommes de se ranger sur la place pour y attendre son retour, et lui-même entra à l'Hôtel-de-Ville.

— Le duc est-il seul dans l'église ? demanda Masaniello à son compagnon.

— Oui. Il compte sur votre honneur et se fie à vous. La haine et l'hostilité se taisent dans une entrevue de ce genre.

— Le duc n'a rien à craindre. Sa confiance ne sera pas trompée.

— J'en étais sûr ! Ce n'est pas à tort qu'on vante votre générosité, dit l'insidieux Tito qui s'était promptement aperçu que Masaniello n'était pas insensible aux éloges. Mais l'heure approche. Puis-je vous conduire à l'église ?

— Je suis prêt à vous suivre, répondit Masaniello.

Les deux hommes quittèrent l'endroit obscur où ils s'étaient tenus jusque-là, traversèrent la place et enfilèrent une rue voisine au moment où Hassan reparaissait sous le portail de l'Hôtel-de-Ville.

— Si nous étions reconnus ? murmura Tito avec angoisse. Les passants sont encore nombreux.

— Qu'importe ! répondit fièrement Masaniello. Pensez-vous que nous devions nous cacher. Le peuple tout entier peut savoir ce que je fais. J'agis ouvertement. Je suis prêt à donner ma vie pour mon pays et pour mon peuple — je ne mérite aucun reproche, et malheur à quiconque se permettrait de m'en faire.

— Je vous admire ! fit Tito avec emphase. Vous me plaisez de plus en plus. Quand on est aussi brave que vous l'êtes, et qu'on a remporté des succès pareils aux vôtres, on a le droit d'imposer sa volonté.

— Dites plutôt qu'on a le droit d'exiger de la confiance.

— Il me semble que les bandes isolées ont recommencé le combat pour leur compte ; entendez-vous ?

Les cris et le tapage arrivaient en effet de divers côtés aux oreilles des deux hommes.

— Pourvu que vous ne soyez pas débordé, reprit tout bas le fils adoptif du duc. Ces bandes se croient tout permis. Vous avez là, parmi le peuple, des gens qui pourraient devenir plus dangereux pour vous que ne l'étaient vos anciens adversaires.

— Soyez tranquille. Il fallait avant tout lutter contre l'ennemi commun, mais nos premières mesures tendront à rétablir complétement l'ordre et la tranquillité dans la ville.

— Vous y parviendrez, sans doute. Tout doit réussir à un chef aussi brave et aussi vaillant que vous l'êtes. La fleur du parti est pour vous, on l'a bien vu, et le peuple vous le prouvera en vous nommant son maître.

— Je n'en demande pas tant.

— Ne parlez pas ainsi. Vous dédaigneriez, peut-être, des preuves matérielles de reconnaissance, mais vous ne pouvez trouver mauvais qu'on loue votre mérite. Le duc lui-même le reconnaît. Oui, oui, continua l'habile flatteur qui avait bien vite découvert le côté faible de Masaniello, les Napolitains devraient se prosterner devant vous. N'est-ce pas le pêcheur de Portici qui leur a montré le chemin de la victoire? N'est-ce pas lui qui a lutté comme un héros dans les endroits les plus menacés? Que serait devenu le mouvement, je vous le demande, si vous n'en aviez pas pris la direction?

— Un autre l'aurait prise à ma place.

— Un autre! Vous plaisantez, Masaniello, reprit familièrement Tito. Qu'est-ce que cette multitude aurait fait sans vous? Les mercenaires l'auraient dispersée comme la balle. Vous seul lui avez donné la cohésion nécessaire pour lutter victorieusement contre des troupes éprouvées. Le duc sait tout cela. Il n'a pu s'empêcher de reconnaître vos rares capacités, votre courage, votre générosité, et je vous assure qu'il sait apprécier ces qualités jusque chez un adversaire.

— Almaviva les possédait également, fit Masaniello avec ironie. Vous apprendrai-je comment elles ont été récompensées ?

— Oubliez ces souvenirs, je vous en conjure, répondit Tito d'une voix suppliante. Ne leur donnez pas accès avec vous dans l'église.

Les deux hommes approchaient du but de leur course nocturne. Masaniello s'arrêta tout à coup et parut hésiter.

— J'aurais mieux fait de prendre quelques-uns de mes amis avec moi, dit-il d'un air pensif.

— Et pourquoi ?

— Parce qu'un bon conseil n'est jamais à dédaigner.

— Ne vous fiez-vous pas à vos propres lumières ? Le duc ne s'est pas fait accompagner par ses ministres. Il est seul, et c'est avec vous seul qu'il veut négocier. Il sait que vous n'abuserez pas de sa confiance.

— Dites plutôt que le duc comprend enfin le danger qui le menace. Il sait qu'une nouvelle attaque ferait tomber la citadelle entre nos mains, et il lui paraît prudent d'entamer des négociations avant que les choses en soient là. Laissez, je devine vos intentions, mais il ne sera pas dit que j'aurai refusé de répondre à l'appel de mon adversaire.

— Songez que vous mettrez fin à l'effusion du sang, répliqua Tito. Nous voici arrivés. Entrez par cette petite porte et traversez la sacristie. Je vous attends ici, dans l'angle du mur. Allez, et soyez généreux !

Les deux hommes s'étaient arrêtés derrière l'église des Carmélites, vaste et antique édifice dont le portail et la façade donnaient sur une petite place. L'église restait ouverte toute la nuit. Quelques lampes fumeuses éclairaient faiblement ses hautes fenêtres cintrées et ses sombres arceaux, mais les fidèles qui y entraient à ces heures tardives s'agenouillaient ordinairement dans le portail, et ne s'aventuraient guère sous les voûtes obscures de l'intérieur.

Tito se blottit dans l'enfoncement d'une petite porte latérale, tandis que Masaniello entrait dans la sacristie. Elle était vide. Le pêcheur la traversa silencieusement, ouvrit la porte qui conduisait dans l'église et se trouva en face du vieux sacristain.

Le tribun comprit qu'il était attendu.

— Où est le duc d'Arcos? demanda-t-il tout bas.

— Suivez-moi! répondit le vieillard sur le même ton.

Le sacristain s'était levé. Il fit passer Masaniello derrière le maître-autel et le conduisit vers une nef latérale, formant elle-même plusieurs petites chapelles ornées de tableaux de prie-Dieu ou d'autels particuliers.

C'était dans une de ces chapelles qu'attendait le vice-roi.

Le duc, enveloppé d'un long manteau, s'était appuyé contre le mur qui le couvrait de son ombre; il regardait d'un œil morne autour de lui.

Un bruit léger lui annonça l'approche du chef des rebelles. Masaniello s'avança la tête haute, tandis que le sacristain s'éloignait à pas furtifs.

Le duc resta immobile, toisant de l'œil celui qu'il attendait et avec lequel il allait négocier — une rougeur subite couvrit son front, sa main se crispa involontairement, mais il réprima violemment sa colère et fit un pas au-devant du pêcheur.

— J'ai à vous parler, dit-il d'une voix contenue, et cette église m'a paru un endroit neutre et sûr parfaitement approprié à notre entretien.

— Je n'ai pas hésité un instant à répondre à votre appel, Altesse, dit à son tour Masaniello.

— Cela me fait espérer que notre entrevue ne sera pas inutile. Je désire mettre un terme à l'effusion du sang.

— Je le désire également!

— Il s'agit seulement de savoir si vous serez en état d'opposer une barrière suffisante aux bandes de pillards qui désolent la ville et qui composent une partie de vos troupes?

— Je l'espère, Altesse. Je punirai sans pitié quiconque me

refusera obéissance, mais ne confondez pas les hordes sauvages qui parcourent les faubourgs avec les véritables défenseurs des droits et des libertés de Naples. Les pêcheurs ne sont ni voleurs ni meurtriers. Ils valent mieux que vos mercenaires, Altesse.

— C'est possible, mais ce n'est pas de cela qu'il s'agit. Venons-en au fait. Indiquez-moi vos conditions. Je suis fatigué de ce combat, et je veux conclure la paix.

— Permettez-moi d'abord de vous rappeler, Altesse, que votre situation était désespérée, et que, cette nuit même, votre citadelle devait tomber entre nos mains. Cette entrevue a retardé sa chute, mais vous savez que l'attaque la moins sérieuse de notre part l'amènerait inévitablement.

Le duc avait croisé les bras sur sa poitrine et regardait fixement devant lui.

— Où voulez-vous en venir? fit-il avec humeur.

— Je veux vous rappeler que je suis ici au nom du peuple et du peuple vainqueur, et que j'ai à défendre ses droits.

— Ne me faites pas regretter cette entrevue.

— Si elle n'aboutit pas, Altesse, les choses continueront leurs cours, et la force des armes décidera pour nous.

— Faites-moi vos conditions.

— Votre rang exige que vous soyez le premier à les poser, Altesse. Masaniello ne veut ni vous braver, ni vous imposer d'humiliation gratuite. Je ne demande que le bonheur de mon peuple et de mon pays. Je vous ai prouvé qu'un simple pêcheur peut être, au besoin, un soldat, un chef, il me reste à vous montrer que je n'entends pas vous dépouiller de vos dignités et de vos prérogatives!

— Je vous ai méconnu, murmura le duc surpris de ce langage. Vous êtes au-dessus de vos semblables, et sans vous les révoltés n'eussent été que néant. C'est à vous qu'ils doivent tous leurs avantages.

Tandis que les deux négociateurs causaient ainsi, une ombre

glissait furtivement le long des piliers et s'avançait dans l'intérieur de l'église. C'était Hassan, dont les yeux de lynx fouillaient impatiemment les chapelles, les niches, enfin tous les enfoncements du vaste édifice.

Un sourire diabolique contracta tout à coup la figure du Maure. Il venait d'apercevoir le duc et Masaniello.

— Qu'avez-vous à me dire au sujet des négociations, Altesse? demanda le pêcheur tandis que le noir espion approchait furtivement.

— Je demande avant tout une soumission complète, la cessation immédiate des hostilités, la fin du soulèvement. C'est là le premier point. Je désire ensuite que le domestique noir qui s'est enfui du château me soit livré, que mes gardes occupent de nouveau les portes...

Un éclat de rire sauvage interrompit les paroles du duc et le Maure s'avança en grimaçant dans la chapelle où se trouvaient le duc et Masaniello.

— Voilà de drôles d'histoires! cria-t-il. Voyez-vous ce noble duc qui demande grâce au pêcheur Masaniello! C'est à pouffer de rire! Cet Espagnol ne demandait-il pas aussi que je lui sois livré? continua Hassan en s'adressant au tribun; n'a-t-il pas osé te parler de soumission? Et toi, le chef, tu tolères ce langage? Attends, je vais répondre à ta place!

Le Maure s'était élancé vers le duc; il allait le frapper en plein visage lorsque Masaniello lui saisit le bras et le repoussa violemment.

— Arrière, drôle! cria-t-il avec indignation. Sors d'ici ou je te jette à la porte!

— Oho, depuis quand parle-t-on ainsi? ricana le Maure en reculant d'un pas; depuis quand Masaniello défend-il les Espagnols?

— Va-t'en! cria le tribun exaspéré. Ne m'oblige pas à faire usage de ma force. Sors immédiatement de cette église, drôle, et que je ne t'y revoie plus.

— C'est bon, je m'en vais — mais Hassan n'oubliera pas

qu'il t'a trouvé en conversation intime et secrète avec le tyran. Le peuple ne se doute pas de ce qui se passe — Hassan l'éclairera...

Masaniello pâlit de colère. Il voulut se jeter sur l'insolent personnage, mais le Maure avait fait un bond de côté et disparaissait déjà dans les profondeurs de l'église.

— Finissons-en, dit vivement le duc qui commençait à trouver que ce séjour devenait dangereux. Vous connaissez mes conditions. Dites les votres.

— Le peuple demande, en premier lieu, la suppression de l'impôt sur les fruits, Altesse!

— Elle est accordée.

— J'exige de plus, en son nom, que vous me livriez toute personne de votre entourage qui serait condamnée par le peuple à une punition quelconque.

— C'est dur — murmura le duc — mais vous avez fini, je pense?

— Pas encore, reprit fermement Masaniello. Je pose comme principale condition une amnistie générale. Nul ne devra être recherché et puni, ni maintenant ni plus tard, pour les événements de ces jours derniers.

— J'y consens — à l'exception toutefois du noir espion de tout à l'heure.

— Voici maintenant ma dernière condition.

— Encore! Vous en demandez trop.

— C'est au nom d'un peuple victorieux qui veut être satisfait.

— J'écoute.

— C'est la dernière condition, Altesse, mais aussi la plus importante. Le peuple veut être dédommagé pour tout ce qu'il a souffert — il veut que le crime commis sur la personne du comte Almaviva soit expié...

Le duc tressaillit.

— Que voulez-vous dire? fit-il d'une voix sourde.

— Je demande, au nom du peuple, qu'il soit fait réparation

à la mémoire du comte Almaviva. Le héraut annoncera, en place publique, que le noble comte a subi une peine injuste, que sa mémoire doit être honorée, et que vous regrettez le jugement inique par lequel il a été condamné.

— Jamais — jamais! s'écria le duc. Quelle exigence! Ce serait une honte inouïe! Jamais!...

— Alors, vous devrez subir la honte bien plus grande d'une défaite complète, Altesse, la captivité, les humiliations et qui sait — les mauvais traitements. Je ne puis répondre de ce qui arriverait si vous tombiez entre les mains du peuple.

— Je saurai me préserver par la mort d'une honte pareille, répliqua fièrement le duc.

— Je vous donne vingt-quatre heures de réflexion.

— Les hostilités seront-elles suspendues pendant ce temps?

— Il n'y aura pas d'attaque générale; je vous en donne ma parole, mais je ne puis empêcher les petites escarmouches particulières.

— C'est donc vingt-quatre heures de trève?

— J'attendrai votre décision la nuit prochaine, Altesse. Nous nous retrouverons ici!

Le duc salua légèrement de la main son adversaire, et sortit de la chapelle pour retourner à la sacristie.

— Ton orgueil n'est pas encore brisé, murmura Masaniello qui le suivait du regard. Tu te crois encore le maître et le souverain de Naples — et demain, je puis être en réalité ce que tu n'es déjà plus aujourd'hui! Demain, je puis revêtir le chapeau ducal, la pourpre, la couronne.... C'est à moi qu'appartient le sceptre — c'est moi seul qui dispose du pouvoir! Seul, je gravirai les marches de ton trône — je gouvernerai Naples — je serai le chef suprême!... Songes-y; il suffit d'un ordre, d'un mot pour que la citadelle tombe en ruines — et ce mot je le dirai si tu m'y forces. Je te montrerai que tu es en mon pouvoir, que Masaniello est plus puissant qu'un duc d'Arcos, et qu'il est, lui, le véritable souverain de Naples!...

Chapitre XXII.

Amour maternel.

Nous avons laissé Lucia couchée sur un lit de repos dans la petite pièce du pavillon, tandis que Fenella, accroupie sur le tapis prêtait l'oreille à ce qui se disait dans la chambre voisine.

Tout, dans cette mystérieuse demeure, était de nature à remplir l'âme de la Muette d'épouvante et d'horreur. Les hommes masqués qui avaient recueilli Lucia, l'étrangeté de tout ce que l'on voyait au pavillon, enfin, l'entretien qu'elle venait d'entendre, c'était plus qu'il n'en fallait pour accroître les terreurs de la Muette et pour la décider à avertir Alfonso.

Nous avons vu, dans un des précédents chapitres, comment cette tentative manqua. Fenella ne parvint pas à entrer dans la citadelle, et la pauvre enfant se vit forcée de renoncer au généreux dessein qu'elle avait formé.

Quand Lucia s'éveilla enfin après un long et paisible sommeil, elle se vit seule dans la petite pièce. L'endroit ne lui était pas inconnu; elle ne manifesta du moins aucune surprise à la vue du réduit charmant dans lequel elle se trouvait, mais il lui fut impossible de se rappeler comment elle y était revenue.

Les événements de la veille se retracèrent peu à peu à son esprit. Elle se rappela l'horrible poursuite de la nuit, sa lutte avec Tito — que s'était-il passé depuis? Elle l'ignorait et tous ses efforts pour se le rappeler restèrent vains.

Elle se leva lentement. La faim et la soif se faisaient sentir, mais les invisibles habitants du pavillon y avaient pourvu. Lucia, qui semblait habituée au mystérieux service de la maison, regarda autour d'elle et découvrit sur une petite table de marbre les raffraîchissements qu'elle cherchait. Elle baigna longuement sa tête endolorie dans de l'eau fraîche, puis elle prit un peu de vin, du gâteau de maïs et des fruits, et se sentit enfin complétement restaurée.

La vie se ranimait, mais elle réveillait en même temps dans le cœur de la pauvre mère le besoin pressant, impérieux de retrouver l'enfant, perdu pour la seconde fois. Ce désir dont l'intensité croissait de minute en minute, envahissait l'âme de Lucia, et n'y laissait plus subsister qu'un autre sentiment : la soif de la vengeance !

Lucia voulait se venger. Elle voulait punir le misérable qui l'avait trahie, qui deux fois lui avait enlevé son enfant, et qui avait voulu la faire périr elle-même. Arrière toute faiblesse féminine ! La malheureuse mère voulait retrouver ce monstre à face humaine, s'en emparer, et le tuer de ses propres mains. Elle voulait s'enivrer de vengeance — mais il fallait avant tout s'occuper de l'enfant, le chercher, et l'arracher, s'il n'était pas trop tard, à une mort certaine.

Tito avait dû s'en débarrasser dans le chemin solitaire qui conduisait au parc puisqu'il ne l'avait plus lorsqu'il s'était élancé sur Lucia. S'il l'avait jeté dans les buissons, le pauvre petit être devait s'y trouver encore — mais il aurait succombé à la soif — et la mère ne trouverait plus qu'un cadavre !

Lucia frissonna. Cette horrible pensée glaçait le sang dans ses veines. L'angoisse qui la torturait était pire que la mort. Il fallait chercher, trouver la trace de l'enfant et savoir enfin ce qu'il était devenu !

Fenella n'était plus là. La Muette s'était éloignée après s'être assurée que son amie n'était plus en danger de mort et n'avait plus besoin de ses soins. Où s'était-elle rendue ? Lucia l'ignorait, mais elle ne pouvait attendre le retour de Fenella. Chaque heure, en s'écoulant, accroissait le danger de l'enfant, l'angoisse de la mère et la difficulté des recherches.

Lucia s'enveloppa d'un ample manteau de couleur sombre

qui se trouvait sous sa main et qui devait lui appartenir, puis elle se prépara à sortir de ce pavillon dont elle semblait connaître exactement la disposition intérieure. Les habitants ne lui en étaient probablement pas inconnus, et Lucia pensait les revoir, sans doute, car elle n'essaya pas même d'arriver jusqu'à eux pour les remercier de l'assistance qu'ils lui avaient prêtée.

Elle ouvrit la porte de la petite pièce et s'enfila sans hésiter dans un couloir étroit et sombre qui ne lui paraissait pas plus étranger que le reste de la maison. Une porte le fermait. Lucia l'ouvrit en pressant un bouton à peine visible et se trouva au-dehors. C'était la porte de derrière du pavillon qu'elle venait d'employer.

La terrasse était vide. Le silence et l'obscurité y régnaient seuls.

Lucia descendit rapidement les larges degrés de pierre, traversa le parc, en sortit par le portail que nous connaissons déjà, et se dirigea vers le chemin qui longeait le mur.

C'était par là qu'elle voulait commencer ses recherches. La tâche était difficile. On n'apercevait pas un être humain dans le voisinage, et l'obscurité de la nuit ne facilitait pas l'entreprise, mais Lucia n'hésita pas un instant. Elle avançait lentement, soulevant chaque buisson, chaque branche ; fouillant le gazon de ses mains, et s'arrêtant à chaque pas pour écouter. Peine inutile ! On n'entendait ni gémissements ni cris, et rien ne troublait le morne silence de ces lieux !

La malheureuse mère s'éloignait de plus en plus du portail. Les buissons allaient finir, Lucia les avait minutieusement explorés, mais ses recherches avaient été vaines. Qu'était devenu l'enfant ? Fenella l'avait-elle trouvé ou — pensée horrible — Tito l'avait-il ressaisi et emporté avec lui ?

Lucia avait atteint le bout des buissons. Elle s'arrêta indécise. Que faire ? Où courir ? Où chercher ? Pourquoi Fenella n'était-elle pas revenue auprès d'elle ? Où se trouvait la Muette ? Il fallait quelque motif sérieux pour la retenir ainsi...

Tout à coup, Lucia joignit les mains. Une idée subite venait de jaillir dans son esprit, et la pauvre mère s'y cramponnait comme à sa dernière ancre de salut. Si Fenella s'était éloignée, c'était pour courir au secours de l'enfant. Elle l'avait trouvé, sans doute, et l'avait remporté à Portici. Rien n'était plus probable! Lucia s'en voulait de n'y avoir pas pensé plus tôt. Son cœur se rouvrait à l'espérance; elle ne voulait pas douter que l'enfant n'eut été sauvé, et bientôt elle fut persuadée qu'il ne pouvait en être autrement.

Elle se mit bravement en route pour Portici. La distance était longue — mais un cœur de mère ne connaît pas d'obstacle. Lucia ne sentait plus ni lassitude ni douleur! L'amour maternel avait guéri tout cela!

Elle gagna, à travers champs, le chemin qui conduisait à Portici. La nuit le couvrait de son ombre, mais le cœur de Lucia se dilatait à la pensée du revoir qui l'attendait dans la chaumière, et cette douce vision illuminait sa route.

Elle avançait rapidement. Ses pieds dévoraient l'espace, la joie la portait — et le village de Portici lui apparut avant qu'elle eut senti la longueur du chemin.

Ses yeux cherchèrent vainement quelque rayon de lumière. Elle aperçut enfin la chaumière de Masaniello, mais les petites fenêtres en étaient obscures! La Muette dormait, sans doute?

Lucia hâta ses pas et atteignit l'humble maisonnette. La porte n'en était pas fermée au verrou. Elle l'ouvrit précipitamment et entra.

— Fenella! cria-t-elle, Fenella, réveille-toi! Es-tu là? As-tu mon enfant?

Point de réponse!

Lucia se dirigea à tâtons vers la couche de la Muette — elle était vide! Fenella n'était pas revenue à Portici! Peut-être était-elle justement rentrée au pavillon avec l'enfant tandis que la mère inquiète courait à Portici?

Lucia ressortit en toute hâte de la chaumière et reprit immédiatement le chemin du vieux parc. Elle ne s'accorda pas une minute de repos. L'espoir de retrouver la Muette au pavillon soutenait son courage. Elle s'était si bien persuadée que Fenella avait l'enfant et allait le lui rendre, que l'idée d'une autre possibilité ne l'aborda même pas, et qu'elle refit la route en jouissant d'avance du bonheur qui l'attendait dans sa mystérieuse retraite.

. L'aube commençait à paraître lorsqu'elle arriva dans le parc. Elle traversa en courant les sombres allées de verdure et gravit lestement les dégrés de la terrasse.

La petite porte de derrière était ouverte. Lucia rentra précipitamment dans le pavillon, gagna la pièce où on l'avait portée, et y entra en appelant Fenella.

La pièce était vide! La Muette de Portici n'était pas revenue!

— Mon enfant! cria Lucia en se tordant les mains. Mon enfant! Rendez-moi mon enfant!

Elle se laissa tomber sur un lit de repos et cacha sa figure dans les coussins. Les larmes ruisselaient sur sa figure, mais la pauvre mère s'en apercevait à peine.

Elle resta longtemps ainsi, abîmée dans sa douleur, brisée par la fatigue et le chagrin. Lorsqu'elle retrouva un peu de calme, elle se décida à attendre Fenella. Il n'y avait pas d'autre parti à prendre, mais c'était une cruelle résolution. Les heures d'attente sont interminables pour un cœur de mère dévoré d'inquiétude et de désir?

Le jour avait paru; sa lumière pénétrait à travers les jalousies.

Fenella ne venait pas, et l'impatience de Lucia augmentait d'instant en instant.

Que faire?

La pauvre mère, assise sur le lit de repos, se torturait l'esprit à chercher une réponse aux énigmes de la situation.

Par où commencer pour retrouver la trace de l'enfant? Que faisait la Muette? Lui était-il arrivé quelque malheur?

Les heures s'écoulaient, lentes, cruelles, insupportables — elles ne ramenaient pas Fenella!

Lucia n'y tint plus. Elle étouffait dans sa retraite. L'inaction la tuait. Il fallait sortir de cette affreuse immobilité, chercher encore, se fatiguer le corps pour lasser le cœur et l'esprit!

Où tourner ses pas? Lucia l'ignorait, mais tout lui paraissait préférable à cette attente inactive.

Le bruit et l'agitation continuaient dans les rues de Naples. L'écho en arrivait jusque dans le pavillon du bord de la mer, mais Lucia, en proie à une seule idée, ne connaissait plus ni crainte ni obstacles.

Le soir approchait. La journée avait passé dans ces inquiétudes, et Lucia croyait sentir encore le poids de ces heures d'attente. Elle reprit le manteau noir dont elle s'était enveloppée la nuit précédente et quitta le pavillon. Elle erra un instant dans le parc, et se trouva enfin, sans s'en douter, sur le chemin de la ville.

La vue de la vieille porte fortifiée la rappela à elle-même. Elle s'arrêta, indécise, troublée, se demandant ce qu'elle allait faire, et cherchant à rassembler les idées qui l'abandonnaient. Allait-elle devenir folle? Elle s'assit sur une pierre, et prit sa tête à deux mains comme pour l'empêcher d'éclater.

Elle était là depuis longtemps, s'efforçant de ramener un peu de calme dans ses pensées, lorsqu'une idée nouvelle la fit tressaillir. Ses yeux étincelèrent. Une lueur subite lui avait fait entrevoir une possibilité à laquelle elle n'avait pas songé jusque-là. C'était à peine une espérance, mais son imagination surexcitée s'empara de ce nouvel aliment, et s'y cramponna avec l'énergie du désespoir.

Elle se releva fortifiée, et prit, à travers champs, la direction de Resina.

La nuit s'abaissait sur le golfe de Naples. Une brise ra-fraîchissante montait de la mer, et Lucia en aspirait, tout en marchant, les vivifiantes bouffées. Ce souffle pur et frais calmait l'ardeur fiévreuse de la pauvre femme et donnait à sa marche une allure plus régulière, mais ce retour à la raison ne la dissuada pas de l'étrange dessein qu'elle avait formé.

Elle avançait. Le Vésuve se dressait devant elle. Elle quitta alors la route de Resina et prit l'étroit sentier qui conduisait sur la montagne.

C'était par là qu'on arrivait à la caverne de la vieille Corvia. Lucia se rendait-elle auprès de l'affreuse sorcière ?

Les difficultés du chemin ralentirent sa marche, mais elles ne firent pas fléchir sa résolution. Ses pieds enfonçaient dans la cendre, sa poitrine haletait, mais elle avançait toujours.

La nuit était venue. L'horrible désert semblait un cimetière recouvert par la cendre. Quelques blocs de rochers, aux formes fantastiques, en interrompaient seuls l'uniformité. De jour comme de nuit, le silence le plus profond régnait dans ces solitudes. Pas un oiseau, pas un insecte ne s'aventurait dans le voisinage du volcan. On n'apercevait ni arbre ni brous-sailles. Rien ne croissait aux parois de la montagne depuis que la dernière éruption y avait rejeté les cendres, la lave et les scories accumulés dans son sein. L'haleine de la mort avait soufflé sur ces régions maudites et en avait fait dispa-raître toute trace de végétation.

Lucia avançait sans se préoccuper de cet horrible entourage. Elle montait sans se lasser, et approchait de quelques pierres qui sortaient de la cendre et bordaient le sentier.

Elle allait les dépasser lorsqu'une voix chevrotante s'éleva tout à coup auprès d'elle.

— Hé, hé, belle signora ! disait-on, où allez-vous comme ça au milieu de la nuit ?

Lucia tressaillit et regarda avec épouvante autour d'elle.

Elle aperçut alors une ombre noire dont elle ne devina pas

immédiatement la nature. Un second coup-d'œil lui en fit découvrir les contours et la forme. C'était une femme courbée, flétrie, décharnée, et qui s'était accroupie sur une pierre avec laquelle elle ne semblait faire qu'un corps.

— Qui êtes-vous? demanda Lucia en s'efforçant de raffermir sa voix, et en rabattant sur sa tête le capuchon de son manteau. Que faites-vous là?

— Hé, je me repose un brin, répondit la voix. Le sentier est dur et je suis vieille!

— Alors vous êtes — Lucia allait dire : la sorcière du Vésuve, mais elle s'arrêta à temps. — Vous êtes la vieille Corvia? reprit-elle. C'est vous qui habitez dans la caverne du Vésuve?

— Oui, ma belle signora. Vous me connaissez donc, héhé? Je ne vous connais pas, moi, mais vous me direz bien qui vous êtes et où vous voulez aller?

La sorcière, accroupie sur la pierre, offrait un aspect si repoussant que Lucia contint à peine l'horreur et la répulsion qu'elle lui inspirait. On eût dit une création de l'enfer, un produit de ce volcan que l'horrible vieille avait choisi pour demeure et près duquel elle s'était raccornie, desséchée au point de n'avoir plus forme humaine.

— Vous ne répondez pas, belle signora, reprit-elle de sa voix enrouée, en regardant curieusement Lucia. Qu'est-ce qui vous amène ici à pareille heure? Que vous faut-il?

— Je vous cherchais!

— Moi? C'est bien de l'honneur, hihihi! ricana la vieille. Et le hasard veut que vous me trouviez ici! Comme ça se rencontre bien! Qui êtes-vous donc?

— Peu importe!

— C'est donc un secret, hein? Alors que me voulez-vous, belle signora?

— N'avez-vous pas eu un enfant dans votre caverne?

— Un enfant! Sans doute! Un amour d'enfant, signora! Malheureusement je ne l'ai plus. On me l'a enlevé.

— Et vous n'avez pas pu le ravoir?

— Hélas non! Je l'ai pleuré ce pauvre agneau! Il me faudrait bien une petite créature comme ça, mais j'ai eu beau chercher, l'enfant n'a pas été retrouvé.

— Et de qui l'aviez-vous reçu?

— Hé, c'est un respectable signor qui me l'avait apporté!

— Tito Silvestre, peut-être?

— Hé, vous savez donc tout, ma belle signora?

— Tito Silvestre vous avait donné l'enfant, reprit Lucia d'une voix émue, et il a réussi à s'en emparer de nouveau! Vous l'a-t-il rapporté une seconde fois? Dites la vérité. Je vous offre cent ducats pour votre aveu!

La sorcière joignit les mains.

— Cent ducats! répéta-t-elle d'une voix étouffée. Cent ducats! Hé, si je savais au moins ce que l'enfant est devenu! Je vous le dirais bien vite; je vous donnerais la pauvre créature et tout ce que vous voudriez avec. Cent ducats! Quel prix! Il faut que vous soyiez bien riche!

— Tito n'est donc pas revenu auprès de vous?

— Hélas non! s'écria la vieille avec désespoir. S'il venait au moins, afin que je puisse gagner les cent ducats.

— Il vient donc quelques fois ici?

— Hé, de temps en temps!

— Voulez-vous essayer d'apprendre ce qu'il a fait de l'enfant?

— Tout ce que vous voudrez, signora, tout ce que vous voudrez! Vous y tenez donc bien pour venir jusqu'ici au milieu de la nuit, et pour offrir une pareille somme?

— Je la doublerai si vous me procurez l'enfant!

— Seigneur! fit la vieille en levant ses mains décharnées, deux cents ducats! Il n'y a qu'une mère pour payer aussi cher que ça! Hé, hé, ma belle signora, vous êtes sans doute la mère de l'enfant?

— Ce n'est pas de cela qu'il s'agit. Voulez-vous m'aider?

— Certainement! Certainement! Je ferai tout ce que vous désirerez!

— Eh bien, je reviendrai pour savoir si vous avez appris quelque chose, et je vous compterai deux cents ducats si vous me rendez l'enfant.

— Quel bonheur, signora, quel bonheur! Revenez; revenez bientôt, entendez-vous!

La sorcière s'était levée tandis que Lucia se détournait, et s'éloignait à pas pressés.

— Hihihi! ricana la vieille, lorsque sa visiteuse eut disparu dans l'obscurité, hihi, qui se serait attendu à ça? Cherche, ma belle signora, cherche; tu pourras courir longtemps et offrir une fameuse somme avant que je te rende l'enfant si je parviens à le ravoir. Il ne m'échappera pas une seconde fois, je t'en réponds. Tito l'a retrouvé, dit-elle; c'est bon, il le rapportera certainement à la vieille Corvia — et la mère s'en passera. Hihi, cours, ma belle! Tes deux cents ducats ne te rendront pas ton agneau!

Un rire sauvage accompagna ces paroles, et l'horrible sorcière reprit clopin-clopant le chemin de sa caverne.

Chapitre XXIII.

Le conseiller du duc.

Au moment où le vice-roi sortait de l'église des Carmélites et retrouvait son favori à la porte de la sacristie, un horrible cortège débouchait d'une rue voisine et s'avançait bruyamment sur la place de l'église.

Le duc avait tourné la tête du côté où venait le bruit et restait cloué sur place. Son sang se glaçait dans ses veines. Le spectacle qu'il avait sous les yeux résumait à lui seul toutes les horreurs de ces jours d'émeute et d'effervescence populaire; il montrait clairement comment le peuple vainqueur entendait traiter les vaincus.

Une bande furieuse traînait dans les rues de Naples les cadavres de deux Espagnols tombés entre les mains des rebelles. Pietro, le vieux pêcheur, l'implacable ennemi des oppresseurs étrangers, marchait en tête de ce hideux cortège. Des lazarones demi-nus suivaient en hurlant. Quatre d'entre eux traînaient les deux cadavres à l'aide de longues cordes, et appelaient les passants à venir contempler ces hideuses dépouilles.

— Almaviva est vengé! criaient-ils. Ces deux traîtres ont expié la mort du noble comte!

Les « traîtres », deux grands seigneurs espagnols, avaient fait partie du conseil du duc, et s'étaient toujours montrés particulièrement hostiles au peuple de Naples. Saisis par les rebelles, au moment où ils cherchaient à fuir le château assiégé, ils avaient été tués sur l'heure. Une bande de forcenés s'était emparée de leurs cadavres et vengeait sur ces restes défigurés l'opprobre et la misère de Naples.

La populace s'amassait peu à peu et applaudissait à ce hideux spectacle. Les femmes, elles-mêmes, accouraient sur le passage de la bande, écartaient les porteurs de torche, échelonnés le long de la troupe, et donnaient carrière à leur haine en crachant sur ces cadavres souillés de sang et de boue.

L'horrible cortège approchait. Arrêté un moment au sortir de la rue, il s'était remis en marche, et, toujours conduit par le vieux Pietro, il allait passer le long de l'église. Qu'adviendrait-il du duc et de son fils adoptif s'ils étaient reconnus? Tous deux pouvaient s'attendre à être lapidés ou mis en pièces par cette populace en délire.

Le duc semblait pétrifié. Appuyé contre le mur de l'église, il regardait fixement le spectacle qu'il avait sous les yeux. Cette scène brutale ne lui laissait aucun doute sur la haine dont il était l'objet, et sur le sort que le peuple vainqueur réservait à ses tyrans. Les réflexions de Tito ne semblaient pas moins sombres. Le favori suivait en frissonnant les détails de cette exécution populaire; il croyait sentir déjà des mains de fer l'entraîner et le livrer à la foule ...

Tout à coup, le cortège fit halte devant l'église.

Deux hommes, portant une longue perche terminée par un anneau de fer, s'étaient frayés un passage au milieu de la foule et étaient arrivés jusqu'à Pietro. Sur un ordre du vieux pêcheur, les cordes attachées aux bras des victimes furent passées dans l'anneau, puis la perche fut plantée en terre aux acclamations de la multitude, et l'on vit bientôt les deux cadavres se balancer dans les airs. Les porteurs de torches formèrent un vaste cercle, et dirigèrent leurs flambeaux vers la perche afin que le peuple entier put se repaître de ce spectacle et considérer à son aise les restes mutilés des deux courtisans.

La foule accourait de toutes parts. Hommes et femmes venaient célébrer cette bacchanale de la vengeance. La place se remplissait à vue d'œil — il fallait fuir! Un instant encore, et les rangs pressés des spectateurs arriveraient jusqu'à la petite porte! Un instant encore, et les deux hommes, acculés contre le mur de l'église, seraient aperçus et reconnus pour des Espagnols, malgré leurs vastes manteaux et les chapeaux à larges bords qui leur cachaient le visage.

Tito saisit le bras du duc.

— Rentrons dans l'église, murmura-t-il. Nous sommés infailliblement perdus si nous restons ici.

— Masaniello est peut-être encore dans le voisinage?

— Qu'importe. Le voulut-il, il serait impuissant à nous protéger.

Tito avait rouvert la porte de la sacristie et entraînait le duc. Tous deux rentrèrent dans l'église. Un ou deux vieillards y faisaient encore leurs dévotions, mais les échos de l'orgie qui se passait au-dehors troublaient à peine le religieux silence de la vaste nef, et les deux Espagnols purent se croire en sûreté dans cette maison de prières.

Ils se glissèrent vers un banc qui se trouvait dans une partie écartée de l'église, s'y agenouillèrent, pour avoir l'air de prier, et résolurent d'attendre là que le danger le plus imminent fut passé. L'idée était bonne. L'église, presque déserte, n'était que faiblement éclairée, et la foule en délire qui hurlait et dansait autour des deux cadavres n'eut pu se décider à profaner ce lieu saint.

Le duc, serré contre Tito, regardait devant lui d'un œil morne.

— L'entrevue n'a pas été favorable, à ce qu'il paraît? murmura enfin Tito.

— Le pêcheur a des prétentions inouïes!

— Qu'importe! Laissons-lui ses prétentions. Il faut céder pour le moment — sauf à retirer plus tard vos promesses. Vous pourrez toujours prétexter qu'elles vous ont été arrachées par la force. Une promesse contrainte est nulle et non avenue!

— Masaniello pourrait en penser autant!

— Jamais, Altesse! Ce Masaniello a le culte de l'honneur, il faut le reconnaître. Il est naïf, et j'ai facilement trouvé le défaut de sa cuirasse. Je sais où il faut frapper pour le renverser. Il faut, avant tout, arrêter le soulèvement, ressaisir le pouvoir, et demander du secours au-dehors. Les négociations vous procureraient tous ces avantages, mais si vous ne pouvez ou ne voulez pas tomber d'accord avec votre adversaire, renversez-le par son côté faible. Il faut user de ruse. Masaniello est l'âme, la tête du soulèvement; le peuple n'est rien sans lui. Le pêcheur écarté, il vous sera facile de vous rendre maitre de ces masses sans consistance, et de dicter vos conditions aux rebelles.

— Masaniello écarté! Tu en parles à ton aise. Il a pris une telle importance qu'il sera impossible de se débarrasser de lui!

— Nous le renverserons plus facilement que vous ne le pensez. Le peuple se serre autour du pêcheur, mais il ne le fera qu'aussi longtemps qu'il croira en lui.

— Il y croira longtemps! Tu te berces d'espérances insensées!

Tandis que ce dialogue se tenait à voix basse, une femme était entrée dans l'église, l'avait traversée silencieusement, et s'était agenouillée, sans les voir, derrière le pilier qui la séparait des deux hommes. Ni Tito, ni le duc ne remarquèrent son approche.

— J'en reviens toujours à mon dire, Altesse, reprit Tito après un moment de silence. Il faut négocier, et céder, en apparence. C'est l'unique moyen de renverser Masaniello.

— Il ne fera rien sans l'assentiment du peuple!

— Il tombera cependant!

— Par qui?

— Par le peuple! Je ne crains pas de l'affirmer!

— Je ne comprends pas.

— Masaniello est ambitieux! Il a soif de pouvoir et de grandeur! C'est son côté faible; c'est par là que nous pourrons

travailler à sa ruine. Le peuple l'écartera de lui-même s'il
ne sait pas résister à la tentation — et il n'y résistera pas
— j'en jure par tous les saints!

Le duc devenait attentif.

— La tentation! répéta-t-il. Qu'entends-tu par là?

— J'entends qu'il faut l'éblouir, l'enivrer par les fumées
de l'ambition. Alléchez-le par quelque amorce friande et je
parie qu'il mord à l'hameçon. Commençons par le prendre,
le peuple fera le rete. Masaniello tombera, sa fin sera celle
du soulèvement, et vous pourrez alors atteindre tous les
coupables. Vous pourrez leur faire sentir votre juste colère.
Tous seront punis, tous; continua le diabolique conseiller,
et un second massacre raffermira le trône de mon auguste
maître! C'est par le fer et le feu qu'il faut gouverner un
pays tel que celui-ci!

— Les exemples ne manqueront pas, je le jure! répliqua
sourdement le duc. Nous n'en sommes malheureusement pas
encore là; il faut d'abord ressaisir le pouvoir.

— Masaniello succombera à l'ambition!

— Tu crois qu'il se laissera corrompre?

— J'en suis sûr, mais ce n'est pas avec de l'or qu'on
pourra l'acheter. Il faut s'y prendre autrement. Masaniello
ne connaît ni la cupidité ni l'avarice; l'amour de la gloire
remplit seul son âme. Il a goûté de la puissance — c'est
par elle qu'il tombera!

— Les honneurs ne lui manquent pas; le peuple l'acclame,
ne jure que par lui.

— D'ici à quelques jours cela ne lui suffira plus. Il lui
faudra autre chose. Ces hommages ne serviront qu'à nourrir
sa soif de triomphes et de gloire. Quelques jours encore, et
vous verrez qu'il sera roi lazarone, souverain du peuple. C'est
alors qu'il faudra entrer en campagne; jusque-là, nous devons
nous borner à nous défendre ou chercher à gagner du temps en
prolongeant les négociations. Promettez tout ce qu'on deman-

dera; accordez tout! Les promesses n'engagent à rien quand on est résolu à ne pas les tenir.

— Masaniello demandera des sûretés, des garanties!

— Vous les lui ferez oublier en le comblant d'honneurs et de dignités — en lui conférant le titre de duc...

— Le titre de duc... tu plaisantes?

— Rien n'est plus sérieux. Il faut aux grands maux les grands remèdes. Ce ne sera d'ailleurs qu'un vain titre, et ce sacrifice sera payé au centuple par les avantages que vous en retirerez. Le chapeau ducal enivrera Masaniello. Le pêcheur, ainsi distingué, oubliera le peuple qui l'a acclamé — et le peuple oubliera à son tour que Masaniello l'a conduit à la victoire. Il faut diviser pour régner. C'est un précepte aussi vieux que le monde, et il vous suffira de le mettre en pratique pour anéantir vos ennemis. Essayez, Altesse. Je réponds du succès.

— Ton plan ne me paraît pas absolument mauvais, fit le duc d'un air pensif. Il faut le mûrir!

— Nous n'avons pas de temps à perdre. Laissez-vous gagner, Altesse. Songez-y; en élevant ainsi le pêcheur de Portici, vous éveillez immédiatement la méfiance et l'envie chez les autres chefs des rebelles; vous rendez Masaniello suspect à tout le peuple. Il n'en faut pas davantage pour le renverser!

— Silence! murmura le duc en poussant son compagnon et en se tournant vers le couloir; as-tu vu cette fille qui était là tout à l'heure?

Une ombre glissait en effet entre les piliers et disparaissait vers l'entrée de l'église.

— Je ne l'ai pas remarquée!

Le duc s'était levé; il regardait autour de lui avec inquiétude.

— C'est étrange! fit-il d'une voix sourde, il m'a semblé qu'elle apparaissait subitement là, à côté du pilier.

— Vous craignez qu'elle ne nous ait aperçus?

— Je ne sais rien, sinon qu'elle s'est éloignée précipitamment!

— La foule doit s'être dispersée! Voulez-vous que nous retournions au château?

Le duc considérait encore le portail où l'ombre venait de disparaître.

— Oui; partons! dit-il avec agitation. Cette fille pourrait appeler les rebelles et les ameuter contre nous. Partons!

Le duc se dirigea vers la sacristie, et en sortit prudemment avec Tito.

La foule ne s'était pas encore dispersée, mais les abords immédiats de l'église étaient libres. Hommes et femmes se serraient autour de la perche où pendaient encore les restes mutilés des deux Espagnols, tous faisaient monter d'ardentes invectives vers ces cadavres.

Tandis que le duc et Tito se glissaient vers une étroite ruelle pour gagner ensuite le rivage et la porte du parc, Masaniello arrivait avec quelques-uns de ses amis sur la place de l'église des Carmélites.

La foule le reçut avec de bruyantes acclamations, et tous les bras se levèrent pour lui montrer les deux cadavres éclairés par la lueur des torches, et balancés par la brise de mer.

Masaniello considéra un instant ce hideux spectacle, puis il s'avança au travers de la foule qui s'ouvrait respectueusement devant lui, et arriva jusque vers la perche. Pietro s'était éloigné, mais ses compagnons étaient encore réunis au milieu de la place.

Le tribun fit signe qu'il voulait parler et le silence s'établit immédiatement.

— Citoyens! Amis! s'écria Masaniello de sa voix pleine et vibrante, vous êtes là attroupés autour de deux morts, et vous assouvissez votre haine et votre colère sur ces dépouilles mortelles. Dites, n'est-ce pas un péché que de profaner des cadavres? Est-il permis de priver les morts du repos et de la paix auxquels ils ont droit?

— N'ont-ils pas commis crimes sur crimes? crièrent quelques voix dans la foule. Ne sont-ce pas les ministres du tyran?

— Ils *furent* les ministres du tyran — ils ne le sont plus, répondit fermement Masaniello dont la voix sonore arrivait jusqu'aux extrémités de la place. Ne violez pas des corps morts qui appartiennent à la terre. Combattez plutôt les vivants. Croyez-moi, mes frères, il n'y a que des lâches pour s'attaquer à des morts qui ne peuvent plus se défendre. Descendez ces cadavres; creusez-leur une fosse hors des portes de la ville, et qu'ils y trouvent leur repos! Vous avez tué ces tyrans, vous vous êtes débarrassés d'eux! C'est bien, maintenant faites ce que j'ai ordonné. Ces corps en lambeaux ne vous apporteraient que maladie et corruption, s'ils restaient plus longtemps sur la terre!

La foule avait écouté silencieusement ce petit discours. Les paroles du tribun semblaient la rappeler à de meilleurs sentiments.

— Masaniello a raison! crièrent quelques voix. Ecoutons-le! Descendons les Espagnols et traînons-les hors des portes!

Quelques hommes, subitement calmés, s'étaient déjà mis en devoir d'obtempérer aux ordres de Masaniello. Ils avaient descendu les deux cadavres, et se préparaient à les emmener tandis que le tribun s'éloignait tranquillement et se portait sur quelqu'autre point de la ville pour réprimer, autant qu'il était en son pouvoir, les excès et les scènes de violence inséparables de ces jours d'émeute et de soulèvement.

Les ordres de Masaniello furent ponctuellement exécutés. Une fosse fut creusée en dehors de la porte, et les restes mutilés des deux ministres y trouvèrent enfin le repos et la paix.

Chapitre XXIV.

La vengeance de la Muette.

Tandis que Lucia attendait vainement la Muette dans le pavillon du bord de la mer, et se rendait ensuite auprès de la vieille Corvia, tandis que le duc et son favori se dirigeaient vers l'église des Carmélites où le vice-roi et Masaniello devaient se rencontrer, la Muette de Portici errait dans les rues de Naples et cherchait à se renseigner sur l'état des choses.

Repoussée par Cinzio, la pauvre enfant n'avait pu se décider à retourner au pavillon avant de s'être assurée qu'il était impossible de pénétrer dans le château. Son cœur était singulièrement partagé. Elle souhaitait ardemment la chute de la forteresse, elle appelait la vengeance et la punition sur la tête des oppresseurs et des tyrans, mais elle tremblait pour Alfonso.

Mystères d'un cœur de femme! Cet homme avait trompé Fenella, il avait trahi ses serments, il l'avait abandonnée pour en épouser une autre — et cependant elle l'aimait encore — elle tremblait pour ses jours; elle eut voulu le sauver au péril de sa vie!

Alfonso le soupçonnait-il? Pensait-il encore à la Muette de Portici qui lui avait donné son amour et son cœur? L'époux de la belle princesse regrettait-il Fenella? Se repentait-il de l'avoir délaissée?

Elle l'ignorait! Tout ce qu'elle savait, c'est qu'elle aimait encore Alfonso, et que cet amour si pur, si puissant et si dévoué durerait autant que sa vie.

Son cœur loyal et fidèle ne pouvait se reprendre pour se donner une seconde fois.

Elle aimait encore le parjure, mais elle haïssait doublement ceux qui l'avaient persécutée, qui lui avaient ravi tout bonheur terrestre, toute espérance. Ils étaient nombreux, mais l'objet particulier de sa haine, c'était Tito, Tito le misérable, l'assassin! C'était de lui surtout qu'elle voulait se venger.

Tout en marchant, elle arriva sur la place qui s'étendait devant l'église des Carmélites, et se trouva arrêtée par la foule. Elle assista ainsi, malgré elle, à l'horrible scène qui s'y passait. La Muette de Portici haïssait les Espagnols; elle aussi, elle avait soif de vengeance, mais elle se sentit saisie de dégoût et d'horreur à la vue du spectacle qu'elle avait sous les yeux.

Hommes et femmes s'acharnaient à l'envi sur les restes mutilés des deux conseillers du duc. Tous hurlaient, vociféraient, tous brandissaient leurs armes, et juraient d'exterminer les oppresseurs étrangers. L'aspect de ces forcenés était horrible. Fenella détourna les yeux et courut vers l'église. Elle avait hâte d'oublier dans la prière et le recueillement la scène monstrueuse qui venait de frapper ses regards.

Elle s'arrêta un instant sous le portail pour calmer les mouvements impétueux de son âme, puis elle s'enfonça dans le couloir obscur et alla s'agenouiller auprès d'un pilier. Elle priait avec ferveur, quand le murmure de deux voix vint frapper son oreille et l'arracher à ses dévotions. La Muette écouta. On causait dans le banc le plus voisin, et Fenella ne tarda pas à reconnaître la voix de son plus mortel ennemi.

Elle avança prudemment la tête et aperçut deux hommes que l'ombre du pilier lui avait cachés jusque-là. L'un d'eux était bien Tito. Cette découverte fit bondir le cœur de la Muette. Le misérable était enfin en son pouvoir. Il fallait s'en emparer au plus vite.

Fenella se releva doucement et se glissa hors de l'église.

Elle voulait chercher sur la place quelques pêcheurs de sa connaissance qu'elle y avait aperçus avant d'entrer dans l'église, et les lancer sur Tito.

Les pêcheurs s'étaient perdus dans la foule. Fenella ne vit plus que des figures inconnues. A qui recourir? Des étrangers n'eussent pas compris son langage. Il lui répugnait, d'ailleurs, de s'adresser à l'un des forcenés qui vociféraient autour des deux cadavres.

Il fallait cependant s'emparer de Tito. L'occasion était unique. Fenella tremblait d'impatience et de crainte. Si sa proie allait lui échapper! Si Tito allait quitter l'église!

La pauvre enfant cherchait toujours. Elle commençait à se désespérer lorsqu'elle aperçut enfin le vieux Pietro. Elle courut à lui en lui montrant l'église, et en s'efforçant de lui faire entendre, par ses gestes, qu'un habitant du château s'y trouvait en ce moment.

Pietro suivit immédiatement la Muette. Il avait compris qu'il s'agissait d'une capture importante, et, tout en marchant, il questionnait Fenella, et nommait les uns après les autres les personnages influents de la cour. Il arriva enfin à Tito, et les vives démonstrations de la Muette lui apprirent qu'il avait touché juste.

— Lui? s'écria le vieux pêcheur. Le favori? Viens, ma fille, viens vite; il ne s'agit pas que ce monstre nous échappe! Tu ne pouvais rendre un plus grand service à notre cause!

Fenella courait avec le vieux pêcheur. Tous deux rentrèrent précipitamment dans l'église; ils se hâtèrent vers le banc où les deux hommes avaient été assis. Personne! L'église était vide. Tito et le duc avaient disparu.

Pietro poussa une exclamation de colère.

— Il t'aura vue, dit-il avec dépit. Il aura compris qu'il n'était guère en sûreté ici et il aura filé. C'est trop tard, maintenant. Il est loin, bien loin, sans doute?

— Non, non, nous le retrouverons, disaient les gestes désespérés de la Muette. Venez, il faut le poursuivre! — Et tout en parlant, elle entraînait le vieux pêcheur hors de l'église. Ses yeux étincelaient, sa main se tendait vers l'ennemi invisible qu'elle cherchait, et ses traits, si purs et si doux à l'ordinaire, ne respiraient plus que haine et vengeance.

Pietro semblait animé du même désir que la Muette. Plus vigoureux qu'on ne l'est ordinairement à son âge, il suivit sans trop de peine l'ardente Fenella, et tous deux se hâtèrent vers le château. Ils avançaient rapidement, fouillant de l'œil les rues qu'ils traversaient, lorsque Fenella s'arrêta tout à coup. La lumière s'était faite subitement dans son esprit.

Toutes les portes de la forteresse étaient occupées. La Muette en avait fait elle-même l'expérience. Tito n'avait donc pu s'en servir pour quitter le château ou pour y rentrer. Il fallait qu'il eut passé par le jardin.

Fenella connaissait ce jardin; elle savait également que l'une des tours donnait accès dans le parc, et sa vive imagination lui représenta immédiatement le chemin qu'avait suivi Tito. Elle communiqua son idée à son compagnon et l'entraîna vers le rivage.

— Tu as raison, ma fille; tu as raison! s'écria le vieux pêcheur habitué depuis longtemps au langage de la Muette. Personne n'a pensé à faire surveiller le parc et les jardins, et le favori en a profité. C'était le seul passage qui lui restât. Comment n'y ai-je pas pensé plus tôt!

Pietro et sa compagne atteignirent le chemin qui longeait le parc. Ils s'approchaient du mur, quand Fenella s'arrêta et étendit la main comme pour montrer quelque chose au vieux pêcheur.

— Une porte! murmura Pietro. — C'est lui! Il la referme! Courons! Il ne nous a pas vu. Nous enfoncerons la porte.

Fenella secoua la tête et retint son compagnon.

— Non, non! disait sa vive pantomime. Ce bruit le ferait fuir si rapidement qu'on ne pourrait plus l'atteindre.

Venez, sur le rivage; de là on peut pénétrer dans le parc; venez vite!

— Il aurait le temps de filer tout de bon avant que nous fussions sur ses traces, répondit Pietro. Laisse-moi faire. Voilà justement deux de nos amis. Hé, Moreno, Borella! Est-ce vous? Oui! Venez vite; il s'agit d'une bonne prise!

Les deux pêcheurs approchèrent.

— Qu'y a-t-il Pietro? demanda Moreno.

— Il y a que le noble Tito vient d'entrer dans le jardin; par là!

— Tito? Il faut le prendre ce chien d'Espagnol! s'écria Borella en dirigeant un poing menaçant vers la porte qu'on lui montrait. Il ne nous échappera pas!

Les trois hommes et Fenella coururent vers la petite porte pratiquée dans le mur d'enceinte du domaine ducal. Tito et le vice-roi l'avaient prudemment refermée, et tous deux se hâtaient vers l'une des tours afin de regagner le château.

Tout à coup, ils s'arrêtèrent. Deux ou trois coups discrets venaient de se faire entendre.

— C'est à la porte, murmura le duc.

Les coups se répétèrent plus distincts.

— Qu'ordonnez-vous, Altesse? demanda Tito.

— Retourne là-bas, et demande qui frappe! dit le duc.

— J'y vais — mais ne m'attendez pas, Altesse. Allez toujours en avant, je vous en prie! On ne peut pas savoir qui demande à entrer.

— C'est certainement l'un des nôtres!

— Peut-être, mais ne m'attendez pas, Altesse.

Le duc continua son chemin vers la tour tandis que son fils adoptif retournait sur ses pas.

— Qui frappe? demanda le favori lorsqu'il fut près de la porte.

— C'est moi, don Tito, ouvrez! répondit le vieux Pietro en contrefaisant sa voix.

— Qui êtes-vous?

— Ouvrez vite !

— Pas avant que vous n'ayez dit votre nom !

Le favori avait collé son oreille à la serrure. Il entendit un murmure confus. On délibérait à voix basse. Il y avait donc plusieurs personnes. Avait-il été vu et suivi par des pêcheurs ? Devait-il fuir ?

Des coups violents subitement frappés contre la porte le firent reculer avec épouvante.

Tito comprit enfin le danger qui le menaçait. Il s'élança d'un bond dans une allée touffue, et prit, en courant, la direction de la tour, mais il avait fait quelques pas, à peine, que la porte cédait sous les efforts réunis des pêcheurs, et que la Muette se précipitait dans le parc avec ses compagnons.

Fenella découvrit bien vite le fugitif. Ses yeux, accoutumés à l'obscurité, lui avaient immédiatement montré cette ombre qui volait dans la direction du château. Elle fit signe de la main aux pêcheurs, et s'élança à la poursuite de Tito.

Pietro et ses deux compagnons la suivirent. Ils n'apercevaient plus le favori, mais ils se fiaient à l'instinct de la Muette, à sa haine ; ils couraient à sa suite, et ne doutaient pas qu'elle ne les conduisît sur la trace de leur ennemi commun.

Tito courait de toutes ses forces, mais Fenella n'était pas moins agile que lui. Sa vue exercée assurait ses pas, et lui donnait un avantage sérieux sur le fugitif. L'allée que suivait Tito serpentait dans le parc. Fenella en supprimait les contours. Elle passait comme un ouragan au travers des massifs de verdure, et bientôt il fut visible qu'elle gagnait du terrain, et qu'elle atteindrait avant le favori le passage qui conduisait à la tour.

Tito comprit que le chemin allait lui être coupé. Il se retourna brusquement, et se jeta dans la partie la plus touffue du vaste parc. Ses ombrages épais pouvaient lui offrir plus d'une retraite et lui permettre de dérouter ses ennemis.

Moreno courut vers la tour et y resta en sentinelle tandis

que la Muette se remettait avec les deux autres hommes à la poursuite de Tito. Le fugitif avait disparu. Un mouvement habile l'avait subitement soustrait aux regards de Fenella. Qu'était-il devenu? On n'entendait plus le bruit de ses pas. Avait-il trouvé quelque sûre cachette d'où il put narguer ses ennemis?

Pietro et Borella couraient de ci de là, en jurant. Peine inutile! Tito était invisible. Fenella battait les buissons, explorait les allées et faisait le tour des troncs d'arbres, mais ses recherches n'avaient pas plus de succès que celles de ses compagnons.

Sa proie lui échappait-elle encore? L'infâme Tito réussirait-il toujours à se soustraire à la punition qui l'attendait et que ses crimes ne lui avaient que trop méritée? N'y avait-il plus de justice?

Fenella qui s'était arrêtée un instant pour reprendre haleine se remit en mouvement. Quelque chose lui disait que le misérable devait finir par tomber entre ses mains. Elle recommença ses recherches. Sans s'en apercevoir, elle s'écarta un peu des deux pêcheurs, et se trouva tout à coup devant une grotte artificielle assez profonde, et dont l'intérieur était plongé dans la plus complète obscurité.

La courageuse fille n'hésita pas un instant. Elle s'élança vers l'entrée de la grotte, mais elle y avait à peine fait un pas que Tito bondissait du fond de cet asile, et se jetait en furieux sur son audacieuse ennemie.

— C'est bien toi! Je ne me trompais pas! fit-il avec un sifflement de colère. Tu veux te venger, vipère — mais c'est toi qui mourras! — Et tout en parlant, il tirait son épée, et se préparait à en percer Fenella.

La Muette se voyait seule et sans défense devant cet ennemi détesté. Impossible d'avertir les deux pêcheurs qui cherchaient dans le voisinage! Impossible de leur faire connaître l'effroyable danger dans lequel elle se trouvait!...

Toute autre créature eut pu appeler dans cette suprême

détresse! Toute autre aurait reçu de Dieu le langage, la voix! Toute autre eut pu donner essor à l'angoisse de son âme — — — la malheureuse Fenella, elle, n'avait pas un son pour exprimer la frayeur, le chagrin, la douleur ou la joie.

Tito n'avait pas oublié cette circonstance favorable. Il se croyait sauvé. L'entrée de la grotte était étroite, ses ennemis ne pourraient y passer qu'un à un, et le favori comptait bien les exterminer les uns après les autres s'ils découvraient sa retraite.

Le hasard le favorisait. Une première victime venait de tomber en son pouvoir! La Muette! Cette femme qu'il avait si longtemps poursuivie de sa passion! N'avait-il pas juré que tôt ou tard elle serait à lui? Elle était prise; personne ne viendrait la délivrer, et morte ou vivante elle lui appartiendrait!

Malgré la position critique du moment, Tito sentit le sang s'allumer dans ses veines en voyant Fenella tomber d'une façon aussi inespérée entre ses mains. Elle allait expier ses dédains, sa haine. Elle avait voulu se venger, et c'était elle qui allait mourir!

Un sourire diabolique passa sur les traits de Tito. Il voulut saisir la Muette, mais elle n'entendait pas se rendre sans combat.

Elle comprit immédiatement le péril qui la menaçait. L'impossibilité d'appeler à l'aide la livrait à ses propres forces, mais elle était résolue à vendre chèrement sa vie. L'imminence du danger lui rendit le courage et la présence d'esprit nécessaires en de pareils moments. Elle vit s'approcher l'ennemi et le regarda sans pâlir, mais l'instinct la fit reculer vers l'entrée de la grotte où l'obscurité était moins profonde, et où elle pourrait au moins surveiller les mouvements de Tito.

Le favori se précipita sur elle. Il comprenait qu'il était perdu si la Muette lui échappait ou si quelque bruit découvrait sa retraite aux deux pêcheurs.

Il avait levé son épée et allait la plonger dans le cœur

de Fenella lorsqu'elle évita le coup par un mouvement d'une agilité et d'une adresse incomparables, et saisit des deux mains l'arme redoutable qui la menaçait.

La colère, la haine et le désespoir doublaient ses forces, mais Tito était habitué à la lutte ; il avait de plus l'avantage de la position, et malgré son courage et son adresse, il n'était pas probable que la Muette put résister longtemps à la supériorité de son ennemi.

Tito comprenait d'ailleurs la gravité de la situation, et se disait qu'il fallait vaincre à tout prix. Un effort désespéré lui rendit son arme, puis il repoussa violemment la Muette qui s'efforçait de la ressaisir, et sans perdre une seconde il se précipita sur elle l'épée haute.

Fenella se baissa vivement, mais en voulant se relever pour fondre sur son ennemi, elle se heurta contre une racine qui dépassait le sol, et roula à terre. Tout en tombant, elle avait saisi pour se retenir les branches les plus voisines. Elles cassèrent bruyamment. Leur craquement avertit Borella qui se trouvait à quelques pas.

Le pêcheur bondit du côté où il avait entendu le bruit, et arriva à l'entrée de la grotte au moment où Tito allait se ruer sur Fenella.

— Par ici, Pietro, par ici ! cria Borella.

Le favori n'eut pas le temps de consommer son crime. Il poussa une horrible imprécation et se retira dans le fond de la grotte.

Fenella était sauvée ! L'épée du misérable n'avait fait que l'effleurer légèrement. Elle se releva en toute hâte, se débarrassa des branches et des racines accrochées à ses vêtements, et s'écarta pour laisser le champ libre à ses sauveurs.

Tito s'était blotti au plus profond de la grotte. Il attendait, l'épée à la main, ses deux adversaires ; mais les pêcheurs ne songeaient pas à aller l'attaquer dans son obscure retraite. Ils voulaient l'obliger à en sortir, et le saisir au passage.

— Rendez-vous ! lui cria Pietro. Sortez, et constituez-vous prisonnier !

Point de réponse.

— Cours vers Moreno, reprit le vieux pêcheur en s'adressant à Borella, demande-lui son briquet et sa pierre à feu. Nous allons enfumer l'Espagnol!

Fenella battit des mains. L'idée lui paraissait merveilleuse. Sa vengeance était enfin assurée, le misérable allait enfin recevoir la punition de ses crimes! Elle se hâta de ramasser des branches sèches et du bois mort que Pietro disposa en tas à l'entrée de la grotte. Le prisonnier fit bien une ou deux tentatives pour interrompre ce travail et forcer le passage, mais Pietro parait victorieusement ses coups à l'aide d'une énorme branche d'arbre, et l'arrivée des deux pêcheurs força Tito à se retirer de nouveau dans son antre.

Quelques minutes s'étaient à peine écoulées que la flamme montait en pétillant devant la grotte et en remplissait l'intérieur d'une épaisse fumée.

Le moyen était bien choisi!

Pietro et Moreno postés aux deux côtés de l'entrée étaient prêts à fondre sur leur proie. Ils n'attendirent pas longtemps. Tito se précipita tout à coup hors de la grotte en faisant tournoyer son épée devant lui. Il avait cru pouvoir se frayer un passage, mais ses adversaires ne redoutaient pas ses coups, et tandis que Pietro se jetait au devant de lui, en se faisant un bouclier de sa branche d'arbre, Moreno le saisissait à la nuque, le terrassait et lui posait le genou sur la poitrine.

— Enfin! s'écria Pietro. Nous te tenons cette fois, vilain drôle! Tu ne nous échapperas pas!

Borella se rapprochait en ce moment, apportant un paquet de branches souples et flexibles qu'il venait de couper aux arbres voisins. Il les tordit ensemble, et en forma des liens parfaitement solides à l'aide desquels les deux pêcheurs eurent bientôt garotté le prisonnier. Cette besogne faite, ils le relevèrent, et se préparèrent à quittter le parc.

— Venez, mes enfants, dit Pietro en s'adressant à ses compagnons et à Fenella; emmenez-moi ce noble seigneur! Il s'agit de le mettre en lieu sûr! C'est une bonne prise! On n'en fait pas tous les jours de pareilles, qu'en dites-vous?

Tito écumait de rage. Ses dents grinçaient convulsivement — mais que faire? Il était au pouvoir des pêcheurs et personne ne venait le délivrer.

Nul ne devait songer à lui au château. Les habitants de la forteresse avaient bien d'autres préoccupations. Une troupe de rebelles venait d'attaquer de nouveau un des côtés du mur d'enceinte. La populace s'ameutait comme la veille, et demandait à grands cris la destruction de la citadelle. On voulait abattre ce fier donjon, le détruire de fond en comble, et en faire périr les habitants. Quelques pêcheurs, attirés par le bruit, criaient vengeance; ils voulaient compléter leur victoire; la soif de la lutte se réveillait, et Masaniello, lui-même, eut été impuissant à calmer cette foule excitée.

Les cris et le tumulte arrivèrent aux oreilles des trois pêcheurs qui entraînaient leur prisonnier, tandis que Fenella marchait la première, pour les ramener, au travers des méandres du parc, jusqu'à la porte qu'ils avaient enfoncée. La Muette se retournait de temps en temps pour regarder la petite troupe qui la suivait, et pour s'assurer qu'elle tenait enfin sa vengeance. Tito l'avait poursuivie de ses criminelles tentatives, il avait fait le malheur de Lucia, il avait volé l'enfant — mais il allait enfin expier ses crimes. Le cœur de Fenella bondissait à cette pensée. Que ne pouvait-elle, avant que le prisonnier mourut, l'interroger sur l'enfant, lui arracher son noir secret, le forcer à parler! Hélas, Fenella était muette, et jamais son infirmité ne lui avait paru plus cruelle! Comment questionner Tito? Comment expliquer aux pêcheurs cette affaire dont ils ne savaient pas le premier mot? La pauvre enfant dut y renoncer, et se consoler en pensant que le misérable assassin n'échapperait pas à la punition qu'il méritait.

— Où allons-nous conduire ce compagnon? demanda Moreno.

— En lieu sûr! répondit Pietro. Il faut lui trouver quelque cachot bien fermé dont il ne puisse pas s'enfuir!

— Si nous l'enfermions là-bas, dans la petite maison où se tenait le percepteur de la dîme sur les poissons? proposa Borella. Elle est vide et l'endroit est sûr!

L'idée fut trouvée excellente, et la petite troupe se remit en marche en entraînant son prisonnier.

Les pêcheurs atteignirent bientôt l'octroi, sombre et triste maisonnette située à l'entrée du port, et appuyée contre le môle. Ils poussèrent leur prisonnier dans l'obscur réduit, et en refermèrent solidement la porte.

— Entendez-vous? fit Pietro, tandis que ses deux compagnons s'assuraient de l'état des gonds et des verroux. On se bat de nouveau!

— Et ce compagnon nous oblige à rester ici, ajouta Moreno avec humeur.

Fenella s'approcha de Pietro, et lui fit comprendre par signes qu'elle s'offrait à garder le prisonnier.

— Bien, ma fille, bien! s'écria Pietro. Tu es une vraie Napolitaine, toi! Prends cette lance, et veille bien sur ce digne seigneur! Il ne s'agit pas qu'il nous échappe! Vous, Borella et Moreno, venez! Suivez-moi au combat!

Chapitre XXV.

Deux rivales.

Les jours d'angoisses qui venaient de s'écouler, les terreurs et les dangers de l'émeute n'avaient pas été seuls à peser sur le cœur de la princesse ; une douleur secrète et incessante, un chagrin rongeant oppressaient cette âme travaillée, et ajoutaient leurs tortures aux inquiétudes du moment.

La fière Espagnole avait su cacher sa souffrance. Nul, dans son entourage, n'avait deviné, jusque-là, les douleurs et les tourments qu'elle endurait. Ses lèvres n'avaient pas proféré une plainte ; pas un mot n'avait appelé sur elle la sympathie et la pitié. Elvira s'était enfermée dans son orgueil, mais cette contrainte devenait intolérable, et la hautaine princesse en venait à maudire le rang et la position qui lui imposaient une si cruelle retenue.

Peu de jours avaient suffi pour changer l'insouciante jeune fille. La douleur avait passé sur cette âme et l'avait promptement mûrie. Qu'importaient maintenant à Elvira l'éclat, le pouvoir, les honneurs et la richesse ! Elle eut donné tout cela pour un mot d'amour d'Alfonso — et ce mot, elle ne pouvait l'obtenir !

Tout disparaissait pour elle devant ce désir, ce rêve, si longtemps et si légitimement caressé ! Que lui fallait-il enfin ? Un peu d'amour et de tendresse. Etait-ce trop demander au bonheur ?

La brillante princesse n'avait connu longtemps d'autres plaisirs que ceux de la vanité et de l'orgueil satisfaits. Longtemps elle s'était enivrée de sa position, de sa beauté, de sa richesse, puis le dégoût et la satiété étaient venus, et lui avaient fait rêver d'autres joies. Le monde lui était subitement apparu sous de tout autres couleurs. Les flatteries et l'adulation dont elle avait été l'objet n'avaient pu étouffer la noblesse native de son âme. Son cœur, en s'éveillant, lui avait montré le néant des avantages purement extérieurs, et elle avait compris enfin qu'on peut gravir les marches d'un trône, être admirée, enviée, briller, dominer, disposer du pouvoir, et manquer cependant de ce qui seul fait le vrai bonheur.

Comment ce cœur torturé supporterait-il cette crise redoutable? Allait-il en sortir purifié, élargi, plus accessible à la pitié, plus humain, ou, trompé dans ses espérances, se rejetterait-il vers les plaisirs mesquins de la vanité, se fermerait-il à jamais à la tendresse, au bien, à tout ce qui est généreux et grand?

Ce problème n'était pas résolu. Elvira luttait encore. Dans les heures mauvaises, le désespoir et l'orgueil blessé lui prêchaient l'égoïsme, la dureté, la froideur, mais elle repoussait ces suggestions perfides, et préférait encore la douleur à l'insensibilité.

Elle soupirait après un cœur ami où verser les tourments du sien propre. Son entourage était nombreux. Donna Diana, sa dame d'honneur, vivait depuis de longues années auprès d'elle et méritait certainement sa confiance — mais un sentiment exagéré de sa dignité avait fait éviter longtemps à la princesse tout épanchement, toute confidence avec les personnes qui formaient sa suite, et le changement survenu dans ses sentiments était encore trop nouveau, ses chagrins étaient trop intimes pour qu'il lui fut facile de les épancher.

La petite dame d'honneur était une aimable et gaie Espagnole, au cœur naïf et confiant, aimant à rire, à plaisanter et à prendre la vie par son bon côté. Elle avait toujours vécu dans les meilleurs termes avec la princesse. Elvira appréciait cette nature facile et unie. Donna Diana lui était devenue nécessaire, mais elle n'en avait pas fait une amie intime. Le caractère enjoué de la dame d'honneur ne semblait pas fait pour ce rôle, et, jusque-là, d'ailleurs, Elvira n'avait pas senti le besoin d'une confidente.

Donna Diana avait partagé la vie de la princesse; elle avait connu naturellement ses désirs, ses petits secrets de toilette, ses habitudes, mais elle n'avait pas cherché à pénétrer plus avant dans l'âme de sa jeune maîtresse. La vie d'Elvira avait coulé d'ailleurs sans événements importants jusqu'à son arrivée à Naples, et rien n'avait modifié, jusquelà, ces relations avec son entourage.

Tout avait brusquement changé. Elvira avait laissé à Madrid son insouciante jeunesse. La page avait tourné, et l'enfant gâtée d'un grand roi allait apprendre à son tour ce que c'est que la douleur!

Le changement opéré dans l'âme de la princesse n'avait pas échappé à sa dame d'honneur, mais donna Diana ne s'était permis aucune allusion à ce sujet. Elle avait remarqué également l'amélioration passagère qui s'était produite dans l'humeur de sa maîtresse après l'apparition d'Alfonso, et la dame d'honneur s'en était silencieusement réjouie. Ce ne fut qu'un éclair. Cette courte entrevue avait été brusquement interrompue par les bruits sinistres de l'émeute. Alfonso s'était arraché des bras d'Elvira pour courir au combat, et n'avait pas reparu depuis lors dans l'appartement de la princesse.

Les terreurs, les dangers, le trouble causés par le soulèvement étaient venus s'ajouter à ces tristesses, mais tandis que donna Diana s'agitait, courait aux nouvelles, et vivait dans des alternatives continuelles d'angoisses et d'espérance, Elvira passait ses jours dans une morne apathie, et semblait indifférente à tout ce qui se passait au dehors du château.

Elle était, comme à l'ordinaire, assise dans son boudoir, et semblait plongée dans les plus tristes pensées, lorsque la dame d'honneur se précipita dans la pièce.

Elvira releva la tête et resta frappée d'étonnement. Jamais

donna Diana ne s'était présentée devant elle avec des traits aussi bouleversés.

— Il est arrivé un nouveau malheur, s'écria la pauvre enfant qui semblait avoir oublié toutes les lois de l'étiquette. Qu'allons-nous devenir, Altesse? Nous serons tous perdus!

Elvira s'était levée. — Qu'est-il arrivé? demanda-t-elle avec effroi.

— C'est horrible... épouvantable! balbutia la petite dame d'honneur en se tordant les mains. Qui se serait douté que les choses en viendraient là!...

La princesse ne douta plus qu'il ne fut arrivé quelque malheur à don Alfonso.

— Parlez, donna Diana, parlez donc! reprit-elle d'une voix à peine intelligible. Qu'y a-t-il de particulier?

— Que la sainte Vierge nous soit en aide! Les pêcheurs ont défait les soldats. Ils sont conduits par un certain Masaniello!

Elvira respira.

— C'est tout? dit-elle tranquillement. Je le savais déjà. On vient de me l'apprendre!

La dame d'honneur regarda sa maîtresse d'un air stupéfait. Elle ne comprenait rien à ce calme.

— Ce pêcheur est de Portici, reprit-elle.

— De Portici?

— Oui, et cette batelière muette est sa sœur!

Ce fut au tour d'Elvira de frissonner.

— Sa sœur! murmura-t-elle. C'est donc un acte de vengeance!

— Ce Masaniello est vainqueur, reprit donna Diana sans remarquer l'émotion de sa maîtresse. Le nombre de ses partisans croît d'heure en heure, et le Maure se trouve aussi parmi les rebelles!

— Je le sais!

— Peut-être, mais vous ne savez pas ce qui vient d'arriver, sanglota la dame d'honneur. Seigneur! comment tout cela va-t-il finir?

— Le prince — mon époux? murmura Elvira.

— Son Altesse avait chargé don Miguel Riperda...

— Dites-moi avant tout si le malheur dont vous parlez a frappé don Alfonso?

— Non, non, ce n'est pas de lui qu'il s'agit, Altesse, c'est de son envoyé, — mais le même sort l'attend, lui — et nous aussi, nous tous! Faut-il que nous ayons quitté notre belle Espagne pour venir mourir ici! Les soldats ne sont plus en nombre suffisant pour repousser les émeutiers! Encore une nuit et la citadelle sera au pouvoir de ce Masaniello qui n'épargnera personne!...

— Ne parlez pas ainsi! dit Elvira en s'efforçant de calmer sa dame d'honneur. Il ne faut pas voir les choses aussi en noir!

— Il paraît que ce Masaniello est terrible. Rien ne peut lui résister. Il nous fera tous périr!

— Vous vouliez me raconter quelque chose du prince et du marquis Riperda!

— Sainte Vierge! je ne sais plus où j'en suis! gémit la pauvre donna Diana. Son Altesse avait chargé don Miguel de reconnaître le nombre et la position des rebelles; il voulait surtout qu'il fit une tentative auprès des troupes napolitaines pour les ramener à l'obéissance. Vers le soir, don Riperda a quitté le château pour exécuter cet ordre quoiqu'il en connût parfaitement le danger... et alors... ô je meurs de chagrin et de désespoir!...

— Il est donc arrivé un malheur au marquis? Etait-il seul?

— Tout seul, quoiqu'il sut parfaitement qu'il était perdu!

— Comment cela s'est il passé?

— Eh bien, reprit la dame d'honneur en s'efforçant de retenir ses larmes, don Miguel était arrivé jusque dans la rue Sainte-Brigitte, lorsqu'une bande furieuse y a débouché subitement d'une rue voisine. Le marquis a essayé de se cacher, mais toutes les maisons des alentours étaient fermées, et le malheureux n'a pas trouvé le plus petit abri !

— Et d'où savez-vous tout cela ?

— Je le tiens d'un soldat qui avait été fait prisonnier par cette même bande et qui a réussi à s'échapper et à revenir au château. Il a vu tout ce qui s'est passé !

— Et après ?

— Don Miguel, se voyant perdu, a essayé de s'introduire dans une niche où se trouvait une madone et de s'y blottir pour laisser passer cette horde de sauvages, mais il n'avait pas remarqué qu'Hassan se trouvait à leur tête !

— Hassan ? répéta la princesse étonnée. Vous disiez tout à l'heure que c'était le frère de la Muette qui conduisait les rebelles ?

— Sans doute ! Masaniello commande le corps principal, mais le Maure a réuni une troupe de bandits avec lesquels il parcourt les rues. Oh, il y avait longtemps que je me méfiais de ce païen, mais tous mes avertissements ont été inutiles !

— Et le Maure a aperçu don Riperda ?

— Il voit tout ! Ses yeux de lynx ont immédiatement découvert le marquis. Il s'est précipité sur lui, l'a saisi et l'a traîné dans la rue. Don Miguel s'est défendu en désespéré, mais que vouliez-vous qu'il fit contre toute cette troupe. La bande l'a désarmé, et si le Maure ne l'avait empêché, ces furieux l'auraient égorgé sur place !

— Hassan l'a donc défendu ?

— Ne croyez pas qu'il lui ait sauvé la vie par pitié, Altesse. Ce noir est un monstre ! Cette mort lui paraissait trop prompte. Il a défendu à ses hommes de tuer don Miguel. C'était, disait-il, une bonne prise qui devait leur procurer de longues jouissances.

— A-t-il dit cela ?

— Certainement. Il a fait lier le marquis, et deux des bandits l'ont enmené en triomphe. Le Maure a déclaré à ses hommes qu'il entendait torturer longuement don Riperda, en attendant qu'il attrapât don Tito qui lui tenait encore beaucoup plus au cœur.

— C'est horrible! murmura la princesse.

Donna Diana avait caché sa figure dans ses mains.

— Nulle puissance au monde ne peut sauver le marquis! balbutia-t-elle.

— Et vous l'aimiez — si je ne me trompe? dit Elvira avec une affectueuse pitié.

La dame d'honneur se laissa tomber aux genoux de sa maîtresse.

— Oui... je l'aimais! fit-elle avec un sanglot. Je l'aimais... et ces monstres l'ont enmené à la mort... ils lui feront endurer les plus horribles tourments!...

— Pauvre donna Diana! soupira Elvira en relevant tendrement sa compagne. Encore un amour malheureux!

— Je ne reverrai jamais le marquis! exclama la dame d'honneur. C'est horrible de le savoir dans cette position et de pouvoir rien faire pour le sauver!...

— Il faudrait tenter quelque chose!

— Tout est inutile!

— Avez-vous déjà fait quelque démarche?

— Je suis allée chez le prince!

— Chez mon époux?

— Oui! Je voulais lui porter cette affreuse nouvelle et lui demander son avis... Hélas, don Alfonso n'a pas été consolant. Il était pâle et défait, parlait à peine, et s'est borné à déclarer que le marquis était perdu, inévitablement perdu, et qu'on ne pouvait rien pour lui.

Elvira écoutait ces détails avec avidité.

— Vous pouvez au moins avouer votre souffrance, donna Diana, dit-elle enfin d'une voix sourde et comme se parlant à elle-même — il est des cœurs déchirés qui ne peuvent pas

même laisser deviner leurs tourments — il est des âmes qui
souffrent en silence — et celles-là, croyez-moi, sont plus à
plaindre que vous. Le marquis vous a été enlevé, mais vous
savez, au moins, qu'il ne vous a pas oubliée et trahie. Vous
pouvez porter son deuil, le pleurer ouvertement — c'est déjà
un bienfait. Il est une douleur plus poignante que la vôtre
— — — la princesse s'interrompit, passa la main sur son
front et sur ses yeux. — Vous dites que le prince était pâle
et défait? reprit-elle tristement.

— Je l'ai trouvé très-changé, Altesse!

— Et il ne vous a adressé aucune question, il ne vous a
pas donné de message? demanda Elvira avec effort.

— Don Alfonso était distrait et préoccupé. Il n'a prononcé
que ces quelques mots au sujet du marquis. Conrado, le valet
de chambre m'avait déjà dit que depuis quelques jours le
prince était méconnaissable. Il avait raison!

— Des événements comme ceux de ces jours derniers ne
passent pas sans laisser de cruelles traces.

— Sans doute, Altesse!

Elvira avait relevé la tête et regardait fixement sa dame
d'honneur.

— Vous avez appris autre chose, donna Diana, dit-elle
tout à coup.

— Autre chose... je ne sais... je ne crois pas, balbutia
la naïve Espagnole.

L'embarras de donna Diana n'avait pas échappé à la
princesse.

— Dites-moi tout! reprit-elle. Je vous l'ordonne!

— Ne me pressez pas, Altesse, je vous en conjure, supplia
la pauvre enfant. Je ne sais rien de sûr. Ce sont des bruits,
des rapports...

— Répétez-les. Je veux les connaître!

— Vous en serez peinée — laissez-moi me taire!...

— Vous m'avez entendue, donna Diana, fit impérieusement

la princesse. Obéissez! J'exige que vous me répétiez tout ce que vous savez!

— Vous le voulez, Altesse, j'obéis — mais à regret, dit tristement la dame d'honneur. Conrado gémit; il m'a raconté, avec larmes, le changement survenu dans l'humeur de son maître. Il dit que le prince ne dort plus!

— Il n'y a rien là de bien extraordinaire, fit Elvira un peu rassurée. Ne nous en arrive-t-il pas tout autant? Peut-on fermer l'œil au milieu de ces combats, de ce vacarme?

— Mais il paraît que le prince ne goûte pas même un instant de repos pendant le jour, quand tout est tranquille, ou, s'il parvient à s'endormir, c'est d'un sommeil si agité, si fiévreux que Conrado en est effrayé. Il parle, il crie, puis, tout à coup, il se lève pour se promener avec agitation dans sa chambre. Le valet de chambre dit qu'il appelle quelqu'un avec angoisse, tout en dormant, mais c'est quelqu'un d'étranger, je suppose, car le nom que don Alfonso prononce est tout à fait inconnu à Conrado.

— Un nom inconnu?

— Oui, Altesse. Je ne l'avais jamais entendu non plus.

— Le valet de chambre vous l'a répété?

— Il voulait savoir si je le connaissais.

— Et quel est ce nom?

— Fenella!

— Fenella! murmura la princesse, je ne connais personne qui s'appelle ainsi — le domestique aura mal entendu, ajouta-t-elle, sans laisser voir qu'elle devinait immédiatement à qui appartenait ce nom.

— C'est ce que je lui ai dit, mais il m'a affirmé qu'il ne se trompait pas. Le prince avait déjà appelé comme cela, mais assez bas; dernièrement il a crié ce nom deux fois, et si fort que cela l'a réveillé lui-même.

— C'est étrange — on ne sait ce que cela peut signifier. Don Alfonso aura rêvé!

— Probablement! En tout cas, Conrado est bien inquiet

de son maître qui se tient absolument à l'écart, ne prend aucune distraction, et ne mange plus. Il faut, dit-il, que don Alfonso ait quelque profond chagrin !

— Vraiment ! Conrado a trouvé cela ! s'écria Elvira avec un sourire forcé. Il me semble que la raison en est bien simple. Comment le prince ne serait-il pas navré en voyant ce qui se passe, et n'avons nous pas tous sujet de nous tourmenter ?

— C'est horrible ! s'écria donna Diana que ces paroles ramenaient au souvenir de Riperda. Quels tristes jours ! Que de dangers ! que d'angoisses ! — et qui sait ce que nous avons encore à attendre ?

— Il faut être prêt à tout, donna Diana, et savoir tout supporter !

— J'admire votre courage, princesse !

— Vous l'admireriez bien plus encore si vous saviez tout !... mais il est tard. Laissez-moi seule !

— Le combat recommence ! Entendez-vous ?

— Restez debout, et attendez mes ordres dans votre chambre ! répondit froidement Elvira en congédiant du geste sa dame d'honneur.

Lorsqu'elle se trouva seule, ses traits changèrent subitement d'expression.

Longtemps, elle s'était fait violence — longtemps elle avait impérieusement refoulé les sanglots qui montaient à ses lèvres — enfin elle était seule — elle pouvait enfin se livrer sans contrainte à son désespoir !

Elle s'affaissa sur un divan et resta longtemps abîmée dans sa douleur. Enfin elle se releva, et ses traits prirent tout à coup la froideur et la rigidité du marbre.

— « Fenella » — murmura-t-elle — c'est son nom, une voix intérieure me le dit ! Et c'est elle qu'il appelle dans son sommeil — c'est vers elle que vont ses rêves ! Il ne pense pas à moi ! Le nom qui flotte sur ses lèvres n'est pas le mien ! C'est celui de la Muette de Portici ! Cette fille de pêcheur, cette batelière, est l'heureuse rivale de la princesse d'Arcos! Malheur sur moi — et sur elle! Il l'aime! — Il l'aime encore maintenant! reprit-elle avec une indicible douleur. C'est elle qui l'occupe, qui vit dans son cœur — et qui m'en chasse! Chassée? Ai-je jamais eu une place dans ce cœur? M'a-t-il jamais aimée?...

La princesse allait et venait avec agitation dans sa chambre. Tout à coup, elle s'arrêta, réfléchit un instant, puis elle s'approcha d'une fenêtre et en souleva vivement la jalousie.

Il faisait nuit. Le tumulte du combat s'apaisait peu à peu. La lutte semblait cesser ou se perdre aux alentours du château. Elvira s'appuya sur le bord de la fenêtre, et leva vers le ciel un visage où se lisait le plus amer désespoir.

— Il faut que je la voie! reprit-elle d'une voix sourde. Je veux la trouver, m'assurer qu'elle porte bien ce nom qui poursuit Alfonso jusque dans ses rêves. Je veux lui parler — essayer de l'éloigner! Cette humiliante rivalité me ferait mourir! Qui sait — peut-être la voit-il encore? Peut-être lui prodigue-t-il les marques de sa tendresse, tandis que je reste seule et abandonnée dans mon appartement?!... Le château est cerné, les portes sont gardées! Peu importe! Je trouverai le moyen d'arriver jusqu'à elle — il le faut — tout n'est-il pas préférable à cette torture morale — tout, même le danger et la mort!

La princesse interrompit un instant son monologue. Elle semblait tenir conseil avec elle-même.

— Il le faut, reprit-elle tout à coup avec une nouvelle explosion de douleur. Qu'attendrais-je? Demain les portes du château ne seront pas plus libres qu'aujourd'hui! Son frère est le chef des révoltés! Alfonso aime la sœur de ce rebelle! Que faut-il de plus pour prouver jusqu'où va cet amour — amour insensé — coupable!... Il le faut! Comment supporter plus longtemps de pareilles tortures? J'y vais! Je trouverai une issue! J'arriverai jusqu'à la Muette de Portici — et l'une de nous deux devra disparaître!...

Elvira semblait réellement décidée à mettre à exécution cet aventureux dessein. Elle passa dans une pièce voisine, saisit un long manteau, s'en enveloppa, et se dirigea vers l'antichambre.

CHAPITRE XXVI.

Hassan dans les fers.

— Et tu dis que les hommes qui viennent de repousser cette subite attaque des mercenaires appartiennent à une association secrète, demandait Masaniello au vieux Pietro qui lui communiquait la capture du favori et l'inutile sortie des quelques soldats du duc.

— Oui. Ils m'ont rappelé ces hommes qui nous ont apparu au cimetière et qui ont enseveli le comte Almaviva!

— Etaient-ils donc masqués?

— Tous masqués! Tous vêtus comme l'était le défunt comte. Il paraît qu'ils ont déjà combattu parmi la foule ces nuits précédentes, car Bertuccio m'a raconté qu'il s'était trouvé près d'un homme masqué ressemblant frappamment à Almaviva.

— Etaient-ils nombreux?

— Je ne les ai pas comptés, mais il pouvait bien y en avoir une centaine!

— Et tous ont le même costume?

— Tous sont vêtus de noir des pieds à la tête, et un lazarone qui se trouvait près de moi s'est écrié : « Regardez, voilà la Compagnie de la Mort! » Oui, ils portent bien leur nom! Il m'a paru qu'ils appartenaient à quelque association secrète faisant cause commune avec le peuple. Ils ont repoussé

les mercenaires dans la forteresse, et lorsque la foule a crié:
« A bas les Espagnols! Vive Naples! Vive Masaniello! » ils
ont fait chorus avec elle.

— Ils ne veulent pas se faire connaître, nous les laisserons tranquilles, Pietro, et nous ne chercherons pas à pénétrer leurs secrets. Il nous suffit de savoir qu'ils sont pour
nous et qu'ils luttent avec nous — mais on fait bien du
bruit là-dehors. Y aurait-il quelque chose de nouveau?

Pietro et Masaniello se trouvaient dans la chambre du
conseil, à l'Hôtel-de-Ville, haute et vaste pièce, dont une
grande table couverte d'un tapis noir occupait le centre.

Pietro s'était approché d'une fenêtre.

— C'est une troupe de bourgeois, dit-il. Ils sont arrêtés
sur la place, et demandent après toi, sans doute. J'entends
répéter ton nom.

— Ouvre la fenêtre, et fais-leur signe d'entrer.

Pietro fit ce qu'on lui avait commandé.

— Masaniello est ici, cria-t-il. Que lui voulez-vous?

De bruyantes acclamations accueillirent ces paroles.

— Vive Masaniello! Nous voulons voir notre chef, notre
libérateur! Vive le pêcheur de Portici!

— Vous ne pouvez pas tous entrer à l'Hôtel-de-Ville, reprit Pietro, lorsque le bruit se fut un peu apaisé. Envoyez
des délégués!

— Oui, oui! Envoyons Marza, Citadino et Rugetti. Ils
porteront nos vœux et nos représentations au sauveur de
Naples.

— Ils t'envoient trois bourgeois en députation, dit Pietro
en revenant auprès de la table.

Les cris continuaient au dehors. Masaniello se leva, et se
montra à la fenêtre. La pâle lueur de la lune éclairait en
plein sa haute et mâle stature. Le tribun salua le peuple
qui lui répondit par de frénétiques acclamations. L'enthousiasme
touchait au délire. Vivats et applaudissements ne semblaient
pas devoir finir.

Les trois délégués ne tardèrent pas à paraître dans la salle qu'éclairait une lampe suspendue au plafond. Deux d'entre eux étaient des hommes âgés, à l'air respectable ; Rugetti, leur compagnon, était un jeune Napolitain de bonne famille. Tous trois entrèrent tête nue, et lorsque Masaniello s'approcha d'eux, tous trois voulurent plier le genou devant lui.

Le tribun arrêta ce mouvement.

— Soyez les bienvenus, mes frères, dit-il en leur tendant la main. Le peuple de Naples vous envoie vers moi. Qu'avez-vous à me dire?

— Le peuple de Naples te transmet par nous l'expression de son respect, de son admiration et de sa reconnaissance, répondit le vieux bourgeois Marza. Le peuple de Naples voit en toi son libérateur! Il n'oubliera jamais les hauts faits que tu as accompli avec l'aide des pêcheurs et des hommes de Naples, de Portici et d'Almafi!

— Sois béni, Masaniello! s'écria à son tour le vieux Citadino en inclinant sa tête blanchie devant le pêcheur. Que ton nom soit éternellement en honneur parmi les habitants de cette ville!

— Les Napolitains t'acclament et te vénèrent, ajouta le jeune Rugetti enthousiasmé. Tu nous a sauvés, Masaniello! Tu nous as délivrés du joug honteux de l'étranger. Tu as défait les mercenaires du tyran!

— L'œuvre n'est pas achevée, mes amis.

— Elle le sera! Tu la mèneras à bonne fin, nous le savons, reprit Marza. Le peuple nous envoie vers toi pour que nous te transmettions son hommage et que nous te fassions connaître des faits qui t'ont échappé dans le trouble de ces jours de luttes et de combats. Le peuple sait comme nous que ces faits se passent à ton insu, et contre tes désirs. Il suffira d'un mot de toi pour les faire cesser.

— De quels faits parlez-vous? dit Masaniello d'un air étonné et inquiet.

— Nous savions bien qu'ils t'étaient inconnus, et que tu

n'y avais aucune part, s'écria Citadino. Tout en toi est grand, généreux et désintéressé. Nous savons que tu n'aspires pas aux richesses de tes ennemis!

— Parlez! fit Masaniello impatienté. Qu'avez-vous à m'apprendre?

— Voici les faits, dit gravement le vieux Marza qui semblait être l'orateur de la députation. Tu sais que des bandes armées ont parcouru ces jours les quartiers de la ville. L'une de ces bandes est conduite par le domestique noir qui servait le duquecito, or ce noir est un individu dangereux...

— Il a été poussé à bout, interrompit Masaniello. Les Espagnols l'ont horriblement maltraité, et, tout païen qu'il est, il n'a pas voulu se laisser faire. C'est pour se venger de ses anciens maîtres qu'il s'est joint à nous.

— C'est possible. Le désir de la vengeance a peut-être été son premier mobile, mais il n'a pas été le seul. Tu le défends généreusement, mais tu ignores qu'il abuse de son pouvoir d'une façon indigne, et qu'il profite du trouble et de la confusion du moment pour tuer et piller partout où il le peut!

— Il s'est associé à une bande de brigands, ajouta Citadino, et toute sa horde est formée de détenus libérés, de vagabonds et de gens sans aveu!

— Tuer! piller! répéta Masaniello dont les traits s'étaient subitement assombris. Dites-moi tout, mes amis; racontez-moi tout ce qui s'est passé, et je ferai justice des coupables, je le jure.

— Nous n'attendions pas moins de toi, Masaniello, reprit Marza. Tu es aussi juste que vaillant, et tu sauras punir comme ils le méritent les misérables qui exploitent la situation à leur profit. Ce Maure est un malfaiteur de la pire espèce. Ce n'est pas contre nos ennemis qu'il s'est distingué, ce n'est pas sur eux qu'il a apaisé sa soif de sang et de carnage. Il a quitté le combat de bonne heure, et tandis que nous luttions contre les mercenaires, il allait de palais en palais avec sa horde, pillant, saccageant, et tuant sans pitié quiconque essayait de lui résister. Il n'est pas un quartier qu'il n'ait tenu, et c'est en rôdant ainsi qu'il a réussi, par hasard, à s'emparer du marquis Riperda.

— Si vous dites vrai, le Maure paiera cher ses méfaits, j'en réponds !

— Les paroles de Marza sont absolument vraies, s'écria Citadino. Elles n'ont rien d'exagéré. Cette horde a fait plus de mal que tous les boulets ennemis ! Elle a causé d'immenses dommages ! Fais saisir son chef, et punis-le d'une façon exemplaire ! Le peuple compte sur toi ! Il a remis son sort entre tes mains, et tu sauras le délivrer des ennemis du dedans aussi bien que de ceux du dehors !

— Hassan ne s'est pas borné à ravager les palais des Espagnols, dit à son tour Rugetti. les demeures des Napolitains n'ont pas été plus épargnées. Le Maure et sa bande ont emmené chaque nuit un énorme butin, et dernièrement, ils se sont unis à une bande de brigands pour surprendre et dévaliser un convoi de marchands à quelques milles d'ici. Le père de ma femme en faisait partie ; il a été dépouillé de tout ce qu'il rapportait, argent et marchandises !

— Ce n'est pas tout, reprit Marza. Ces bandits ont osé pénétrer, ce soir même, dans le palais du prince Tiberio Bisignano qui est encore absent. Ils ont terrassé les domestiques. Le vieux majordome du prince voulait résister ; les monstres l'ont saisi et l'ont pendu par les pieds dans une des salles, puis ils se sont introduits dans les appartements intérieurs pour en enlever les objets précieux. Ces sauvages ont crevé les tableaux, brisé les statues et autres objets d'art qui ne pouvaient facilement s'emporter, puis ils se sont retirés avec un énorme butin !

— Sang de Dieu ! cria Masaniello dont les yeux étincelaient de fureur, faut-il que de pareils crimes se commettent à Naples ! Faut-il...

Le tribun s'interrompit. La colère l'étouffait.

— Je vous remercie de cette communication, mes amis, reprit-il enfin d'une voix tremblante, et je vous promets les peines les plus sévères pour tous ces coupables. Savez-vous où le Maure et sa bande se trouvent en ce moment?

— Nous avons appris, en venant, que cette horde venait de pénétrer dans la riche demeure de la veuve patricienne Cruti, répondit le plus jeune des députés. Cette dame a quitté Naples avec une partie de ses gens dès le commencement de l'insurrection. Les quelques domestiques qui gardaient la maison n'auront pu repousser les bandits ; il est donc plus que probable que le Maure s'y trouve encore et qu'il complète son butin.

— C'est bien! Je sais ce qu'il me reste à faire, dit Masaniello d'une voix ferme. Retournez vers vos frères et amis, et dites-leur que je m'efforcerai de mériter la confiance dont ils m'honorent. Dites-leur que Masaniello saura punir les misérables qui souillent notre victoire, et qu'il fera régner l'ordre et la paix dans la bonne ville de Naples!

Le tribun avait tendu la main aux députés. Tous trois la serrèrent à leur tour et quittèrent la salle en saluant respectueusement le vaillant pêcheur.

Tous trois regagnèrent la place, ils rentrèrent dans la foule qui salua le message de Masaniello par une nouvelle explosion d'applaudissements et de bravos.

Peu d'instants après, le pêcheur de Portici quittait à son tour l'Hôtel-de-Ville. Il était accompagné d'une dizaine d'hommes armés, et son apparition accrut encore l'enthousiasme du peuple. Les acclamations ne semblaient pas devoir finir. Elles saluaient le héros du jour, le vainqueur, l'idole de la multitude. On eut dit un peuple acclamant un souverain aimé et respecté!

Masaniello s'était arrêté sur les marches de l'Hôtel-de-Ville, et les premières lueurs du jour éclairaient sa haute et mâle stature. Il salua la foule, puis il reprit sa marche, et passa comme un triomphateur au milieu de cette multitude qui s'ouvrait respectueusement devant lui.

Les rues étaient encore singulièrement animées. Des groupes nombreux de pêcheurs stationnaient sur les places, attendant toujours la reprise des hostilités. Plusieurs de ces hommes étaient ivres; d'autres discutaient vivement, d'autres enfin, allaient de groupe en groupe, commentant les nouvelles, et entretenant leur ardeur guerrière par le récit, maintes fois répété, de tous les incidents du combat.

Le tribun et ses dix hommes d'escorte ne pouvaient passer inaperçus. L'apparition de Masaniello fut annoncée de proche en proche, et en un instant, les pêcheurs furent serrés autour de leur chef. Leur nombre grossissait de minute en minute. Masaniello fut forcé de s'arrêter.

— Pourquoi tardes-tu? criaient quelques voix. Pourquoi ne pas profiter de tes avantages? Nous voulons combattre! Nous voulons anéantir jusqu'au dernier ces chiens d'Espagnols!

— Patience, mes amis, patience! répondit fermement Masaniello.

— Nous voulons du sang. Nous voulons achever nos tyrans! reprenaient les plus animés. Guide-nous au combat. Il n'y a pas un moment à perdre! En avant!

— Comment, avez-vous des ordres à me donner? cria Masaniello de sa voix retentissante. N'avez-vous pas juré de m'obéir? N'y a-t-il pas déjà assez de sang versé? N'êtes-vous pas rassasiés de vengeance, et ne serait-il pas temps de conclure la paix, si nous pouvions obtenir, sans autre combat, la suppression des impôts et de toutes les mesures arbitraires? Retirez-vous! Masaniello sait ce qu'il a à faire; il n'obéit pas à la contrainte!

— Nous voulons chasser les Espagnols! Nous voulons combattre, être libres!

Les cris continuaient. Un geste impérieux de Masaniello ramena le silence.

— Retirez-vous! répéta le tribun d'un ton qui n'admettait pas de réplique. Quand l'heure sera venue, je vous appellerai au combat; jusque-là, attendez! Je verrai si la lutte doit continuer.

Les pêcheurs se regardèrent. Leurs figures expressives trahissaient une surprise mêlée de mécontentement. Personne n'osa murmurer, cependant. Masaniello n'était-il pas le dieu du jour? N'était-ce pas à lui que le peuple devait sa victoire? N'avait-il pas fallu tout son courage, toute son habileté pour grouper des bandes sans lien et sans discipline, et pour leur faire remporter la victoire sur des troupes aguerries?

Masaniello était le chef suprême. Il avait le droit de prendre toutes les décisions qui lui paraissaient nécessaires. Les pêcheurs ne songeaient pas à contester son autorité, mais ses paroles leur avaient singulièrement déplu. Devenus guerriers, de pêcheurs qu'ils étaient, ils n'avaient pas encore assez de ce nouveau rôle dans lequel ils n'avaient remporté, jusque-là, que des succès. Leur ardeur ne s'était pas encore apaisée, et les velléités pacifiques de leur chef s'accordaient mal avec leur enthousiasme. La victoire leur plaisait. Ils n'avaient pas tort lorsqu'ils affirmaient qu'il fallait poursuivre sans tarder les avantages obtenus, achever ce qui restait des troupes espagnoles, et s'emparer du duc, mais cette opinion, fondée en apparence, était inspirée par une politique à courte vue que les hommes sensés ne partageaient pas.

Moins belliqueux que les pêcheurs, Masaniello désirait vivement mettre fin aux massacres. Il croyait agir pour le bien du peuple en essayant de conclure un traité avec le duc, avant de recommencer un combat dont l'issue ne pouvait être douteuse,

Tant que le vice-roi avait disposé de forces importantes, Masaniello avait trouvé glorieux de le combattre. Le pêcheur avait tenu à montrer qu'il ne redoutait pas des troupes éprouvées et qu'il s'entendait à vaincre, mais ce qui restait à faire était si facile, la victoire était si bien assurée d'avance,

que le tribun trouvait au-dessous de sa dignité de renouveler le combat, et de s'acharner sur un ennemi vaincu. Il
se disait, en outre, qu'une trève sérieuse et des négociations
sincères, éviteraient à son pays le malheur d'une guerre avec
le roi d'Espagne. Les Napolitains avaient montré au vice-roi
qu'ils n'étaient pas disposés à porter plus longtemps le joug,
et qu'ils étaient assez forts pour se débarrasser, quand ils
le voudraient, de lui, de ses conseillers et de ses mercenaires.
La leçon lui aurait profité, sans doute. Masaniello y comptait.
Il se disait qu'après une expérience semblable, le duc serait
mâté: qu'il ferait droit aux réclamations et aux justes exi-
gences du peuple, et que Naples pourrait se contenter des
avantages obtenus.

Ces idées, partagées en général par les bourgeois et le
peuple, proprement dit, ne trouvaient aucune faveur auprès
des pêcheurs et des lazarones qui ne voyaient de secours que
dans l'anéantissement complet des Espagnols. Ces hommes,
ardents et bornés à la fois, ne voulaient pas comprendre
qu'un moyen aussi radical aurait des conséquences désastreuses
pour leur pays. Ils ne songeaient pas que le roi d'Espagne
disposait de forces considérables, et qu'à la première nouvelle
d'un massacre, il enverrait une flotte et des troupes pour
châtier les Napolitains et les faire rentrer dans l'obéissance.

Tandis que les pêcheurs se répétaient les paroles de Masaniello, le tribun continuait sa route avec son escorte et se
dirigeait vers la maison de la veuve patricienne Cruti.

Les délégués ne se trompaient pas. L'antique et somptueuse
demeure était au pouvoir des bandits, et Masaniello en était
encore bien loin qu'il entendait déjà le vacarme occasionné
par cette scène de pillage. On enfonçait portes et fenêtres,
et des objets de toute nature étaient précipités dans la rue
où ils se brisaient avec fracas. Quelques-uns des brigands
avaient forcé la porte de la cave; ils en avaient enlevé plusieurs vases remplis des vins les plus exquis, et l'ignoble

bande, après s'être gorgée d'une partie de leur contenu, laissait le reste se répandre à flots dans la rue.

La horde était si occupée de son œuvre de destruction, qu'elle en oubliait toute crainte, et que Masaniello et son escorte purent arriver jusque vers la maison sans être aperçus.

Le pêcheur y entra précipitamment, et dès les premiers pas, il put constater que les délégués du peuple n'avaient rien exagéré dans leurs rapports et leurs plaintes.

La demeure de la noble Napolitaine était livrée au pillage. Une confusion sans exemple y régnait. Hassan venait de faire enfoncer une porte, et avait poignardé, de sa main, un domestique qui essayait de lui résister, lorsque Masaniello parut à l'entrée de la salle où ce meurtre s'était commis.

Cesare, le chef des brigands, comprit immédiatement le danger. Il profita du bruit et de la confusion générale pour s'esquiver avec Pepi, Alessandro, Andrea et quelques autres de ses gens. Hassan ne s'en aperçut pas. Tout entier à sa cupidité, il enjambait le cadavre du domestique, et allait se précipiter dans la pièce qu'il s'était fait ouvrir, lorsque Masaniello le saisit par le bras.

— Qu'est-ce que tu fais dans cette maison, drôle? s'écria le tribun en repoussant violemment le noir démon qui le regardait les yeux écarquillés. Je te prends sur le fait, bandit!

— Eh bien, oui, c'est moi! grogna le Maure en se remettant sur ses pieds et en prenant une attitude menaçante. A qui en as-tu? Tu ne reconnais donc pas Hassan que tu t'attaques à lui?

— Je le connais assez pour le faire pendre! cria Masaniello exaspéré. Tu profites de nos luttes, de nos combats pour piller, voler, et commettre crime sur crime! Tu expieras tous ces méfaits, je le jure!

— Ah, c'est ainsi que tu le prends! hurla le Maure. Il

avait saisi son poignard et visait Masaniello, mais **avant**
qu'il eût pu lancer son arme, l'athlétique pêcheur s'était jeté
sur lui et lui tenait le bras serré comme dans un étau. Il
le secoua un instant pour lui faire lâcher son poignard, puis
il le saisit par ses habits, le souleva de sa main puissante
et le lança contre la paroi.

— Liez-le ! dit le tribun en se tournant avec un calme
majestueux vers ses hommes, et en leur montrant du doigt
le noir bandit étendu à quelques pas. Chargez-le de chaînes,
ce brigand ! Il sera puni comme il le mérite, et servira
d'exemple à quiconque serait tenté de l'imiter !

Le Maure, étourdi un instant, avait rouvert les yeux ; il
cherchait du regard ses dignes associés, mais la horde semblait s'être évanouie. Il n'en restait qu'un ou deux individus
qui cherchaient à s'esquiver en toute hâte avant d'être pris
à leur tour.

Trois des hommes de Masaniello se jetèrent sur le Maure
et le lièrent ; d'autres se mirent en devoir de chercher les
domestiques qui s'étaient cachés et de les rassurer ; les derniers, enfin, sortirent sur l'ordre de Masaniello, et revinrent
peu d'instants après, apportant des chaînes qu'ils ajustèrent
aux pieds et aux mains du Maure.

Toute résistance était impossible. Le bandit l'avait compris.
Une rage impuissante le suffoquait ; ses dents grinçaient convulsivement, ses yeux fauves roulaient dans leurs orbites et
dardaient leurs éclairs sur Masaniello qui le regardait avec
un calme mépris.

Les pêcheurs avaient fait le tour de la maison pour s'assurer que tous les brigands s'étaient éloignés. Ils revinrent
dans la salle, firent relever leur prisonnier, et se mirent en
devoir de regagner l'Hôtel-de-Ville avec lui. Le mouvement
rendit la parole à Hassan :

— Tu m'as fait charger de chaînes, cria-t-il dans un accès

de fureur. Je suis en ton pouvoir aujourd'hui, je suis prisonnier — mais tremble, pêcheur de Portici! Hassan se vengera! Ton heure viendra à son tour, et le poignard que je te destinais ne te manquera pas une seconde fois! Haha — le grand vainqueur Masaniello! continua-t-il avec un rire infernal en s'adressant aux pêcheurs qui stationnaient encore dans la rue, gardez-vous de ce héros, vous autres! Rappelez-vous de ce que je dis, hommes de Naples et de Portici: le duc était un tyran, mais Masaniello, votre idole, vous foulera aux pieds! Regardez-moi! C'est là sa reconnaissance pour les services que je lui ai rendus! Ne vous fiez pas à ce beau pêcheur! Vos femmes l'adorent, elles baisent ses vêtements! Il lui faut une cour à ce Masaniello! Prenez garde! Il vous trahit! Il...

La voix du Maure s'éteignit subitement. Le poing d'un de ses conducteurs s'était abattu sur sa figure et lui avait imposé silence.

Le reste du chemin se fit sans autre incident. La petite troupe arriva à l'Hôtel-de-Ville, et Hassan, toujours enchaîné, fut conduit dans une des caves de l'antique bâtiment pour y attendre la punition réservée à ses crimes.

Chapitre XXVII.

Entre la vie et la mort.

La Muette faisait toujours bonne garde devant la petite maison où Tito avait été renfermé. Toujours armée de la lance que le vieux Pietro lui avait remise, elle s'appuyait contre la porte, fermée du dehors par une énorme clef.

Le prisonnier ne pouvait lui échapper. Fenella savourait cette consolante pensée, et se disait avec joie que, tout en satisfaisant sa vengeance particulière, elle rendait un grand service au pays. N'était-ce pas servir Naples et le peuple que de les débarrasser de Tito, ce funeste conseiller, ce courtisan exécré, ce misérable, perdu de débauche et de crimes!

Les pêcheurs s'étaient éloignés. On entendait, dans le lointain, le bruit sourd et sinistre du combat, mais tout dans les environs était silencieux et désert. Fenella était seule vers cette maisonnette où les employés du duc avaient perçu, jusqu'au moment de l'émeute, l'impôt sur les poissons, et qui, par un retour singulier de la fortune, servait alors de prison au fils adoptif, au favori du duc.

Fenella songeait à cet étrange revirement des choses, lorsqu'un coup léger, frappé derrière elle, la fit se retourner.

— Fenella! murmura une voix, Fenella, puis-je te parler sans danger? Si tu es seule, frappe contre la porte!

Tito — car c'était lui qui parlait — Tito se tut, et attendit quelques instants.

— Réponds-moi! reprit-il. Il faut que je sache si tu es seule et si je puis te parler. J'ai une communication importante à te faire!

La Muette songea à l'enfant de Lucia. C'était, sans doute, de ce pauvre petit être que Tito voulait lui parler, mais comment interroger le prisonnier? Fenella réfléchit un instant, puis elle frappa légèrement contre la porte.

— C'est donc toi, tu es donc seule? répondit vivement Tito. Pourquoi me retiens-tu ici? Ne sais-tu pas que nous venons d'avoir, le duc et moi, une entrevue avec Masaniello dans l'église des Carmélites, et c'est au moment où nous entamons des négociations avec ton frère que tu me fais prendre par les pêcheurs! Ouvre donc!

La Muette ne bougeait pas. Elle attendait toujours quelque communication relative à l'enfant de Lucia.

— Voyons, ouvre, petite folle! reprit Tito après un moment de silence. Laisse-moi sortir. Je te promets une parure de perles; de plus, je te rendrai l'enfant que j'ai enlevé dans ta chaumière. M'entends-tu?

Fenella ne se fiait guère aux assurances de Tito et ne se pressait pas d'ouvrir sur la seule foi de ses promesses. Elle songeait, en soupirant, à l'infirmité qui l'empêchait d'interroger le prisonnier, et de lui arracher ses secrets en le leurrant de fausses espérances.

— Ne me fais pas attendre ainsi, ma belle! s'écria Tito qui se pressait contre la porte. Ouvre! Je tiendrai mes promesses, j'en jure par tous les saints! Vas-tu me faire languir encore longtemps?

Nouveau silence! Tito écoutait, attendait! Son impatience allait croissant, mais rien ne bougeait au-dehors; ses promesses, ses représentations semblaient inutiles. La Muette s'était appuyée de nouveau contre la porte, et n'écoutait plus les doléances de son prisonnier.

Elle rêvait. Ses yeux étaient distraitement arrêtés sur la place qui s'étendait devant elle, lorsqu'elle crut voir une ombre glisser le long des maisons. S'était-elle trompée? Etait-ce un mouchoir, un linge oublié sur une fenêtre qui flottait au vent et faisait illusion à la gardienne de Tito?

Les regards de Fenella se fixèrent involontairement sur

l'endroit obscur où elle croyait voir remuer quelque chose, et ses yeux perçants distinguèrent nettement une forme sombre avançant avec précaution.

Le mystérieux fantôme approchait. Il semblait se diriger vers la maisonnette dont Fenella gardait la porte. Que signifiait cette visite? Etait-ce au prisonnier qu'on en voulait? Le vaste manteau noir que Fenella voyait flotter cachait-il un homme ou une femme? Appartenait-il à quelque seigneur espagnol désireux de sauver Tito?

Cette idée n'était pas rassurante, mais Fenella ne perdit pas courage. Elle était décidée à défendre vaillamment son poste. Elle serra la lance qu'elle tenait à la main, et fit quelques pas en avant pour reconnaître au plus tôt l'ennemi qui venait la surprendre.

L'ombre mystérieuse arrivait droit sur la Muette.

— C'est bien elle! murmura une voix dont le timbre, doux et fier à la fois avait déjà frappé l'oreille de Fenella.

Au même instant, la lune sortant des nuages, éclaira de sa lumière l'étrange apparition, et la Muette reconnut Elvira, la princesse d'Arcos! Elle tressaillit — que lui voulait cette rivale détestée — que venait-elle chercher en ce lieu?

Elvira parut deviner les questions que s'adressait la Muette.

— C'est toi que je cherche, dit-elle froidement. Deux hommes, auxquels je me suis adressée, m'ont dit que je te trouverais ici. Me reconnais-tu?

Fenella ne bougea pas. Ses regards, fixés sur la princesse, semblaient vouloir fouiller jusqu'au plus profond de son âme et lui demander compte de la trahison d'Alfonso.

Tout à coup, elle tressaillit. Une idée subite avait traversé son esprit — si elle s'emparait aussi de la princesse? Si elle profitait de cette occasion unique pour se débarrasser à jamais de cette rivale détestée? Cette vengeance-là ne serait-elle pas aussi douce à son cœur que celle qu'elle venait d'exercer sur Tito?

Les traits et les gestes de Fenella traduisaient si habituellement et si fidèlement ses pensées que la princesse sembla comprendre ce qui se passait dans le cœur de sa rivale — peut-être aussi la jugeait-elle d'après ce qu'elle eût éprouvé elle-même en semblable occasion.

— Tu pourrais me faire saisir par tes amis, je le sais, dit-elle avec une noble fierté. Tu pourrais me faire jeter en prison, mais ce serait un triomphe de peu de durée suivi d'un long repentir! Crois-tu d'ailleurs qu'il suffirait de m'écarter pour retrouver ta place auprès d'Alfonso. Il est à moi! Il m'a juré fidélité au pied des autels. Ma mort, même, ne te le rendrait pas, car mon ombre s'élèverait entre lui et toi!

Fenella regardait fixement la princesse qui se laissait emporter par sa passion. Chacune de ses paroles pénétrait au plus profond du cœur de la Muette et lui faisait l'effet d'un coup de poignard — et cependant, ses traits s'étaient subitement éclairés. Une expression de joie triomphante illuminait sa figure fatiguée et ses grands yeux semblaient crier: Il m'aime encore!

Elvira comprit ce langage muet, et son assurance tomba subitement.

— Ne l'écoute pas! reprit-elle d'une voix tremblante. S'il te jure encore qu'il t'aime, il te trompe, comme il m'a trompée! Ne m'a-t-il pas promis aussi amour et fidélité? S'il vient te renouveler ses serments, tu sauras maintenant ce qu'ils valent et ce qu'il faut en croire!

— Il ne vient pas! disaient les gestes animés de la Muette. Je ne l'ai pas revu et ne veux pas le revoir — il ne m'appartient plus!

C'était ce que voulait savoir Elvira.

— Et pourtant tu l'aimes encore? dit-elle avec hésitation.

Les yeux expressifs de Fenella répondaient pour elle, ils laissaient deviner l'amour sans espoir qu'elle conservait à l'infidèle.

— Et n'essaieras-tu jamais de le revoir? reprit doucement la princesse.

Fenella répondit par une pantomime indignée. Elle s'efforçait de faire comprendre à sa rivale que, si elle essayait jamais d'arriver jusqu'à Alfonso, ce serait pour le sauver, et non pour entendre des protestations d'amour.

— Etrange créature! murmura Elvira. Elle contemplait la Muette avec un mélange d'étonnement et d'admiration. Qu'étaient devenus les sentiments haineux et jaloux qui l'avaient amenée. Elle avait rêvé d'anéantir cette rivale détestée, elle l'avait maudite, elle avait juré sa perte, et toute cette haine tombait subitement devant la noblesse, l'amour et la fierté de Fenella. Cette tendresse si pure, si désintéressée la désarmait — et l'intéressait, malgré elle. Elle en était presque à plaindre et à aimer la pauvre délaissée.

— Alfonso est-il retourné à Portici depuis son mariage? demanda-t-elle en s'arrachant à sa contemplation.

Fenella renouvela ses gestes négatifs, et toute sa personne était empreinte de tant de dignité et de franchise que la princesse ne songea pas un instant à douter de ses assurances.

— Comment supporteras-tu ta destinée, pauvre fille? murmura-t-elle avec compassion.

La Muette leva ses grands yeux noirs sur la princesse.

— Ne me le demandez pas! disaient-ils clairement, je ne le sais pas moi-même!

— Nous sommes donc toutes deux malheureuses! murmura Elvira en se parlant à elle-même. Toutes deux nous sommes condamnées à souffrir éternellement...

Fenella ne l'entendait pas. On entendait des voix et des pas qui approchaient rapidement, et ce bruit préoccupait la Muette.

Tout à coup, elle saisit la princesse, la poussa vivement dans l'ombre produite par la petite maison où se trouvait

Tito, puis elle se plaça devant elle de façon à la cacher complétement.

Un détachement de pêcheurs approchait. Il allait passer tout près du môle. Un geste, un signe de Fenella, et sa rivale était perdue !

Ce geste, la Muette ne le fit pas. Elle resta immobile devant la princesse dont le cœur battait violemment d'émotion et d'angoisse. La bande passa en criant — dès qu'elle eût disparu dans l'ombre, Fenella se retourna vers Elvira et lui fit signe de s'éloigner au plus vite.

La princesse voulait parler, remercier sa libératrice, mais Fenella ne lui en laissa pas le temps. Elle la poussa vivement jusque vers l'ombre des maisons, et la quitta sans vouloir écouter un seul mot.

Elvira se retourna pour suivre des yeux sa généreuse ennemie. Elle eut voulu lui ouvrir son cœur, lui tendre une main fraternelle — mais la Muette s'en allait si tranquille et si fière que la princesse n'osa la suivre. L'instant d'après, Elvira avait disparu.

Tandis que cette scène se passait devant la petite maison du môle, Tito avait compris qu'il devait renoncer à l'espoir d'être délivré par sa gardienne. Il était prisonnier, et prisonnier d'un peuple furieux, d'un peuple enivré de sa victoire et de sa puissance. Le favori ne se faisait aucune illusion sur les sentiments des Napolitains à son égard. Il se savait particulièrement haï. Le marquis Riperda n'était guère moins détesté, et le sort avait voulu que Riperda et Tito tombassent tous deux aux mains de ce peuple qu'ils avaient si longtemps opprimé !

Le prisonnier se trouvait dans un espace étroit et humide, fermé de murs sans fenêtres. La porte, assez large, et toujours ouverte au moment où l'on amenait le poisson, éclairait suffisamment ce réduit, mais cette porte, les pêcheurs l'avaient si solidement fermée que toute tentative pour la forcer eut été absolument inutile.

La maisonnette avait cependant une autre issue, mais ce n'était qu'une ouverture ou plutôt un trou, destiné à rejeter immédiatement dans la mer le poisson confisqué ou gâté.

A cet effet, on avait pratiqué dans le sol une large rigole se prolongeant jusqu'à l'eau, et faisant le fond de l'ouverture, coupée en demi-cercle au bas du mur. Une toiture solide, assujettie au mur extérieur, recouvrait la sortie de ce déversoir, et empêchait que l'on ne vint, du dehors, ressaisir les poissons qu'on y avait jeté. Pendant la marée haute, l'eau arrivait jusqu'à ce toit et remplissait presque l'ouverture.

Tito avait acquis la certitude que l'endroit où il se trouvait était absolument vide et ne lui offrait aucun moyen de fuir.

Les pêcheurs avaient bien su ce qu'ils faisaient en l'enfermant dans cette prison. Ils s'étaient éloignés, pour le moment, se disait Tito, mais le combat terminé, ils reviendraient, et le favori devinait aisément le sort qui l'attendait. La scène qui s'était passée devant l'église des Carmélites lui revenait en mémoire — il en revoyait tous les détails — allait-il être, lui aussi, assailli par la foule, torturé, lapidé, traîné de rue en rue? Son corps déchiré allait-il être hissé à une perche au milieu d'un cercle de furieux?

Tito frissonna. Il pouvait voir de sang-froid les souffrances des autres; il avait toujours conseillé les tortures les plus raffinées lorsqu'il s'était agi de punir quelque malheureux Napolitain, mais pour lui, c'était autre chose! Il tremblait de tout son corps. L'épouvante l'avait saisi à l'idée qu'une punition pût l'atteindre à son tour, et qu'il pût endurer les tourments qu'il avait fait infliger à d'autres!

Ses efforts désespérés avaient enfin rompu les lianes qui lui liaient les bras. Il avait au moins retrouvé l'usage de ses membres, mais à quoi lui servait cette conquête! Des bras, plus vigoureux que les siens, se fussent brisés cent fois avant d'ébranler la porte ou d'enlever une seule pierre aux murs de sa prison. Il était pris, et bien pris — il était au pouvoir de ceux-mêmes qu'il avait cru saisir! La Muette allait lui faire expier tout ce qu'elle avait souffert; elle allait venger sur lui ses maux et ceux de Lucia!

Le seul espoir qui restât au prisonnier, c'était d'être livré à Masaniello, encore cet espoir était-il bien faible. Le tribun voudrait-il et pourrait-il le protéger? Pourrait-il refuser au peuple un homme qui avait appelé sur lui tant de haines et d'inimitiés?

C'était folie de l'espérer! La mort était là! Quelques moments encore et les pêcheurs reviendraient. Ils arracheraient leur prisonnier de ce réduit et l'emmèneraient en triomphe...

Une rage indicible s'empara de Tito. Il fallait fuir! Il s'était déjà tiré de bien des mauvais pas; n'y avait-il aucun moyen d'esquiver encore celui-là?

Le prisonnier refit pas à pas le tour de sa prison et s'arrêta au bord de la rigole. Une idée nouvelle venait de germer dans son cerveau. Cette ouverture ne pouvait-elle le laisser passer comme elle laissait passer les poissons morts?

L'endroit n'était pas rassurant. La mer grondait là-bas. Elle se brisait avec fracas contre le môle — mais Tito était un nageur passable; ne pourrait-il se sortir de ce remous, et atteindre l'escalier du port qui n'était pas à plus de cinquante pas?

Que faire? Fallait-il se risquer, se laisser aller dans ce gouffre ou attendre le retour des pêcheurs? Ces deux alternatives étaient toutes deux effrayantes. Pour laquelle se décider?

L'ouverture offrait encore quelque chance de salut à un bon nageur. Avec beaucoup de bonheur, de force et d'adresse, Tito pouvait vaincre le courant et atteindre le rivage — livré aux mains de ses ennemis, il était infailliblement perdu, et la mort qu'il aurait en perspective renfermerait toutes les horreurs!

Tito suivit la rigole. Arrivé contre le mur, il se pencha

pour mesurer de la main l'ouverture, et pour s'assurer s'il lui serait possible de l'utiliser pour gagner la mer.

Il lui sembla que l'eau était plus haute qu'il ne l'avait cru d'abord; il restait cependant toujours, entre le flot et le toit dont nous avons parlé, un espace suffisant pour qu'il pût nager. Quant à l'ouverture, quelque basse qu'elle fût, elle pouvait livrer passage à un homme qui s'y glisserait par les pieds, et laisserait aller le reste du corps en relevant les bras au-dessus de la tête.

La noire et grondeuse profondeur dans laquelle l'œil plongeait par l'ouverture n'était certes pas engageante, mais elle perdait de ses terreurs lorsque Tito la mettait en regard de ce qu'il avait vu sur la place de l'église des Carmélites. De toutes façons, cependant, la décision était difficile à prendre.

Tito remonta la rigole, pour réfléchir encore à ce qu'il avait à faire. Il faisait encore nuit, au-dehors; il pouvait être environ une heure après minuit.

Le prisonnier entendit que l'on parlait dans le voisinage de la porte. Il s'en rapprocha vivement, mais il ne put comprendre ce que l'on disait. L'heure fatale approchait-elle? Venait-on déjà le chercher?

Il écouta un instant — personne ne vint; les voix avaient également cessé de se faire entendre. Tout était de nouveau silencieux et paisible, mais cette alerte avait subitement décidé le prisonnier. D'un instant à l'autre sa porte pouvait s'ouvrir et livrer passage à ses exécuteurs et ses juges! Allait-il les attendre?

Le chemin qui s'offrait à lui était effroyable; l'obscurité qui régnait au-dehors en augmentait encore l'horreur — mais ne valait-il pas mieux s'y risquer que de subir le sort du marquis Riperda et des deux ministres du duc? Le grondement perpétuel de l'eau remplissait le réduit du prisonnier et ne lui permettait pas de s'assurer si le combat grondait encore. Cette escarmouche était peut-être terminée — peut-être les pêcheurs avaient-ils déjà repris le chemin du port? Il fallait fuir! il fallait utiliser la seule issue qui permit de quitter cet horrible lieu!...

Tito se débarrassa de son manteau et de son chapeau — il était déja plus libre! Le pourpoint, et l'étroit maillot ne pouvaient le gêner beaucoup. Il avait perdu son épée dans sa lutte avec les pêcheurs. Le fourreau pendait encore à son côté. Tito le décrocha, et le jeta loin de lui comme un objet embarrassant et inutile.

Il était prêt à fuir! Le moment critique était venu! Il s'approcha du mur sans recommander son âme à Dieu, sans même se signer! Ce moment suprême ne lui inspirait pas même cet acte de dévotion que les pêcheurs les plus endurcis retrouvent subitement à l'heure du danger!

Tito était arrivé à l'ouverture. Avait-il mal vu à sa première inspection ou l'eau était-elle plus haut qu'alors? La marée montait-elle déjà?

C'était probable! Raison de plus pour se hâter! Il fallait fuir, fuir à tout prix! fuir sans attendre l'aube qui ne ferait qu'accroître les dangers!

Tito se pencha en arrière, et allongea ses pieds dans l'eau tandis qu'il se retenait par les mains à l'ouverture.

Ce premier mouvement réussit. Les hanches avaient passé — le reste du corps devait suivre sans difficulté.

Tito lâcha le mur et se laissa choir dans ce noir abîme! Il plongea, mais il revint bientôt à la surface et se frappa violemment la tête.

L'eau était montée si rapidement qu'elle n'était plus qu'à un pied du toit, et Tito avait été poussé par le remous juste contre l'ouverture. Il commença à nager pour quitter au plus tôt cette place dangereuse. Peine inutile! Le malheureux ne tarda pas à s'apercevoir que, malgré tous ses efforts, le courant le rejetait toujours contre le mur.

Une angoisse indescriptible le saisit. S'il ne parvenait pas à gagner le large, il était infailliblement perdu. Quelques instants encore, et l'eau atteindrait le toit, elle remplirait l'ouverture, et le prisonnier trouverait la mort sous ces flots.

La situation était horrible. Tito rassembla ses forces, et se démena en désespéré pour vaincre le courant et s'éloigner enfin de ce mur...

Vains efforts! Le flot impitoyable le repoussait chaque fois avec une violence irrésistible!

L'eau montait. Elle atteignait déjà la bouche du nageur. Le malheureux, acculé sous ce toit, qui se prolongeait à plusieurs pieds en avant, sentait l'air lui manquer peu à peu. Désespéré, il se retourna vers l'ouverture avec l'intention d'en profiter pour rentrer dans la maisonnette qu'il avait quittée quelques instants auparavant. Il en était sorti sans peine; il n'était pas aussi facile de s'y introduire de nouveau. Les efforts surhumains de Tito ne servirent qu'à lui démontrer l'inutilité de cette tentative. Il avait réussi à rentrer sa tête sous l'ouverture, mais il lui fut impossible de se hisser plus en avant et de se tirer de l'eau. Le flot le ressaisissait au moment où il croyait atteindre la rigole, et le malheureux disparaissait pour revenir l'instant d'après à la surface.

L'eau montait toujours. Tito ne pouvait plus ouvrir la bouche; il ne respirait plus que par le nez. Quelques instants encore, et cette dernière ressource lui manquerait aussi. La mort approchait. Sûre de sa proie, elle avançait lentement, et Tito la voyait venir avec toutes ses horreurs.

Le malheureux sentait déjà ses forces l'abandonner, mais il luttait encore. Il se raidit enfin dans une dernière tentative, et fit un suprême effort pour sortir de dessous le toit — mais il était trop tard. Il perdit connaissance, et disparut lentement sous les flots — — —

Chapitre XXVIII.

En mer!

Grâce au prudent avertissement de Tito, le duc avait échappé sans peine au danger qui menaçait son fils adoptif. Tandis que le favori retournait vers la porte du parc, et parlementait avec les pêcheurs qui le poursuivaient, le vice-roi avait atteint la tour. Il regagna sain et sauf la citadelle, mais il y trouva tant d'ordres à donner, tant de communications à entendre, qu'il en oublia Tito. Il ne doutait pas, d'ailleurs, que son favori ne put rentrer au château aussi facilement que lui.

Le combat s'était subitement rallumé à l'une des portes du mur extérieur. Ce n'etait qu'une escarmouche, mais c'était assez pour décimer encore les derniers défenseurs du château. Le duc se rendit immédiatement vers l'endroit menacé, donna les ordres nécessaires pour que l'on barricadât les murs, et que l'on exposât le moins possible sa petite troupe, puis il inspecta les autres cours, et rentra, morne et sombre, dans ses appartements.

Cet examen ne permettait plus au duc de se faire aucune illusion sur l'état des choses. Toute résistance sérieuse et prolongée était désormais impossible. Les munitions manquaient dans la citadelle; les hommes qui restaient étaient las et découragés. Que pouvaient-ils contre le flot toujours renaissant des rebelles?

Lutter, se défendre encore, c'était sacrifier inutilement officiers et soldats! C'était exposer tous les habitants du château! Le duc s'avouait enfin que la situation était désespérée, et lorsqu'il se retrouva dans son cabinet, il était décidé à obtenir une trêve à n'importe quel prix. C'était le plus pressé. L'armistice conclu, il chercherait à gagner du temps en entamant des négociations, tandis qu'il s'efforcerait, par dessous main, de demander du secours au-dehors.

C'était la politique conseillée par Tito. Pressé par la nécessité, le duc se rangeait peu à peu aux avis de son fils adoptif, et se préparait à les mettre immédiatement à exécution.

A peine rentré dans son cabinet, il fit appeler son confident et son secrétaire privé, don Atenuado.

Ce secrétaire était un Espagnol de très-haute famille, aussi fier, aussi arrogant et aussi vindicatif que le duc lui-même. Les derniers événements l'avaient mis hors de lui. A l'entendre, il eut fallu mettre Naples à feu et à sang, n'y pas laisser pierre sur pierre, et passer au fil de l'épée tous ses habitants. Les détonations des pièces placées sur les crénaux de la citadelle lui avaient fait l'effet d'une musique céleste, aussi était-il entré dans une rage impossible à décrire, lorsqu'il avait appris que leur feu avait dû cesser faute de munitions. Depuis ce moment, il ne vivait plus, et se consumait à chercher le moyen de faire rentrer dans l'ordre et de punir ces insolents rebelles.

Atenuado avait trente ans à peine. Il était grand, élancé et maigre. Ses cheveux noirs et lisses encadraient une figure amincie, aux traits hautains et durs. Toujours raide et gourmé, toujours vêtu avec une élégance pénible, toujours à cheval sur les droits et les privilèges de sa place, le fier Espagnol semblait tenir en souverain mépris les plus grands seigneurs de la cour et ne reconnaître à personne le droit de l'égaler.

Ce secrétaire n'était pas moins détesté dans le peuple que ne l'étaient Tito et le marquis Riperda. Son nom se lisait au bas des ordonnances émanant du cabinet du duc, et l'on savait que nul, d'entre les conseillers royaux, ne poussait plus que lui aux mesures de rigueur. Nul ne se montrait plus arrogant et plus fier vis-à-vis des Napolitains, et nul n'avait pris plus de part à la création des impôts qui ruinaient le peuple.

Atenuado passait, à bon droit, pour le plus dangereux des conseillers du duc. Plusieurs événements avaient prouvé le bien-fondé de cette opinion, généralement répandue dans le peuple. Pendant une absence du duc d'Arcos, le secrétaire du cabinet avait fait arrêter et exécuter, de son chef, un peintre, accusé, disait-il, de haute trahison. Le cas avait fait grand bruit, et des indices certains avaient prouvé qu'il s'agissait d'une vengeance personnelle. Ce peintre avait été préféré à Atenuado par une belle et riche Napolitaine dont le secrétaire était fort épris. C'était plus qu'il n'en fallait pour éveiller sa jalousie et pour décider la perte de l'heureux amant.

La participation du secrétaire à tous les actes du cabinet ducal avait été plus clairement démontrée encore dans un cas récent. Le prince de Bisignano, ayant quelques postes à repourvoir dans ses cadres, avait fait parvenir au vice-roi les états de service de ses officiers. Cette liste devait servir de base aux promotions nécessaires. Grande fut la stupéfaction lorsqu'on apprit que des noms d'officiers espagnols y avaient été subitement introduits, et que les porteurs de ces noms étaient choisis pour occuper les postes vides dans les cadres des troupes napolitaines.

Lorsque le prince se présenta au château pour se plaindre de ce procédé, il fut reçu, non par le duc, mais par Atenuado qui lui répondit insolemment qu'avant de réclamer des nominations, les officiers napolitains devaient apprendre à s'en rendre dignes.

Ces faits, et bien d'autres encore, avaient causé une irritation profonde parmi le peuple. On attribuait, non sans raison, au secrétaire du cabinet, une bonne part des mesures vexatoires et iniques qui accablaient les Napolitains. Atenuado était, en effet, le bras droit du duc d'Arcos. Ce dernier se contentait le plus souvent d'indiquer d'un mot ses intentions, que le secrétaire faisait exécuter en y ajoutant fréquemment ce qui lui paraissait bon.

Atenuado, mandé dans le cabinet de son maître, s'y présenta d'un air sombre et mécontent. Le duc le remarqua, mais il ne fit aucune observation à son confident. L'état des choses pouvait faire pardonner un peu d'humeur.

— J'ai une communication secrète à vous faire, don Atenuado, commença le vice-roi. Je sais que je puis compter sur vous. Il s'agit d'un service important à rendre à la cause de sa Majesté le roi d'Espagne.

— Votre Altesse connaît mon dévouement et mon zèle. Je suis prêt à mourir pour notre gracieux souverain.

— La révolte a pris une extension déplorable!

— Malheureusement!

— Les mercenaires ont succombé!

— La bravoure ne leur a pas fait défaut, cependant; c'est au manque de munitions qu'il faut attribuer notre défaite.

— Epargnez-vous des récriminations inutiles, don Atenuado, dit sévèrement le duc. Occupons-nous, s'il vous plait, de ce qu'il y a à faire et non de ce qui aurait dû être fait. L'état des choses est grave, je le sais, mais rien n'est encore perdu!

Atenuado leva un regard étonné vers le duc.

— Les paroles de votre Altesse me surprennent agréablement, dit-il en réprimant à grand' peine un sourire ironique. Pour ma part, je l'avoue, j'ai vainement cherché une issue à la situation!

— Vous pouviez vous en dispenser, don Atenuado! C'est moi seul que cela regarde, et j'y ai pourvu. Je crois avoir trouvé un moyen excellent de nous tirer d'affaire! Il va sans dire que ma communication doit rester absolument secrète don Atenuado!

— Tout désir de votre Altesse est un ordre pour moi!

— Il s'agit de changer subitement la face des choses par un acte audacieux, de détourner d'un coup les dangers qui nous menacent! Voulez-vous vous charger de cet acte, don Atenuado?

Le secrétaire considérait le duc avec stupéfaction. Il semblait se demander si son maître était encore dans son bon sens.

— Que votre Altesse daigne s'expliquer, dit-il enfin. Je suis de plus en plus surpris!

— Je le comprends! Je parlais d'un acte audacieux, mais un noble Espagnol ne reculera pas devant les dangers qui s'y rattachent!

— Et cet acte nous rendra subitement la victoire?

— Subitement! Grâce à cette action d'éclat, les Napolitains rentreront immédiatement dans l'obéissance!

— Nommez-la moi, de grâce! s'écria Atenuado dont la curiosité commençait à s'enflammer. Qu'est-ce donc que cette action d'éclat? Je brûle de la connaître!

— Elle n'est pas sans dangers!

— Je ne les crains pas!

— Je le sais! Vous êtes digne de ma confiance, don Atenuado; c'est pour cela que j'ai pensé à vous. Si vous réussissez, vous recevrez le titre de comte.

— La certitude d'être utile à notre grand roi suffirait pour enflammer mon courage! Je ne redoute ni dangers, ni obstacles! Confiez-moi tout, Altesse!

— Il s'agit, en peu de mots, d'amener ici la flotille qui croise autour de la Corse et qui ne devait revenir ici qu'en hiver.

— La flotille!... répéta le secrétaire stupéfait.

— Sans doute. Sa seule apparition suffirait pour mettre les rebelles à la raison!

— Mais Naples est occupé! Toutes les portes sont gardées!

— La mer est libre!

— La mer! C'est vrai! Je n'y avais pas pensé — mais il faut y arriver...

— Ecoutez-moi! Le parc n'est pas occupé; vous pouvez

donc gagner encore le rivage. Là, vous trouverez peut-être
un bateau avec lequel vous gagneriez Ischia cette nuit même.
Je vous donnerai mille ducats; vous ne pourriez guère emporter une plus grosse somme, mais cela doit vous suffire
pour louer un vaisseau à Ischia. Vous feriez voile pour la
Corse, et lorsque vous auriez trouvé la flotille vous feriez
part à son commandant de ce qui s'est passé ici. Il revien-
drait en toute hâte, et ses troupes feraient rentrer les mutins
dans l'obéissance!

Atenuado avait écouté attentivement son maître.

— Mais, dit-il, il se passera des semaines, des mois,
peut-être...

— Laissez-moi le soin de faire traîner les choses en longueur, et de veiller à ce que la flotille arrive encore à temps,
interrompit le duc en s'asseyant à sa table. Etes-vous prêt à
porter au commandant l'ordre que je vais écrire?

— Je quitterai Naples cette nuit même!

Le vice-roi prit un parchemin, y écrivit rapidement quelques lignes, le roula et le remit à son secrétaire.

— Cachez-bien cet ordre, don Atenuado, dit-il. Il ne doit
pas tomber en d'autres mains que les vôtres!

— Je le défendrai au péril de ma vie, Altesse! répondit
le secrétaire avec entraînement. La mort seule pourrait me
l'arracher, et m'empêcher de le remettre au commandant de
la flotille!

— Passez auprès du trésorier, reprit le duc et faites-vous
compter mille ducats. Le sort de Naples dépend de la réussite de votre mission; ne l'oubliez pas, don Atenuado. Vous
ne rendrez jamais un service plus important au roi et à moi!

— Votre confiance m'honore, Altesse. Je m'efforcerai de la
justifier!

— Allez, et que les saints vous protègent, fit le duc en
saluant de la main.

Atenuado était congédié. Il cacha le document dans son

pourpoint, et se rendit auprès du trésorier qui lui compta immédiatement les mille ducats.

La nuit s'avançait. Le secrétaire n'avait pas une minute à perdre. Il s'enveloppa dans son manteau, échangea le chapeau pointu espagnol qui l'eut facilement trahi contre un chapeau à larges bords qu'il rabattit sur ses yeux, puis il descendit dans la cour du château.

Le duc lui avait dit que la partie du parc donnant sur le rivage n'était pas surveillée; il pouvait donc quitter la citadelle sans être inquiété. C'était un grand point de gagné. Quant au bateau, le secrétaire ne savait trop comment il pourrait s'en procurer un, les pêcheurs et les bateliers ayant presque tous pris part au soulèvement. Il allait toujours, comptant sur l'occasion, sur quelque chance heureuse, et s'en remettant aux inspirations du moment.

Tout en se dirigeant vers la tour, Atenuado se disait que s'il trouvait un bateau dans un endroit quelconque du rivage, ou peut-être vers le môle, il s'en emparerait et se mettrait seul en route pour Ischia. Le ciel était étoilé, l'air calme, et la mer n'offrait aucun danger.

Le duc avait raison. Le parc était désert et silencieux. Atenuado le traversa. Il longeait le mur d'enceinte pour se rendre vers la partie éloignée du parc qui touchait au rivage lorsqu'il aperçut la petite porte que les pêcheurs avaient enfoncée. Il approcha avec précaution, s'assura que la rue était absolument déserte, et se décida enfin à profiter de l'issue qui se trouvait ainsi devant lui.

Le hasard semblait favoriser l'entreprise. Enhardi par ce premier succès, Atenuado résolut de se rendre immédiatement vers le môle pour y chercher un bateau.

Il sortit du parc, et prit, en toute hâte, la direction du port. Il glissait silencieusement le long des murs, et bientôt, il atteignit le bastion où les pêcheurs abordaient ordinairement avec leurs embarcations, et sur lequel vendeurs et vendeuses étalaient leurs poissons, leurs fleurs et leurs fruits.

Tout commerce avait cessé depuis le commencement de l'émeute. Le port, jusque-là, si animé, si vivant, était absolument désert. On n'apercevait ni pêcheurs, ni marchands.

Le secrétaire du duc était servi à souhait. Il se disait que la fortune, jusque-là si favorable, lui ferait bien trouver une embarcation quelconque, et qu'il arriverait à Ischia avec le soleil.

Il s'avança au bord du bastion et se pencha sur l'eau noire et profonde qui venait mourir doucement contre les pierres.

Point de bateau! Le secrétaire déçu fit quelques pas en avant, et ses yeux qui s'accoutumaient peu à peu à l'obscurité lui montrèrent enfin, à quelque distance, un objet qui ne pouvait être autre chose qu'une barque de pêcheur.

Atenuado se frotta les mains. Il avait trouvé ce qu'il cherchait. Les bateaux de pêcheurs étaient toujours pourvus de voiles. C'était ce qu'il fallait au secrétaire qui eut difficilement ramé pendant toute la traversée, et qui préférait se laisser conduire par la brise jusqu'à Ischia.

La barque semblait amarrée. Elle se balançait doucement au gré des flots. Atenuado la regardait avec convoitise, et l'idée de l'enlever à son propriétaire ne lui causait aucune hésitation. Il s'agissait d'exécuter un ordre du duc! Il fallait transmettre au commandant de la flotille espagnole le parchemin d'où dépendait le sort de Naples; il fallait appeler du secours — tous les moyens n'étaient-ils pas bons pourvu que cette importante mission réussît!

L'embarcation, si ardemment convoitée, était attachée à quelque distance du large escalier de pierre qui descendait à l'eau. Atenuado s'en approcha avec précaution. Elle semblait vide. On apercevait seulement au fond un paquet informe dont l'obscurité ne permettait pas de reconnaître la nature, mais qui devait être quelque chose comme une couverture ou un filet.

Un sourire de contentement dérida un instant la figure de

l'Espagnol. Il tira prudemment la barque à lui, et en enjamba le bord.

O terreur! Ses pieds en avaient à peine touché le fond que l'embarcation s'animait subitement, et que le dessus du paquet si longtemps immobile était violemment rejeté à l'autre bout du bateau.

— « Cospetto! » cria une voix, et un homme se leva à côté du secrétaire; cospetto, que se passe-t-il?

Atenuado laissa échapper une exclamation de colère. Son premier mouvement fut de fuir, mais la réflexion le retint, et les deux hommes restèrent face à face, se mesurant du regard. Le secrétaire avait immédiatement compris qu'il avait à faire à quelque batelier napolitain qui s'était couché dans sa barque et qu'il venait de troubler dans son sommeil. Fallait-il acheter son silence et sa complicité ou essayer de lui donner le change? Ce dernier parti présentait bien des difficultés. Atenuado parlait, il est vrai, admirablement italien, mais les Espagnols se reconnaissaient toujours à un accent qui leur était particulier. Mieux valait se donner tout de suite pour un fugitif. Le batelier était presque un vieillard. L'âge aurait peut-être éteint chez lui toute ardeur belliqueuse, et lui aurait appris, en revanche, la valeur de ce qu'on nomme « un vil métal. »

— Que diable venez-vous chercher dans ma barque, signor? grommela le vieux batelier. Je venais de m'endormir, et vous me tombez dessus ...

— Doucement, mon vieux, doucement! interrompit Atenuado d'une voix contenue. Je vous ai poussé, c'est vrai; mais vous en serez amplement dédommagé; soyez tranquille!

— Oho — quelque Espagnol, sans doute? fit le batelier d'un air soucieux.

Atenuado avait sorti de sa poche un reluisant ducat.

— Tenez! dit-il pour toute réponse en tendant la brillante pièce au vieux Napolitain.

— Bien obligé, signor, bien obligé! mais il me semble

que je n'ai guère mérité cet argent! Que voulez-vous enfin?
vous vous cachez, hein?

— Je cherche une barque, mon vieux! Il faut que je quitte
Naples à l'instant même!

— C'est ce que je pensais! Vous ne vous sentez pas en
sûreté ici?

— Ce n'est pas cela! Vous voyez que personne ne me
poursuit, mais il faut que je me rende pour quelques jours
à Ischia!

— Compris, compris! Vous n'avez pas besoin de me faire
des histoires, signor. Le vieux Geronimo sait bien ce qui
se passe!

— Voulez-vous me mener à Ischia? La course vous sera
bien payée.

— Volontiers, signor, bien volontiers, si seulement les
hommes noirs ne gardaient pas le port?

— Les hommes noirs? répéta Atenuado surpris. De qui
parlez-vous?

— Des hommes noirs, pardieu! je ne sais quel autre nom
leur donner. Ils surveillent le port depuis trois jours et trois
nuits!

Atenuado considérait son interlocuteur avec stupéfaction.

— Il s'agit de savoir si vous avez à les craindre, signor?
continua le vieux batelier. Je ne puis pas promettre que
nous réussirons à passer inaperçus.

— Parlez-vous de la garde du port?

Le vieux Geronimo haussa les épaules.

— La garde du port! fit-il d'un air dédaigneux; sait-on
seulement ce qu'elle est devenue! Je vous répète que ce sont
les hommes noirs qui surveillent le port. Ils ont chassé employés et soldats!

— Mais qui sont ces hommes noirs? Les connaissez-vous?

— Non, signor! J'ai cru d'abord qu'ils n'avaient qu'un
bateau, mais je sais, maintenant, qu'ils ont au moins cinq ou
six grandes barques montées chacune par dix ou douze hommes

vêtus de noir des pieds à la tête. Nicolo le batelier me disait aujourd'hui qu'il avait rencontré un de ces bateaux la nuit dernière, et que les hommes qui le montaient étaient tous masqués!

— Et que font-ils sur l'eau?

— Eh bien, ils croisent continuellement à l'entrée du golfe et font le service du port. Ils abordent chaque bateau; il n'en entre pas un, pour ainsi dire, qu'ils ne l'aient arrêté et visité!

Cette nouvelle assombrit singulièrement le visage du secrétaire.

— Ils paraît qu'ils sont nombreux, continua le vieux batelier. Le fils de Luigi, le marchand de poissons m'en parlait l'autre jour, sur le môle. Il croit qu'ils appartiennent à la Compagnie de la mort, dont une partie combattait aussi dans les rues de Naples!

— La Compagnie de la mort? répéta involontairement Atenuado.

— C'est ainsi qu'on les appelle, reprit le batelier. C'est du moins ce que m'a dit le fils de Luigi. Je n'en sais rien, moi-même, et ne les ai pas vus; je ne me suis pas mêlé à la bagarre!

— Vous croyez donc que ces hommes noirs pourraient nous arrêter en chemin? demanda le secrétaire. N'y a-t-il pas moyen de leur échapper? Votre bateau n'a pas un fort tirant; ne pourrait-il passer dans quelque endroit où ces croiseurs ne le suivraient pas?

— Non, signor! Il faut toujours sortir du port et du golfe et les hommes noirs en tiennent l'entrée. Ils sont partout!

— Eh bien, mon vieux, cachez-moi dans votre barque et emmenez-moi ainsi à Ischia?

— Impossible! Ce serait une tromperie! s'écria le vieux Geronimo. Pensez, en outre, à ce qui m'arriverait si les hommes noirs venaient à fouiller ma barque. Vous seriez infailliblement découvert!

— Visitent-ils chaque bateau?

— A peu près!

— Tant pis! Je me risque! Je vous donne dix ducats si vous me menez à Ischia!

— Dix ducats! répéta le batelier. Sur mon âme, signor, c'est une belle somme, et le vieux Geronimo la gagnerait volontiers!

— Alors, venez! Votre barque marche-t-elle bien?

— C'est une flèche, signor! Elle va comme le vent!

— Eh bien, si nous sommes adroits et prudents, nous échapperons aux hommes noirs!

— Et si nous sommes aperçus?

— Vous mettrez toutes voiles dehors et vous les gagnerez de vitesse!

— Impossible, signor! Ça ne se peut pas!

— Pourquoi cela ne se pourrait-il pas? demanda Atenuado impatienté.

— Parce que ce n'est pas permis. Ils maintiennent l'ordre et chacun doit s'y soumettre. D'ailleurs, ils feraient feu sur nous et me troueraient ma barque — sans compter que leurs balles pourraient bien nous attraper, nous aussi!

Atenuado ne répondit pas. Il délibérait en lui-même sur ce qu'il y avait à faire, et se disait qu'il ne retrouverait pas une occasion pareille à celle que lui offrait ce vieux pêcheur. Il fallait se mettre en route, et, en cas de rencontre avec ces mystérieux gardiens du port, user de violence, si c'était nécessaire, pour décider le vieux batelier à fuir.

— Allons, il faut se soumettre! dit enfin le secrétaire de l'air d'un homme qui prend son parti d'une chose désagréable. Nous nous laisserons aborder, s'il le faut; ces terribles hommes noirs ne nous feront pas grand mal. Tenez, mon vieux, voici vos dix ducats; prenez-les, et conduisez-moi à Ischia — mais faites vite; il faut que nous arrivions à l'aube!

Le batelier avait tendu la main et considérait avec attendrissement les brillantes pièces qui y tombaient.

... obligé, signor, bien obligé, dit-il. Je ... ...gent à la fois! Nous serons bientôt là-bas, ... Le vieux Geronimo sait faire marcher son bateau! ... en parlant, le batelier avait détaché sa barque et la ... en mouvement, puis il tendit la voile, s'assit au gou-
...nail, et la traversée commença.

...embarcation, poussée par une brise légère, s'éloignait ra-
...ment du rivage et glissait comme une flèche sur cette
... calme et unie. Le pâle croissant de la lune n'éclairait
... faiblement la nuit, mais cette lumière incertaine permet-
... cependant au batelier de reconnaître sa route et de voir
... loin devant lui.

...andis que le vieux Geronimo tenait d'une main les cordes
... la voile et de l'autre le gouvernail, Atenuado, assis d'a-
...rd sur un des bancs de la barque, s'était peu à peu ac-
...upi dans le fond pour pouvoir sonder l'horizon de tous
...tés.

...ien ne remuait au loin et au près. On n'apercevait pas
... bateau, pas une voile. Le golfe, animé de nuit comme
... jour par l'arrivée ou le départ de nombreuses embarcations,
...ait maintenant silencieux et désert. L'émeute avait subite-
...ent arrêté tout commerce et tout mouvement.

...out en dirigeant sa barque, le vieux batelier examinait
...n passager. Atenuado avait poussé son chapeau en arrière
...our que rien ne gênât ses regards, et ses traits, éclairés
...ar la lune, trahissaient une agitation et une inquiétude pro-
...ndes. Le batelier ne connaissait pas le secrétaire d'état. Il
...vait reconnu, à l'accent, qu'il avait à faire à un Espagnol,
... les dix ducats lui avaient prouvé que son passager devait
...ppartenir à quelque noble et riche famille, mais il était loin
...e se douter de l'importance du personnage qu'il conduisait.
...l ne soupçonnait pas que l'homme auquel il prêtait assis-
...ance tenait dans ses mains le sort de Naples, et rêvait pour
...la ville rebelle un châtiment exemplaire.

Tout à coup, Atenuado tressaillit —

La traversée ne devait pas se faire sans dangers. Ce n'était ni le vent ni la tempête qu'il fallait redouter, mais une puissance secrète dont on répétait le nom à Naples sans en bien connaître la nature.

La Compagnie de la mort inspirait, sur terre et sur mer, cette crainte respectueuse qui entoure volontiers toute chose mystérieuse et inexplicable. On parlait de ces « hommes noirs » sans connaître l'origine de leur association, sans savoir d'où venait cette puissance nouvelle qui avait surgi tout à coup, et qui faisait cause commune avec le peuple.

Les mystérieux conjurés avaient lutté vaillamment contre les troupes espagnoles. Il n'en fallait pas davantage pour qu'on les crût ligués contre le tyran, et cette certitude avait augmenté l'estime et la considération dont on les entourait. Ils savaient se faire obéir. Les mesures prises par eux dans l'intérêt commun avaient obtenu l'approbation générale, et chacun se faisait un devoir de s'y soumettre. Ils avaient immédiatement organisé sur le golfe un service de garde complet. Nous verrons, dans un des chapitres suivants, jusqu'où s'étendait leur activité sur terre ferme. Remarquons seulement, en passant, que cette « Compagnie de la mort » n'est point, comme on pourrait le croire, une invention de l'auteur. Elle existait véritablement alors. Elle prit une part active au soulèvement dont nous donnons le récit. A ce moment-là, elle comptait réellement parmi ses membres les personnes que nous verrons figurer plus tard comme en faisant partie.

Atenuado, qui inspectait attentivement l'horizon, et qui semblait avoir de très-bons yeux, avait aperçu dans le lointain quelque chose de noir. Cette découverte l'avait fait frissonner, et ses regards restaient obstinément fixés sur ce point menaçant dont il ne pouvait encore reconnaître la nature.

Le vieux Geronimo ne tarda pas à remarquer la préoccupation de son passager. Il tourna la tête, et ses yeux s'ar-

... tour tour, sur le point sombre qui ... ... l'horizon.

— Ce doit être un des bateaux des hommes noirs, dit-il ... un moment d'examen.

— S'approche-t-il de nous?

— On le dirait!

— Ajoutez une voile! Ils ne nous ont sans doute pas en... ... aperçus!

— Vous vous trompez, signor. Nous avons été vus. Re- ... ... ils viennent droit sur nous!

Atenuado s'était levé; il put distinguer à son tour un grand ... ... marchant à toutes voiles.

— En avant! cria-t-il. Faites ce que je vous ai ordonné! ... une voile!

— Inutile, signor! Ils marcheront toujours plus vite ... ... nous!

— Eh bien, prenez des rames, et donnez m'en aussi!

— Je vous ai dit d'avance qu'il n'était pas permis de ... ...!

— Tu as le choix: obéis ou meurs!

— Sainte-Vierge...

Atenuado voyait la barque ennemie approcher rapidement. ... de terreur et de colère, il se jeta sur le batelier et lui ... plongea son poignard dans le cœur. Le vieillard poussa un ... étouffé, et tomba sans vie sur le banc —

Le fugitif ne prit pas même le temps de le jeter par des- ... bord. Il se précipita vers le mât et déplia encore une ... voile. Cette rapide manœuvre accéléra immédiatement la marche du bateau. Atenuado respira, mais un regard jeté derrière lui le fit pâlir. La barque des mystérieux gardiens du port avait mis également toutes voiles dehors; elle appro- chait avec la rapidité d'une flèche.

Atenuado assujettit les cordes de la voilure et se jeta sur les rames. Le vent enflait les voiles et faisait pencher la légère embarcation dont les vagues mouillaient le bord. Le fugitif se démenait en désespéré. Il voulait fuir, fuir à tout prix, et dans son trouble, il ne s'apercevait que pas ses efforts maladroits contrariaient l'action du vent et ralentissaient, au lieu de la hâter, la marche de la barque. Le vieux Geronimo avait glissé à moitié dans le fond du bateau. Quelques mouvements convulsifs agitaient son corps — Atenuado ne s'en préoccupait guère — l'attention du fugitif était uniquement dirigée sur les mystérieux croiseurs qui lui donnaient la chasse, et qui devaient nécessairement l'atteindre tôt ou tard. Ils gagnaient de vitesse — quelques instants encore et leur bateau serait à portée de la voix! Qu'allait-il arriver? Les hommes noirs reconnaîtraient-ils le secrétaire d'état, l'âme damnée du duc?...

Atenuado ramait toujours. Il avait fini par manier plus adroitement ses rames, et la barque filait sur l'onde avec la rapidité de l'éclair —

Tout à coup, un cri d'appel arriva jusqu'à lui —

Atenuado poussa une exclamation de rage, puis il se dit qu'il s'était trompé sans doute — — mais non, le cri se répétait, un cri rauque, sinistre et prolongé qui semblait sortir de la mer, et qui arrivait si distinctement aux oreilles du fugitif qu'il ne lui fut plus possible de se faire illusion.

— « Arrêtez, au nom de la loi! criait-on. Baissez les voiles, si vous ne voulez pas que nos balles vous atteignent! »

Ces paroles menaçantes résonnaient dans un portevoix. Atenuado les comprit! Devait-il obéir? devait-il arrêter sa barque?

C'étaient les « hommes noirs! » C'étaient là ces mystérieux personnages dont le vieux Geronimo parlait avec tant de crainte et de respect? Que pouvait-on attendre d'eux? Laisseraient-ils passer un Espagnol qui avait essayé de leur échapper? Que diraient-ils en voyant le batelier assassiné?

Atenuado posa les rames. Ce cadavre pouvait lui susciter des embarras; il fallait s'en débarrasser au plus tôt. Le meurtrier s'approcha de sa victime et essaya de la soulever, mais la tâche n'était pas facile. Le corps raide et engourdi du malheureux batelier avait subitement acquis une pesanteur incroyable, et l'Espagnol ne parvenait pas à le faire passer par dessus le bord.

Le bateau approchait toujours! Il arrivait, rapide comme le vent, et les appels devenaient de plus en plus distincts!

— Arrêtez! répétait d'instants en instants le lugubre portevoix.

Une dernière sommation, plus impérieuse que les précédentes, fut suivie d'un moment de silence, puis, tout à coup, une détonation, pareille à un coup de tonnerre, ébranla les airs, et une balle, sifflant aux oreilles du fugitif, troua l'une des voiles de sa barque.

Atenuado poussa une horrible imprécation. Il rassembla toutes ses forces, et fit une dernière tentative pour jeter à l'eau ce cadavre qui allait raconter son crime. Peine inutile! Le mort semblait se défendre. Il semblait vouloir rester dans sa barque pour témoigner contre son meurtrier!

Un second coup, tiré du mystérieux bateau, vint frapper le banc sur lequel le fugitif était assis quelques minutes auparavant!

Tout était perdu —

Atenuado ne savait plus ce qu'il faisait — les hommes noirs étaient là — ils montaient un grand et solide bateau, et l'on voyait déjà leurs noires silhouettes s'agiter auprès des voiles et du gouvernail. On eut dit un équipage de nègres!

— Arrêtez! Qui êtes-vous? criaient-ils. Arrêtez, ou vous êtes mort!

Atenuado ne répondit pas. Il eut été incapable de prononcer une parole. Ses cheveux s'étaient dressés sur sa tête. Il restait debout, immobile et muet, devant ce cadavre qu'il n'avait pu soulever pour le jeter à l'eau.

En cet instant, le bateau accosta la barque, et trois hommes masqués y sautèrent.

— Qui êtes-vous?

— Oho — sur mon âme, c'est le secrétaire d'état Atenuado!

— Regardez — il a tué le vieux Geronimo!

Ces trois exclamations partirent en même temps, et résonnèrent comme un glas funèbre aux oreilles du fugitif.

— Rendez-vous! reprit le premier des hommes masqués en s'adressant au secrétaire qui semblait frappé de stupeur.

Tout à coup, Atenuado sembla revenir à lui. Il arracha son poignard de sa ceinture —

— Que me voulez-vous? cria-t-il. Qui cherchez-vous?

— Vous, don Atenuado!

— Le premier qui approche est mort!

Ces imprudentes paroles étaient à peine prononcées que deux des hommes masqués se jetaient subitement sur l'Espagnol, le désarmaient, et lui enfonçaient son propre poignard dans la poitrine, tandis que le troisième montrait silencieusement du doigt le batelier assassiné.

Atenuado tomba sans pousser une plainte!

Justice était faite! Les mystérieux inconnus relevèrent le cadavre de l'Espagnol et le portèrent dans leur bateau, puis ils reprirent la direction du port, emmenant à la remorque la barque qui contenait encore le cadavre de son malheureux possesseur.

Chapitre XXIX.

Un coup de maître.

— Annoncez-moi à son Altesse, disait Selva en s'adressant au valet de chambre du duc.

Le gros Gomez, qui avait perdu une bonne partie de son unité, errait comme une âme en peine dans l'antichambre de son maître.

— Vous annoncer, don Selva? répéta-t-il d'un air hébété. Faut-il vraiment vous annoncer?

— Vous ne comprenez donc plus ce que l'on vous dit! cria le capitaine de la garde. Avez-vous perdu la tête?

— Une question — avec votre permission, don Selva! Une seule question! Est-il vrai qu'on ait enfin entamé des pourparlers, et que cet horrible temps...

— Annoncez-moi à votre maître! Je vous l'ordonne pour la dernière fois! interrompit Selva. L'affaire qui m'amène ne souffre pas de retard!

— Son Altesse ne s'est endormie que vers le matin, répondit le valet de chambre. Je n'ai pas encore été appelé dans son appartement, et je n'ose vraiment pas entrer!

Selva frappa du pied avec impatience et se détourna d'un air mécontent.

— Je ne demande qu'un mot, don Selva, reprit Gomez d'un ton suppliant — une légère indication! Laissez-vous toucher et dites-moi où en sont les choses...

— Je crois vraiment que j'entends le duc marcher dans son appartement, interrompit Selva. Que signifie cette manière de me retenir?

— Vous êtes de bien mauvaise humeur, aujourd'hui, don Selva !

— Sur mon âme, on le serait rien qu'à vous voir, s'écria le capitaine impatienté. On jurerait que vous êtes pris de fièvre tant vous êtes défait, et ce n'est que de la poltronnerie. Le duc peut être fier de ses serviteurs !

— Miséricorde ! Vous ne songez donc pas aux dangers qui nous menacent, don Selva !

— Les dangers ! Ils seraient pires qu'ils n'excuseraient pas votre lâcheté. Vous, le valet de chambre du duc, vous devriez donner l'exemple du courage et de la fermeté aux autres domestiques, et l'on vous voit tout tremblant ! C'est honteux !

— C'est bon à dire, don Selva, mais le moment n'est ni gai, ni rassurant. En attendant, vous ne me desservirez pas auprès de son Altesse ?

— Ce serait de mon devoir !

— Vous n'y pensez pas, don Selva ! s'écria le pusillanime valet de chambre. Ce n'est pas pour moi que je tremble, c'est pour mon auguste maître...

— Assez, assez ! interrompit brusquement Selva en jetant un regard méprisant sur le servile personnage. Entrez et annoncez-moi !

Gomez se faufila dans l'appartement du vice-roi, et revint peu d'instants après, annonçant que le duc venait d'entrer dans son cabinet, et qu'il attendait le capitaine de la garde du corps.

Selva ne se le fit pas dire deux fois. Il traversa rapidement les premières pièces et se présenta en s'inclinant devant son maître.

Le duc d'Arcos était sombre. Il regarda le capitaine en homme habitué à recevoir de mauvaises nouvelles. Les messages se suivaient, en effet, sans s'améliorer. La seule espérance que nourrît encore le vice-roi reposait sur la mission dont Atenuado avait été chargé, mais il devait se passer des semaines avant qu'on en connût le résultat.

— Approchez, Selva! dit le duc d'un ton moitié interrogateur, moitié impérieux. Avez-vous parlé à Masaniello?

— Pour vous servir, Altesse!

— Quelle réponse m'apportez-vous?

— Il a promis de s'employer à la conclusion d'un armistice.

— S'employer! Ne lui suffit-il pas de le vouloir pour que cela se fasse?

— Il n'a pas encore le pouvoir dans les mains!

— Ne lui avez-vous donc rien dit du chapeau ducal?

— J'en ai parlé vaguement, et cette allusion a suffi pour le faire trembler. Il n'a pu cacher la joie et l'émotion qu'elle lui causait.

— L'ambition le perdra! murmura le duc avec un diabolique sourire. Tito avait raison!

— Le peuple se prépare à présenter solennellement son hommage au pêcheur de Portici, continua Selva. Masaniello n'attend que cela pour prendre les décisions qui lui paraîtront convenables.

— Et quand cela se fera-t-il?

— Au premier jour!

— Bien! Le plus tôt sera le mieux!

— Masaniello m'a surpris, reprit le capitaine. Ce n'est pas le chef sanguinaire que je croyais trouver en lui, et ce n'est pas davantage un fier triomphateur!

— Vous croyez qu'il acceptera nos propositions?

— Je n'en doute pas! Les promesses de votre Altesse le séduisent singulièrement. Après la grande journée qu'on lui prépare, il se sentira assez fort pour faire ce que lui semblera bon; jusque-là, il s'engage à empêcher la reprise des hostilités, à condition, toutefois, qu'aucun Espagnol ne se risque pendant le jour, dans la ville, sans son autorisation.

— C'est bien. Je sais maintenant tout ce que je voulais savoir. Retournez à votre poste.

— Avec votre permission, Altesse — j'ai encore une communication importante à vous faire.

— Encore une communication? Et sur quel sujet?

— Elle concerne le secrétaire d'état, don Atenuado!

Le duc se retourna brusquement vers Selva.

— Atenuado? répéta-t-il d'une voix étouffée. Que lui est-il arrivé? Que savez-vous, Selva?

— Pas grand' chose, Altesse! Je m'épuise en conjectures sur le mystérieux accident arrivé au secrétaire! Il a dû quitter le château pendant la nuit, et tomber entre les mains des rebelles!

— Atenuado? Atenuado mort? s'écria le duc avec une agitation, une impétuosité qui ne lui étaient pas habituelles. C'est impossible!

— Il est mort! répéta Selva; mort d'une façon bien étrange! Atenuado était pendu à ces rochers qui dominent la mer, et au-dessus desquels on trouve l'antique parc et le mystérieux pavillon habités par un sorcier égyptien!

Le duc semblait frappé de stupeur. Il contemplait fixement Selva, et semblait se demander si le capitaine avait perdu la raison.

— Atenuado pendu? répéta-t-il d'une voix lente et comme s'il eût voulu se rendre compte de ces mots. Pendu à ces rochers? Vous rêvez, Selva!

— Je le voudrais, Altesse — mais je ne suis malheureusement que trop éveillé. Cette triste nouvelle est vraie, trop vraie! Atenuado pendait à ces rochers — et je me demande encore comment on s'y est pris pour le mettre là.

— Et qui l'a découvert?

— Il a été aperçu par les soldats qui m'accompagnaient lorsque je me suis rendu en bateau auprès du pêcheur de Portici. Ils ont détaché le cadavre au péril de leur vie.

— Avez-vous trouvé sur lui un ordre écrit de ma main, un parchemin?

— Non, Altesse!

— Alors vous n'avez pas visité le cadavre?

— Au contraire. Nous l'avons fouillé avec le plus grand soin!

— Et vous n'avez pas trouvé de document?

— Aucun. Ses poches et son pourpoint ne contenaient que de l'or. Il portait une véritable somme en ducats.

— Et mon parchemin, mon parchemin! s'écria le duc avec désespoir.

— Il ne l'avait pas, Altesse! Don Atenuado n'est pas tombé entre les mains d'une bande de pillards; le fait que l'or était intact le prouve jusqu'à l'évidence. Je croirais plutôt que le malheureux secrétaire est mort victime d'une vengeance privée ou de quelque événement mystérieux ayant un rapport quelconque avec le pavillon. Les soldats affirment, comme moi, que ce n'est pas d'en bas qu'on a pu faire arriver le cadavre à l'endroit où il était. Il faut qu'on s'y soit pris de la terrasse!

— De la terrasse? Comment Atenuado se serait-il trouvé là-haut? Il n'avait rien à faire au pavillon!

— Qui sait! Il peut avoir entendu parler du magicien qui y exerce son art depuis quelque temps. Don Tito n'est pas non plus dans la citadelle. Atenuado se serait-il rendu avec lui auprès de ce mystérieux personnage?

— C'est impossible!

— Il faut cependant que le secrétaire soit allé sur la terrasse. Son cadavre pendait au-dessous, à mi-hauteur des rochers. Il se passe des choses étranges dans ce pavillon, des choses inexplicables. Don Atenuado a peut-être voulu consulter le magicien?

— Ce n'est guère probable, mais il a pu tomber, sans le vouloir, entre les mains de ce sorcier étranger! Mon parchemin alors? Il faut le retrouver, Selva! C'était un ordre secret pour le commandant de la flotille. J'en avais chargé Atenuado qui devait essayer de le faire parvenir à sa destination. Si cet ordre venait à être connu, il faudrait renoncer à tout espoir d'armistice et de négociations!

— Quelle fatalité! murmura Selva.

— Il faut chercher ce document, reprit le duc avec une sombre énergie; il faut le retrouver! C'est de la dernière importance!

— Je ne vois qu'un moyen — c'est de fouiller secrètement la demeure du magicien!

— Comment vous y prendriez-vous, Selva?

— Je l'ignore encore, Altesse! Il faudrait essayer, cependant! Permettez-le moi! Je tâcherai de m'emparer du magicien et de pénétrer les mystères du pavillon. Si nous parvenons à nous rendre maîtres du sorcier, nous serons bientôt renseignés sur le sort de don Atenuado et du document!

— Essayez, don Selva, essayez! Faites tout pour retrouver cet ordre! Vous ne pourriez rendre un plus grand service à notre cause!

— Je ne négligerai rien pour cela, Altesse. La prise du magicien serait, à tous les points de vue, un immense avantage. Je me méfie de lui depuis longtemps. Il se croit sans doute en parfaite sûreté, vu les événements, et ce sera justement cette sécurité qui nous permettra de le prendre. Une fois pris, nous lui arracherons des aveux ou nous retrouverons le parchemin dans le pavillon même!

— Faites, Selva, faites! répondit vivement le duc. J'approuve votre plan, mais je vous recommande la plus grande prudence!

— Le parc et le pavillon sont bien écartés, nous y arriverons sans être vus!

— Le danger est partout, cependant, ne l'oubliez pas!

— Je le sais, Altesse; mais il faut que je découvre ce qui se passe dans ce pavillon maudit. Je n'aurai plus un instant de repos avant d'être au clair sur ce magicien. Il n'est pas étranger à l'horrible fin du secrétaire d'état, soyez-en sûr, et c'est là seulement que nous pouvons espérer de retrouver le document. Je ne prendrai que trois ou quatre soldats!

Le vice-roi donna son consentement à ce projet et l'officier se retira.

Le soir venu, Selva appela quatre de ses hommes, gens déterminés et sûrs, qui se seraient fait hacher pour leur capitaine.

— Il y a une expédition secrète à faire, leur dit-il. Vous sentez-vous le courage de m'accompagner?

— Le danger ne nous effraie pas, capitaine, vous le savez bien.

— Il faudrait quitter le château avec moi!

— Nous vous suivrons aux enfers, s'il le faut! s'écrièrent en chœur les soldats.

— Hum, c'est bien quelque chose d'approchant! fit Selva, je vous mettrai à l'épreuve. Tenez-vous prêts, et attendez-moi dans une heure vers la tour qui touche au parc!

Les quatre soldats se sentaient singulièrement flattés d'avoir été choisis par leur capitaine pour cette expédition secrète. Tous furent exacts au rendez-vous. La nuit était venue. Il y avait trêve entre les partis, et tout était tranquille aux alentours du château. Le moment semblait singulièrement favorable au coup de main hardi que méditait le capitaine de la garde.

Avant de rejoindre ses hommes, Selva se rendit dans l'aîle occupée par Tito. Il espérait y trouver le favori, et le décider à l'accompagner.

— Don Tito est-il dans son appartement? demanda-t-il au domestique qui vint au-devant de lui.

— Hélas non! Nous sommes bien inquiets. Don Tito n'a pas encore reparu. Il faut qu'il lui soit arrivé quelque malheur!

— C'est singulier! Avez-vous fait parvenir cette nouvelle à son Altesse?

— Pas encore! Nous espérions toujours voir rentrer don Tito, mais maintenant...

— Je crains qu'il ne soit tombé entre les mains des rebelles, comme don Riperda! dit Selva.

— Que les saints nous en préservent!

— S'il n'a pas reparu demain matin, faites savoir son absence à l'adjutant du duc. Il en avertira son Altesse!

Cet ordre donné, Selva se rendit vers la tour où l'attendaient ses hommes.

— Suivez-moi sans bruit, leur dit-il; exécutez rapidement tout ce que j'ordonnerai, et ayez l'œil ouvert pour éviter toute surprise. En avant!

Selva ouvrit la porte de la tour, y pénétra avec ses quatre hommes et passa dans le parc. La petite bande traversa silencieusement les allées obscures et se trouva, peu d'instants après, sur le rivage.

Quelques gondoles légères dormaient, à l'ancre, dans une petite baie formant port. Ces embarcations étaient munies, comme les gondoles de Venise, d'une espèce de dais garni de rideaux ou de lambrequins, et destiné à protéger les promeneurs contre l'ardeur du soleil.

Selva avait compris qu'il lui serait difficile de traverser les rues conduisant au faubourg sans rencontrer quelque patrouille ou quelque bande ennemie qui lui ferait un mauvais parti. Il s'était donc décidé à se rendre en bateau avec ses gens jusqu'au-dessous de la terrasse. Une fois là, il était à peu près sûr d'atteindre sans encombre le portail par lequel on entrait dans l'antique parc. L'endroit était trop peu fréquenté pour qu'il y eût danger à s'y risquer.

Arrivé sur le rivage, il chercha des yeux une gondole pourvue d'un large dais garni d'étoffe de couleur sombre, y monta, et prit place sur les coussins, tandis que les soldats se munissaient de rames et s'installaient sur les bancs réservés aux rameurs.

— Connaissez-vous le pavillon qui domine la mer? demanda Selva.

Les soldats répondirent affirmativement.

— C'est là que nous devons aller. Prenez la direction des rochers!

Les huit rames frappèrent l'eau en même temps, et la gondole glissa comme un oiseau sur cette mer enveloppée d'ombre. Elle fit un détour pour ne pas rester à proximité du môle, et se tint cependant à l'intérieur du port afin d'atteindre le plus tôt possible le but de sa course.

Ce but fut bientôt en vue. La légère embarcation filait si rapidement que ceux qui la montaient ne tardèrent pas à apercevoir les contours obscurs du pavillon.

On approcha sans encombre. L'un des soldats connaissait exactement cette partie du rivage et savait qu'il existait entre les rochers une place étroite et basse où l'on pouvait aborder. L'endroit fut bientôt trouvé. C'était un petit bassin où la gondole était si bien cachée par les rochers qu'on ne pouvait l'apercevoir de la mer. Impossible de trouver une place plus favorable pour y aborder.

La frêle embarcation atteignit heureusement ce port. L'un des rameurs accrocha la chaîne de la gondole à un morceau de bois fixé dans une fente du rocher, puis Selva et ses compagnons mirent pied à terre.

La grève était étroite et rocailleuse, mais la petite troupe atteignit bientôt le chemin qui longeait le mur du parc, et dans lequel nous avons vu Lucia Falcone lutter avec Tito.

Les quatre soldats suivaient silencieusement le capitaine. Tout à coup, Selva s'arrêta — il avait cru voir une forme traverser un champ voisin et s'approcher du chemin.

Le capitaine se jeta dans l'ombre du mur et se glissa vers ses hommes auxquels il ordonna de ne pas bouger. Tous restèrent immobiles, serrés contre le mur, tandis que Selva faisait prudemment quelques pas en avant pour voir plus tôt de quoi il s'agissait.

L'ombre avançait lentement. Elle arriva enfin à quelques pas du capitaine blotti à l'ombre des buissons. C'était le magicien! Selva le reconnut immédiatement à son étrange costume. Le mystérieux étranger pouvait seul porter cet ample vêtement, serré aux hanches par une large ceinture, et ce turban aux vives couleurs! Selva retint à peine un cri de joie et de surprise en voyant ce personnage suspect tomber ainsi entre ses mains. Il allait appeler ses hommes, et leur ordonner de se jeter sur lui, lorsque l'Egyptien s'approcha d'une petite porte pratiquée dans le mur. Il se rendait sans doute au pavillon, et Selva se dit que c'était là qu'il voulait le surprendre. Il voulait le trouver en pleine activité, et l'arrêter au milieu de ses mystérieuses opérations!

Le magicien passa, calme et tranquille, devant l'ennemi qui l'observait du fond de sa retraite. Il s'approcha de la petite porte, l'ouvrit à l'aide d'une clef, et la referma derrière lui.

Selva resta immobile, cherchant à deviner la direction que l'étranger prenait à l'intérieur du parc. Il semblait monter vers la terrasse. Le bruit de ses pas se perdit enfin dans l'éloignement, et le capitaine retourna vers ses hommes. Il en laissa un en sentinelle devant la petite porte, puis il se rendit avec les trois autres vers le portail en fer par lequel il était entré dans le parc avec Tito et Riperda.

Le portail était ouvert. Selva se glissa dans le parc en recommandant le silence le plus absolu à ses gens. Un mot, un mouvement imprudents pouvaient faire manquer toute l'affaire! Le magicien était peut-être encore dans le parc. Le plus léger bruit pouvait lui donner l'éveil, et le mettre en fuite; comment le retrouver dans ce vert labyrinthe dont il connaissait sans doute les recoins les plus cachés?

Selva avait fait si bon usage de ses yeux, lors de sa première visite au pavillon, qu'il n'hésita pas un instant sur la direction à prendre, et s'enfonça bravement sous l'épais fourré qui s'étendait devant lui. La vue du bassin de marbre vint

...qu'il ne s'était pas trompé. Il suivit ...
... par les pins et les cyprès, et ... ...
... plantes, il atteignait, avec ses hommes, les ...
... conduisait sur la terrasse.

... là, il ordonna tout bas à ses compagnons de mon-
... à l'ombre des plantes grimpantes et des ar-
... abritaient un côté de l'escalier. Lui-même com-
... à monter avec précaution sous ce toit de verdure,
... avait à peine gravi quelques marches qu'il s'arrêtait
... commandait d'un geste à ses gens de rester immo-
...

... magicien, debout sur la terrasse, semblait contempler
... — sa haute taille se détachait sur ce vaste horizon.
... coup, il se retourna, s'approcha lentement du pavillon,
... entra par la porte principale, sans remarquer Selva qui
... suivait attentivement.

... capitaine se redressa en se frottant les mains. Il était
... sa proie. Il allait s'emparer, enfin, du mystérieux
... qu'il accusait de complicité dans l'assassinat du se-
... d'état! Le magicien venait d'entrer dans le pavillon
... allait s'y trouver pris comme dans une souricière!

... moment d'agir était venu! Selva sortit vivement de
... son toit de verdure et monta sur la terrasse avec ses
... compagnons. Il plaça l'un d'eux à la petite porte de
... du pavillon et revint immédiatement avec les deux
... vers le grand portail qui lui avait donné accès, une
... fois, dans cette mystérieuse demeure.

... porte céda sous sa main. Il entra avec les deux soldats,
... se retrouva dans la rotonde, toujours éclairée par cette
... lumière discrète qui semblait venir d'en haut.

La pièce était vide. Le magicien venait de la quitter sans
doute.

Tandis que les soldats regardaient autour d'eux d'un air
surpris et inquiet, Selva s'était approché du cordon noir qui
pendait au fond de la rotonde et l'avait tiré.

La paroi s'entr'ouvrit silencieusement et le capitaine se trouva devant un espace sombre où le regard plongeait sans apercevoir autre chose que le vide et l'obscurité.

Impossible de trouver une porte dans ces ténèbres. Il fallait y porter la lumière, mais comment s'en procurer? Selva se retourna et inspecta du regard la rotonde. La pièce n'offrait ni lampe ni cierge !

La position était embarrassante, mais Selva eut bientôt trouvé un expédient. Il ordonna à l'un de ses hommes d'aller lui chercher quelques branches sèches dans l'allée des pins, et de les lui apporter lestement.

Pendant ce temps, le soldat, placé en sentinelle derrière le pavillon s'y promenait de long en large.

Tout à coup, la petite porte qu'il gardait fut vivement ouverte. Le soldat en vit sortir un de ses camarades dans lequel il crut reconnaître son compagnon Cristoforo.

— Tiens, c'est toi! dit-il avec étonnement. Vous avez déjà pénétré jusqu'ici? Où est don Selva?

Le soldat, qui refermait la porte derrière lui, fit un signe de la main, comme pour imposer silence à son camarade, et se dirigea sans répondre vers les escaliers de la terrasse.

— Eh bien, où vas-tu, Cristoforo ? répéta le factionnaire qui trouvait ce mutisme assez étrange. Ne peux-tu donc pas répondre?

Le soldat descendait sans se préoccuper des interpellations de son camarade.

— Ma foi, je n'y comprends rien! murmura le factionnaire en reprenant son poste devant la petite porte. C'était Cristoforo, et pourtant . . . bah, c'était bien lui — qui serait-ce d'ailleurs?

Le soldat, envoyé à la recherche des branches sèches, remontait sur la terrasse, lorsqu'il vit, à son tour, le silencieux camarade passer rapidement à côté de lui.

— Où vas-tu donc? lui cria-t-il. J'ai plus de branches qu'il ne nous en faut. Remonte!

Le soi-disant Cristoforo répéta le signe impérieux qui lui avait si bien servi auprès du factionnaire, et s'éloigna en toute hâte, tandis que son camarade, trop pressé pour s'arrêter à cet incident, retournait au pavillon. Selva attendait toujours dans la rotonde avec le dernier de ses hommes, et le soldat se dit, en les voyant, que le camarade, placé en sentinelle à l'autre entrée, avait dû quitter son poste puisqu'il venait de le voir au bas de l'escalier. Selva ne lui laissa pas, d'ailleurs, le temps de réfléchir à cette rencontre. Le capitaine avait hâte de fouiller la mystérieuse demeure et de s'emparer du magicien. Il alluma, à l'aide d'un briquet et d'une pierre à feu, deux branches sèches, les remit aux soldats en leur ordonnant de le suivre avec ces torches improvisées, et entra dans la chambre obscure qui suivait la rotonde.

Cette pièce était vide, absolument vide. On n'y voyait pas même une porte.

Selva en fit le tour en maugréant, inspecta minutieusement les murs, et finit par découvrir un ressort mettant en mouvement une partie de la paroi. Il arriva alors dans une petite chambre, confortablement meublée, mais qui n'offrait rien d'extraordinaire. Cette pièce, inhabitée comme les précédentes, donnait accès dans d'autres chambres semblables. Selva les visita, souleva meubles et rideaux, fouilla les coins et les recoins — peine inutile! Le magicien avait disparu, et les nocturnes visiteurs ne trouvèrent pas le plus petit objet qui trahit l'étude ou la pratique du métier occulte attribué au maître de ces lieux.

La chambre de l'œil s'était trouvée absolument vide. Selva n'y avait rien découvert qui put l'éclairer sur les mystérieux tableaux dont il avait été témoin; restait à découvrir la chambre de l'oreille. C'était là, sans doute, que se cachaient tous les secrets du pavillon!

Le capitaine réussit enfin à trouver cette pièce. Il la reconnut à sa décoration, dont Tito lui avait fait une déscription minutieuse, mais la chambre de l'oreille était déserte, comme les autres. Plus de sphinx! Plus de magicien!

Selva poussa une exclamation de colère. L'impatience commençait à le gagner. Il recommença ses perquisitions, pénétra dans toutes les pièces, fouilla les plus petits réduits, et ne s'accorda pas un instant de repos avant d'avoir visité le pavillon tout entier et s'être assuré que le magicien ne s'y trouvait pas.

Le capitaine était exaspéré. Il cherchait, cherchait encore, et fouillait, sans se lasser, cette mystérieuse demeure dont le silence et la solitude le mettaient hors de lui. Tous les habitants en avaient disparu, et cependant, Selva avait vu le magicien y entrer! Qu'était-il devenu? Il fallait qu'il eût, dans la maison, quelque retraite assurée! Il s'y était réfugié, sans doute, au premier bruit, et y riait des inutiles efforts de ses ennemis!

Cette pensée faisait bondir Selva. Il recommençait ses recherches — mais les heures passaient, l'aube ne devait pas tarder à paraître, et le capitaine fut forcé de songer à quitter le pavillon.

Ses hommes n'étaient guère moins intrigués et moins furieux que lui. Deux d'entre eux, au moins, soupçonnaient que le magicien ne s'était pas évanoui comme une fumée, mais ils n'eurent garde d'avertir leur chef qu'un camarade s'était éloigné du pavillon pendant les recherches quoiqu'il ne manquât pas un des soldats!

Le malheureux Selva n'était pas au bout de ses surprises. Il quitta le parc avec ses trois hommes, reprit en passant celui qu'il avait placé en sentinelle devant la petite porte, et redescendit avec eux vers la mer; mais lorsque la petite troupe arriva au bas des rochers, la gondole avait disparu —

La mystification était complète! Les cinq Espagnols restèrent un moment accablés devant cette mer sereine qui semblait les narguer, mais le sentiment de la situation les rappela bientôt à eux-mêmes. Une vague lueur blanchissait déjà à l'horizon. Il fallait fuir! Selva et ses hommes se remirent en marche, malgré leur fatigue, et après de longs détours, ils rentrèrent heureusement dans le parc du chateau.

Chapitre XXX.

Le triomphe de Masaniello.

Naples se parait pour présenter son hommage à son libérateur. L'heure de la fête était venue! Les cloches sonnaient à toute volée. Les vaisseaux, à l'ancre dans le port, avaient arboré le pavillon napolitain, et les maisons étaient décorées de verdure, de tapis et de drapeaux.

Les niches, contenant des madones ou des images de saints, n'avaient pas été oubliées. Toutes étaient parées pour la circonstance, et des lampes expiatoires brûlaient devant chacun de ces petits autels.

Une foule, en habits de fête, se pressait vers la grande place, située non loin de l'Hôtel-de-Ville, où devait se passer la cérémonie. Hommes, femmes, vieillards, enfants, jeunes garçons et jeunes filles, tous s'avançaient en rangs serrés et remplissaient la vaste place.

La reconnaissance, la joie et l'émotion remplissaient les cœurs et se lisaient sur toutes les figures! Un même sentiment animait cette multitude! Les jours de misère et d'oppression étaient oubliés! Le peuple avait vaincu! Le vice-roi était détrôné! Il était bien encore enfermé dans sa citadelle avec ses derniers défenseurs, mais son pouvoir était brisé; personne ne le craignait plus; à peine songeait-on encore à lui! Son régne était fini! Naples respirait, Naples était libre! Jeunes et vieux accouraient pour fêter ce succès, pour témoigner leur reconnaissance au chef du peuple, et cette joie sainte illuminait tous les visages. Les mercenaires espagnols avaient été défaits, les impôts n'existaient plus, le joug étranger avait été secoué et la liberté régnait à Naples! N'était-ce pas assez pour motiver la fête de ce jour!

Masaniello devait recevoir l'hommage d'un peuple reconnaissant! Chacun se pressait, s'efforçait d'arriver au premier rang pour le voir apparaître sur la place, et pour assister de plus près à son triomphe. Les enfants, conduits par leurs mères, arrivaient en bandes nombreuses, portant des corbeilles de fleurs, des fruits, des poissons et d'autres objets destinés à être offerts au vainqueur. Des jeunes filles, vêtues de blanc, se préparaient à semer de fleurs le chemin que devait parcourir Masaniello, et les fenêtres et les toits se remplissaient de curieux et d'admirateurs, avides d'acclamer le pêcheur de Portici!

Masaniello était le dieu du jour! Son nom remplissait toutes les bouches! L'enthousiasme avait gagné de proche en proche et s'était communiqué à tout le peuple! Les hommes vantaient le courage et l'héroïque bravoure dont il avait fait preuve dans le combat; les femmes rêvaient de ce beau pêcheur à la voix harmonieuse et pleine, et cette admiration passionnée se retrouvait dans tous les cercles. Riches et pauvres l'acclamaient, et voyaient en lui leur Messie. Chaumières et palais étaient également acquis au libérateur de Naples.

Les pêcheurs, qu'il avait conduits à la victoire, ne lui étaient ni moins attachés ni moins soumis que le peuple. Masaniello n'était plus un des leurs — quelques jours avaient suffi pour faire de leur camarade un général en chef, un souverain, un roi, dont les ordres étaient ponctuellement exécutés. On vantait la sagesse de ses décisions, on redisait ses hauts faits, et ces récits, mille fois répétés, exaltaient l'enthousiaste admiration du peuple pour le héros du jour!

Masaniello n'était pas insensible à ces hommages. L'orgueil et l'ambition qui couvaient silencieusement au fond de son

âme se faisaient jour peu à peu. Il jouissait avec une intime
satisfaction de son autorité, de son influence sur le peuple
et des joies du triomphe. Il s'enivrait d'honneurs et de dignités! Lui, simple pêcheur la veille, il dictait ses conditions
au duc d'Arcos. Il régnait sur tout un peuple, disposait du
pouvoir et de la puissance et recevait des hommages dignes
d'un roi! Quelle âme eut résisté à cette fortune subite!

Naples voulait fêter publiquement son idole et avait préparé une importante manifestation. Le peuple avait réclamé
ce grand jour! Il voulait donner libre essor aux sentiments
de reconnaissance et d'admiration qui l'animaient. Il voulait
acclamer son Massie, et les faibles objections de Masaniello
avaient été facilement réfutées. Quelques voix s'étaient éle-
vées cependant pour discuter l'opportunité de cette fête, mais
elles s'étaient perdues dans le concert de louanges qui montait comme un encens aux pieds de Masaniello, et le tribun
n'avait pas entendu ces notes discordantes.

On était au matin du grand jour! Masaniello attendait,
dans une des salles de l'Hôtel-de-Ville, l'heure fixée pour
l'ouverture de la fête, et s'efforçait de contenir la joie orgueilleuse qui l'animait.

Il avait revêtu son costume de pêcheur et allait sortir de
la salle, lorsque Fenella y entra précipitamment et courut à
son frère d'un air agité et inquiet.

— Qu'y a-t-il, Fenella? demanda Masaniello surpris. Est-
ce la joie qui t'amène? On dirait que tu as peur?... tu
trembles?...

— Je tremble pour toi! disaient les gestes de la Muette.

— Pour moi? fit Masaniello étonné. Ne sais-tu pas que
Naples m'attend et m'acclame? N'as-tu pas vu les préparatifs de la fête?

— Je sais tout cela, frère, répondit Fenella dans son langage muet. J'ai vu la foule rassemblée sur la place, j'ai entendu le son des cloches — mais tout cela ne me tranquil-
lise pas.

Masaniello s'était détourné avec humeur.

— C'est donc là tout ce que tu as à me dire, Fenella? fit-il d'un ton de reproche. C'est ainsi que tu te présentes en un jour pareil? Pourquoi viens-tu me gâter ma joie, au lieu de t'y associer et d'être fière de ton frère? Vois-tu, continua-t-il en s'animant, je suis heureux — je viens de goûter une heure de délices. Il me semblait que le monde était à mes pieds, que j'étais soulevé à des hauteurs inconnues et que je contemplais, de là-haut, ce peuple qui m'apporte son hommage, et auquel j'étais encore mêlé, il y a peu de jours. Je me sentais maître et souverain de Naples — et tu viens m'arracher à ma félicité...

La Muette avait joint les mains. Ses yeux s'étaient remplis de larmes. — Pardonne-moi, frère! disait sa vive pantomime; c'est mon inquiétude qui m'a poussé ici. Ne te fie pas à la faveur du peuple! Ne te laisse pas éblouir par l'ambition et l'éclat! Crois-moi; laisse-là ces grandeurs d'un jour et reviens dans notre chaumière!...

— Tu es folle!...

— Ne me gronde pas — continua la pauvre enfant — laisse-moi t'avertir. Je tremble pour ta vie. Tu es le premier d'entre le peuple aujourd'hui, mais demain? N'a-t-on pas acclamé aussi, le duc d'Arcos lorsqu'il est arrivé à Naples — et maintenant...

— Assez, Fenella! dit le pêcheur avec fermeté, ton frère n'est plus un enfant! Il sait ce qu'il a à faire. Tes avertissements sont inutiles! Ils viennent trop tard! Nulle puissance humaine ne peut me détourner de ma route — elle conduit au faîte des grandeurs et de la gloire et je la gravirai jusqu'au bout! Elle aura des écueils, peut-être — mais j'ai le pied sûr et la main ferme! Sois tranquille, continua-t-il d'un ton plus doux en caressant les cheveux de sa sœur; ne crains rien, et abandonne-moi à mon sort!

Fenella comprit que toute représentation était superflue, mais elle voulut au moins risquer un dernier avertissement

— Garde-toi des embûches du duc! dirent ses gestes suppliants. Il veut te perdre, je le sais! N'écoute pas ses propositions, frère; ne te laisse pas séduire par l'orgueil et l'ambition. Méfie-toi du duc! Il est faux et rusé! il cherchera à te séparer du peuple — ne l'écoute pas!...

— Assez, enfant! interrompit le tribun. On vient me prendre — et tu pleures, Fenella! Tu pleures en un jour comme celui-ci! Que diraient les députés qui viennent me chercher s'ils s'en apercevaient! Allons, essuie tes larmes et prends un air plus serein. N'es-tu pas la sœur de Masaniello, et n'auras-tu pas un sourire pour le héros de la fête? Va, cours sur la place — j'espère t'y revoir!

D'enthousiastes acclamations retentissaient devant l'Hôtel-de-Ville, et se mêlaient aux sons graves et solennels des cloches. L'heure était venue. Les portes furent ouvertes, et les représentants du peuple envahirent la salle. Quatre d'entre eux portaient un siège resplendissant de dorure, un trône autour duquel s'enroulaient des branches de laurier.

— « Vive Masaniello, le sauveur et le libérateur de Naples! » criait-on. Acclamations et bravos firent trembler un instant l'antique demeure, puis les députés s'avancèrent, et invitèrent le pêcheur de Portici à prendre place sur le trône doré.

Masaniello s'assit — des bras robustes le soulevèrent, et l'emportèrent en triomphe hors de l'Hôtel-de-Ville, vers la vaste place où se pressait une foule en délire.

Les porteurs avançaient entre deux rangs de pêcheurs armés de lourdes hallebardes; ils foulaient aux pieds les fleurs que des jeunes filles vêtues de blanc semaient devant leurs pas. De joyeuses fanfares résonnaient sur les toits et les balcons; les cris d'allégresse remplissaient les airs, les mouchoirs s'agitaient aux fenêtres, et les nombreuses colombes qu'on venait de lâcher voletaient au-dessus de la foule et faisaient scintiller au soleil leurs aîles argentées.

Le cortège triomphal se forma à l'entrée de la vaste place

et en fit trois fois le tour aux applaudissements de la multitude. Des pêcheurs et des soldats napolitains marchaient en tête. Derrière eux venaient des hommes tenant des étendards et des cierges allumés. Ils précédaient le héros du jour, porté et escorté par les représentants du peuple. Des pêcheurs armés fermaient la marche.

L'enthousiasme ne connaissait plus de bornes. Des milliers de voix acclamaient l'heureux vainqueur, et faisaient monter vers le ciel un concert de louanges et de bénédictions en l'honneur de leur idole. Masaniello saluait la foule. Il s'enivrait de ces honneurs presque divins, et contemplait avec une orgueilleuse fierté cette multitude en délire qui voyait en lui son libérateur et son dieu.

Le cortège s'arrêta enfin à l'un des côtés de la place, et les porteurs déposèrent le trône sur une estrade recouverte de tapis. Hommes et femmes, vieillards et enfants se pressèrent alors de ce côté, et la foule défila lentement devant le pêcheur de Portici toujours assis sur son trône. Jeunes filles et jeunes garçons lui présentaient des fleurs, des fruits, ou les produits de la mer. Les hommes lui apportaient leur reconnaissance, les femmes leur admiration. Les députations des patriciens et des corps de métiers, passèrent tour à tour en lui présentant leurs hommages, et Masaniello, plus fier et plus heureux qu'un souverain, sentait sa poitrine se gonfler à ce spectacle. L'encens lui montait au cerveau! Il oubliait qu'il était homme, et voyait sans rougir des hommes comme lui se prosterner devant son trône, des femmes affolées, baiser le tapis sur lequel il posait les pieds! Il écoutait les improvisateurs chanter sa gloire, et recevait, en roi, ces honneurs dignes d'un roi! Toute sa personne était empreinte d'une étrange majesté. Sa haute et mâle stature, ses membres vigoureux, ses traits, bronzés par le soleil et illuminés par l'émotion du moment offraient un imposant spectacle, mais quel contraste entre son costume de pêcheur, sa chemise

ouverte, son bonnet rouge, ses pieds nus, et le trône doré sur
lequel il était assis! C'était un souverain, mais un souverain
sorti du peuple, et dont l'aspect entraînait irrésistiblement la
multitude!

— « Vive Masaniello! le sauveur et le libérateur de
Naples! » Ces cris retentissaient d'un bout à l'autre de la
vaste place et se répétaient dans les rues voisines.

Deux pêcheurs, debout à quelque distance, semblaient seuls
étrangers à l'ivresse générale. C'étaient Pietro et Cinzio. Ils
s'étaient hissés sur un pan de mur d'où ils dominaient la
place, et tous deux considéraient d'un air sombre le spectacle
qu'ils avaient sous les yeux.

— Ne te l'avais-je pas dit? murmurait Cinzio. N'avais-je
pas raison quand je t'affirmais qu'il était pétri d'orgueil et
d'ambition et qu'il n'attendait que ce jour?

— Peut-être — répondit tristement le vieux Pietro. Peut-
être est-il ambitieux, mais je ne puis pas croire qu'il abuse
jamais de son pouvoir! Pense à son serment!

— Serment par-ci, serment par-là! Il veut régner, te dis-
je! Regarde-le! Vois-tu cette foule imbécile — ces femmes
qui se pressent pour baiser ses vêtements? Et Masaniello to-
lère ça! Sur mon âme, le vice-roi, lui-même, n'en ferait pas
autant!

— Avec tout cela, il n'a pas seulement mené l'affaire à
bonne fin! Toute cette clique espagnole est encore dans la
citadelle!

— Il se gardera de l'en chasser! S'il voulait pousser l'affaire, ce serait déjà fait, mais il louvoie — il cherche à
gagner du temps! Je te dis qu'il saura s'arranger pour prendre
des deux mains!

— Comment! Il aurait des intelligences avec le duc?

— Il le ménage, au moins! Il espère, sans doute, trouver
aussi des honneurs et des distinctions de ce côté-là! L'ambition l'aveugle!

— Tu exagères, Cinzio!

— Nous verrons bien! Regarde! Ne dirait-on pas déjà un souverain, un roi! Il avait juré cependant de ne pas chercher à s'emparer du pouvoir, et voilà où nous en sommes! C'était bien la peine de se battre pour en arriver là! Ce peuple imbécile ne voit rien; il ne s'aperçoit pas qu'il n'a fait que changer de maître! Il lui suffit de crier, de boire et de fêter un nouveau saint!

La figure de Pietro s'assombrissait. Le vieux pêcheur regardait attentivement ce qui se passait sur la place, et ce spectacle ne donnait que trop raison aux paroles amères de son compagnon.

— Le trône doré lui plaît! continua l'irascible Cinzio. Il ne peut pas se rassasier de l'aspect de cette foule. Je te dis qu'on va l'acclamer roi!

— Regarde — qu'est-ce que cela signifie? murmura sourdement Pietro en étendant la main vers la place.

Trois bourgeois s'avançaient vers le tribun en portant sur un coussin de velours une couronne entourée de laurier.

— Une couronne! fit Cinzio avec un rire sauvage. Que te disais-je! Vois-tu — ils s'agenouillent devant leur idole!

— Le laurier n'est là que pour l'apparence, fit Pietro accablé. C'est bien une couronne — mais l'acceptera-t-il?

— Tu en doutes! ricana Cinzio. Tout ça était préparé d'avance. Il va se laisser couronner!

— Sang de la Madone! c'est trop fort! Il rompt son serment!

— Tiens, tiens! fit tout à coup Cinzio, il est rusé notre ami Masaniello. Il ne prend que le laurier!

Un tonnerre d'applaudissements éclata parmi le peuple, lorsqu'on vit Masaniello repousser la couronne qui lui était offerte et n'accepter que la guirlande de laurier qui l'entourait. L'un des bourgeois la lui plaça sur la tête aux acclamations de la foule, et le tribun couronné se leva pour saluer le peuple et se montrer sous son nouvel aspect.

— Comédie! rien que comédie! fit ironiquement Cinzio.

Quelle scène à effet! Sur mon âme, Masaniello connaît les hommes, il saura les mener, et nous pouvons nous attendre à pire que ce que nous avons eu jusqu'ici. Il en fera plus que l'Espagnol!

— Ne parle pas ainsi! Ce moment d'ivresse passé, il saura, je l'espère, contenir son ambition et la combattre.

— Tu crois! Et s'il la satisfait au lieu de la combattre?...

— Alors — alors! — — Pietro n'acheva pas, mais l'expression de ses traits trahissait sa pensée —

Le peuple ne se lassait pas d'acclamer son libérateur. L'enthousiasme touchait au délire, et jamais prince ni roi n'avait eu pareille ovation.

Masaniello buvait à longs traits à cette coupe de délices. Il s'enivrait d'orgueil et de satisfaction, mais ces hommages, ce culte, c'était trop pour un simple mortel — et le héros du jour se prit à redouter, malgré lui, la vengeance des dieux.

Malgré lui, il se rappela tout à coup les avertissements de Fenella. Les gestes angoissés de la Muette lui revinrent à l'esprit et se mêlèrent, comme une note discordante, aux impressions solennelles du moment.

Masaniello regardait à l'extrémité de la place. Ses yeux, attirés par quelque fluide magnétique, rencontrèrent tout à coup la pâle figure de Fenella. La Muette se tenait à l'écart, et tandis que chacun applaudissait et acclamait son frère, elle arrêtait sur lui des regards empreints d'une profonde tristesse.

Le pêcheur frissonna, mais cette impression pénible disparut bientôt devant une nouvelle explosion de joie et d'allégresse.

Les démonstrations continuaient, et le tribun se replongea tout entier dans les rêves orgueilleux dont un vague pressentiment l'avait fait sortir un instant. Naples était à ses pieds! Naples remettait son sort entre ses mains! Le peuple l'appelait à sa tête et lui prouvait éloquemment son amour et sa reconnaissance! L'humble pêcheur allait remplacer le duc et gouverner en maître!...

Le soir venu, la ville tout entière nageait dans un océan de feu. Les chants de fête et d'allégresse retentissaient sur les places et les rues. Le peuple, répandu dans la ville, redisait la gloire de son héros et s'applaudissait d'avoir trouvé dans son sein un chef hardi et capable. Le nom de Masaniello remplissait toutes les bouches — Naples ne connaissait plus que le pêcheur de Portici!

www.ingramcontent.com/pod-product-compliance
Lightning Source LLC
Chambersburg PA
CBHW052343020726
47503CB00001B/81